anelle

# LE BEAU MYSTÈRE

## DU MÊME AUTEUR

*NATURE MORTE*, Actes Sud, 2011 ; Babel noir n° 64.
*SOUS LA GLACE*, Actes Sud, 2011 ; Babel noir n° 90.
*LE MOIS LE PLUS CRUEL*, Actes Sud, 2012 ; Babel noir n° 112.
*DÉFENSE DE TUER*, Actes Sud, 2013 ; Babel noir n° 138.
*RÉVÉLATION BRUTALE*, Actes Sud, 2014 ; Babel noir n° 161.
*ENTERREZ VOS MORTS*, Actes Sud, 2015 ; Babel noir n° 193.
*UNE ILLUSION D'OPTIQUE*, Actes Sud, 2016 ; Babel noir n° 211.
*LE BEAU MYSTÈRE*, Actes Sud, 2017 ; Babel noir n° 233.
*LA FAILLE EN TOUTE CHOSE*, Actes Sud, 2018.
*UN LONG RETOUR*, Actes Sud, 2019.



Titre original :
*The Beautiful Mystery*
Éditeur original :
Minotaur Books, New York

ISBN 978-2-330-12987-3

LOUISE PENNY

# LE BEAU MYSTÈRE

UNE ENQUÊTE DE L'INSPECTEUR-CHEF
ARMAND GAMACHE

roman traduit de l'anglais (Canada)
par Claire Chabalier et Louise Chabalier

BABEL NOIR

*Ce livre est dédié à ceux qui s'agenouillent,*
*et à ceux qui se tiennent debout.*

# PROLOGUE

Au début du XIXe siècle, l'Église catholique se rendit compte qu'elle avait un problème. Probablement plus d'un, faut-il bien reconnaître. Mais le problème qui la préoccupait à ce moment-là concernait l'office divin : huit fois au cours de la vie quotidienne d'une communauté religieuse, des chants étaient psalmodiés. Des plains-chants. Des chants grégoriens. Des chants simples chantés par d'humbles moines.

Pour être franc, l'Église catholique avait perdu l'office divin.

Les différents services religieux étaient toujours célébrés au fil de la journée. On continuait de chanter, ici et là, dans quelques monastères, ce que l'on appelait des chants grégoriens, mais même Rome admettait que ces chants s'étaient tellement éloignés des originaux qu'ils étaient considérés comme pervertis, barbares même. Du moins en comparaison des admirables chants raffinés des siècles précédents.

Mais un homme avait une solution.

En 1833, un jeune moine, dom Prosper Guéranger, fit revivre l'abbaye Saint-Pierre de Solesmes, en France, et se donna pour mission de faire également renaître les chants grégoriens originaux.

Mais cela entraîna un autre problème. Comme l'abbé s'en rendit compte après de longues recherches, il s'avérait que personne ne savait à quoi ressemblaient les chants originaux. Il n'existait aucune transcription des premiers chants. Ils étaient si anciens, remontant à plus de mille ans, qu'ils étaient antérieurs à l'apparition de la notation musicale. Ils avaient été appris par cœur et transmis oralement, après des années d'études, d'un moine à un autre. Les chants étaient simples, mais cette simplicité même leur conférait une force particulière. Les premiers chants étaient apaisants, envoûtants, et incitaient à la contemplation.

Ils produisaient un effet si puissant sur ceux qui les chantaient et les entendaient qu'on appela ces chants anciens "le beau mystère". Les moines croyaient qu'ils chantaient la parole divine, avec la voix calme, rassurante, hypnotique de Dieu.

Dom Prosper savait qu'au cours du IXe siècle, mille ans auparavant, un moine comme lui s'était aussi penché sur le mystère des chants. Selon la légende, ce moine anonyme eut une idée lumineuse : il transcrirait les chants sur papier, afin de les préserver. Trop de ses abrutis de novices multipliaient les fautes lorsqu'ils essayaient d'apprendre les plains-chants. Si les mots et la musique étaient réellement divins, comme il le croyait de tout son cœur, ils devaient être conservés en un lieu plus sûr que des têtes humaines si imparfaites.

Dom Prosper, dans sa cellule en pierre à l'intérieur de son abbaye, pouvait voir ce moine assis dans une pièce identique à la sienne et imagina la scène. Le moine tira vers lui une peau de mouton – du vélin –, puis trempa sa plume d'oie aiguisée dans l'encre. Il écrivit d'abord les mots, le texte, en latin, évidemment. Les psaumes. Cette étape terminée, il revint au début. Au premier mot, au-dessus duquel sa plume resta suspendue.

Que faire, maintenant ?

Comment écrire la musique ? Comment pourrait-il réussir à transmettre par écrit quelque chose d'aussi sublime ? Il essaya de rédiger des instructions, mais cette méthode était beaucoup trop compliquée. Jamais des mots ne parviendraient à décrire comment cette musique transcendait la nature humaine et élevait l'homme au niveau du divin.

Le moine ne savait pas quoi faire. Pendant des jours et des semaines, il vaqua aux occupations habituelles de sa vie monastique. Il se joignit aux autres pour prier et travailler, et prier encore. Il psalmodia les offices. Il enseigna des chants aux jeunes novices si facilement distraits.

Puis, un jour, il remarqua que ceux-ci se concentraient sur sa main droite lorsqu'il guidait leurs voix. Vers le haut, vers le bas. Plus vite, plus lentement. Doucement, doucement. Ils avaient mémorisé les mots, mais, pour la musique, ils se fiaient aux gestes de sa main.

Ce soir-là, après les vêpres, ce moine au nom inconnu, assis près de la précieuse lueur d'une bougie, regarda fixement les psaumes écrits avec tant de soin sur le vélin. Il trempa ensuite sa plume dans l'encre et traça la toute première note musicale.

Il s'agissait d'un petit trait ondulé au-dessus d'un mot. Puis il en traça un autre, et encore un autre. Il dessina sa main, sous une forme stylisée, comme pour indiquer à un moine invisible de monter d'un ton. Puis plus haut encore. De tenir ensuite la note un moment avant de monter encore plus haut. Et, après une courte pause, de redescendre la gamme comme une longue et vertigineuse plongée musicale.

Il fredonnait tout en écrivant. Ses signes simples représentant une main voletaient sur la page, si bien que les mots prirent vie et montèrent dans les airs. Flottèrent gaiement. Il entendit les voix de moines pas encore nés se joindre à la sienne et chanter exactement les mêmes chants qui le libéraient et élevaient son âme en la rapprochant du paradis. En essayant de reproduire le beau mystère, ce moine avait inventé la musique écrite. Ses signes, pas encore des notes, furent appelés "neumes".

Au fil des siècles, ce chant simple se complexifia. On ajouta des instruments, des harmonies, qui menèrent à des accords, à des portées et enfin à des notes. *Do*, *ré*, *mi*. La musique moderne était née. Les Beatles, Mozart, le rap. Le disco, *Annie Get Your Gun*, Lady Gaga. Tout cela était issu de la même graine semée longtemps auparavant par un moine dessinant sa main. Un moine qui, en fredonnant et en dirigeant un chœur, s'était efforcé d'atteindre le divin.

Le chant grégorien était le père de la musique du monde occidental. Mais ses enfants ingrats finirent par le tuer. Il fut enterré et oublié.

Jusqu'à ce que, au début des années 1800, dom Prosper, dégoûté par ce qu'il percevait comme la vulgarité de l'Église et la perte de simplicité et de pureté, décidât qu'il était temps de ressusciter les chants grégoriens originaux. De trouver la voix de Dieu.

Ses moines parcoururent l'Europe entière. Ils fouillèrent des monastères, des bibliothèques, des collections.

Avec un unique but en tête : trouver le vieux manuscrit original.

Ils revinrent avec beaucoup de trésors perdus dans des bibliothèques et des collections au fin fond de régions éloignées. Finalement, dom Prosper décida qu'un livre de plains-chants où l'encre des neumes avait pâli était l'original. Le premier, et peut-être le seul, document écrit donnant une idée de ce à quoi avait pu ressembler le chant grégorien à l'époque. Le manuscrit écrit sur une peau de mouton datait d'environ mille ans.

Rome n'était pas d'accord. Le pape avait mené ses propres recherches et trouvé un autre document. Il soutenait que ses feuilles de vélin tombant en lambeaux décrivaient la manière dont l'office divin devait être chanté.

Et donc, comme il arrive souvent lorsque les hommes de Dieu ne sont pas du même avis, une guerre éclata. Le monastère bénédictin de Solesmes et le Vatican se lancèrent des salves de plain-chant, chacun affirmant que ses chants se rapprochaient le plus des originaux et, par conséquent, du divin. Des universitaires, des musicologues, de célèbres compositeurs et d'humbles moines donnèrent leur opinion sur le sujet, en choisissant leur camp dans la bataille qui ne cessa de s'intensifier et prit rapidement la forme d'une lutte de pouvoir et d'influence qui n'avait plus grand-chose à voir avec de simples voix chantant la gloire de Dieu.

Qui avait trouvé le vrai chant grégorien, comme il était à l'origine ? Comment l'office divin devait-il être chanté ? Qui possédait la voix de Dieu ?

Qui avait raison ?

Finalement, après de nombreuses années, les universitaires en arrivèrent discrètement à un consensus, qui fut ensuite étouffé encore plus discrètement.

Personne n'avait raison. Les moines de Solesmes étaient certainement beaucoup plus près de la vérité que Rome, mais même eux, semblait-il, n'étaient pas tout à fait remontés jusqu'aux sources. Le document qu'ils avaient trouvé était historique, d'une valeur inestimable, mais il était incomplet.

Car il manquait quelque chose.

Les chants avaient des mots et des neumes, des signes indiquant à quel moment les moines devaient chanter plus fort et à quel moment ils devaient chanter plus doucement. Ou précisant quand une note était plus haute ou plus basse.

Ce qu'ils n'avaient pas, c'était un point de départ. Une note plus haute ? Mais par rapport à quoi ? Chanter plus fort ? Mais à partir d'où ? C'était comme trouver une carte au trésor où un × marquait l'endroit où il fallait aboutir, mais pas celui d'où il fallait partir.

Au commencement…

Le monastère bénédictin de Solesmes s'imposa rapidement comme le nouveau foyer des anciens chants. Le Vatican finit par se laisser fléchir et, en quelques décennies, l'office divin retrouva ses lettres de noblesse. Les chants grégoriens ressuscités se répandirent dans des monastères partout dans le monde. Cette musique si simple offrait un véritable réconfort – le plain-chant dans un monde de plus en plus bruyant.

Le père supérieur de l'abbaye de Solesmes s'éteignit donc doucement, en sachant deux choses. Il avait accompli quelque chose d'important et de significatif. Il avait ravivé une belle tradition toute simple. Il avait ramené les chants dénaturés à leur forme d'origine, si pure, et gagné la guerre contre une Rome tape-à-l'œil.

Mais au fond de lui il savait aussi que, bien qu'il eût remporté la bataille, il n'avait pas accompli sa mission. Les chants que tout le monde considérait maintenant comme d'authentiques chants grégoriens l'étaient presque, oui. Ils étaient presque divins, mais pas tout à fait.

Parce qu'ils n'avaient pas de point de départ.

Dom Prosper, lui-même un musicien de talent, n'en revenait pas que le moine qui avait codifié les premiers plains-chants n'ait pas indiqué aux générations futures où commencer. Celles-ci pouvaient deviner. Et c'est ce qu'elles faisaient. Mais ce n'était pas la même chose que de savoir.

L'abbé avait soutenu avec passion que le livre de chants liturgiques découvert par ses moines était l'original. Mais, sur son lit de mort, il osa se poser des questions. Il imagina l'autre moine, vêtu exactement comme lui, penché au-dessus d'une table éclairée par une bougie.

Le moine aurait terminé le premier chant, créé les premiers neumes. Et ensuite ? Tandis qu'il oscillait entre conscience et inconscience, à moitié dans ce monde et le suivant, dom Prosper savait ce que ce moine avait sans doute fait. Ce moine anonyme avait sûrement fait ce que lui-même aurait fait.

Dom Prosper voyait, plus clairement que ses frères psalmodiant de douces prières au-dessus de son lit, ce moine mort depuis longtemps penché au-dessus de son bureau. Il le voyait revenir au début, au premier mot. Et tracer un autre signe.

Dans les derniers instants à la fin de sa vie, dom Prosper avait compris qu'il y avait un début. Mais c'était quelqu'un d'autre qui allait devoir le trouver. Et résoudre le beau mystère.

# 1

Lorsque la dernière note s'échappa de la sainte chapelle, un grand silence tomba, et avec lui s'installa un malaise plus grand encore.

Le silence se prolongea, s'éternisa.

Les hommes assemblés dans la chapelle étaient habitués au silence, mais, même pour eux, cette situation paraissait extrême.

Malgré tout, vêtus de leur longue robe noire à capuchon blanc, ils restèrent debout, sans bouger.

Attendant.

Ces hommes étaient également habitués à attendre. Mais cette attente aussi leur semblait extrême.

Les moins disciplinés parmi eux jetaient des coups d'œil furtifs à l'homme âgé, grand et mince, qui était entré le dernier et ressortirait le premier.

Dom Philippe gardait les yeux fermés. Auparavant, ce moment en était un de paix profonde, une occasion de partager un moment d'intimité avec Dieu, une fois l'office de matines terminé et avant qu'il donne le signal de sonner l'angélus, mais, ce jour-là, il s'agissait simplement d'une forme d'évasion.

Il avait fermé les yeux parce qu'il ne voulait pas voir.

De toute façon, il savait ce qui était là. Ce qui était toujours là. Ce qui avait été là des centaines d'années avant qu'il vienne en ce lieu et qui, si telle était la volonté de Dieu, serait encore là durant des siècles après qu'il aurait été enterré dans le cimetière. Deux rangées d'hommes en face de lui, dans leur robe noire à capuchon blanc, avec une simple corde nouée autour de la taille.

Et à côté de lui, à sa droite, deux autres rangées d'hommes.

Les deux groupes se faisaient face, de chaque côté du plancher en pierre de la chapelle, comme s'ils formaient des lignes de combat.

"Non, dit-il à son esprit fatigué. Non. Je ne dois pas voir ça comme une bataille ou une guerre. Seulement comme des points de vue divergents. Exprimés dans une communauté respectueuse."

Alors pourquoi était-il si réticent à ouvrir les yeux ? À marquer le début de la journée ?

À donner le signal pour que les cloches sonnent l'angélus, pour les forêts et les oiseaux, les lacs et les poissons. Et les moines. Les anges et tous les saints. Et Dieu.

Quelqu'un se racla la gorge.

Dans le silence pesant, le son ressemblait à une bombe. Et aux oreilles de l'abbé il ressemblait à ce que c'était.

Un défi.

Au prix d'un certain effort, l'abbé continua de garder les yeux fermés et demeura immobile. Mais il n'y avait plus de paix, maintenant. Seulement de l'agitation, en dedans et en dehors. Il la sentait vibrer entre les rangées d'hommes qui attendaient.

Il la sentait vibrer à l'intérieur de lui.

Dom Philippe compta jusqu'à cent. Lentement. Puis il ouvrit ses yeux bleus et regarda directement le petit homme rondelet qui se tenait debout à l'autre extrémité de la chapelle, les yeux ouverts, les mains jointes sur le ventre, et un petit sourire sur son visage qui exprimait toujours une infinie patience.

Le père supérieur plissa les yeux comme pour lancer un regard furieux, puis se ressaisit et, levant sa main droite aux longs doigts fins, donna le signal. Et les cloches se mirent à résonner.

Leurs sons riches, pleins, parfaits quittèrent le clocher et s'envolèrent dans l'obscurité du petit matin. Ils glissèrent au-dessus du lac clair, des forêts, des collines onduleuses, pour que toutes sortes de créatures les entendent.

De même que vingt-quatre moines dans un monastère isolé du Québec.

L'appel de clairon avait retenti. Leur journée venait de commencer.

— Tu n'es pas sérieuse! s'exclama Jean-Guy Beauvoir en riant.

— Je suis très sérieuse, répondit Annie en hochant la tête. Je te jure que c'est la vérité.

Jean-Guy prit une autre tranche de bacon fumé à l'érable dans l'assiette et demanda :

— Es-tu en train de me dire que, quand ton père a commencé à sortir avec ta mère, il lui a donné un tapis de bain en cadeau?

— Non, non. Ce serait ridicule.

— En effet, dit-il avant de manger le bacon en deux grosses bouchées.

En fond sonore, on entendait une chanson d'un vieil album de Beau Dommage, *La Complainte du phoque en Alaska*, au sujet d'un phoque qui s'ennuyait parce que son amour était partie. Beauvoir se mit à fredonner doucement cet air familier.

— Il l'a offert à ma grand-mère la première fois qu'il l'a rencontrée, pour la remercier de l'avoir invité à souper.

Beauvoir pouffa de rire.

— Il ne m'a jamais raconté ça, réussit-il finalement à dire.

— Eh bien, papa n'a pas tendance à mentionner un tel détail au cours d'une conversation ordinaire. Pauvre maman… Elle s'est sentie obligée de l'épouser. Après tout, qui d'autre aurait voulu de lui ?

Beauvoir rit encore.

— La barre est donc placée assez bas, j'imagine. Je pourrais difficilement te donner un cadeau pire que ça.

Il étira le bras vers le bas à côté de la table dans la cuisine ensoleillée. Ils avaient préparé le petit-déjeuner ensemble, ce samedi matin-là. Sur la petite table en pin se trouvait une grande assiette contenant du bacon et des œufs brouillés nappés de brie fondant. Après avoir enfilé un pull en cette journée du début de l'automne, Jean-Guy était allé chercher des croissants et des pains au chocolat à une pâtisserie de la rue Saint-Denis, tout près de l'appartement d'Annie. Il était ensuite entré dans quelques boutiques et avait acheté deux cafés et les journaux du week-end, et quelque chose d'autre.

— Qu'est-ce que tu as là ? demanda Annie Gamache en se penchant au-dessus de la table.

Le chat sauta à terre et se trouva un coin inondé de soleil.

— Rien, répondit-il avec un sourire. Seulement un petit quelque chose que j'ai vu, et qui m'a fait penser à toi.

Beauvoir leva l'objet.

— Espèce de trou de cul! dit Annie en se mettant aussitôt à rire. C'est un débouchoir pour les toilettes.

— Décoré d'un ruban. Spécialement pour toi, ma chérie. Nous sommes ensemble depuis trois mois. Joyeux anniversaire!

— Mais bien sûr, l'anniversaire qu'on souligne avec un débouchoir… Et moi qui n'ai rien pour toi.

— Je te pardonne.

Annie prit l'instrument.

— Je penserai à toi chaque fois que je l'utiliserai. Je crois cependant que c'est toi qui l'utiliseras le plus souvent. Après tout, tu es un petit merdeux.

— Tu es trop gentille, dit Beauvoir en inclinant légèrement la tête.

Annie brandit le débouchoir et donna de petits coups à Jean-Guy avec la ventouse en caoutchouc rouge, comme si elle était une épéiste avec une rapière à la main.

Beauvoir sourit et prit une gorgée de son délicieux café parfumé. Cette réaction était du Annie tout craché. Alors que d'autres femmes auraient peut-être fait semblant que le débouchoir ridicule était une baguette magique, elle faisait semblant qu'il s'agissait d'une épée.

Mais jamais, dut reconnaître Jean-Guy, il n'aurait offert un débouchoir à une autre femme. Seulement à Annie.

— Tu m'as menti, dit-elle en se rassoyant. De toute évidence, papa t'a parlé du tapis de bain.

— C'est vrai, avoua Beauvoir. Nous étions en Gaspésie, dans la cabane d'un braconnier où nous cherchions des indices, quand ton père a ouvert un placard et trouvé non pas un, mais deux tapis de bain flambant neufs, encore dans leur emballage.

Tout en parlant, il regardait Annie. Elle ne le quittait pas des yeux, clignait à peine des paupières. Elle enregistrait chaque mot, chaque geste, chaque inflexion de sa voix. Enid, son ex-femme, l'avait aussi écouté. Mais il y avait toujours chez elle quelque chose de désespéré, une requête muette. Comme s'il lui devait quelque chose. Comme si elle était en train de mourir et qu'il était le médicament.

Enid le drainait de toute son énergie, mais le laissait avec l'impression de ne pas avoir été à la hauteur.

Annie, elle, était plus douce. Plus généreuse.

Comme son père, elle écoutait attentivement, tranquillement.

Il ne parlait jamais de son travail avec Enid, et elle ne lui posait jamais de questions. À Annie, il disait tout.

Maintenant, tandis qu'il étalait de la confiture de fraises sur un croissant chaud, il lui parla de la cabane du braconnier et de l'affaire sur laquelle ils enquêtaient, le meurtre sauvage de tous les membres d'une famille. Il lui parla de ce qu'ils avaient trouvé, des sentiments qu'ils avaient éprouvés, de la personne qu'ils avaient arrêtée.

— En fin de compte, les tapis de bain constituaient les pièces à conviction clés, dit Beauvoir en approchant le croissant de sa bouche. Mais il nous a fallu beaucoup de temps avant de le comprendre.

— Est-ce à ce moment-là que papa t'a raconté sa pitoyable histoire de tapis de bain ?

Beauvoir, la bouche pleine, hocha la tête. Il revoyait l'inspecteur-chef, dans la cabane sombre, lui chuchoter l'histoire. Ils ignoraient quand le braconnier reviendrait et ne tenaient pas à ce qu'il les trouve là. Ils avaient un mandat de perquisition, mais ne voulaient pas qu'il le sache. Alors, pendant que les deux enquêteurs fouillaient rapidement les lieux, l'inspecteur-chef Gamache avait parlé à Beauvoir du tapis de bain. Le repas auquel il avait été invité était l'un des plus importants de sa vie, et il voulait à tout prix faire bonne impression sur les parents de la femme de laquelle il était tombé éperdument amoureux. Et, pour une raison ou pour une autre, il avait décidé qu'un tapis de bain était le cadeau parfait pour une hôtesse.

— Comment avez-vous pu penser ça, chef? avait murmuré Beauvoir tout en jetant un coup d'œil à travers la fenêtre à la vitre fêlée et couverte de toiles d'araignée, en espérant ne pas voir le braconnier débraillé revenir avec ses prises.

— Eh bien…

Gamache avait marqué une pause, essayant manifestement de se rappeler son raisonnement.

— Mme Gamache me pose souvent la même question. Sa mère ne s'est jamais lassée de me la poser non plus. Son père, en revanche, était d'avis que j'étais un imbécile et n'y a plus jamais fait allusion – ce qui était pire. Lorsqu'ils sont morts, nous avons trouvé le tapis de bain dans un placard, encore dans son emballage en plastique, avec la carte que j'avais jointe.

Beauvoir se tut et regarda Annie. Ses cheveux étaient encore humides après la douche qu'ils avaient prise ensemble. Elle sentait bon et propre. Comme une plantation de citronniers sous un soleil chaud. Elle n'était pas maquillée. Elle portait des pantoufles chaudes et des vêtements amples et confortables. Annie connaissait la mode et aimait s'habiller, mais elle aimait encore plus se sentir à l'aise.

Elle n'était pas mince, ni un canon de beauté. Annie Gamache n'avait rien de ce qu'il avait toujours trouvé attirant chez une femme. Mais elle savait quelque chose que la plupart des gens n'apprennent jamais. Elle savait à quel point c'était fantastique d'être en vie.

Ça lui avait pris presque quarante ans, mais Jean-Guy Beauvoir l'avait finalement compris lui aussi. Et, maintenant, il savait qu'il n'existait rien de plus beau.

Annie approchait de la trentaine. Elle avait été une adolescente empotée lorsqu'ils s'étaient rencontrés la première fois. À l'époque où l'inspecteur-chef avait invité Beauvoir à se joindre à sa division des homicides à la Sûreté du Québec. Parmi les centaines d'agents et d'inspecteurs sous son commandement, il avait choisi comme adjoint ce jeune agent effronté dont personne ne voulait.

Il l'avait accueilli au sein de l'équipe et, au fil des ans, de sa famille.

L'inspecteur-chef ignorait, cependant, à quel point Beauvoir faisait maintenant partie de la famille.

— Eh bien, dit Annie avec un sourire ironique, nous avons dorénavant notre propre histoire de salle de bains avec laquelle déconcerter nos enfants. Lorsque nous mourrons, ils trouveront ceci et s'interrogeront.

Elle leva le débouchoir orné d'un joli ruban rouge.

Beauvoir n'osa pas faire le moindre commentaire. Annie se rendait-elle compte de ce qu'elle venait de dire ? De la facilité avec laquelle elle avait présumé qu'ils auraient des enfants ? Des petits-enfants. Qu'ils mourraient ensemble, dans une maison sentant le citron frais et le café, où un chat se pelotonnerait au soleil.

Ils étaient ensemble depuis trois mois et n'avaient jamais parlé de l'avenir. Mais de l'entendre exprimé ainsi, cela paraissait tout naturel. Comme si ç'avait été le plan dès le début. D'avoir des enfants. De vieillir ensemble.

Beauvoir fit le calcul. Il était de dix ans son aîné, et mourrait fort probablement le premier. Il fut soulagé.

Quelque chose, toutefois, le préoccupait.

— Nous devons informer tes parents, dit-il.

Annie garda le silence pendant un moment, en picorant des miettes de son croissant.

— Je sais. Ce n'est pas que je ne veux pas, mais…

Elle s'interrompit et jeta un coup d'œil autour d'elle dans la cuisine, puis dans son séjour tapissé de livres.

— Mais c'est bien comme ça aussi. Seulement nous deux.

— Es-tu inquiète ?

— De leur réaction ?

Annie ne répondit pas immédiatement, et le cœur de Jean-Guy se mit soudain à palpiter. Il s'était attendu à ce qu'elle nie être inquiète, lui assure qu'elle ne doutait pas une seconde de l'approbation de ses parents.

Mais au lieu de cela, elle avait hésité.

— Peut-être un peu, avoua-t-elle. Ils seront ravis, j'en suis persuadée, mais ça changera des choses. Tu comprends ?

Il le savait bien, mais n'avait pas osé se l'avouer. Et si le chef n'approuvait pas ? Il ne pourrait pas les empêcher de poursuivre leur relation, mais ce serait une catastrophe.

"Non, se dit-il pour la centième fois. Tout se passera bien. Le chef et Mme Gamache seront heureux. Très heureux."

Mais il voulait en être certain. Il voulait savoir. C'était dans sa nature. Il gagnait sa vie en rassemblant des faits, et cette incertitude le rongeait. C'était la seule ombre dans une vie devenue soudain, contre toute attente, lumineuse.

Il ne pouvait pas continuer de mentir au chef. Il avait réussi à se convaincre que son silence ne constituait pas un mensonge, mais plutôt une façon de préserver sa vie privée. Dans son for intérieur, cependant, il avait l'impression de commettre un acte de trahison.

— Penses-tu vraiment qu'ils seront contents ? demanda-t-il.

Il détesta le ton légèrement suppliant qui s'était glissé dans sa voix, mais Annie ne sembla pas le remarquer, ou alors elle s'en fichait.

Elle se pencha vers lui, les coudes et les avant-bras reposant sur les miettes de croissant sur la table en pin, et lui prit la main. Et la garda au chaud dans les siennes.

— De savoir que nous sommes ensemble ? Mon père sera ravi. C'est ma mère qui te déteste…

À la vue de l'expression sur son visage, elle rit et serra sa main.

— Je blague. Elle t'adore. Depuis toujours. Tous les deux te considèrent comme un membre de la famille. Comme un autre fils.

Il se sentit rougir en entendant ces mots, et eut honte. Mais encore une fois, constata-t-il, Annie semblait s'en ficher. Elle ne fit aucun commentaire, se contentant de tenir sa main et de le regarder dans les yeux.

— Un fils en quelque sorte incestueux, donc, réussit-il finalement à dire.

— Oui, répondit-elle en lâchant sa main pour prendre une gorgée de café au lait. Le rêve de mes parents devenu réalité.

Elle rit, but, puis reposa la tasse sur la table.

— Tu le sais, j'espère, que mon père sera très content.

— Et surpris ?

Annie réfléchit un instant.

— À mon avis, il sera stupéfait. C'est curieux, n'est-ce pas ? Il passe sa vie à chercher des indices, à établir des liens entre différents éléments, à recueillir des preuves. Mais quand quelque chose est là juste sous son nez, il ne le voit pas. Trop près, j'imagine.

— Matthieu 10, 36, murmura Beauvoir.

— Pardon ?

— C'est une phrase que nous cite ton père, aux homicides. Une des premières choses qu'il enseigne aux recrues.

— Une citation biblique ? Mais maman et papa ne vont jamais à l'église.

— Il l'a apparemment apprise de son mentor lorsqu'il a commencé à travailler à la Sûreté.

Le téléphone sonna. Il ne s'agissait pas de la grosse sonnerie du téléphone fixe, mais du joyeux trille aigu d'un portable. C'était celui de Beauvoir, qui courut jusqu'à la chambre à coucher et le prit sur la table de chevet.

Aucun numéro n'était affiché, seulement un mot : "Chef."

Beauvoir faillit appuyer sur la petite icône verte représentant un téléphone, puis hésita. Il ressortit plutôt de la chambre à grands pas et alla dans le séjour d'Annie où le soleil entrait à flots. Il ne pouvait pas parler au chef debout à côté du lit où ce matin même il avait fait l'amour à sa fille.

— Oui, allô, dit-il en s'efforçant de prendre un ton désinvolte.

— Désolé de vous déranger.

La voix familière réussissait à paraître à la fois détendue et autoritaire.

— Vous ne me dérangez pas, monsieur. Qu'y a-t-il ?

Beauvoir jeta un coup d'œil à la pendule sur le manteau de la cheminée. Il était 10 h 23 un samedi matin.

— Un meurtre a été commis.

Il ne s'agissait donc pas d'un appel anodin, pour l'inviter à souper, ou lui poser une question concernant la gestion du personnel ou une affaire prête à porter devant le tribunal. C'était un appel aux armes. Un appel à l'action. Un appel indiquant que quelque chose d'horrible s'était produit. Et pourtant, depuis plus d'une décennie maintenant, chaque fois que Beauvoir entendait ces mots, son cœur bondissait dans sa poitrine et se mettait à battre la chamade. Il dansait même un petit peu. Pas de joie à la nouvelle d'une mort terrible et prématurée, mais parce qu'il savait que le chef et lui, et d'autres enquêteurs, allaient de nouveau se lancer sur la piste d'un tueur.

Jean-Guy Beauvoir adorait son travail. Mais maintenant, pour la première fois, il regarda vers la cuisine et vit Annie, dans l'embrasure de la porte, qui l'observait.

Et il se rendit compte, avec étonnement, qu'il aimait quelque chose d'autre encore plus.

Il prit son calepin, s'assit sur le canapé d'Annie et nota les détails. Lorsqu'il eut terminé, il regarda ce qu'il avait écrit.

— Sacré nom de Dieu ! murmura-t-il.

— En effet, c'est le moins qu'on puisse dire, commenta l'inspecteur-chef Gamache. Pouvez-vous prendre les dispositions nécessaires, s'il vous plaît ? Pour le moment, seulement vous et moi nous déplacerons. À notre arrivée, nous nous adjoindrons un agent du bureau local de la Sûreté.

— L'inspectrice Lacoste ne devrait-elle pas venir aussi ? Au moins pour organiser l'équipe de techniciens de scènes de crime, puis elle repartirait.

L'inspecteur-chef Gamache n'hésita pas.

— Non. (Il émit un petit rire.) Désolé, mais c'est nous, l'équipe. J'espère que vous vous rappelez comment faire.

— J'apporterai le Hoover.

— Bien. J'ai déjà mis ma loupe dans ma valise.

Il y eut une pause, puis, d'une voix plus grave, le chef ajouta :

— Nous devons arriver là-bas rapidement, Jean-Guy.

— D'accord. Après avoir fait quelques appels, je passerai vous prendre dans quinze minutes.

— Quinze ? En partant du centre-ville ?

Pendant un instant, Beauvoir eut l'impression que la terre avait arrêté de tourner. Son petit appartement était au centre-ville de Montréal, mais celui d'Annie se trouvait dans le quartier du Plateau-Mont-Royal, à quelques coins de rue de la résidence de ses parents à Outremont.

— C'est samedi. Il n'y a pas beaucoup de circulation.

Gamache rit.

— Depuis quand êtes-vous devenu un optimiste ? Je serai prêt, quelle que soit l'heure à laquelle vous arriverez.

— Je vais me dépêcher.

Et c'est ce qu'il fit. Après avoir fait quelques appels téléphoniques, donné des ordres, organisé leur départ, il jeta des vêtements dans un sac de voyage.

— Tu emportes beaucoup de sous-vêtements, dit Annie, assise sur le lit. Prévois-tu être absent longtemps ?

Son ton de voix était léger, mais elle avait un air sérieux.

— Eh bien, tu me connais, répondit-il en lui tournant le dos pour glisser son revolver dans son étui.

Elle savait qu'il l'avait avec lui, mais n'aimait pas le voir. Même pour une femme pour qui la réalité importait, c'était quelque chose de beaucoup trop réel.

— Sans débouchoir à ma disposition, il se peut que j'aie besoin de plus de bobettes propres.

Elle rit, et il fut content.

À la porte, il s'arrêta et déposa son sac par terre.

— Je t'aime, murmura-t-il à l'oreille d'Annie après l'avoir enlacée.

— Je t'aime, lui murmura-t-elle à son tour. Prends soin de toi, ajouta-t-elle quand ils se séparèrent.

Puis, lorsqu'il eut descendu la moitié de l'escalier, elle lui lança :

— Et, s'il te plaît, prends soin de mon père.

— Oui, je te le promets.

Quand il fut parti et qu'elle ne pouvait plus voir l'arrière de son auto, Annie Gamache ferma la porte et posa une main sur sa poitrine.

Elle se demanda si c'était ainsi que se sentait sa mère depuis toutes ces années.

Si elle ressentait la même chose qu'elle à cet instant même. Était-elle appuyée contre la porte après avoir regardé son amour partir ? L'avoir laissé partir.

Annie se dirigea ensuite vers les étagères de livres qui tapissaient les murs de son séjour. Après quelques minutes, elle trouva ce qu'elle cherchait : la bible que ses parents lui avaient donnée à l'occasion de son baptême. Ils avaient beau ne plus fréquenter l'église, ils continuaient d'observer les rituels.

Et elle savait qu'elle aussi, quand elle aurait des enfants, tiendrait à ce qu'ils soient baptisés. Jean-Guy et elle leur offriraient leur propre bible à couverture blanche, dans laquelle seraient inscrits leur nom et la date de leur baptême.

Elle regarda la page de garde de la sienne et, comme elle s'y attendait, vit son nom, Anne Daphné Gamache, et une date. Elle reconnut l'écriture de sa mère. Mais au lieu de tracer une croix sous son nom, ses parents avaient dessiné deux petits cœurs.

Annie alla ensuite s'asseoir sur le canapé et, tout en sirotant son café maintenant froid, feuilleta ce livre qu'elle n'avait jamais lu, jusqu'à ce qu'elle trouve le verset.

Matthieu 10, 36.

— "Et l'homme aura pour ennemis, lut-elle à voix haute, les gens de sa maison."

# 2

Le hors-bord en aluminium fendait les vagues, bondissait de temps en temps sur le lac et aspergeait d'eau glacée le visage de Beauvoir. L'inspecteur aurait pu reculer et s'installer à l'arrière, mais il aimait être assis sur le petit siège triangulaire à l'avant. Il se courba et se dit qu'il devait avoir l'air d'un retriever excité et aux aguets, prêt pour la chasse.

Mais il s'en foutait. Il était seulement heureux de ne pas avoir de queue, car cela ferait mentir son air faussement taciturne. "Oui, pensa-t-il, une queue constituerait un grand désavantage pour un enquêteur des homicides."

Le vrombissement du moteur, les bonds et les secousses occasionnelles le grisaient. Il aimait même les embruns vivifiants ainsi que l'odeur de l'eau douce et de la forêt. Et celle, moins prononcée, de poisson et de vers de terre.

Lorsqu'il ne transportait pas des enquêteurs, ce petit bateau servait à pêcher. Pas commercialement. Il était beaucoup trop petit et, de toute façon, ce lac loin de tout n'était pas fait pour la pêche commerciale, mais plutôt pour la pêche récréative. Le propriétaire du bateau lançait sa ligne dans les eaux claires des petites baies profondes. Assis toute la journée, il lançait sa ligne, la remontait.

La lançait. La remontait. Seul, perdu dans ses pensées.

Beauvoir se tourna vers l'arrière. L'homme qui conduisait le bateau avait une large main à la peau tannée sur la poignée du moteur hors-bord. L'autre main reposait sur un genou. Lui aussi courbait le dos, adoptant une position qu'il connaissait sans doute depuis son tout jeune âge. Ses yeux bleus fixaient intensément l'étendue d'eau, scrutaient les criques, les îles et les anses qu'il connaissait également depuis son enfance.

"Comme ça doit être agréable, se dit Beauvoir, de faire la même chose encore et encore." Cette idée, il n'y a pas si longtemps, le dégoûtait. Il trouvait mortel ou, du moins, d'un ennui mortel tout ce qui était routinier.

Aujourd'hui, cependant, il n'en était plus si sûr. Le voilà qui fonçait à toute allure vers une nouvelle enquête, à bord d'une barque motorisée, le visage fouetté par le vent et l'eau. Or tout ce qu'il aurait voulu faire, c'était s'asseoir avec Annie et partager avec elle les journaux du samedi. Faire ce qu'ils faisaient tous les week-ends. Encore et encore. Encore et encore. Jusqu'à sa mort.

Mais s'il ne pouvait être avec Annie, alors c'était ici qu'il voulait être. Il regarda les forêts et le roc creusé autour de lui. Le lac vide. Il existait pire bureau.

Il fit un petit sourire au propriétaire du bateau au visage sévère. Lui aussi se trouvait dans son bureau. Lorsqu'il les débarquerait, irait-il à la recherche d'une petite baie tranquille, sortirait-il sa canne à pêche et lancerait-il sa ligne ?

Lancer, remonter.

Maintenant que Beauvoir y pensait, cela ressemblait à ce que Gamache et lui s'apprêtaient à faire. Eux aussi iraient à la pêche en espérant trouver des indices, des éléments de preuve, des témoins.

Et quand ils auraient suffisamment d'éléments pour servir d'appâts, ils attraperaient un meurtrier. Mais, bien sûr, ils ne le mangeraient probablement pas, à moins de circonstances totalement imprévisibles.

Devant l'homme qui conduisait le bateau était assis le capitaine Charbonneau, responsable du poste local de la Sûreté en Mauricie. Dans la mi-quarantaine, il était un peu plus âgé que Beauvoir. C'était un homme à la carrure athlétique, qui dégageait beaucoup d'énergie et avait le regard intelligent de quelqu'un d'attentif.

Et en ce moment, il l'était, attentif.

Charbonneau les avait accueillis à leur descente de l'avion et les avait emmenés en auto un demi-kilomètre plus loin au quai où le propriétaire du bateau les attendait.

— Je vous présente Étienne Legault.

L'homme avait incliné la tête en guise de salut, sans plus. Il sentait l'essence et fumait une cigarette. Beauvoir avait reculé d'un pas.

— La traversée dure environ vingt minutes, avait expliqué le capitaine Charbonneau. Il n'y a aucun autre moyen de se rendre là-bas.

— Y êtes-vous déjà allé ? avait demandé Beauvoir.

Charbonneau avait souri.

— Jamais. Pas à l'intérieur, en tout cas. Mais je pêche parfois pas très loin de là. Je suis curieux, comme tout le monde. Et l'endroit est poissonneux. Il y a des perches et des truites énormes. J'ai déjà vu des moines au loin, qui pêchaient eux aussi. Mais je les laisse tranquilles. D'après moi, ils ne tiennent pas à avoir de la compagnie.

Les quatre hommes étaient ensuite montés à bord de l'embarcation. Ils avaient maintenant parcouru la moitié du trajet. Le capitaine Charbonneau regardait droit devant, ou, du moins, c'est ce qui semblait à Beauvoir. Mais il se rendit compte que l'officier supérieur de la Sûreté ne se concentrait pas uniquement sur les forêts denses et les criques. De temps en temps, il jetait des regards furtifs à quelque chose qui le fascinait bien plus : l'homme assis devant lui.

Beauvoir se tourna alors vers le quatrième homme.

L'inspecteur-chef. Son patron et le père d'Annie.

Armand Gamache était solidement bâti, mais pas gros. Comme le propriétaire du bateau, l'inspecteur-chef regardait devant lui en plissant les yeux. Mais contrairement à Étienne Legault, il n'affichait pas une mine sombre. Il avait des yeux brun foncé, pensifs, et balayait du regard le paysage environnant : les collines arrondies par les glaciers, la forêt aux couleurs vives de l'automne, les grèves rocheuses sans quais, ni maisons, ni mouillages.

Cette région était vraiment sauvage. Les oiseaux volant au-dessus d'eux n'avaient peut-être jamais vu un être humain.

Si Beauvoir était un chasseur, Armand Gamache était un explorateur. Lorsque d'autres s'arrêtaient, l'inspecteur-chef continuait d'avancer et regardait dans les fissures, les crevasses et les cavernes. Là où vivaient des choses sinistres.

Le chef était dans la mi-cinquantaine. Ses cheveux, grisonnants, se retroussaient légèrement autour des oreilles. Une casquette couvrait presque complètement la cicatrice sur sa tempe gauche. Il portait une veste militaire kaki par-dessus une chemise, un veston et une cravate gris-vert en soie. D'une main, large, il s'agrippait au plat-bord tandis que l'embarcation bondissait sur le lac. Son autre main reposait, inerte, sur un gilet de sauvetage orange vif sur le siège en aluminium à côté de lui. Quand, debout sur le quai, ils avaient regardé le bateau avec sa canne à pêche, son épuisette, son seau rempli de vers grouillants et son moteur qui ressemblait à une cuvette de toilettes, le chef avait tendu un gilet de sauvetage – le plus neuf – à Beauvoir. Et quand Jean-Guy s'était offusqué en riant, Gamache avait insisté : il n'avait pas besoin de le porter, il devait seulement l'avoir.

Au cas où.

Le gilet reposait donc sur les genoux de l'inspecteur. Et à chaque bond du bateau, il se réjouissait intérieurement de l'avoir à portée de la main.

Il était passé prendre le chef chez lui avant onze heures. L'inspecteur-chef s'était arrêté sur le seuil de la porte pour enlacer et embrasser Mme Gamache. L'étreinte avait duré un moment. Puis Gamache s'était dégagé, avait tourné les talons et descendu les marches, son sac à bandoulière sur l'épaule.

Dans l'auto, Jean-Guy avait senti son eau de Cologne, un parfum subtil de bois de santal et d'eau de rose. Il avait été bouleversé à l'idée que cet homme deviendrait peut-être bientôt son beau-père. Que ses enfants se retrouveraient peut-être dans ses bras et sentiraient cette odeur réconfortante.

Dans peu de temps, Jean-Guy serait bien plus qu'un membre honoraire de cette famille.

Tout en se disant ça, il avait entendu d'autres paroles murmurées. "Et si le chef et Mme Gamache n'étaient pas contents ? Que se passerait-il alors ?"

Mais cela était inconcevable, et il avait chassé cette pensée absurde de son esprit.

Il avait aussi compris, pour la première fois depuis la dizaine d'années qu'il travaillait avec Gamache, pourquoi celui-ci sentait le bois de santal et l'eau de rose. L'arôme de bois de santal venait de l'eau de Cologne du chef tandis que l'eau de rose était le parfum de sa femme, qui se retrouvait sur lui quand ils s'étreignaient. Le chef portait le parfum de sa femme, comme une aura. Mélangé au sien.

Beauvoir avait alors inspiré lentement et profondément, et souri, ayant également décelé une très légère odeur de citron. Annie. Pendant un instant, il avait craint que le chef ne la détecte aussi, mais c'était une odeur que lui seul pouvait sentir. Il s'était demandé si Annie ne sentait pas un peu l'Old Spice.

Ils étaient arrivés à l'aéroport avant midi et s'étaient immédiatement rendus au hangar de la Sûreté du Québec, où ils avaient trouvé la pilote qui établissait le plan de vol. Elle était habituée à les amener dans des endroits reculés et à atterrir sur des routes de terre, des routes de glace et là où il n'y avait aucune route.

— Je constate que nous avons une piste d'atterrissage aujourd'hui, avait-elle dit en grimpant dans le cockpit.

— Désolé, avait répondu Gamache. N'hésitez pas à faire un amerrissage si vous préférez.

La pilote avait ri.

— Ce ne serait pas la première fois.

Gamache et Beauvoir avaient discuté de l'affaire en criant pour se faire entendre par-dessus le bruit des moteurs du petit Cessna. Puis, le chef avait fini par regarder par le hublot et ne plus parler. Beauvoir remarqua cependant qu'il avait mis des oreillettes et écoutait de la musique, et il pouvait deviner quelle sorte de musique. Il y avait l'esquisse d'un sourire sur le visage de l'inspecteur-chef.

Beauvoir s'était tourné et avait regardé par sa propre petite fenêtre. C'était la mi-septembre. Le ciel était parfaitement dégagé et il pouvait voir les villes et les villages. Puis les villages étaient devenus plus petits et moins nombreux. L'avion avait viré à gauche et Beauvoir avait vu que la pilote suivait une rivière sinueuse. Vers le nord.

Tandis qu'ils volaient encore plus vers le nord, les deux hommes étaient demeurés perdus dans leurs pensées, regardant en bas où toute trace de civilisation avait disparu. Il y avait seulement des forêts. Et de l'eau. Sous le soleil éclatant, ils ne voyaient pas une étendue bleue, mais des bandes et des taches couleur or ou d'un blanc éblouissant. Ils avaient suivi un des rubans dorés qui s'enfonçaient toujours plus profondément dans la forêt au fin fond du Québec. Pour se rendre auprès d'un corps.

Ensuite, la forêt sombre avait commencé à changer. D'abord, c'était seulement un arbre par-ci par-là. Puis il y en avait eu de plus en plus. Jusqu'à ce que la forêt entière soit revêtue de teintes de jaune, de rouge et d'orange, ainsi que du vert foncé, presque noir, des conifères.

L'automne arrivait tôt ici. Plus on était au nord, plus l'automne était précoce. Et plus il durait longtemps, plus il était magnifique.

Puis, le Cessna avait amorcé sa descente. Il avait piqué vers le lac et Beauvoir avait eu l'impression qu'il allait plonger dans l'eau. Mais l'avion s'était redressé et avait rasé la surface du lac avant d'atterrir sur une piste en terre.

Et maintenant, l'inspecteur-chef Gamache, l'inspecteur Beauvoir, le capitaine Charbonneau et le propriétaire du bateau bondissaient sur l'eau. L'embarcation vira légèrement à droite et Beauvoir vit le regard du chef changer. De pensif il devint émerveillé.

Les yeux brillants, Gamache se pencha en avant.

Beauvoir pivota sur son siège et regarda.

Ils étaient entrés dans une large baie au fond de laquelle se trouvait leur lieu de destination.

Même Beauvoir éprouva un frisson d'excitation. Des millions de personnes avaient cherché cet endroit, parcouru le monde à la recherche des hommes reclus qui vivaient ici. Lorsqu'on les avait enfin trouvés, dans une des régions les plus reculées du Québec, des milliers de personnes avaient convergé vers ce lieu, voulant à tout prix rencontrer ces hommes. Étienne Legault avait peut-être même été engagé pour transporter des touristes sur ce lac.

Si Beauvoir était un chasseur et Gamache un explorateur, les hommes et les femmes qui venaient ici étaient des pèlerins. Désirant désespérément obtenir ce que, selon eux, ces moines possédaient.

Mais c'était en vain.

Personne n'était autorisé à franchir le portail.

Beauvoir se rendit compte qu'il avait déjà vu cet endroit. Sur des photographies. Il était représenté sur une affiche largement diffusée et utilisée, plutôt fallacieusement, par Tourisme Québec pour promouvoir la province. Un endroit dont l'accès était interdit servait à attirer des visiteurs.

Beauvoir aussi se pencha en avant. Au fond de la baie s'élevait une forteresse, qui semblait taillée à même le roc. Son clocher se dressait comme s'il avait été éjecté du sol à la suite d'une activité sismique quelconque. De chaque côté de la construction se trouvaient des ailes. Ou des bras. Ouverts, en signe de bénédiction ou d'accueil. Un havre. Un lieu sûr au cœur d'une région sauvage.

Un leurre.

Il s'agissait du monastère quasi mythique Saint-Gilbert-entre-les-Loups, où vivaient deux douzaines de moines cloîtrés. Des religieux contemplatifs qui avaient construit leur abbaye aussi loin que possible du monde civilisé.

Il avait fallu des centaines d'années au monde civilisé pour les trouver, mais les moines qui avaient fait vœu de silence avaient eu le dernier mot.

Vingt-quatre hommes avaient franchi la porte, qui s'était refermée derrière eux. Et aucun autre être vivant n'avait été admis à l'intérieur.

Jusqu'à aujourd'hui.

L'inspecteur-chef Gamache, Jean-Guy Beauvoir et le capitaine Charbonneau allaient bientôt être autorisés à pénétrer dans le monastère. Leur billet d'entrée : un mort.

# 3

— Je vous attends ? demanda le propriétaire du bateau d'un air amusé, en se passant la main sur sa figure mal rasée.

Personne ne lui avait dit pourquoi ils étaient ici. Pour ce qu'il en savait, ces gens pouvaient être des journalistes ou des touristes. D'autres pèlerins qui se faisaient des illusions.

— Oui, s'il vous plaît, répondit Gamache en lui remettant l'argent du passage et un généreux pourboire.

L'homme empocha les billets et regarda ses trois passagers sortir leurs affaires du bateau, puis débarquer sur le quai.

— Combien de temps pouvez-vous attendre ? demanda l'inspecteur-chef.

— Environ trois minutes, répondit l'homme en riant. C'est deux minutes de plus qu'il vous faut.

— Pouvez-vous nous donner…

Gamache consulta sa montre. Il était tout juste passé treize heures.

— … jusqu'à dix-sept heures ?

— Vous voulez que je reste ici jusqu'à cinq heures ? Écoutez, vous êtes venus de loin, je le sais, mais sachez qu'il ne faut pas quatre heures pour se rendre à la porte, frapper, puis rebrousser chemin.

— Ils nous laisseront entrer, dit Beauvoir.

— Êtes-vous des moines ?

— Non.

— Êtes-vous le pape ?

— Non.

— Alors je vous donne trois minutes. Faites-en bon usage.

Après avoir quitté le quai et une fois sur le sentier de terre, Beauvoir se mit à jurer à voix basse. Lorsqu'ils furent arrivés à la grande porte en bois, Gamache se tourna vers lui.

— Allez-y, sacrez tant que vous voulez, Jean-Guy. Vous ne pourrez pas le faire quand nous serons à l'intérieur.

— Oui, patron.

Sur un signe de tête du chef, Beauvoir leva la main et frappa.

Cela ne produisit presque aucun son, mais Beauvoir ressentit une vive douleur.

— Maudit tabarnac ! marmonna-t-il entre les dents.

— C'est ça, la sonnette, je pense, dit le capitaine Charbonneau en indiquant une longue tige de fer dans une cavité creusée dans la pierre.

Beauvoir la prit et donna un grand coup sur la porte. Cette fois, ils entendirent un son. Il frappa de nouveau et aperçut alors les marques dans le bois là où d'autres avaient frappé. Et frappé. Encore et encore.

Jean-Guy regarda derrière lui. Le propriétaire de l'embarcation leva le poignet et tapota sa montre. Beauvoir se retourna vers la porte et sursauta.

Le bois avait des yeux. La porte les observait. Puis il comprit qu'il y avait une fente par laquelle regardaient deux yeux injectés de sang.

Si Beauvoir avait été surpris de voir les yeux, les yeux semblaient surpris de le voir, lui.

— Oui ? fit une voix assourdie par le bois.

— Bonjour, mon frère, dit Gamache. Je m'appelle Armand Gamache. Je suis l'inspecteur-chef de la section des homicides de la Sûreté. Voici l'inspecteur Beauvoir et le capitaine Charbonneau. Nous sommes attendus, je crois.

La fenêtre en bois fut fermée d'un coup sec et ils entendirent le clic caractéristique d'un verrou qu'on pousse. Puis, plus rien. Beauvoir commençait à se demander s'ils allaient finir par entrer. Qu'allaient-ils faire, sinon ? Enfoncer la porte ? De toute évidence, l'homme du bateau ne leur serait d'aucune utilité. Beauvoir entendait un petit rire du côté du quai, qui se mêlait au clapotis des vagues.

Il regarda vers la forêt dense et sombre. On avait essayé de la tenir à distance. Beauvoir voyait bien que des arbres avaient été abattus, comme en témoignaient les souches près des murs. On aurait dit qu'une bataille avait eu lieu et qu'il régnait maintenant une paix fragile. Dans l'ombre produite par le monastère, les souches ressemblaient à des pierres tombales.

Beauvoir respira profondément. "Ressaisis-toi", se dit-il. Il n'avait pas autant d'imagination, habituellement. Il préférait de loin les faits. En rassemblait beaucoup. C'était l'inspecteur-chef qui s'intéressait aux émotions. Dans chacune de leurs enquêtes, le chef suivait la trace des émotions : celles réprimées depuis longtemps et qui étaient en train de pourrir. Et au bout de la piste visqueuse, le chef trouvait le tueur. Alors que Gamache remontait la piste des émotions, Beauvoir suivait celle des faits. Où les sentiments n'entraient pas en ligne de compte. Mais, ensemble, les deux hommes réussissaient à atteindre leur but.

Ils formaient une bonne équipe. Une super-équipe.

"Et s'il n'était pas content ?" La question prit Beauvoir par surprise, comme si elle avait surgi de la forêt. "Et s'il ne voulait pas qu'Annie et moi soyons ensemble ?"

Mais, encore une fois, cette pensée lui était soufflée par son imagination. "Ce n'est pas un fait. Pas un fait. Pas un fait", se répéta-t-il.

Il fixa la porte et vit de nouveau les marques aux endroits où avait frappé quelqu'un, ou quelque chose, qui voulait à tout prix entrer.

L'inspecteur-chef Gamache se tenait immobile à côté de lui. Il était calme et regardait fixement la porte, comme s'il s'agissait de la chose la plus fascinante qu'il eût jamais vue.

Et le capitaine Charbonneau ? Du coin de l'œil, Beauvoir vit que le chef du bureau local de la Sûreté avait lui aussi les yeux rivés sur la porte. Il semblait mal à l'aise, impatient d'entrer, ou de partir. De pénétrer dans le monastère ou de quitter les lieux. De faire quelque chose, n'importe quoi, plutôt que d'attendre sous le porche comme des conquérants très polis.

Il y eut ensuite un bruit, et Beauvoir vit Charbonneau sursauter sous l'effet de la surprise.

Ils entendirent le long grattement d'un objet en fer forgé glissant sur du bois. Puis ce fut le silence.

Gamache n'avait pas bougé, n'avait pas été surpris, ou du moins, s'il l'avait été, il ne le montra pas. Les mains croisées derrière le dos, il gardait les yeux braqués sur la porte. Il avait tout son temps.

La porte s'entrouvrit. S'ouvrit encore un peu. Et un peu plus.

Beauvoir s'attendait à entendre un grincement lorsque les vieilles charnières rouillées, inutilisées depuis longtemps, seraient enfin actionnées. Mais au contraire, il n'y eut aucun son, ce qui était encore plus déconcertant.

La porte finit par s'ouvrir complètement et les trois hommes virent une silhouette dans une robe noire, bien que pas entièrement noire. Il y avait des bandes blanches sur les épaules et une sorte de bavette, également blanche, couvrant la moitié de la poitrine. Comme si le moine avait glissé une serviette en lin dans son col et oublié de l'enlever.

Autour de sa taille était nouée une corde à laquelle pendait un anneau contenant une seule clé, énorme.

Le moine hocha la tête et fit un pas de côté.

— Merci, dit Gamache.

Beauvoir se tourna vers le propriétaire du bateau et résista difficilement à l'envie de lui faire un doigt d'honneur.

L'homme n'aurait pas été plus étonné si ses passagers avaient lévité.

Avant d'entrer, l'inspecteur-chef lui lança :

— Dix-sept heures, donc ?

Étienne Legault fit oui de la tête.

— Oui, patron, parvint-il à articuler.

Gamache se retourna vers la porte ouverte et hésita un instant, le temps d'un battement de cœur. Seul quelqu'un qui le connaissait bien pouvait s'en rendre compte. Beauvoir regarda son supérieur et comprit la raison de cette seconde d'hésitation.

Le chef voulait simplement savourer ce moment particulier. En faisant un pas, il deviendrait le premier laïc à entrer dans le monastère Saint-Gilbert-entre-les-Loups.

Puis il avança, et les autres suivirent.

La porte se referma derrière eux avec un bruit sourd. Le moine prit la grosse clé, l'inséra dans la serrure et la tourna.

Ils étaient enfermés dans le monastère.

Contrairement à ce à quoi il s'était attendu, Armand Gamache eut besoin de quelques instants pour s'adapter à la lumière et non à l'obscurité. Loin d'être sombre, l'intérieur était très éclairé.

Devant eux s'étendait un long et large corridor de pierres grises au bout duquel se trouvait une porte fermée. Mais ce qui frappait l'inspecteur-chef, ce qui avait dû frapper chaque homme, chaque moine qui avait passé la porte d'entrée au cours des siècles, c'était la lumière.

Le corridor était plein de joyeux arcs-en-ciel réfléchis sur les murs de pierre austères et le sol en ardoise où ils formaient des flaques irisées. Les couleurs bougeaient, s'entremêlaient, se séparaient, comme si elles étaient en vie.

Gamache savait qu'il avait la bouche ouverte, mais s'en fichait. Il avait vu beaucoup de choses extraordinaires au cours de sa vie, mais rien qui se comparât à ça. Il avait l'impression de pénétrer dans la félicité.

Il pivota sur lui-même et son regard croisa celui du moine. Ni l'un ni l'autre ne se détourna.

Aucune joie ne se lisait dans les yeux du moine, seulement de la souffrance. La noirceur à laquelle s'était attendu Gamache ne se trouvait pas à l'intérieur du monastère, mais à l'intérieur des hommes. Du moins, de cet homme.

Puis, sans un mot, le moine tourna sur ses talons et s'engagea dans le corridor. Il marchait d'un pas rapide, mais ses pieds ne faisaient presque pas de bruit. On entendait seulement le léger bruissement de sa robe frottant contre la pierre. Passant sur les arcs-en-ciel.

Les enquêteurs de la Sûreté chargèrent leurs sacs sur leurs épaules et s'avancèrent dans la lumière chaude.

Gamache suivait le moine tout en regardant au-dessus et autour de lui. La lumière entrait par des fenêtres au haut des murs. Il n'y en avait aucune à hauteur des yeux. Les premières étaient situées à environ trois mètres du sol. Au-dessus d'elles se trouvait une autre rangée de fenêtres, à travers lesquelles Gamache voyait un beau ciel bleu, quelques nuages et la cime d'arbres, comme si ceux-ci se penchaient pour regarder à l'intérieur. Comme lui regardait à l'extérieur.

Le verre au plomb des vitres était ancien et comportait des imperfections. C'étaient elles qui créaient les jeux de lumière.

Les murs étaient nus. Ils n'avaient pas besoin d'ornements.

Le moine ouvrit la porte et tous les quatre entrèrent dans une grande pièce où il faisait plus frais. Ici, les arcs-en-ciel étaient dirigés vers un seul endroit. L'autel.

Ils étaient dans une chapelle.

Le moine la traversa à toute vitesse après avoir fait une génuflexion à la hâte. Il marchait plus vite maintenant, comme si le monastère était légèrement incliné et les précipitait, lui et les autres, vers leur destination : le corps.

Gamache jeta un coup d'œil autour de lui. Ce qu'il voyait et entendait, aucun homme ayant le droit de quitter le monastère ne l'avait jamais vu ni entendu.

Une odeur d'encens flottait dans la chapelle. Pas celle, musquée et rance, présente dans de nombreuses églises du Québec, comme si elles cherchaient à masquer l'odeur de quelque chose de pourri. Ici, le parfum était plus naturel. Comme celui de fleurs ou de plantes aromatiques.

Gamache se laissa envahir par les impressions successives que lui fournissaient ses sens.

Il n'y avait pas de vitraux lugubres aux scènes servant d'avertissement, ici. Gamache remarqua que les fenêtres, très hautes sur les murs, étaient légèrement inclinées de manière que la lumière frappe d'abord l'autel tout simple et austère. Celui-ci était dépourvu d'ornements, à l'exception de la joyeuse lumière qui dansait sur le dessus, se répandait jusqu'aux murs et éclairait les moindres petits recoins.

Dans cette lumière, Gamache vit quelque chose d'autre. Ils n'étaient pas seuls.

Deux rangées de moines, de part et d'autre de l'autel, se faisaient face. Les hommes étaient assis, tête baissée, les mains jointes sur les genoux. Tous exactement dans la même position. Comme des sculptures penchées légèrement vers l'avant.

Entourés de lumière irisée, ils priaient dans le silence le plus total.

Continuant de suivre le moine, Gamache, Beauvoir et Charbonneau quittèrent la chapelle et empruntèrent un autre long couloir aux couleurs de l'arc-en-ciel.

L'inspecteur-chef se demanda si le moine pressé qui leur servait de guide remarquait encore les arcs-en-ciel qu'il foulait. Étaient-ils devenus quelque chose de banal ? Dans ce lieu unique, l'incroyable était-il devenu ordinaire ? En tout cas, l'homme devant lui ne semblait pas s'en soucier. Mais, Gamache le savait, une mort violente provoquait cet effet.

Elle agissait comme une éclipse et faisait disparaître tout ce qui était beau, joyeux, gentil ou joli. Elle était à ce point épouvantable.

Le moine qui les précédait était jeune, beaucoup plus jeune que ce à quoi Gamache s'était attendu, et il se reprocha aussitôt d'avoir eu une telle idée préconçue. C'était la première leçon qu'il enseignait aux nouvelles recrues qui se joignaient à la division des homicides.

— N'ayez pas d'attentes, leur disait-il. Chaque fois que vous entrez dans une pièce, que vous rencontrez des gens – homme, femme ou enfant –, que vous regardez un corps, ayez l'esprit ouvert. Pas au point que le cerveau vous tombe de la tête, mais suffisamment pour voir et entendre l'inattendu. N'ayez pas d'idées préconçues. Un meurtre est un acte auquel on ne s'attend pas. Et le meurtrier est souvent une personne qu'on ne soupçonnerait pas.

Gamache avait enfreint sa propre règle en présumant trouver des moines âgés. Au Québec, la plupart des moines, des prêtres et des religieuses l'étaient. La vie religieuse n'attirait plus tellement les jeunes. Si beaucoup d'entre eux continuaient de chercher Dieu, ils avaient abandonné l'idée de le chercher dans une église.

Ce jeune homme, ce jeune moine, constituait l'exception.

Dans le court instant où le regard de l'inspecteur-chef avait croisé celui du moine et l'avait soutenu, Gamache avait compris deux choses : le moine était à peine sorti de l'adolescence et il était extrêmement bouleversé, même s'il essayait de ne pas le montrer. Il était comme un enfant qui se cogne un orteil contre une pierre et refuse d'admettre qu'il a mal.

Une scène de crime suscitait toujours de fortes émotions. C'était normal. Alors pourquoi ce jeune moine cherchait-il à cacher les siennes ? Il le faisait, d'ailleurs, plutôt malhabilement.

— Seigneur ! souffla Beauvoir en arrivant à côté de Gamache. Voulez-vous parier que Montréal est derrière cette porte ?

D'un geste de la tête, il indiqua la porte fermée devant eux, au bout du corridor. Beauvoir était plus essoufflé que Gamache et le capitaine Charbonneau, mais, bien sûr, il était plus chargé.

À côté de la porte, il y avait une tige en fer forgé, identique à celle de l'entrée. Le moine la prit et frappa sur le bois. Cela fit un bruit sourd. Il patienta un moment, puis frappa de nouveau. Les quatre hommes attendirent. Finalement, Beauvoir prit la tige et donna un grand coup sur la porte.

Le grincement familier d'un autre verrou tiré mit fin à leur attente. Et la porte s'ouvrit.

# 4

— Je suis dom Philippe, dit le moine âgé. Le père supérieur de Saint-Gilbert. Merci d'être venu.

Il avait les mains entrées dans ses manches et les bras croisés sur le ventre. Il paraissait épuisé. Un homme courtois qui essayait de conserver sa courtoisie malgré l'acte barbare commis. Contrairement au jeune moine, le père abbé n'essayait pas de cacher ses sentiments.

— Je suis désolé que ç'ait été nécessaire, dit Gamache.

Il se présenta à son tour, ainsi que ses hommes.

— Suivez-moi, s'il vous plaît, dit l'abbé.

Gamache se tourna pour remercier le jeune moine qui leur avait montré le chemin, mais il avait déjà disparu.

— Qui est le frère qui nous a amenés ici ? demanda-t-il.

— Le frère Luc.

— Il est jeune, commenta Gamache en suivant l'abbé à travers la petite pièce.

— Oui.

Dom Philippe ne se montrait pas abrupt, croyait Gamache. Lorsque des hommes font vœu de silence, un simple mot constitue un formidable présent. En fait, dom Philippe se montrait très généreux.

Les arcs-en-ciel et la joyeuse lumière irisée du corridor ne pénétraient pas jusqu'ici. Mais loin d'être lugubre, cette pièce donnait l'impression d'un lieu intime et chaleureux. Le plafond était plus bas et les fenêtres n'étaient guère plus que des fentes dans le mur, mais entre les meneaux en forme de losange Gamache pouvait voir la forêt. Le contraste avec la lumière exubérante du couloir était réconfortant.

Les murs en pierre étaient tapissés de bibliothèques et au centre de l'un d'eux se trouvait un large foyer ouvert. Deux fauteuils avec un tabouret entre eux flanquaient la cheminée. À la lumière du feu s'ajoutait celle d'une lampe.

“Il y a donc de l'électricité, ici”, se dit Gamache. Il n'en avait pas été certain.

De la petite pièce ils passèrent dans une autre plus petite encore.

— Là-bas, c'était mon bureau, dit l'abbé en indiquant de la tête la pièce qu'ils venaient de quitter. Ici, c'est ma cellule.

— Votre cellule ? demanda Beauvoir, en ajustant sur ses épaules tombantes les sacs en toile d'une lourdeur maintenant presque insupportable.

— Ma chambre, répondit dom Philippe.

Les trois policiers de la Sûreté la parcoururent des yeux. Elle mesurait environ deux mètres sur trois et comprenait un lit à une place et une commode qui semblait aussi servir d'autel personnel. Sur le dessus, il y avait une sculpture de la Vierge Marie et de l'Enfant Jésus. Contre un mur se trouvait une bibliothèque haute et étroite, et à côté du lit une minuscule table en bois avec des livres. Il n'y avait pas de fenêtre.

Les hommes se tournèrent d'un côté, puis de l'autre.

— Excusez-moi, mon père, dit Gamache, mais où est le corps ?

Sans prononcer un mot, l'abbé tira sur la bibliothèque. Effrayés, les hommes levèrent tous les trois les bras pour l'attraper lorsqu'elle tomberait, mais, au lieu de basculer vers l'avant, elle s'ouvrit.

La lumière éclatante du soleil entra à flots par le trou soudain apparu dans le mur de pierre. Et, de l'autre côté, le chef pouvait voir une pelouse verte parsemée de feuilles d'automne. Et des arbustes au feuillage à différents stades des couleurs automnales. Et un grand arbre, un érable, au milieu du jardin.

Mais le regard de Gamache se porta directement vers le fond du jardin, et la silhouette recroquevillée sur le sol. Et les deux moines vêtus de leur robe noire, debout, immobiles, à environ un mètre du corps.

Les policiers de la Sûreté passèrent la dernière porte et sortirent dans ce jardin insoupçonné.

— Sainte Marie, mère de Dieu, psalmodiaient les moines de leurs voix graves et mélodieuses, priez pour nous, pauvres pécheurs.

— Quand l'avez-vous trouvé ? demanda Gamache, qui s'approcha du corps en faisant attention où il mettait les pieds.

— Mon secrétaire l'a trouvé après les laudes.

En voyant l'expression de Gamache, le père abbé expliqua :

— Les laudes se terminent à huit heures et quart. Le frère Mathieu a été découvert vers neuf heures moins vingt. Mon secrétaire est allé chercher le médecin, mais c'était trop tard.

Gamache hocha la tête. Derrière lui, il voyait Beauvoir et Charbonneau sortir le matériel pour scènes de crime. Le chef regarda l'herbe, puis étendit le bras et, avec douceur, fit reculer l'abbé de quelques pas.

— Désolé, dom Philippe, mais nous devons faire attention.

— Excusez-moi, dit l'abbé en reculant.

Il paraissait perdu, abasourdi. Pas seulement par le corps, mais aussi par la soudaine apparition d'hommes qu'il ne connaissait pas.

Gamache attira l'attention de Beauvoir et d'un geste discret indiqua le sol. Beauvoir hocha la tête. Il avait déjà remarqué la légère différence entre l'herbe à cet endroit et le reste du jardin. Les brins d'herbe étaient penchés, en direction du corps.

Gamache se retourna vers l'abbé. C'était un homme grand et mince. Comme les autres moines, dom Philippe était rasé de près, et, s'il n'avait pas le crâne tondu, les cheveux gris qui couvraient sa tête étaient très courts.

De ses yeux bleu foncé, il soutint le regard pensif de Gamache, comme s'il cherchait un moyen de pénétrer dans ses pensées. Le chef ne détourna pas les yeux, mais eut l'impression d'être scruté à la loupe.

L'abbé glissa de nouveau ses mains dans les manches de sa robe. C'était la même pose que celle des deux autres moines qui, debout non loin du corps, priaient les yeux fermés.

— Je vous salue, Marie, pleine de grâce…

Le rosaire. Gamache le reconnut. Il pouvait le réciter dans son sommeil.

— … le Seigneur est avec vous…

— Qui est-il, père abbé ?

Gamache s'était placé de manière qu'il fasse face au corps, mais pas l'abbé. Dans certains cas, le chef voulait que les suspects ne puissent éviter de voir le mort, la personne assassinée. Il voulait que la vue du cadavre les ébranle, les tourmente, les déchire.

Mais pas dans le cas présent. Il avait le sentiment que cet homme n'oublierait jamais cette scène. Et que la gentillesse mènerait peut-être plus rapidement à la vérité.

— Mathieu. Le frère Mathieu.

— Le maître de chapelle ? demanda Gamache. Oh.

L'inspecteur-chef inclina légèrement la tête. La mort signifiait toujours une perte. Et une mort violente élargissait le trou. La perte semblait plus grande. Mais perdre cet homme ? Armand Gamache regarda de nouveau le corps sur le sol, roulé en boule. Le moine avait approché les genoux le plus qu'il le pouvait de son menton. Avant de mourir.

Le frère Mathieu. Le chef de chœur de Saint-Gilbert-entre-les-Loups. L'homme dont Gamache avait écouté la musique dans l'avion qui l'avait amené à cet endroit.

Gamache avait l'impression de le connaître. Pas de vue, évidemment. Personne ne l'avait vu. Il n'existait aucune photographie, aucun portrait du frère Mathieu. Mais des millions de personnes, dont Gamache, avaient l'impression de le connaître plus intimement que ce que révèle l'apparence physique.

Sa mort constituait effectivement une perte, et pas uniquement pour cette communauté isolée et cloîtrée.

— Oui, le maître de chapelle, confirma l'abbé d'une voix douce, presque chuchotée.

Il se retourna et regarda l'homme sur le sol.

— Et notre prieur.

Dom Philippe se tourna de nouveau vers Gamache.

— Et mon ami.

Il ferma les yeux et resta parfaitement immobile. Puis il les rouvrit. Ils étaient d'un bleu très intense. L'abbé inspira profondément. Pour se ressaisir, se concentrer, pensa Gamache.

Il savait comment se sentait le père supérieur. Quand on doit faire quelque chose d'extrêmement désagréable, de douloureux, on se recueille ainsi un instant juste avant de plonger.

Après avoir expiré, dom Philippe fit quelque chose d'inattendu. Il esquissa un sourire, très léger, presque imperceptible. Il regarda Armand Gamache avec tant de bonté et de franchise dans les yeux que l'inspecteur-chef en fut presque paralysé.

— "Tout finira bien, dit dom Philippe en regardant directement Gamache. Tout finira bien, toute chose, quelle qu'elle soit, finira bien."

Ce n'était pas du tout ce que Gamache s'attendait à ce que dise l'abbé, et il lui fallut un moment, en fixant ces yeux surprenants, avant de réagir.

— Merci. Je le crois en effet, mon père, dit-il enfin. Mais vous, le croyez-vous ?

— Julienne de Norwich ne mentirait pas, répondit dom Philippe, avec le même sourire à peine esquissé.

— Probablement pas. Mais Julienne de Norwich a écrit sur l'amour divin et il n'y a probablement jamais eu de meurtre dans son couvent. Dans le vôtre oui, malheureusement.

L'abbé continua d'observer Gamache. Pas avec colère, pensa le chef. Son visage exprimait toujours la même douceur, la même bonté. Mais la lassitude était réapparue.

— C'est vrai.

— Si vous voulez bien m'excuser, mon père…

Le chef passa à côté de l'abbé et, en examinant le sol, traversa lentement la pelouse en faisant bien attention où il mettait les pieds, puis la platebande de fleurs. Jusqu'au frère Mathieu.

Rendu près de lui, il s'agenouilla.

Il ne tendit pas le bras, ne toucha rien. Armand Gamache se contenta de regarder le lieu du crime, attentif aux détails, mais aussi aux impressions.

Son impression était que le frère Mathieu n'était pas parti doucement. De nombreuses personnes auprès desquelles il s'était agenouillé avaient été tuées si rapidement qu'elles s'étaient à peine rendu compte de ce qui s'était produit.

Pas le prieur. Il savait ce qui s'était produit, et ce qui arriverait ensuite.

Gamache tourna la tête vers l'herbe, puis de nouveau vers le mort. Le frère Mathieu avait le côté du crâne défoncé. L'inspecteur-chef se pencha un peu plus. Le moine semblait avoir reçu au moins deux, peut-être trois coups à la tempe, assénés avec suffisamment de force pour blesser mortellement, mais pas pour tuer instantanément.

Le prieur, pensa Gamache, devait avoir une tête dure.

Il perçut, sans le voir, que Beauvoir s'agenouillait à côté de lui. Tournant la tête, il vit le capitaine Charbonneau à côté de Beauvoir. Ils avaient apporté leurs trousses médicolégales.

Gamache jeta un coup d'œil derrière lui. Sur la pelouse, du ruban de scène de crime délimitait un chemin jusqu'à la platebande.

Le père abbé avait rejoint les autres moines et, ensemble, ils récitaient le *Je vous salue, Marie*.

Beauvoir sortit son carnet – un nouveau pour un nouveau cadavre.

Gamache, lui, ne prenait pas de notes, préférant écouter.

— Qu'en pensez-vous ? demanda le chef en regardant Charbonneau.

Le capitaine écarquilla les yeux.

— Moi ?

Pendant un horrible moment, le capitaine Charbonneau ne pensa à rien. Son cerveau était aussi vide que celui du mort. Il fixa Gamache, mais celui-ci, loin d'être hautain ou impatient, affichait simplement un air attentif. Sa question n'était ni un piège ni une ruse.

Charbonneau sentit les battements de son cœur ralentir et son cerveau tourner plus vite.

Gamache lui sourit de manière encourageante.

— Prenez votre temps. J'aimerais mieux avoir une réponse réfléchie qu'une réponse rapide.

— … priez pour nous, pauvres pécheurs…

Les trois moines psalmodiaient des prières tandis que les trois policiers étaient agenouillés.

Charbonneau parcourut le jardin des yeux. Celui-ci était entouré de murs. La seule façon d'y entrer ou d'en sortir était de passer par la bibliothèque. Il n'y avait pas d'échelle, aucun indice permettant de croire que quelqu'un avait grimpé pour accéder au lieu ou en ressortir. Charbonneau leva la tête. Aucune fenêtre ne donnait sur le jardin. Personne n'aurait pu être témoin de ce qui s'était produit ici.

Que s'était-il passé ici ? L'inspecteur-chef Gamache voulait son opinion – son avis éclairé, basé sur une analyse rationnelle.

"Mon Dieu, pria-t-il, donnez-moi une opinion."

Lorsque l'inspecteur Beauvoir avait téléphoné et demandé qu'un policier du bureau local de la Sûreté vienne les accueillir, Gamache et lui, à leur descente de l'avion, puis les accompagne au monastère, le capitaine Charbonneau avait décidé de s'acquitter lui-même de cette tâche. À titre de chef du poste de police, il aurait pu l'assigner à n'importe qui. Mais il n'en avait jamais été question.

Il voulait s'en charger lui-même.

Et pas seulement pour voir l'intérieur de la célèbre abbaye.

Le capitaine Charbonneau voulait aussi rencontrer l'inspecteur-chef Gamache.

— Il y a du sang dans l'herbe, là-bas. (D'un geste de la main, il indiqua une partie protégée par un cordon de sécurité.) Et d'après les marques sur le gazon, on dirait qu'il s'est traîné sur un ou deux mètres, jusqu'ici.

— Ou qu'il a été traîné par son meurtrier, dit Gamache.

— C'est peu probable, monsieur. Il n'y a pas de traces de pas dans l'herbe ni dans la platebande.

— Oui, très bien, dit Gamache en regardant autour de lui. Pourquoi, alors, un homme en train de mourir se traînerait-il jusqu'ici ?

Les trois policiers observèrent de nouveau le corps. Le frère Mathieu était recroquevillé en position fœtale, les genoux vers le haut, les bras croisés autour de son gros ventre, la tête penchée sur la poitrine. Son dos était appuyé contre le mur de pierre du jardin.

— Essayait-il de se faire petit ? demanda Beauvoir. Il ressemble à un ballon.

C'était effectivement le cas : un très gros ballon noir venu s'arrêter contre le mur.

— Mais pourquoi ? demanda encore Gamache. Pourquoi ne s'est-il pas traîné en direction du monastère ? Pourquoi s'en est-il éloigné ?

— Il était peut-être désorienté, répondit Charbonneau. Il avançait peut-être par instinct sans vraiment réfléchir. Peut-être n'y a-t-il pas de raison.

— Peut-être, dit Gamache.

Ils continuèrent tous les trois à regarder le corps du frère Mathieu. Le capitaine Charbonneau jeta un coup d'œil à Gamache, qui était absorbé dans ses pensées.

Il se trouvait à quelques centimètres de lui et voyait toutes les rides sur son visage – à la fois les rides naturelles et celles causées par les soucis. Il sentait même son odeur. Une note de bois de santal et autre chose. De l'eau de rose.

Charbonneau avait vu l'inspecteur-chef à la télévision, bien sûr. Il avait même pris l'avion pour aller à Montréal assister à un colloque de la police où Gamache, le conférencier invité, prononcerait un discours dont le thème était la devise de la Sûreté : *Service, intégrité, justice.*

Le discours principal portait toujours sur ce thème et, au fil des ans, était devenu une manière de motiver les troupes, une orgie d'autocongratulations pour clôturer l'assemblée annuelle de la Sûreté.

Sauf lorsque l'inspecteur-chef Gamache avait été l'orateur, quelques mois plus tôt. Il avait d'abord choqué les centaines de policiers dans l'auditoire en parlant de ses propres faiblesses dans chacun de ces domaines. En décrivant des situations où il aurait pu faire mieux, et d'autres où il n'avait rien fait du tout.

Il avait aussi exposé clairement les échecs de la Sûreté elle-même, avait brossé un tableau très précis des occasions où le corps policier avait manqué à ses devoirs, et même trahi la confiance de la population du Québec. À de multiples reprises. Ses paroles constituaient un réquisitoire impitoyable contre un corps de police en lequel il croyait.

Et c'est ce qui était devenu clair.

Armand Gamache croyait en eux. Il croyait en la Sûreté, et en sa devise : *Service, intégrité, justice.*

Il pouvait faire mieux.

Ils pouvaient tous faire mieux.

Individuellement et en tant que force de l'ordre.

À la fin du discours, les mille policiers et policières dans la salle s'étaient levés d'un bond pour l'acclamer, redynamisés par ses paroles inspirantes.

Sauf, avait remarqué Charbonneau, un petit groupe, dans la première rangée. Ces hommes s'étaient levés, eux aussi, avaient applaudi. Comment auraient-ils pu faire autrement ? Mais, de sa position sur le côté, Charbonneau avait bien vu que le cœur n'y était pas. Et Dieu seul savait ce qu'il y avait dans leur tête.

Le groupe était constitué des directeurs de la Sûreté – la haute direction – et du ministre de la Justice.

Maintenant, Charbonneau aurait voulu se pencher en avant, au-dessus du corps, baisser la voix et murmurer : "Je ne sais pas pourquoi cet homme a rampé jusqu'ici, mais je sais quelque chose que vous devriez entendre. Vous n'avez peut-être pas autant d'amis que vous le pensez à la Sûreté. Que vous le croyez."

Il ouvrit la bouche pour parler, mais la referma après avoir regardé le visage de Gamache. Noté les cicatrices, et les yeux intelligents.

"Cet homme sait, se rendit-il compte. L'inspecteur-chef Gamache sait que ses jours au sein de la Sûreté sont probablement comptés."

— Qu'en pensez-vous ? demanda de nouveau Gamache.

— Je pense qu'il savait exactement ce qui allait lui arriver.

— Continuez.

— Je pense qu'il a fait du mieux qu'il pouvait, mais c'était trop tard. Il ne pouvait pas s'échapper.

— Non, en effet. Il n'y avait nulle part où aller.

Les deux hommes se regardèrent fixement pendant un moment, se comprenant très bien.

— Mais pourquoi n'a-t-il pas laissé un message ? demanda Beauvoir.

— Pardon ? dit Charbonneau en se tournant vers lui.

— Eh bien, il avait vu son meurtrier et savait qu'il était en train de mourir. Il a eu la force de se traîner jusqu'ici. Pourquoi n'a-t-il pas utilisé un peu de l'énergie qui lui restait pour nous laisser un message ?

Ils regardèrent autour d'eux, mais la terre avait été piétinée. Pas par eux, mais par un groupe de moines, bien intentionnés ou pas.

— L'explication est peut-être très simple, dit Charbonneau. Il a peut-être fait comme un animal qui se roule en boule pour mourir tout seul.

Gamache éprouva une compassion infinie pour cet homme qui était mort tout seul, presque certainement tué par quelqu'un qu'il connaissait et en qui il avait confiance. Était-ce pour cela qu'il avait un air effrayé ? Pas parce qu'il allait mourir, mais parce que son assassin était un frère. Abel affichait-il la même expression lorsqu'il s'était effondré sur le sol ?

Les policiers se penchèrent de nouveau au-dessus du moine.

Le frère Mathieu, âgé d'une soixantaine d'années, était replet. Il ne semblait pas s'être imposé beaucoup de privations. S'il avait mortifié sa chair, c'était avec de la nourriture. Et peut-être de l'alcool, bien qu'il n'eût pas le teint rougeaud ni les traits bouffis de ceux qui mènent une vie dissolue.

Le prieur avait simplement l'air d'un homme pleinement satisfait de sa vie, bien que visiblement plus qu'un peu déçu par sa mort.

— Aurait-il reçu un autre coup ? demanda le chef. Au ventre, peut-être ?

— … et Jésus, le fruit de vos entrailles, est béni…

Beauvoir se pencha un peu plus et hocha la tête.

— Il a les bras autour du ventre. Pensez-vous qu'il s'est tordu de douleur ?

Gamache se leva et se frotta distraitement les genoux pour enlever la terre.

— Je vous laisse vous occuper de lui, inspecteur. Capitaine.

L'inspecteur-chef revint sur ses pas, en faisant bien attention de ne pas s'écarter du chemin qu'il avait déjà créé.

— Sainte Marie, mère de Dieu…

Les moines continuaient de répéter le *Je vous salue, Marie*.

Comment savaient-ils quand arrêter ? se demanda Gamache. Quand assez de prières auraient-elles été récitées ?

Il savait quel était son but : découvrir qui avait tué le frère Mathieu.

— … priez pour nous, pauvres pécheurs…

Mais quel était celui de ces trois hommes en robe noire ?

— … maintenant, et à l'heure de notre mort. Amen.

# 5

Le chef regarda les moines pendant quelques instants, puis se tourna et observa Beauvoir.

Il avait pris du poids et, bien que toujours mince, il n'avait plus les traits tirés. Ses joues étaient plus rondes et les cernes sous ses yeux avaient disparu.

Mais le changement était plus que physique. Beauvoir paraissait maintenant heureux. Plus heureux, en fait, que Gamache ne l'avait jamais vu. Il n'était pas en proie à l'exaltation fébrile, grisante d'un toxicomane, mais affichait plutôt un calme serein. Le chemin de la guérison était long et périlleux, Gamache le savait, mais, au moins, Beauvoir y était engagé.

Disparus, les sautes d'humeur, les emportements et les réactions irrationnelles. La rage et les plaintes continuelles.

Disparus, les comprimés d'OxyContin et de Percocet. Quelle terrible ironie c'était que des médicaments censés soulager la douleur puissent finir par causer tellement de souffrance.

Les douleurs de Beauvoir avaient été bien réelles, pensa Gamache tandis qu'il observait son inspecteur. Il avait eu besoin de ces pilules. Mais à un moment donné était venu le temps d'arrêter de les prendre.

Et c'est ce qu'il avait fait. Avec de l'aide. Gamache espérait qu'il n'était pas revenu au travail trop tôt, mais avait l'impression que ce dont il avait besoin maintenant, c'était d'un retour à la normalité. De ne pas être traité comme s'il était handicapé.

Malgré tout, Gamache savait que Jean-Guy devait être surveillé. Pour déceler toute fissure éventuelle dans son calme retrouvé.

Pour le moment, cependant, Gamache tourna le dos aux deux agents de police, sachant qu'ils avaient du travail. Il tourna aussi le dos aux moines, sachant qu'ils avaient eux aussi leur travail.

Et lui avait le sien.

Il parcourut le jardin du regard.

C'était la première occasion qu'il avait de bien l'observer.

De forme carrée, il mesurait environ douze mètres sur douze. Il n'était pas conçu, donc, pour y pratiquer des sports ni y réunir un grand nombre de personnes. Les moines ne jouaient certainement pas au soccer ici.

Gamache remarqua un panier en osier, contenant des outils de jardinage, qu'on semblait avoir laissé tomber sur le sol. Il y avait aussi une trousse médicale, près des moines qui priaient.

Il commença à se promener dans le jardin, en regardant les vivaces, les fines herbes, dont le nom était précisé sur une étiquette : échinacée, reine-des-prés, millepertuis, camomille.

Gamache ne connaissait rien au jardinage, mais il se dit qu'il ne s'agissait pas de simples fines herbes ou fleurs, mais de plantes médicinales. De nouveau, il regarda autour de lui.

Tout, ici, semblait servir à quelque chose, avoir été pensé avec un objectif précis en tête.

Y compris, soupçonnait-il, le corps.

Ce meurtre avait été commis pour une raison particulière. Et son travail, à lui, était de la découvrir.

Sous l'érable au milieu du jardin se trouvait un banc en pierre de forme courbe. La plupart des feuilles de l'arbre étaient tombées et avaient été ratissées, mais il en restait ici et là sur le gazon. Et quelques-unes, comme un mince espoir, s'accrochaient encore aux branches.

En été, le feuillage devait créer une voûte magnifique et jeter une ombre tachetée de lumière sur le jardin, dont peu d'endroits devaient se trouver en plein soleil ou totalement à l'ombre.

Le jardin du père abbé avait atteint un équilibre entre ombre et lumière.

Mais maintenant, en automne, il semblait être en train de mourir. Cela, cependant, faisait partie du cycle naturel. Ce ne serait pas normal si toutes les plantes étaient perpétuellement en fleurs.

Les murs, estima Gamache, mesuraient au moins trois mètres de haut. Personne n'y grimperait pour sortir du jardin. Et la seule façon d'y accéder, c'était en passant par la chambre de l'abbé. Par la porte secrète.

Gamache regarda de nouveau le monastère. Personne à l'intérieur ne pouvait venir dans le jardin du père supérieur, ni même voir cet endroit.

Les moines en connaissaient-ils même l'existence? se demanda Gamache.

Était-ce possible que ce lieu soit un jardin non seulement privé, mais aussi secret ?

Dom Philippe avait recommencé à réciter le rosaire.

— Je vous salue, Marie, pleine de grâce, le Seigneur est avec vous…

Il avait la tête baissée, mais les yeux entrouverts. Il observait les policiers dans le jardin, qui se penchaient au-dessus de Mathieu, le photographiaient, le tâtaient. Mathieu, toujours si tatillon, si ordonné, aurait détesté ça au plus haut point.

Mourir sur de la terre…

— Sainte Marie, mère de Dieu…

Comment Mathieu pouvait-il être mort ? Dom Philippe articulait les paroles presque silencieusement, en essayant de se concentrer sur la prière toute simple. Il prononçait les mots et entendait ses frères moines à côté de lui. Il entendait leurs voix familières et sentait leurs épaules contre les siennes.

Il avait conscience du soleil sur sa tête et sentait l'odeur musquée du jardin en automne.

Mais maintenant, plus rien ne lui semblait familier. Les mots, la prière et même le soleil paraissaient étrangers.

Mathieu était mort.

“Comment ai-je pu ne pas savoir ?”

— … priez pour nous, pauvres pécheurs…

“Comment ai-je pu ne pas savoir ?”

Ces mots devinrent son nouveau rosaire.

"Comment ai-je pu ne pas savoir que tout ça finirait par un meurtre?"

Gamache était revenu à son point de départ et s'arrêta devant les moines en prière.

En s'approchant, il avait eu l'impression que l'abbé avait été en train de l'observer.

Une chose était évidente : depuis les quelques minutes que Gamache était dans le jardin, l'énergie de l'abbé avait diminué encore plus.

Si les *Je vous salue, Marie* étaient censés réconforter, ça ne fonctionnait pas. Ou alors, sans les prières, dom Philippe serait peut-être dans un état pire encore. Il paraissait sur le point de s'effondrer.

— Excusez-moi, dit Gamache.

Les deux moines cessèrent de prier, mais dom Philippe continua, jusqu'à la fin.

— ... maintenant, et à l'heure de notre mort.

Et tous ensemble, sur le même ton monocorde, ils dirent "Amen".

Dom Philippe ouvrit les yeux.

— Oui, mon fils?

C'était la façon traditionnelle dont un prêtre s'adressait à un paroissien, ou un abbé à ses moines. Gamache, cependant, n'était ni l'un ni l'autre, et il se demanda pourquoi dom Philippe utilisait ce terme avec lui. Par habitude? Pour offrir une forme d'amitié? Ou s'agissait-il d'autre chose? Une manière d'affirmer son autorité – celle d'un père sur un enfant.

— J'aurais quelques questions à poser.

— Oui, bien sûr, dit l'abbé, tandis que les deux autres demeurèrent silencieux.

— C'est l'un de vous, paraît-il, qui a trouvé le frère Mathieu.

Le moine à la droite de l'abbé jeta un coup d'œil à son supérieur, qui lui fit un petit hochement de tête.

— C'est moi.

Le moine était plus petit que dom Philippe et un peu plus jeune. Il avait le regard méfiant.

— Et vous êtes… ?

— Simon.

— Pourriez-vous, mon frère, décrire ce qui est arrivé ce matin ?

Le frère Simon se tourna vers l'abbé, qui hocha de nouveau la tête.

— Je suis venu ici après les laudes pour nettoyer le jardin. Puis je l'ai vu.

— Qu'avez-vous vu ?

— Frère Mathieu.

— Oui, mais saviez-vous que c'était lui ?

— Non.

— Qui pensiez-vous que ce pouvait être ?

Le frère Simon ne répondit pas.

— Ça va, Simon. Nous devons dire la vérité.

— Oui, père abbé.

Le moine ne paraissait ni content ni convaincu, mais il obéit à son supérieur.

— Je pensais que c'était l'abbé.

— Pourquoi ?

— Parce que personne d'autre ne vient ici. Seulement lui et moi maintenant.

Après avoir réfléchi un instant à cette réponse, Gamache demanda :

— Qu'avez-vous fait ?

— Je suis allé voir.

Gamache jeta un coup d'œil au panier en osier couché sur le côté, dont le contenu s'était répandu sur les feuilles d'automne, et au râteau jeté par terre.

— Avez-vous marché ou couru ?

Encore une fois, le moine sembla marquer une hésitation.

— J'ai couru.

Gamache pouvait imaginer la scène : le moine dans la cinquantaine, son panier à la main, entrant dans ce jardin paisible pour y travailler, ratisser les feuilles mortes, se préparant à faire ce qu'il avait fait quantité de fois auparavant, puis voyant l'inconcevable. Un homme écroulé au pied du mur.

Le père abbé, sans aucun doute.

Et qu'avait fait le frère Simon ? Il avait laissé tomber ses outils et couru, aussi vite que sa longue robe le lui permettait.

— Et lorsque vous êtes arrivé près de lui, qu'avez-vous fait ?

— J'ai vu que ce n'était pas du tout le père abbé.

— Décrivez-moi, s'il vous plaît, tout ce que vous avez fait.

— Je me suis agenouillé.

Chacun des mots prononcés paraissait le faire souffrir. Soit à cause de ce que ces mots lui rappelaient, soit à cause de leur existence même, du simple fait de parler.

— Et j'ai levé son capuchon. Il était tombé et lui cachait la figure. C'est à ce moment-là que j'ai vu que ce n'était pas l'abbé.

Ce n'était pas l'abbé : voilà ce qui semblait importer à cet homme. Pas qui c'était, mais qui ce n'était pas. Lorsqu'il écoutait quelqu'un, Gamache prêtait attention aux mots, au ton de la voix, à l'espace entre les mots.

Et ce qu'il venait d'entendre était du soulagement.

— Avez-vous touché le corps ? Avez-vous déplacé le frère Mathieu ?

— J'ai touché son capuchon et ses épaules. Je l'ai secoué. Puis je suis allé chercher le médecin.

Le frère Simon regarda l'autre moine.

Celui-ci était plus jeune que les deux autres moines, mais de quelques années seulement. Les cheveux qui poussaient sur son crâne rasé avaient eux aussi commencé à grisonner. Il était de plus petite taille et un peu plus enveloppé que les deux autres. Quant à ses yeux, bien que tristes, ils n'étaient pas pleins d'anxiété, contrairement à ceux de ses compagnons.

— Êtes-vous le médecin ? demanda Gamache.

Le moine hocha la tête. Il paraissait presque amusé. Gamache n'était pas dupe, cependant. Un des frères de Reine-Marie riait aux enterrements et pleurait aux mariages. Un de leurs amis se mettait à rire quand quelqu'un l'engueulait. Pas parce qu'il trouvait ça drôle, mais pour évacuer un trop-plein d'émotions.

Parfois, il y avait confusion dans l'expression des sentiments, surtout chez des gens pas habitués à montrer leurs émotions.

Le moine médecin, malgré son air amusé, pouvait en fait être le plus atterré des trois.

— Oui, je suis le médecin. Je m'appelle Charles.

— Dites-moi comment vous avez appris la mort du prieur.

— J'étais avec les animaux quand le frère Simon est venu me chercher. Il m'a emmené à l'écart et a dit qu'il y avait eu un accident.

— Étiez-vous seuls ?

— Non, il y avait d'autres frères, mais Simon s'est assuré de garder la voix basse. À mon avis, les autres n'ont rien entendu.

Gamache revint au frère Simon.

— Pensiez-vous vraiment qu'il s'agissait d'un accident ?

— Je n'en étais pas sûr et ne savais pas quoi dire d'autre.

— Excusez-moi, je vous ai interrompu, dit Gamache en se retournant vers le médecin.

— J'ai couru à l'infirmerie pour prendre ma trousse médicale, puis nous sommes venus ici.

Gamache pouvait imaginer les deux moines en robe noire en train de courir dans les corridors inondés de lumière.

— Avez-vous rencontré quelqu'un en chemin ?

— Personne, répondit le frère Charles. C'était l'heure de nos tâches. Chacun vaquait à ses occupations.

— Qu'avez-vous fait en arrivant dans le jardin ?

— J'ai vérifié s'il y avait un pouls, bien sûr, mais ses yeux suffisaient pour conclure qu'il était mort, même si je n'avais pas vu la plaie.

— Et qu'avez-vous pensé lorsque vous l'avez vue ?

— Je me suis d'abord demandé s'il était tombé du mur, mais je voyais bien que c'était impossible.

— Et qu'avez-vous pensé ensuite ?

Le frère Charles regarda le père supérieur.

— Continue, dit dom Philippe.

— J'ai pensé que quelqu'un lui avait fait ça.

— Qui ?

— Honnêtement, je n'en avais pas la moindre idée.

Gamache scruta le visage du médecin pendant un moment. D'après son expérience, quand une personne disait "honnêtement", cela annonçait souvent un mensonge. Il mit de côté cette impression et se tourna vers l'abbé.

— Si vous le voulez bien, monsieur, j'aimerais m'entretenir avec vous un peu plus longuement.

L'abbé ne parut pas surpris, comme si plus rien ne pouvait le choquer, maintenant.

— Mais bien sûr.

En inclinant la tête pour saluer les deux autres moines, dom Philippe les regarda dans les yeux, et l'inspecteur-chef se demanda quel message avait pu être transmis. Des moines vivant ensemble dans le silence finissaient-ils par acquérir une sorte de pouvoir télépathique ? La capacité de lire leurs pensées ?

Si oui, ce don avait cruellement fait défaut au prieur.

Dom Philippe mena Gamache jusqu'au banc sous l'arbre, à l'écart de toute l'activité.

De cet endroit, ils ne pouvaient pas voir le corps ni le monastère. Ils avaient vue sur le mur, ainsi que sur les plantes médicinales et le sommet des arbres au-delà.

— J'ai de la difficulté à croire qu'une telle chose est arrivée, dit l'abbé. Vous devez entendre ça tout le temps. Est-ce que tout le monde dit ça ?

— La plupart des gens, oui. Ce serait terrible si un meurtre ne causait pas un choc.

L'abbé soupira et regarda fixement au loin. Puis, il ferma les yeux et se couvrit la figure avec ses mains fines.

Il n'y eut pas de sanglots, pas de pleurs, pas même une prière.

Seulement le silence. Ses longues mains élégantes étaient comme un masque sur son visage. Un autre mur entre lui et le monde extérieur.

Finalement, il baissa les mains et les laissa reposer, inertes, sur ses genoux.

— C'était mon meilleur ami, vous savez. Nous ne sommes pas censés avoir de meilleurs amis dans un monastère. Nous sommes tous censés être égaux. Tous amis, mais sans qu'aucun ne compte plus que les autres. Mais bien sûr, il s'agit d'un idéal. Comme Julienne de Norwich, nous aspirons à n'aimer que Dieu, d'un amour absolu. Mais nous sommes des êtres humains imparfaits et parfois nous aimons aussi nos semblables. Il n'existe aucune règle pour le cœur.

Gamache écoutait et attendit la suite, en essayant de ne pas surinterpréter ce qu'il entendait.

— Je ne saurais vous dire combien de fois Mathieu et moi nous sommes assis ici. Il s'assoyait là où vous êtes maintenant. Parfois nous discutions des affaires courantes du monastère, parfois nous lisions tout simplement. Il apportait ses partitions pour les chants. Pendant que je jardinais, ou que j'étais tranquillement assis à côté de lui, je l'entendais fredonner tout bas. Je pense qu'il n'était même pas conscient qu'il le faisait, ni que je pouvais l'entendre. Mais je l'entendais.

L'abbé leva son regard vers le mur et les cimes de la forêt qui se dressaient de l'autre côté, tels de sombres clochers. Il demeura silencieux durant un moment, perdu dans ce qui était maintenant et pour toujours le passé. La scène qu'il avait décrite ne se répéterait plus. Jamais plus il n'entendrait les airs fredonnés.

— Un meurtre ? Ici ? murmura-t-il finalement avant de se tourner vers Gamache. Et vous êtes venu pour découvrir lequel d'entre nous l'a commis. Inspecteur-chef, avez-vous dit. Nous avons donc droit au patron ?

Gamache sourit.

— Pas au grand patron, hélas. J'ai moi aussi des patrons.

— Comme tout le monde, quoi. Les vôtres, au moins, ne peuvent pas voir tout ce que vous faites.

— Ni savoir tout ce que je pense ou ressens. Et j'en suis très heureux tous les jours.

— Mais ils ne peuvent pas non plus vous apporter la paix et le salut.

Gamache hocha la tête.

— Vous avez bien raison.

— Patron ?

Beauvoir se trouvait à quelques mètres des deux hommes.

Après s'être excusé auprès de l'abbé, Gamache alla rejoindre son inspecteur.

— Nous sommes prêts à déplacer le corps. Mais où devrions-nous le transporter ?

L'inspecteur-chef réfléchit un moment, puis regarda les deux moines en prière.

— Cet homme là-bas, dit-il en pointant le doigt vers le frère Charles, est le médecin. Allez avec lui chercher une civière, puis emportez le frère Mathieu à l'infirmerie.

Gamache marqua une pause et Beauvoir, le connaissant bien, attendit qu'il poursuive.

— Il était le chef de chœur, vous savez.

Gamache regarda de nouveau le corps recroquevillé du frère Mathieu.

Pour Beauvoir, ce détail n'était qu'un simple fait, une information. Mais il voyait bien que le chef y attachait une signification particulière.

— Est-ce important ? demanda-t-il.

— Peut-être.

— C'est important pour vous, n'est-ce pas ?

— C'est tellement triste, dit le chef. Une grande perte. C'était un génie, vous savez. J'écoutais sa musique dans l'avion qui nous a amenés ici.

— C'est ce que j'ai pensé.

— Avez-vous déjà entendu le chœur qu'il dirigeait ?

— Difficile de ne pas faire autrement. Il y a deux ou trois ans, on faisait jouer cette musique partout. Pas moyen d'ouvrir la radio sans l'entendre.

Gamache sourit.

— Vous n'êtes pas amateur ?

— De chant grégorien ? Vous voulez rire ? Qui n'aimerait pas un groupe d'hommes qui chantent sans instruments, sur un ton presque monocorde, en latin ?

Le chef sourit de nouveau à Beauvoir, puis retourna auprès de l'abbé.

— Qui a pu faire une telle chose ? demanda tout bas dom Philippe lorsque Gamache eut repris sa place. Je n'ai pas cessé de me poser cette question depuis ce matin. (Il se tourna vers l'inspecteur-chef.) Et pourquoi n'ai-je pas vu ça venir ?

Gamache demeura silencieux, sachant que la question ne lui était pas adressée. La réponse viendrait cependant de lui, à un moment donné.

Il se rendit compte, aussi, que dom Philippe n'avait pas essayé d'insinuer que le meurtre avait été commis par un étranger. Il n'avait même pas essayé de convaincre Gamache – ou de se convaincre lui-même – qu'il s'agissait d'un accident, d'une chute improbable.

Il ne cherchait pas, par des raisonnements tortueux, à nier l'affreuse vérité, comme c'était habituellement le cas dans une affaire de meurtre.

Le frère Mathieu avait été assassiné. Et le meurtrier était l'un des autres moines.

Gamache admirait la capacité de dom Philippe de faire face à la réalité, si terrible soit-elle. D'un autre côté, la facilité avec laquelle il l'acceptait le laissait perplexe.

L'abbé se disait stupéfait qu'un meurtre ait pu être commis ici, et pourtant il ne faisait pas ce qui serait tout à fait naturel. Il ne cherchait pas une autre explication, si ridicule soit-elle.

Et l'inspecteur-chef Gamache commença à se demander à quel point dom Philippe était ébranlé par ce qui s'était produit.

— Le frère Mathieu a été tué entre huit heures et quart, après la fin de l'office du matin, et neuf heures moins vingt, lorsque votre secrétaire l'a trouvé. Où étiez-vous durant cette période de temps ?

— Immédiatement après les laudes, je suis allé au sous-sol pour discuter du système de géothermie avec le frère Raymond. Il s'occupe de la plomberie et du chauffage. De tout ce qui est technique.

— Vous avez un système géothermique ici ?

— Oui. Nous chauffons le monastère grâce à la géothermie et des panneaux solaires nous fournissent l'électricité. Avec l'hiver qui approche, je devais m'assurer que tout fonctionnait bien. J'étais en bas quand le frère Simon m'a trouvé et m'a appris la nouvelle.

— Quelle heure était-il ?

— Près de neuf heures, je crois.

— Que vous a dit le frère Simon ?

— Seulement que le frère Mathieu semblait avoir eu un accident quelconque dans mon jardin.

— Vous a-t-il dit qu'il était mort ?

— Il a fini par me le dire pendant que nous nous précipitions pour venir ici. Il était d'abord allé chercher le médecin, puis moi. À ce moment-là, ils savaient que la blessure était mortelle.

— Mais vous en a-t-il dit plus ?

— Que Mathieu avait été tué ?

— Qu'il avait été assassiné.

— Le docteur me l'a dit. Quand je suis arrivé ici, il m'attendait à la porte. Il a essayé de m'empêcher d'aller plus loin, et a dit que non seulement Mathieu était mort, mais qu'il semblait avoir été tué par quelqu'un.

— Et qu'avez-vous dit ?

— Je ne me rappelle plus ce que j'ai dit, mais ce n'était probablement pas quelque chose qu'on enseigne au séminaire.

Dom Philippe se remémora la scène. Il avait bousculé le médecin et couru, en trébuchant, jusqu'au fond du jardin, là où se trouvait ce qui avait l'air d'un monticule de terre noire. Mais qui ne l'était pas. À mesure qu'il revoyait la scène dans sa tête, il la décrivait au policier de la Sûreté assis tranquillement avec lui sur le banc.

— Puis je suis tombé à genoux à côté de lui.

— L'avez-vous touché ?

— Oui. J'ai touché son visage, et sa robe. Je pense que je l'ai replacée. Je ne sais pas pourquoi. Qui ferait une telle chose ?

Encore une fois, Gamache ignora la question. La réponse pouvait attendre.

— Pourquoi le frère Mathieu se trouvait-il ici, dans votre jardin ?

— Je n'en ai aucune idée. Ce n'était pas pour me voir. Je ne suis jamais ici au début de la matinée. C'est l'heure de mes rondes.

— Et il le savait ?

— Il était mon prieur. Il le savait mieux que quiconque.

— Qu'avez-vous fait après avoir vu le corps ?

L'abbé réfléchit un moment.

— Nous avons d'abord récité une prière, puis j'ai appelé la police. Nous n'avons qu'un téléphone. C'est un téléphone satellite, qui ne fonctionne pas toujours, mais il n'y a pas eu de problème ce matin.

— Avez-vous envisagé la possibilité de ne pas appeler ?

La question surprit le père supérieur et il observa cet étranger si calme avec une certaine admiration.

— J'ai honte de l'avouer, mais ce fut ma première pensée. De garder ça entre nous. Nous sommes habitués à être autosuffisants.

— Alors pourquoi avez-vous téléphoné ?

— Pas pour Mathieu, j'en ai bien peur, mais pour les autres.

— Que voulez-vous dire ?

— Mathieu est parti, maintenant. Il est avec Dieu.

Gamache espérait que c'était vrai. Pour le frère Mathieu, il n'y avait plus de mystères. Il savait qui l'avait tué. Et il savait maintenant si Dieu existait. Et s'il y avait un paradis. Et des anges. Et même un chœur céleste.

Mieux valait ne pas penser à ce qui arrivait au chœur céleste lorsque encore un autre chef de chorale entrait au royaume des cieux.

— Mais le reste de la communauté est toujours là, poursuivit dom Philippe. Je n'ai pas appelé la police par désir de vengeance ou pour punir le coupable. L'acte a été commis, on ne peut pas revenir en arrière. Mathieu est en sécurité. Nous, en revanche, ne le sommes pas.

C'était vrai, Gamache le savait. Et la réaction de l'abbé était celle d'un père qui cherche à assurer la sécurité des siens. Ou d'un berger voulant protéger ses brebis d'un prédateur.

Saint-Gilbert-entre-les-Loups. Saint Gilbert parmi les loups. Quel nom curieux pour un monastère…

L'abbé savait qu'il y avait un loup dans la bergerie. Un loup à la tête rasée, vêtu d'une robe noire, et qui murmurait de douces prières. Dom Philippe avait appelé des chasseurs pour le traquer.

Beauvoir et le docteur étaient revenus avec la civière et l'avaient déposée à côté du frère Mathieu. Gamache se leva et, sans prononcer un mot, leur adressa un signe. Le corps fut placé sur la civière et le frère Mathieu quitta le jardin pour la dernière fois.

Le père abbé conduisait la petite procession, suivi des frères Simon et Charles. Venaient ensuite le capitaine Charbonneau, à l'avant de la civière, et Beauvoir, derrière.

Gamache, le dernier à quitter le jardin de l'abbé, referma la bibliothèque derrière lui.

Ils empruntèrent le corridor des arcs-en-ciel. Les couleurs joyeuses dansaient sur le corps et le cortège funèbre. Lorsqu'ils arrivèrent à la chapelle, les autres membres de la communauté se levèrent des bancs et sortirent en file pour se joindre à eux, en se plaçant derrière Gamache.

L'abbé commença à réciter une prière. Pas le rosaire. Autre chose. Puis, Gamache se rendit compte que dom Philippe ne parlait pas, il chantait. Et il ne s'agissait pas simplement d'une prière, mais d'un chant.

Un chant grégorien.

Lentement, les autres moines se mirent à chanter avec lui, et le chant s'enfla pour remplir le corridor et aller rejoindre la lumière. Ç'aurait été beau, si ce n'était la certitude que l'un des hommes chantant les mots de Dieu, avec la voix de Dieu, était un assassin.

# 6

Quatre hommes se rassemblèrent autour de la table d'examen reluisante : Armand Gamache et l'inspecteur Beauvoir d'un côté, le médecin en face d'eux et, un peu à l'écart, le père abbé. Le frère Mathieu était étendu sur la table en inox, son visage terrifié tourné vers le plafond.

Les autres moines étaient partis faire ce que les moines faisaient en pareilles circonstances. Gamache se demanda ce que ce pouvait bien être.

Selon son expérience, la plupart des gens se sentaient perdus, avançaient à l'aveuglette, en butant contre des odeurs, un environnement, des sons familiers. Comme s'ils étaient au bord de leur univers et, pris de vertige, tombaient dans le précipice.

L'inspecteur-chef avait confié la tâche de chercher l'arme du crime au capitaine Charbonneau. Malgré le peu de chances de réussite, ils devaient essayer. Le prieur, semblait-il, avait été tué avec une pierre, qui avait fort probablement été jetée par-dessus le mur, pour disparaître dans la forêt ancienne.

Gamache regarda autour de lui. Il s'était attendu à une vieille infirmerie, archaïque même, s'était préparé à voir quelque chose sorti du Moyen Âge : des blocs de pierre en guise de tables d'opération, avec des rigoles sur le côté pour l'écoulement des fluides, des étagères en bois contenant des fines herbes du jardin, séchées et en poudre, des scies comme instruments chirurgicaux.

Or la pièce était moderne, équipée de matériel étincelant et d'armoires bien ordonnées remplies de gaze, de pansements, de pilules et d'abaisse-langues.

— Le médecin légiste fera l'autopsie, dit Gamache au médecin. Nous ne voulons pas que vous effectuiez des actes médicaux sur le prieur. Je veux seulement qu'on lui enlève ses vêtements pour pouvoir les examiner avec soin. Et je veux voir son corps.

— Pourquoi ?

— Au cas où il y aurait d'autres blessures ou marques. Ou toute autre chose que nous devrions voir. Plus vite nous rassemblerons les faits, plus vite nous arriverons à la vérité.

— Mais il y a une différence entre faits et vérité, inspecteur-chef, dit le père abbé.

— Un jour, vous et moi pourrons nous asseoir dans votre joli jardin pour en discuter, répondit Gamache. Mais pas maintenant.

Il tourna le dos à dom Philippe et fit un signe de la tête au médecin, qui se mit au travail.

Le prieur n'était plus en position fœtale. Malgré la rigidité cadavérique, ils avaient réussi à le coucher à plat. Il avait encore les mains enfoncées dans les longues manches noires de sa robe et ses bras étaient croisés sur son ventre, comme s'il avait mal.

Après avoir dénoué la corde autour de la taille du prieur, le médecin sortit, non sans effort, les mains des manches. Gamache et Beauvoir se penchèrent pour voir si elles tenaient quelque chose. Y avait-il quelque chose sous les ongles ? Dans ces poings fermés ?

Il n'y avait rien. Les ongles étaient propres et soignés.

Le médecin posa doucement les bras du frère Mathieu le long de son corps. Mais le bras gauche glissa de la table métallique et resta suspendu dans le vide. Quelque chose tomba de la manche sur le sol.

Le médecin se pencha pour le ramasser.

— Ne touchez pas à ça, ordonna Beauvoir.

Le moine s'immobilisa.

Enfilant une paire de gants prise dans la trousse de scène de crime, Beauvoir se pencha à son tour et ramassa un morceau de papier sur les dalles de pierre.

— Qu'est-ce que c'est ? demanda le père abbé en s'approchant.

Le médecin s'avança au-dessus de la table d'examen, oubliant le corps pour s'intéresser à ce que l'inspecteur tenait dans la main.

— Je ne sais pas, répondit Beauvoir.

Le médecin contourna la table pour se joindre aux autres. Les quatre hommes formèrent un cercle et fixèrent la feuille des yeux.

Jaunie et de forme irrégulière, elle ne provenait pas d'un magasin et était plus épaisse que du papier de qualité commerciale.

Sur la feuille se trouvaient des mots dans une écriture soignée aux lettres noires élégamment calligraphiées. Le style était simple, sans fioritures.

— Je n'arrive pas à déchiffrer les mots. Est-ce du latin ? demanda Beauvoir.

Dom Philippe se pencha et plissa les yeux.

— Oui, je crois, répondit-il.

Gamache chaussa ses demi-lunes et se pencha lui aussi vers la feuille.

— On dirait une page d'un vieux manuscrit, dit-il finalement en reculant.

Le père abbé affichait un air perplexe.

— Ce n'est pas du papier, dit-il, c'est du vélin. De la peau de mouton. Ça se voit à la texture.

— De la peau de mouton ? C'est ce que vous utilisez comme papier ? demanda Beauvoir.

— Pas depuis des siècles, répondit l'abbé en continuant de fixer la feuille dans la main de l'inspecteur. Le texte ne semble pas avoir de sens. Les mots sont peut-être latins, mais ils ne sont pas tirés d'un psaume, ni d'un livre d'Heures, ni, en fait, d'aucun texte religieux que je connais. Je comprends seulement deux mots.

— Lesquels ? demanda l'inspecteur-chef.

Dom Philippe les indiqua du doigt.

— Ceux-là. On dirait qu'il est écrit *Dies irae*.

Le médecin émit un son, qui était peut-être un éclat de rire. Les trois autres se tournèrent vers lui, mais il retomba dans un silence total.

— Que signifient ces mots ? demanda Beauvoir.

— Ils font partie de la messe des morts, répondit le père abbé.

— Et signifient "jour de colère", précisa Gamache. Dans certaines traductions, on ajoute parfois "jour de deuil". *Dies irae, dies illa* : jour de colère, jour de deuil, que ce jour-là.

— C'est vrai, répondit le père abbé. Dans la messe de requiem, les deux expressions se suivent. Mais ici, il n'y a pas de *dies illa*.

— Qu'est-ce que cela vous dit, dom Philippe ? demanda l'inspecteur-chef.

L'abbé réfléchit un moment.

— Cela me dit qu'il ne s'agit pas de la messe de requiem.

— Comprenez-vous quelque chose à ce texte, frère Charles ? demanda Gamache.

Concentré, les sourcils froncés, le docteur regarda attentivement le vélin dans la main de Beauvoir. Puis il secoua la tête.

— Non, rien. Désolé.

— Avez-vous l'un ou l'autre déjà vu cette feuille ? demanda Gamache en insistant.

Le frère Charles regarda discrètement dom Philippe, qui fixait toujours les mots. Mais, finalement, celui-ci fit non de la tête.

Après un moment de silence, Beauvoir pointa le doigt vers la feuille et dit :

— C'est quoi, ça ?

Encore une fois, les hommes se penchèrent en avant.

Au-dessus de chaque mot apparaissaient de petits gribouillis à l'encre. On aurait dit de petites vagues. Ou des ailes.

— Ce sont des neumes, je crois, finit par dire dom Philippe.

— Des neumes ? dit Gamache. Qu'est-ce que c'est ?

Maintenant, le père abbé était manifestement abasourdi.

— Ce sont des signes de notation musicale.

— C'est la première fois que je vois ça, dit Beauvoir.

— C'est normal. (L'abbé recula de quelques pas.) On ne les utilise plus depuis au moins mille ans.

— Je ne comprends pas, dit Gamache. Cette feuille a mille ans ?

— Peut-être, répondit dom Philippe. Ça expliquerait le texte. Il pourrait s'agir d'un plain-chant écrit dans une ancienne forme de latin.

Il ne semblait pas convaincu, cependant.

— Par "plain-chant", voulez-vous dire "chant grégorien" ? demanda Gamache.

Le père abbé hocha la tête.

— Est-ce que ceci pourrait être un chant grégorien ? demanda Gamache en désignant la feuille.

Dom Philippe la regarda de nouveau et secoua la tête.

— Je ne sais pas. Le texte est bizarre. Il est en latin, mais n'a aucun sens. Le chant grégorien suit des règles précises très anciennes et les paroles sont presque toujours tirées de psaumes. Celles-ci ne le sont pas.

Puis dom Philippe se tut, retombant dans son silence habituel.

Il n'y avait plus rien à apprendre de la feuille pour le moment, semblait-il. Gamache se tourna vers le médecin.

— Poursuivez votre travail, je vous prie.

Le frère Charles entreprit de déshabiller le frère Mathieu et lui retira plusieurs couches de vêtements. La rigidité cadavérique ne lui facilitait pas la tâche. Vingt minutes plus tard, l'homme sur la table d'examen était nu.

— Quel âge avait le frère Mathieu ? demanda Gamache.

— Je peux vous montrer son dossier, répondit le médecin, mais je crois qu'il avait soixante-deux ans.

— Était-il en bonne santé ?

— Oui. Sa prostate était légèrement hypertrophiée et son taux d'APS un peu élevé, mais nous en suivions l'évolution. Il avait aussi une quinzaine de kilos en trop, comme vous pouvez le constater, concentrés autour de la taille. Il n'était pas obèse, mais je lui avais suggéré de faire plus d'exercice.

— Comment ? demanda Beauvoir. Ce n'est pas comme s'il pouvait s'inscrire à un club de gym. Priait-il avec plus d'ardeur ?

— Si c'était le cas, il ne serait pas la première personne à décider de s'en remettre à la prière pour maigrir. Mais il se trouve que nous avons formé des équipes de hockey. Nous ne sommes pas du calibre de la Ligue nationale, mais nous sommes plutôt bons. Et nous avons l'esprit de compétition.

Beauvoir dévisagea le frère Charles comme s'il venait de parler en latin. C'était presque du charabia pour l'inspecteur. Des moines jouant au hockey dans un esprit de compétition ? Il les imaginait sur le lac glacé patinant à toute vitesse, robe flottant derrière, fonçant les uns sur les autres.

Du christianisme musclé.

"Ces hommes ne sont peut-être pas aussi bizarres que je croyais", se dit Beauvoir.

Ou, au contraire, plus bizarres.

— L'a-t-il fait ? demanda Gamache.

— Fait quoi ? demanda le médecin.

— Le frère Mathieu s'était-il mis à faire plus d'exercice ?

Le frère Charles baissa les yeux sur le corps reposant sur la table et secoua la tête. Puis il croisa le regard de Gamache. Le moine avait un air amusé, mais son ton était grave.

— Le prieur n'acceptait pas facilement de recevoir des conseils.

Gamache continua de fixer le médecin jusqu'à ce que celui-ci baisse finalement les yeux et ajoute :

— À part son léger embonpoint, il était en bonne santé.

Le chef hocha la tête et regarda l'homme nu. Il avait été impatient de savoir si le frère Mathieu avait une blessure à l'abdomen.

Il n'y en avait pas. Gamache voyait seulement de la peau grisâtre, flasque. À l'exception du crâne fracassé, son corps ne portait aucune marque.

Gamache n'arrivait pas encore à se représenter ce qui était derrière les coups qui avaient défoncé le crâne de cet homme et mené à l'issue catastrophique, fatale. Mais il y parviendrait. Une mort violente ne survenait jamais par hasard. On trouvait invariablement d'autres blessures, moins importantes, des meurtrissures, des sentiments froissés. Des insultes et des rejets.

L'inspecteur-chef remonterait cette piste, et elle le conduirait, inévitablement, à l'homme qui avait tué.

Gamache tourna la tête vers le bureau et l'épaisse feuille jaunie, avec ses gribouillis de… Quel était le mot encore ? Neumes. Et son texte incompréhensible, à l'exception de deux mots : *Dies irae*.

Jour de colère. Des mots tirés de la messe des morts.

Qu'avait essayé de faire le prieur à l'heure de sa mort ? Lorsqu'il ne pouvait plus faire qu'une seule chose dans sa vie, qu'avait-il fait ?

Il n'avait pas écrit le nom de son meurtrier dans la terre meuble.

Non. Le frère Mathieu avait enfoncé cette feuille dans sa manche et s'était recroquevillé.

Que leur révélaient ce texte absurde et ces neumes ? Pour le moment, pas grand-chose. Sauf que le frère Mathieu était mort en essayant de les protéger.

## 7

La place à côté de dom Philippe était vide.

Depuis des années, des décennies, il n'y avait pas une fois où, en se tournant vers sa droite dans la salle du chapitre, le père abbé n'avait pas vu Mathieu.

Maintenant, cependant, il ne tourna pas les yeux vers la droite. Il les gardait plutôt droit devant lui et d'un regard calme observait les visages des membres de la communauté de Saint-Gilbert-entre-les-Loups.

Qui le regardaient, lui.

S'attendant à des réponses.

S'attendant à de l'information.

À du réconfort.

À ce qu'il dise quelque chose. N'importe quoi.

À ce qu'il se dresse entre eux et leur terreur.

Mais il continuait de les fixer. À court de mots. Il en avait accumulé une multitude au fil des ans. Un entrepôt plein de pensées, d'impressions, d'émotions. De choses non dites.

Mais maintenant qu'il avait besoin de mots, l'entrepôt était vide, sombre et froid.

Il ne restait plus rien à dire.

L'inspecteur-chef Gamache se pencha en avant, les coudes sur le bureau en bois patiné par le temps, une main tenant l'autre.

Il regarda Beauvoir et Charbonneau en face de lui. Carnets à la main, les deux hommes étaient prêts à lui faire leur rapport.

Une fois l'examen médical terminé, ils étaient allés interroger les moines, avaient pris leurs empreintes digitales, recueilli les premiers témoignages, noté les réactions et les impressions, et s'étaient fait une idée du va-et-vient des religieux.

Pendant ce temps, l'inspecteur-chef Gamache avait fouillé la cellule de la victime. Elle était presque identique à celle du père abbé : même lit étroit, même commode. Seule différence, son autel était consacré à sainte Cécile. Gamache ne savait pas qui elle était, mais se promettait de le découvrir.

Il avait trouvé des vêtements de rechange – robes, sous-vêtements, souliers. Une chemise de nuit. Des livres de prières et un psautier. Rien d'autre. Aucun article personnel. Ni photographies ni lettres. Pas de parents, pas de frères et sœurs. Dieu était peut-être son père, Marie sa mère et les moines ses frères. En fin de compte, cela lui faisait une grande famille.

Le bureau du prieur, toutefois, s'était révélé être une véritable mine d'or, mais qui, malheureusement, ne contenait pas d'indices en rapport avec l'enquête : pas de pierre tachée de sang, pas de lettre menaçante signée. Pas d'assassin prêt à avouer.

Non. Mais dans le tiroir du bureau, Gamache avait trouvé des plumes d'oie et une bouteille d'encre. Il les avait mises dans des sacs en plastique, puis rangées dans son sac à bandoulière avec les autres éléments de preuve déjà recueillis.

Il avait cru avoir fait une découverte importante. Après tout, les annotations sur la vieille feuille tombée de la robe du prieur avaient été écrites à l'encre avec une plume d'oie. Mais plus Gamache y pensait, moins il était sûr que cela se révélerait significatif.

Quelles étaient les probabilités que le prieur – maître de chapelle et expert en chant grégorien mondialement reconnu – écrive des paroles presque inintelligibles ? Le père supérieur et le médecin avaient tous les deux été déconcertés par la forme de latin utilisée et ces gribouillis, ces neumes.

Cela ressemblait davantage au travail d'un amateur peu instruit et sans formation.

De plus, ç'avait été écrit sur du très vieux papier. Du vélin, en fait. De la peau de mouton tendue et séchée peut-être des siècles auparavant. Il y avait beaucoup de papier dans le bureau du prieur, mais pas de vélin.

Gamache avait malgré tout mis les plumes et l'encre dans des sacs clairement étiquetés. Au cas où.

Il avait également trouvé des partitions. Énormément de partitions. Et des cahiers de musique, des livres sur l'histoire de la musique et des revues spécialisées sur la musique. Mais les goûts du frère Mathieu en matière de musique n'étaient certainement pas éclectiques.

Une seule chose l'intéressait : le chant grégorien.

Le mur était orné d'une simple croix du Christ à l'agonie, sous laquelle s'étalait une mer de musique.

Voilà ce qui constituait la passion du frère Mathieu. Pas le Christ, mais les chants au-dessus desquels il se dressait. Jésus avait peut-être appelé le frère Mathieu, mais ç'avait été sur l'air d'un chant grégorien.

Gamache n'avait eu aucune idée que tant de choses avaient été écrites, ou pouvaient être écrites, sur le plain-chant. Mais, faut-il dire, il n'y avait jamais réfléchi. Jusqu'à maintenant. L'inspecteur-chef s'était assis derrière le bureau et avait commencé à lire en attendant Beauvoir et Charbonneau.

Contrairement à la cellule où flottait une odeur de désinfectant, le bureau sentait les vieilles chaussettes, les souliers qui puent et les documents poussiéreux. La vie. Le prieur dormait dans sa cellule, mais sa vie se passait ici. Et Gamache avait commencé à voir le frère Mathieu simplement comme Mathieu : un moine, un directeur de chorale. Peut-être un génie, mais avant tout un homme.

Charbonneau et Beauvoir étaient maintenant arrivés, et il leur accorda toute son attention.

— Qu'avez-vous trouvé ? demanda Gamache d'abord à Charbonneau.

— Rien, monsieur. Du moins, pas l'arme du crime.

— Ça ne me surprend pas, mais nous devions essayer. Quand nous aurons le rapport du médecin légiste, nous saurons s'il s'agit d'une pierre ou de quelque chose d'autre. Et qu'en est-il des moines ?

— Nous avons pris leurs empreintes digitales, répondit Beauvoir, et procédé aux premiers interrogatoires. Après le service de sept heures et demie, ils partent vaquer à leurs tâches. (Beauvoir consulta ses notes.) Leur travail se divise en quatre principaux types d'activité : l'entretien du potager, le soin des animaux, les réparations à faire au monastère – il y a toujours quelque chose à réparer – et la cuisine. Les moines ont chacun leur champ d'expertise, mais ils se partagent aussi des tâches à tour de rôle. Nous avons établi qui faisait quoi dans les moments qui ont précédé la mort.

"Au moins, l'heure de la mort est assez précise, se dit Gamache en écoutant le rapport. Entre huit heures quinze, à la fin des laudes, et neuf heures moins vingt, quand le frère Simon a trouvé le corps."

Vingt-cinq minutes.

— Quelque chose de suspect ? demanda-t-il.

Les deux hommes secouèrent la tête.

— Ils étaient tous occupés à leurs travaux, répondit Charbonneau. Et des témoins peuvent corroborer leurs dires.

— Mais cela n'est pas possible, dit Gamache d'un ton posé. Le frère Mathieu ne s'est pas tué lui-même. Un des moines n'effectuait pas la tâche qui lui avait été assignée. Du moins, j'espère qu'il ne s'agissait pas d'une mission confiée à l'un d'eux.

Beauvoir haussa un sourcil. Le chef blaguait sans doute, mais cette possibilité valait peut-être la peine d'être étudiée.

— Regardons la situation sous un autre angle, proposa l'inspecteur-chef. Vous a-t-on parlé d'un conflit ? Un des moines était-il en désaccord avec le prieur ?

— Non, monsieur, répondit le capitaine Charbonneau. Du moins, personne n'a reconnu qu'il y avait un conflit. Ils semblaient tous véritablement sous le choc. Le mot qui revenait sans cesse était "incroyable".

L'inspecteur Beauvoir secoua la tête.

— Ils croient à l'Immaculée Conception, à la résurrection, au fait de marcher sur l'eau et à un vieil homme à la barbe blanche qui flotte dans le ciel et mène le monde, mais ils trouvent incroyable ce qui s'est produit ici ?

Gamache garda le silence un moment, puis hocha la tête.

— Ce à quoi les gens sont prêts à croire : voilà qui est intéressant, en effet, dit-il.

Et aussi ce qu'ils étaient prêts à faire au nom de leurs croyances.

Comment le moine qui avait tué arrivait-il à concilier le meurtre avec sa foi ? Dans ses moments de recueillement, que disait-il au vieil homme à la barbe blanche qui flottait dans le ciel ?

L'inspecteur-chef se demanda, non pour la première fois cette journée-là, pourquoi le monastère avait été construit si loin du monde civilisé, pourquoi ses murs étaient si épais et si hauts. Et ses portes, verrouillées.

Était-ce pour empêcher les péchés du monde extérieur d'entrer ? Ou pour empêcher quelque chose de pire de sortir.

— Donc, selon les moines, il n'y avait pas de conflits, dit-il.

— Aucun, répondit Charbonneau.

— L'un d'eux ment, dit Beauvoir. Ou alors ils mentent tous.

— Il existe une autre possibilité, dit Gamache en tirant vers lui la feuille jaunie au milieu de la table.

Après l'avoir examinée un moment, il l'abaissa et regarda les deux hommes.

— Le meurtre n'a peut-être rien à voir avec le prieur lui-même, et il n'y avait peut-être effectivement aucun conflit. Il a peut-être été tué à cause de ça.

Le chef reposa la page sur la table et vit de nouveau le corps, comme il l'avait vu la première fois : ramassé en boule dans un coin ombragé du jardin baigné de lumière. Il ne savait pas alors – mais maintenant oui – qu'au centre de ce corps recroquevillé se trouvait une feuille. Comme un noyau à l'intérieur d'une pêche.

Cette feuille représentait-elle le mobile ?

— Personne n'a remarqué quelque chose d'étrange ce matin ? demanda Gamache.

— Non. Tous, semble-t-il, effectuaient le travail qu'ils devaient faire.

Le chef hocha la tête. Après un moment de réflexion, il demanda :

— Et le frère Mathieu ? Qu'était-il censé faire ?

— Il devait être ici, dans son bureau, en train de s'occuper de la musique, répondit Beauvoir. D'ailleurs, c'est le seul élément intéressant qui est ressorti des interrogatoires. Le frère Simon, le secrétaire du père supérieur, a dit qu'il est retourné au bureau de dom Philippe immédiatement après les laudes. Ensuite, il est allé s'occuper des animaux. En chemin, il s'est arrêté ici.

— Pourquoi ? demanda Gamache en s'avançant et en retirant ses lunettes.

— Pour transmettre un message. Apparemment, le père abbé voulait rencontrer le prieur ce matin après la messe de onze heures.

Ces mots qui sortaient de sa bouche lui paraissaient étranges. Lui, utiliser des mots comme père abbé, prieur, moine ? Qui l'eût cru !

Ils ne faisaient plus partie du vocabulaire des Québécois, plus partie de la vie quotidienne. En seulement une génération, ces mots auparavant respectés étaient devenus ridicules. Et bientôt ils disparaîtraient complètement.

"Dieu était peut-être du côté des moines, pensa Beauvoir, mais pas le temps."

— Quand le frère Simon est venu fixer le rendez-vous, il n'a pas trouvé le prieur.

— Il devait être environ huit heures vingt, dit le chef en notant l'information. Je me demande pourquoi le père abbé voulait voir le prieur.

— Pardon ? dit l'inspecteur Beauvoir.

— La victime était le bras droit de dom Philippe. Ils devaient certainement se rencontrer régulièrement, comme nous le faisons.

Beauvoir hocha la tête. Le chef et lui se réunissaient tous les matins à huit heures pour discuter de la journée précédente et passer en revue tous les homicides sur lesquels le service de Gamache enquêtait.

Mais un monastère ne fonctionnait peut-être pas exactement comme la section des homicides de la Sûreté, et le père abbé n'était peut-être pas exactement comme le chef.

Quoi qu'il en soit, il était presque certain que les deux moines se réunissaient régulièrement.

— Cela voudrait dire, reprit Beauvoir, que l'abbé voulait parler au prieur de quelque chose qui ne concernait pas les affaires courantes du monastère.

— C'est possible. Ou de quelque chose d'imprévu, qui ne pouvait attendre. Quelque chose qui venait de se produire.

— Alors pourquoi n'avoir pas demandé à rencontrer le prieur immédiatement ? demanda Beauvoir. Pourquoi attendre la fin de la messe de onze heures ?

Gamache réfléchit un moment.

— Bonne question.

— Donc, si le prieur n'est pas revenu à son bureau après les laudes, où est-il allé ?

— Il s'est peut-être rendu directement au jardin, dit Charbonneau.

— Peut-être, répondit l'inspecteur-chef.

— Si oui, le frère Simon ne l'aurait-il pas vu ? demanda Beauvoir. Ou croisé dans le corridor ?

— C'est peut-être le cas, répondit Gamache. (Il baissa la voix et fit mine de chuchoter, comme un acteur au théâtre.) Il vous a peut-être menti.

Beauvoir lui répondit de la même façon.

— Un religieux ? Mentir ? Quelqu'un va aller tout droit en enfer.

Il lança un regard exagérément consterné à son chef, puis sourit.

Gamache sourit à son tour et se passa la main sur la figure. Ils étaient en train de rassembler beaucoup de faits, et probablement plus que quelques mensonges aussi.

— Le nom du frère Simon est souvent mentionné. Que savons-nous au sujet de ses déplacements de ce matin ?

— Eh bien, selon ses dires… (Beauvoir tourna les feuilles de son carnet.) Voilà. Immédiatement après les laudes, à huit heures et quart, il est retourné au bureau du père abbé, qui lui a demandé d'organiser le rendez-vous avec le prieur. La réunion devait avoir lieu après la messe de onze heures. Dom Philippe est parti voir le système géothermique et le frère Simon est allé s'occuper des animaux. Au passage, il s'est arrêté ici, a regardé à l'intérieur. Pas de prieur. Alors il a continué son chemin.

— Cela l'a-t-il surpris ? demanda Gamache.

— Ni surpris ni inquiété. Il semble que le prieur, comme l'abbé, allait et venait à sa guise.

Le chef réfléchit un moment aux paroles de son adjoint.

— Qu'a fait le frère Simon ensuite ?

— Il s'est occupé des animaux durant environ vingt minutes, puis est repassé par le bureau de l'abbé pour aller travailler dans le jardin. C'est à ce moment qu'il a trouvé le corps.

— Savons-nous avec certitude si le frère Simon est allé s'occuper des animaux ? demanda l'inspecteur-chef.

Beauvoir fit oui de la tête.

— Il dit la vérité. D'autres moines l'ont vu.

— Aurait-il pu partir plus tôt ? demanda Gamache. Disons à huit heures et demie ?

— Je me suis posé la question, répondit Beauvoir en souriant. Les autres moines qui travaillaient là disent que c'est possible, mais ils étaient tous occupés à leurs propres tâches. Cependant, le frère Simon aurait eu de la difficulté à tout faire en si peu de temps. Et il s'était acquitté de toutes ses corvées.

— En quoi consistaient-elles ? demanda Gamache.

— À laisser sortir les poules du poulailler et à leur donner à boire et à manger. Puis à nettoyer les cages. Ce n'est pas quelque chose qu'on peut faire semblant de faire.

L'inspecteur-chef prit quelques notes en hochant la tête.

— La porte du bureau de l'abbé était fermée à clé quand nous sommes arrivés. L'est-elle habituellement ?

Beauvoir et Charbonneau se regardèrent.

— Je ne sais pas, patron, répondit Beauvoir en notant la question dans son carnet. Je vais vérifier.

— Bien.

Manifestement, c'était un élément important. Si la porte était habituellement verrouillée, quelqu'un avait dû laisser entrer le prieur.

— Autre chose ? demanda l'inspecteur-chef en regardant Beauvoir, puis Charbonneau et de nouveau son adjoint.

— Non, rien, répondit Beauvoir, sauf que j'ai essayé de brancher ce bidule de merde et, bien sûr, ça ne fonctionne pas.

D'un geste qui exprimait la frustration, il indiqua l'antenne parabolique qu'ils avaient trimbalée avec eux depuis Montréal.

Gamache respira profondément. Ce genre de problème constituait toujours un coup dur quand ils enquêtaient dans des régions reculées. Ils apportaient de l'équipement de haute technologie dans des endroits désolés, puis étaient étonnés lorsqu'il ne fonctionnait pas.

— Je vais continuer d'essayer, dit Beauvoir. Il n'y a pas d'antenne de télécommunication, donc nos portables ne fonctionneront pas non plus. Mais nous pouvons recevoir des messages sur nos BlackBerry.

Gamache consulta sa montre : un peu passé seize heures. Il restait une heure avant le départ du bateau. Son équipe et lui ne traînaient jamais les pieds quand ils enquêtaient sur un meurtre, mais cette fois il y avait vraiment urgence. Ils devaient tenir compte de la clarté qui faiblissait et de l'heure de départ du bateau.

Après le coucher du soleil, ils demeureraient prisonniers du monastère. Avec les éléments de preuve et le corps. Et ce n'était pas ce que désirait l'inspecteur-chef Gamache.

Dom Philippe bénit les membres de sa communauté en faisant un grand signe de croix, et les moines se signèrent.

Puis il s'assit. Les moines aussi. Ils imitaient chacun de ses gestes, de ses mouvements, comme s'ils étaient son ombre. Ou des enfants, pensa-t-il. Cette comparaison était plus charitable, et peut-être plus juste.

Certains moines étaient considérablement plus âgés que lui, mais il était leur père. Leur chef.

Il n'était pas convaincu, cependant, d'en être un bon. Certainement pas aussi bon que l'était Mathieu. Mais ils n'avaient que lui maintenant.

— Comme vous le savez, le frère Mathieu est mort, commença dom Philippe. De façon tout à fait inattendue.

Mais le pire était à venir. D'autres mots lui venaient en tête, s'alignaient, se bousculaient pour sortir.

— Il a été tué.

L'abbé marqua une pause avant de prononcer le mot suivant.

— Assassiné.

“Prions ensemble, pensa-t-il. Prions. Chantons. Fermons les yeux, entonnons les psaumes et oublions tout. Retirons-nous dans nos chants et nos cellules, et laissons ce policier se préoccuper de ce drame épouvantable.”

Mais ce n'était pas le moment de se retirer. Ni d'entonner des plains-chants. C'était le moment de parler.

— La police est ici et a déjà interrogé la plupart d'entre vous. Nous devons collaborer avec elle. Nous ne devons pas avoir de secrets. Cela signifie que nous devons les laisser entrer non seulement dans nos cellules et nos lieux de travail, mais également dans nos pensées et notre cœur.

À mesure qu'il prononçait ces paroles étranges à ses oreilles, il remarqua quelques hochements de tête. Puis d'autres. Et sur les visages mornes qui essayaient de dissimuler un sentiment de panique apparut une lueur de compréhension. Les moines semblaient même se rallier à son point de vue.

Devait-il aller plus loin ? "Mon Dieu, implora-t-il silencieusement, dois-je aller plus loin ? N'en ai-je pas suffisamment dit ? Dois-je vraiment poursuivre ? Faire ce qui doit être fait ?"

— Je vous relève de votre vœu de silence.

Les moines en eurent le souffle coupé, comme si dom Philippe venait de leur arracher leurs vêtements, les laissant nus, exposés.

— Je dois le faire. Vous pouvez parler. Attention, pas de bavardages inutiles ni de commérages. Il s'agit d'aider ces policiers à trouver la vérité.

Sur les visages se lisait maintenant une grande anxiété. Les moines le regardaient fixement, comme s'ils cherchaient à s'accrocher à son regard.

Leur peur était pénible à voir, mais elle était bien plus naturelle que les expressions de vide et de retenue qu'il avait vues auparavant.

Puis, l'abbé franchit le point de non-retour.

— Quelqu'un dans ce monastère a tué le frère Mathieu.

Il sentit qu'il s'enfonçait. Le problème avec les mots, savait-il, était qu'on ne pouvait pas les reprendre.

— Quelqu'un dans cette pièce a tué le frère Mathieu.

Il avait voulu réconforter les moines, mais n'était parvenu qu'à les mettre à nu et à les terrifier.

— L'un de nous doit se confesser.

# 8

Il était temps de partir.

— Vous avez tout ? demanda Gamache au capitaine Charbonneau.

— Tout sauf le corps.

— Ce serait mieux de ne pas l'oublier.

Cinq minutes plus tard, les deux policiers de la Sûreté sortaient de l'infirmerie, sur une civière, le corps du frère Mathieu recouvert d'un drap. Gamache avait cherché le frère Charles pour l'avertir, mais le médecin était introuvable. De même que dom Philippe.

Il avait disparu.

Tout comme le secrétaire taciturne du père abbé, le frère Simon.

Et tous les moines.

Ils étaient tous partis.

Non seulement le monastère Saint-Gilbert-entre-les-Loups était-il silencieux, mais il semblait vide.

Pendant qu'ils traversaient la chapelle avec le frère Mathieu, Gamache parcourut la vaste pièce du regard. Les bancs d'église étaient vides, ainsi que ceux du chœur.

Même la lumière folâtre avait disparu. Il n'y avait plus d'arcs-en-ciel, plus de lumière irisée.

L'obscurité qui régnait n'était pas simplement une absence de lumière. Le lieu paraissait lugubre, comme si quelque chose de sinistre se profilait à l'horizon en cette fin de journée. La lumière avait été si réjouissante, mais, maintenant, quelque chose de menaçant semblait attendre pour remplir le vide.

L'équilibre, pensa Gamache, tandis que leurs pas résonnaient sur les carreaux d'ardoise. Tandis qu'ils transportaient un moine assassiné à travers la chapelle. Le yin et le yang. Le ciel et l'enfer. Toutes les religions en avaient. Des contraires, qui fournissaient un équilibre.

Ils avaient eu la lumière du jour. Et maintenant la nuit approchait.

Ils sortirent de la chapelle et s'engagèrent dans le dernier long corridor. Gamache voyait la lourde porte en bois à l'autre extrémité, et le verrou en fer forgé enfoncé dans la gâche.

La porte était verrouillée. Mais pour se protéger contre quoi ?

Lorsqu'ils arrivèrent à la porte, Gamache alla jeter un coup d'œil dans le petit bureau du portier, mais lui aussi était vide. Il n'y avait aucun signe du jeune frère Luc. Seulement un gros livre contenant – quoi d'autre ? – des chants.

De la musique, mais pas de moine.

— La porte est verrouillée, dit Beauvoir, en entrant à son tour dans le bureau. Y a-t-il une clé ?

Les deux hommes cherchèrent, mais ne trouvèrent rien.

Charbonneau ouvrit le judas et regarda à l'extérieur.

— Je vois le propriétaire du bateau, dit-il.

Il écrasa sa figure contre la porte en bois pour essayer de mieux voir.

— Il attend au quai, et regarde sa montre.

Les policiers regardèrent tous les trois leur montre. Il était seize heures quarante.

Beauvoir et Charbonneau se tournèrent vers Gamache.

— Trouvez les moines, dit-il. Je resterai ici avec le corps, au cas où le frère Luc reviendrait. Allez chacun de votre côté. Nous n'avons pas beaucoup de temps.

Une situation qui avait d'abord paru simplement curieuse – la soudaine absence de moines – commençait à devenir inquiétante. Si Étienne Legault s'en allait, ils seraient obligés de rester au monastère.

— D'accord, dit Beauvoir, mais il semblait préoccupé.

Au lieu de se diriger vers le corridor, il s'approcha du chef et chuchota :

— Voulez-vous mon revolver ?

Gamache secoua la tête.

— Mon moine est déjà mort. Il ne représente pas une grande menace.

— Il y en a d'autres, cependant, dit Beauvoir, d'un ton très sérieux. Y compris celui qui a fait ça. Et celui qui nous a enfermés. Vous serez seul ici. Vous pourriez avoir besoin d'une arme. Prenez la mienne, s'il vous plaît.

— Et que ferez-vous, alors, si vous vous trouvez dans une situation dangereuse ?

Beauvoir garda le silence.

— Je préfère que vous gardiez votre revolver. Mais rappelez-vous, mon vieux, vous partez chercher les moines, pas les traquer comme des bêtes.

— Chercher, pas traquer, répéta Beauvoir avec une gravité feinte. Compris.

Gamache accompagna son inspecteur et Charbonneau jusqu'au bout du couloir. Il se dirigea d'un bon pas vers la chapelle, ouvrit la porte et regarda à l'intérieur. La chapelle, qui avait été inondée de lumière, était maintenant remplie de grandes ombres, qui s'allongeaient.

— Père abbé ! cria Gamache.

C'était comme s'il avait lancé une bombe sur l'édifice. Les murs de pierre répercutaient sa voix pleine d'autorité, qui s'amplifiait, résonnait en écho. Mais au lieu de reculer, Gamache cria de nouveau.

— Dom Philippe !

Toujours rien. Il fit un pas de côté, et Beauvoir et Charbonneau se précipitèrent à l'intérieur.

— Rapidement, Jean-Guy, dit le chef lorsque l'inspecteur passa à côté de lui. Et prudemment.

— Oui, patron.

Gamache regarda les deux hommes se séparer et partir dans des directions opposées, Beauvoir vers la droite et Charbonneau vers la gauche. Il resta près de la porte à les observer, jusqu'à ce qu'ils aient tous les deux disparu. Puis il lança encore un cri :

— Allô !

La seule réponse qu'il obtint fut sa propre voix.

Après avoir bloqué la porte de la chapelle pour qu'elle reste ouverte, il emprunta le long corridor en sens inverse pour se diriger vers la porte fermée à clé, verrouillée. Et le corps étendu devant elle comme une offrande.

Avancer délibérément dans un cul-de-sac était illogique, contraire à l'intuition. Sa formation et son instinct le lui disaient. Si quelque chose, n'importe quoi, fonçait sur lui dans ce corridor, il n'y aurait pas moyen de l'éviter. Voilà pourquoi Beauvoir lui avait offert son arme : pour qu'il ait au moins une chance de se défendre.

Combien de fois Gamache avait-il ordonné aux nouvelles recrues, dans des cours à l'école de police, des séances de formation, de ne jamais – jamais – se laisser surprendre dans un cul-de-sac ?

Et pourtant, le voilà qui marchait dans le couloir sans issue. Il allait devoir se réprimander sévèrement, pensa-t-il avec un sourire. Et se donner une mauvaise note.

Jean-Guy Beauvoir pénétra dans le long corridor. Celui-ci était exactement comme tous les autres : long, avec un plafond haut et une porte à l'autre bout.

Enhardi par l'exemple de Gamache, Beauvoir cria :

— Bonjour ! Allô ?

Juste avant que la porte se referme, il avait entendu les voix du chef et de Charbonneau s'unir et lancer, à l'unisson, un seul mot : "Allô ?"

Puis la porte s'était fermée et les voix familières avaient disparu. Tout son avait disparu. Le silence était total. Beauvoir n'entendait que les battements de son cœur.

— Allô ? répéta-t-il, moins fort.

Tout le long du corridor, il y avait des portes de chaque côté. Beauvoir parcourut rapidement le corridor en jetant un coup d'œil dans les pièces – la salle à manger, l'office, la cuisine. Elles étaient toutes vides. Le seul signe de vie était un énorme chaudron de soupe aux pois qui mijotait sur une cuisinière.

Beauvoir ouvrit la dernière porte sur la gauche, la dernière avant celle au bout du couloir. Et là, il s'arrêta, le regard fixe. Puis il entra dans la pièce, et la porte se referma doucement derrière lui.

Le capitaine Charbonneau ouvrit toutes les portes le long du couloir. L'une après l'autre. Elles étaient toutes identiques.

Il y en avait trente : quinze d'un côté et quinze de l'autre.

C'étaient les portes des cellules. Au début, en les ouvrant, Charbonneau avait lancé “Allô ?”, mais s'était rapidement rendu compte que c'était inutile.

Il se trouvait, c'était évident, dans l'aile des chambres, avec les toilettes et les douches au centre et le bureau du prieur à l'entrée du corridor.

Une grande porte en bois à l'autre extrémité était fermée.

Les chambres étaient vides. Il l'avait compris dès l'instant où il avait mis le pied dans le couloir. Il n'y avait pas âme qui vive ici. Mais cela ne voulait pas dire qu'il n'y avait pas d'âmes mortes.

Il s'était donc penché pour regarder sous les premiers lits, frémissant à l'idée de ce qu'il pourrait trouver, mais se sentant obligé de regarder malgré tout.

Il était dans la police depuis vingt ans et avait vu des choses terribles : des accidents effroyables, des morts atroces, des enlèvements, des agressions, des suicides. La disparition de deux douzaines de moines était loin d'être l'événement le plus effrayant dont il avait été témoin. Mais c'était le plus bizarre, le plus mystérieux.

Saint-Gilbert-entre-les-Loups. Qui avait pu donner un tel nom à un monastère ?

— Père abbé… ? appela-t-il. Allô ?

Le son de sa propre voix eut d'abord sur lui un effet calmant. Il était naturel, familier. Mais les murs de pierre dure changèrent sa voix. Ce qui revint à ses oreilles n'était pas exactement la même chose que ce qui était sorti de ses lèvres. Presque, mais pas tout à fait. Le monastère l'avait déformé. Avait pris ses mots et amplifié les émotions. La peur. Et donné à sa voix un ton grotesque.

Beauvoir entra dans la petite pièce. Comme dans la cuisine, le contenu d'une grosse marmite bouillonnait sur une cuisinière. Mais il ne s'agissait pas de soupe aux pois, cette fois.

Une odeur pénétrante, pas agréable du tout, donnait l'impression de quelque chose d'amer.

Beauvoir regarda dans la marmite.

Puis il trempa un doigt dans l'épais liquide chaud. Et le sentit. Jetant un coup d'œil autour de lui, pour voir si quelqu'un l'observait, il mit son doigt dans sa bouche.

Il fut soulagé.

C'était du chocolat. Du chocolat noir.

Beauvoir n'avait jamais aimé le chocolat noir. À ses yeux, il paraissait inamical.

Encore une fois, il parcourut du regard la pièce vide. Non, elle n'était pas simplement vide, elle était abandonnée. Le chaudron laissé sans surveillance glougloutait doucement, comme un volcan se demandant s'il allait exploser ou pas.

Et sur le plan de travail en bois étaient alignés de petits monticules de chocolat très foncé, comme de longues rangées de moines minuscules. Il en prit un et le tourna dans tous les sens.

Puis il le mangea.

Armand Gamache avait passé les dernières minutes à fouiller les environs. Les moines avaient peut-être caché une clé, s'était-il dit. Mais il n'y avait pas de palmier en pot ni, évidemment, puisque les visiteurs n'étaient pas les bienvenus, de paillasson sous lequel regarder.

C'était, devait-il reconnaître, l'un des plus étranges événements survenus au cours des centaines d'enquêtes menées par les policiers de son service. Chaque homicide, bien sûr, comprenait sa part de comportements bizarres. En fait, un comportement normal serait considéré comme le plus étrange.

Jamais, cependant, une communauté entière n'avait disparu.

Dans certains cas, des suspects s'étaient cachés, et beaucoup de personnes avaient essayé de s'enfuir. Mais jamais tout le monde. Le seul moine restant reposait à ses pieds. L'inspecteur-chef espérait que le frère Mathieu était toujours le seul moine mort dans le monastère Saint-Gilbert-entre-les-Loups.

Gamache abandonna ses recherches pour trouver une clé et consulta sa montre. Il était près de dix-sept heures. Presque découragé, il ouvrit la fente dans la porte et regarda dehors. Le soleil était bas sur l'horizon, il effleurait le sommet des arbres. Gamache sentait l'air frais, la forêt de pins odorante. Mais ce qu'il cherchait, il le trouva.

Le propriétaire du bateau attendait toujours au quai.

— Étienne ! lança Gamache, en plaçant sa bouche le plus près possible de la petite ouverture. Monsieur Legault !

Puis il regarda de nouveau dehors. L'homme n'avait pas bougé.

Gamache essaya encore quelques fois et aurait aimé savoir siffler, produire ce son aigu, perçant, que certaines personnes réussissent à pousser.

Il observa l'homme assis dans son embarcation, et se rendit compte qu'il était en train de pêcher. De lancer sa ligne, puis de la ramener. Encore et encore.

Avec une patience infinie.

Du moins, Gamache espérait qu'elle était infinie.

Laissant le judas ouvert, il se tourna vers le corridor et, parfaitement immobile, tendit l'oreille, mais n'entendit rien. C'était plutôt rassurant, se dit-il, de ne pas entendre le bruit d'un moteur hors-bord.

Il continua de regarder fixement devant lui, en se demandant où étaient les moines, où étaient ses policiers. Il repoussa l'image qui était apparue dans sa tête, créée par la petite mais formidable usine à l'intérieur de lui qui produisait des pensées terribles.

Le monstre sous le lit. Le monstre dans le placard. Le monstre dans l'ombre.

Le monstre dans le silence.

L'inspecteur-chef dut faire un effort, mais il réussit à chasser ces horreurs. Il les laissa s'échapper en glissant, comme si elles étaient de l'eau et lui une pierre.

Pour s'occuper, il alla dans la pièce du portier. En fait, il ne s'agissait que d'un renfoncement dans le mur de pierre, un réduit avec une fenêtre donnant sur le corridor, un bureau étroit et un tabouret en bois.

Les Spartiates avaient l'air de bourgeois, comparés à ces moines. Il n'y avait rien sur les murs : aucun ornement, pas de calendrier, pas de photo du pape ou de l'archevêque. Ni du Christ. Ni de la Vierge Marie.

Il n'y avait que de la pierre. Et un seul gros livre.

Gamache pouvait à peine se retourner et se demandait s'il allait devoir ressortir à reculons. Il était loin d'être de petite taille et, lorsque ce monastère avait été construit, les moines étaient considérablement plus petits. Ce serait gênant si, à leur retour, les autres le trouvaient coincé dans la loge du portier.

Mais ce n'en vint pas à ça, et il finit par s'asseoir sur le tabouret, en essayant de trouver une position confortable. Il avait le dos appuyé contre un mur et les genoux contre l'autre. Cette pièce n'était pas pour les claustrophobes. Jean-Guy, par exemple, la détesterait. Comme lui-même détestait les hauteurs. Tout le monde avait ses peurs.

Gamache prit le vieux livre sur le bureau étroit. Il était lourd, et la reliure en cuir souple était usée. Il n'y avait aucune date dans les premières pages, et les caractères, tracés avec une plume d'oie, avaient pâli et étaient maintenant gris.

Le chef sortit de son sac un livre de méditations chrétiennes, duquel il retira la feuille de vélin qu'ils avaient trouvée sur le mort, et qu'il avait placée dans le mince volume pour la protéger.

Cette page avait-elle été arrachée de l'épais volume sur ses genoux ?

Il mit ses lunettes de lecture et, pour ce qui lui sembla la centième fois ce jour-là, il examina la page. Les bords, bien qu'usés, ne semblaient pas correspondre à une page arrachée d'un plus gros livre.

Il regarda alternativement le livre et la page, plusieurs fois. Lentement. Pour essayer de trouver des similitudes, des différences.

De temps en temps, il levait la tête pour jeter un coup d'œil dans le couloir vide, et écoutait. Maintenant, plus que les moines, c'étaient ses hommes qu'il voulait voir, et il ne se donnait même plus la peine de regarder sa montre. L'heure n'avait plus d'importance.

Quand Étienne déciderait de partir, Gamache ne pourrait pas l'en empêcher. Mais, jusqu'à maintenant, pas de bruit de moteur hors-bord…

Gamache tourna les pages fragiles du livre.

Il semblait s'agir d'un recueil de chants grégoriens, écrit en latin avec des neumes au-dessus des mots. Un graphologue pourrait en dire beaucoup plus que lui, mais Gamache avait examiné assez de lettres pour avoir acquis une certaine expertise.

Au premier coup d'œil, l'écriture sur la page et celle dans le livre paraissaient identiques. Il s'agissait d'une forme de calligraphie très simple, pas celle surchargée d'arabesques et de fioritures des générations subséquentes. Cette écriture était précise, nette, élégante.

Mais il y avait des différences, très légères, entre les deux documents : une volute ici, une queue sur une lettre ailleurs.

Les chants dans le livre et celui sur la page arrachée n'avaient pas été écrits par la même personne. Gamache en était certain.

Il ferma le gros livre et revint à la page jaunie. Mais cette fois, au lieu de regarder les mots, il examina les gribouillis au-dessus.

L'abbé les avait appelés des neumes – une forme de notation musicale utilisée mille ans auparavant. Avant qu'existent les notes, les portées, les clés de *fa* et de *sol*, les octaves, il y avait eu des neumes.

Mais que signifiaient-ils ?

Gamache ne savait pas trop pourquoi il les regardait de nouveau. Il n'allait pas soudainement être capable de les comprendre.

Pendant qu'il fixait la page, concentré, comme s'il espérait réussir à saisir le sens des traits anciens, il imagina qu'il entendait la musique. Il avait écouté si souvent le disque de plain-chant des moines que le son était gravé dans son cerveau.

Tandis qu'il fixait les neumes, il entendait les douces voix masculines.

Gamache abaissa la feuille, lentement, et retira ses lunettes.

Il regarda le long, très long corridor de plus en plus sombre. Et entendit encore le chant.

Une mélopée grave, monotone. Et qui se rapprochait.

# 9

Gamache abandonna le corps et le livre et marcha rapidement dans la direction de la musique.

Il entra dans la chapelle. Le chant l'enveloppait totalement maintenant. Il semblait émaner des murs, du plancher, des poutres au plafond, comme si l'édifice avait été construit en neumes.

Tout en avançant, l'inspecteur-chef balaya la chapelle du regard. Ses yeux allaient jusque dans les coins et enregistraient tout ce qu'il y avait à voir. Il avait presque atteint le centre de la pièce lorsqu'il les vit. Et s'arrêta.

Les moines étaient revenus. Ils sortaient à la file par un trou dans le mur latéral. Leurs capuchons blancs étaient relevés et cachaient leurs têtes inclinées. Leurs bras, croisés sur le ventre, étaient enfoncés dans leurs manches noires flottantes.

Ils étaient tous identiques, anonymes.

Pas le moindre morceau de peau n'était visible, aucune mèche de cheveux. Rien pour prouver qu'ils étaient des êtres de chair et de sang.

Pendant qu'ils marchaient à la queue leu leu, les moines chantaient.

Voilà à quoi ressemblaient des neumes lorsqu'on les faisait quitter la page.

Voilà le chœur mondialement célèbre de l'abbaye Saint-Gilbert-entre-les-Loups, qui chantait des prières, des chants grégoriens. Si des millions de gens avaient entendu cette musique, rares étaient ceux qui avaient été témoins d'une telle scène. En fait, se dit l'inspecteur-chef, la situation était probablement unique. À sa connaissance, il était la première personne à voir les moines dans leur chapelle, en train de chanter.

— Je les ai trouvés, dit une voix derrière Gamache.

Lorsque le chef se retourna, Beauvoir sourit et fit un geste de la tête en direction de l'autel et des moines.

— Pas nécessaire de me remercier.

Beauvoir paraissait soulagé et Gamache sourit, soulagé lui aussi.

Jean-Guy s'arrêta à côté du chef et consulta sa montre.

— L'office de cinq heures de l'après-midi.

Gamache secoua la tête et grogna presque. Il avait été bête. Toute personne née avant que les Québécois délaissent l'Église savait qu'un office était célébré à dix-sept heures et que tout moine y assisterait.

Si cela ne fournissait aucune explication quant à l'endroit où étaient allés les moines, cela expliquait au moins pourquoi ils étaient revenus.

— Où est le capitaine Charbonneau ? demanda Gamache.

— Par là-bas.

Beauvoir pointa le doigt de l'autre côté de la chapelle, de l'autre côté des moines.

— Restez ici, dit le chef en commençant à avancer dans cette direction.

Mais à ce moment-là la porte du fond s'ouvrit et le policier de la Sûreté apparut. L'air qu'affichait Charbonneau, pensa Gamache, devait être identique au sien lorsqu'il était arrivé dans la chapelle.

Le capitaine avait l'air perplexe, sur ses gardes, méfiant.

Et, finalement, stupéfait.

Charbonneau vit Gamache et lui fit un signe de tête, puis longea rapidement le mur en contournant les moines, mais sans les quitter des yeux.

Ils étaient en train de prendre leurs places le long des deux rangées de bancs en bois de chaque côté du chœur.

Le dernier homme arriva à sa place.

Le père supérieur, se dit Gamache. Dans son vêtement simple avec une corde autour de sa taille mince, il ressemblait à tous les autres. Malgré tout, Gamache savait que c'était dom Philippe. Quelque chose – son maintien, sa façon de bouger – le distinguait des autres.

— Inspecteur-chef, dit doucement Charbonneau lorsqu'il eut rejoint Gamache. D'où sont-ils venus ?

— De là-bas, répondit Gamache en indiquant un côté de la chapelle.

On ne voyait pas de porte, seulement un mur de pierre. Charbonneau se tourna de nouveau vers Gamache, mais celui-ci ne donna aucune explication. Il en était incapable.

— Nous devons nous en aller d'ici, dit Beauvoir.

Il fit un pas en direction des moines, mais le chef le retint.

— Attendez un moment.

Quand le père abbé eut pris sa place, le chant se tut. Les moines demeurèrent debout, parfaitement immobiles, les uns en face des autres.

Les agents de la Sûreté aussi étaient debout, face aux moines. Attendant un signal de Gamache. De ses yeux perçants, le chef regardait fixement les moines, l'abbé. Puis il prit une décision.

— Allez chercher le corps du frère Mathieu, s'il vous plaît.

Beauvoir parut déconcerté, mais sortit de la chapelle avec Charbonneau et revint avec la civière.

Les moines ne bougèrent pas, comme s'ils n'étaient pas conscients de la présence des hommes qui, dans l'allée, avaient les yeux braqués sur eux.

Puis, dans un même mouvement parfaitement synchronisé, ils abaissèrent leur capuchon, mais continuèrent de regarder droit devant eux.

Non, se rendit compte Gamache, ils ne regardaient pas. Ils avaient les yeux fermés.

Ils priaient, en silence.

— Venez avec moi, chuchota Gamache aux deux autres.

Il prit les devants en s'avançant lentement dans l'allée centrale.

Les moines, même en état de transe, devaient certainement les entendre s'approcher, entendre leurs pas sur les dalles d'ardoise. "Comme ce doit être déroutant pour eux", pensa l'inspecteur-chef.

Depuis que les murs avaient été érigés plus de trois cents ans auparavant, leurs offices n'avaient jamais été perturbés. C'était toujours le même rituel, la même routine. Familière, confortable. Sans surprise. Privée. Au cours d'un office, ils n'avaient jamais entendu un son qu'eux-mêmes n'avaient pas produit.

Jusqu'à ce moment.

Le monde extérieur les avait trouvés et s'était faufilé à l'intérieur par une fissure dans leurs murs épais. Une fissure créée par un crime. Mais ce n'était pas lui, Gamache, qui violait le caractère sacré et l'intimité de leur vie. C'était le meurtrier qui avait fait ça.

L'acte odieux commis ce matin-là dans le jardin avait fait apparaître quantité de choses, y compris un inspecteur-chef des homicides.

Gamache monta les deux marches de pierre et, debout entre les rangées de moines, fit signe à Beauvoir et Charbonneau de déposer le corps sur le sol, devant l'autel.

Puis le silence régna de nouveau.

L'inspecteur-chef observa les rangées de moines, pour voir si certains d'entre eux lançaient des coups d'œil furtifs. Et, en effet, il y en avait un.

Le secrétaire de l'abbé, le frère Simon. Il avait le visage sévère, même au repos. Et ses yeux n'étaient pas complètement fermés. Cet homme ne concentrait pas toute son attention sur la prière, sur Dieu.

Tandis que l'inspecteur-chef l'observait, le frère Simon ferma complètement les yeux.

C'était une erreur, Gamache le savait. Si le moine était resté comme il était, Gamache aurait peut-être eu des doutes, mais il n'aurait pas pu être certain de ce qu'il pensait avoir vu.

Mais ce petit battement de paupières avait trahi le frère Simon aussi sûrement que s'il avait crié.

Les hommes de cette communauté communiquaient les uns avec les autres toute la journée. Seulement, pas avec des mots. Le plus petit geste revêtait un sens, une signification qui aurait été perdue dans le tohu-bohu du monde extérieur.

Un sens qui lui échapperait, Gamache en était conscient, s'il ne faisait pas attention. Combien de choses lui avaient déjà échappé ?

À ce moment-là, tous les moines ouvrirent les yeux, en même temps, et les braquèrent sur lui.

Gamache se sentit soudain à la fois très exposé aux regards et un peu ridicule. Comme si on l'avait surpris à un endroit où il ne devrait pas se trouver. Dans le chœur d'une chapelle pendant un office, par exemple. À côté d'un homme mort.

Il se tourna du côté de l'abbé. Dom Philippe était le seul moine qui ne le regardait pas. Ses yeux bleus, calmes, s'étaient plutôt posés sur l'offrande de Gamache.

Le frère Mathieu.

Durant les vingt-cinq minutes suivantes, les policiers de la Sûreté restèrent côte à côte sur un banc pendant que les moines célébraient l'office des vêpres. Suivant l'exemple des moines, ils s'assirent, se levèrent, inclinèrent la tête, se rassirent. Se relevèrent. Se rassirent encore, puis s'agenouillèrent.

— J'aurais dû faire le plein de glucides, murmura Beauvoir en se levant encore une fois.

Lorsqu'ils ne gardaient pas le silence, les moines chantaient des chants grégoriens.

Jean-Guy se rassit sur le banc en bois dur. Il allait à l'église le moins souvent possible. Il avait assisté à quelques mariages – maintenant, cependant, les Québécois préféraient tout simplement vivre ensemble –, mais surtout à des funérailles. Or même les cérémonies funèbres devenaient de plus en plus rares, du moins dans les églises. Même les Québécois âgés préféraient maintenant, à l'heure de leur mort, qu'on leur dise adieu dans un salon funéraire. Celui-ci ne les avait peut-être pas accompagnés tout au long de leur vie, mais il ne les avait pas trahis non plus.

Les moines étaient silencieux depuis quelques instants.

"S'il vous plaît, mon Dieu, pria Beauvoir, faites que ce soit la fin."

Puis ils se levèrent et entonnèrent un autre chant.

"Tabarnac!" jura intérieurement Beauvoir en se levant à son tour. À côté de lui, le chef aussi était debout, ses larges mains posées sur le dossier du banc devant lui. Sa main droite tremblait légèrement. Le tremblotement était presque imperceptible, mais chez un homme si parfaitement calme, si maître de lui-même, il sautait aux yeux. Il n'y avait pas moyen de ne pas le remarquer. Le chef n'essayait même pas de le cacher. Mais Beauvoir vit le capitaine Charbonneau jeter un coup d'œil au chef, et au tremblement qui en disait long.

Et il se demanda si Charbonneau savait ce que le tremblotement racontait.

Il aurait voulu tirer le capitaine à l'écart pour le sermonner, lui reprocher d'avoir fixé ainsi la main du chef. Il aurait voulu bien lui faire comprendre que ce petit tremblement n'était pas un signe de faiblesse, bien au contraire.

Mais il ne le fit pas. Suivant l'exemple de Gamache, il ne dit rien.

— Jean-Guy, chuchota le chef sans quitter les moines des yeux, le frère Mathieu était le chef de chœur, n'est-ce pas ?

— Oui.

— Alors qui dirige les moines, maintenant ?

Beauvoir demeura silencieux pendant un moment. Au lieu de se contenter d'attendre que le temps passe pendant que ces chants interminables, insupportables et pénibles s'étiraient sans fin, il commença à prêter attention à ce qu'il avait devant les yeux.

Il y avait une place vide sur un des bancs, directement en face du père abbé.

Ce devait être celle de l'homme reposant maintenant à leurs pieds, l'endroit où il s'était assis, levé, avait incliné la tête et prié. Et d'où il avait dirigé le chœur psalmodiant ces chants monotones.

Plus tôt, pour s'amuser un peu, Beauvoir s'était demandé si le prieur ne s'était pas fait ça lui-même, s'il ne s'était pas tué à coups de pierre plutôt que de devoir assister à encore une autre messe ennuyeuse à mourir.

C'était tout ce que l'inspecteur pouvait faire pour s'empêcher de se précipiter en hurlant contre une des colonnes de pierre en espérant s'assommer.

Mais maintenant, pour occuper son cerveau, il avait un mystère à élucider.

La question était excellente : qui, en effet, dirigeait ce chœur de moines maintenant que leur chef était mort ?

— Peut-être personne, murmura-t-il après avoir étudié les moines durant une ou deux minutes. Ils doivent connaître les chants par cœur. Ne répètent-ils pas toujours les mêmes ?

À ses oreilles, en tout cas, ils paraissaient tous pareils.

Gamache secoua la tête.

— Je ne crois pas. D'après moi, les chants changent d'une messe à une autre, d'un jour à l'autre. Selon les fêtes, les jours de la fête des différents saints, par exemple.

— Vous ne voulez pas plutôt dire *et cetera* ?

Beauvoir vit le chef esquisser un sourire et lui lancer un regard furtif.

— Et ainsi de suite, dit Gamache. *Ad infinitum.*

— Voilà qui est mieux.

Beauvoir marqua une pause, puis murmura :

— Et vous savez de quoi vous parlez ?

— J'en sais un peu, mais pas beaucoup, avoua le chef. J'en sais assez sur les chorales pour savoir que les chanteurs ne se dirigent pas eux-mêmes, pas plus que les musiciens d'un orchestre symphonique ne peuvent le faire, peu importe le nombre de fois qu'ils ont interprété une œuvre. Ils ont toujours besoin de leur chef.

— Leur chef, ce n'est pas l'abbé ? demanda Beauvoir en regardant dom Philippe.

Gamache aussi regarda l'homme grand et svelte. Qui dirigeait vraiment ces moines ? se demandèrent-ils tous les deux, tout en inclinant la tête et en s'assoyant de nouveau. Qui les dirigeait maintenant ?

Le son riche et grave de la cloche annonçant l'angélus retentit, s'éleva au-dessus des arbres et résonna jusque de l'autre côté du lac.

Les vêpres étaient terminées. Les moines s'inclinèrent devant le crucifix et sortirent du chœur en file tandis que Gamache et les deux autres policiers, qui s'étaient levés de leur banc, les observaient.

— Est-ce que je devrais demander la clé à ce jeune moine? demanda Beauvoir en indiquant le frère Luc.

— Dans un moment, Jean-Guy.

— Mais le gars du bateau?

— S'il n'est pas déjà parti, il sera là à nous attendre.

— Comment le savez-vous?

— Parce qu'il sera curieux, répondit Gamache, en observant attentivement les moines. Vous n'attendriez pas, vous?

Ils regardèrent les moines sortir du chœur et se regrouper de chaque côté de la chapelle.

"Oui, se dit Beauvoir en jetant un coup d'œil au chef, j'attendrais."

Avec leur capuchon baissé et leur tête relevée, Gamache pouvait voir le visage des moines. Certains semblaient avoir pleuré, d'autres affichaient un air méfiant, et d'autres encore paraissaient las et inquiets. Quelques-uns manifestaient tout simplement un certain intérêt, comme s'ils assistaient à une pièce de théâtre.

C'était difficile pour Gamache de se fier à ce qu'il percevait chez ces hommes. On pouvait souvent prendre une émotion forte pour une autre. L'anxiété pouvait ressembler à un sentiment de culpabilité ; du soulagement, à de l'amusement. Le chagrin, profond et inconsolable, avait souvent l'air de rien du tout. Sous une apparente inémotivité se cachaient parfois les émotions les plus profondes. Rien ne paraissait sur la figure, alors que derrière bouillonnait quelque chose d'épouvantable.

Après avoir regardé rapidement tous les visages, l'inspecteur-chef revint à deux d'entre eux.

D'abord à celui du jeune portier, le frère Luc, qui les avait accueillis à leur arrivée. Gamache voyait la grosse clé pendue à la corde autour de sa taille.

De tous les moines, Luc affichait le regard le plus vide. Et pourtant, au moment de leur rencontre, il avait paru profondément bouleversé.

Gamache se tourna ensuite vers le secrétaire morose du père abbé, le frère Simon.

De cet homme déferlaient des vagues sans fin de tristesse.

Pas de la culpabilité, pas de la peine, pas de la colère ni de l'abattement.

Mais une infinie tristesse.

Le frère Simon regardait fixement les deux hommes encore dans le chœur, le prieur et le père abbé.

Pour qui ressentait-il cette profonde tristesse ? Pour quel homme ? Ou peut-être était-il triste pour Saint-Gilbert-entre-les-Loups, se dit Gamache. Parce que le monastère avait perdu plus qu'un homme, il s'était perdu lui-même, s'était égaré du droit chemin.

Dom Philippe s'arrêta un moment devant le grand crucifix en bois et s'inclina profondément. Dans le chœur surélevé, il était seul maintenant. Exception faite du corps de son prieur, son ami.

L'abbé resta courbé quelques instants. Plus longtemps que d'habitude ? se demanda Gamache. L'effort nécessaire pour se redresser, se tourner, faire face à la soirée qui commençait, au jour suivant, à l'année suivante, au reste de sa vie était-il trop pénible ? La force de gravité était-elle trop écrasante ?

Lentement, dom Philippe se remit en position verticale. Il sembla même redresser les épaules, se tenir le plus droit possible.

Puis il se tourna et vit ce qu'il n'avait jamais vu auparavant : du monde dans la nef, où se trouvaient les bancs d'église.

Il n'avait aucune idée pourquoi il y avait des bancs d'église dans la chapelle. Ils avaient été là lorsqu'il était arrivé, quarante ans plus tôt, et seraient toujours là longtemps après qu'il aurait été mort et enterré.

Il n'avait jamais remis en question la nécessité pour un ordre cloîtré d'avoir de tels bancs.

Dans sa poche, dom Philippe sentit les grains de son rosaire, sur lesquels ses doigts glissaient machinalement. Ils lui procuraient un réconfort qu'il n'avait jamais remis en question non plus.

— Inspecteur-chef, dit-il en s'avançant vers les hommes.

— Dom Philippe, dit Gamache en inclinant légèrement la tête. Je suis désolé, mais nous allons devoir l'emporter, maintenant.

Il fit un geste en direction du prieur, puis se tourna vers Beauvoir et hocha la tête.

— Je comprends, répondit l'abbé, même si, dans le fond, il ne comprenait rien à tout ça. Suivez-moi.

Il fit signe au frère Luc, qui s'approcha aussitôt, et les trois hommes se dirigèrent vers le couloir menant à la porte verrouillée. Beauvoir et le capitaine Charbonneau les suivirent, avec la civière sur laquelle reposait le frère Mathieu.

Beauvoir entendit quelque chose derrière lui, un bruissement, un bruit de pas traînants, et tourna la tête.

Les moines avaient formé deux rangées et les suivaient comme une longue queue noire.

— Un peu plus tôt, nous vous avons cherchés, père abbé, dit Gamache, mais ne vous avons pas trouvés. Où étiez-vous ?

— Dans la salle du chapitre.

— Et où se trouve-t-elle ?

— Par là-bas, inspecteur-chef.

L'abbé agita le bras en direction d'un mur de la chapelle juste au moment où ils entraient dans le long corridor.

— Je vous ai vus sortir de cet endroit, mais, plus tôt, quand nous avons regardé, nous n'avons pas vu de porte.

— Vous ne pouviez pas la voir, en effet. Elle est derrière une plaque commémorant la mémoire de saint Gilbert.

— Elle est cachée ?

Le père abbé, même de profil, parut perplexe, surpris par la question.

— Pas pour nous, répondit-il enfin. Tout le monde sait qu'elle est là. Il n'y a pas de secret.

— Alors pourquoi ne pas tout simplement avoir une porte ?

— Parce que quiconque a besoin de savoir qu'elle existe le sait, dit l'abbé sans regarder Gamache, mais plutôt vers la porte fermée devant eux. Et quiconque n'a pas besoin de le savoir ne devrait pas la trouver.

— Elle est donc censée être cachée, dit Gamache, insistant sur ce point.

— Cette possibilité est censée exister, reconnut l'abbé.

Ils étaient arrivés à la porte verrouillée qui donnait sur le monde extérieur. Dom Philippe se tourna enfin et regarda Gamache dans les yeux.

— Si nous avons besoin de nous cacher, la pièce est là.

— Mais pourquoi auriez-vous besoin de vous cacher ?

L'abbé esquissa un sourire, qui pouvait presque paraître condescendant.

— J'aurais cru que vous, inspecteur-chef, le sauriez mieux que personne. C'est parce que le monde est composé de gens qui ne sont pas toujours gentils. Nous avons tous besoin, à l'occasion, d'un endroit sûr.

— Et pourtant, la menace n'est pas venue du monde extérieur, en fin de compte.

— C'est vrai.

Gamache réfléchit un moment.

— Alors vous avez dissimulé la porte de votre salle du chapitre dans le mur de la chapelle ?

— Ce n'est pas moi qui l'ai mise là. Tout ça a été fait longtemps avant mon arrivée, par les hommes qui ont construit le monastère. Le monde était différent dans ce temps-là. C'était une époque cruelle, et les moines avaient vraiment besoin de se cacher.

Gamache hocha la tête et regarda l'épaisse porte en bois devant eux, qui donnait accès au monde extérieur. Et qui était toujours fermée à clé, même après tous les siècles écoulés.

Le père abbé avait raison, il le savait. Des centaines d'années auparavant, lorsqu'un arbre énorme avait été coupé pour fabriquer cette porte, ce n'était pas par tradition mais par nécessité qu'on tournait la clé dans la serrure. Au temps de la Réforme, de l'Inquisition, des luttes intestines, c'était dangereux d'être catholique. Et, comme dans le cas du récent événement, la menace venait souvent de l'intérieur.

Donc, en Europe, on avait aménagé des cachettes pour les prêtres dans certaines maisons, creusé des tunnels pour qu'ils puissent fuir.

Certains religieux avaient fui si loin qu'ils avaient abouti dans le Nouveau Monde. Mais même là, ce n'était pas assez loin. Les gilbertins étaient allés encore plus loin : ils avaient disparu dans la nature, fui jusqu'à un endroit inconnu, non représenté sur les cartes géographiques.

Ils s'étaient volatilisés.

Pour réapparaître plus de trois cents ans plus tard, à la radio.

Les voix des membres d'un ordre que tout le monde croyait disparu furent d'abord entendues par quelques personnes, puis par des centaines, ensuite par des milliers et des centaines de milliers. Finalement, grâce à Internet, des millions de gens avaient écouté le curieux enregistrement.

De moines chantant des chants grégoriens.

L'enregistrement avait fait sensation. Tout d'un coup, on s'était mis à entendre les chants de ces moines partout, comme s'ils étaient soudain devenus "de rigueur". Jugés "à écouter absolument" par l'intelligentsia, les spécialistes et, enfin, par le grand public.

Même si leurs voix s'entendaient partout, on ne voyait nulle part les moines eux-mêmes. Après un certain temps, l'endroit où ils vivaient avait été découvert. Gamache se souvenait de son étonnement lorsqu'il avait appris où c'était. Il avait présumé qu'ils habitaient au sommet d'une montagne isolée en Italie, en France ou en Espagne, dans un vieux monastère tombant en ruine. Mais non. L'enregistrement avait été réalisé par un ordre de moines vivant au Québec. Et pas n'importe quel ordre : pas les trappistes, ni les bénédictins, ni les dominicains. Même l'Église catholique avait paru stupéfaite par cette découverte. L'enregistrement avait été fait par un ordre de moines qui, semblait-elle penser, était disparu depuis longtemps. Les gilbertins.

Mais ils étaient là, dans cette région reculée, sur les rives de ce lac éloigné. Bien vivants, et chantant des chants si anciens et si beaux qu'ils réveillaient des émotions brutes chez des millions de personnes aux quatre coins de la planète.

Des gens de partout dans le monde étaient venus jusqu'ici. Certains par curiosité, d'autres recherchant désespérément la paix que ces hommes semblaient avoir trouvée. Mais cette porte, fabriquée à partir d'arbres abattus quelques centaines d'années auparavant, tenait bon. Elle ne s'ouvrait pas pour des étrangers.

Ou du moins, elle ne s'était pas ouverte jusqu'à ce jour.

Elle s'était ouverte pour laisser entrer les policiers, et allait maintenant s'ouvrir une autre fois, pour les laisser sortir.

Le portier s'approcha avec la grosse clé noire dans sa main. Sur un petit signe de l'abbé, il l'introduisit dans la serrure. Elle tourna facilement, et la porte s'ouvrit.

À travers le rectangle, les hommes virent le soleil couchant et ses lueurs rouges et orangées reflétées sur le lac calme. La forêt était sombre, maintenant, et des oiseaux piquaient vers le lac en se lançant des cris les uns aux autres.

Mais la vue la plus magnifique – et de loin – était celle du propriétaire du bateau aux vêtements tachés d'huile, cigarette au bec, assis sur le quai. En train de pêcher.

Il agita la main lorsque la porte s'ouvrit, et l'inspecteur-chef fit de même. L'homme se leva ensuite péniblement, en se tortillant. C'est tout juste s'il ne montra pas ses grosses fesses aux moines. Gamache fit signe à Beauvoir et à Charbonneau de partir les premiers, avec le corps. Puis l'abbé et lui les suivirent jusqu'au quai.

Les autres moines restèrent à l'intérieur, agglutinés autour de la porte ouverte, le cou tendu pour voir dehors.

Le père abbé tourna la tête vers le ciel strié de rouge et ferma les yeux. Pas dans une attitude de prière, pensa Gamache. Il semblait plutôt plongé dans une sorte de béatitude. Jouissant de la faible lumière sur sa figure pâle, humant l'odeur des pins dans l'air, aimant sentir sous ses pieds le sol inégal, imprévisible.

Puis il rouvrit les yeux.

— Merci de ne pas avoir interrompu les vêpres, dit-il sans regarder Gamache, mais en continuant de s'imprégner de la nature autour de lui.

— De rien.

Ils avancèrent encore un peu.

— Merci d'avoir apporté Mathieu dans le chœur. Je ne sais pas si vous vous en rendez compte, mais ça nous a donné l'occasion de réciter des prières spéciales. Pour les morts.

— Je n'en étais pas certain, reconnut l'inspecteur-chef, regardant lui aussi le lac lisse comme un miroir. Mais j'ai cru entendre *Dies irae*.

L'abbé hocha la tête.

— Et *dies illa*.

Jour de colère, jour de deuil.

— Les moines sont-ils en deuil, pleurent-ils la mort du prieur ? demanda Gamache.

Les deux hommes avaient ralenti le pas presque au point de s'immobiliser.

L'inspecteur-chef s'était attendu à une réponse immédiate, à une réaction indignée. Mais l'abbé semblait plutôt réfléchir à ce qu'il lui avait demandé.

— Mathieu n'était pas toujours un homme facile, répondit-il enfin avec un petit sourire. Personne ne l'est, je suppose. Une chose que l'on apprend rapidement lorsqu'on s'engage dans la vie monastique, c'est qu'il faut s'accepter les uns les autres.

— Et que se passe-t-il si vous ne le faites pas ?

L'abbé réfléchit encore. La question était simple, mais Gamache voyait bien que la réponse ne l'était pas.

— Ça, ce peut être très mauvais, dit le religieux, sans croiser le regard de Gamache. Ça arrive. Mais nous apprenons à mettre nos sentiments de côté pour le bien de tous. Nous apprenons à nous entendre.

— Mais pas nécessairement à vous aimer les uns les autres.

Ce n'était pas une question. La situation était à peu près la même à la Sûreté, Gamache le savait. Il y avait quelques collègues qu'il n'aimait pas, et le sentiment était réciproque. En fait, "n'aimait pas" était un euphémisme.

Ce qui avait commencé par des divergences d'opinions s'était transformé en antipathie, puis en méfiance. Et les sentiments négatifs ne cessaient de s'amplifier. Pour l'instant, ils s'étaient arrêtés à une aversion réciproque. Gamache ne savait pas jusqu'où ça irait, mais il pouvait le deviner. Le fait que ces collègues étaient ses supérieurs rendait la situation simplement un peu plus inconfortable. Cela signifiait, du moins pour le moment, qu'ils devaient trouver une façon de coexister. Sinon, ils s'entre-déchireraient et provoqueraient l'éclatement du service. Et cette possibilité était bien réelle, pensa Gamache en tournant à son tour son visage du côté du magnifique coucher de soleil. Dans le calme de ce début de soirée, elle semblait lointaine, mais il savait que ce temps paisible ne durerait pas. La nuit approchait. Et quiconque l'affrontait sans être préparé était un imbécile.

— Qui a pu faire ça, mon père ?

Maintenant arrivés au quai, ils regardaient le propriétaire du bateau et les deux policiers attacher solidement dans l'embarcation le corps recouvert du frère Mathieu, à côté des perches et des truites pêchées dans l'après-midi et des vers grouillants.

Encore une fois, l'abbé réfléchit à la question.

— Je ne sais pas. Je devrais, mais je ne le sais pas.

Il regarda derrière lui. Les moines étaient sortis et, rassemblés en demi-cercle, les observaient. Son secrétaire, le frère Simon, se trouvait à quelques pas devant les autres.

— Pauvre lui, dit tout bas dom Philippe.

— À qui faites-vous allusion ?

— Pardon ?

— Vous avez dit “pauvre lui”. À qui faisiez-vous allusion ?

— À quiconque a fait ça.

— Et qui est-ce, dom Philippe ?

Gamache avait eu l’impression que l’abbé regardait un moine en particulier lorsqu’il avait parlé. Le frère Simon. Le moine triste. Celui qui s’était séparé des autres.

Il y eut un moment de silence tendu pendant que le père abbé regardait sa communauté, et que Gamache le regardait, lui. Finalement, l’abbé se retourna vers l’inspecteur-chef.

— Je ne sais pas qui a tué Mathieu.

Il secoua la tête et un sourire las apparut sur sa figure.

— J’ai vraiment cru, il y a un instant, qu’en les regardant tous je saurais lequel c’était. Qu’il y aurait quelque chose de différent chez lui, ou en moi, et qu’immédiatement je saurais.

Il poussa une sorte de grognement s’apparentant à un rire.

— Ah, la vanité, l’orgueil…

— Et alors ? demanda Gamache.

— Ça n’a pas fonctionné.

— Ne vous en faites pas, je fais la même chose. Ce n’est jamais arrivé qu’en regardant quelqu’un je sache immédiatement que c’est le tueur, et pourtant je continue d’essayer.

— Et que feriez-vous si ça fonctionnait ?

— Pardon ?

— Si en regardant une personne vous saviez, tout simplement.

Gamache sourit.

— Je ne suis pas certain que je me ferais confiance. Je penserais probablement que je me fais des idées. De toute façon, un juge ne serait pas très impressionné si, appelé à la barre, je disais : “Je le savais, tout simplement.”

— Voilà la différence entre nous, inspecteur-chef. Dans votre travail, vous avez besoin de preuves. Pas moi.

L’abbé jeta de nouveau un coup d’œil derrière eux et Gamache se demanda si cet échange de propos n’était qu’une conversation anodine, ou quelque chose d’autre. Les moines en demi-cercle continuaient de les observer.

L’un d’eux avait tué le frère Mathieu.

— Que cherchez-vous, mon père ? Vous n’avez peut-être pas besoin d’une preuve, mais il vous faut un signe. Quel signe cherchez-vous sur leurs visages ? Un indice révélant un sentiment de culpabilité ?

Le père abbé secoua la tête.

— Non, pas un sentiment de culpabilité. Je cherchais à voir la souffrance. Pouvez-vous imaginer combien il devait souffrir, pour faire ça ? Et à quel point il doit encore souffrir ?

L’inspecteur-chef scruta de nouveau les visages des moines, puis son regard vint se fixer sur l’homme à côté de lui. Il voyait en effet de la souffrance sur la figure d’un des moines : dom Philippe, le père abbé.

— Savez-vous qui a fait ça ? demanda-t-il encore.

Il avait parlé à voix basse. Seul l’abbé avait pu entendre la question qui flottait maintenant dans l’air doux et parfumé de l’automne.

— Si vous le savez, vous devez me le dire. Je finirai par trouver le coupable, vous savez. C’est mon travail. Mais le processus menant à la vérité est terrible, épouvantable.

Vous n'avez aucune idée de ce qui s'apprête à être déclenché. Et une fois le processus en marche, rien ne l'arrêtera jusqu'à ce qu'on ait trouvé le meurtrier. Si vous pouvez épargner cela aux innocents, faites-le, je vous en supplie. Dites-moi qui a fait ça, si vous le savez.

Après avoir entendu ces paroles, l'abbé accorda de nouveau toute son attention à l'homme imposant et calme devant lui. La faible brise agitait doucement les cheveux grisonnants et légèrement bouclés autour des oreilles de l'inspecteur-chef. Mais rien d'autre ne bougeait chez cet homme flegmatique et déterminé.

Ses yeux, d'un brun foncé comme la terre, étaient pensifs ; son regard, bienveillant.

Et dom Philippe savait qu'Armand Gamache disait la vérité. L'inspecteur-chef était venu au monastère, était entré dans leur abbaye, pour découvrir le meurtrier. C'était son travail, sa vocation, et il devait exceller dans son métier.

— Si je le savais, je vous le dirais.

— Nous sommes prêts, lança Beauvoir du bateau.

— Bien, dit Gamache.

Il continua de regarder l'abbé dans les yeux pendant un moment, puis tourna la tête et vit la main d'Étienne Legault sur le moteur, prête à tirer sur la corde.

— Capitaine Charbonneau…

D'un geste du bras, Gamache invita le policier de la Sûreté à s'asseoir.

— Serait-ce possible de traiter cette affaire avec discrétion ? demanda dom Philippe.

— Je crains que non, mon père. La nouvelle s'ébruitera, c'est inévitable. Vous devriez peut-être envisager de diffuser un communiqué.

Il vit l'expression de dégoût sur le visage de l'abbé et eut le sentiment qu'il n'y aurait aucun communiqué.

— Au revoir, inspecteur-chef, dit dom Philippe en tendant la main. Merci de votre aide.

— Il n'y a pas de quoi, répondit Gamache en lui serrant la main. Mais ce n'est pas terminé.

Au signal de Gamache, Étienne Legault tira d'un coup sec sur la corde et le moteur se mit à vrombir. Beauvoir laissa tomber l'amarre dans l'embarcation, qui s'éloigna, en laissant Gamache et Beauvoir sur le quai.

— Vous restez ? demanda dom Philippe, perplexe.

— Oui. Nous restons. Je pars avec le meurtrier, ou pas du tout.

Gamache et Beauvoir regardèrent le petit bateau traverser la baie sur laquelle se couchait le soleil, puis virer et disparaître.

Les deux enquêteurs de la Sûreté restèrent là jusqu'à ce qu'ils n'entendent plus le teuf-teuf du moteur.

Ils tournèrent ensuite le dos à la nature et, en suivant les moines en robe noire, entrèrent de nouveau dans le monastère Saint-Gilbert-entre-les-Loups.

# 10

Beauvoir avait passé le début de la soirée à installer leur bureau provisoire dans celui du prieur. Pendant ce temps, l'inspecteur-chef Gamache avait parcouru le compte rendu des interrogatoires et était allé demander des précisions à certains moines.

Un tableau se dessinait. Était-il fidèle à la réalité ? Impossible de le dire. Cependant, il était clair et étonnamment constant d'un homme à un autre.

Après l'office de cinq heures, les moines avaient mangé et s'étaient préparés pour la journée. Un autre service, les laudes, avait lieu à sept heures et demie et se terminait à huit heures et quart. Puis, leur journée de travail débutait.

Celle-ci était composée de toutes sortes de tâches, mais chacun suivait pratiquement la même routine chaque jour.

Les moines travaillaient dans le potager ou prenaient soin des animaux, faisaient le ménage, s'occupaient des archives, effectuaient des réparations. Préparaient les repas.

Chaque homme, en fin de compte, était un expert dans son domaine, qu'il soit chef cuisinier, jardinier, ingénieur ou historien.

Et tous, sans exception, étaient des musiciens exceptionnels.

— Comment est-ce possible, Jean-Guy, demanda Gamache en levant la tête de ses notes, qu'ils soient tous des musiciens remarquables ?

— C'est à moi que vous demandez ça ?

La voix de Beauvoir venait de sous le bureau où il essayait de brancher le portable.

— Pur hasard ? dit-il.

— Un pur hasard serait si vous réussissiez à faire fonctionner cet appareil, répondit le chef. Non. À mon avis, il y a autre chose à l'œuvre ici.

— J'espère que vous ne parlez pas d'une intervention divine.

— Pas exactement, mais je n'éliminerais pas cette possibilité. Non. Je pense qu'ils ont été recrutés.

Beauvoir sortit la tête de sous le bureau, les cheveux en désordre.

— Comme on recrute des joueurs de hockey ? demanda-t-il.

— Comme vous-même avez été recruté. Je vous ai trouvé dans la cage des pièces à conviction d'un bureau régional de la Sûreté où vous regardiez tout le monde de haut, vous vous rappelez ?

Beauvoir n'oublierait jamais. Il avait été relégué au sous-sol parce que personne ne voulait travailler avec lui. Pas parce qu'il était incompétent, mais parce qu'il était un trou de cul. Il préférait croire, cependant, que les autres étaient simplement jaloux de lui.

Il avait été affecté à la cage des pièces à conviction parce qu'il semblait uniquement capable de s'occuper de choses non vivantes.

On avait voulu qu'il démissionne, s'était attendu à ce qu'il le fasse. Et, honnêtement, il avait été sur le point de remettre sa démission quand l'inspecteur-chef Gamache, enquêtant sur un meurtre, était venu à la cage à la recherche d'une pièce à conviction. Et avait trouvé l'agent Jean-Guy Beauvoir.

Et l'avait invité à participer à l'enquête.

Jamais Beauvoir n'oublierait ce moment. Il avait fixé les yeux de l'inspecteur-chef, une réplique insolente sur les lèvres. Comme il avait si souvent servi de tête de Turc, si souvent été manipulé, insulté, intimidé, il osait à peine espérer qu'il ne s'agissait pas d'une autre mauvaise plaisanterie, que frapper un homme à moitié mort n'était pas une nouvelle forme de cruauté. Car, dans ce sous-sol, il avait l'impression d'être en train de mourir. Tout ce qu'il avait jamais voulu, c'était être un policier de la Sûreté. Et de plus en plus chaque jour il se sentait sur le point de craquer.

Mais maintenant, cet homme à la stature imposante et à l'attitude calme lui avait offert de le sortir de cet endroit.

De le sauver. Même s'ils ne se connaissaient pas.

Et l'agent Beauvoir, qui avait juré de ne plus faire confiance à personne, avait fait confiance à Armand Gamache. Il y avait quinze ans de cela.

Ces moines avaient-ils été recrutés, eux aussi ? Trouvés ? Sauvés, même ? Et emmenés ici ?

Beauvoir se mit debout et épousseta son pantalon.

— Donc, selon vous, quelqu'un a attiré les moines ici par la ruse ?

Gamache sourit et regarda son adjoint par-dessus ses demi-lunes.

— Vous avez le don de tout faire paraître suspect, sinistre même.

— Merci, dit Beauvoir en se laissant tomber lourdement sur une des chaises en bois dures.

— Est-ce qu'il fonctionne ? demanda Gamache.

D'un geste de la tête, il indiqua le portable. Beauvoir appuya sur des boutons.

— Le portable fonctionne, mais pas la connexion à Internet.

Il enfonça encore et encore le bouton donnant accès au réseau Internet, comme si cela servait à quelque chose.

— Vous devriez peut-être prier, suggéra le chef.

— Si je devais prier, je prierais pour de la nourriture, répondit Beauvoir, renonçant à établir la liaison. À quelle heure est le souper, selon vous ?

Il se souvint tout à coup de quelque chose. Plongeant la main dans sa poche, il sortit un petit paquet en papier paraffiné, le déposa sur le bureau et l'ouvrit.

— Qu'est-ce que c'est ? demanda Gamache en se penchant en avant.

— Goûtez-en un.

L'inspecteur-chef prit un chocolat, qui paraissait microscopique entre ses gros doigts, le regarda, puis le mangea. Beauvoir sourit en voyant l'expression de surprise, puis de ravissement, sur le visage du chef.

— Des bleuets ?

Jean-Guy hocha la tête.

— Oui. De tout petits bleuets sauvages enrobés de chocolat. Ils en fabriquent à la tonne, ici. J'ai découvert la chocolaterie quand je cherchais les moines. À mon avis, j'ai fait la découverte la plus intéressante.

L'inspecteur-chef rit et, ensemble, ils mangèrent les chocolats. C'étaient les meilleurs que Gamache eût jamais goûtés, et il en avait goûté, des chocolats, au cours de sa vie.

— Quelles sont les probabilités, Jean-Guy, que tous les moines – vingt-quatre hommes – aient de belles voix ?

— Très faibles.

— Et pas seulement de belles voix, mais des voix magnifiques. Qui s'harmonisent parfaitement.

— On les a peut-être formés, dit Beauvoir. N'est-ce pas ce que le chef de chœur, l'homme mort, aurait fait ?

— Mais il lui fallait travailler avec quelque chose. Je suis loin d'être un expert en musique, mais même moi je sais que des voix magnifiques ne suffisent pas pour faire une grande chorale. Il faut les bonnes voix, des voix complémentaires, harmonieuses. Selon moi, ces moines sont ici pour une raison spécifique : ils ont été choisis, triés sur le volet, pour chanter.

— Ils ont peut-être été élevés exprès pour ça, dit Beauvoir à voix basse, un air de folie feinte dans le regard. Il s'agit peut-être d'un complot ourdi par le Vatican. Il y a peut-être des messages subliminaux dans la musique. Pour ramener les gens à l'Église. Pour produire une armée de zombies.

— Mon Dieu, Jean-Guy, vous êtes génial ! C'est l'évidence même, dit Gamache en regardant son adjoint avec admiration.

Beauvoir rit.

— Les moines ont donc été choisis avec soin, selon vous ?

— C'est une possibilité. (Gamache se leva.) Continuez d'essayer de brancher ça. Ce serait bien si nous pouvions entrer en contact avec le monde extérieur. Quant à moi, je vais aller parler au portier.

— Pourquoi lui ? demanda Beauvoir tandis que le chef se dirigeait vers la porte.

— Il est le plus jeune, et probablement le dernier arrivé.

— Et un meurtre se produit parce que quelque chose change. Un événement quelconque a provoqué le meurtre du frère Mathieu.

— Il devait certainement être latent depuis quelque temps. Bien souvent, il faut des années avant qu'une personne se décide à commettre un meurtre. Mais finalement quelque chose ou quelqu'un fait pencher la balance.

Voilà ce que Gamache et son équipe faisaient. Ils passaient au crible tous les faits à la recherche du facteur déclencheur, qui semblait souvent insignifiant. Un mot. Un regard. Un affront. Cette ultime blessure qui libérait le monstre. Quelque chose avait transformé un homme en assassin. Un moine en assassin. Dans ce cas particulier, la transformation avait dû prendre plus de temps.

— Et quel a été le plus récent changement ? demanda Gamache. Peut-être la venue du frère Luc. Sa présence a peut-être troublé l'équilibre, l'harmonie qui régnait dans le monastère.

Le chef ferma la porte derrière lui et Beauvoir se remit au travail. Tandis qu'il essayait de comprendre pourquoi il n'y avait pas de connexion, il retourna en pensée à la cage des pièces à conviction. Son enfer. Mais il pensa également à la porte sur laquelle était écrit "Porterie".

Et au jeune homme qui avait été relégué là.

Était-il détesté ? Il devait l'être, pour être confiné à cet endroit. Toutes les tâches, au monastère, avaient un sens. Sauf celle du frère Luc. Après tout, à quoi servait un portier si on n'ouvrait jamais la porte ?

De temps en temps, Gamache croisait un moine dans les corridors. Il commençait à les reconnaître, mais n'arrivait pas encore à mettre un nom sur les visages.

Frère Alphonse ? Frère Félicien ?

Les visages des moines semblaient toujours au repos, et ils avaient les mains enfoncées dans leurs manches pendantes, par simple habitude, Gamache se rendait-il maintenant compte, comme le faisaient tous les moines. Tous ceux qu'il rencontrait le regardaient dans les yeux et le saluaient en inclinant la tête. Certains se hasardaient même à sourire.

Vus d'une certaine distance, ils paraissaient calmes. Réservés.

Mais au moment où il passait à côté d'eux, Gamache voyait l'angoisse dans chaque regard. Une supplication muette.

L'imploraient-ils de partir ? De rester ? De les aider ? Ou de s'en aller ?

À son arrivée, seulement quelques heures auparavant, le monastère Saint-Gilbert-entre-les-Loups lui avait paru paisible, son atmosphère reposante. Il était d'une beauté surprenante. Ses murs austères n'étaient pas froids, mais réconfortants. La lumière du jour réfractée par le verre imparfait se décomposait en rayons rouges, violets, jaunes. Séparément, ils étaient de couleurs distinctes, mais ensemble ils créaient une lumière joyeuse.

Comme l'abbaye. Elle était constituée d'êtres à la personnalité distincte. Séparément, ils étaient sans conteste des personnes exceptionnelles, mais ensemble ils étaient extraordinaires.

L'un d'eux, cependant, faisait exception. L'ombre. Nécessaire, peut-être, pour faire la preuve de l'existence de la lumière.

Alors qu'il traversait la chapelle, Gamache rencontra un autre moine.

Frère Timothée ? Frère Guillaume ?

Les deux hommes se saluèrent d'une inclinaison de la tête et, comme chez les autres religieux, Gamache vit quelque chose dans le regard de ce moine anonyme.

Chaque homme avait peut-être sa propre supplication, différente de celle des autres, selon qui il était et selon sa personnalité.

Manifestement, cet homme – frère Joël ? – voulait voir Gamache s'en aller. Pas parce qu'il avait peur, mais parce que l'inspecteur-chef était devenu un panneau publicitaire ambulant annonçant le meurtre du prieur, et leur échec en tant que communauté.

Les moines étaient censés faire une seule chose : servir Dieu. Mais ce monastère avait pris la direction opposée. Et Gamache était le point d'exclamation qui venait renforcer cette vérité.

L'inspecteur-chef tourna à droite et avança dans le long corridor vers la porte close. Il commençait à bien se repérer dans le monastère, à s'y sentir à l'aise même. L'édifice était en forme de croix, avec la chapelle au centre et quatre sections qui s'étendaient sur les côtés, comme des bras.

Il faisait noir dehors, maintenant. Les corridors étaient faiblement éclairés. On aurait dit qu'il était minuit, mais, quand il regarda sa montre, Gamache constata qu'il n'était pas encore dix-huit heures trente.

La porte avec le mot "Porterie" était fermée. Gamache frappa.

Et attendit.

À l'intérieur, il entendit un faible son. Un papier, une page qu'on tournait. Puis, ce fut de nouveau le silence.

— Je sais que vous êtes là, frère Luc, dit Gamache en adoucissant sa voix pour essayer de ne pas passer pour le grand méchant loup.

Il entendit d'autres feuilles qu'on remuait, puis la porte s'ouvrit.

Le frère Luc était jeune. Début vingtaine peut-être ?

— Oui ?

C'était la première fois, se rendit compte Gamache, que ce garçon s'adressait directement à lui. Même en entendant cet unique mot très court, il constatait que la voix du frère Luc était puissante et riche. Presque certainement une belle voix de ténor. L'homme était peut-être frêle, mais sa voix ne l'était pas.

— Pouvons-nous parler ? demanda Gamache.

Sa voix était plus grave que celle du jeune moine.

Les yeux bruns du frère Luc lançaient de petits regards à gauche et à droite, par-dessus l'épaule de l'inspecteur-chef.

— Nous sommes seuls, dit Gamache.

— Oui ? répéta le moine en croisant les mains sur son ventre.

Son maintien était une parodie de l'attitude des autres moines. Il n'y avait pas de calme chez lui. Ce jeune homme ne semblait pas savoir s'il devait avoir peur de Gamache ou être soulagé de le voir. Il voulait qu'il parte, mais, en même temps, qu'il reste.

— J'ai déjà été interrogé, monsieur.

Il avait une belle voix, cela s'entendait même dans cette phrase simple. Dommage de la cacher en faisant vœu de silence.

— Je sais, répondit Gamache. J'ai lu le rapport. Vous étiez ici quand le frère Mathieu a été découvert.

Luc hocha la tête.

— Chantez-vous ? demanda l'inspecteur-chef.

Dans n'importe quel autre contexte, cette question, posée à un suspect, aurait paru ridicule. Mais pas ici.

— Nous chantons tous.

— Depuis combien de temps êtes-vous à Saint-Gilbert-entre-les-Loups ?

— Dix mois.

Le moine marqua une hésitation, et Gamache eut l'impression que ce jeune homme aurait pu lui dire précisément le nombre de jours, d'heures et de minutes écoulés depuis qu'il avait franchi la lourde porte.

— Pourquoi êtes-vous venu ici ?

— La musique.

Gamache ne savait pas si, par ses réponses laconiques, le frère Luc refusait délibérément de collaborer ou si c'était plus naturel pour lui de garder le silence que de parler.

— Pourriez-vous donner un peu plus de détails quand vous répondez, mon frère ?

Le frère Luc parut irrité.

“Un jeune homme qui essaie de dissimuler son mauvais caractère sous des vêtements de moine, pensa Gamache. Beaucoup de choses peuvent se cacher dans le silence. Ou du moins tenter de s'y cacher.” La plupart des émotions, savait-il, finissaient par sortir. Surtout la colère.

— J'avais entendu l'enregistrement, les chants, dit Luc. J'étais un postulant dans un autre monastère, au sud, près de la frontière. Là aussi on chante, mais ici c'est différent.

— De quelle façon ?

— C'est difficile à expliquer.

Le visage du frère Luc changea dès qu'il pensa à la musique. Le calme qu'il avait feint tout à l'heure était devenu réel.

— Après avoir entendu les moines de Saint-Gilbert, j'ai immédiatement su que je n'avais jamais entendu quelque chose de semblable.

Maintenant, Luc souriait.

— Je devrais dire, je suppose, que je suis venu ici pour me rapprocher de Dieu, mais pour dire la vérité, je pense que je peux trouver Dieu dans n'importe quelle abbaye. Mais pas les chants. Je peux seulement les trouver ici.

— La mort du frère Mathieu doit représenter une grande perte.

Le jeune homme ouvrit la bouche, puis la referma. Son menton se creusa légèrement, et il se laissa presque aller à montrer ses émotions.

— Vous ne savez pas à quel point.

Gamache avait le sentiment que cela était probablement vrai.

— La présence du prieur était-elle une des raisons qui vous ont incité à venir ici ?

Le moine hocha la tête.

— Resterez-vous ? demanda Gamache.

Le frère baissa les yeux sur ses mains et tritura sa robe.

— Je ne sais pas où je pourrais aller.

— Ce monastère est votre chez-vous, maintenant ?

— Ce sont les chants, mon chez-moi. Et il se trouve qu'ils sont ici.

— La musique a autant d'importance pour vous ?

Le frère Luc inclina la tête sur le côté et examina l'inspecteur-chef.

— Avez-vous déjà été amoureux ? demanda-t-il.

— Oui, et je le suis encore.

— Alors vous pourrez comprendre. Quand j'ai entendu l'enregistrement, je suis tombé amoureux. Un des moines dans le monastère où j'étais avant possédait le disque. Cela remonte à quelques années, quand le disque est sorti. Le moine est venu dans ma cellule et me l'a fait jouer. Nous faisions tous les deux partie du chœur et il voulait connaître mon opinion sur les chants.

— Et qu'en avez-vous pensé ?

— Rien. Pour la première fois de ma vie, je ne pensais rien. Je ressentais seulement quelque chose. J'ai écouté et réécouté l'enregistrement dans tous mes moments libres.

— Qu'est-ce qu'il vous a apporté ?

— Qu'est-ce que le fait de tomber amoureux vous a apporté, à vous ? Pouvez-vous vraiment l'expliquer ?

Les chants remplissaient des espaces que je ne savais pas vides. Ils ont apaisé une solitude dont je n'avais pas conscience. Ils m'ont apporté la joie. Et la liberté. C'était ça, le plus incroyable. Je me suis soudainement senti à la fois étreint et libéré.

— Est-ce ça, l'extase ? demanda Gamache après avoir réfléchi un moment aux paroles du moine. Était-ce une expérience spirituelle ?

Le frère Luc regarda de nouveau l'inspecteur-chef.

— Ce n'était pas "une" expérience spirituelle. J'en avais déjà eu. Nous en avons tous vécu, sinon nous ne serions pas des moines. Non. C'était l'expérience spirituelle suprême. Qui n'a rien à voir avec la religion. Ni avec l'Église.

— Que voulez-vous dire ?

— J'ai rencontré Dieu.

Gamache garda le silence quelques instants.

— Dans la musique ? demanda-t-il.

Le frère Luc hocha la tête. À court de mots.

Jean-Guy fixa l'écran de veille de l'ordinateur, puis l'antenne parabolique qu'ils emportaient dans les régions reculées.

Parfois elle fonctionnait, parfois non. Pourquoi ? C'était un vrai mystère pour Beauvoir. Pourtant, il branchait chaque fois les fils de la même façon. Faisait les mêmes ajustements. Procédait de la même manière à chaque enquête.

Puis il attendait que l'inexplicable se produise. Ou pas.

— Merde, marmonna-t-il.

Tout n'était cependant pas perdu. Il avait son BlackBerry.

Ouvrant la porte du bureau du prieur, il jeta un coup d'œil à l'extérieur. Personne.

Il s'assit et tapa laborieusement un message avec ses pouces. Avant, ses courriels se résumaient à un mot ou à un symbole. Maintenant, ils contenaient des phrases complètes. Il écrivait "c'est" plutôt que "C" et n'utilisait pas les signes de ponctuation pour faire un sourire ou un clin d'œil, préférant exprimer clairement, avec des mots, ce qu'il ressentait.

Ce n'était pas difficile, avec Annie. Ses sentiments pour elle étaient toujours clairs et très simples.

Il était heureux. Il l'aimait. Il s'ennuyait d'elle.

D'ailleurs, même s'il avait voulu utiliser des contractions et des symboles, il n'en existait pas qui traduisaient ses sentiments. Même les mots ne parvenaient pas à le faire. Mais ils étaient ce que Jean-Guy avait de mieux.

Chaque lettre, chaque espace le rapprochait d'elle et lui procurait non seulement du plaisir, mais de la joie.

Annie verrait ce qu'il avait créé, pour elle. Ce qu'il avait écrit.

"Je t'aime, écrivit-il. Tu me manques."

Elle aussi lui envoyait des messages. Pas seulement en réponse aux siens, mais des messages dans lesquels elle parlait de ses journées. Bien remplies, mais néanmoins vides sans lui.

Ce soir-là, elle allait souper chez sa mère, mais attendrait le retour de son père et de Jean-Guy pour qu'ils puissent annoncer ensemble la nouvelle à ses parents.

"Reviens vite, avait-elle écrit. Tu me manques. Je t'aime."

Et Jean-Guy ressentit sa présence. Et son absence.

— Alors vous êtes venu au monastère Saint-Gilbert, dit Gamache.

— Eh bien, ça, c'est la version courte, répondit le frère Luc. Mais rien n'est vraiment court avec l'Église.

Il était détendu, mais, avec cette question, Gamache et lui s'étaient un peu éloignés du sujet de la musique, et le moine semblait de nouveau sur ses gardes.

— Et la version longue ?

— Il a fallu du temps pour découvrir qui avait fait l'enregistrement. Je m'imaginais un ordre religieux quelque part en Europe.

— Si ç'avait été le cas, auriez-vous été disposé à aller là-bas ?

— Si la femme dont vous étiez amoureux avait habité en France, seriez-vous allé la rejoindre ?

Gamache rit. Le jeune moine l'avait eu. Il avait frappé dans le mille.

— Ma femme, répondit l'inspecteur-chef. Et je serais allé la chercher en enfer.

— Vous n'avez pas eu à le faire, j'espère.

— Eh bien, Hochelaga-Maisonneuve… Donc, vous avez dû faire des recherches ?

— Tout ce que j'avais, c'était le CD, mais aucun renseignement n'y figure. Je l'ai encore, quelque part dans ma cellule.

Gamache avait le disque, acheté plus d'un an auparavant. Lui aussi avait cherché des informations sur la pochette, pour savoir qui étaient ces moines. Mis à part la liste des chants, il n'y en avait aucune. La pochette montrait seulement des moines de profil. Qui marchaient. L'image, stylisée, paraissait à la fois très abstraite et très classique. Il n'y avait aucune mention de ceux qui avaient participé à l'enregistrement. Le disque n'avait même pas de nom.

Il paraissait – et était – l'œuvre d'amateurs. Le son, métallique, produisait de l'écho.

— Comment avez-vous découvert qui avait fait l'enregistrement ?

— Comme tout le monde, je l'ai appris à la radio quand des journalistes ont fini par trouver les moines. Je n'arrivais pas à le croire. Tout le monde au monastère était sous le choc. Pas seulement parce que les chanteurs étaient des Québécois, mais surtout parce qu'ils étaient des gilbertins. Cette communauté ne figure pas parmi les ordres religieux existants. Selon les archives de l'Église, l'ordre a disparu quand le dernier moine est mort, ou a été tué, il y a de ça quatre cents ans. Il ne reste aucune abbaye gilbertine. Du moins, c'est ce que tout le monde croyait.

— Mais comment avez-vous fait pour devenir membre de cette communauté ? demanda Gamache en revenant à la charge.

La leçon d'histoire serait pour une autre fois.

— Le père supérieur est venu à mon monastère et m'a entendu chanter…

Le frère Luc parut soudain très gêné.

— Poursuivez, dit Gamache.

— Eh bien, j'ai une voix singulière. Un timbre très particulier.

— Et quel effet cela produit-il ?

— Ça signifie que je peux chanter avec pratiquement n'importe quelle chorale et m'intégrer facilement.

— Votre voix s'harmonise bien avec les autres ?

— Nous chantons des plains-chants, c'est-à-dire que nous chantons tous la même note en même temps, mais avec des voix différentes. Nous ne faisons pas vraiment de l'harmonie, mais nous devons chanter en harmonie.

Gamache considéra cette distinction un moment, puis hocha la tête.

— Je suis l'harmonie.

Ces paroles étaient si extraordinaires que l'inspecteur-chef demeura interdit devant ce jeune moine aux vêtements simples, qui avait fait une déclaration si pompeuse.

— Pardon ? Que voulez-vous dire ? Je ne comprends pas.

— Ne vous méprenez pas, le chœur n'a pas besoin de moi. Le disque le prouve.

— Alors qu'avez-vous voulu dire ?

C'était un peu tard pour faire preuve d'humilité, pensa Gamache.

— N'importe quel chœur serait meilleur si j'en faisais partie.

Les deux hommes se dévisagèrent. Gamache comprit soudain que ce n'était peut-être pas de l'orgueil ou de la vantardise. Le frère Luc énonçait peut-être tout simplement un fait. Comme les moines devaient apprendre à accepter leurs défauts, ils devaient peut-être aussi apprendre à accepter leurs dons. Et ne pas feindre, par fausse humilité, de ne pas en avoir.

Cet homme ne cachait pas son don. Pourtant, il cachait sa voix. Dans un vœu de silence. Dans un monastère loin, très loin du monde. D'un public.

À moins que…

— Donc, vous n'étiez pas sur le disque…

Luc secoua la tête.

— … mais d'autres enregistrements étaient prévus ?

Le frère Luc ne répondit pas immédiatement.

— Oui, finit-il par dire. Le frère Mathieu était au comble de l'excitation. Il avait déjà choisi toutes les pièces.

Gamache sortit la feuille de son sac.

— Ceci faisait-il partie des pièces ?

Luc prit la page. Profondément concentré et immobile, il fronça les sourcils, puis secoua la tête en remettant la feuille à l'inspecteur-chef.

— Je ne peux pas vous dire ce que c'est, monsieur, mais je peux vous dire ce que ce n'est pas. Ce n'est pas un chant grégorien.

— Comment le savez-vous ?

Le moine sourit.

— Le chant grégorien est soumis à des règles très strictes. Comme l'est un sonnet, ou un haïku. On doit faire certaines choses, et d'autres pas. Le grégorien est une affaire de discipline, et de simplicité. Il faut de l'humilité pour se soumettre aux règles, et de l'inspiration pour s'élever au-dessus d'elles. Le défi consiste à suivre les règles et en même temps à les transcender. À chanter pour Dieu et à laisser de côté son ego. Ça, dit-il en indiquant le papier maintenant dans la main de Gamache, n'a aucun sens.

— Vous parlez des mots ?

— Je ne comprends pas les mots. Je parle du rythme, du tempo. Ça ne fonctionne pas. Trop rapide. Ça n'a rien à voir avec le chant grégorien.

— Mais il y a ces choses, dit Gamache en pointant le doigt vers les gribouillis au-dessus des mots. Des neumes, c'est ça ?

— Oui. Voilà ce qui est si troublant.

— Troublant, frère Luc ?

— C'est censé ressembler à un chant grégorien, mais ce n'en est pas un. Où avez-vous trouvé cette feuille ?

— Sur le corps du frère Mathieu.

Luc blêmit. Selon Gamache, il y avait deux choses qu'une personne ne pouvait faire sur demande, même si elle le voulait : blêmir et rougir.

— Qu'est-ce que cela vous dit, frère Luc ?

— Que le prieur est mort en essayant de protéger ce qu'il aimait.

— Ça ? demanda Gamache en levant la feuille.

— Non, vous n'y êtes pas du tout. Il a dû prendre la feuille à quelqu'un ici. Quelqu'un qui tentait de tourner le chant grégorien en dérision, d'en faire quelque chose qui est une abomination. Et le prieur a voulu empêcher ça.

— Selon vous, il s'agissait d'une insulte ?

— Quelqu'un connaissait suffisamment le chant grégorien et les neumes pour s'en moquer. Oui, ç'a été fait délibérément, pour insulter.

— Quelqu'un ici, avez-vous dit. Qui ? demanda l'inspecteur-chef en observant le jeune moine.

Le frère Luc ne répondit pas.

Gamache attendit. Puis il parla, tout en reconnaissant que garder le silence était parfois une tactique utile. Le silence était bien plus oppressant et menaçant que des injures hurlées. Mais les moines se sentaient à l'aise dans le silence. C'étaient les paroles qui semblaient les effrayer.

— Qui détestait le frère Mathieu au point de ridiculiser le travail auquel il avait consacré sa vie ? insista Gamache. Qui le détestait suffisamment pour vouloir le tuer ?

Luc ne disait toujours rien.

— Si tous les moines, ici, aiment le chant grégorien, pourquoi l'un d'eux s'en moquerait-il, créerait ce que vous avez qualifié d'abomination ?

Gamache leva le vélin et se pencha légèrement en avant. Luc recula un tout petit peu, mais il ne pouvait aller nulle part.

— Je ne sais pas, répondit-il. Je vous le dirais si je le savais.

L'inspecteur-chef regarda attentivement le frère Luc et se dit que c'était probablement vrai. Le moine adorait le plain-chant et, manifestement, admirait et respectait le prieur. Il ne protégerait pas un homme prêt à tuer l'un et l'autre. Ce moine ne savait peut-être pas qui était le meurtrier, mais il avait peut-être des soupçons. Comme l'avait dit le père abbé un peu plus tôt, Gamache avait besoin de preuves, tandis qu'un moine avait seulement besoin de croire. Le frère Luc croyait-il savoir qui avait tué le prieur et ridiculisé les chants ? Et était-il suffisamment présomptueux pour penser pouvoir se charger seul de l'assassin ?

L'inspecteur-chef soutint le regard du moine et quand il parla son ton était sévère.

— Vous devez m'aider à découvrir qui a fait ça.

— Je ne sais rien.

— Mais vous soupçonnez quelqu'un.

— Non. C'est faux.

— Un meurtrier marche dans ces corridors, jeune homme. Enfermé ici avec nous. Avec vous.

Gamache vit la peur dans les yeux du frère Luc, un jeune homme qui restait assis seul toute la journée, l'unique clé donnant accès au monde extérieur attachée à une corde autour de sa taille. Il fallait passer par ce moine pour sortir. Si l'assassin voulait s'échapper, il allait probablement devoir lui passer sur le corps – littéralement. Luc comprenait-il ça ?

L'inspecteur-chef se recula, mais pas de beaucoup.

— Dites-moi ce que vous savez.

— Je sais seulement que l'enregistrement ne plaisait pas à tout le monde.

— Le nouvel enregistrement ? Celui que le prieur préparait ?

Le frère Luc ne répondit pas immédiatement, puis il secoua la tête.

— L'autre alors, dit Gamache.

Le moine hocha la tête.

— Qui n'était pas content ?

Maintenant, le frère paraissait malheureux.

— Vous devez me le dire, mon garçon.

Tout en fouillant des yeux le corridor sombre, Luc se pencha en avant. Pour chuchoter. Gamache se pencha lui aussi. Pour écouter.

Mais avant que le religieux puisse dire quelque chose, ses yeux s'écarquillèrent.

— Vous voilà, monsieur Gamache. Votre inspecteur m'a dit que vous seriez ici. Je suis venu vous chercher pour aller manger.

Le frère Simon, le secrétaire du père abbé, se tenait dans le corridor à environ un mètre de la porterie, les mains dans ses manches, la tête humblement inclinée.

Avait-il entendu leur conversation ? se demanda Gamache.

Il s'agissait du moine dont les yeux ne semblaient jamais complètement fermés. Celui qui observait tout et, soupçonnait Gamache, entendait tout.

# 11

Deux moines sortirent des cuisines avec des bols de petites pommes de terre nouvelles rissolées dans le beurre et parsemées de ciboulette. Suivirent du brocoli, de la courge musquée et des plats mijotés. Des planches à pain avec des baguettes chaudes avaient été déposées à différents endroits sur la table de réfectoire, et on faisait passer en silence des plateaux de fromages et de beurre d'un bout à l'autre des longs bancs de moines.

Les moines, cependant, ne prenaient pas grand-chose. Ils passaient les plats et le pain de l'un à l'autre, mais ne se servaient que des portions symboliques.

Ils n'avaient pas d'appétit.

Cela plaçait Beauvoir dans un dilemme. Il voulait se servir d'énormes portions de tout, remplir son assiette jusqu'à ne plus pouvoir voir par-dessus. Il voulait ériger un autel avec la nourriture, puis le manger. Tout manger.

Lorsque le premier plat arriva devant lui, un gratin de poireaux à la croûte bien croustillante, il hésita et regarda les petites quantités que les autres avaient prises.

Puis il prit la plus grosse cuillerée qu'il put et la fit tomber dans son assiette. "Et tant pis si les moines ne sont pas contents !" pensa-t-il. Et effectivement, les moines paraissaient mécontents.

Le père supérieur brisa le silence en disant le bénédicité. Puis, une fois tout le monde servi, un autre moine se leva et alla jusqu'à un lutrin, où il lut des passages d'un livre de prières.

Il n'y eut aucune forme de conversation.

Pas un mot ne fut prononcé au sujet de la place vide dans leurs rangs, du moine manquant.

Mais le frère Mathieu était bien présent parmi eux, comme un fantôme obsédant qui avait profité du silence pour grossir et finir par remplir toute la pièce.

Gamache et Beauvoir n'étaient pas assis ensemble. Comme des enfants à qui on ne peut pas faire confiance, ils étaient chacun à une extrémité de la table.

Vers la fin du repas, l'inspecteur-chef plia sa serviette en tissu et se leva.

Le frère Simon, en face de lui, lui fit signe, d'abord subtilement, puis avec plus d'insistance, de se rasseoir.

Gamache le regarda dans les yeux et fit lui aussi un geste, pour dire qu'il avait compris le message, mais ferait malgré tout ce qu'il devait faire.

À l'autre bout du banc, Beauvoir, voyant le chef se lever, se leva lui aussi.

Il régnait maintenant un silence total. On n'entendait même pas le cliquetis d'ustensiles. Toutes les fourchettes et tous les couteaux avaient été déposés, ou restaient suspendus dans les airs. Tous les yeux étaient braqués sur l'inspecteur-chef.

Il se dirigea lentement vers le lutrin, puis regarda la longue table. Il y avait douze moines d'un côté et onze de l'autre. L'équilibre était rompu dans la pièce, dans la communauté.

— Je suis Armand Gamache, dit-il dans le silence consterné. J'ai déjà rencontré quelques-uns d'entre vous. Je suis l'inspecteur-chef du service des homicides de la Sûreté du Québec. Voici mon adjoint, l'inspecteur Beauvoir.

Les moines paraissaient anxieux. Et en colère, contre lui.

Gamache était habitué à ce type de transfert. Ils ne pouvaient pas encore s'en prendre au tueur, alors ils en voulaient à la police parce qu'elle bouleversait leur vie. Il éprouva de la compassion pour eux, car ils ne savaient pas à quel point ce qui s'en venait serait terrible.

— Nous sommes ici pour enquêter sur ce qui est arrivé ce matin. La mort du frère Mathieu. Nous vous sommes reconnaissants de votre hospitalité, mais nous avons besoin de plus que ça. Nous avons besoin de votre aide. À mon avis, la personne qui a tué votre prieur n'avait pas l'intention de faire du mal à d'autres.

Gamache marqua une pause avant de poursuivre sur un ton plus doux, comme s'il parlait à des amis.

— Mais d'ici la fin de cette enquête, d'autres vont souffrir, énormément. Des choses que vous aimeriez voir demeurer privées seront connues de tous. Des relations personnelles, des querelles. Tous vos secrets seront dévoilés pendant que l'inspecteur Beauvoir et moi chercherons à découvrir la vérité. J'aimerais qu'il n'en soit pas ainsi, mais je n'y peux rien. Pas plus que vous, qui aimeriez que le frère Mathieu ne soit pas mort, n'y pouvez rien.

Tout en disant cela, Gamache se demanda si c'était vrai. Les moines souhaitaient-ils que le frère Mathieu soit toujours parmi eux ? Ou préféraient-ils qu'il soit mort ? Leur douleur était bien réelle. Les moines de ce monastère étaient atterrés, profondément bouleversés. Mais que pleuraient-ils, exactement ?

— Nous savons tous que le meurtrier est dans cette pièce avec nous. Il a partagé notre repas, notre pain. A écouté les prières, et a lui-même prié. Je veux parler avec lui pendant quelques instants.

Gamache s'interrompit. Pas, espérait-il, pour créer un effet mélodramatique, mais pour permettre à ses mots de percer l'armure que portaient ces moines. Le silence, la piété et la routine dans lesquels ils s'enveloppaient. Il devait briser cette carapace pour atteindre l'homme à l'intérieur, le centre mou.

— Je pense que vous aimez cette abbaye et ne voulez pas faire de mal à vos frères moines. Ce n'a jamais été votre intention. Mais même si l'inspecteur Beauvoir et moi faisons très attention, d'autres dommages seront causés. Une enquête sur un meurtre est catastrophique pour tout le monde lié à l'affaire. Si vous pensiez que le pire était le meurtre, attendez la suite.

Il parlait d'une voix calme, mais d'un ton assuré, plein d'autorité. Il voulait que ce soit bien clair qu'il disait la vérité.

— Il existe cependant un moyen d'arrêter tout. Seulement un.

Après avoir laissé ces mots flotter dans l'air un instant, Gamache ajouta :

— Vous devez vous livrer à la police.

Il attendit, et les moines attendirent.

Quelqu'un se racla la gorge et tous les regards se tournèrent vers le père abbé, qui se leva. Tout le monde écarquilla les yeux, en état de choc. Le frère Simon commença à se lever lui aussi, mais l'abbé, par un geste à peine visible, lui fit signe de rester assis.

Dom Philippe se tourna vers sa communauté. Si la tension avait été grande avant, elle était maintenant palpable ; on pouvait presque entendre l'air crépiter dans la pièce.

— Non, dit l'abbé, je ne m'apprête pas à passer aux aveux. Je me joins à l'inspecteur-chef pour demander à celui qui a fait ça, le supplier, de se manifester.

Personne ne bougea, personne ne parla. L'abbé s'adressa ensuite à Gamache.

— Nous coopérerons, inspecteur-chef. J'ai relevé tous les moines de leur vœu de silence. Il peut y avoir une tendance à garder le silence en ce moment, mais ce n'est plus une obligation.

Il se tourna de nouveau vers les moines.

— Si vous détenez des informations, vous ne devez pas les garder pour vous. Il n'y a aucune valeur morale ou spirituelle dans le fait de protéger quiconque a fait ça. Vous devez dire tout ce que vous savez à l'inspecteur-chef Gamache et à l'inspecteur Beauvoir. Et ayez confiance en eux, ils sauront départager ce qui est pertinent et ce qui ne l'est pas. C'est ce qu'ils font. Nous, nous prions, travaillons et vénérons Dieu. Et chantons des chants à la gloire de Dieu. Et ces hommes, dit-il en indiquant de la tête Gamache et Beauvoir, trouvent des tueurs.

Son ton de voix était calme, neutre. Cet homme, qui ne parlait pas souvent, utilisait maintenant des mots comme “tueurs”.

— Au fil des siècles, poursuivit-il, notre ordre a été mis à l’épreuve. Et ceci est une nouvelle épreuve que nous devons subir. Croyons-nous vraiment en Dieu ? Croyons-nous tout ce que nous disons et chantons ? Ou notre pratique religieuse est-elle devenue routinière, une sorte de foi de convenance ? Dans le splendide isolement dans lequel nous vivons, s’est-elle affaiblie ? Face à une épreuve, nous faisons simplement ce qui est le plus facile. En gardant le silence, ne commettons-nous pas une forme de péché ? Si notre foi est vraie, sincère, nous devons avoir le courage de parler. Nous ne devons pas protéger le tueur.

Un des moines se leva et inclina la tête en direction de l’abbé.

— Vous dites, mon père, que notre ordre a été mis à l’épreuve au fil des siècles, et c’est vrai. Nous avons été persécutés, chassés de nos monastères. Emprisonnés et brûlés au bûcher. Exterminés presque jusqu’au dernier. Forcés de fuir et de nous cacher. Et tout cela par les autorités, par des hommes comme ceux-ci, dit-il en agitant le bras vers les enquêteurs, qui affirmaient aussi agir dans l’intérêt de la prétendue vérité. Cet homme a même admis qu’il était prêt à profaner notre abbaye pour découvrir cette vérité. Et vous nous demandez d’aider ? Vous avez accueilli ces hommes dans le monastère, leur avez donné un lit, les avez invités à partager notre nourriture. Le manque de courage n’a jamais été notre faiblesse, père abbé. C’est le manque de jugement.

Ce moine, l'un des plus jeunes, devait être dans la fin trentaine, estima Gamache. Il avait parlé d'un ton assuré, posé, pondéré. Quelques-uns des autres moines hochaient la tête. Et plus que quelques-uns détournaient les yeux.

— Vous nous demandez de leur faire confiance, poursuivit le moine. Pourquoi le devrions-nous ?

Il se rassit.

Les frères qui n'étaient pas occupés à examiner la table devant eux détachèrent les yeux du moine qui venait de parler et les tournèrent vers l'abbé, puis vers Gamache.

— Parce que, mon frère, vous n'avez pas le choix, répondit l'inspecteur-chef. Comme vous l'avez dit, nous sommes déjà dans le monastère. La porte a été verrouillée derrière nous et il n'y a aucun doute quant au dénouement. L'inspecteur Beauvoir et moi découvrirons qui a tué le frère Mathieu et le ferons traduire en justice.

Il y eut un petit grognement de dérision.

— Je ne parle pas de la justice divine, mais de ce que le monde ici-bas a de meilleur à offrir pour le moment, continua Gamache. Le système de justice que se sont donné les Québécois, vos compatriotes. Car, ne vous en déplaise, vous n'êtes pas citoyens d'une sorte de plan supérieur de l'existence, d'un empire plus puissant. Comme moi, comme l'abbé, comme l'homme qui nous a amenés ici en bateau, vous êtes tous des citoyens du Québec. Et vous respecterez les lois du pays. Vous pouvez aussi, bien sûr, respecter les lois morales de votre foi. Mais j'ose espérer que les deux sont pareilles.

De toute évidence, Gamache était fâché. Pas parce qu'on avait remis en question son autorité, mais à cause de l'attitude hautaine de ce moine, de l'air à la fois de supériorité et de martyr qu'il s'était donné. Et que les autres avaient approuvé.

Pas tous les autres, pouvait constater Gamache, qui, soudain, se rendit compte que ce moine arrogant venait de lui rendre un immense service, en lui faisant voir quelque chose qui n'avait fait l'objet que de vagues allusions jusqu'à maintenant.

Cette communauté était divisée, une fissure était apparue. Et la tragédie survenue, au lieu de colmater la brèche, contribuait au contraire à l'élargir. Il y avait quelque chose au fond de cette crevasse, Gamache le savait. Et il était à peu près convaincu que, quand Jean-Guy et lui découvriraient ce que c'était, ça n'aurait rien à voir avec la foi. Ni avec Dieu.

Les deux enquêteurs laissèrent les moines plongés dans leur silence consterné – et commode – et se dirigèrent vers la chapelle.

— Je vous ai rarement vu ivre de colère comme ça, dit Beauvoir, en courant presque pour rattraper Gamache.

— Peut-être ivre de colère, mais pas ivre, dit le chef avec un sourire. Apparemment, Jean-Guy, nous sommes tombés sur le seul monastère au monde qui ne fabrique pas de boissons alcoolisées.

Beauvoir toucha le bras du chef pour le faire ralentir et celui-ci s'arrêta au milieu du corridor.

— Espèce de vieux…

Gamache lui lança un regard et Beauvoir se tut aussitôt, mais sourit lui aussi.

— Vous jouiez donc la comédie, dit Beauvoir en baissant la voix, quand vous êtes sorti du réfectoire en furie. Vous vouliez montrer à ce trou de cul de moine que, contrairement à l'abbé, vous ne vous laisseriez pas intimider.

— Ce n'était pas seulement un numéro, mais vous avez raison. Je voulais que les autres comprennent qu'il était possible de s'opposer à ce moine. Quel est son nom, au fait ?

— Frère Dominic ? Frère Donat ? Quelque chose comme ça.

— Vous n'en avez aucune idée, n'est-ce pas ?

— Pas la moindre. À mes yeux, ils se ressemblent tous.

— Eh bien, informez-vous, s'il vous plaît.

Ils s'étaient remis à marcher, plus lentement cette fois. Lorsqu'ils arrivèrent à la chapelle, le chef s'arrêta un instant et jeta un coup d'œil derrière lui, pour constater que le couloir était vide, puis s'avança dans l'allée centrale, Beauvoir à ses côtés.

Les deux hommes traversèrent la nef et montèrent les deux marches menant au chœur. Gamache alla ensuite s'asseoir sur un banc dans la première rangée. À la place du prieur. Gamache savait que c'était la sienne parce qu'elle avait été vide à l'heure des vêpres. Elle était directement en face de celle du père abbé. Beauvoir s'assit à côté du chef.

— Sentez-vous un chant monter en vous ? chuchota-t-il, et Gamache sourit.

— Si je me suis montré aussi dur tout à l'heure, c'est surtout pour voir ce qui se produirait. La réaction des moines était intéressante, ne trouvez-vous pas ?

— C'est intéressant que des moines aient une attitude si condescendante ? Je vais alerter les médias.

Comme de nombreux Québécois de sa génération, il n'avait que faire de l'Église. Elle ne faisait tout simplement pas partie de sa vie. Pour les générations précédentes, cependant, ç'avait été très différent. L'Église catholique ne faisait pas seulement partie de la vie de ses parents, de ses grands-parents, elle la gouvernait. Les prêtres leur disaient quoi manger, quoi faire, pour qui voter, quoi penser. En quoi croire.

Ils leur disaient aussi de faire beaucoup d'enfants, toujours plus d'enfants, si bien que les femmes étaient toujours enceintes d'un autre bébé. Les prêtres avaient ainsi maintenu dans la pauvreté et l'ignorance des générations de Québécois. Ceux-ci avaient été battus à l'école, semoncés à l'église, agressés sexuellement derrière des portes closes.

Et quand, finalement, ils avaient abandonné l'Église, elle les avait accusés d'être infidèles et les avait menacés de la damnation éternelle.

Non, Beauvoir n'était pas surpris de voir l'hypocrisie qui suintait des moines, comme du sang, quand on les grattait un peu.

— Ce que j'ai trouvé intéressant, c'est le clivage, la division en deux groupes, dit le chef.

Il avait parlé doucement, mais sa voix se répercuta dans toute la chapelle. "Voici donc l'endroit idéal du point de vue acoustique, se dit-il. Ici même, où se trouvent les bancs." La chapelle avait été conçue pour des voix. Pour qu'elles s'élèvent et se réverbèrent sur les angles parfaits. Pour qu'un murmure venu d'ici soit clairement entendu n'importe où dans la chapelle.

"Une forme de transmutation, pensa Gamache. Pas d'eau en vin, mais d'un murmure en un mot audible."

Comme il était surprenant qu'un ordre silencieux ait créé un tel joyau acoustique.

Ce lieu n'était pas un endroit où tenir une conversation privée. Le chef, cependant, ne se souciait pas de qui pouvait l'entendre.

— Oui, c'était très évident, dit Beauvoir. Ils ont tous l'air si calmes et sereins, mais on sentait une réelle colère. Ce moine n'aime pas l'abbé.

— Pire encore, il ne le respecte pas. Il est possible d'avoir un chef qu'on ne choisirait pas comme ami, mais il faut au moins le respecter, avoir confiance en lui. Ça avait tout d'un coup bas, ça, accuser l'abbé devant tout le monde de manquer de jugement.

— Ce n'est peut-être pas faux.

— Peut-être.

— Et l'abbé n'a pas réagi, l'a laissé faire. Feriez-vous ça, vous ?

— Laisser quelqu'un m'insulter ? Apparemment, vous n'êtes pas très observateur. Ça arrive continuellement.

— Mais un de vos subordonnés ?

— Certains d'entre eux aussi l'ont fait, comme vous le savez. Mais je ne les congédie pas automatiquement. Je veux savoir la raison de la colère. Pour moi, aller au fond du problème est beaucoup plus important.

— Alors, d'après vous, qu'est-ce qui explique ce dont nous avons été témoins ?

C'était une bonne question. Gamache se l'était posée quand il avait quitté le réfectoire, et de nouveau lorsqu'il était entré dans la chapelle.

Il n'y avait pas de doute, cette abbaye était divisée. Le meurtre n'était pas, en fait, un événement isolé, mais le dernier d'une série de coups probablement de plus en plus violents.

Le prieur avait été attaqué avec une pierre.

Et l'abbé venait aussi de se faire attaquer. Avec des mots.

L'un tué instantanément, l'autre lentement. Étaient-ils tous les deux des victimes de la même personne ? L'abbé et le prieur se trouvaient-ils du même côté du fossé qui divisait la communauté ? Ou dans des camps opposés ? Gamache regarda, de l'autre côté du chœur, la place où s'assoyait l'abbé.

Durant des décennies, ces deux hommes, du même âge, s'étaient dévisagés.

L'un dirigeait l'abbaye, l'autre dirigeait le chœur.

Dans le jardin, ce matin-là, quand Gamache avait tiré le père supérieur à l'écart pour parler avec lui, il avait eu l'impression que l'abbé et le prieur étaient très proches.

Leur relation était peut-être plus intime que ce qu'accepterait officiellement l'Église.

Gamache n'y voyait pas de problème. En fait, il comprenait parfaitement et ne serait pas surpris si certains de ces hommes trouvaient du réconfort les uns auprès des autres. Ça lui semblait tout à fait naturel. Ce qu'il voulait savoir, cependant, c'était ce qui avait causé la fracture. À quel moment la faille était-elle apparue ? Quel coup, violent ou pas, avait marqué le début de la division ?

Il voulait aussi savoir de quel côté du fossé se trouvaient l'abbé et le prieur. Étaient-ils du même bord, ou pas ?

Gamache se rappela ce qu'avait dit le jeune moine juste avant que le frère Simon vienne annoncer le souper. Il fit part de leur conversation à Beauvoir.

— Tout le monde n'était donc pas content au sujet de l'enregistrement, dit l'inspecteur. Je me demande pourquoi. Le disque a eu un énorme succès. Il a dû rapporter une fortune à l'abbaye. Et ça paraît : un nouveau toit, une nouvelle plomberie, un système de géothermie. C'est incroyable. Les bleuets enrobés de chocolat ont beau être délicieux, je suis prêt à parier qu'ils n'ont pas payé le système de chauffage.

— Et le frère Mathieu projetait apparemment un autre enregistrement.

— Pensez-vous qu'on l'a tué pour l'empêcher de le faire ?

Gamache garda le silence et ne bougea pas pendant un moment. Puis, lentement, il tourna la tête. Sentant le chef sur le qui-vive, Beauvoir aussi scruta l'obscurité. La seule lumière dans la chapelle provenait des appliques murales derrière l'autel. Tout le reste était plongé dans le noir.

Mais, malgré l'obscurité, les enquêteurs réussissaient à discerner de petites formes blanches, qui faisaient penser à de minuscules vaisseaux.

Lentement, l'armada se précisa. Les formes étaient des capuces, les capuchons blancs des moines.

Ceux-ci étaient revenus dans la chapelle et, debout dans le noir, observaient les deux hommes.

Et les écoutaient.

Beauvoir se tourna vers Gamache. Il y avait un petit sourire sur la figure du chef, que seul quelqu'un très près de lui pouvait remarquer. Et dans ses yeux perçants, une lueur.

“Il n’est pas surpris”, pensa Beauvoir. Non, c’était plus que ça. Le chef avait voulu que les moines viennent dans la chapelle, et entendent leur conversation.

— Espèce de vieux…, chuchota Beauvoir, en se demandant si les moines avaient entendu ça aussi.

# 12

Beauvoir était couché. Étonnamment, le lit était confortable : un matelas ferme, des draps de flanelle doux au toucher et un duvet chaud. De l'air frais entrait par la fenêtre ouverte et Beauvoir sentait les odeurs de la forêt et entendait le clapotis du lac sur la rive rocheuse.

Dans sa main, il tenait son BlackBerry. Il avait été obligé de débrancher la lampe de lecture pour pouvoir le recharger. C'était un échange équitable : de la lumière contre des mots.

Il aurait pu laisser l'appareil dans le bureau du prieur, branché sur une multiprise.

Il aurait pu, mais il ne l'avait pas fait.

Beauvoir se demanda quelle heure il était. Il appuya sur la barre d'espacement et le BlackBerry en mode veille se réveilla et lui apprit qu'il avait reçu un message et qu'il était 21 h 33.

Le message était d'Annie, revenue chez elle après avoir soupé avec sa mère. C'était un message joyeux, plein de bavardages, et Jean-Guy eut l'impression d'être aspiré par les mots, d'aller rejoindre Annie, d'être assis à côté d'elle pendant que la mère et la fille mangeaient leur omelette et leur salade tout en parlant de leur journée.

Mme Gamache avait dit à Annie que son père était parti enquêter sur une affaire survenue dans une abbaye isolée du monde. Celle des chants grégoriens.

Et Annie avait dû faire semblant qu'elle l'ignorait.

Elle se sentait horriblement coupable, mais avouait aussi trouver leur relation secrète très excitante. Mais, surtout, elle aurait aimé en parler à sa mère.

Beauvoir avait écrit à Annie un peu plus tôt, quand il était revenu à sa chambre – sa cellule –, et lui avait tout raconté. À propos de l'abbaye, de la musique, de l'enregistrement, du prieur mort, de l'abbé insulté par un de ses moines. Il avait fait attention de ne pas donner l'impression que cette enquête était facile ou amusante.

Il voulait qu'elle sache comment c'était vraiment, comment il se sentait.

Il lui avait parlé des prières interminables. Un autre office avait été célébré à huit heures moins le quart ce soir-là. Après le souper. Après que les moines avaient entendu sa conversation avec le chef dans la chapelle.

Le père d'Annie s'était levé, avait incliné légèrement la tête pour montrer qu'il avait noté la présence des moines, puis avait quitté les lieux. D'un pas mesuré, il était sorti du chœur, avait marché jusqu'à la porte du fond et s'était dirigé vers le bureau du prieur, Beauvoir à ses côtés.

Tout le long, jusqu'à ce qu'ils aient atteint la porte close donnant sur le corridor, Beauvoir avait senti les yeux des moines sur lui.

Jean-Guy avait dit à Annie comment il s'était senti. Il lui avait aussi raconté comment, de retour dans le bureau, il avait passé une demi-heure à se débattre avec le portable, pendant que son père continuait d'examiner les papiers du prieur.

Et ensuite, ils avaient entendu les moines chanter.

À leur arrivée au monastère cet après-midi-là, Beauvoir avait trouvé les chants simplement ennuyeux. Maintenant, avait-il dit à Annie, ils lui fichaient la trouille.

*Et ensuite,* tapa Gamache, *Jean-Guy et moi sommes retournés à la chapelle. Il y avait un autre office. Les complies, disent les moines. Je dois trouver un horaire de tous ces temps de prière. Je t'ai parlé des bleuets ? Mon Dieu, Reine-Marie, tu les adorerais. Les moines les enrobent de chocolat noir qu'ils fabriquent eux-mêmes. Je t'en rapporterai, s'il en reste, parce que Jean-Guy risque de tous les bouffer. Moi évidemment, comme d'habitude, je suis hésitant, réticent à en prendre. Je suis l'abnégation incarnée !*

Il sourit et imagina la joie de sa femme lorsqu'il lui offrirait les chocolats. Il l'imagina aussi chez eux. Elle ne devait pas encore être couchée. Il savait qu'Annie était allée souper avec elle. Depuis sa séparation d'avec David, elle soupait avec ses parents tous les samedis. Elle devait être partie, maintenant, et Reine-Marie était probablement assise dans le séjour, devant le foyer, en train de lire. Ou dans la pièce où se trouvait la télévision, à l'arrière de leur appartement, aménagée dans l'ancienne chambre de Daniel. Elle était à présent meublée d'une bibliothèque, d'un canapé confortable, sur lequel traînaient des journaux et des magazines.

— Bon, lui lancerait Reine-Marie, je m'en vais regarder une émission sur TV5. Un documentaire sur l'alphabétisation.

Mais quelques minutes plus tard, entendant des éclats de rire, il irait jusqu'au bout du couloir et la découvrirait en train de s'esclaffer devant une sitcom québécoise débile. Il se laisserait entraîner et avant longtemps ils riraient tous les deux, incapables de résister à l'humour grivois et contagieux.

Oui, elle était probablement dans cette pièce, en train de rire.

À cette pensée, Gamache sourit.

*Je te jure,* écrivit Jean-Guy, *le service n'en finissait plus. Et ils chantent tous les mots, psalmodiant encore et encore de leurs voix monotones. Et même pas moyen de piquer une sieste. On n'arrête pas de se lever puis de se rasseoir. Ton père fait exactement comme eux. On dirait presque qu'il aime ça. Est-ce possible ? Il essaie peut-être seulement de s'amuser à mes dépens. Oh, en parlant de s'amuser aux dépens de quelqu'un, il faut que je te raconte ce qu'il a fait avec les moines…*

*Les complies étaient magnifiques, Reine-Marie. Les moines ont tout chanté. Tout en chant grégorien. Pense à Saint-Benoît-du-Lac et imagine un endroit encore plus paisible. Je crois que la chapelle y est pour beaucoup. Elle est très simple, sans aucun ornement, sauf une grande plaque décrivant la vie de saint Gilbert. Il y a une pièce cachée derrière cette plaque.*

Gamache arrêta un moment de taper et pensa à la plaque murale et à la salle du chapitre dissimulée derrière. Il faudrait qu'il demande un plan de l'abbaye.

Puis il retourna à son message.

*La chapelle était presque entièrement plongée dans le noir pour le dernier office de la journée. Elle n'était éclairée que par quelques faibles lumières derrière l'autel. Là où se trouvaient autrefois des cierges et des flambeaux, je suppose. Jean-Guy et moi étions assis dans la nef, dans l'obscurité. Tu peux t'imaginer à quel point c'était amusant pour Jean-Guy. Je pouvais à peine entendre les chants tellement il grognait et râlait.*

*Il y a clairement quelque chose qui ne va pas du tout ici, entre les moines. On sent une hostilité. Mais quand ils chantent, c'est comme s'il ne s'était rien passé. Ils semblent aller ailleurs. À un endroit plus intime, où il n'y a pas de querelles. Un endroit de contentement et de paix. Pas même de joie, à mon avis. Mais de liberté. Ils semblent libérés de tous les soucis du monde. Le jeune moine, Luc, a décrit ça comme se vider l'esprit de toute pensée. Je me demande si c'est ça, la liberté.*

*Quoi qu'il en soit, c'était merveilleux, Reine-Marie, d'entendre ces chants interprétés "en direct". Extraordinaire. Puis, vers la fin, ils ont lentement baissé les lumières jusqu'à ce qu'on soit dans l'obscurité totale. Mais de cette obscurité, comme une lumière qu'on ne pourrait pas voir, seulement ressentir, sortaient leurs voix.*

*C'était magique. J'aimerais tellement que tu sois ici.*

*Puis, Annie, c'était enfin fini. Quand les lumières se sont rallumées, les moines n'étaient plus là. Mais le frère Simon, un homme sournois, est venu nous dire que c'était l'heure du coucher, que nous pouvions faire ce que nous voulions, mais qu'eux se retiraient dans leurs cellules.*

*Ton père n'a pas paru mécontent. En fait, je crois qu'il voulait que les moines aient une longue nuit pour penser au meurtre. Pour s'inquiéter.*

*J'ai trouvé d'autres bleuets au chocolat et les ai apportés dans ma cellule. Je vais en garder pour toi.*

*Tu me manques,* écrivit Armand. *Dors bien, mon cœur.*

*Tu me manques,* écrivit Jean-Guy. *Merde ! Tous les chocolats ont disparu ! Comment c'est arrivé ?*

Son BlackBerry toujours à la main, il se tourna ensuite sur le côté, mais pas avant d'avoir tapé, dans le noir, son dernier message de la journée.

*Je t'aime.*

Il enveloppa les chocolats avec soin et les mit dans le tiroir de la table de chevet. Pour Annie. Il ferma les yeux, et dormit profondément.

*Je t'aime*, tapa Gamache, puis il plaça le BlackBerry sur la table à côté du lit.

L'inspecteur-chef Gamache se réveilla. Il faisait encore nuit et le silence régnait ; même les oiseaux nocturnes ne chantaient pas. Il était bien, enveloppé dans les couvertures chaudes, mais s'il bougeait les jambes, ne serait-ce que d'un millimètre, elles se retrouvaient en territoire glacial.

Son nez était froid, mais le reste de son corps était bien chaud.

Il vérifia l'heure : quatre heures dix.

Quelque chose l'avait-il réveillé ? Un son quelconque ?

Allongé dans le lit, il tendit l'oreille, en imaginant les moines dans leurs minuscules cellules tout autour de lui. Comme des abeilles dans les alvéoles d'une ruche.

Dormaient-ils ? Ou au moins l'un d'entre eux était-il éveillé ? Étendu dans son lit, à quelques mètres à peine de Gamache, incapable de dormir parce que le vacarme dans sa tête était trop fort, les sons et les images d'un meurtre trop perturbants.

Un des moines ne connaîtrait probablement plus jamais une bonne nuit de sommeil.

À moins que…

Gamache s'assit dans le lit. Seules deux choses pouvaient permettre à un tueur de bien dormir. S'il n'avait aucune conscience morale. Ou alors si sa conscience avait été une complice, avait murmuré à son oreille, lui avait soufflé l'idée du meurtre.

Comment un homme, un moine, pouvait-il se convaincre qu'un meurtre n'était pas un crime, pas même un péché ? Comment pouvait-il dormir alors que l'inspecteur-chef était réveillé ? Il y avait une seule réponse possible : s'il s'agissait d'une mort justifiée.

Une mort comme dans l'Ancien Testament.

Par lapidation.

*Œil pour œil, dent pour dent.*

Le meurtrier avait peut-être pensé faire ce qui devait être fait, cru que c'était un acte légitime. Sinon aux yeux des hommes, du moins aux yeux de Dieu. Cela expliquerait peut-être la tension que Gamache percevait dans l'abbaye. Les moines n'étaient peut-être pas nerveux parce qu'un meurtre avait été commis, mais parce que la police pourrait en découvrir l'auteur.

Au cours du souper, un moine avait accusé le père abbé de manquer de jugement. Pas parce qu'il avait été incapable d'empêcher un meurtre, mais parce qu'il avait fait venir les enquêteurs de la Sûreté. Existait-il dans ce monastère à la fois une règle et une conspiration du silence ?

L'inspecteur-chef était complètement réveillé, maintenant.

Il se leva rapidement, trouva ses pantoufles, enfila sa robe de chambre, prit une lampe de poche et ses lunettes de lecture, puis sortit de sa cellule. Il s'arrêta un moment au milieu du long corridor, regarda à gauche et à droite, sans allumer la lampe électrique.

De chaque côté se trouvait une série de portes s'ouvrant sur des cellules. Aucune lumière ne brillait au bas des portes. Et aucun son ne s'échappait des cellules.

Le couloir était sombre et silencieux.

Gamache était souvent entré dans des maisons du rire avec ses enfants, avait vu les miroirs déformants, les illusions d'optique donnant l'impression qu'une pièce était inclinée alors qu'elle ne l'était pas. Dans ces maisons de parc d'attractions, il était aussi entré dans ces pièces où ne pénétrait ni lumière ni son.

Il se rappelait Annie qui lui tenait fermement la main, et Daniel, invisible dans le noir, qui appelait son papa, jusqu'à ce que Gamache trouve son petit garçon et le prenne dans ses bras. Cela, plus que tous les autres effets d'une maison du rire, avait terrifié ses enfants, qui s'étaient accrochés à lui jusqu'à ce qu'il les sorte de là.

Voilà ce à quoi lui faisait penser l'abbaye Saint-Gilbert-entre-les-Loups. Un endroit de distorsion et même de privation sensorielle. Où le silence était profond, et l'obscurité plus profonde encore. Où des murmures devenaient des cris. Où des moines tuaient, et où les portes étaient verrouillées pour empêcher le monde naturel de pénétrer, comme si c'était lui, le coupable.

Les moines vivaient dans l'abbaye depuis si longtemps qu'ils s'étaient habitués et considéraient la distorsion comme normale.

Le chef respira profondément et se conseilla d'être prudent. Il imaginait peut-être des choses, en laissant l'obscurité et le silence le perturber. Il était bien possible que ce ne soient pas les moines qui avaient une perception déformée, mais lui.

Après un moment, Gamache s'habitua à l'absence de lumière et de sons.

"Ce n'est pas menaçant, se dit-il en se dirigeant vers la chapelle. Ce n'est pas menaçant. C'est seulement une très grande paix."

Cette pensée le fit sourire. La paix et la tranquillité étaient-elles devenues si rares que, lorsqu'on les trouvait, on pouvait les prendre pour quelque chose de grotesque et d'anormal ? Apparemment oui.

Le chef avança en tâtant le mur de pierre jusqu'à ce qu'il atteigne la lourde porte en bois de la chapelle. Il l'ouvrit, puis la referma doucement derrière lui.

Ici, l'obscurité et le silence étaient si profonds que Gamache avait la désagréable impression d'à la fois flotter et tomber.

Il alluma sa puissante lampe de poche. Le faisceau perça à travers l'obscurité et s'arrêta sur l'autel, les bancs, les colonnes de pierre. Gamache n'était pas simplement un homme incapable de dormir qui faisait une petite promenade matinale. Il avait un but. Et il le trouva facilement, sur le mur du côté est de la chapelle.

Sa torche électrique éclaira l'immense plaque où était racontée l'histoire de saint Gilbert.

Gamache passa sa main libre sur la plaque, à la recherche de la clenche, de la poignée, permettant d'entrer dans la salle du chapitre. Il la trouva finalement en appuyant sur l'illustration de deux loups endormis, gravée dans le coin supérieur gauche de la plaque. La porte en pierre s'ouvrit et Gamache dirigea sa lampe de poche vers l'intérieur.

La pièce était petite, rectangulaire, sans fenêtres ni chaises ; un banc de pierre en faisait cependant le tour. Sinon, la pièce était complètement vide.

Après avoir braqué sa lampe électrique dans les coins pour s'en assurer, Gamache sortit et referma la porte. Tandis que les loups endormis se remettaient en place, il mit ses lunettes et se pencha pour lire l'inscription sur la plaque. La vie de Gilbert de Sempringham.

Saint Gilbert ne semblait pas être le saint patron de quoi que ce soit. Aucun miracle, non plus, n'était mentionné. La seule chose que cet homme semblait avoir faite, c'est créer un ordre et le nommer d'après son nom, et mourir à l'âge stupéfiant de cent six ans, en 1189.

Cent six ans : Gamache se demanda si ce pouvait être vrai, mais pensa que ce l'était probablement. Après tout, si la personne qui avait fait cette plaque avait voulu mentir, ou exagérer, elle aurait sûrement choisi quelque chose de plus louable que l'âge de Gilbert. Ses réalisations, par exemple.

Si quelque chose devait réussir à endormir l'inspecteur-chef, ce serait lire des informations sur saint Gilbert.

Pourquoi, se demanda-t-il, quelqu'un choisirait-il d'entrer dans cet ordre ?

Il se rappela ensuite la musique, les chants grégoriens. Selon la description du frère Luc, ils étaient remarquables, exceptionnels. Et pourtant, cette plaque ne mentionnait rien du tout au sujet de la musique ou du chant. Cela ne semblait pas avoir été une vocation de saint Gilbert. En cent six ans, pas une seule fois Gilbert de Sempringham ne sentit une chanson lui venir à l'esprit.

Gamache parcourut de nouveau la plaque, à la recherche de quelque chose de subtil, d'un détail qui aurait pu lui échapper.

Il fit passer lentement le cercle lumineux sur les mots gravés, en plissant les yeux et en regardant la plaque dans tous les sens. Au cas où un symbole aurait été gravé très délicatement sur le bronze. Ou aurait été presque effacé au fil des siècles. Une portée. Une clé de *sol*. Un neume.

Mais il n'y avait rien, absolument rien, pouvant donner l'impression que les gilbertins étaient renommés pour quelque chose en particulier, y compris les chants grégoriens.

Il y avait une illustration, cependant. Celle des deux loups endormis, pelotonnés ensemble, entrelacés.

"Des loups, pensa le chef en se reculant et en glissant ses lunettes dans la poche de sa robe de chambre. Des loups." Que savait-il au sujet de loups dans la Bible ? Que symbolisaient-ils ?

Il y avait Romulus et Remus. Ils avaient été sauvés, allaités par une louve.

Mais il s'agissait de personnages de la mythologie romaine, pas de la Bible.

"Des loups."

La plupart des animaux de l'imagerie biblique étaient plus inoffensifs. Des moutons, des poissons. Mais, évidemment, le sens d'"inoffensif" dépendait du point de vue de chacun. Les moutons et les poissons se faisaient généralement tuer. Non, les loups étaient plus agressifs ; c'étaient eux qui tuaient.

Il était plutôt curieux de trouver ces animaux sur la plaque, mais également dans le nom même du monastère. Saint-Gilbert-entre-les-Loups.

Et particulièrement étrange compte tenu de la vie banale, bien qu'interminable, de saint Gilbert. Quel lien pouvait-il bien avoir avec des loups ? se demandait Gamache.

Une seule expression lui venait à l'esprit : "un loup déguisé en agneau". Mais provenait-elle de la Bible ? Il croyait que oui, mais n'en était plus très sûr.

"Un loup déguisé en agneau."

Les moines de cette abbaye étaient peut-être des moutons. Un rôle humble. Des moutons qui se contentaient de suivre les règles, de suivre le berger. De travailler, prier, chanter. Qui aspiraient à la paix et à la tranquillité, et ne voulaient pas être dérangés derrière leur porte verrouillée. Qui voulaient simplement rendre gloire à Dieu.

Sauf un. Y avait-il un loup dans la bergerie ? Vêtu d'une longue robe noire, avec un capuce blanc et une corde autour de la taille. Était-il le meurtrier, ou la victime ? Le loup avait-il tué le moine, ou était-ce le moine qui avait tué le loup ?

Gamache revint à la plaque. Il n'avait pas vraiment lu tout le texte, se rendait-il compte. Il était passé rapidement sur la fin. Après tout, quelle importance une note en bas de page pouvait-elle avoir dans le cas d'un homme dont la vie entière tenait dans une notice biographique ? Il l'avait lue très vite. Il y était question d'un archevêque. Maintenant, cependant, il s'agenouilla, se mettant presque à quatre pattes, pour bien voir les mots. Il sortit de nouveau ses lunettes et se pencha vers le commentaire en bronze qui semblait avoir été ajouté après coup.

Celui-ci expliquait que Gilbert avait été un ami de l'archevêque de Canterbury et lui était venu en aide. Gamache fixa le texte, essayant de comprendre la signification d'un tel détail. Pourquoi avoir mentionné cela ?

Finalement, il se releva.

Gilbert de Sempringham était mort en 1189. Il avait été un membre actif de l'Église durant soixante ans. Gamache fit le calcul.

Cela signifiait…

Il regarda de nouveau la plaque et les mots presque au ras du sol. Cela signifiait que son ami, l'archevêque, celui qu'il avait aidé, était Thomas Becket.

Thomas Becket.

Gamache tourna le dos à la plaque et fit face à la chapelle.

Thomas Becket.

Gamache s'avança lentement entre les bancs, perdu dans ses pensées. Il monta dans le chœur et décrivit un lent arc de cercle autour de lui avec sa lampe de poche, jusqu'à ce qu'elle revienne à son point de départ. Puis il l'éteignit. Et laissa la nuit, et le silence, retomber.

Saint Thomas Becket.

Qui avait été assassiné dans sa cathédrale.

Un loup déguisé en agneau. L'expression venait bien de la Bible, mais Thomas Becket l'avait citée d'une manière devenue célèbre lorsqu'il avait appelé ses meurtriers des loups déguisés en agneaux.

T. S. Eliot avait écrit une pièce portant sur son assassinat. *Meurtre dans la cathédrale*.

— "Quelque mal inconnu nous arrive dessus, cita Gamache à voix basse. Nous attendons et attendons."

Mais l'inspecteur-chef n'eut pas à attendre longtemps. Quelques instants plus tard, le silence fut rompu. Par des chants, qui se rapprochaient.

Le chef fit quelques pas, mais ne réussit pas à sortir du chœur avant de voir les moines, capuchons relevés, avancer en file vers lui, chacun avec un cierge à la main. Ils passèrent à côté de lui comme s'il n'était pas là, se dirigèrent vers les bancs et prirent leur place habituelle.

Ils cessèrent de chanter et, tous ensemble, retirèrent leur capuchon.

Et vingt-trois paires d'yeux se fixèrent sur l'inspecteur-chef, un homme en pyjama et robe de chambre debout au milieu du chœur.

# 13

— Qu'avez-vous dit ? demanda Beauvoir sans même chercher à dissimuler son amusement.

Ils se trouvaient dans le bureau du prieur en attendant d'aller prendre le petit-déjeuner.

— Que pouvais-je dire ? répondit Gamache en levant la tête après avoir écrit quelques notes. J'ai dit "Bonjour", puis j'ai salué l'abbé en inclinant la tête et je me suis assis sur un banc.

— Vous êtes resté ? En pyjama ?

— Ça me semblait un peu tard pour partir, répondit Gamache en souriant. D'ailleurs, comme eux, je portais une robe.

— Oui, une robe de chambre.

— Quoi qu'il en soit…

— Je vais avoir besoin d'une thérapie, marmonna Beauvoir.

Gamache retourna à sa lecture. Personne, devait-il admettre, ne s'était attendu à commencer la journée de cette façon : les moines en trouvant un homme en pyjama dans le chœur à l'heure des matines, et Gamache en étant cet homme.

Quant à Beauvoir, il n'aurait pas pu s'attendre à entendre une telle histoire – un vrai cadeau –, dès son lever.

Son seul regret : il aurait voulu être témoin de la scène, et peut-être prendre une photo. Si jamais le chef se mettait en rogne à cause de sa relation avec Annie, cette photo le réduirait certainement au silence.

— Vous m'avez demandé de trouver qui était ce moine qui a insulté l'abbé au souper hier soir, dit-il. Il s'appelle frère Antoine. Il est arrivé à l'âge de vingt-trois ans, il y a quinze ans.

Beauvoir avait fait le calcul. Le moine et lui avaient exactement le même âge.

— Et écoutez bien ceci, ajouta-t-il en se penchant au-dessus du bureau, c'était lui, le soliste sur le disque.

Le chef s'avança lui aussi.

— Comment le savez-vous ?

— Les cloches m'ont réveillé tôt. J'ai présumé qu'il s'agissait d'une sorte d'alarme. Les moines, paraît-il, ont trouvé un homme en pyjama dans le chœur ce matin.

— Non. Pas possible !

— Donc, une fois réveillé par ces maudites cloches, je suis allé prendre une douche. Le jeune moine qui reste dans la porterie occupait la cabine à côté de la mienne. Le frère Luc. Nous étions seuls, alors je lui ai demandé qui était le moine qui avait défié le père abbé. Devinez ce qu'il m'a dit d'autre.

— Quoi ?

— Il a dit que le prieur avait l'intention de remplacer le frère Antoine et de lui donner à lui la place de soliste sur le nouvel enregistrement.

Beauvoir observa le chef qui écarquillait les yeux.

— Lui, Luc ?

— Lui, Luc. Moi, Beauvoir.

Gamache s'appuya contre le dossier de la chaise et réfléchit un moment, puis demanda :

— D'après vous, le frère Antoine le savait-il ?

— Je ne sais pas. D'autres moines sont arrivés et je n'ai pas pu lui poser la question.

Gamache regarda sa montre. Il était presque sept heures. Son adjoint et lui avaient dû se rater de peu dans les douches.

S'il était plutôt inhabituel de manger à la même table que des suspects, ce l'était encore plus de se doucher avec eux. Mais il y avait des cabines, et aucune possibilité de faire autrement.

Gamache aussi avait eu une conversation dans les douches ce matin-là, après les matines. Quelques moines étaient entrés pendant qu'il faisait sa toilette et se rasait. Il avait échangé des politesses avec eux et engagé une conversation en apparence anodine en demandant à chacun pourquoi il s'était joint aux gilbertins. Tous sans exception avaient répondu "pour la musique".

Et tous avaient été recrutés, spécialement choisis. Surtout pour leur voix, mais aussi pour leur expertise. Comme Gamache l'avait découvert la veille en lisant le rapport des interrogatoires, chaque moine avait une spécialité. Un était plombier, un autre maître électricien. Un autre encore, architecte ou maçon. Il y avait des cuisiniers, des agriculteurs, des jardiniers. Et un médecin, le frère Charles. Un ingénieur.

Le monastère ressemblait à une sorte d'arche de Noé ou d'abri antiatomique. Les moines seraient capables de rebâtir le monde si une catastrophe se produisait. Ils avaient tout ce qu'il fallait. Sauf une chose.

Un utérus.

Donc, si un désastre survenait et que seul le monastère Saint-Gilbert-entre-les-Loups échappait à la destruction, il y aurait des bâtiments, de l'eau courante et de l'électricité. Mais pas de vie humaine.

Il y aurait cependant de la musique. De la musique magnifique. Pendant quelque temps.

— Comment avez-vous été recruté ? avait demandé l'inspecteur-chef au frère dans la cabine contiguë à la sienne après le départ des autres moines.

— Par le père abbé. Une fois par année, dom Philippe va à la recherche de moines. Nous n'en avons pas toujours besoin, mais il aime savoir où se trouvent les frères possédant les compétences qui nous sont utiles.

— Lesquelles, par exemple ?

— Eh bien, le frère Alexandre est responsable des animaux, mais il commence à se faire vieux, alors le père abbé garde un œil sur les moines, ailleurs, qui sont des experts dans ce domaine.

— D'autres gilbertins ?

Le moine avait ri.

— Il n'y a pas d'autres gilbertins. Nous sommes les derniers. Nous appartenions tous à d'autres ordres religieux avant de venir ici.

— Est-ce difficile de convaincre les moines ?

— Un peu. Mais quand dom Philippe explique que les frères à Saint-Gilbert se consacrent au chant grégorien, eh bien, il n'a pas besoin d'en dire plus.

— La musique vaut-elle tout ce à quoi vous devez renoncer ? Ici, vous êtes isolés. Il vous est interdit de voir votre famille et vos amis.

Le moine dévisagea Gamache.

— Nous serions prêts à renoncer à tout pour la musique. Elle est tout ce qui compte pour nous.

Puis, le moine sourit et ajouta :

— Le chant grégorien n'est pas seulement de la musique ou seulement une prière. C'est les deux à la fois. La parole de Dieu chantée avec la voix de Dieu. Nous donnerions notre vie pour ça.

— Et c'est ce que vous faites.

— Pas du tout. Vivre ici nous apporte une plus grande richesse et donne un plus grand sens à notre vie. Nous aimons Dieu et nous aimons les chants. Au monastère Saint-Gilbert, nous avons les deux. C'est comme une drogue, dit-il en riant.

— Avez-vous déjà regretté d'être venu ici ?

— Le premier jour, dans les premiers moments de mon arrivée, oui. La traversée du lac pour atteindre Saint-Gilbert au fond de la baie m'a paru durer une éternité. Je m'ennuyais déjà de mon ancien monastère, de mon père supérieur et de mes amis. Puis j'ai entendu la musique. Le plain-chant.

Gamache avait l'impression que le moine n'était plus avec lui, qu'il avait quitté la salle des douches remplie de buée et de l'odeur de lavande et de monarde. Qu'il était sorti de son corps et se trouvait ailleurs, dans un meilleur endroit. Un endroit merveilleux.

— Après les cinq ou six premières notes, j'ai su qu'il y avait quelque chose de différent dans le chant.

Il parlait d'une voix assurée, mais avait le regard absent. Cela lui donnait le même air que Gamache avait remarqué chez les autres moines pendant les offices, quand ils chantaient.

Un air serein. Calme.

— Qu'y avait-il de différent ? demanda l'inspecteur-chef.

— Si seulement je le savais. Par sa simplicité, le chant ressemblait à tous les autres que j'avais chantés, mais il y avait quelque chose de plus. Une profondeur. Une richesse. Le mélange des voix formait un tout. Quelque chose de complet. Et je me suis senti complet, moi aussi.

— Vous avez dit que dom Philippe recrute des moines qui ont les compétences dont le monastère a besoin. Posséder une bonne voix pour le chant doit certainement être l'une d'elles.

— Non seulement c'est l'une d'elles, mais c'est celle que le père abbé recherche en premier. Pas n'importe quelle voix, cependant. Le frère Mathieu disait à dom Philippe le genre de voix dont il avait besoin, et le père abbé se rendait ensuite dans les monastères pour trouver ce timbre particulier.

— Mais le moine devait également pouvoir s'occuper des animaux, faire la cuisine ou effectuer n'importe quelle autre tâche utile au monastère.

— En effet. C'est ce qui explique pourquoi ça peut prendre des années avant de remplacer un moine et pourquoi le père abbé fait le tour des monastères. Il est comme un dépisteur au hockey, qui suit l'évolution de jeunes joueurs. Le père abbé sait quels frères semblent des recrues prometteuses avant même qu'ils prononcent leurs vœux définitifs. En fait, il le sait dès leur entrée au séminaire.

— La personnalité est-elle importante ?

— La plupart des moines apprennent à vivre en communauté, expliqua le moine en s'habillant. Cela veut dire s'accepter les uns les autres.

— Et accepter l'autorité du père supérieur.

— Oui.

C'était la réponse la plus sèche que le frère lui avait donnée jusqu'à maintenant, pensa Gamache. Le moine se pencha pour enfiler ses chaussettes, brisant ainsi le contact visuel avec l'inspecteur-chef, qui avait fini de s'habiller.

Quand le moine se redressa, il affichait de nouveau un sourire.

— En fait, on nous fait subir des tests de personnalité très poussés. Pour nous évaluer.

Gamache croyait avoir une expression neutre, mais son scepticisme devait paraître.

— Eh oui, dit le moine en soupirant. Étant donné l'histoire récente de l'Église, ce serait peut-être une bonne idée de revoir les évaluations. Il semble que les quelques élus ne soient pas nécessairement les meilleurs choix. La plupart d'entre nous, cependant, sont de bonnes personnes. Saines d'esprit et équilibrées. Nous voulons seulement servir Dieu.

— En chantant.

Le moine examina Gamache.

— Vous semblez penser, monsieur, que la musique et les hommes peuvent être séparés. C'est faux. La communauté de Saint-Gilbert-entre-les-Loups est comme un chant vivant dans lequel chacun constitue une note distincte des autres. Seuls, nous ne sommes rien. Mais ensemble ? Ça donne quelque chose de divin. Nous ne chantons pas seulement, nous devenons le chant.

Gamache se rendit compte que le frère le croyait. Séparément, les moines de Saint-Gilbert n'étaient rien, mais, ensemble, ils formaient un plain-chant. L'inspecteur-chef eut la vision de corridors remplis non pas de religieux en robe noire, mais de notes. Des notes noires qui flottaient dans les corridors. Attendant de s'unir en un chant sacré.

— Jusqu'à quel point la mort du prieur compromet-elle cette unité ? demanda Gamache.

Le moine eut un hoquet de surprise, comme si l'inspecteur-chef venait de lui enfoncer un bâton dans les côtes.

— Nous devons remercier Dieu de nous avoir donné le frère Mathieu et ne pas être contrariés qu'il nous l'ait enlevé.

Ses paroles, toutefois, manquaient de conviction.

— La musique souffrira-t-elle de sa disparition ? demanda Gamache.

Il avait choisi ses mots avec soin et vit le résultat : le moine détourna le regard et demeura mutique. L'inspecteur-chef se demanda si, en plus des notes, l'espace entre elles – le silence – ne constituait pas également une importante partie d'un chant grégorien.

Les deux hommes restèrent plongés dans le silence.

— Nous nous contentons de peu, dit le moine après un moment. Nous avons seulement besoin de musique et de notre foi. Les deux survivront.

— Excusez-moi, mais je ne connais pas votre nom.

— Bernard. Frère Bernard.

— Armand Gamache.

Ils se serrèrent la main et le frère Bernard garda celle de l'inspecteur-chef dans la sienne plus longtemps qu'il n'était nécessaire.

Encore un message non verbal comme les centaines que s'échangeaient les moines. Mais que signifiait-il ? Ils étaient deux hommes qui avaient pratiquement pris leur douche ensemble. Une certaine proposition venait immédiatement à l'esprit. Ce n'était cependant pas ce que le frère Bernard avait voulu dire, Gamache en était certain.

— Mais un changement s'est produit, dit-il.

Le frère Bernard lâcha la main de l'inspecteur-chef. Celui-ci avait remarqué qu'il y avait beaucoup de cabines vides. Le moine n'avait pas besoin d'en choisir une à côté de celle où se trouvait le policier de la Sûreté.

Il voulait parler. Il avait quelque chose à dire.

— Vous aviez raison, hier soir, dit le frère Bernard. Nous vous avons entendu dans la chapelle. L'enregistrement a tout changé, mais pas tout de suite. Il nous a d'abord rapprochés. Nous avions une mission commune. Notre intention n'était pas vraiment de partager les chants avec le reste du monde. Nous étions suffisamment réalistes pour savoir qu'un disque compact de chants grégoriens ne se hisserait pas en tête du palmarès.

— Alors pourquoi l'avoir enregistré ?

— C'était l'idée du frère Mathieu. Le monastère avait besoin de réparations, mais nous avions beau nous efforcer de les effectuer au fur et à mesure, ce n'était pas de l'huile de coude ni même du savoir-faire qu'il nous fallait en fin de compte. C'était de l'argent. La seule chose que nous n'avions pas et que nous étions incapables de fabriquer. Nous faisons des bleuets enrobés de chocolat. Les avez-vous goûtés ?

Gamache hocha la tête.

— Je prends soin des animaux, mais je travaille aussi dans la chocolaterie. Ces chocolats sont très populaires. Nous les échangeons contre du fromage et du cidre fabriqués dans d'autres monastères. Nous en vendons aussi à nos amis et à nos familles. À un prix exorbitant. Tout le monde le sait, mais tout le monde sait aussi que nous avons besoin de l'argent.

— Les chocolats sont exquis, mais il faudrait en vendre des milliers de boîtes pour amasser suffisamment d'argent.

— Ou vendre chaque boîte mille dollars. Nos familles nous aident beaucoup financièrement, mais cela semblait un peu exagéré. Croyez-moi, monsieur Gamache, nous avons tout essayé. Finalement, frère Mathieu a eu l'idée de vendre la seule chose dont nous ne manquions jamais.

— Les chants grégoriens.

— Exact. Nous chantons tout le temps et nous n'avons pas à disputer les bleuets aux ours ou aux loups ni à traire des chèvres pour obtenir des notes.

Gamache sourit en se représentant des chants grégoriens sortant des pis de chèvres et de brebis.

— Mais vous n'entreteniez pas de grands espoirs ?

— Nous avons toujours de l'espoir. Voilà une autre chose dont nous ne sommes jamais à court. Nous ne nous bercions pas d'illusions, cependant. Notre intention était de faire le disque et de le vendre à un prix usuraire à nos familles et à nos amis. Ceux-ci le feraient jouer une fois, juste pour dire qu'ils l'avaient écouté, puis le rangeraient et l'oublieraient.

— Mais quelque chose s'est produit.

Bernard hocha la tête.

— Oui, mais pas immédiatement. Nous avons vendu quelques centaines de disques et avons pu acheter les matériaux nécessaires pour réparer le toit. Puis, environ un an après la sortie du CD, de l'argent a commencé à être versé sur notre compte. Je me souviens d'avoir été dans la salle du chapitre quand le père abbé nous a annoncé que plus de cent mille dollars étaient apparus sur nos relevés bancaires. Il avait demandé au frère comptable de vérifier et, effectivement, l'argent provenait de la vente des disques. D'autres avaient été gravés, avec notre autorisation, mais nous ne savions pas combien. Ensuite, il y a eu les versions électroniques. Les téléchargements.

— Comment les moines ont-ils réagi ?

— Eh bien, cela nous semblait un miracle. Sur différents plans. Nous avions soudain plus d'argent que nous ne pouvions en utiliser, et il ne cessait d'en arriver. Mais abstraction faite de l'argent, c'était comme si Dieu nous avait donné sa bénédiction, voyait notre projet d'un bon œil.

— Et pas seulement Dieu, mais le monde extérieur.

— C'est vrai. On aurait dit que tout le monde découvrait soudainement à quel point notre musique était belle.

— Une forme de reconnaissance publique ?

Le frère Bernard rougit et fit oui de la tête.

— J'ai honte de l'admettre, mais c'est l'impression que ça nous donnait. Finalement, l'opinion du monde avait de l'importance.

— Le monde vous a adorés.

Bernard respira profondément et baissa les yeux sur ses mains qui reposaient maintenant sur ses genoux et tenaient les extrémités de la corde autour de sa taille.

— Et pendant un certain temps, ç'a été merveilleux, dit-il.

— Que s'est-il passé ?

— Le monde n'a pas seulement découvert notre musique, il nous a découverts, nous. Des avions ont commencé à bourdonner au-dessus du monastère, des bateaux remplis de gens sont arrivés. Des journalistes, des touristes. De soi-disant pèlerins sont venus en adoration. C'était horrible.

— C'est le prix de la célébrité.

— Nous voulions seulement avoir du chauffage l'hiver. Et un toit qui ne fuit pas.

— Vous avez malgré tout réussi à tenir les gens à distance.

— Grâce à dom Philippe. Il a clairement expliqué aux autres monastères, et au public, que nous étions un ordre de moines reclus. Qui avaient fait vœu de silence. Une fois, il a même donné une entrevue à la télévision. À Radio-Canada.

— Je l'ai vue.

En fait, il ne s'agissait pas vraiment d'une entrevue. On voyait le père abbé dans ses vêtements de moine, dans un endroit inconnu, regardant la caméra et implorant les gens de bien vouloir laisser sa communauté tranquille. Se disant heureux que les chants leur plaisent, mais que c'était tout ce que le monastère avait à offrir. Ils n'avaient rien d'autre à donner. Mais le monde, avait-il dit, pouvait faire un beau cadeau aux moines de Saint-Gilbert. Il pouvait les laisser en paix.

— Et les gens ont-ils laissé les moines en paix ? demanda Gamache.

— Oui. Après un certain temps.

— Mais la paix n'est pas vraiment revenue, n'est-ce pas ?

Le frère Bernard et l'inspecteur-chef avaient quitté les douches et marchaient dans le corridor désert vers la porte fermée tout au bout. Pas celle donnant accès à la chapelle. Celle à l'autre extrémité.

Le moine tira sur la poignée, et ils sortirent dans le jour qui se levait. Ils se trouvèrent dans un immense enclos entouré de murs, avec des chèvres, des moutons, des poules et des canards. Le frère prit un panier en osier pour lui et en tendit un à Gamache.

L'air frais faisait du bien après la douche chaude. Par-dessus les murs, l'inspecteur-chef pouvait voir les pins et entendait les oiseaux et le doux clapotis de l'eau sur des pierres.

— Excuse-moi, dit le frère Bernard à une poule avant de prendre son œuf. Merci.

Gamache plongea lui aussi la main sous les poules et trouva des œufs encore chauds, qu'il déposa délicatement dans son panier.

— Merci, dit-il à chaque poule.

— La paix semblait être revenue, inspecteur-chef, dit Bernard en allant d'une poule à l'autre, mais on avait l'impression que l'atmosphère n'était plus la même. La tension était palpable. Certains moines voulaient tirer profit de notre popularité, prétextant qu'il s'agissait de toute évidence de la volonté de Dieu et que ce serait mal de tourner le dos à une telle occasion.

— Et d'autres ?

— Selon d'autres, Dieu avait été suffisamment généreux, et nous devions accepter avec humilité ce qu'il nous avait donné. Ils disaient qu'il s'agissait d'un test. Que la célébrité était un serpent se faisant passer pour un ami. Que c'était ça, notre tentation, et que nous ne devions pas y succomber.

— Dans quel camp se trouvait le frère Mathieu ?

Bernard s'approcha d'une grosse cane et lui caressa la tête en murmurant des mots. Gamache ne les saisit pas, mais comprit que c'étaient des paroles affectueuses. Puis, le moine embrassa le dessus de la tête du volatile et poursuivit son chemin. Sans prendre un de ses œufs.

— Dans celui du père abbé. Ils étaient les meilleurs amis, deux moitiés d'un tout. Dom Philippe, l'esthète, et le prieur, un homme d'action. Ensemble, ils dirigeaient le monastère. Sans le père abbé, il n'y aurait jamais eu de CD. Il était à cent pour cent en faveur du disque et a aidé à établir le contact avec le monde extérieur. Il se réjouissait autant que les autres à l'idée de réaliser ce projet.

— Et le prieur ?

— C'était son bébé. Il était le chef incontesté du chœur et de l'enregistrement. Il avait choisi la musique, les arrangements, les solistes, l'ordre des chants. L'enregistrement a été fait en une seule matinée, dans la chapelle, à l'aide d'un vieux magnétocassette que l'abbé avait emprunté au cours d'une visite à l'abbaye de Saint-Benoît-du-Lac.

Pour l'avoir écouté de nombreuses fois, Gamache savait que le disque n'était pas de bonne qualité. Mais cela lui donnait un certain lustre, une authenticité. Pas de mixage numérique, pas de bandes multipistes. Pas d'artifices ni de trucages. Que du vrai.

Et les chants étaient beaux. Il s'en dégageait ce que le frère Bernard avait décrit. En l'écoutant, les gens avaient eux aussi l'impression de faire un avec la musique, se sentaient moins seuls. Ils gardaient leur individualité, mais faisaient partie d'une communauté, partie d'un tout. Êtres humains, animaux, arbres, pierres : soudain, il n'y avait plus de différence.

C'était comme si les chants grégoriens pénétraient dans les corps et reprogrammaient l'ADN. Les gens devenaient ainsi partie intégrante de tout ce qui les entourait. Il n'y avait ni colère ni rivalité, pas de gagnants ni de perdants. Tout était magnifique et tout avait la même importance.

Et tout le monde était en paix.

Pas étonnant que les gens ne veuillent pas se contenter du disque, qu'ils en veuillent plus, insistent pour avoir plus. L'exigent. Qu'ils se présentent au monastère et martèlent la porte à coups de poing en suppliant presque qu'on les laisse entrer. Et qu'on leur donne plus.

Mais les moines avaient refusé.

Bernard gardait le silence depuis un moment et marchait d'un pas lent autour de l'enclos.

— Racontez-moi, dit l'inspecteur-chef.

Il y avait autre chose. Il y avait toujours autre chose, Gamache le savait. Le frère Bernard l'avait suivi dans les douches pour une raison : il avait quelque chose à lui dire. Si ce qu'il lui avait raconté jusqu'à maintenant était intéressant, ce n'était pas ce qu'il voulait lui révéler.

Il y avait autre chose.

— C'était le vœu de silence.

Gamache attendit, puis l'encouragea à continuer.

— Oui ?

Le frère Bernard hésita, essayant de trouver les mots pour expliquer quelque chose qui n'existait pas dans le monde extérieur.

— Notre vœu de silence n'est pas absolu. On l'appelle aussi la règle du silence. Nous avons le droit de nous adresser la parole à l'occasion, mais cela trouble la quiétude des lieux et celle des moines. Pour nous, garder le silence est à la fois une décision personnelle et un acte profondément spirituel.

— Mais vous avez le droit de parler ?

— On ne nous coupe pas la langue quand nous devenons postulants, répondit le moine en souriant, mais on ne nous encourage pas à parler. Un homme bavard ne pourrait jamais devenir moine. Le silence a aussi plus d'importance à certains moments de la journée. La nuit, par exemple. C'est ce qu'on appelle le Grand Silence. Certains monastères ont assoupli les règles d'application du vœu de silence, mais ici, à Saint-Gilbert, nous essayons d'observer un grand silence presque toute la journée.

Un grand silence, pensa Gamache. C'est ce qu'il avait connu quelques heures auparavant quand il s'était levé et avait marché dans le couloir. Il avait eu l'impression d'un vide dans lequel il aurait pu tomber. Et si ç'avait été le cas, qu'aurait-il trouvé au fond ?

— Plus le silence est grand, plus la voix de Dieu est forte ? demanda Gamache.

— Eh bien, plus on a de chances de l'entendre. Certains frères voulaient être relevés du vœu de silence pour pouvoir aller dans le monde et parler aux gens de la musique. Peut-être donner des concerts. Nous recevions beaucoup d'invitations. Selon la rumeur, même le Vatican nous en avait envoyé une, mais le père abbé l'avait déclinée.

— Comment les moines ont-ils réagi ?

— Certains étaient en colère. D'autres étaient soulagés.

— Certains soutenaient le père abbé et d'autres non ?

Bernard hocha la tête.

— Vous devez comprendre qu'un père supérieur est plus qu'un chef. Ce n'est pas à l'évêque ou à l'archevêque que nous devons obéissance et fidélité, mais au père abbé. Et à l'abbaye. Nous élisons le père supérieur et celui-ci conserve son poste jusqu'à ce qu'il meure ou démissionne. Il est notre pape.

— Et est-il considéré comme infaillible ?

Le frère arrêta de marcher, croisa les bras et posa machinalement sa main libre sur les œufs comme pour les protéger.

— Non. Mais c'est dans un monastère qui ne conteste pas les décisions de son père supérieur qu'on trouve les moines les plus heureux. Et les meilleurs pères supérieurs sont ouverts aux suggestions, discutent de tout au cours des séances du chapitre. Puis ils prennent des décisions. Et tout le monde les accepte. C'est un acte d'humilité et de respect. Ce n'est pas une question de gagner ou de perdre, mais d'exprimer son opinion. Et de laisser Dieu et la communauté décider.

— Mais ça ne se passait plus comme ça ici, n'est-ce pas ?

Bernard confirma d'un hochement de tête.

— Quelqu'un a-t-il lancé une campagne pour mettre fin au vœu de silence ? Y avait-il une voix qui parlait au nom des dissidents ? demanda Gamache.

Encore une fois, le frère hocha la tête. Voilà ce qu'il avait voulu dire.

— Le frère Mathieu, dit-il enfin.

Il paraissait malheureux.

— Le prieur voulait que les moines soient relevés de leur vœu de silence. Cela a entraîné de terribles disputes. Frère Mathieu avait une forte personnalité, était habitué à obtenir ce qu'il voulait. Jusqu'à tout récemment, ce que le père abbé et lui voulaient était la même chose. Mais ce n'était plus le cas.

— Le frère Mathieu ne s'est pas soumis ?

— Pas du tout. Et petit à petit d'autres moines ont compris que les murs ne s'écrouleraient pas si eux non plus ne se soumettaient pas. S'ils continuaient de se quereller. S'ils désobéissaient, même. Les discussions sont devenues plus vives, les moines s'exprimaient avec plus de véhémence.

— Dans une communauté vivant dans le silence ?

Bernard sourit.

— Vous seriez surpris du nombre de façons qui existent pour faire passer son message, lesquelles sont bien plus efficaces – et plus insultantes – que des mots. Dans un monastère, tourner le dos à quelqu'un équivaut à lâcher le mot de cinq lettres et rouler des yeux à larguer une bombe atomique.

— Et quelle était la situation au monastère hier matin ?

— Hier matin, le monastère était ravagé, sauf que les moines et les murs étaient toujours debout. Mais à tout autre point de vue, Saint-Gilbert-entre-les-Loups était mort.

Gamache réfléchit un moment à ces paroles. Puis il remercia le frère Bernard, lui tendit son panier d'œufs et quitta l'enclos pour retourner au monastère sombre.

La paix n'avait pas seulement été brisée, elle avait été assassinée. Quelque chose de précieux avait été détruit. Puis, une pierre avait atteint le frère Mathieu à la tête. Lui brisant le crâne.

Arrivé à la porte, Gamache s'arrêta un instant pour poser une dernière question.

— Et vous, mon frère, dans quel camp étiez-vous ?

— Dans celui de dom Philippe, répondit le moine sans hésitation. Je suis un des hommes de l'abbé.

"Les hommes de l'abbé", se dit Gamache tandis que, quelques minutes plus tard, Beauvoir et lui entraient dans le réfectoire où régnait le silence. De nombreux moines s'y trouvaient déjà, mais aucun ne regarda dans leur direction.

Les hommes de l'abbé. Les hommes du prieur.

Une guerre civile dans laquelle les combattants s'affrontaient avec des regards et de petits gestes. Et le silence.

# 14

Après un petit-déjeuner composé d'œufs, de fruits, de pain frais et de fromage, les moines quittèrent le réfectoire en laissant le chef et Beauvoir devant leurs tisanes.

— Ça a l'air dégoûtant, dit Beauvoir.

Il prit une gorgée et fit la grimace.

— C'est une infusion de terre. Je suis en train de boire de la boue.

— C'est de la menthe, je crois, dit Gamache.

— De la boue à la menthe.

Beauvoir posa sa tasse et l'éloigna de lui.

— Alors, d'après vous, qui a commis le meurtre ?

Gamache secoua la tête.

— Honnêtement, je n'en ai aucune idée. Il me semble probable que c'est quelqu'un qui s'était rangé du côté de l'abbé.

— Ou l'abbé lui-même.

Gamache hocha la tête.

— Si le meurtre du prieur est lié à la lutte de pouvoir.

— Celui qui en sortirait vainqueur se retrouverait à la tête d'un monastère devenu soudainement très riche, et puissant. Et pas seulement à cause de l'argent.

— Continuez, dit Gamache, qui préférait toujours écouter plutôt que parler.

— Eh bien, pensez-y : ces gilbertins sont disparus depuis quatre siècles et puis soudain, miraculeusement, ils sortent du fin fond des bois. Et comme si ce n'était pas assez biblique, ils apportent un cadeau. De la musique sacrée. Un gourou new-yorkais du marketing n'aurait pas pu trouver meilleur truc publicitaire.

— Sauf qu'il ne s'agit pas d'un coup de publicité.

— En êtes-vous bien certain, patron ?

Gamache posa sa tasse sur la table et, le regard pensif, se pencha vers son adjoint.

— Vous voulez dire que tout ça serait une manigance ? De ces moines ? Ils auraient gardé le silence durant quatre cents ans pour ensuite enregistrer un disque de chants grégoriens obscurs, et tout cela pour pouvoir devenir riches et influents ? C'est ce qui s'appelle de la planification à long terme. Heureusement qu'ils n'avaient pas d'actionnaires.

Beauvoir rit.

— Mais ça a fonctionné.

— Mais c'était loin d'être gagné d'avance. La probabilité que ce monastère isolé et ses moines chantants fassent sensation était infime.

— Je suis d'accord. Un certain nombre de choses devaient se produire. La musique devait captiver les gens. Mais ce n'était probablement pas suffisant. Ce qui a réellement suscité l'engouement, c'est quand tout le monde a appris qui ils étaient : des moines appartenant à un ordre prétendument disparu et qui ont fait vœu de silence. Voilà ce qui a fasciné les gens.

Le chef hocha la tête. Cet élément ajoutait au mystère de la musique, et des moines.

Mais s'agissait-il d'un coup publicitaire orchestré ? Tout était vrai, après tout. Mais n'était-ce pas justement ça, du bon marketing ? Ne pas mentir, mais choisir quelles vérités dire.

— Ces humbles moines sont devenus des superstars, dit Beauvoir. Et pas seulement riches, mais beaucoup plus que cela. Ils sont puissants. Les gens les aiment. Si demain l'abbé de Saint-Gilbert-entre-les-Loups annonçait sur CNN qu'il était le Messie revenu sur terre, ils seraient des millions à le croire.

— Des millions de gens sont prêts à croire n'importe quoi. Ils voient le Christ dans une crêpe et se mettent à la vénérer.

— Mais ceci est différent, patron, et vous le savez. Vous-même l'avez ressenti. La musique n'a aucun effet sur moi, mais je vois bien qu'elle vous fait quelque chose.

— Vous avez encore une fois raison, mon vieux, dit Gamache avec un sourire. Elle ne me pousse pas au meurtre, cependant. C'est tout le contraire. Elle est apaisante. Comme l'infusion.

Il reprit sa tasse et la leva comme s'il portait un toast à Beauvoir, puis se cala contre le dossier de sa chaise.

— Qu'essayez-vous de dire, Jean-Guy ?

— Je dis que c'est plus qu'un autre enregistrement qui était en cause. Et bien plus que des chamailleries insignifiantes ou le droit de mener à la baguette deux douzaines de moines chantants. Que ça leur plaise ou non, les moines sont très influents maintenant. Les gens veulent entendre ce qu'ils ont à dire. Ce doit être très grisant.

— Ou avoir l'effet contraire et dégriser.

— Et tout ce qu'ils ont à faire, c'est se débarrasser d'une règle du silence contraignante, dit Beauvoir d'un ton grave et sérieux. Puis partir en tournée, donner des concerts, accorder des entrevues. Les gens seraient suspendus à leurs lèvres. Ils seraient plus puissants que le pape.

— Et la seule personne qui leur fait obstacle est le père abbé, dit Gamache, qui secoua ensuite la tête. Mais si c'était vrai, alors ce n'est pas la bonne personne qui a été tuée. Votre raisonnement serait plausible, Jean-Guy, si dom Philippe était mort, mais il ne l'est pas.

— Ahh, mais vous avez tort, monsieur. Je ne dis pas que le meurtre a été commis pour relever les moines de leur vœu de silence, je dis seulement qu'il y a beaucoup de choses en jeu. Pour le camp du prieur, c'est le pouvoir et l'influence, mais pour l'autre ? Il existe un motif tout aussi puissant.

Maintenant Gamache sourit et hocha la tête.

— La volonté de préserver leur vie tranquille, paisible. De protéger leur demeure.

— Et qui ne serait pas prêt à tuer pour protéger sa demeure ?

Gamache réfléchit à la question de Beauvoir et se rappela les paroles du frère Bernard lorsqu'il était allé avec lui ramasser des œufs ce matin-là, dans la douce lumière de l'aube. Il se souvint de sa description des avions qui survolaient le monastère et des pèlerins qui martelaient la porte.

Et de l'abbaye ravagée.

— Si le frère Mathieu avait remporté la bataille, il aurait fait un nouvel enregistrement, mis fin à la règle du silence et changé le monastère pour toujours, dit le chef. (Il sourit à Beauvoir et se leva.) Bravo, très bien. Vous oubliez une chose, cependant.

— Je ne vois pas comment ce serait possible, dit Beauvoir en se levant à son tour.

Les deux hommes quittèrent le réfectoire et avancèrent dans le couloir désert. Gamache ouvrit le livre qu'il gardait toujours avec lui, le mince volume de méditations chrétiennes, en sortit la feuille jaunie trouvée sur le corps et la tendit à son adjoint.

— Comment expliquez-vous ceci ?

— Cette feuille n'a peut-être aucune importance.

Le chef fit une moue dubitative.

— Le prieur est mort recroquevillé autour d'elle. Elle avait certainement de l'importance pour lui.

Beauvoir ouvrit la grande porte pour le chef et ils entrèrent tous les deux dans la chapelle, puis s'arrêtèrent pendant que Beauvoir examinait la page.

Il y avait jeté un coup d'œil au moment de sa découverte, mais n'avait pas passé autant de temps à l'analyser que le chef. Gamache attendit, en espérant que son jeune inspecteur, en y posant un regard neuf, cynique, verrait un détail qui lui avait échappé.

— Nous ne savons rien au sujet de cette page, n'est-ce pas ? dit Beauvoir, concentré sur le texte et les signes étranges au-dessus des mots. Nous ne savons pas si elle est vieille ni qui l'a écrite. Et nous ne savons absolument pas ce qu'elle signifie.

— Ni pourquoi le prieur l'avait. Essayait-il de la protéger quand il est mort, ou essayait-il de la cacher ? Avait-elle une grande valeur pour lui, ou constituait-elle un sacrilège ?

— Tiens, c'est intéressant, dit Beauvoir en examinant la feuille. Je pense avoir réussi à saisir le sens d'un des mots. Je crois que ça, dit-il en pointant le doigt sur un mot latin écrit en script et vers lequel Gamache se pencha, ça veut dire "con".

Il redonna la feuille au chef.

— Merci.

Gamache la remit à sa place pour la garder en lieu sûr, referma le livre d'un coup sec, puis ajouta :

— Très édifiant.

— Franchement, patron, si dans un monastère plein de moines vous vous adressez à moi pour des paroles d'édification, vous méritez ce que vous obtenez.

Gamache rit.

— C'est vrai. Eh bien, je vais maintenant essayer de trouver dom Philippe pour lui demander s'il existe un plan de l'abbaye.

— Et moi, je veux parler au soliste, le frère Antoine.

— Celui qui s'en est pris au père abbé ?

— Celui-là même. Ce doit être un des hommes du prieur. Qu'y a-t-il ?

Gamache s'était soudainement immobilisé, l'oreille tendue. Le monastère, toujours aussi silencieux, semblait retenir son souffle.

Mais lorsque s'élevèrent les premières notes d'un chant, il se remit à respirer.

— Pas encore…, soupira Beauvoir. On ne vient pas tout juste de l'entendre, celui-là ? Franchement, ils sont pires que des junkies.

Debout, assis. Tête inclinée. Se relever, se rasseoir.

L'office qui venait après le petit-déjeuner, appelé laudes, n'en finissait plus. Malgré tout, Beauvoir se rendit compte qu'il s'ennuyait moins. Probablement, se dit-il, parce qu'il connaissait certains membres du groupe. De plus, il prêtait plus attention à ce qui se déroulait devant lui, n'y voyant plus seulement une perte de temps entre des interrogatoires et la collecte d'éléments de preuve.

L'office religieux lui-même était un élément de preuve.

Les chants grégoriens. Tous les suspects alignés, les uns en face des autres.

La division était-elle évidente ? Pouvait-il la percevoir, maintenant qu'il était au courant du désaccord ? Beauvoir était soudain fasciné par le rituel. Et les moines.

— Ce service est le dernier auquel a participé le prieur, chuchota Gamache tandis qu'ils inclinaient la tête puis la redressaient.

Beauvoir remarqua que la main droite du chef ne tremblait pas aujourd'hui.

— Il a été tué presque immédiatement après les laudes, hier.

— Nous ne savons toujours pas avec certitude où il est allé après les laudes, murmura Beauvoir.

Ils s'étaient assis un bref moment, mais, comme il avait fini par s'en rendre compte, il ne s'agissait que d'une sorte de plaisanterie. Quelques instants plus tard, ils étaient de nouveau debout.

— C'est vrai. À la fin de l'office, il faudra observer attentivement où va chacun des moines.

Le chef garda les yeux sur les rangées de moines. Le soleil commençait à se lever et, tandis que continuaient les laudes, de plus en plus de lumière pénétra dans la chapelle par les fenêtres dans le haut de la tour centrale. Les rayons frappaient le vieux verre imparfait et se réfractaient, se divisaient, en toutes les couleurs jamais créées. Et celles-ci se répandaient dans le chœur et illuminaient les moines et leur musique, donnant l'impression que les notes et la lumière joyeuse se mêlaient et s'unissaient, jouaient ensemble.

Dans l'ensemble, l'expérience religieuse de Gamache avec l'Église catholique avait été plutôt sinistre, alors il avait cherché, et trouvé, son Dieu ailleurs.

Mais ceci était différent. Il y avait de la joie, ici. Et ce n'était pas un effet du hasard. Gamache détacha son regard des moines pendant un moment et leva les yeux vers le plafond. Vers les poutres et les contreforts. Et les fenêtres. L'architecte de Saint-Gilbert-entre-les-Loups avait intentionnellement créé une abbaye qui était un réceptacle pour le son et la lumière.

Une acoustique parfaite se mariait avec la lumière dansante.

Gamache abaissa son regard. Les voix des moines semblaient encore plus belles que la veille. Elles étaient maintenant empreintes de tristesse, mais il émanait des notes une légèreté qui remontait le moral. Les chants étaient à la fois solennels et joyeux. Terre à terre et aériens, comme s'ils avaient des ailes et volaient.

Et l'inspecteur-chef pensa de nouveau aux vieux neumes sur la page qu'il avait glissée dans le livre de méditations. Ils ressemblaient parfois à des ailes en vol. Était-ce là ce qu'avait voulu faire comprendre le compositeur des chants anciens ? Que cette musique n'était pas vraiment de ce monde ?

Beauvoir avait eu raison, bien sûr. Les chants émouvaient Gamache et le transportaient. Il était tenté de se perdre dans les voix douces et apaisantes, si parfaitement en harmonie les unes avec les autres. De se décharger de ses soucis et de se laisser emporter par la musique. D'oublier la raison de sa présence dans ce monastère.

La musique avait un côté contagieux, sournois.

Gamache sourit et se rendit compte qu'il était ridicule de s'en prendre aux chants. S'il manquait de concentration, se laissait distraire, c'était sa faute. Pas celle des moines. Ni celle de la musique.

Il redoubla ses efforts et parcourut des yeux les rangées. Comme s'il s'agissait d'un jeu, alors que ce n'en était pas un.

Un jeu qui pourrait s'appeler Trouver le chef.

Maintenant que le prieur n'était plus là, qui dirigeait ce chœur célèbre dans le monde entier ? Car quelqu'un le faisait. Comme Gamache avait expliqué à Beauvoir, les membres d'un chœur ne se dirigeaient pas eux-mêmes. Un des moines, avec des mouvements si subtils qu'ils pouvaient échapper même à l'œil d'un enquêteur d'expérience, avait pris la relève.

Lorsque les laudes furent terminées, le chef et Beauvoir restèrent debout à leur place dans la nef, à observer les moines.

C'était, pensa Beauvoir, un peu comme après la casse dans une partie de billard, quand les boules s'en vont toutes dans différentes directions. Voilà à quoi cela ressemblait : des moines allant à gauche, à droite, de tous les côtés, se dispersant – mais sans, bien sûr, rebondir sur les murs.

Beauvoir se tourna pour dire quelque chose de sarcastique à Gamache, mais changea d'idée lorsqu'il vit le visage du chef. Il était sévère, pensif.

Jean-Guy suivit le regard du chef et vit le frère Luc avancer lentement, peut-être à contrecœur, vers la porte en bois donnant sur le long, très long corridor qui le mènerait à la porte verrouillée. Au portail. Et à la pièce minuscule, la porterie.

Il était tout seul, et le paraissait.

Beauvoir se retourna vers Gamache et vit dans ses yeux un regard à la fois perçant et soucieux. Et il se demanda si le chef voyait le frère Luc, mais pensait à d'autres jeunes hommes. Qui avaient passé une porte, mais n'étaient pas revenus.

Qui avaient suivi les ordres de Gamache, suivi Gamache. Mais alors que le chef était revenu, avec une profonde cicatrice près de la tempe et un tremblement dans la main, eux n'étaient pas revenus.

Est-ce que le chef, bien que regardant le frère Luc, pensait à eux ?

Gamache paraissait inquiet.

— Ça va, patron ? chuchota Beauvoir.

L'acoustique de la chapelle amplifia le son de sa voix. L'inspecteur-chef ne répondit pas. Il continua plutôt de fixer la porte maintenant close, par où le frère Luc était passé, et avait disparu.

Seul.

Les autres moines sortirent par les autres portes.

Finalement, les deux enquêteurs se retrouvèrent seuls dans la chapelle et Gamache se tourna vers Beauvoir.

— Je sais que vous voulez parler au frère Antoine…

— Le soliste, oui.

— C'est une bonne idée, mais est-ce que ça vous ennuierait d'aller d'abord voir le frère Luc ?

— Pas du tout, mais qu'est-ce que je lui demanderais ? Vous lui avez déjà parlé. Et moi aussi, dans les douches ce matin.

— J'aimerais savoir si le frère Antoine était au courant qu'il ne serait pas le soliste sur le prochain album. Tenez seulement compagnie au frère Luc pendant quelque temps, pour voir si quelqu'un d'autre se pointe à la loge du portier au cours de la prochaine demiheure.

Beauvoir regarda sa montre. L'office avait débuté à sept heures et demie pile et s'était terminé exactement quarante-cinq minutes plus tard.

— D'accord, patron.

Gamache avait gardé les yeux rivés sur la partie sombre de la chapelle.

Beauvoir suivit volontiers le frère Luc, comme il suivait volontiers tous les ordres de Gamache. Il savait, bien sûr, que c'était une perte de temps. Le chef avait beau essayer de faire passer ça pour un autre interrogatoire, Beauvoir savait ce que c'était réellement.

Du baby-sitting.

Il consentait de bonne grâce à s'acquitter de cette tâche, si cela pouvait rassurer le chef. Beauvoir aurait fait faire son rot au moine et aurait changé sa couche, si

Gamache le lui avait demandé. Et si cela avait pu aider à lui tranquilliser l'esprit.

— Tu veux bien chercher, Simon, s'il te plaît ?

L'abbé sourit à son secrétaire taciturne, puis se tourna vers son visiteur.

— Assoyons-nous, voulez-vous ?

D'un geste du bras, comme un hôte accueillant, le père abbé indiqua les deux fauteuils confortables près de la cheminée. Ils étaient recouverts de chintz aux couleurs délavées et semblaient rembourrés de plumes.

L'abbé avait environ dix ans de plus que Gamache. Il devait être dans la mi-soixantaine, estimait l'inspecteur-chef. Pourtant, il paraissait presque sans âge. Un effet produit par la tête rasée et la longue robe noire, supposa Gamache. Il n'y avait pas moyen, cependant, de cacher les rides sur le visage de dom Philippe qui, de toute façon, n'essayait pas de les camoufler.

— Frère Simon va vous trouver un plan du monastère. Je suis sûr que nous en avons un quelque part.

— Vous n'en utilisez pas un ?

— Mon Dieu, non. Je connais chaque pierre, chaque fissure.

Comme un marin promu au grade de capitaine d'un navire, pensa Gamache, et qui en connaissait intimement tous les recoins.

L'abbé semblait à l'aise dans son rôle de commandant en chef. Et apparemment inconscient qu'une mutinerie était en cours.

Ou, sinon, il était très conscient qu'il y en avait eu une, et qu'elle avait avorté. La contestation de son autorité s'était éteinte avec la mort du prieur.

Dom Philippe passa ses longues mains pâles sur les bras de son fauteuil.

— Lorsque je suis arrivé à Saint-Gilbert, un des moines était rembourreur, un métier qu'il avait appris par lui-même. Il avait demandé au père supérieur de trouver des fins de rouleaux de tissus et de les lui rapporter. Ceci est son œuvre.

La main de l'abbé cessa de bouger et resta sur le bras du fauteuil, comme s'il s'agissait du bras du moine lui-même.

— Cela remonte à près de quarante ans. Il était âgé, à l'époque, et est mort quelques années après mon arrivée. Il s'appelait frère Roland. Un homme doux, calme.

— Vous souvenez-vous de tous les moines ?

— Oui, inspecteur-chef. Vous souvenez-vous de tous vos frères ?

— Je suis un enfant unique.

— Je me suis mal exprimé. Je voulais dire vos frères d'armes.

Le chef devint soudain immobile.

— Je me rappelle chaque nom, chaque visage.

L'abbé soutint son regard. Pas dans une attitude de défi, ni même avec un air interrogateur. Pour Gamache, le regard du père abbé s'apparentait davantage à une main placée sous son coude pour l'aider à garder son équilibre.

— C'est ce que je pensais.

— Malheureusement, aucun de mes agents n'est aussi habile de ses mains, dit Gamache en passant lui aussi les siennes sur le chintz fané.

— Si vous viviez et travailliez ici, croyez-moi, ils deviendraient adroits même s'ils ne l'étaient pas au début.

— Vous recrutez tous les moines ?

L'abbé hocha la tête.

— Il faut que j'aille les chercher. En raison de l'histoire passée de notre ordre, nous avons fait vœu non seulement de silence, mais aussi d'invisibilité. Nous avons promis de garder notre monastère…

Il chercha un mot approprié. De toute évidence, ce n'était pas quelque chose que dom Philippe avait dû expliquer très souvent. Peut-être même jamais.

— … secret ? proposa Gamache.

L'abbé sourit.

— J'essayais d'éviter ce mot, mais il est juste, je suppose. Les gilbertins ont mené une vie heureuse et tranquille durant plusieurs siècles, en Angleterre. Puis, au moment de la Réforme, tous les monastères ont été fermés. C'est à cette époque que nous avons commencé à nous éclipser. Nous avons plié bagage en emportant tout ce que nous pouvions et avons disparu. Nous avons trouvé un endroit passablement isolé en France et avons reconstruit un monastère. Ensuite, avec l'Inquisition, nous nous sommes de nouveau trouvés sous la loupe. Le Saint-Office interpréta notre désir de solitude comme un désir de vivre dans le secret, et porta sur nous un jugement sévère.

— Et personne ne veut un jugement sévère rendu par l'Inquisition.

— Personne ne veut être jugé par l'Inquisition. Parlez-en aux vaudois.

— Les qui ?

— Précisément. Ils vivaient dans une vallée non loin

de nous, en France. Nous avons vu la fumée, l'avons respirée. Et entendu les hurlements.

Dom Philippe s'interrompit et regarda ses mains agrippées l'une à l'autre sur ses genoux. Il parlait, se rendit compte Gamache, comme s'il avait lui-même été là, avait aspiré ses frères moines.

— Alors, nous avons de nouveau fait nos bagages, reprit le père abbé.

— Pour disparaître encore plus.

— Le plus loin possible, dit l'abbé en hochant la tête. Nous sommes venus dans le Nouveau Monde avec quelques-uns des premiers colons. Ce sont les jésuites qui avaient été choisis pour convertir les indigènes et accompagner les explorateurs.

— Et les gilbertins, eux, ont fait quoi ?

— Nous sommes montés vers le nord en canot. (Il marqua encore une pause.) Quand je dis que nous sommes venus avec les premiers colons, je veux dire que nous avons fait la traversée en tant que colons, pas en tant que moines. Nous avons caché nos robes. Caché le fait que nous étions des religieux.

— Pourquoi ?

— Parce que nous étions inquiets.

— Cela explique-t-il les murs épais, les pièces secrètes et les portes verrouillées ?

— Ah, vous les avez remarqués ? demanda l'abbé avec un sourire.

— Je suis un observateur averti, mon père. Presque rien n'échappe à mon œil de lynx.

L'abbé rit doucement. À l'image des chants, il semblait avoir le cœur plus léger ce matin, moins accablé.

— Il semble que nous soyons un ordre d'éternels inquiets.

— J'ai noté que saint Gilbert ne semble pas avoir de rôle particulier. Il pourrait peut-être devenir le saint patron des angoissés.

— Ce serait approprié, en effet. Je vais faire la suggestion au Saint-Père.

Tout en reconnaissant qu'il s'agissait d'une plaisanterie, l'inspecteur-chef soupçonnait que cet abbé voulait avoir le moins de rapports possible, sinon aucun, avec des évêques, des archevêques ou des papes.

Plus que toute autre chose, les gilbertins voulaient qu'on les laisse en paix.

Dom Philippe reposa sa main sur le bras du fauteuil et enfonça un doigt dans un trou du tissu usé. Il semblait surpris de découvrir ce trou, comme s'il venait d'apparaître.

— Nous sommes habitués à résoudre nos problèmes nous-mêmes, dit-il en regardant l'inspecteur-chef. Qu'il s'agisse du toit à réparer, du système de chauffage qui tombe en panne, de cancer ou d'os brisés. Chaque moine qui vit ici mourra ici. Nous nous en remettons totalement à Dieu pour tout : aussi bien pour ce qui est des trous dans un tissu et des récoltes qu'en ce qui concerne comment et quand nous mourrons.

— La mort survenue dans votre jardin hier était-elle l'œuvre de Dieu ?

L'abbé fit non de la tête.

— C'est pour cette raison que j'ai décidé de faire appel à la police. Nous sommes capables d'accepter la volonté divine, si cruelle puisse-t-elle parfois sembler. Mais ce qui s'est produit était différent. C'était le résultat de la volonté d'un homme. Et nous avions besoin d'aide.

— Certains moines de votre communauté ne sont pas d'accord.

— Vous pensez au frère Antoine, hier soir au souper ?

— Oui, et il n'était pas le seul, c'était très évident.

— Non, en effet.

Le père abbé secoua la tête, mais soutint le regard de Gamache.

— Après plus de deux décennies à la tête de ce monastère, je sais que tout le monde ne sera pas toujours d'accord avec mes décisions. Je ne peux pas me tracasser pour ça.

— Qu'est-ce qui vous tracasse, mon père ?

— Ma capacité à faire la différence.

— Pardon ?

— Entre la volonté de Dieu et la mienne. Et en ce moment, je m'inquiète au sujet de celui qui a tué Mathieu, et de la raison de cet acte.

Il marqua une pause et, en y enfonçant un peu plus le doigt, agrandit le trou dans le tissu du fauteuil.

— Et je me demande pourquoi je ne me suis rendu compte de rien.

Le frère Simon arriva avec un rouleau de parchemin qu'il déroula sur la table basse en pin devant les deux hommes.

— Merci, Simon, dit l'abbé, qui se pencha ensuite en avant.

Le frère Simon s'apprêta à quitter la pièce, mais Gamache le retint.

— Je suis désolé, mais j'ai une autre demande à vous faire. Ce serait utile d'avoir un horaire des services religieux, des repas et de toute autre chose dont nous devrions être au courant.

— Tu veux bien, Simon, faire la liste de nos activités, heure par heure, pour l'inspecteur-chef ? Ça ne t'ennuie pas ?

Simon, que le simple fait de respirer semblait ennuyer, paraissait toutefois prêt à faire tout ce que lui demandait le père supérieur. "Un des hommes de l'abbé, sans aucun doute", se dit Gamache.

Simon se retira et les deux hommes se penchèrent au-dessus du plan.

— Alors, dit Beauvoir, appuyé contre le montant de la porte, passez-vous toute la journée ici ?

— Toute la journée, tous les jours.

— Et que faites-vous ?

Même à ses oreilles, la question ressemblait à une entrée en matière pitoyable pour draguer une fille dans un bar miteux – "Tu viens ici souvent, beauté ?" Il ne lui restait qu'à demander à ce jeune moine quel était son signe astrologique.

Beauvoir était Cancer, ce qui l'avait toujours ennuyé. Il aurait voulu être Scorpion ou Lion. Ou même Bélier. N'importe quoi sauf le crabe qui, d'après les descriptions, était attentionné, casanier et sensible.

Maudits horoscopes.

— Je lis ceci.

Le frère Luc souleva de quelques centimètres l'énorme livre reposant sur ses genoux, puis le laissa retomber.

— Qu'est-ce que c'est?

Le moine le regarda d'un air méfiant, comme s'il essayait de déterminer les intentions de l'homme qu'il avait rencontré dans les douches ce matin-là. Beauvoir dut admettre que, s'il avait été à sa place, il se méfierait aussi de lui-même.

— C'est le livre des chants grégoriens. Je l'étudie. J'apprends mes parties.

C'était l'occasion parfaite pour aborder le sujet qui intéressait Beauvoir.

— Ce matin, vous m'avez dit que le prieur vous avait choisi comme soliste pour le prochain enregistrement. Que vous remplaceriez le frère Antoine. Celui-ci le savait-il?

— Il devait.

— Pourquoi dites-vous ça?

— Parce que si frère Antoine pensait être le soliste, il serait en train d'étudier les chants. Pas moi.

— Tous les chants sont dans ce seul et unique livre?

En regardant le volume en équilibre sur les genoux osseux du frère Luc, Beauvoir eut une idée.

— Qui d'autre est au courant de l'existence de ça? demanda-t-il en indiquant l'ouvrage d'un mouvement de la tête.

Si le vrai pouvoir, c'était la connaissance, se dit Beauvoir, alors ce livre était tout-puissant. Il contenait la clé de la vocation des moines. Et maintenant, il représentait aussi la clé qui leur avait donné accès à tant de richesses et de pouvoir d'influence. Quiconque possédait ce livre avait tout. C'était leur Saint-Graal.

— Tout le monde. Sa place habituelle est sur un lutrin dans la chapelle. On le consulte continuellement. Parfois, on l'emporte dans notre cellule. C'est tout à fait normal.

“Merde!” pensa Beauvoir. Tant pis pour le Saint-Graal…

— Nous faisons aussi nous-mêmes des copies des chants, ajouta le frère Luc en pointant le doigt vers un cahier sur la table étroite. Nous avons donc chacun nos propres copies.

— Ce n’est pas un secret, alors? demanda Beauvoir, pour en être bien certain.

— Ce livre? (Le jeune moine posa sa main dessus.) De nombreux monastères en ont un. La plupart en ont deux ou trois, et qui sont beaucoup plus impressionnants que le nôtre. Si nous en avons seulement un, c’est probablement parce que notre ordre est si pauvre. Nous devons donc y faire bien attention.

— Interdiction de lire en prenant son bain? demanda Beauvoir.

Un sourire apparut sur les lèvres de Luc, le premier que Beauvoir voyait sur le visage du jeune moine à la mine sombre.

— Quand deviez-vous enregistrer le nouveau disque?

— Rien n’avait encore été décidé.

Beauvoir réfléchit un moment à cette réponse, puis demanda :

— Rien n’avait été décidé au sujet de quoi? La date de l’enregistrement, ou s’il y en aurait même un autre?

— La décision officielle de réaliser un autre enregistrement n’avait pas encore été prise, mais à mon avis c’était à peu près certain.

— Vous avez pourtant laissé entendre à l’inspecteur-chef que l’enregistrement aurait lieu, que c’était un fait accompli. Vous dites maintenant que ce n’était pas le cas?

— Ce n'était qu'une question de temps. Si le prieur voulait quelque chose, il l'obtenait.

— Et le frère Antoine ? D'après vous, comment a-t-il réagi en apprenant qu'il ne serait pas le soliste ?

— Il l'a sûrement accepté. C'est ce qu'il devait faire.

Pas parce que le frère Antoine était un homme humble, pensa Beauvoir. Pas par abnégation, comme le lui dictait sa foi, mais parce qu'il était inutile de discuter avec le prieur. C'était probablement plus simple de le tuer.

Était-ce ça, le mobile ? Le frère Antoine avait-il fracassé le crâne du prieur parce qu'il ne serait plus le soliste, parce qu'il allait être remplacé par un autre ? Dans un ordre qui se consacrait au chant grégorien, le soliste devait occuper une place spéciale.

Parce que certaines personnes étaient plus égales que d'autres, comme aurait dit Orwell. Et quantité de gens étaient prêts à tuer pour conserver leur place privilégiée.

# 15

Le soleil pénétrait par les fenêtres à carreaux et baignait de lumière le plan du monastère Saint-Gilbert-entre-les-Loups. Dessiné sur du papier épais et très vieux, celui-ci montrait la structure cruciforme de l'abbaye. Des enceintes murées s'étendaient de part et d'autre des deux bras et le jardin du père abbé partait du pied de la croix.

L'inspecteur-chef chaussa ses demi-lunes, se rapprocha du parchemin et l'étudia en silence. Il était déjà allé, bien sûr, dans le jardin du père abbé. Et avait ramassé des œufs quelques heures auparavant en compagnie du frère Bernard dans l'enclos fermé où se trouvaient les chèvres, les moutons et les poulets, situé du côté du bras droit de la croix.

Ses yeux se déplacèrent vers l'autre bras qui renfermait la chocolaterie, le réfectoire et les cuisines. Et un autre espace entouré d'une enceinte.

— C'est quoi, ça, mon père ?

— C'est notre potager. Nous faisons pousser nos propres légumes et plantes aromatiques, bien sûr.

— Assez pour nourrir toute la communauté ?

— C'est pourquoi l'ordre n'a jamais compté plus de deux douzaines de moines. Les frères fondateurs estimaient que c'était le nombre parfait. Il y avait suffisamment d'hommes pour faire le travail, mais pas trop à nourrir. Ils avaient raison.

— Et pourtant vous avez trente cellules. Vous avez de la place pour accueillir d'autres religieux. Pourquoi ?

— Au cas où, répondit dom Philippe. Comme vous l'avez si bien dit, inspecteur-chef, nous sommes un ordre d'angoissés. Supposons que nous ayons besoin de plus d'espace ? Que nous ayons de la visite ? Nous sommes préparés pour l'imprévu, bien que le nombre parfait soit vingt-quatre.

— Mais maintenant, vous êtes seulement vingt-trois. Une place s'est libérée.

— C'est vrai. Je n'avais pas réfléchi à ça.

L'inspecteur-chef se demanda s'il disait la vérité, et si cela pouvait constituer un mobile. L'abbé, le recruteur, avait-il trouvé un frère qu'il voulait inviter à se joindre aux gilbertins ? Mais avant, quelqu'un devait partir. Et la meilleure personne n'était-elle pas le prieur emmerdant ?

Gamache rangea cette possibilité dans un coin de son cerveau, mais sans grand enthousiasme. Même dans les coupe-gorges qu'étaient les universités ou les coopératives d'habitation de New York où le nombre de places était limité, on coupait en fait rarement des gorges. Et on ne fracassait pas des crânes.

Selon Gamache, l'abbé aurait pu avoir plusieurs raisons de vouloir tuer son prieur, mais qu'il ait voulu libérer une place semblait l'une des moins plausibles.

— Qui est la dernière personne que vous avez recrutée ?

— Frère Luc. Il est arrivé il y a un peu moins d'un an, d'un ordre établi près de la frontière avec les États-Unis, qui se consacre également à la musique. Des bénédictins. Ils fabriquent un délicieux fromage contre lequel nous troquons nos chocolats. Vous en avez mangé ce matin.

— Délicieux, en effet, reconnut Gamache.

Il voulait laisser tomber le sujet du fromage et revenir au meurtre.

— Pour quelle raison l'avez-vous choisi ?

— Je l'avais repéré dès son entrée au séminaire. Une belle voix. Une voix extraordinaire.

— Et quoi d'autre apporte-t-il à la communauté ?

— Pardon ?

— D'après ce que je comprends, vous recherchez d'abord quelqu'un qui peut chanter…

— Je recherche d'abord quelqu'un de pieux.

La voix était toujours agréable, mais on ne pouvait se méprendre sur le ton. Dom Philippe tenait à ce que le message soit clair.

— Je dois d'abord croire que le frère partagera notre objectif, ici à Saint-Gilbert, qui est de vivre avec Dieu à travers le Christ. Si cette exigence est satisfaite, alors je prends en considération d'autres choses.

— Comme la voix. Mais il doit y avoir autre chose, non ? Une compétence. Comme vous l'avez dit, vous devez être autosuffisants.

Pour la première fois, l'abbé hésita, parut mal à l'aise.

— Le frère Luc a l'avantage d'être jeune. Il peut apprendre.

Mais Gamache avait vu la fissure, la fente. L'angoisse. Et il passa à l'attaque.

— Pourtant, tous les autres moines ont une expertise. Par exemple, le frère Alexandre est le spécialiste des animaux, mais il vieillit et est peut-être trop vieux pour s'en occuper. Ne serait-il pas plus logique de lui trouver un remplaçant ?

— Remettez-vous en question mon jugement ?

— Absolument. Je remets tout en question. Pourquoi avez-vous recruté le frère Luc si son seul apport à la communauté était sa voix ?

— J'ai jugé que sa voix suffisait pour le moment. Comme je l'ai dit, il peut apprendre un métier. L'élevage, par exemple. Le frère Alexandre peut lui transmettre son savoir, si le frère Luc démontre une aptitude pour ce travail. Nous avons de la chance maintenant.

— Que voulez-vous dire ?

— Nous n'avons pas besoin de supplier des frères de venir. Les jeunes moines se montrent intéressés. C'est un des grands avantages découlant de l'enregistrement : nous pouvons maintenant faire des choix. Et quand les moines arrivent, nous pouvons les former. Un frère plus âgé peut servir de mentor à un plus jeune, comme ç'a été le cas avec le frère Roland, qui a appris le métier de rembourreur.

— Le frère Luc pourrait peut-être aussi l'apprendre.

L'abbé sourit.

— Ce n'est pas une mauvaise idée, inspecteur-chef. Merci.

Cela n'expliquait cependant pas la volte-face de l'abbé, pensa Gamache. Alors qu'il choisissait d'habitude des hommes qualifiés et d'expérience, il avait cette fois choisi un novice. Qui n'apportait qu'un talent exceptionnel : sa voix extraordinaire.

Gamache fixa le plan sur la table. Quelque chose clochait. En le regardant, il éprouvait une vague impression, un léger malaise, comme ce qu'il avait ressenti dans la maison du rire.

— C'est la seule pièce cachée ? demanda-t-il, le doigt immobilisé au-dessus de la salle du chapitre.

— À ma connaissance, oui. Il y a toujours eu des rumeurs au sujet de tunnels depuis longtemps oubliés et de chambres fortes remplies de trésors, mais personne ne les a jamais découverts. Du moins, pas que je sache.

— Et quels étaient ces trésors, selon les rumeurs ?

— Comme par hasard, ça n'a jamais été précisé, répondit le père abbé en souriant. Ça ne pouvait pas être grand-chose, étant donné que les vingt-quatre moines fondateurs ont dû tout transporter en canot depuis Québec. Croyez-moi : si ça ne se mangeait pas ou ne se portait pas, ça ne faisait probablement pas partie du voyage.

Puisqu'il appliquait lui-même ce principe quand il préparait ses bagages, Gamache accepta l'explication de l'abbé. D'ailleurs, que pouvait bien constituer un trésor pour des hommes qui avaient fait vœu de silence, de pauvreté et de réclusion ? Mais à peine avait-il terminé de se poser la question que la réponse lui vint. Les gens trouvaient toujours quelque chose à garder précieusement. Pour les petits garçons, c'étaient des pointes de flèches et des billes œils-de-chat ; pour les adolescents, un t-shirt cool et une balle de baseball signée. Et pour les grands garçons ? Seulement parce qu'il s'agissait de moines, cela ne signifiait pas qu'ils n'avaient pas de trésors. Ce pouvait être des objets que d'autres ne considéreraient pas comme précieux.

Gamache posa une main sur une extrémité du papier pour l'empêcher de s'enrouler. Puis il tourna les yeux vers l'endroit où ses doigts reposaient sur le parchemin.

— C'est le même papier, dit-il en frottant doucement le plan avec ses doigts.

— Le même que quoi ?

— Ceci, répondit l'inspecteur-chef en sortant encore une fois la feuille du livre et en la mettant par-dessus le parchemin. Le chant est écrit sur exactement le même genre de papier que le plan du monastère. Est-ce possible que ceci, demanda-t-il en posant le doigt sur la feuille du chant, soit aussi vieux que ça ? (Il indiqua le plan d'un geste de la tête.) Les deux datent-ils de la même époque ?

Le plan était daté de 1634 et signé dom Clément, père abbé de Saint-Gilbert-entre-les-Loups. Sous la signature se trouvaient deux formes que Gamache avait appris à reconnaître : des loups, entrelacés, qui semblaient endormis.

"Entre les loups. Parmi les loups", pensa-t-il. Ces mots laissaient supposer qu'on était parvenu à un accord, qu'on avait trouvé la paix et échappé à l'exil ou à la tuerie. Quand on fuit l'Inquisition, on est peut-être moins enclin à infliger de telles horreurs à d'autres. Même à des loups.

Gamache compara l'écriture sur le plan avec celle sur la feuille. Les deux étaient simples, les lettres dessinées plutôt qu'écrites. Calligraphiées. Elles donnaient l'impression d'avoir été tracées par la même personne, mais seul un expert pouvait déterminer si ç'avait effectivement été le cas. En 1634.

Dom Philippe secoua la tête.

— Il s'agit certainement du même type de papier. Mais les deux feuilles datent-elles de la même époque ? À mon avis, le chant est beaucoup plus récent, et celui qui l'a écrit a utilisé du vélin pour faire croire qu'il était ancien. Nous possédons encore des feuilles de vélin, fabriquées par des moines il y a des siècles. Avant l'apparition du papier.

— Où les gardez-vous ?

— Simon ? appela l'abbé, et le moine apparut. Peux-tu montrer à l'inspecteur-chef notre vélin ?

Le frère Simon paraissait contrarié, comme si cette demande exigeait beaucoup trop d'efforts. Mais il hocha la tête et traversa la pièce, suivi de Gamache. Il ouvrit un tiroir qui était rempli de feuilles jaunies.

— En manque-t-il ? demanda l'inspecteur-chef.

— Je ne sais pas. Je ne les ai jamais comptées.

— À quoi servent-elles ?

— À rien. Nous les gardons, tout simplement. Au cas où.

"Au cas où quoi ?" se demanda Gamache. Ou était-ce simplement "à tout hasard" ?

— Qui aurait pu en prendre une ? demanda-t-il.

Il avait l'impression d'être pris dans le jeu des vingt questions.

— N'importe qui, répondit le frère Simon en fermant le tiroir. Il n'est jamais verrouillé.

L'inspecteur-chef se tourna vers le père abbé et demanda :

— Fermez-vous votre bureau à clé ?

— Jamais.

— Mais il était verrouillé quand nous sommes arrivés.

— C'est moi qui ai fait ça, dit le frère Simon. Je voulais m'assurer qu'on ne touche à rien pendant mon absence, quand je suis allé vous chercher.

— L'avez-vous également fermé à clé quand vous êtes parti chercher le médecin et le père abbé ?

— Oui.

— Pourquoi ?

— Je ne voulais pas qu'un des moines tombe par hasard sur le corps.

Le frère Simon commençait à être sur la défensive et ses yeux allaient de l'inspecteur-chef à l'abbé qui, tranquillement assis, écoutait.

— Saviez-vous à ce moment-là qu'il s'agissait d'un meurtre ?

— Je savais que ce n'était pas une mort naturelle.

— Combien de moines utilisent le jardin du père abbé ?

Encore une fois, Gamache vit les yeux du moine aller vers l'abbé puis revenir se poser sur lui.

— Aucun, répondit dom Philippe, qui se leva et s'approcha.

"Vient-il à la rescousse ?" se demanda Gamache. Cela donnait cette impression. Mais pourquoi le frère Simon aurait-il besoin qu'on vienne à son aide ?

— Comme je crois l'avoir mentionné plus tôt, inspecteur-chef, c'est mon jardin privé. Une sorte de sanctuaire. Mathieu venait à l'occasion, et Simon s'occupe de son entretien, mais sinon je suis le seul à l'utiliser.

— Pourquoi ? La plupart des autres endroits dans le monastère servent à l'ensemble de la communauté. Pourquoi votre jardin est-il privé ?

— C'est à dom Clément qu'il faudrait poser cette question. C'est lui qui a conçu l'abbaye et y a inclus le jardin, la salle du chapitre cachée et tout le reste. C'était un grand architecte, un maître, vous savez. Reconnu de son vivant. Vous pouvez constater à quel point il était génial.

Gamache hocha la tête. Il s'en rendait compte, en effet. Et "génial" était le mot juste. Ça se voyait non seulement dans les lignes épurées, élégantes, mais également dans l'emplacement choisi pour les fenêtres.

Chaque pierre avait sa raison d'être. Il n'y avait pas d'éléments inutiles, pas d'ornements superflus. Et si le jardin de l'abbé était privé, voire secret, il y avait une raison.

Gamache se tourna vers le frère Simon.

— Si personne d'autre ne va dans le jardin, pourquoi avez-vous pensé qu'un des moines aurait pu tomber par hasard sur le corps du frère Mathieu ?

— Je ne m'étais pas attendu à trouver le prieur à cet endroit, répondit Simon. Alors je ne savais pas à quoi d'autre m'attendre.

Un silence s'installa pendant que Gamache étudiait le moine qui se tenait sur ses gardes.

Puis l'inspecteur-chef hocha la tête et se retourna vers l'abbé.

— Nous parlions de la feuille trouvée sur le prieur. Selon vous, elle est ancienne, mais l'écriture ne l'est pas. Pourquoi dites-vous ça ?

Les deux hommes revinrent s'asseoir tandis que, demeuré en arrière, le frère Simon remuait, rangeait des papiers. Observait. Écoutait.

— D'abord, l'encre est trop foncée, répondit dom Philippe qui, avec Gamache, examinait la feuille. Le vélin absorbe le liquide au fil des ans et ce qui reste à la surface n'est plus vraiment de l'encre, mais une tache prenant la forme des mots. C'est ce qu'on peut voir sur le plan du monastère.

L'inspecteur-chef se pencha au-dessus du parchemin. L'abbé avait raison. Gamache avait cru que l'encre noire avait légèrement pâli en raison du passage du temps et de l'exposition au soleil, mais ce n'était pas le cas. Elle s'était imprégnée dans le vélin et la couleur faisait maintenant partie intégrante de la feuille.

— Mais sur ça, dit dom Philippe en indiquant la page jaunie, l'encre n'a pas encore pénétré dans le vélin.

Gamache fronça les sourcils, impressionné. Il consulterait quand même un expert médicolégal, mais, soupçonnait-il, l'abbé avait probablement raison. Le chant n'était pas du tout ancien ; on avait seulement voulu le faire croire. On avait voulu duper les gens.

— Qui aurait fait ça ? demanda Gamache.

— Je n'ai aucune façon de le savoir.

— Laissez-moi reformuler la question alors. Qui aurait pu faire ça ? Croyez-moi, il n'y a pas beaucoup de personnes qui peuvent chanter un chant grégorien et encore moins en écrire un – même une parodie de chant – avec ça.

Il appuya fermement l'index sur un des neumes.

— Nos réalités sont différentes, inspecteur-chef. Ce qui est évident pour vous ne l'est pas pour moi.

Il quitta la pièce et revint un moment plus tard avec un cahier, manifestement de la présente époque, et l'ouvrit. Sur la page de gauche se trouvaient un texte en latin et des neumes. Le même texte apparaissait à droite, mais au lieu des petits gribouillis on voyait des notes de musique.

— Il s'agit du même chant, expliqua dom Philippe. D'un côté, la version ancienne avec des neumes et de l'autre la version moderne avec des notes.

— Qui a fait ça ?

— Moi. Il s'agit d'une de mes premières tentatives de transcription des vieux chants. Mais ce n'est pas très bon ni très fidèle. Les plus récentes sont meilleures.

— D'où provient le vieux chant ? demanda Gamache en indiquant la page avec les neumes.

— De notre livre de chants liturgiques. Mais avant de vous laisser gagner par l'excitation, inspecteur-chef…

Encore une fois, Gamache comprit que les moines réussissaient à déchiffrer les moindres changements de sa physionomie. Montrer un soupçon d'intérêt était considéré comme de l'excitation dans cet endroit paisible et serein.

— … sachez que dans bon nombre de monastères on trouve au moins un livre de chants, sinon plusieurs. Le nôtre est parmi les moins intéressants. Pas d'enluminures. Pas d'illustrations. Plutôt ennuyeux, pour un livre religieux. C'est tout ce que les pauvres gilbertins pouvaient se permettre à l'époque, j'imagine.

— Où gardez-vous votre livre de chants ?

Était-ce ça, le trésor ? se demanda Gamache. Qu'on gardait caché. Un moine était-il chargé de veiller sur lui ? Le prieur, peut-être ? Cela aurait fait du frère Mathieu un homme puissant.

— On le laisse sur un lutrin dans la chapelle, répondit dom Philippe. C'est un énorme livre, toujours ouvert.

Je crois bien, cependant, que frère Luc l'a emporté dans la porterie. Pour étudier les chants.

Le père abbé esquissa un sourire en voyant la légère déception qui se lisait sur le visage de l'inspecteur-chef.

C'était déconcertant, se dit Gamache, de constater à quel point il était facile de lire ses pensées. De plus, cela annulait l'avantage qu'un enquêteur présumait avoir, soit que les suspects ne savaient pas ce que la police pensait. Or cet abbé semblait savoir, ou deviner, presque tout.

Il ne voyait pas tout, cependant, et n'était pas omniscient. À preuve, il n'avait pas su qu'un meurtrier se trouvait parmi eux. Ou peut-être le savait-il…

— Vous devez avoir de la facilité à déchiffrer les neumes, dit l'inspecteur-chef en indiquant le cahier, pour être capable de les traduire en notes de musique.

— Si seulement c'était vrai. Je ne suis pas le pire, mais je suis loin d'être le meilleur. Nous le faisons tous. Quand un moine arrive à Saint-Gilbert, comme le frère Luc, c'est la première tâche qu'on lui confie : réécrire les chants anciens en utilisant la notation musicale moderne.

— Pourquoi ?

— C'est une sorte de test. Pour voir à quel point le moine est sérieux. Pour quelqu'un qui ne se passionne pas pour le chant grégorien, c'est un travail long et fastidieux. Ça permet d'éliminer les dilettantes.

— Et pour ceux qui se passionnent pour les chants ?

— C'est le paradis. Nous sommes impatients d'avoir accès au livre. Comme il est sur le lutrin, nous pouvons le consulter n'importe quand.

L'abbé baissa les yeux sur le cahier et se mit à le feuilleter. De temps en temps il souriait, ou secouait la tête, ou faisait même tss-tss en voyant une erreur. Cela rappelait à Gamache ses enfants, Daniel et Annie, quand ils regardaient des albums de photos prises dans leur jeunesse. Riant et faisant parfois la grimace à la vue d'une coiffure ou d'une tenue vestimentaire.

Les moines de Saint-Gilbert n'avaient pas d'albums de photographies. Pas de photos de famille. À la place, ils avaient des cahiers contenant des neumes et des notes. Les chants avaient remplacé la famille.

— Combien de temps faut-il pour transcrire le livre au complet ?

— Une vie entière. Il faut parfois un an pour copier un seul chant. Le travail, étonnamment, prend la forme d'une belle relation, très intime.

Pendant un bref moment, le père abbé sembla absent. Ailleurs. Dans un endroit où il n'y avait ni murs, ni meurtre, ni policier de la Sûreté qui posait des questions.

Puis il revint à la réalité.

— Comme il s'agit d'un travail complexe qui exige beaucoup de temps, la plupart d'entre nous meurent avant de le terminer.

— Que vient-il de se passer ? demanda Gamache.

— Pardon ?

— Quand vous avez parlé de la musique, vous aviez le regard perdu dans le vague. On aurait dit que vous n'étiez plus là.

Fixant l'inspecteur-chef de ses yeux vifs, le père abbé lui accorda toute son attention, mais ne dit rien.

— J'ai déjà vu ce regard, ajouta Gamache. Quand vous chantez. Pas seulement vous, mais tous les moines.

— C'est une expression de joie, j'imagine. Quand je pense aux chants, je me sens libéré de tout souci. C'est le plus près que je peux me rapprocher de Dieu.

Mais Gamache avait vu cet air sur d'autres visages. Dans des pièces puantes, crasseuses, sordides. Sous des ponts et dans des ruelles peu rassurantes. Sur les visages d'êtres vivants et à l'occasion sur ceux de personnes mortes. Il s'agissait d'une sorte d'extase.

Ce n'étaient pas des chants qui mettaient ces personnes dans cet état, mais des seringues enfoncées dans le bras, des pipes de crack et de petites pilules. Et, parfois, ces personnes ne sortaient jamais de cet état.

Si la religion était l'opium du peuple, qu'en était-il des chants ?

— Si vous transcrivez tous les mêmes chants, dit l'inspecteur-chef en repensant aux paroles de l'abbé avant qu'il tombe dans une rêverie, ne pouvez-vous pas simplement copier le travail des autres ?

— Tricher ? Vous vivez vraiment dans un autre monde.

— C'était une question, répondit Gamache en souriant, pas une suggestion.

— Nous le pourrions, je suppose, mais ce travail n'est pas une corvée. Le but n'est pas de transcrire les chants, mais d'apprendre à les connaître, de vivre dans la musique, d'entendre la voix de Dieu dans chaque note, chaque mot, chaque souffle. Quiconque voudrait prendre un raccourci ne consacrerait pas sa vie au chant grégorien et ne la passerait pas ici à Saint-Gilbert.

— Quelqu'un a-t-il déjà fini tout le livre de chants ?

— Quelques moines, à ma connaissance. Mais personne de mon vivant.

— Et qu'arrive-t-il à leurs cahiers après leur mort ?

— On les brûle au cours d'une cérémonie.

— Vous brûlez des livres ?

L'expression d'horreur sur le visage de l'inspecteur-chef n'avait nullement besoin d'interprétation.

— Oui. Comme les moines tibétains qui consacrent des jours entiers à créer des œuvres d'art complexes avec des sables colorés, puis les détruisent dès qu'elles sont terminées. Il ne faut pas s'attacher aux choses matérielles. Le cadeau, c'est la musique, et non le cahier.

— Mais ce doit être douloureux.

— Ce l'est, oui. Mais avoir la foi est souvent douloureux. Et souvent réjouissant. Deux moitiés d'un tout.

— Selon vous, donc, dit Gamache en revenant à la page jaunie sur le plan du monastère, cette feuille n'est pas très ancienne ?

— C'est exact.

— Que pouvez-vous me dire d'autre à son sujet ?

— Ce qui est évident, et la raison pour laquelle je vous ai montré mon cahier, est la différence entre les chants.

L'abbé mit la feuille sur son cahier de manière à cacher la traduction et à mettre côte à côte les deux chants contenant des neumes. L'inspecteur-chef les étudia dans le silence le plus complet durant presque une minute. Fixant tantôt une feuille, tantôt l'autre. Regardant les mots et les signes qui semblaient voleter sur les pages.

Puis, ses yeux cessèrent de passer rapidement d'une feuille à l'autre, et il se concentra plus longuement sur l'une d'elles. Et ensuite sur l'autre.

Lorsqu'il releva la tête, une lueur dans son regard indiquait qu'il venait de faire une découverte, et l'abbé lui sourit comme il le ferait à un postulant intelligent.

— Les neumes sont différents, dit Gamache. Non, ils ne sont pas différents, mais il y en a plus sur la page trouvée sur le prieur. Beaucoup plus. Maintenant que je regarde les deux exemples côte à côte, ça me paraît évident. Celui dans votre cahier, recopié de l'original, a seulement quelques neumes par ligne tandis que la feuille trouvée sur le frère Mathieu est remplie de ces petits dessins.

— Exact.

— Alors, qu'est-ce que ça signifie ?

— Je ne le sais pas vraiment, répondit l'abbé en se penchant au-dessus de la page jaunie. Les neumes ne servent qu'à une chose, inspecteur-chef : à indiquer quand il faut monter ou baisser la voix, aller plus vite ou plus lentement. Ce sont des signes, des signaux. Ils jouent le même rôle que les mains d'un chef de chœur. À mon avis, quiconque a écrit ça voulait qu'il y ait de nombreuses voix, toutes différentes. Ceci n'est pas un plain-chant. C'est un chant complexe, polyphonique. De plus, le rythme est plutôt rapide et le tempo vif. Et…

Dom Philippe hésita.

— Oui ?

— Comme je vous l'ai dit, je ne suis pas un expert. C'était Mathieu, le spécialiste. Mais à mon avis, un accompagnement musical était prévu pour ce chant. Selon moi, une des lignes de neumes correspond à un instrument.

— Et cela n'existe pas dans le chant grégorien ?

— Cela en ferait quelque chose de totalement différent, jamais entendu auparavant.

Gamache étudia de nouveau la feuille jaunie.

Comme il était curieux, se dit-il, que des moines qu'on ne voyait jamais puissent posséder quelque chose qui n'avait jamais été entendu.

Et l'un d'eux, leur prieur, avait été trouvé mort, recroquevillé en position fœtale sur la page de cette composition musicale. Comme une mère protégeant son enfant à naître. Ou un frère d'armes roulé en boule sur une grenade.

Il aurait aimé savoir ce qu'il fallait en penser. S'agissait-il d'une œuvre divine ou maudite ?

— Y a-t-il un instrument ici ?

— Oui. Un piano.

— Un piano ? Aviez-vous l'intention de le manger ou de le porter ?

Dom Philippe rit.

— Un des moines l'a apporté avec lui il y a bien des années, et nous n'avons pas eu le courage de le retourner. (L'abbé sourit.) Nous nous consacrons aux chants grégoriens, nous passionnons pour eux. Mais la vérité est que nous aimons tous les chants liturgiques. De nombreux moines sont d'excellents musiciens. Certains jouent de la flûte à bec. D'autres sont violonistes. Ou est-ce que ce sont des violoneux ? Je ne connais pas vraiment la différence.

— Le violoniste fait chanter l'instrument, le violoneux le fait danser.

Le père abbé regarda l'inspecteur-chef avec intérêt.

— Quelle belle façon de l'expliquer.

— C'est un collègue qui m'a dit ça. J'ai beaucoup appris de lui.

— Aimerait-il devenir moine ?

— Ce n'est plus une possibilité, j'en ai bien peur.

Encore une fois, l'abbé interpréta correctement l'expression sur le visage de Gamache et n'insista pas.

Gamache reprit la feuille.

— Vous n'avez pas de photocopieur, je suppose ?

— Non. Mais nous avons vingt-trois moines.

Gamache sourit et tendit la page à l'abbé.

— Pouvez-vous la faire transcrire ? Ce serait utile si vous pouviez faire une copie. Je n'aurais pas à garder l'original tout le temps avec moi. Et l'un de vous pourrait-il transcrire les neumes en notes ? Est-ce possible ?

— Nous pouvons essayer.

Dom Philippe appela son secrétaire et lui expliqua ce que l'inspecteur-chef voulait.

— Transcrire les neumes en notes de musique ? dit le frère Simon.

Le moine semblait plutôt pessimiste. Il était le Bourriquet du monastère.

— Plus tard. Pour l'instant, il suffit de copier la feuille pour que nous puissions redonner l'original à l'inspecteur-chef. La copie doit être aussi fidèle que possible, bien sûr.

— Bien sûr, répondit Simon.

Dom Philippe se tourna, mais Gamache remarqua l'éclair de colère dans le regard de Simon. Qui fixait le dos du père abbé.

Était-il un homme de l'abbé, en fin de compte ? se demanda-t-il.

L'inspecteur-chef jeta un coup d'œil par la fenêtre à carreaux, qui donnait une image légèrement déformée du monde extérieur. Malgré tout, il rêvait de sortir dans ce monde, de sentir les rayons du soleil sur son visage. De s'éloigner, ne serait-ce qu'un bref moment, de cet univers intérieur fait d'alliances incertaines, de notes et d'expressions voilées. De regards furtifs ou vides. D'extase.

Gamache rêvait de marcher dans le jardin de l'abbé. Les platebandes avaient beau être bien binées et désherbées, les arbustes taillés, cette tentative de contrôle était une illusion. Il était impossible de dompter la nature.

Puis, il comprit le malaise qu'il avait ressenti un peu plus tôt quand il avait regardé le plan du monastère.

Il le regarda encore une fois.

Sur le plan, les jardins entourés de murs étaient tous de la même grandeur. Mais ils ne l'étaient pas, en fait. Le jardin du père abbé était beaucoup plus petit que l'enclos pour les animaux. Pourtant, sur papier, leurs dimensions paraissaient identiques.

Les architectes qui avaient dessiné le plan n'avaient pas représenté fidèlement la réalité. Il y avait des erreurs de perspective.

Des choses qui semblaient égales ne l'étaient pas.

# 16

L'inspecteur Beauvoir laissa le frère Luc avec l'énorme livre qui reposait sur ses genoux osseux. Il était arrivé en pensant que le pauvre moine voulait sans doute un peu de compagnie et repartait en se rendant compte qu'il l'avait en fait dérangé. Le jeune homme voulait simplement qu'on le laisse tranquille, seul avec son livre.

Jean-Guy partit à la recherche du frère Antoine, mais s'arrêta dans la chapelle pour vérifier s'il avait des messages sur son BlackBerry.

En effet, il y en avait deux d'Annie, tous les deux courts, l'un en réponse au courriel qu'il lui avait envoyé tôt ce matin-là, et un autre, plus récent, dans lequel elle décrivait sa journée jusqu'à maintenant. Beauvoir s'appuya contre les pierres froides de la chapelle et, un sourire sur les lèvres, lui écrivit de nouveau.

Un message grivois et suggestif.

Il fut tenté de lui raconter l'anecdote de son père surpris par les moines en pyjama et robe de chambre dans leur chœur. Mais l'histoire était trop bonne pour la gaspiller dans un courriel. Il l'emmènerait sur une des terrasses de restaurant non loin de chez elle et la lui raconterait en prenant un verre de vin.

Après avoir terminé son message vaguement érotique, il tourna à droite et regarda dans la chocolaterie. Le frère Bernard était là, en train de retirer de minuscules bleuets sauvages d'une marmite de chocolat noir.

— Frère Antoine ? dit Bernard en réponse à la question du policier. Allez voir soit dans la cuisine, soit dans le potager.

— Le potager ?

— Passez par la porte au bout du corridor.

Il agita sa cuiller en bois pour indiquer la direction et fit tomber des gouttes de chocolat sur son tablier. Il semblait sur le point de jurer et Beauvoir se demanda comment les moines sacraient. Comme le reste des Québécois ? Comme lui-même ? Avec des blasphèmes contre l'Église ? Câlice ! Tabarnac ! Hostie ! Les Québécois avaient transformé des mots associés à la religion en gros mots.

Le moine garda cependant le silence et Beauvoir s'en alla. Il jeta un coup d'œil dans la cuisine étincelante tout en inox. Il était facile de voir où une partie de l'argent amassé grâce au disque avait été dépensée. Il n'y avait pas de frère Antoine. Seulement l'arôme d'une soupe mijotant sur le feu et de pain en train de cuire. Beauvoir atteignit enfin la large porte à l'extrémité du couloir et l'ouvrit.

Il sentit une bouffée d'air frais de l'automne sur sa peau, et le soleil sur sa figure.

Il ne s'était pas rendu compte à quel point le soleil lui manquait, jusqu'à ce qu'il soit revenu. Il respira alors profondément et entra dans le potager.

La bibliothèque de l'abbé pivota et s'ouvrit sur un monde ensoleillé. Gamache vit la pelouse verte et les dernières fleurs de la saison, les arbustes bien taillés et l'énorme érable au centre, qui perdait ses feuilles. Tandis que le chef le regardait, une feuille d'une belle couleur orange s'en détacha et flotta doucement jusqu'au sol.

Les murs entourant ce monde étaient censés le protéger, mais la réalité était tout autre.

Gamache sentit son pied s'enfoncer dans le gazon doux et huma les odeurs musquées de l'automne dans l'air du matin. Des insectes bourdonnaient et vrombissaient, presque enivrés du nectar de la mi-septembre. Il faisait frais, mais plus doux que ce à quoi s'était attendu l'inspecteur-chef. Les murs, supposa-t-il, faisaient obstacle au vent et emprisonnaient le soleil, créant ainsi leur propre environnement.

Gamache avait voulu venir dans le jardin non seulement parce qu'il avait envie d'air frais et de soleil, mais aussi parce que c'était presque exactement au même moment que, vingt-quatre heures plus tôt, deux hommes s'étaient trouvés là.

Le frère Mathieu et son meurtrier.

Et maintenant, c'étaient l'inspecteur-chef des homicides et le père supérieur de Saint-Gilbert qui étaient à cet endroit.

Gamache regarda sa montre : il était juste un peu passé huit heures et demie.

Quand, précisément, l'homme qui se trouvait en compagnie du prieur avait-il su ce qu'il allait faire ? Était-il venu dans le jardin avec l'intention de commettre un meurtre ? Lorsqu'il s'était penché pour ramasser une pierre et avait ensuite fracassé le crâne du prieur, avait-il agi sur un coup de tête ? Ou était-ce un geste planifié ?

Quand la décision d'assassiner avait-elle été prise ?

Et quand le frère Mathieu avait-il su qu'il allait être tué ? Qu'il avait été tué, en fait. Il était évident que, après le coup reçu à la tête, quelques minutes s'étaient écoulées avant qu'il meure. Il s'était traîné jusqu'au mur du fond, en s'éloignant de l'abbaye, du soleil radieux et chaud, pour s'enfoncer dans les ténèbres.

S'agissait-il simplement d'une forme d'instinct, comme un animal qui veut mourir tout seul ? Quelqu'un avait émis cette hypothèse. Ou y avait-il autre chose ? Le prieur avait-il une dernière action à accomplir ?

Protéger la page jaunie contre les moines. Ou les moines contre la page jaunie ?

— Hier, à cette heure, vous étiez en train de vérifier le nouveau système géothermique, dit Gamache. Étiez-vous seul ?

L'abbé hocha la tête.

— Le matin, les moines sont très occupés. Ils travaillent dans le potager, s'occupent des animaux, effectuent toutes sortes de tâches. Pour faire fonctionner le monastère, il ne faut à peu près jamais arrêter de travailler.

— Y a-t-il un moine responsable de la plomberie et du chauffage ?

Encore une fois, l'abbé hocha la tête.

— Frère Raymond. Il s'occupe du bâtiment en général : plomberie, chauffage, électricité. Des choses comme ça.

— Vous l'avez donc vu.

— Eh bien, non.

L'abbé se mit à marcher lentement autour du jardin et Gamache se joignit à lui.

— Que voulez-vous dire, "non" ?

— Frère Raymond n'était pas là. Tous les matins après les laudes, il travaille dans le potager.

— Et c'est ce moment que vous choisissez pour aller inspecter le système géothermique ? demanda Gamache, perplexe. Vous n'auriez pas préféré qu'il soit présent, pour faire l'inspection ensemble ?

Le père abbé sourit.

— Avez-vous rencontré le frère Raymond ?

Gamache secoua la tête.

— Un homme charmant, doux. Un expliqueur.

— Un quoi ?

— Il adore expliquer comment les choses fonctionnent, et pourquoi. Il a beau me décrire le fonctionnement d'un puits artésien chaque jour depuis quatorze ans, il continue de le faire.

Dom Philippe affichait toujours son curieux petit sourire affectueux.

— Certains jours, je me conduis très mal, confia-t-il à l'inspecteur-chef. Je descends faire ma ronde quand je sais qu'il n'est pas là.

Gamache sourit. Quelques-uns de ses agents et de ses inspecteurs étaient comme le frère Raymond. Ils le suivaient dans les corridors de la Sûreté en lui expliquant les subtilités des empreintes digitales. Plus d'une fois, pour leur échapper, il s'était caché dans son bureau.

— Et votre secrétaire, le frère Simon ? Après avoir essayé sans succès de trouver le prieur, il est allé s'occuper des animaux, si je ne me trompe pas.

— C'est ça. Il aime beaucoup les poulets.

Gamache observa attentivement le père abbé pour voir s'il plaisantait, mais il paraissait très sérieux.

Jean-Guy regarda le potager. Il était immense. Beaucoup, beaucoup plus grand que le jardin de l'abbé. Le principal produit agricole cultivé ici semblait être d'énormes champignons.

Une douzaine de moines, dans leurs robes noires, étaient agenouillés ou penchés. Ils portaient de grands et extravagants chapeaux de paille à larges bords flottants. Un seul homme coiffé d'un tel couvre-chef aurait l'air ridicule, mais comme ils le portaient tous, ça semblait normal. Et Beauvoir, nu-tête, était celui qui paraissait étrange.

Il y avait des plantes soutenues par des tuteurs, d'autres qui grimpaient le long de treillis. Quelques moines désherbaient de belles rangées bien droites tandis que d'autres cueillaient des légumes qu'ils mettaient dans leur panier.

Beauvoir se rappela sa grand-mère, qui avait vécu dans une ferme toute sa vie. Cette petite femme robuste avait passé la moitié de son existence à aimer l'Église et l'autre moitié à la détester. Lorsque Jean-Guy allait la voir, ils cueillaient des petits pois ensemble et les écossaient assis sur la galerie.

Il savait maintenant que sa grand-mère devait être très occupée, mais elle ne donnait jamais cette impression. Tout comme ces moines donnaient l'impression de travailler sans s'arrêter, de travailler dur même, mais à leur rythme.

Beauvoir était presque hypnotisé par le rythme de leurs mouvements. Debout, courbés, à genoux.

Cela lui faisait vaguement penser à quelque chose. Puis il comprit : si les moines avaient été en train de chanter, ceci serait une messe.

Cela expliquait-il pourquoi sa grand-mère aimait tant son potager ? Lorsqu'elle se tenait debout, se penchait, s'agenouillait, était-ce une sorte de messe pour elle ? Un acte de dévotion ? Avait-elle trouvé dans son potager la paix et le réconfort qu'elle avait cherchés dans la religion catholique ?

Un des moines remarqua l'inspecteur et lui sourit, en lui faisant signe de s'approcher.

Les moines n'étaient plus tenus de respecter leur vœu de silence, mais de toute évidence il s'agissait aussi d'un choix personnel. Ces hommes aimaient le silence. Beauvoir commençait à comprendre pourquoi.

Lorsqu'il arriva près du moine, celui-ci le salua en levant son chapeau, comme on faisait autrefois. Beauvoir s'agenouilla à côté de lui.

— Je cherche le frère Antoine, murmura-t-il.

Le moine pointa le doigt vers un transplantoir près du mur du fond, puis se remit au travail.

Beauvoir s'avança le long des rangs impeccables, passant à côté des moines occupés à désherber ou à récolter des légumes, et s'approcha du frère Antoine, qui désherbait, seul.

Le soliste.

— Pauvre Mathieu, dit dom Philippe. Je me demande pourquoi il se trouvait ici.

— Vous ne l'aviez pas invité ? Vous avez envoyé le frère Simon lui dire que vous vouliez le rencontrer.

— Oui, après la messe de onze heures. Pas après les laudes. S'il est venu pour ça, il était trois heures en avance.

— Il a peut-être mal compris.

— Vous n'avez pas connu Mathieu. Il se trompait rarement, et n'était jamais en avance.

— Alors le frère Simon lui a peut-être donné la mauvaise heure.

L'abbé sourit.

— Simon se trompe encore plus rarement. Il est plus ponctuel, cependant.

— Et vous, dom Philippe ? Vous trompez-vous parfois ?

— Toujours et sans cesse. C'est un privilège qui vient avec le poste.

Gamache sourit à son tour. Lui aussi connaissait ce privilège. Il se rappela ensuite que le frère Simon n'avait pas trouvé le prieur. Le message n'avait pas été transmis.

Si ce n'était pas pour rencontrer le père abbé, alors pourquoi le prieur s'était-il trouvé là ? Qui était-il venu rencontrer ?

Son meurtrier, évidemment. Il était cependant tout aussi évident que le prieur ne pouvait pas savoir qu'un meurtre figurait à l'ordre du jour. Alors pour quelle raison était-il venu dans le jardin ?

— Pourquoi vouliez-vous voir le prieur hier ?

— Pour discuter d'affaires concernant l'abbaye.

— On pourrait soutenir que tout concerne l'abbaye. (Les deux hommes continuèrent leur promenade autour du jardin.) Mais je préférerais que vous ne me fassiez pas perdre mon temps en débattant de cette question. D'après ce qu'on m'a dit, le frère Mathieu et vous vous réunissiez deux fois par semaine pour parler d'affaires relatives au monastère. La rencontre que vous vouliez organiser hier était extraordinaire.

Gamache s'exprimait d'une voix posée mais ferme. Il en avait assez de cet abbé, de tous les moines, qui donnaient des réponses simplistes. C'était comme copier les neumes de quelqu'un d'autre. C'était peut-être plus facile, mais ça ne les rapprochait pas de leur but. Si leur but était de connaître la vérité.

— Qu'est-ce qui était si important, dom Philippe, que ça ne pouvait pas attendre jusqu'à la prochaine réunion prévue ?

Le père abbé fit encore quelques pas en silence. Tout ce qu'on entendait, c'était le bruissement léger de sa longue robe noire lorsqu'elle effleurait l'herbe et les feuilles mortes.

— Mathieu voulait parler du nouvel enregistrement qu'il désirait faire, répondit dom Philippe, la mine sombre.

— Le prieur voulait en parler ?

— Pardon ?

— Vous avez dit que Mathieu voulait en parler. La rencontre était-elle son idée, ou la vôtre ?

— Le sujet était son idée. Le moment choisi était la mienne. Nous devions résoudre cette question avant que la communauté se réunisse de nouveau dans la salle du chapitre.

— Il n'avait donc pas encore été décidé s'il y aurait un autre enregistrement ?

— Lui avait décidé, mais pas moi. Nous en avions discuté au cours d'une assemblée du chapitre, mais le résultat fut…

L'abbé chercha le mot approprié.

— … peu concluant.

— Vous n'êtes pas parvenus à un consensus ?

Dom Philippe avança de quelques pas et glissa ses mains dans ses manches. Cela lui donnait un air contemplatif, bien que son visage fût loin d'être pensif. Il était morne. Un visage d'automne, après la chute de toutes les feuilles.

— Je peux poser la question à d'autres, vous savez.

— Vous l'avez probablement déjà fait.

L'abbé inspira profondément, puis expira en soufflant dans l'air frais du matin.

— Comme dans le cas d'à peu près tout dans le monastère, certains étaient pour, d'autres contre.

— À vous entendre, on dirait qu'il s'agissait d'une simple affaire à régler. Mais c'était plus que ça, n'est-ce pas ? dit Gamache.

Ses mots se voulaient insistants, mais son ton de voix était doux. Il ne voulait pas que le père abbé soit sur la défensive, du moins pas plus qu'il ne l'était déjà. Cet homme était sur ses gardes. Mais que surveillait-il ?

Gamache était déterminé à le découvrir.

— L'enregistrement était en train de changer l'abbaye, n'est-ce pas ? dit-il, revenant à la charge.

L'abbé s'arrêta alors et leva les yeux au-dessus du mur, vers la forêt, et regarda un magnifique arbre paré de splendides couleurs automnales. Il resplendissait sous le soleil, et paraissait encore plus flamboyant au milieu des pins et sapins d'un vert foncé. Un vitrail vivant. Plus magnifique encore, sûrement, que ce qu'on trouverait dans une grande cathédrale.

Dom Philippe était émerveillé par tant de beauté, presque étonné. Une autre chose l'étonnait : qu'il ait pu oublier ce qu'avait été Saint-Gilbert quelques années auparavant. Avant le disque. Tout, maintenant, semblait se mesurer à cette aune : avant et après.

Saint-Gilbert-entre-les-Loups avait été pauvre, et s'appauvrissait toujours un peu plus. Avant l'enregistrement. Le toit fuyait et les moines devaient se hâter de mettre des casseroles et des chaudrons un peu partout chaque fois qu'il pleuvait. Les poêles à bois suffisaient à peine à chauffer le monastère. En hiver, il fallait ajouter des couvertures dans les lits et dormir tout habillé. Parfois, lorsqu'il faisait excessivement froid, les moines n'allaient même pas se coucher et restaient dans le réfectoire, rassemblés autour du poêle. Ils passaient la nuit à entretenir le feu, à boire du thé et à faire griller du pain. Réchauffés par le poêle, et par leurs compagnons, leurs corps.

Et parfois, en attendant que le soleil se lève, ils priaient, unissaient leurs voix en un grondement sourd de plain-chant. Pas parce qu'une cloche avait sonné pour leur dire qu'ils devaient le faire. Pas parce qu'ils avaient peur, du froid ou de la nuit.

Ils priaient parce qu'ils aimaient ça. Ils le faisaient pour le simple plaisir.

Mathieu était toujours à côté de lui. Et pendant que la communauté chantait, dom Philippe remarquait le léger mouvement de la main de Mathieu, qui semblait diriger pour lui seul, comme si les notes et les mots faisaient partie de lui. Formaient un tout avec lui.

Dom Philippe aurait voulu prendre cette main, fusionner avec elle, pour ressentir ce que Mathieu ressentait. Mais, bien sûr, il ne prenait jamais la main de Mathieu. Et ne pourrait jamais le faire maintenant.

Ça, c'était avant l'enregistrement.

Maintenant, tout ça avait disparu. Avait été éliminé, tué. Pas par un coup de pierre asséné sur la tête de Mathieu. Ç'avait été tué avant.

Par ce maudit disque.

Le père abbé choisissait ses mots avec soin, même ceux de ses pensées. C'était un maudit disque. Et il aurait tant voulu qu'il n'ait jamais été enregistré.

Ce policier imposant, calme, et assez terrifiant, lui avait demandé s'il se trompait parfois. Et il lui avait répondu avec désinvolture qu'il se trompait toujours.

Ce qu'il aurait dû dire, c'était qu'il se trompait souvent, mais qu'une erreur éclipsait toutes les autres. Son erreur avait été si monumentale, si stupéfiante qu'elle était devenue une faute permanente. Tracée à l'encre indélébile. Comme le plan de l'abbaye. Son erreur avait imprégné le tissu même du monastère. Maintenant, elle définissait l'abbaye et il était impossible de l'effacer.

Ce qui avait semblé une si bonne idée, de tant de points de vue, s'était transformé en quelque chose de grotesque. Les gilbertins avaient survécu à la Réforme, à l'Inquisition. Ils avaient survécu durant presque quatre cents ans dans une région sauvage du Québec. Mais on avait fini par les trouver, et les abattre.

Et l'arme avait été la chose même qu'ils avaient voulu protéger. Les chants grégoriens.

Dom Philippe préférait mourir plutôt que de commettre de nouveau la même erreur.

Jean-Guy Beauvoir regardait fixement le frère Antoine.

C'était comme jeter un coup d'œil dans un univers parallèle. Le moine avait trente-huit ans, le même âge que Beauvoir. Il était de la même taille que lui, et avait le même teint. De plus, ils avaient tous les deux un corps svelte et athlétique.

Et lorsque le frère Antoine parlait, sa voix était teintée du même accent québécois, du même coin – les rues de l'est de Montréal –, imparfaitement caché sous des couches d'éducation et d'effort.

Les deux hommes se dévisagèrent, ne sachant trop quoi penser l'un de l'autre.

— Bonjour, dit le frère Antoine.

— Salut, dit Beauvoir.

La seule différence, c'était que l'un était un moine et l'autre un policier de la Sûreté. C'était comme s'ils avaient grandi dans la même maison, mais dans des pièces différentes.

Beauvoir pouvait comprendre les autres moines. La plupart étaient vieux. Ils semblaient être d'une nature intellectuelle et contemplative. Mais cet homme mince ?

Beauvoir éprouva un léger vertige. Qu'est-ce qui avait bien pu pousser Antoine à devenir le frère Antoine ? Pourquoi pas un policier, comme lui ? Ou un enseignant ? Ou un employé d'Hydro-Québec? Ou un voyou, un clochard, un fardeau pour la société?

Beauvoir pouvait comprendre les chemins qui menaient à toutes ces possibilités.

Mais un religieux? Un homme de son âge? Issu du même quartier?

Il ne connaissait personne qui allait à l'église et encore moins quelqu'un qui avait consacré sa vie à Dieu.

— D'après ce qu'on m'a dit, vous êtes le soliste du chœur, dit l'inspecteur.

Il se tenait le plus droit possible, mais se sentait malgré tout petit comparé au frère Antoine. C'était à cause de la robe, conclut-il. Elle conférait aux moines un avantage injuste, en donnant une impression de grandeur et d'autorité.

La Sûreté devrait peut-être considérer ce type de vêtement, si jamais elle envisageait de changer les uniformes. Il pourrait en faire la suggestion en glissant un papier dans la boîte à idées, signé du nom de l'inspectrice Lacoste.

— Oui, c'est vrai. Je suis le soliste.

Beauvoir était soulagé que ce moine ne l'ait pas appelé "mon fils". Si ça se produisait, il n'était pas certain de sa réaction, mais il soupçonnait que son comportement donnerait une mauvaise image de la Sûreté.

— On m'a aussi dit que vous alliez être remplacé.

Cela entraîna une réaction, mais pas celle à laquelle Beauvoir s'était attendu et qu'il avait espérée.

Le frère Antoine sourit.

— Vous avez parlé avec le frère Luc, à ce que je vois. Il se trompe, cependant.

— Il semble pas mal sûr.

— Frère Luc a de la difficulté à faire la distinction entre ce qu'il espère qui se produira et ce qui se produira réellement. Entre ses attentes et la réalité. Il est jeune.

— Je ne crois pas qu'il soit beaucoup plus jeune que le Christ.

— Vous n'êtes pas en train de laisser entendre que le second avènement a eu lieu et que le Messie se trouve dans la loge du portier, n'est-ce pas ?

Beauvoir, qui n'avait que de vagues notions de tout ce qui avait rapport à la Bible, accorda le point au moine.

— Frère Luc a dû mal comprendre le prieur, ajouta le frère Antoine.

— Était-ce facile de se méprendre sur ses intentions ?

Après un moment d'hésitation, le frère Antoine secoua la tête.

— Non, reconnut-il. Le prieur était un homme très précis.

— Alors pourquoi le frère Luc croit-il que le prieur voulait que ce soit lui, le soliste ?

— Je ne peux pas expliquer ce que les gens croient, inspecteur Beauvoir. Vous, le pouvez-vous ?

— Non, dut reconnaître Beauvoir.

Il avait devant lui un homme de son âge, tête rasée, vêtu d'une robe et coiffé d'un chapeau à bords flottants, qui vivait dans une communauté d'hommes au fin fond des bois. Ces moines consacraient leur vie à une religion que la plupart des Québécois avaient abandonnée et ils trouvaient un sens dans le fait de chanter des chants dans une langue morte avec des gribouillis en guise de notes.

Non, il ne pouvait pas expliquer ça.

Beauvoir savait une chose, cependant, après des années passées à s'agenouiller à côté de cadavres : il était très, très dangereux de s'interposer entre une personne et ses croyances.

Le frère Antoine tendit un panier à Beauvoir, puis se pencha et se mit à fouiller sous de grosses feuilles en forme d'oreille d'éléphant.

— À votre avis, pourquoi frère Luc est-il le portier ? demanda-t-il sans regarder l'inspecteur.

— Est-ce une punition ? Une sorte d'épreuve de bizutage ?

Le frère Antoine secoua la tête.

— Chaque moine, à son arrivée ici, se voit affecté à cette tâche.

— Pourquoi ?

— Pour qu'il puisse partir.

Le frère Antoine ramassa une belle grosse courge et la mit dans le panier de Beauvoir.

— La vie religieuse est difficile, inspecteur. Et celle qu'on vit ici est la plus difficile. Peu d'hommes sont faits pour ce mode de vie.

À l'entendre, se joindre à l'ordre des gilbertins, c'était comme s'engager dans les forces armées, dans le corps des marines. "Si la vie vous intéresse !" Et Beauvoir ressentit un début de compréhension. Et même d'attirance. Cette vie était dure, et seuls les durs réussissaient à s'y adapter. Ceux qui avaient du cœur au ventre. Ces moines.

— Nous qui vivons au monastère Saint-Gilbert y avons été invités. Cela signifie que c'est un choix volontaire. Et nous devons être certains de notre décision.

— Alors vous faites passer un test à chaque nouveau moine ?

— Non, nous ne lui faisons pas subir un test. Le test est entre lui et Dieu. Et il n'y a pas de mauvaises réponses. Seulement la vérité. Nous confions au moine la responsabilité de surveiller la porte, et lui donnons la clé permettant de s'en aller.

— La liberté de choix ? demanda Beauvoir, et il vit le moine sourire encore une fois.

— Aussi bien l'utiliser.

— Quelqu'un est-il déjà parti ?

— Beaucoup. Plus de moines s'en vont qu'il n'y en a qui restent.

— Et le frère Luc ? Il est ici depuis presque un an. Quand son test prendra-t-il fin ?

— Quand lui aura décidé qu'il est terminé. Lorsqu'il demandera de sortir de la loge du portier et viendra se joindre à nous. Ou lorsqu'il utilisera la clé et partira.

Une autre grosse courge atterrit dans le panier de Beauvoir.

Le frère Antoine avança dans le rang.

— Il est dans une sorte de purgatoire dans cette pièce, dit-il en cherchant d'autres courges parmi les énormes feuilles. Un purgatoire qu'il a créé lui-même. Ce doit être très pénible. Il semble paralysé.

— Par quoi ?

— D'après vous, inspecteur ? En général, qu'est-ce qui paralyse les gens ?

Beauvoir connaissait la réponse à cette question.

— La peur.

Le moine hocha la tête.

— Le frère Luc est doué. De nous tous, il a, et de loin, la plus belle voix, ce qui n'est pas peu dire. Mais il est pétrifié par la peur.

— La peur de quoi ?

— De tout. D'être à sa place ici, et de ne pas se sentir à sa place. Il a peur du soleil et il a peur des ombres. Il a peur des grincements dans la nuit et il a peur de la rosée du matin. Voilà pourquoi je sais que frère Mathieu ne l'aurait pas choisi comme soliste. Parce que sa voix, bien que très belle, est pleine de peur. Lorsque cette peur sera remplacée par la confiance, il deviendra le soliste. Mais pas avant.

Beauvoir réfléchit à cela tandis qu'ils continuaient d'avancer dans le rang, son panier devenant de plus en plus lourd.

— Mais supposons que le prieur l'avait choisi, qu'il s'était dit que les gens n'entendraient pas la peur, ou s'en ficheraient. Elle rendait peut-être même la musique plus attirante, plus riche, plus humaine. Je ne sais pas. Mais supposons que le prieur avait choisi Luc. Comment vous seriez-vous senti ?

Le moine retira son chapeau de paille et s'essuya le front.

— Vous pensez que ça m'aurait fait quelque chose, que ç'aurait eu de l'importance pour moi ?

Beauvoir soutint son regard. Décidément, c'était comme regarder dans un miroir.

— Je pense que ç'aurait eu beaucoup d'importance pour vous.

— Et vous, comment réagiriez-vous ? Si un homme que vous admiriez, respectiez, vénériez même, vous préférait quelqu'un d'autre, que feriez-vous ?

— Étaient-ce les sentiments que vous éprouviez pour le prieur ? Vous le vénériez ?

— Oui. C'était un grand homme. Il a sauvé le monastère. Et s'il avait voulu un singe comme soliste, j'aurais planté des bananiers avec grand plaisir.

Beauvoir voulait croire cet homme. Peut-être parce qu'il voulait croire qu'il réagirait lui aussi de la même façon.

Mais il avait des doutes à ce sujet.

Et Jean-Guy Beauvoir doutait également des affirmations de ce moine. Ce n'était pas le fils de Dieu qui se trouvait sous la robe et ce chapeau ridicule, mais le fils d'un homme. Et, Beauvoir le savait, le fils d'un homme était capable de presque n'importe quoi. S'il avait l'impression qu'on avait dépassé les bornes. S'il se sentait trahi. Surtout par un homme qu'il vénérait.

Beauvoir savait aussi que la source de tous les maux n'était pas l'argent. Non, ce qui engendrait et alimentait le mal était la peur. La peur de ne pas avoir assez d'argent, de nourriture, de terres, de pouvoir, de sécurité, d'amour. La crainte de ne pas obtenir ce que l'on veut, ou de perdre ce que l'on a.

Beauvoir regarda le frère Antoine cueillir des courges cachées. Qu'est-ce qui poussait un jeune homme intelligent et en bonne santé à devenir moine ? Était-ce la foi ou la peur ?

— Qui dirige le chœur maintenant que le prieur n'est plus là ? demanda Gamache.

Les deux hommes avaient marché jusqu'au bout du jardin et revenaient lentement sur leurs pas. Ils avaient les joues rougies par l'air froid du matin.

— J'ai demandé au frère Antoine de se charger du chœur.

— Le soliste ? Celui qui s'en est pris à vous hier soir ?

— Celui qui est de loin le musicien le plus accompli, après Mathieu.

— Vous n'avez pas été tenté de vous en charger vous-même ?

— Oui, j'ai été tenté, et je le suis encore, répondit l'abbé avec un sourire. Mais j'ai refusé ce fruit. Antoine est l'homme le mieux qualifié pour ce poste. Pas moi.

— Et pourtant, il était un des hommes du prieur.

— Que voulez-vous dire ?

Le sourire de dom Philippe s'effaça.

Gamache pencha légèrement la tête de côté et étudia le père supérieur.

— Je veux dire que cette abbaye, cette communauté, est divisée : les hommes du prieur d'un côté, les hommes de l'abbé de l'autre.

— C'est ridicule! répliqua le père abbé d'un ton brusque, pour aussitôt, aussi brusquement, reprendre sa contenance.

Mais c'était trop tard. Gamache avait eu un aperçu de ce qui se cachait derrière le visage. Une langue de vipère avait cinglé l'air, puis s'était rétractée aussi rapidement.

— C'est la vérité, mon père.

— Vous confondez dissidence et dissension.

— Pas du tout. Je sais reconnaître la différence. Ce qui se passe ici, et qui doit se passer depuis un bon moment déjà, est beaucoup plus qu'une saine divergence d'opinions. Et vous le savez.

Les deux hommes avaient arrêté de marcher et se dévisageaient.

— Je ne sais pas ce que vous voulez dire, monsieur Gamache. Un “homme de l'abbé”, ça n'existe pas. Pas plus qu'un “homme du prieur”. Mathieu et moi avons travaillé ensemble durant des décennies. Il s'occupait de la musique et moi de la vie spirituelle.

— Mais ne s'agit-il pas de la même chose ? Le frère Luc a décrit les chants comme étant à la fois un pont menant à Dieu et Dieu lui-même.

— Le frère Luc est jeune et a tendance à simplifier.

— Le frère Luc est un des hommes du prieur.

L'abbé se hérissa.

— Les chants sont importants, mais ils ne représentent qu'un aspect de notre vie spirituelle, ici, à Saint-Gilbert.

— La scission s'est-elle opérée entre ces deux visions ? demanda Gamache, d'un ton calme mais ferme. Ceux pour qui la musique est primordiale se sont rangés du côté du prieur et ceux qui attachent plus d'importance à leur foi se sont rangés du vôtre ?

— Il n'y avait pas de côtés, répondit dom Philippe en élevant la voix, exaspéré.

Peut-être même désespéré, pensa Gamache.

— Nous sommes unis, poursuivit l'abbé. De temps en temps, nous ne sommes pas du même avis, mais c'est tout.

— Et les avis différaient-ils sur la manière de diriger l'abbaye ? Étiez-vous en désaccord sur quelque chose d'aussi fondamental que le vœu de silence ?

— J'ai relevé les moines de ce vœu.

— Oui, mais seulement après la mort du prieur, et seulement pour qu'ils puissent répondre à nos questions, pas pour leur permettre d'aller dans le monde et donner des concerts, des entrevues.

— Les moines ne seront jamais relevés de façon permanente de leur vœu de silence. Jamais.

— Selon vous, y aura-t-il un deuxième enregistrement ? demanda Beauvoir.

Cette fois, enfin, il vit une réaction chez le frère Antoine. Un élan de colère, qu'il réfréna aussitôt. Sa colère était comme les légumes-racines sous leurs pieds : enterrée, mais grandissant encore.

— Je n'en ai aucune idée. Si le prieur était vivant, je suis certain que oui. L'abbé était contre, évidemment. Mais le frère Mathieu aurait gagné.

Il n'y avait aucune incertitude dans la voix du moine. Et Beauvoir savait enfin sur quel bouton appuyer. Il lui avait fallu un certain temps pour le trouver. Il aurait pu passer la journée à harceler, insulter, haranguer le frère Antoine, et celui-ci serait demeuré calme, posé, de bonne humeur même. Mais si on mentionnait l'abbé ?

Boum !

— Pourquoi dites-vous "évidemment" ? Pourquoi l'abbé serait-il contre l'enregistrement ?

Tant qu'il pourrait continuer d'appuyer sur le bouton "père abbé", ce moine serait déstabilisé, et il y avait de meilleures chances que quelque chose d'inattendu sorte de sa bouche.

— Parce que le projet échappait à son contrôle.

Le frère Antoine se pencha vers Beauvoir. Jean-Guy sentit toute la force de la personnalité de ce moine.

Et sa vigueur physique. Cet homme était fort, dans tous les sens du terme.

“Pourquoi êtes-vous devenu moine ?” Voilà la question que Beauvoir aurait vraiment voulu poser. Mais il ne le fit pas. Et, dans son for intérieur, il savait pourquoi. Lui aussi avait peur. De la réponse.

— Écoutez, l'abbé décide de tout à l'intérieur de ces murs. Dans un monastère, le père supérieur est tout-puissant, dit le frère, ses yeux noisette fixés sur Beauvoir. Mais il a laissé quelque chose filer entre ses doigts. La musique. En autorisant le premier enregistrement, il a laissé la musique sortir dans le monde et en a perdu le contrôle. Les chants semblaient animés d'une vie propre. Il a passé la dernière année à essayer de défaire tout ce qui s'était produit, à maîtriser de nouveau les chants. (Un sourire méchant apparut sur le beau visage du moine.) Mais il ne le peut pas. C'est la volonté de Dieu. Et il déteste ça. Et il détestait le prieur. Nous le savions tous.

— Pourquoi détesterait-il le prieur ? Je croyais qu'ils étaient amis.

— Parce que le prieur était tout ce qu'il n'est pas. Brillant, talentueux, passionné. L'abbé est mortellement ennuyeux. C'est un relativement bon administrateur, mais pas un chef. Il pourrait réciter la Bible d'un bout à l'autre, en français, en anglais et en latin. Mais les chants grégoriens ? Ce qui constitue le centre de notre vie ? Eh bien, certaines personnes les connaissent, d'autres les ressentent. L'abbé connaît les chants. Le prieur les ressentait. Et cela faisait du frère Mathieu un homme beaucoup plus puissant. Et l'abbé le savait.

— Mais ça devait toujours avoir été ainsi. Pourquoi l'enregistrement aurait-il changé quelque chose ?

— Parce que, quand il n'y avait que nous, ils réussissaient à s'entendre. Ils faisaient une bonne équipe, en fait. Mais le succès du disque a entraîné un changement dans les rapports de force. Soudain, le prieur était célèbre à l'extérieur du monastère.

— Et avec la renommée est venu le pouvoir d'influence.

— L'abbé se sentait menacé. Puis, le frère Mathieu a décidé que nous devrions non seulement faire un autre disque, mais aussi aller dans le monde, répondre aux invitations. Il était convaincu que celles-ci venaient tout autant de Dieu que des gens, qu'elles constituaient un message, en quelque sorte. Supposons que Moïse ait gardé les Tables ? Ou que Jésus soit demeuré un charpentier, communiant intérieurement avec Dieu ? Non. Les dons reçus de Dieu doivent être partagés. Le prieur voulait partager les nôtres avec tout le monde. Mais l'abbé, lui, ne voulait pas.

Les mots se bousculaient pour sortir de la bouche du frère Antoine, comme s'il ne pouvait pas blâmer dom Philippe assez vite.

— Le prieur voulait que l'obligation de garder le silence soit abolie, pour que nous puissions aller dans le monde.

— Et l'abbé a refusé. Beaucoup de moines l'appuyaient-ils ?

— Certains frères lui étaient fidèles, plus par habitude qu'autre chose. Et, aussi, parce qu'on nous enseigne de toujours nous plier à la volonté du père supérieur.

— Alors pourquoi ne l'avez-vous pas fait ?

— Parce que dom Philippe aurait détruit Saint-Gilbert. Il aurait replongé le monastère dans l'âge des ténèbres. Il voulait que rien ne change. Mais c'était trop tard. Le disque avait tout changé. C'était un cadeau de Dieu. L'abbé, cependant, refusait de le voir de cette façon. Il disait que l'enregistrement était comme le serpent dans le jardin d'Éden, un leurre pour nous attirer à l'extérieur, nous séduire avec des promesses de pouvoir et de richesse.

— Il avait peut-être raison.

La remarque de Beauvoir lui valut un regard furieux.

— C'est un vieil homme effrayé qui s'accroche au passé.

Penché vers Beauvoir, le frère Antoine crachait presque les mots. Puis il s'interrompit, l'air perplexe, et inclina la tête d'un côté, comme s'il tendait l'oreille.

Beauvoir aussi écouta.

Quelque chose s'en venait.

Armand Gamache regarda vers le ciel.

Quelque chose s'en venait.

Le père abbé et lui avaient été en train de parler du jardin. Gamache voulait ramener l'interrogatoire un peu plus sur le ton de la conversation. C'était comme pêcher. Tirer sur la ligne, la laisser filer. Tirer sur la ligne, la laisser filer. Donner au suspect l'impression de liberté. Lui laisser croire qu'il n'avait pas été pris à l'hameçon. Puis le ramener à soi encore une fois.

C'était épuisant. Pour tout le monde. Mais surtout, Gamache le savait, pour la personne qui se tortillait au bout de l'hameçon.

L'abbé avait manifestement interprété le changement de ton et de sujet comme une indication que Gamache laissait tomber ses questions dérangeantes.

— À votre avis, pourquoi dom Clément a-t-il aménagé ce jardin ? avait demandé l'inspecteur-chef.

— À quoi des gens qui vivent très près les uns des autres attachent-ils le plus de valeur ?

Gamache avait réfléchi un moment. Était-ce la compagnie ? La paix et la tranquillité ? La tolérance ?

— L'intimité ?

— Oui, c'est ça, avait répondu l'abbé en hochant la tête. Dom Clément s'est donné ce que personne d'autre dans le monastère n'avait : de l'intimité.

— Une autre division.

Dom Philippe avait regardé Gamache. Il avait senti le petit coup sur la ligne et s'était rendu compte que ce qu'il avait pris pour de la liberté ne l'était pas du tout.

Gamache avait pensé à ce que l'abbé venait de dire. Le trésor légendaire des moines n'était peut-être pas un objet, mais "rien". Une pièce vide dont personne ne connaissait l'existence. Et une serrure.

L'intimité. Et avec elle venait autre chose.

La sécurité.

C'était à ça, Gamache le savait, que les gens attachaient le plus de valeur.

C'est alors qu'il avait entendu le son.

Il parcourut du regard le beau ciel bleu. Rien.

Mais quelque chose était là-haut, et se rapprochait.

La tranquillité fut brisée par un grondement assourdissant, qui semblait venir de partout autour d'eux, comme si le ciel avait ouvert la bouche et criait après eux.

Tous les moines champignons, et Beauvoir, regardèrent en haut.

Puis, comme un seul homme, ils se baissèrent vivement.

Gamache se baissa et tira dom Philippe avec lui.

L'avion monta en chandelle et disparut aussitôt. Mais Gamache l'entendit virer sur l'aile et revenir.

Les deux hommes restèrent cloués sur place à fixer le ciel. Gamache serrait encore dans sa main la robe de l'abbé.

— Il revient! cria dom Philippe.

— Merde! hurla Beauvoir par-dessus le vacarme des moteurs.

— Seigneur Dieu! hurla le frère Antoine.

Les chapeaux de paille des moines avaient été emportés et avaient atterri sur des plantes rampantes en cassant quelques tiges.

— Il revient! cria le frère Antoine.

Beauvoir fixait le ciel. C'était exaspérant de ne voir que le coin de ciel directement au-dessus de leurs têtes. Ils pouvaient entendre l'avion faire demi-tour et se rapprocher, mais ne pouvaient pas le voir.

Puis il fut de nouveau au-dessus d'eux, volant à plus

basse altitude encore. Il semblait se diriger directement vers le clocher.

— Oh merde ! s'exclama le frère Antoine.

Dom Philippe agrippa Gamache par son blouson et les deux hommes se baissèrent encore une fois.

— Merde !

Gamache entendit l'abbé, malgré le rugissement des moteurs.

— Ils ont failli percuter le monastère ! hurla dom Philippe. C'est la presse. J'espérais que nous aurions plus de temps.

Beauvoir se redressa lentement, mais demeura aux aguets.

Pendant un moment, le bruit s'amplifia, puis cessa, et il y eut ensuite un formidable plouf.

— Seigneur Dieu, dit Beauvoir.

— Merde, dit le frère Antoine.

Les moines et Beauvoir se précipitèrent vers la porte pour retourner dans le monastère, en laissant leurs grands chapeaux derrière eux.

"Merde", pensa Gamache en quittant le jardin avec le père abbé.

Il avait attentivement observé l'avion lorsqu'il était passé au-dessus du jardin, à quelques mètres, lui avait-il semblé, de leurs têtes. Au dernier instant, l'avion avait viré pour éviter le clocher. C'est à ce moment-là, juste avant qu'il disparaisse, que l'inspecteur-chef avait vu un emblème sur la porte de l'appareil.

Les deux hommes se joignirent au défilé de moines qui marchaient rapidement dans les couloirs et auquel s'ajoutaient d'autres frères à mesure qu'ils se pressaient, traversaient la chapelle et empruntaient le dernier couloir. Un peu plus loin devant lui, Gamache aperçut Beauvoir qui marchait à grandes enjambées à côté du frère Antoine.

Le jeune frère Luc était debout devant la porte verrouillée, la clé en fer forgé dans sa main, et les regardait fixement.

De tous les hommes, Gamache était le seul à savoir exactement ce qui se trouvait de l'autre côté de cette porte. Il avait reconnu l'emblème sur l'avion. Ce n'était pas la presse. Ni des curieux venus voir le désormais tristement célèbre monastère.

Non, c'était une tout autre sorte de créature.

Attirée par le sang.

# 17

Sur un signe de tête de l'abbé, le frère Luc inséra la clé dans la serrure et la tourna sans difficulté. La porte s'ouvrit et une brise sentant le pin entra, de même que la lumière du soleil et le bruit d'un hydravion glissant lentement vers le quai.

Les moines s'agglutinèrent près de la porte. Puis, le père abbé fit un pas en avant.

— Je vais leur demander de repartir, dit-il d'une voix ferme.

— Je devrais peut-être vous accompagner, proposa Gamache.

Après avoir étudié l'inspecteur-chef un instant, dom Philippe hocha la tête.

Beauvoir amorça un mouvement pour se joindre à eux, mais le chef l'arrêta d'un geste discret de la main.

— Ce serait mieux si vous restiez ici.

— Qu'y a-t-il ? demanda Beauvoir en voyant l'expression sur le visage du chef.

— Je ne suis pas sûr.

Gamache se tourna vers l'abbé et, en indiquant la direction du quai, dit :

— Nous y allons ?

L'hydravion était presque arrivé. Le pilote coupa les moteurs, les hélices ralentirent et l'appareil dériva sur ses flotteurs jusqu'au quai.

Gamache et l'abbé agrippèrent les barres de soutien et stabilisèrent l'avion. L'inspecteur-chef se pencha ensuite pour attraper les amarres qui pendaient dans l'eau froide.

— Ne vous donnez pas cette peine. Ils ne resteront pas longtemps.

L'inspecteur-chef se retourna, un cordage mouillé dans la main.

— Ils pourraient rester.

— Vous oubliez qui commande ici.

Gamache s'agenouilla, fit quelques nœuds pour attacher l'avion au quai, puis se releva.

— Je ne l'oublie pas, mais je crois savoir qui se trouve à l'intérieur. Ce n'est pas la presse, vous savez.

— Non ?

— Je n'étais pas certain d'avoir bien vu quand l'avion a volé au-dessus du monastère. C'est pourquoi je voulais venir avec vous.

Gamache pointa le doigt vers l'emblème sur la porte : quatre fleurs de lis surmontées des lettres MJQ.

— MJQ ? dit l'abbé.

La petite porte s'ouvrit.

— Ministère de la Justice du Québec, répondit Gamache.

Il s'avança et tendit la main comme appui à la personne qui se contorsionnait pour sortir de l'hydravion.

Ou bien le visiteur ne remarqua pas l'offre de l'inspecteur-chef, ou bien il l'ignora. Une élégante chaussure noire en cuir apparut, puis une seconde. Un homme resta immobile un moment sur le flotteur avant de s'avancer tranquillement jusqu'au quai, comme s'il arrivait à l'opéra ou à une galerie d'art.

D'un regard circulaire, il prit connaissance des lieux. Pas comme un explorateur débarquant dans un nouveau monde, mais comme un conquérant.

L'homme était dans la cinquantaine avancée, peut-être même au début de la soixantaine. Il avait des cheveux gris et était rasé de près. Un bel homme, sûr de lui. Ne démontrant aucune faiblesse. Cependant, il n'avait pas non plus l'air d'un tyran. Il était calme, détendu, parfaitement à l'aise. Alors que la plupart des hommes paraîtraient légèrement ridicules en arrivant dans une région sauvage vêtus d'un élégant costume-cravate, celui-ci réussissait à faire paraître cette tenue tout à fait normale. Souhaitable même.

Et, soupçonna Gamache, si le visiteur restait suffisamment longtemps, les moines eux-mêmes opteraient pour le complet et la cravate. Et remercieraient l'homme.

C'est l'effet qu'il produisait sur les gens : il ne s'adaptait pas au monde, mais faisait en sorte que le monde s'adapte à lui. Et, sauf à de rares – mais notables – exceptions près, c'est ce que les gens faisaient.

L'homme balaya le quai des yeux sans s'arrêter sur Gamache. Son regard passa par-dessus, à travers et à côté de lui, et vint se poser sur le père abbé.

— Dom Philippe ?

L'abbé inclina la tête sans toutefois quitter l'inconnu de ses yeux bleus.

— Je m'appelle Sylvain Francœur, dit l'homme en tendant la main. Je suis le directeur général de la Sûreté du Québec.

L'abbé cessa un instant de fixer Francœur pour se tourner vers Gamache, puis ses yeux revinrent se poser sur le visiteur.

Sa propre expression, savait Gamache, était celle d'un homme détendu, attentif. Respectueux.

Mais dom Philippe, qui était si doué pour déchiffrer les neumes, avait-il su interpréter les minuscules lignes sur le visage de l'inspecteur-chef et compris ce que celui-ci ressentait réellement ?

— Qu'est-ce qu'il fout ici, bordel ? chuchota Beauvoir tandis que le chef et lui marchaient dans le corridor à quelques mètres derrière l'abbé et le directeur général.

D'un regard, Gamache lança un avertissement à son adjoint. Il ne s'agissait pas d'une simple réprimande muette, mais d'un coup de bâton à la tête. "Bouclez-la ! disait le visage sévère. Si vous ne l'avez jamais fait avant, c'est l'occasion de tenir votre langue."

Beauvoir la boucla. Mais cela ne l'empêcha pas d'observer et d'écouter. À mesure qu'ils avançaient, ils traversaient les nuages de conversation créés par les deux hommes devant eux.

— C'est affreux, mon père, disait Francœur. La mort du prieur est une tragédie nationale. Cependant, je peux vous assurer que nous réglerons cette affaire très rapidement et vous laisserons en paix pour faire votre deuil. J'ai ordonné à mon personnel de garder secrète le plus longtemps possible la mort du frère Mathieu.

— L'inspecteur-chef Gamache a dit que ce ne serait pas possible.

— Et il avait raison, bien sûr. Il n'a pas l'autorité pour l'exiger. J'ai le plus grand respect pour M. Gamache, mais ses pouvoirs sont limités.

— Et les vôtres non ?

Beauvoir sourit et se demanda si l'abbé savait à qui il avait affaire.

Francœur rit. C'était un rire franc, jovial.

— Évalués selon vos critères, dom Philippe, mes pouvoirs sont plutôt faibles, mais du point de vue des mortels ils sont considérables. Et à votre disposition.

— Merci, mon fils. Je vous suis très reconnaissant.

L'air dégoûté, Beauvoir se tourna vers Gamache et ouvrit la bouche, mais la referma aussitôt en voyant l'expression de son supérieur. Ce n'était pas de la colère ni même de la contrariété.

L'inspecteur-chef Gamache était perplexe. Comme s'il essayait de comprendre une formule mathématique complexe qui n'avait pas de sens.

Beauvoir aussi s'interrogeait.

"Qu'est-ce qu'il fout ici, bordel ?"

— Est-ce que je peux le dire, maintenant ? demanda Beauvoir, le dos contre la porte fermée.

— Ce n'est pas nécessaire, répondit le chef en s'assoyant dans le bureau exigu du prieur. Je connais la question, mais pas la réponse.

— Comme dans le jeu télévisé *Jeopardy!*.

Beauvoir croisa les bras sur la poitrine et resta appuyé contre la porte, tel un verrou humain.

— Je vais prendre la catégorie “Qu’est-ce qu’il fout ici, bordel ?” pour deux cents dollars, Alex.

Gamache rit.

— C’est curieux, en effet, reconnut-il.

Et peut-être dangereux, pensa Beauvoir.

La dernière fois qu’ils avaient vu le directeur Francœur, il traversait la chapelle, en grande conversation avec l’abbé. Les enquêteurs des homicides et les moines avaient été renvoyés, mais étaient restés ensemble un moment à regarder les deux hommes avancer dans la chapelle puis emprunter le long corridor menant au bureau du père supérieur.

La tête de Francœur, avec ses cheveux grisonnants qui lui donnaient un air distingué, était penchée vers celle, rasée, du père abbé. Deux extrêmes. L’un portait des vêtements élégants, l’autre une robe austère. L’un dégageait beaucoup d’énergie, l’autre affichait une grande humilité.

Mais tous les deux étaient aux commandes. Apparemment.

Beauvoir se demanda si les deux hommes formeraient une alliance, ou déclencheraient une autre guerre.

Il regarda Gamache, qui avait mis ses lunettes de lecture et griffonnait des notes.

Où cela laissait-il le chef ? La venue de Sylvain Francœur semblait l’avoir surpris, mais il ne paraissait pas troublé. Beauvoir espérait que c’était le cas, et qu’il n’y avait pas lieu de se faire du souci.

Mais c’était trop tard. L’inquiétude avait pris racine dans son ventre. Une vieille douleur, familière.

Levant la tête, Gamache croisa le regard de son adjoint et lui adressa un sourire rassurant.

— Ça ne sert à rien d'avancer des hypothèses, Jean-Guy. Nous saurons bien assez vite pourquoi le directeur est ici.

Ils passèrent les trente minutes suivantes à discuter des conversations qu'ils avaient eues ce matin-là : Beauvoir avec le frère Antoine et Gamache avec le père abbé.

— Alors l'abbé a nommé le frère Antoine chef de chœur ? dit Beauvoir, visiblement surpris. Il ne me l'a pas mentionné.

— Cette décision fait peut-être paraître l'abbé trop bien, et ce n'est pas ce que veut le frère Antoine.

— Ouais, c'est possible. Mais, à votre avis, est-ce pour cette raison que l'abbé l'a fait ?

— Que voulez-vous dire ? demanda Gamache en se penchant en avant.

— Il aurait pu nommer n'importe qui, prendre lui-même le job. Mais il l'a peut-être donné au frère Antoine pour semer la confusion dans l'esprit des hommes du prieur. De la manipulation mentale. Pour faire le contraire de ce à quoi ils s'attendaient. Pour prouver qu'il était au-dessus de leurs stupides petites querelles. L'abbé a peut-être voulu leur montrer qu'il était meilleur qu'eux. C'est astucieux, quand on y réfléchit.

Gamache y réfléchit et imagina les vingt-quatre moines cherchant à embrouiller l'esprit de leurs compagnons. À se décontenancer les uns les autres. Était-ce ce qui se passait ici, depuis des années peut-être ? Une sorte de terrorisme psychologique ? Subtil, invisible. Il pouvait s'agir d'un regard, d'un sourire, d'un dos tourné.

Dans un ordre soumis à la règle du silence, un mot, un son pouvaient avoir un effet dévastateur. Un tss-tss, un reniflement, un petit rire.

Le bon père abbé avait-il perfectionné ces armes ?

Nommer le frère Antoine à sa nouvelle fonction était ce qu'il convenait de faire. Il était le meilleur musicien et le successeur naturel du prieur à titre de maître de chapelle. Mais l'abbé l'avait-il fait pour la mauvaise raison ?

Pour déstabiliser les hommes du prieur ?

Et qu'en était-il du vœu de silence ? L'abbé s'était-il battu pour le maintenir à cause de ce qu'il représentait pour la communauté sur le plan spirituel ? Ou, encore une fois, était-ce pour déstabiliser le frère Mathieu ? Pour lui refuser ce qu'il désirait le plus ?

Et pourquoi le prieur était-il si déterminé à faire lever une interdiction de parler en vigueur depuis près de mille ans ? Pour le bien de l'ordre ou son propre bien ?

— À quoi pensez-vous ? demanda Beauvoir.

— Une phrase m'est soudain venue à l'esprit et j'essayais de me rappeler où je l'avais entendue.

— Est-ce de la poésie ? demanda Beauvoir un peu nerveusement.

Il ne fallait pas grand-chose pour que le chef se mette à citer des vers incompréhensibles.

— En fait, je pensais à une œuvre épique d'Homère, répondit Gamache.

Il ouvrit la bouche comme s'il allait se mettre à en réciter des passages, puis rit en voyant la détresse sur le visage de Beauvoir.

— Non. Il s'agit seulement d'un vers. "Faire ce qui convient pour la mauvaise raison."

Beauvoir réfléchit un moment.

— Je me demande si l'inverse peut être vrai.

— Que voulez-vous dire ?

— Eh bien, peut-on faire ce qui ne convient pas pour une bonne raison ?

Gamache ôta ses lunettes.

— Continuez.

Fixant son inspecteur de ses yeux bruns pensifs, il lui accorda toute son attention.

— Le meurtre, par exemple. Tuer est mal. Mais peut-il y avoir une bonne raison pour tuer ?

— Un homicide justifiable. C'est un argument de défense, mais il est boiteux.

— Croyez-vous que ce crime pourrait être justifiable ?

— Pourquoi demandez-vous ça ?

Beauvoir ne répondit pas immédiatement.

— Quelque chose a mal tourné ici. Le monastère tombait en ruine, s'effondrait. Supposons que c'était la faute du prieur. Alors…

— Il a été tué pour sauver le reste de la communauté ? demanda Gamache.

— Peut-être.

C'était une justification épouvantable, invoquée par plus d'un déséquilibré : qu'un meurtre était commis pour "le bien de tous".

Cela pouvait-il parfois être vrai ?

Gamache s'était déjà posé la question. Et si le prieur était la brebis galeuse, semant la dissension, contaminant cette communauté paisible, un moine à la fois ?

Les gens tuaient tout le temps en période de guerre. Si une guerre silencieuse mais destructrice se déroulait à Saint-Gilbert, un des frères s'était peut-être convaincu qu'il s'agissait de la seule façon d'y mettre fin. Avant que le monastère au complet soit infecté.

Il était impossible de chasser le prieur, car il n'avait pas ouvertement mal agi.

C'était ça, le problème, avec la brebis galeuse. Elle contaminait le troupeau petit à petit, insidieusement. Au début, rien ne la distingue des autres, jusqu'à ce que la maladie se manifeste. Et alors, c'est trop tard.

— Peut-être, en effet, dit Gamache. Mais la brebis galeuse est peut-être toujours ici.

— Le meurtrier ?

— Ou peut-être quelqu'un qui lui chuchotait à l'oreille. (Gamache se recula.) "N'y aura-t-il personne pour me débarrasser de ce gêneur en soutane ?"

— C'est ce qui a été dit, selon vous ? Ça me semble un langage un peu fleuri. J'aurais probablement dit : "Allez, crève donc !"

Gamache rit.

— Vous devriez proposer cette phrase à Hallmark.

— C'est une bonne idée. Je connais beaucoup de gens à qui je pourrais l'envoyer.

— "N'y aura-t-il personne pour me débarrasser de ce gêneur en soutane ?" répéta l'inspecteur-chef. C'est ce qu'Henri II a dit à propos de Thomas Becket.

— C'est censé me dire quelque chose ?

Gamache sourit.

— Patience, jeune homme. L'histoire se termine par un meurtre.

— Bon, c'est mieux.

— Ça s'est passé il y a environ neuf cents ans. En Angleterre.

— Je dors déjà.

— Le roi Henri a élevé au rang d'archevêque son grand ami Thomas, pensant ainsi contrôler l'Église. Mais sa tactique s'est retournée contre lui.

Malgré lui, Beauvoir se pencha en avant.

— Le roi s'inquiétait du trop grand nombre de crimes commis en Angleterre et il a voulu sévir…

Beauvoir hocha la tête, éprouvant de l'empathie pour le roi.

— … mais il estimait, poursuivit Gamache, que l'Église sapait tous ses efforts étant donné sa grande clémence envers les criminels.

— Donc ce roi…

— Henri.

— Henri. Il voit sa chance et fait de son ami Thomas un archevêque. Qu'est-ce qui n'a pas fonctionné ?

— Eh bien, pour commencer, Thomas ne voulait pas du poste. Il a même écrit à Henri pour lui dire que, s'il l'acceptait, leur amitié se transformerait en haine.

— Et il avait raison.

Gamache hocha la tête.

— Le roi a édicté une loi selon laquelle quiconque était reconnu coupable par un tribunal de l'Église recevrait sa sentence d'un tribunal de la cour. Thomas refusa de la signer.

— Alors il a été tué ?

— Pas immédiatement. Il a fallu six ans. Et l'animosité entre les deux hommes grandissait chaque jour. Puis un jour, le roi Henri marmonna cette phrase et quatre chevaliers l'interprétèrent comme un ordre.

— Que s'est-il passé ?

— Ils ont assassiné l'archevêque dans la cathédrale de Canterbury. *Meurtre dans la cathédrale.*

— "N'y aura-t-il…"

Beauvoir s'interrompit, cherchant la suite de la citation. Gamache la termina pour lui.

— "… personne pour me débarrasser de ce gêneur en soutane ?"

— Selon vous, l'abbé aurait dit quelque chose de semblable, et quelqu'un l'aurait pris pour un ordre ?

— C'est possible. Dans un endroit comme celui-ci, il n'aurait peut-être même pas besoin de parler. Un regard suffirait. Un sourcil levé, une grimace.

— Que s'est-il passé après le meurtre ?

— L'archevêque a été canonisé.

Beauvoir rit.

— Ça a dû faire chier le roi.

Gamache sourit.

— Henri a passé le reste de sa vie à éprouver du remords, disant n'avoir jamais souhaité la mort de l'archevêque.

— C'était vrai, d'après vous ?

— Je crois que c'était facile à dire, après le fait.

— Alors, selon vous, l'abbé aurait pu dire quelque chose comme ça, et un de ses moines aurait tué le prieur ?

— C'est une possibilité.

— Et sachant ce qui s'est passé, dom Philippe fait un geste inattendu. Il nomme chef de chœur un des hommes du prieur.

Beauvoir poussa plus loin son raisonnement.

— Parce qu'il se sentait coupable ?

— Voulait faire pénitence ? Réparer les torts ? (Gamache fronça les sourcils, réfléchissant.) Peut-être.

C'était vraiment difficile de savoir pourquoi ces moines faisaient quoi que ce soit, se dit-il. Ils étaient si différents de toutes les personnes qu'il avait rencontrées ou sur lesquelles il avait enquêté.

Mais en fin de compte, ils étaient seulement des hommes, devait-il se dire, avec les mêmes motivations que n'importe qui d'autre, sauf que les leurs étaient cachées derrière des robes noires et des voix angéliques. Et dans le silence.

— L'abbé nie qu'il y ait une scission, dit-il en s'appuyant contre le dossier de sa chaise et en croisant les doigts.

— Incroyable. (Beauvoir secoua la tête.) Les moines croient des tas de choses sans preuves, mais prouvez-leur l'existence de quelque chose et ils ne le croient pas. La division est si évidente. La moitié d'entre eux veulent enregistrer d'autres chants, veulent être relevés du vœu de silence, et l'autre moitié non.

— Je ne sais pas si c'est exactement moitié-moitié. J'ai l'impression que la balance avait penché du côté du prieur.

— Et c'est pour ça qu'il aurait été tué ?

— Peut-être.

Beauvoir réfléchit aux paroles du chef.

— Donc, l'abbé s'est fait avoir. Le frère Antoine l'a traité de vieil homme effrayé. Pensez-vous qu'il a tué le frère Mathieu ?

— Honnêtement, je ne sais pas. Mais si dom Philippe est terrifié, il n'est pas le seul. Selon moi, la plupart des moines le sont.

— À cause du meurtre ?

— Non. Je ne suis pas sûr que ces hommes craignent la mort. À mon avis, c'est plutôt la vie qui leur fait peur. Mais ici, à Saint-Gilbert, ils avaient enfin trouvé un endroit où ils se sentaient à leur place.

Beauvoir pensa aux moines coiffés de chapeaux à bords flottants, tel un champ de champignons géants. Et à comment il s'était senti l'exception dans son pantalon bien repassé et son pull en laine mérinos.

— S'ils ont finalement trouvé un endroit où ils se sentent chez eux, alors de quoi ont-ils peur ?

— De le perdre. Ils étaient au purgatoire et beaucoup d'entre eux avaient probablement même été en enfer. Et si vous y êtes allé, vous ne voulez certainement pas y retourner.

Gamache marqua une pause et les deux hommes se regardèrent dans les yeux. Beauvoir apercevait la grosse cicatrice à la tempe du chef. Et sentait la douleur qui lui rongeait le ventre. Il revit le flacon de petites pilules qu'il cachait dans son appartement. Au cas où.

“En effet, se dit-il. On ne veut certainement pas retourner en enfer.”

Le chef se pencha en avant, mit ses lunettes et déroula un grand rouleau de papier sur le bureau.

Beauvoir regardait Gamache, mais voyait quelque chose d'autre : le directeur général Francœur sortant de l'avion soudainement descendu du ciel. Le chef lui avait tendu la main, mais Francœur avait ignoré Gamache, de façon que tout le monde le voie. Que Beauvoir le voie.

La nausée éprouvée par Beauvoir lui écrasait l'estomac, comme un poing. Elle avait élu domicile là. S'était installée. Et ne cessait d'augmenter.

— L'abbé nous a donné un plan du monastère, dit Gamache.

Il se leva et se pencha au-dessus du bureau, aussitôt imité par son adjoint.

Pour Beauvoir, le plan correspondait parfaitement à l'idée qu'il se faisait du monastère après en avoir arpenté les corridors au cours des vingt-quatre dernières heures : en forme de croix avec la chapelle au centre, et le clocher s'élevant au-dessus.

— Voilà la salle du chapitre, dit Gamache.

La pièce figurait sur le plan, à côté de la chapelle. On n'avait pas essayé de la cacher sur papier, mais dans la réalité oui. Elle était dissimulée derrière la plaque commémorant la mémoire de saint Gilbert.

Le jardin de l'abbé apparaissait également sur le plan. Clairement dessiné à l'encre, il était facile à voir sur la feuille, mais pas dans la réalité. Lui aussi était caché, sans toutefois être secret.

— Y a-t-il d'autres pièces cachées ? demanda Beauvoir.

— Le père abbé l'ignore, mais reconnaît que des rumeurs circulent au sujet de pièces secrètes, et de quelque chose d'autre.

— Quoi ?

— Eh bien, c'est presque gênant de le dire, répondit Gamache en retirant ses lunettes et en regardant Beauvoir.

— J'aurais cru qu'un homme surpris en pyjama dans le chœur d'une chapelle n'éprouverait pas facilement de l'embarras.

— Vous marquez un point. (Gamache sourit.) Un trésor.

— Un trésor ? Vous plaisantez ? L'abbé dit qu'un trésor est caché ici ?

— Ce n'est pas lui qui le dit, mais les rumeurs.

— Les moines l'ont-ils cherché ?

— Pas officiellement. Ils ne sont pas censés attacher de l'importance à de telles choses.

— Mais elles intéressent les hommes, dit Beauvoir en se penchant de nouveau sur le plan.

"Un vieux monastère renfermant un trésor caché", se dit-il. C'était ridicule. Pas étonnant que le chef fût gêné de le mentionner. Beauvoir trouvait l'idée farfelue, mais ses yeux brillaient d'excitation tandis qu'il parcourait le plan.

Quel enfant, garçon ou fille, n'avait pas rêvé d'un trésor caché ? N'avait-il pas bu comme du petit-lait les histoires où il était question d'actes de bravoure, de galions et de pirates, de princes et de princesses en fuite qui enterraient des objets précieux ? Ou mieux encore, en découvraient.

L'existence d'une pièce cachée contenant un trésor était certainement ridicule et absurde, mais Beauvoir fut malgré lui entraîné dans l'histoire fantaisiste et se demanda aussitôt de quoi pouvait être constitué le trésor. D'objets précieux appartenant à l'Église médiévale ? Des calices, des tableaux, des pièces de monnaie. Des bijoux inestimables rapportés par les croisés.

Puis Jean-Guy s'imagina découvrant le trésor. Pas pour la fortune en soi, ou du moins pas seulement pour ça. Mais pour le simple plaisir de le trouver.

Il se vit aussitôt annonçant la nouvelle à Annie, qui le regardait, suspendue à ses lèvres, réagissant à chaque rebondissement de l'histoire. Il imaginait son visage expressif à mesure qu'il racontait les péripéties menant à la découverte, la voyait retenir son souffle, éclater de rire.

Ils en parleraient pendant le reste de leur vie. Raconteraient l'histoire à leurs enfants et petits-enfants : la fois où grand-papa avait trouvé le trésor, et l'avait rendu à l'Église.

— Alors, dit Gamache en roulant le plan, je peux vous confier ça ?

Il tendit le parchemin à son adjoint.

— Je partagerai tout avec vous, patron. Cinquante-cinquante.

— J'ai déjà mon trésor, merci quand même.

— À mon avis, un sac de bleuets recouverts de chocolat ne constitue pas un trésor.

— Ah non ? À chacun son opinion.

Une cloche retentit. Le son grave n'annonçait pas une joyeuse célébration, mais un événement solennel.

— Encore ? dit Beauvoir. Ne puis-je pas simplement rester ici ?

— Bien sûr.

Gamache sortit de sa poche de poitrine l'horaire des offices que le secrétaire de l'abbé lui avait donné et le parcourut. Puis il regarda sa montre.

— La messe de onze heures, dit-il en s'avançant vers la porte close.

— Il est seulement onze heures ? J'ai l'impression que c'est l'heure d'aller se coucher.

Pour un endroit où la vie était réglée comme une horloge, le temps semblait s'être arrêté.

Beauvoir ouvrit la porte pour le chef. Après une très légère hésitation, et un juron murmuré, il le suivit dans le corridor jusqu'à la chapelle.

Gamache s'assit sur un banc, Beauvoir à côté de lui. Ils attendirent tranquillement que la messe commence. L'inspecteur-chef s'émerveilla encore une fois en voyant la lumière décomposée pénétrer par les fenêtres en haut du mur, ses couleurs irisées se répandant sur l'autel et les bancs où elles semblaient danser. Attendant avec joie la venue des moines.

Le chef balaya du regard ce lieu qui lui était maintenant familier. Il avait l'impression d'être à Saint-Gilbert-entre-les-Loups depuis très longtemps et fut surpris de constater que Beauvoir et lui n'avaient pas encore passé une journée entière au monastère.

La chapelle, savait-il maintenant, avait été construite en l'honneur d'un saint à la vie si inintéressante que l'Église n'était pas arrivée à trouver une cause tout aussi ennuyeuse dont il aurait pu devenir le patron.

Peu de gens priaient saint Gilbert.

Pourtant, au cours de sa vie interminablement longue, Gilbert avait accompli une action extraordinaire. Il avait tenu tête à un roi en défendant son archevêque. Thomas avait été tué, mais Gilbert, qui s'était élevé contre la tyrannie, avait survécu.

Gamache se rappela avoir dit à l'abbé, pour plaisanter, que cet homme pourrait devenir le saint patron des angoissés, étant donné les solides fortifications et les portes verrouillées du monastère.

Et les nombreux endroits où se cacher.

Mais il avait peut-être eu tort, été injuste envers Gilbert. Celui-ci avait peut-être été inquiet, mais il s'était finalement montré plus courageux que quiconque. Immobile dans la lumière réfractée, Gamache se demanda s'il aurait le même courage.

Il passa un moment à penser au nouveau visiteur, et à prier saint Gilbert.

Au dernier son de la cloche, les moines entrèrent en file. En chantant. Leurs capuchons blancs cachaient leurs figures, leurs bras disparaissaient jusqu'au coude dans les larges manches noires. Le chant s'amplifia à mesure que d'autres voix pénétrèrent dans la chapelle, jusqu'à ce que tout l'espace soit rempli par le plain-chant. Et la lumière.

Puis, quelqu'un d'autre entra.

Le directeur général Francœur inclina la tête, se signa et, malgré tous les bancs libres, vint s'asseoir sur celui directement devant Gamache et Beauvoir, leur bloquant ainsi la vue.

L'inspecteur-chef pencha la tête sur le côté. Espérant voir plus clairement. Les moines, mais aussi les intentions de l'homme devant lui. Qui était soudainement tombé du ciel, avec un but en tête.

Tandis que Beauvoir respirait bruyamment et ronchonnait, l'inspecteur-chef ferma les yeux et écouta la belle musique.

Et pensa à la tyrannie, et au meurtre.

Et se demanda s'il pouvait être justifiable de tuer une personne pour le bien du plus grand nombre.

## 18

— Êtes-vous perdu ?

Beauvoir se retourna pour faire face à la voix.

— Je pose la question simplement parce que c'est rare de rencontrer quelqu'un ici.

À quelques mètres de Beauvoir, dans la forêt dense, se trouvait un moine, apparu comme par enchantement. Beauvoir le reconnut. C'était le moine de la chocolaterie, qui avait été couvert de chocolat dégoulinant la dernière fois qu'il l'avait vu. Il portait maintenant une soutane propre et avait un panier à la main. Comme le Petit Chaperon Rouge. "Entre les loups", pensa Beauvoir.

— Non, je ne suis pas perdu.

Il essaya d'enrouler rapidement le plan de Saint-Gilbert, mais c'était beaucoup trop tard pour ça. Le moine, parfaitement immobile, l'observait. Beauvoir se sentit ridicule et se tint sur ses gardes. C'était déconcertant d'être parmi des gens qui pouvaient être si calmes et si silencieux. Et s'approcher si furtivement.

— Puis-je vous aider ? demanda le moine.

— J'étais seulement en train de…, répondit Beauvoir en agitant le plan à moitié enroulé.

— Chercher ?

Le moine sourit. Beauvoir s'attendait presque à voir de longues canines, mais il s'agissait d'un petit sourire, presque timide.

— Moi aussi, je cherche, mais probablement pas la même chose.

C'était le type de remarque vaguement condescendante à laquelle Beauvoir s'attendait de la part d'un religieux. Le moine était probablement engagé dans une sorte de quête mystique, il valait tellement plus sur le plan spirituel que cet homme empoté devant lui. Il se promenait dans la forêt à la recherche d'inspiration ou du salut de son âme, ou de Dieu. En priant ou en méditant. Tandis que Beauvoir cherchait un trésor.

— Ah ! fit le moine. J'en ai trouvé.

Il se pencha, puis se redressa et tendit sa paume ouverte à Beauvoir. De tout petits bleuets sauvages reposaient dans la vallée de sa main.

— Ils sont parfaits, dit-il.

Beauvoir les regarda. À ses yeux, ils ressemblaient à n'importe quel autre bleuet sauvage.

— Goûtez-y, dit le moine en rapprochant sa main.

Beauvoir prit un seul fruit minuscule. C'était comme essayer de prendre un atome.

Il le mit dans sa bouche et goûta aussitôt une saveur incroyablement parfumée. On reconnaissait le goût de bleuet, évidemment, mais la saveur sucrée et musquée rappelait aussi l'automne au Québec.

Le moine avait raison : ce fruit était parfait.

Beauvoir en prit un autre, de même que le moine.

Les deux hommes continuèrent de manger des baies, à l'ombre du haut mur du jardin de l'abbé. À quelques mètres à peine, de l'autre côté du mur, se trouvait un magnifique jardin aménagé et entretenu avec soin, avec une pelouse, des platebandes de fleurs, des arbustes taillés et des bancs.

Mais de ce côté-ci, il y avait de minuscules bleuets parfaits.

Il y avait également un enchevêtrement de broussailles si épaisses qu'elles avaient égratigné les jambes de Beauvoir à travers son pantalon lorsqu'il s'était avancé péniblement dans les fourrés. Il avait été en train de suivre le contour du monastère, à pied et sur papier. Il avait emprunté des bottes en caoutchouc aux moines, et s'était retrouvé à marcher dans la boue, à enjamber des arbres abattus et à escalader des rochers, en essayant de déterminer si les lignes sur la feuille correspondaient aux murs du bâtiment.

— Comment avez-vous fait pour vous approcher furtivement de moi ?

— Furtivement ? (Le moine rit.) Je fais seulement ma ronde. Il y a un chemin là-bas. Pourquoi ne l'avez-vous pas suivi ?

— Eh bien, c'est ce que j'aurais fait si j'avais su qu'il y en avait un.

Beauvoir n'était pas vraiment certain qu'ils parlaient de la même chose. Il travaillait avec l'inspecteur-chef depuis assez longtemps pour pouvoir flairer une allégorie.

— Je m'appelle Bernard, dit le moine en tendant sa main tachée de mauve.

— Beauvoir.

La poignée de main surprit Beauvoir. Il s'était attendu à une main douce et molle, mais elle était au contraire ferme et sûre, et la peau beaucoup plus dure que la sienne.

— Oh ! Regardez ça !

Le frère Bernard se baissa de nouveau et resta là, à genoux, à cueillir des bleuets. Beauvoir s'agenouilla à son tour et scruta le sol. Lentement, au lieu de simplement voir un fouillis de brindilles, de mousse et de feuilles sèches, il commença à voir ce que le frère Bernard avait été en train de chercher.

Pas le salut de son âme, mais de minuscules fruits sauvages.

— Mon Dieu ! s'exclama Bernard en riant. C'est le jackpot. Je parcours ce sentier chaque automne depuis des années et je ne savais même pas qu'il y avait ça ici.

— Vous ne seriez pas en train d'insinuer que s'écarter du droit chemin est parfois une bonne chose ?

Beauvoir était fier de lui. Lui aussi pouvait se servir d'une belle allégorie.

Le moine rit de nouveau.

— Bravo ! Quel sens de l'humour !

Ils passèrent les quelques minutes suivantes à ramper dans les broussailles en cueillant des bleuets. Puis le frère Bernard se releva, s'étira et épousseta sa soutane pour la débarrasser des brindilles qui s'y étaient collées.

— Eh bien, ceci doit être un record, dit-il en regardant son panier débordant de bleuets. Vous êtes mon porte-bonheur. Merci.

Beauvoir se sentait plutôt fier de lui.

— Maintenant, reprit le moine en indiquant du doigt deux pierres plates, c'est à mon tour de vous aider.

Beauvoir hésita. Il avait caché le plan du monastère dans un buisson, où il serait en lieu sûr pendant qu'ils cueillaient des baies. Il regarda l'endroit où il l'avait mis. Bernard suivit son regard, mais ne dit rien.

Beauvoir alla reprendre le plan et les deux hommes s'assirent l'un en face de l'autre sur les pierres.

— Que cherchez-vous ? demanda le moine.

Beauvoir hésita encore, puis prit une décision et déroula le plan.

Le frère Bernard abaissa son regard sur le vélin, et haussa légèrement les sourcils.

— C'est le plan du monastère dessiné par dom Clément, dit-il. Nous avions entendu dire qu'il en avait fait un. C'était un architecte renommé à son époque, vous savez. Puis il s'est joint aux gilbertins et a disparu avec les vingt-trois autres moines. Personne ne savait où ils étaient allés. Et personne ne s'en souciait, à vrai dire. L'ordre des gilbertins n'avait jamais été riche ni puissant. Tout au contraire. Alors, quand le monastère en France a été abandonné, tout le monde a présumé que l'ordre avait été dissous ou que les moines étaient tous morts.

— Mais ce n'est pas ce qui s'était produit, dit Beauvoir, en fixant lui aussi le plan.

— Non. Ils sont venus ici. Dans ce temps-là, ça équivalait presque à aller sur la Lune.

— Pourquoi sont-ils venus ?

— Ils avaient peur de l'Inquisition.

— Mais si l'ordre était si pauvre et marginal, pourquoi avaient-ils peur ?

— Pourquoi a-t-on peur ? La plupart du temps, les gens s'imaginent des choses, leurs craintes n'ont rien à voir avec la réalité. À mon avis, l'Inquisition devait se ficher complètement des gilbertins, mais ils sont partis malgré tout. Au cas où. Ce pourrait être notre devise. Au cas où. *Exsisto paratus.*

— Vous n'avez jamais vu ça auparavant ? demanda Beauvoir en indiquant le dessin.

Le frère Bernard secoua la tête. Il semblait absorbé par la contemplation des lignes sur la page.

— C'est fascinant, dit-il en se penchant un peu plus, de voir le plan tracé par dom Clément lui-même. Je me demande si ce dessin a été fait avant ou après la construction de Saint-Gilbert.

— Est-ce important de le savoir ?

— Peut-être pas. Mais dans un cas il correspondrait à un idéal et dans l'autre à la réalité. S'il a été fait après, alors il représente ce qui est vraiment ici. Pas ce que les moines auraient pu vouloir avant de changer ensuite d'idée.

— Vous qui connaissez le monastère, quelle est votre opinion ?

Le frère Bernard se pencha au-dessus du plan durant quelques minutes. De temps en temps, avec son doigt couleur bleuet, il suivait les lignes tracées à l'encre. Il poussait quelques grognements, chantonnait un peu, secouait la tête, puis revenait en arrière pour suivre une autre ligne, un autre couloir.

Finalement, il leva la tête et regarda Beauvoir dans les yeux.

— Il y a quelque chose qui cloche dans ce dessin.

Beauvoir sentit un frisson d'excitation le parcourir.

— Quoi ?

— L’échelle n’est pas juste. Vous voyez, ici et ici…

— Les endroits où se trouvent le potager et l’enclos des animaux.

— Oui. Sur ce plan, ils ont les mêmes dimensions que le jardin de l’abbé. En réalité, cependant, ils sont au moins deux fois plus grands.

C’était vrai. Beauvoir se rappela le moment passé à cueillir des courges avec le frère Antoine, ce matin-là. Le potager, se souvenait-il, était vaste, tandis que le jardin du père supérieur, où le meurtre avait été commis, était beaucoup plus petit.

— Mais comment le savez-vous ? Êtes-vous déjà allé dans le jardin de l’abbé ? demanda Beauvoir en jetant un coup d’œil du côté du mur.

— Jamais, mais j’en ai fait le tour. À la recherche de baies. J’ai aussi fait le tour des autres jardins. Il y a des erreurs sur ce plan, dit le moine en le regardant de nouveau.

— Alors qu’est-ce que ça signifie ? Pourquoi dom Clément aurait-il fait ça ?

Bernard réfléchit un moment, puis secoua la tête.

— Difficile à dire. L’Église avait une tendance à l’exagération. Si on regarde des tableaux anciens, on remarque que, à peine né, l’Enfant Jésus a l’air d’avoir dix ans. Et sur de vieilles cartes des villes, les cathédrales sont beaucoup plus imposantes qu’elles ne l’étaient en réalité ; elles dominent tout ce qu’il y a autour.

— Alors vous pensez que dom Clément a exagéré la dimension du jardin de l’abbé ? Mais pourquoi ?

Encore une fois, le moine secoua la tête.

— Par orgueil, peut-être. Pour que le dessin soit plus équilibré. L’architecture religieuse tolère difficilement ce qui est inhabituel, asymétrique. L'abbaye paraît mieux sur papier, dit le frère Bernard en agitant de nouveau la main au-dessus du plan, que le bâtiment réel. Bien que le bâtiment réel soit plus fonctionnel.

Beauvoir fut de nouveau frappé par l'opposition entre perception et réalité dans ce monastère. Et par la décision prise de refléter ce qui paraissait bien plutôt que ce qui était vrai.

Le frère Bernard continua d'étudier le dessin.

— Si dom Clément l'avait dessiné tel qu'il est, le monastère n'aurait pas la forme d'une croix. Il ressemblerait à un oiseau. Deux grandes ailes et un corps plus petit.

— Il a donc triché ?

— On pourrait dire ça, j'imagine.

— Aurait-il pu tricher ailleurs sur le plan ?

Beauvoir avait posé la question, mais dans le fond il connaissait la réponse. Quand quelqu'un avait triché une fois pour tromper, il le referait.

— Je suppose.

Le frère Bernard paraissait abattu, comme s'il venait de voir un ange déchu.

— Mais je ne vois rien d'autre qui cloche, ajouta-t-il. Pourquoi serait-ce important de le savoir ?

— Ce ne l'est peut-être pas.

Beauvoir réenroula le plan.

— Vous m'avez demandé ce que je cherchais. Je cherche une pièce cachée.

— Comme la salle du chapitre ?

— Nous sommes au courant de celle-là. J'en cherche une autre.

— Il y en a donc une.

— Nous ne le savons pas. Nous avons seulement entendu des rumeurs, comme vous, visiblement.

Pour la première fois depuis le début de leur conversation, Beauvoir perçut une hésitation chez le moine. Comme si une porte s'était lentement refermée. Comme si le frère Bernard avait sa propre pièce cachée.

Tout le monde en avait une, bien sûr. Et c'était à Beauvoir, et au chef, de découvrir ces pièces-là aussi. Malheureusement pour eux, ces pièces secrètes ne contenaient à peu près jamais de trésors. Les enquêteurs y trouvaient habituellement des montagnes de merde.

— S'il y a vraiment une pièce secrète dans le monastère, vous devez me le dire, insista Beauvoir.

— Je ne suis au courant d'aucune pièce cachée.

— Mais vous avez entendu des rumeurs ?

— Il y a toujours des rumeurs. J'ai entendu celle-là dès le premier jour de mon arrivée.

— Pour un ordre silencieux, vous semblez parler beaucoup.

Bernard sourit.

— Nous ne sommes pas complètement silencieux, vous savez. Nous avons le droit de parler à certains moments de la journée.

— Et des pièces secrètes sont l'un des sujets dont vous parlez ?

— Si on ne vous accordait que quelques minutes de conversation par jour, de quoi parleriez-vous, à votre avis ? Du temps qu'il fait ? De politique ?

— De secrets ?

Le frère Bernard sourit.

— Parfois du mystère divin, et parfois de mystères tout court. Comme des pièces cachées. Et des trésors.

Il regarda Beauvoir d'un air entendu, intelligent. Ce moine, se dit Beauvoir, était peut-être calme et même doux, mais il n'était pas stupide.

— Croyez-vous qu'ils existent ?

— Une pièce et un trésor quelconque trimbalé jusqu'ici par dom Clément et les autres moines il y a des siècles ? (Le frère Bernard secoua la tête.) C'est amusant d'y penser. Ça aide à passer le temps pendant les nuits froides d'hiver. Mais personne ne croit vraiment à l'existence d'une pièce secrète. Quelqu'un l'aurait trouvée il y a longtemps. L'abbaye a été rénovée, modernisée, réparée. S'il y en avait une, nous l'aurions trouvée.

— Quelqu'un l'a peut-être trouvée. (Beauvoir se leva.) Alors, combien de fois vous autorise-t-on à sortir ?

Le moine rit.

— Ce n'est pas une prison, vous savez.

Toutefois, même le frère Bernard devait admettre que, vu sous cet angle, le monastère Saint-Gilbert avait certainement l'air d'une prison.

— Nous sortons quand nous voulons, mais nous n'allons pas très loin. Nous allons surtout faire des promenades. Nous cherchons des baies et du bois de chauffage. Nous pêchons. En hiver, nous jouons au hockey sur la glace. C'est le frère Antoine qui organise les parties.

Beauvoir éprouva encore un vertige. Le frère Antoine jouait au hockey. Il était probablement le capitaine et le joueur de centre, la même position à laquelle lui-même jouait.

— En été, certains d'entre nous font du jogging et du taï-chi. Vous serez le bienvenu si vous voulez vous joindre à nous, après les matines.

— Est-ce que c'est l'office célébré tôt le matin ?

— Oui, à cinq heures. (Le moine sourit.) Votre chef était là ce matin.

Beauvoir s'apprêtait à répliquer sèchement, à empêcher tout commentaire railleur sur Gamache, mais se rendit compte que le frère Bernard paraissait simplement amusé, pas moqueur.

— Oui, il me l'a mentionné, dit-il.

— Un peu plus tard, nous avons parlé, vous savez.

— Ah oui ?

Beauvoir, cependant, savait parfaitement bien que le chef avait eu une conversation avec le frère Bernard dans les douches ce matin-là, puis avait ramassé des œufs avec lui. Le moine lui avait parlé de la division dans la communauté. En fait, l'inspecteur-chef avait l'impression qu'il avait cherché à le rencontrer spécifiquement pour lui dire ça.

Et c'est seulement alors qu'il vint à l'esprit de Beauvoir de se demander si la même chose ne venait pas de se produire. Ce moine était-il tombé sur lui par hasard alors qu'il cueillait des bleuets ? Ou ne s'agissait-il pas du tout d'un hasard. Le frère Bernard avait-il vu l'inspecteur sortir avec le parchemin et décidé de le suivre ?

— Votre chef sait écouter. Il s'intégrerait bien à notre communauté.

— C'est vrai qu'il porte bien la robe.

Le frère Bernard rit.

— Je n'osais pas le dire.

Le moine regarda attentivement Beauvoir.

— Vous aussi, je crois, vous plairiez ici.

“Me plaire ? pensa Beauvoir. Me plaire ? Y a-t-il vraiment quelqu’un qui se plaît ici ?”

Il avait présumé que les moines enduraient le mode de vie, comme un cilice. L’idée qu’ils puissent être heureux de vivre à Saint-Gilbert-entre-les-Loups ne lui avait jamais traversé l’esprit.

Le frère Bernard ramassa son panier de bleuets et les deux hommes firent quelques pas avant qu’il parle de nouveau. Il semblait choisir ses mots avec soin.

— J’ai été surpris de voir quelqu’un d’autre arriver. Nous étions tous étonnés. Y compris votre patron, je crois. Qui est cet homme venu en avion ?

— Il s’appelle Francœur. C’est le directeur général.

— De la Sûreté ?

Beauvoir hocha la tête.

— Le grand patron.

— Votre pape, dit Bernard.

— Seulement si le pape est un crétin avec un revolver.

Le frère Bernard pouffa de rire, puis s’efforça de faire disparaître le sourire sur son visage.

— Vous ne l’aimez pas ?

— Des années de contemplation ont aiguisé votre sens de l’observation, frère Bernard.

Le moine rit encore une fois.

— Les gens viennent de loin pour profiter de ma remarquable perspicacité.

Puis, son sourire s’effaça complètement.

— J’ai cru déceler, par exemple, que ce Francœur n’aime pas votre patron. Je me trompe ?

Cela non plus, savaient-ils tous les deux, n'était pas ce qu'on pourrait appeler un incroyable exploit en matière de déduction.

Beauvoir se demanda quoi dire. Sa première impulsion était toujours de mentir. Il aurait fait un bon architecte médiéval, pensa-t-il. Son réflexe fut de taire la vérité, de nier qu'il existait un problème. Ou tout au moins d'en minimiser l'importance. Mais il se rendait bien compte que ce serait inutile. Cet homme, comme tous les autres, avait clairement vu la rebuffade infligée à Gamache par Francœur sur le quai.

— Ça remonte à quelques années. Ils ont eu un différend à propos d'un de leurs collègues.

Le frère Bernard ne dit rien, se contentant d'écouter, le visage impassible, le regard attentif. Ils marchèrent lentement dans la forêt, en faisant craquer sous leurs pieds les brindilles et les feuilles tombées sur le sentier très souvent emprunté. Çà et là, le soleil perçait à travers les branches des arbres et de temps en temps ils entendaient un oiseau s'envoler ou un tamia filer, ou peut-être un autre animal sauvage.

Après s'être interrompu un moment, Beauvoir poursuivit son explication. "Pourquoi pas ?" se dit-il. L'histoire était connue du public, après tout. À moins que vous ne viviez dans un monastère au milieu de nulle part.

Ce que les moines savaient et ce que toute autre personne savait semblaient être deux choses très différentes.

— Le chef a arrêté un des directeurs de la Sûreté, même si Francœur et les autres lui avaient ordonné de ne pas le faire. Ce policier s'appelait Arnot. À l'époque, il était en fait le directeur général.

Cela suscita une petite réaction de la part du moine au visage placide. Il haussa très légèrement les sourcils, puis ceux-ci reprirent leur place. Le mouvement avait été presque imperceptible. Presque.

— Il l'a arrêté pour quoi ?

— Pour meurtre. Et sédition. On avait appris qu'Arnot encourageait les policiers dans les réserves à tuer les autochtones qui causaient des problèmes. Ou du moins, lorsqu'un jeune autochtone était tué par balle ou battu à mort, Arnot ne punissait pas les policiers qui avaient fait ça. Entre fermer les yeux et encourager ouvertement les meurtres, il n'y avait pas un grand pas à franchir. C'était devenu, apparemment…

Beauvoir parlait d'une voix hésitante. Raconter quelque chose d'aussi honteux lui était pénible.

— … presque un sport. Une vieille femme crie a demandé à Gamache de l'aider à trouver son fils disparu. C'est à ce moment-là qu'il a découvert ce qui se passait.

— Et les autres dirigeants de la Sûreté voulaient que votre patron garde le silence à ce sujet ?

Beauvoir hocha la tête.

— Ils se sont mis d'accord pour congédier Arnot et les autres policiers, mais ils voulaient éviter un scandale. Ils ne voulaient pas perdre la confiance du public.

Le frère Bernard ne baissa pas les yeux, mais Beauvoir eut l'impression qu'il avait le regard vacillant.

— L'inspecteur-chef Gamache a arrêté Arnot quand même, dit le moine. Il a désobéi aux ordres.

— L'idée de ne pas désobéir ne lui a jamais traversé l'esprit. Selon lui, les pères, les mères et les proches de ceux qui avaient été tués avaient droit à une réponse. Et à un procès public. Et à des excuses. Tout a été dévoilé. Ce fut un affreux scandale, un terrible gâchis.

Bernard hocha la tête. L'Église en savait long sur les scandales, les tentatives pour les étouffer et les terribles gâchis.

— Qu'est-il arrivé ? demanda-t-il.

— Arnot et les autres ont été reconnus coupables. Ils ont écopé d'une condamnation à vie.

— Et l'inspecteur-chef?

Beauvoir sourit.

— Il est toujours le chef des homicides. Il ne deviendra jamais le directeur général, cependant, et il le sait.

— Mais il a conservé son poste.

— Ils ne pouvaient pas le congédier. Même avant toute cette histoire, il était l'un des officiers supérieurs les plus respectés de la Sûreté. Après le procès, les grands patrons le détestaient, mais les simples agents de police l'adoraient. Grâce à lui, ils avaient retrouvé leur fierté. Et, ironiquement, la confiance du public. Francœur ne pouvait pas le mettre à la porte. Il aurait bien voulu, cependant. Arnot et lui étaient des amis. De bons amis.

Après avoir réfléchi un moment à ces dernières paroles de Beauvoir, le frère Bernard demanda :

— Alors ce Francœur, savait-il ce que faisait son ami ? Ils occupaient tous les deux des postes de direction.

— Le chef n'a jamais réussi à le prouver.

— Mais il a essayé ?

— Il voulait se débarrasser de toute la pourriture.

— Et a-t-il réussi ?

— Je l'espère.

Les deux hommes repensèrent à ce moment, sur le quai, quand Gamache avait tendu la main pour aider Francœur à descendre de l'avion, et revirent le regard que Francœur lui avait jeté.

Il n'y avait pas seulement de l'hostilité dans ce regard. Il y avait de la haine.

— Pourquoi le directeur général est-il venu ici ? demanda le frère Bernard.

— Je ne sais pas, répondit Beauvoir en s'efforçant de garder un ton de voix léger.

Et c'était la vérité : il ne le savait réellement pas. Mais, encore une fois, il sentit l'inquiétude le tarauder, lui tenailler le ventre.

Le frère Bernard, les sourcils froncés, réfléchissait.

— Ce doit être difficile pour eux de travailler ensemble. Sont-ils obligés de le faire souvent ?

— Non, pas souvent.

Beauvoir n'en dirait pas plus. Il n'allait certainement pas parler à ce moine de la dernière fois où Gamache et Francœur avaient dû collaborer à une même affaire. Le raid contre l'usine, mené il y avait presque un an, maintenant. Et dont les résultats avaient été désastreux.

Il revoyait encore le chef agripper les bords de son bureau et se pencher vers Francœur avec un air si menaçant que le directeur général avait pâli et s'était reculé. Beauvoir pouvait compter sur les doigts d'une main le nombre de fois qu'il avait entendu Gamache crier. Mais ce jour-là, il lui avait bel et bien hurlé dessus.

L'attaque avait été si féroce que même Beauvoir avait été effrayé.

Puis, le directeur Francœur avait crié à son tour.

Finalement, c'était Gamache qui l'avait emporté. Mais seulement en reculant. En s'excusant. En suppliant Francœur d'entendre raison. Gamache l'avait supplié. C'était le prix qu'il avait dû payer pour l'amener à agir.

Beauvoir n'avait jamais vu le chef supplier avant. Mais il l'avait fait ce jour-là.

Gamache et Francœur s'étaient à peine adressé la parole depuis. Peut-être avaient-ils échangé quelques mots aux funérailles d'État des policiers tués dans le raid contre l'usine, bien que Beauvoir en doutât. Et peut-être au cours de la cérémonie, quand Francœur avait épinglé la Médaille de la bravoure sur la poitrine de Gamache, contre son gré.

Le directeur avait insisté, cependant. Sachant que tout le monde aurait l'impression qu'il récompensait l'inspecteur-chef. Mais les deux hommes, eux, connaissaient la vérité.

Beauvoir avait assisté à la cérémonie, avait vu la figure du chef lorsque la médaille avait été accrochée sur sa poitrine. C'était comme si elle lui avait percé le cœur.

C'était faire ce qui convenait, pour la mauvaise raison.

Beauvoir savait que le chef méritait cette médaille, mais l'intention de Francœur avait été d'humilier Gamache, de le récompenser publiquement pour une opération au cours de laquelle tant de policiers de la Sûreté avaient été tués ou blessés. Francœur lui avait remis la médaille non pas en reconnaissance de toutes les vies que Gamache avait sauvées ce terrible jour-là, mais comme une forme d'accusation. Un rappel permanent de toutes les jeunes vies fauchées.

Beauvoir aurait pu tuer Francœur à ce moment-là.

Il sentit de nouveau quelque chose lui tordre le ventre, lui déchirer les entrailles, comme pour sortir. Il voulait désespérément changer de sujet. Effacer les souvenirs. De la cérémonie, mais surtout de cette horrible journée dans l'usine.

Quand lui-même avait failli perdre la vie.

Quand le chef avait failli perdre la vie.

Beauvoir pensa aux petites pilules, pas plus grosses que des bleuets sauvages, encore cachées dans son appartement. Et à ce qu'elles apportaient. Pas une explosion de saveurs musquées, mais l'oubli total.

Elles endormaient ce qui se cachait dans la pièce secrète de Beauvoir.

Il n'avait pas pris un seul comprimé d'OxyContin ni de Percocet depuis des mois. Pas depuis que le chef lui avait parlé, lui avait retiré ses pilules et trouvé de l'aide.

Il ferait peut-être un bon gilbertin, après tout, se dit-il. Comme ces moines, il vivait dans la peur. Pas de ce qui pourrait l'attaquer de l'extérieur, mais de ce qui attendait patiemment à l'intérieur de ses propres murs.

— Est-ce que ça va ?

Beauvoir revint au moment présent en suivant la voix douce, comme s'il s'agissait de bonbons semés le long d'un sentier pour lui indiquer le chemin pour sortir de la forêt.

— Puis-je vous aider ?

Le frère Bernard avait posé sa main rude sur le bras de Beauvoir.

— Non, ça va. J'étais seulement en train de penser à l'affaire.

Le moine continua de l'observer, loin d'être convaincu qu'il entendait la vérité.

Beauvoir fouilla désespérément dans sa mémoire à la recherche de quelque chose d'utile parmi les mots qui surgissaient dans sa tête. L'affaire. L'affaire. Le prieur. Le meurtre. La scène de crime. Le jardin.

Le jardin.

— Nous parlions du jardin de l'abbé, dit-il.

Sa voix était bourrue. Plus question de se laisser aller à des confidences. Il en avait déjà trop dit.

— Ah oui ?

— Vous avez dit que tout le monde sait qu'il existe, mais que vous-même n'y êtes jamais allé.

— C'est exact.

— Qui est déjà allé dans le jardin ?

— Quiconque dom Philippe invitait.

Beauvoir se rendit compte qu'il n'écoutait pas aussi attentivement qu'il le devrait. Ses souvenirs, et les émotions qu'ils réveillaient, l'empêchaient de se concentrer.

Lorsque le frère Bernard avait répondu à sa question, y avait-il du ressentiment dans sa voix ?

Beauvoir ne le pensait pas, mais, en raison de son manque de concentration, il ne pouvait pas en être certain. Et encore une fois il maudit Francœur. D'être là où on ne le voulait pas. Dans le monastère. Et dans la tête de Beauvoir, où il s'agitait et réveillait des choses qu'il valait mieux laisser dormir.

Il se rappela ce qu'un thérapeute lui avait conseillé de faire lorsqu'il se sentait angoissé.

Respirer, simplement respirer.

Longue inspiration. Longue expiration.

— Que pensez-vous de l'abbé ? demanda-t-il.

Il se sentait étourdi.

— Que voulez-vous dire ?

Beauvoir ne savait pas exactement ce qu'il voulait dire.

Longue inspiration. Longue expiration.

— Vous êtes un des hommes de l'abbé, n'est-ce pas ? demanda-t-il, posant la première question qui lui était venue à l'esprit.

— En effet.

— Pourquoi ? Pourquoi ne vous êtes-vous pas rangé du côté du prieur ?

Le moine se mit à donner des coups de pied dans une pierre et Beauvoir concentra son attention sur le caillou qui dansait et sautillait sur le chemin de terre. La porte du monastère lui semblait très loin. Soudain, il aurait voulu être dans la chapelle, un endroit si calme et paisible, en train d'écouter les chants monotones, de se raccrocher aux chants.

Là-bas, il n'y avait pas de chaos. Pas de pensées, pas de décisions à prendre. Pas d'émotions brutes.

Longue inspiration. Longue expiration.

— Frère Mathieu était un musicien talentueux, disait le frère Bernard. Il a transformé notre vocation de chanter des chants en quelque chose de sublime. Il était un excellent professeur et un meneur-né. Il a donné un nouveau sens à nos vies, nous a insufflé un nouveau dynamisme.

— Alors pourquoi n'était-ce pas lui, l'abbé ?

Ça fonctionnait. En se concentrant sur sa respiration et la voix douce du moine, Beauvoir réintégra son corps.

— Il aurait peut-être dû être le père supérieur. Mais c'est dom Philippe qui a été élu.

— Il a été préféré au frère Mathieu ?

— Non. Le frère Mathieu n'était pas un candidat.

— Dom Philippe a-t-il été élu par acclamation ?

— Non. Le prieur de l'époque avait posé sa candidature. Beaucoup de moines s'attendaient à ce qu'il remporte l'élection, puisqu'il s'agissait d'une progression logique. Le prieur devenait presque toujours l'abbé.

— Et qui était le prieur à l'époque ?

Le cerveau de Beauvoir fonctionnait de nouveau, il traitait l'information fournie et renvoyait des questions sensées. Mais le poing dans son ventre était toujours là.

— Moi.

Beauvoir n'était pas certain d'avoir bien entendu.

— Vous étiez le prieur ?

— Oui. Et dom Philippe était seulement frère Philippe. Un simple moine.

— Ça a dû être humiliant.

Le frère Bernard sourit.

— Nous essayons de ne pas faire de ce genre de chose une affaire personnelle. C'était la volonté de Dieu.

— Et c'est plus acceptable comme ça ? J'aimerais mieux être humilié par des hommes que par Dieu.

Bernard préféra ne pas répondre à ce commentaire.

— Vous êtes donc redevenu un simple moine et le père abbé a nommé son ami au poste de prieur. Le frère Mathieu.

Bernard hocha la tête, et prit distraitement une poignée de bleuets dans son panier.

— Éprouviez-vous du ressentiment envers le nouveau prieur ? demanda Beauvoir, en prenant lui aussi des bleuets.

— Pas du tout. C'était un choix inspiré, en fin de compte. L'ancien abbé et moi formions une bonne équipe. Mais j'aurais été un moins bon prieur pour dom Philippe que ne s'est révélé être le frère Mathieu. Leur collaboration a bien fonctionné durant de nombreuses années.

— Vous avez donc dû vous taire et endurer.

— Vous avez une façon singulière de vous exprimer.

— Vous devriez entendre ce que je ne dis pas tout haut. (Le frère Bernard sourit.) Avez-vous entendu dire que le prieur envisageait de remplacer le frère Antoine comme soliste ?

— Par le frère Luc ? Oui. Il s'agit d'une rumeur lancée par le frère Luc, et qu'il était le seul à croire, apparemment.

— Vous êtes certain que la rumeur est fausse ?

— Le prieur pouvait être un homme difficile. Pour le décrire, dit le moine en jetant un coup d'œil à Beauvoir, je crois que vous utiliseriez probablement le terme "trou de cul".

— Vous me faites de la peine.

— Mais il connaissait la musique. Et pour lui le chant grégorien était bien plus que de la musique. C'était la voie qui le menait au divin. Il aurait préféré mourir plutôt que de faire quoi que ce soit qui nuirait au chœur ou aux chants.

Le frère Bernard continua de marcher. Il ne semblait pas conscient de ce qu'il venait de dire. Mais Beauvoir rangea sa remarque dans un coin de son cerveau.

— Il est normal que le frère Antoine soit le soliste, dit le moine en grignotant d'autres bleuets. Il a une voix magnifique.

— Plus belle que celle du frère Luc ?

— Beaucoup plus belle. Celle du frère Luc est meilleure du point de vue de la technique. Il est capable de la contrôler. Elle a un beau timbre, mais elle n'a rien de divin. C'est comme voir le portrait d'une personne plutôt que l'être réel. Il manque une dimension.

L'opinion du frère Bernard concernant la voix de Luc était presque identique à celle du frère Antoine.

Pourtant, le jeune moine avait été convaincu et convaincant.

— Si Luc avait raison, quelle aurait été la réaction des autres ?

Bernard réfléchit un moment.

— Je pense qu'ils se seraient posé des questions.

— À propos de quoi ?

Le frère Bernard était maintenant visiblement mal à l'aise. Il jeta une autre poignée de bleuets dans sa bouche. Le panier qui un peu plus tôt débordait de fruits n'en contenait plus qu'une toute petite quantité.

— Rien de particulier. Ils se seraient posé des questions, c'est tout.

— Vous ne me dites pas tout, frère Bernard.

Le moine garda le silence, avalant ses pensées, ses opinions et ses mots en même temps que les baies.

Beauvoir avait toutefois une assez bonne idée de ce qu'il avait voulu dire.

— Vous vous seriez tous posé des questions au sujet de leur relation.

Le frère Bernard ferma la bouche brusquement. L'effort pour retenir les mots à l'intérieur gonflait les muscles autour de ses mâchoires.

— Vous vous seriez demandé, continua Beauvoir, ce qui se passait entre le prieur âgé et la nouvelle recrue.

— Ce n'est pas ce que je voulais dire.

— Bien sûr que ce l'est. Vous et les autres moines vous seriez posé des questions sur ce qui pouvait bien se passer après une répétition du chœur. Quand vous retourniez dans vos cellules.

— Non. Vous avez tort.

— Est-ce de cette façon qu'Antoine a obtenu son poste ? Était-il plus qu'un soliste, et le frère Mathieu plus qu'un chef de chœur ?

— Arrêtez ! s'écria le frère Bernard. Ce n'était pas du tout comme ça.

— C'était comment, alors ?

— Vous êtes en train de donner l'impression que les chants, le chœur, sont quelque chose de sordide, honteux. Mathieu était un homme très désagréable. Je ne l'aimais pas. Mais même moi je sais que jamais, cracha Bernard, jamais il n'aurait choisi un soliste en échange de faveurs sexuelles.

— Malgré tout, dit Beauvoir d'une voix adoucie, vous vous seriez posé des questions.

Le frère Bernard le dévisagea, les yeux écarquillés. Les jointures des doigts de sa main qui tenait la poignée du panier étaient blanches.

— Saviez-vous que l'abbé a confié le rôle de chef de chœur au frère Antoine ?

Beauvoir parlait d'une voix amicale, sur le ton de la conversation, comme s'ils ne venaient pas tout juste de s'affronter verbalement. C'était un truc qu'il avait appris de Gamache. Il fallait parfois cesser d'attaquer, et plutôt avancer, reculer, changer d'orientation. Rester tranquille sans bouger.

Être imprévisible.

Lentement, le frère Bernard se ressaisit. Et respira profondément – une longue inspiration, puis une longue expiration.

— Ça ne me surprend pas, dit-il enfin. C'est le genre de chose que ferait le père abbé.

— Continuez.

— Il y a quelques minutes, vous m'avez demandé pourquoi je suis un homme de l'abbé. Voilà pourquoi. Seul un saint ou un idiot donnerait une promotion à un adversaire. Dom Philippe n'est pas un idiot.

— Vous pensez qu'il est un saint ?

Le frère Bernard haussa les épaules.

— Je ne sais pas. Mais à mon avis, de nous tous, c'est lui qui s'en rapproche le plus. Pourquoi croyez-vous qu'il a été élu abbé ? Qu'avait-il à offrir ? Il n'était qu'un moine discret qui vaquait tranquillement à ses occupations. Il n'était pas un meneur. Il n'était pas un administrateur extraordinaire. Il n'était pas un excellent musicien. Il n'avait pas de compétence particulière pouvant être utile à la communauté. Il n'était pas un plombier, ni un menuisier, ni un maçon.

— Qu'est-ce qu'il est, alors ?

— Un homme de Dieu. Un vrai de vrai. Sa foi est authentique. Il croit de toute son âme. Et par son exemple il inspire les autres. Si les gens entendent le divin dans nos chants, c'est dom Philippe qui l'y a mis. Il fait de nous de meilleurs hommes et de meilleurs moines. Il croit en Dieu et il croit en la puissance de l'amour et du pardon. Et pas seulement quand ça l'arrange. S'il vous faut une preuve, regardez ce qu'il vient de faire. Il a nommé le frère Antoine maître de chapelle. Parce que c'était la meilleure chose à faire. Pour le chœur, pour les chants et pour la paix de la communauté.

— Cela fait simplement de lui un fin politicien, pas un saint.

— Vous êtes un sceptique, monsieur Beauvoir.

— Et à juste raison, frère Bernard. Quelqu'un a tué votre prieur. Lui a fracassé le crâne dans le joli petit jardin de l'abbé. Vous parlez de saints, mais où était le saint à ce moment-là ? Où était Dieu ?

Le moine ne répondit rien.

— Oui, dit sèchement Beauvoir, je suis un sceptique.

*"N'y aura-t-il personne pour me débarrasser de ce gêneur en soutane ?"*

Quelqu'un l'avait fait.

— Et votre cher abbé n'a pas été élu de façon totalement inattendue, comme par enchantement. Il avait posé sa candidature, rappela Beauvoir au frère Bernard. Il voulait le poste. Les saints recherchent-ils le pouvoir ? Je pensais qu'ils étaient censés être humbles.

Ils voyaient le portail du monastère, maintenant. À l'intérieur se trouvaient les longs corridors clairs. Et les petites cellules. Et les moines silencieux qui semblaient glisser sur les planchers. Et l'inspecteur-chef Gamache. Et Francœur. Ensemble. Beauvoir était un peu surpris que les murs et les fondations du bâtiment ne soient pas en train de trembler.

Ils s'approchèrent de la porte en bois massif, fabriquée près de quatre cents ans auparavant à partir d'arbres de la forêt environnante. Des charnières avaient ensuite été forgées, puis un verrou, et une serrure.

Sur le parchemin roulé dans la main de Beauvoir, Saint-Gilbert-entre-les-Loups avait l'air d'un crucifix. Mais dans la réalité ?

L'abbaye avait l'air d'une prison.

Beauvoir s'arrêta.

— Pourquoi la porte est-elle fermée à clé ?

— C'est la tradition. Il n'y a pas d'autres raisons. Beaucoup de choses que nous faisons doivent paraître insensées, j'imagine, mais nos règles et nos traditions ont du sens pour nous.

Beauvoir continua de fixer la porte pendant un moment, puis dit :

— On verrouille une porte pour assurer une certaine protection. Mais qui voulez-vous protéger ?

— Pardon ?

— Vous avez dit que votre devise pourrait être "Au cas où".

— *Exsisto paratus*, oui. C'était une blague.

Beauvoir hocha la tête.

— Beaucoup de vérités se disent en plaisantant. C'est du moins ce que j'ai entendu dire. Au cas où quoi, mon frère ? Pourquoi les portes sont-elles verrouillées ? Pour empêcher le monde extérieur d'entrer, ou les moines de sortir ? Pour vous protéger, ou nous protéger ?

— Je ne comprends pas.

D'après l'expression du moine, cependant, Beauvoir voyait qu'il comprenait parfaitement bien. Il remarqua aussi que son panier de bleuets était maintenant vide. Disparue, l'offrande parfaite.

— Votre cher abbé n'est peut-être ni un fin politicien ni un saint, mais un geôlier. Voilà peut-être pourquoi il s'opposait si vivement au projet d'enregistrer un autre disque, pourquoi il tenait tant à maintenir la règle du silence. Cherchait-il simplement à faire respecter une longue tradition de silence ? Ou craignait-il de lâcher dans la nature une sorte de monstre ?

— Je ne peux pas croire que vous venez de dire ça.

Bernard essayait si fort de se maîtriser qu'il en tremblait.

— Faites-vous allusion à la pédophilie ? Pensez-vous que nous sommes ici parce que nous avons agressé sexuellement des petits garçons ? Pensez-vous que le frère Charles, le frère Simon, l'abbé…, bafouilla-t-il. Je… Vous ne pouvez tout de même pas…

Il était incapable de poursuivre. Il était rouge de colère, et Beauvoir se demanda si sa tête n'allait pas exploser.

L'inspecteur ne dit rien, cependant. Il attendit. Et attendit encore.

En fin de compte, le silence était son ami. Et l'ennemi de ce moine. Car dans ce silence se dressait un spectre. Presque en chair et en os. Le fantôme de tous les petits garçons, tous les écoliers, les enfants de chœur. De ces êtres innocents, et de leurs parents.

Qui vivraient pour toujours dans le silence de l'Église.

L'Église avait été libre de faire son choix, elle jouissait du libre arbitre, et sa décision avait été de protéger les prêtres. Et quel meilleur moyen de protéger des religieux indignes que de les envoyer dans le fin fond des bois, dans une communauté presque complètement disparue. Puis d'ériger des murs autour d'eux.

À l'intérieur desquels ils pouvaient chanter, mais pas parler.

Dom Philippe était-il autant un gardien qu'un abbé ? Un saint qui surveillait des pécheurs ?

# 19

— Savez-vous pourquoi les gilbertins ont des robes noires et des capuchons blancs ? C'est un habit unique, vous savez. Aucun autre ordre n'en a un qui y ressemble.

Le directeur général Francœur était assis derrière le bureau du prieur, nonchalamment appuyé contre le dossier de la chaise dure, ses longues jambes croisées.

L'inspecteur-chef Gamache occupait maintenant la chaise des visiteurs, de l'autre côté du bureau. Il essayait de lire le rapport du médecin légiste et les autres papiers que lui avait apportés Francœur. Il leva la tête et vit le directeur qui souriait.

Il avait un beau sourire. Pas mielleux, pas condescendant. C'était le sourire chaleureux et franc d'un homme en qui on pouvait avoir confiance.

— Non, monsieur. Pourquoi ?

Francœur était arrivé dans le bureau vingt minutes auparavant et avait donné les rapports à Gamache. Depuis, il n'avait cessé d'interrompre la lecture de l'inspecteur-chef avec des propos futiles.

Gamache y vit une variante d'une vieille technique d'interrogatoire visant à irriter, à agacer. Il s'agissait d'interrompre continuellement la personne interrogée, jusqu'à ce qu'elle explose et en dise beaucoup plus que ce qu'elle aurait normalement dit, frustrée qu'on ne la laisse pas s'exprimer.

Cette méthode pour user la patience de quelqu'un était subtile et prenait beaucoup de temps. Les jeunes agents impudents d'aujourd'hui ne l'utilisaient pas. Mais les policiers plus âgés la connaissaient. Et ils savaient que, s'ils attendaient assez longtemps, elle se révélait presque toujours efficace.

Le directeur général de la Sûreté était en train de l'utiliser avec son chef des homicides.

Gamache, tandis qu'il écoutait poliment les observations banales de Francœur, se demanda pourquoi. Était-ce seulement pour s'amuser, pour le taquiner ? Ou, comme c'était habituellement le cas, le directeur poursuivait-il un autre objectif, plus important ?

Gamache regarda ce beau visage et se demanda ce qui se passait, quelques centimètres au-dessus du sourire, dans ce cerveau pourri, dans cet esprit retors.

Jean-Guy considérait peut-être cet homme comme un idiot, mais Gamache savait qu'il n'en était pas un. Personne ne réussissait à devenir l'officier de police le plus haut gradé du Québec, et à diriger l'un des corps de police les plus respectés du monde, sans avoir des compétences.

Prendre Francœur pour un imbécile serait une grave erreur. Toutefois, Gamache n'arrivait jamais totalement à écarter l'impression que Beauvoir avait partiellement raison. Tout en n'étant pas un idiot, Francœur n'était pas aussi intelligent qu'il paraissait. Et certainement pas aussi intelligent qu'il se croyait. Après tout, il était assez habile pour se servir d'une vieille et subtile technique d'interrogatoire, mais assez arrogant pour l'utiliser avec quelqu'un qui reconnaîtrait presque certainement la tactique. Dans le fond, il était plus rusé qu'intelligent.

Mais il n'en était pas moins dangereux pour autant.

Gamache rebaissa les yeux sur le rapport du médecin légiste dans sa main. En vingt minutes, il n'avait réussi à lire qu'une seule page. Le prieur y était décrit comme un homme au début de la soixantaine en bonne santé. Son corps présentait l'usure normale à laquelle on pouvait s'attendre chez une personne de cet âge : un peu d'arthrite et d'artériosclérose.

— Dès que j'ai entendu parler du meurtre du prieur, j'ai fait des recherches sur les gilbertins.

Francœur avait une voix agréable et autoritaire. Non seulement les gens avaient-ils confiance en cet homme, mais ils le croyaient.

Gamache leva les yeux de la page et mit une expression d'intérêt poli sur sa figure.

— Ah oui ?

— J'avais lu des articles dans les journaux, bien sûr, dit le directeur en tournant la tête pour regarder dehors par la fente étroite du volet. Il y a eu une grande couverture médiatique quand leur disque a connu un gros succès. L'avez-vous ?

— Oui.

— Moi aussi. Personnellement, je ne comprends pas l'attrait de ce disque. Je le trouve ennuyeux. Mais beaucoup de gens l'aimaient. Est-ce que vous l'aimez ?

— Oui.

Francœur le regarda avec un petit sourire.

— C'est ce que j'ai pensé.

Gamache attendit, en observant tranquillement le directeur. Comme s'il avait tout son temps et que le document dans sa main était beaucoup moins intéressant que ce que son patron pouvait être en train de dire.

— Il a fait sensation. C'est incroyable de penser que ces moines ont vécu ici durant des centaines d'années sans que personne semble remarquer leur présence. Puis ils enregistrent quelques chants et du jour au lendemain ils sont célèbres dans le monde entier. C'est ça, le problème, évidemment.

— Que voulez-vous dire ?

— La nouvelle du meurtre du frère Mathieu va déclencher tout un tollé. Il est plus célèbre que le frère Jacques.

Francœur sourit et, à la grande surprise de Gamache, se mit à chanter :

— "Frère Jacques, frère Jacques, dormez-vous ? Dormez-vous ?"

Mais il chantait la joyeuse chanson enfantine comme si c'était un chant funèbre. Lentement et d'une voix sonore. Comme s'il y avait un sens caché dans les vers un peu ridicules. Puis, le regard sévère, Francœur fixa Gamache durant un long moment.

— Ça va barder, Armand. Même vous, je suppose, en êtes venu à cette conclusion.

— Oui, en effet. Merci.

Gamache se pencha en avant et déposa le rapport du médecin légiste sur le bureau. Il regarda Francœur droit dans les yeux, qui le dévisagea à son tour. Sans ciller, le regard froid et dur. Défiant l'inspecteur-chef de parler. Ce qu'il fit.

— Pourquoi êtes-vous ici ?

— Je suis venu aider.

— Excusez-moi, monsieur le directeur, mais je ne comprends toujours pas vraiment pourquoi. Vous n'avez jamais ressenti le besoin d'aider avant.

Les deux hommes se lancèrent des regards furieux. Leur hostilité l'un envers l'autre était manifeste, palpable.

— Dans une enquête sur un meurtre, je veux dire, ajouta Gamache avec un sourire.

— Bien sûr.

Francœur le regarda avec une haine à peine dissimulée.

— Comme il n'y a pas moyen de communiquer par ordinateur, dit le directeur en jetant un coup d'œil au portable sur le bureau, et qu'il n'y a qu'un téléphone dans le monastère, il était évident que quelqu'un allait devoir apporter ça.

D'un geste de la main, il indiqua le rapport du médecin légiste et le dossier des constatations de l'équipe médicolégale.

— C'est très utile, dit Gamache.

Il était sincère, mais il savait, tout comme Francœur, que le directeur général avait mieux à faire que de jouer les messagers. En fait, il aurait été beaucoup plus utile, si tel était réellement le but, de demander à un des enquêteurs de Gamache d'apporter les documents.

— Puisque vous êtes venu pour aider, peut-être aimeriez-vous que je vous résume les faits, proposa Gamache.

— S'il vous plaît.

Pendant les quelques minutes suivantes, Gamache essaya de présenter les faits au directeur, qui l'interrompait continuellement avec des questions ou des commentaires sans aucun intérêt. Dans la plupart des cas, Francœur semblait insinuer que Gamache avait pu ne pas remarquer quelque chose, ou ne pas poser une question pertinente, ou ne pas avoir examiné une possibilité.

Mais, petit à petit, Gamache finit par réussir à raconter l'histoire du meurtre du frère Mathieu.

Il parla du corps recroquevillé autour de la feuille jaunie, avec les neumes et le texte en latin qui ne semblait être que du charabia. Des trois moines qui avaient prié, penchés au-dessus du prieur mort dans le jardin : le père abbé, dom Philippe, son secrétaire, le frère Simon, et le docteur, le frère Charles. Des indices manifestes d'un désaccord de plus en plus profond au sein de la communauté de Saint-Gilbert. Entre ceux qui voulaient que les moines soient relevés de leur vœu de silence pour pouvoir enregistrer un autre disque de chants grégoriens et ceux qui s'y opposaient. Entre les hommes du prieur et les hommes de l'abbé.

Malgré les interruptions constantes du directeur, Gamache lui parla aussi de la salle du chapitre cachée et du jardin secret de l'abbé, ainsi que des rumeurs concernant d'autres pièces cachées, et même un trésor.

À la mention d'un trésor, le directeur regarda Gamache comme s'il était un enfant crédule.

Sans réagir, Gamache continua son exposé des faits en donnant une description succincte de la personnalité de chaque moine.

— Vous ne semblez pas plus près d'élucider ce meurtre que lorsque vous êtes arrivé, dit Francœur. Tous les moines sont encore des suspects.

— C'est donc une bonne chose si vous êtes ici…

Gamache marqua une pause.

— … pour aider.

— En effet. Par exemple, vous n'avez même pas trouvé l'arme du crime.

— C'est vrai.

— Vous ne savez même pas ce que c'est.

Gamache ouvrit la bouche pour dire que Beauvoir et lui soupçonnaient que le meurtrier avait fracassé le crâne du prieur avec une pierre dont il s'était ensuite débarrassé en la lançant par-dessus le mur, dans la forêt. Mais son instinct – et peut-être une petite lueur de satisfaction dans les yeux de Francœur – lui dit de s'arrêter. Après avoir regardé le directeur, il baissa donc les yeux sur le rapport du médecin légiste, qu'il avait à peine lu.

Il tourna la première page et parcourut rapidement la suivante. Puis il releva la tête et croisa le regard de Francœur. La lueur dans ses yeux s'était transformée en un éclair de triomphe.

Gamache mit sa main droite dans la gauche et la tint fermement, pour que Francœur ne puisse pas voir le léger tremblement et penser qu'il l'avait causé.

— Vous avez lu les rapports ? demanda-t-il.

Francœur hocha la tête.

— Dans l'avion. Vous cherchiez une pierre, je crois.

Sa façon de le dire donnait l'impression que c'était une idée ridicule.

— C'est vrai. De toute évidence, nous avions tort. L'arme du crime n'est absolument pas une pierre.

— Non.

Francœur décroisa ses jambes et se pencha en avant.

— Il n'y avait pas de terre ni de fragment de pierre dans la plaie. Rien du tout. Comme vous le voyez, selon le médecin légiste, l'arme utilisée serait un long objet métallique, comme un tuyau ou un tisonnier.

— Vous saviez cela quand vous êtes arrivé et ne m'avez rien dit ?

La voix de Gamache était calme, mais le reproche était évident.

— Quoi ? Moi, avoir la présomption de dire au grand Gamache comment faire son travail ? Jamais je n'oserais.

— Alors pourquoi êtes-vous venu, si ce n'est pas pour transmettre de précieuses informations ?

— Parce que, Armand, cracha Francœur comme si ce nom était de la merde dans sa bouche, l'un de nous se préoccupe du service et l'autre de sa carrière. Je suis ici pour que, lorsque la nouvelle du meurtre sera connue et que ce sera la pagaille quand les médias du monde entier débarqueront, nous n'ayons pas l'air de parfaits imbéciles. Je peux au moins donner l'impression que la Sûreté est une institution compétente. Que nous faisons tout ce que nous pouvons pour résoudre le meurtre brutal d'un des religieux les plus respectés et aimés dans le monde. Et quelle est la question que chacun se posera quand son assassinat sera annoncé ?

Gamache ne répondit rien. Il savait que, tout comme les interruptions constantes, le silence pouvait également provoquer une explosion d'informations. À un homme comme Francœur qui essayait si fort de contenir sa rage, il fallait simplement donner un peu de temps, et peut-être une petite poussée au bon moment.

— Pourquoi, avec seulement deux douzaines de suspects dans un monastère de moines cloîtrés, la réputée

Sûreté du Québec n'a pas encore procédé à une arrestation, dit Francœur d'un air méprisant. Qu'est-ce qui peut bien prendre tant de temps ? demandera-t-on.

— Et que répondrez-vous, Sylvain ? Qu'il est difficile de parvenir à la vérité quand votre propre personnel cache de l'information ?

— La vérité, Armand ? Vous voulez que je dise aux gens qu'un trou de cul arrogant, prétentieux et incompétent est chargé de l'enquête ?

Gamache haussa les sourcils et fit un geste vague en direction de l'endroit où Francœur était assis. Derrière le bureau.

Et il le vit tomber dans le précipice. Francœur venait de craquer. Le directeur se leva et le plancher cria lorsque la chaise racla les dalles. Son beau visage était livide.

Gamache demeura assis, mais après un moment, lentement, très lentement, se leva à son tour. Les deux hommes se faisaient maintenant face de chaque côté du bureau. Les mains de Gamache étaient jointes derrière son dos. Sa poitrine était exposée, comme s'il invitait Francœur à tirer.

Quelqu'un frappa doucement à la porte.

Ni l'un ni l'autre ne répondit.

Le bruit se fit de nouveau entendre, suivi d'un timide "Chef?", puis la porte s'entrouvrit.

— Vous devriez traiter vos collaborateurs avec plus de respect, Armand, lança Francœur d'un ton brusque et d'une voix forte, avant de se tourner vers la porte. Entrez.

Beauvoir s'avança et regarda un homme puis l'autre. Il était presque impossible d'entrer dans le bureau du prieur tant l'atmosphère y était à couper au couteau.

C'est pourtant ce que fit Beauvoir, qui alla se placer à côté de Gamache.

Francœur traîna son regard de l'inspecteur-chef à Beauvoir et respira profondément. Il réussit même à esquisser un sourire faussement timide.

— Vous arrivez au bon moment, inspecteur. Votre chef et moi en avons assez dit, je crois. Peut-être même plus qu'assez.

Il émit un petit rire désarmant et tendit la main.

— Je n'ai pas eu l'occasion de vous saluer, à mon arrivée. Veuillez m'en excuser, inspecteur Beauvoir.

Jean-Guy hésita un instant, puis lui serra la main.

Une cloche se mit à sonner et Beauvoir fit la grimace.

— Pas encore.

Le directeur Francœur rit.

— Je vous comprends ! Mais pendant que les moines sont occupés à prier, nous pourrons peut-être vaquer à nos affaires. Au moins, nous saurons où ils se trouvent.

C'est tout juste s'il ne fit pas un clin d'œil à Beauvoir avant de se retourner vers Gamache.

— Réfléchissez à ce que j'ai dit, inspecteur-chef. (Sa voix était affable, presque cordiale.) C'est tout ce que je demande.

Lorsqu'il commença à se diriger vers la porte, Gamache dit :

— À mon avis, monsieur le directeur, cette cloche n'est pas un appel à la prière, elle annonce plutôt le dîner.

— Eh bien, répondit Francœur avec un large sourire, mes prières ont donc été exaucées. D'après ce que j'ai entendu dire, la nourriture est excellente, ici. L'est-elle ? demanda-t-il à Beauvoir.

— Pas mauvaise.

— Bien. Je vous verrai au dîner, alors. Je resterai quelques jours, bien sûr. L'abbé a eu la gentillesse de me donner une des chambres. Si vous voulez bien m'excuser, je vais aller faire un brin de toilette avant de me joindre à vous au réfectoire.

Il salua les deux enquêteurs d'un hochement de tête, puis s'éloigna d'un pas assuré, en homme parfaitement maître de lui-même, de la situation, du monastère.

Beauvoir se tourna vers Gamache.

— C'était quoi, ça? Qu'est-ce qui s'est passé?

— Honnêtement, je n'en ai pas la moindre idée.

— Est-ce que ça va?

— Oui, ça va, je suis bien.

— B.I.E.N.? Bête, inquiet, emmerdeur et névrosé?

— Ce serait, je crois, l'opinion du directeur général, répondit Gamache avec un sourire, et ils s'avancèrent dans le couloir menant à la chapelle et au réfectoire.

— Il est venu ici pour vous dire ça?

— Non. Selon lui, il est venu pour aider. Il a aussi apporté les rapports du médecin légiste et de l'équipe médicolégale.

Gamache informa Beauvoir du contenu des rapports. Jean-Guy l'écouta tout en marchant, puis il s'arrêta et se tourna vers Gamache, en colère.

— Il savait ce que disait le rapport, que l'arme du crime n'était pas une pierre, et ne nous en a pas avisés immédiatement? À quoi il joue?

— Je ne sais pas. Mais nous devons nous concentrer sur le meurtre, et ne pas nous laisser distraire par le directeur.

— D'accord, répondit Beauvoir, presque à contrecœur. Alors où est la maudite arme du crime ? Nous avons fouillé les environs de l'autre côté du mur, sans rien trouver.

Sauf, pensa-t-il, des bleuets sauvages. Et ils n'étaient probablement pas mortels, avant qu'on les plonge dans du chocolat noir.

— Je sais une chose, dit le chef. Le rapport nous révèle un élément crucial.

— Quoi ?

— Le meurtre du frère Mathieu était presque certainement prémédité. Dans un jardin, une personne en proie à une émotion soudaine et violente pourrait ramasser une pierre, et tuer quelqu'un…

— Mais pas un objet en métal, dit Beauvoir, en suivant la pensée du chef. Il faut que le meurtrier l'ait apporté avec lui. C'est impossible qu'un tuyau ou un tisonnier se soit trouvé là comme par hasard, dans le jardin de l'abbé.

Gamache hocha la tête.

Un des moines n'avait pas simplement attaqué et tué le prieur dans un accès de rage. C'était un geste planifié.

Le terme juridique *mens rea* vint à l'esprit de Gamache, une expression latine signifiant "un esprit coupable", "une intention criminelle".

Le moine venu rencontrer le prieur dans le jardin était déjà armé d'une tige métallique et d'un esprit coupable. L'intention et le geste étaient entrés en collision, et le résultat avait été un meurtre.

— Je ne peux pas croire que Francœur va rester, dit Beauvoir tandis que les deux enquêteurs traversaient la chapelle. Je serais prêt à m'avouer coupable du crime si mon aveu pouvait faire partir ce con.

Gamache s'arrêta. Ils se trouvaient exactement au centre de la chapelle.

— Faites attention, Jean-Guy, dit Gamache à voix basse. Le directeur Francœur n'est pas un idiot.

— Vous voulez rire ? Il aurait dû vous remettre les rapports dès sa descente de l'avion. Mais non, au lieu de faire cela, il vous ignore, devant tout le monde, et fait des courbettes à l'abbé.

— Vous devriez baisser la voix, lui conseilla Gamache.

Beauvoir jeta un regard furtif autour de lui, puis murmura d'une voix pressante :

— Cet homme est dangereux.

Il regarda du côté de la porte par laquelle ils venaient d'entrer, pour voir si Francœur était là. Gamache se tourna et ils reprirent leur marche en direction du réfectoire.

— Écoutez, dit Beauvoir en se hâtant de rattraper le chef qui marchait à grandes enjambées. Il est en train de miner votre autorité ici. Vous devez bien vous en rendre compte. Tous les moines ont vu ce qui s'est produit au quai, et maintenant ils croient que Francœur est le responsable de l'enquête.

Gamache ouvrit la porte et fit signe à Beauvoir de passer dans le couloir suivant. Un arôme de pain frais et de soupe parvint jusqu'à eux. Après avoir jeté un regard rapide dans la chapelle sombre, Gamache referma la porte.

— Il *est* le responsable, Jean-Guy.

— Allons donc !

Beauvoir réprima son rire, cependant. Le chef était sérieux.

— Il est le directeur général de la Sûreté, dit Gamache. Pas moi. Il est mon patron. Il sera toujours le responsable.

En voyant l'air furieux de Beauvoir, Gamache sourit.

— Tout ira bien.

— Je le sais, patron. Après tout, il ne se passe jamais rien de mal quand un officier supérieur de la Sûreté commence à abuser de son pouvoir.

— Exactement, mon vieux, répondit le chef avec un sourire.

Puis il regarda Beauvoir dans les yeux et ajouta :

— S'il vous plaît, Jean-Guy, ne vous mêlez pas de ça.

Beauvoir n'avait pas besoin de demander de quoi il ne devait pas se mêler. L'inspecteur-chef soutint son regard. Ses yeux calmes semblaient l'implorer. Pas de l'aider, mais, au contraire, de le laisser s'arranger tout seul avec Francœur.

Beauvoir hocha la tête.

— D'accord, patron.

Mais il savait qu'il venait de mentir.

# 20

La plupart des moines se trouvaient déjà dans le réfectoire quand Gamache et Beauvoir arrivèrent. D'une inclinaison de la tête, l'inspecteur-chef salua le père abbé assis à un bout de la longue table. Une chaise près de lui était inoccupée. Dom Philippe leva la main en guise de salut, mais n'offrit pas le siège vide à Gamache. Et celui-ci n'alla pas s'asseoir à côté de l'abbé. Les deux hommes avaient d'autres idées en tête.

Des corbeilles de baguettes fraîchement sorties du four, des meules de fromages, des pichets d'eau et des bouteilles de cidre étaient posés sur la table en bois autour de laquelle étaient assis les moines dans leurs robes noires, leurs capuchons blancs pendant dans le dos. Gamache se rendit compte que Francœur ne lui avait pas dit pourquoi, neuf cents ans auparavant, Gilbert de Sempringham avait choisi cet habit unique.

— Voilà le frère Raymond, chuchota-t-il en faisant un geste de la tête en direction d'une place vide sur le banc entre le médecin, le frère Charles, et un autre moine. Il s'occupe de la maintenance.

— Compris, dit Beauvoir avant de se diriger d'un pas rapide de l'autre côté de la table.

— Vous permettez ? demanda-t-il aux moines.

— Je vous en prie, répondit le frère Charles.

Il paraissait content, presque euphorique même, de voir le policier de la Sûreté. Beauvoir recevait rarement un pareil accueil au cours d'une enquête sur un meurtre.

Le voisin de Gamache, par contre, ne semblait pas du tout heureux de voir l'inspecteur-chef, ni, en fait, le pain, le fromage, le soleil dans le ciel ou les oiseaux à la fenêtre.

— Bonjour, frère Simon, dit le chef en s'assoyant.

Mais, apparemment, le secrétaire de l'abbé observait strictement un vœu de silence personnel. On aurait dit qu'il avait aussi fait vœu de mécontentement.

Un peu plus loin de l'autre côté de la table, Gamache vit que Beauvoir avait déjà engagé la conversation avec le frère Raymond.

— Les frères fondateurs savaient ce qu'ils faisaient, dit Raymond en réponse à la question de l'inspecteur au sujet du plan de l'abbaye.

Beauvoir fut surpris. Non pas par la réponse elle-même, mais par la voix du moine.

Le frère parlait avec un accent campagnard prononcé et nasillard, presque incompréhensible, issu des bois, des montagnes et des petits villages du Québec. Il avait été transplanté des siècles auparavant par les premiers colons venus de France et les coureurs des bois. Des hommes rudes, qui avaient appris ce qui importait ici. Pas les bonnes manières, mais comment survivre. Les nobles, les administrateurs instruits et les marins avaient peut-être découvert le Nouveau Monde, mais c'étaient les paysans robustes qui l'avaient peuplé. Leurs voix, comme de vieux chênes, s'étaient profondément enracinées dans le Québec. Si bien qu'une historienne parlant avec ces Québécois pourrait avoir l'impression d'être remontée dans le temps jusqu'à l'époque de la France médiévale.

La plupart des Québécois avaient perdu cet accent au fil des générations, mais de temps en temps il émergeait d'une vallée, d'un village.

Les gens aimaient s'en moquer, croyant que si le parler était rustique, l'esprit devait être arriéré. Mais ce n'était pas le cas, Beauvoir le savait très bien.

C'était cet accent qu'il entendait quand sa grand-mère, avec qui il écossait des pois sur la vieille galerie délabrée, parlait de son potager. Des saisons. De patience. Et de la nature.

Lorsque son grand-père, un homme bourru, choisissait de parler, sa voix était celle d'un paysan. Mais il pensait et agissait en gentilhomme. Ne manquait jamais d'aider un voisin ni de partager le peu qu'il possédait.

Non, Beauvoir n'avait aucune envie de rabaisser le frère Raymond. Au contraire. Il se sentait attiré vers ce moine aux yeux brun foncé.

Malgré la robe, Beauvoir voyait qu'il était costaud. Ses mains étaient maigres et nerveuses, le résultat d'une vie de dur labeur. Et il était au début de la cinquantaine, estima-t-il.

— Ils ont construit le monastère pour qu'il dure, dit le frère Raymond en tendant la main vers la bouteille de cidre.

Il remplit le verre de Beauvoir et le sien.

— Du beau travail, du savoir-faire, voilà ce que c'était. Et de la discipline. Mais après ces premiers moines ? Un vrai désastre.

Suivit une litanie de récriminations sur la façon dont des générations de moines avaient contribué à la dégradation du monastère, chacune à sa façon. Pas sur le plan spirituel. Cet aspect ne semblait pas trop inquiéter le frère Raymond. Mais sur le plan matériel. Ajoutant un élément, en enlevant un autre. Le remettant en place. Remplaçant le toit. De vrais désastres.

— Et les toilettes. Ne me lancez pas sur le sujet des toilettes.

Trop tard. Le frère Raymond était lancé. Beauvoir commençait à comprendre pourquoi le frère Charles avait semblé presque euphorique en voyant quelqu'un s'asseoir entre le moine et lui. Pas à cause de la voix, mais de ce qu'elle disait, sans jamais s'interrompre.

— Une horreur, dit le frère Raymond. Les toilettes étaient…

— Un vrai désastre ?

— Exactement, répondit Raymond, et il sut qu'il était en compagnie d'une âme sœur.

Les derniers moines arrivèrent et s'assirent à leur place. Le directeur Francœur s'immobilisa dans l'embrasure de la porte. Tout le monde se tut, à l'exception du frère Raymond, qui semblait incapable d'endiguer le flot de paroles sortant de sa bouche.

— De la merde. De grands trous pleins de merde. Je peux vous montrer si vous voulez.

Il regarda Beauvoir avec enthousiasme, mais l'inspecteur secoua la tête et se tourna vers Francœur.

— Merci, mon frère, chuchota-t-il. Mais j'ai déjà vu suffisamment de merdes.

Le frère Raymond poussa un petit grognement.

— Moi aussi, dit-il.

Puis il se tut.

Francœur avait une façon de s'imposer dans une pièce, et Beauvoir observa les moines tandis que, un à un, ils se tournèrent vers le directeur.

“Il est parvenu à les tromper eux aussi”, pensa Beauvoir. Pourtant, des hommes de Dieu devraient voir clair dans son jeu. Voir la méchanceté, la mesquinerie. Voir qu'il était une vraie merde. Une calamité, un désastre.

Mais, apparemment, les moines ne voyaient rien. Comme beaucoup de policiers à la Sûreté, ils avaient été dupés par l'arrogance du directeur, son caractère viril, son air de suffisance.

Beauvoir comprenait qu'un milieu comme la Sûreté, gonflé à la testostérone, pouvait tomber dans le panneau. Mais pas les moines silencieux et réfléchis.

Pourtant, eux aussi semblaient subjugués par cet homme, arrivé si vite, et qui avait presque atterri sur eux. Francœur n'avait rien de veule et ne manquait pas d'audace. Il était pratiquement tombé du ciel. Dans leur abbaye. Sur leurs genoux.

Et d'après l'expression sur leurs visages, ils semblaient l'admirer pour ça.

Mais pas tous, se rendit compte Beauvoir. L'homme avec qui il avait cueilli des bleuets ce matin-là, le frère Bernard, regardait le directeur d'un air soupçonneux, comme quelques autres moines.

Ces religieux n'étaient peut-être pas aussi naïfs qu'il avait d'abord craint. Puis, il comprit. Les hommes de l'abbé fixaient Francœur avec méfiance. Ils affichaient un air poli, sans plus.

C'étaient les hommes du prieur qui se pâmaient presque.

Francœur balaya la pièce des yeux et arrêta son regard sur l'abbé. Et la chaise inoccupée à côté de lui. La pièce sembla se vider de son air quand tous les yeux allèrent du directeur à la chaise, puis de nouveau au directeur.

Au bout de la table, dom Philippe demeurait parfaitement immobile. Il n'invita pas le directeur à venir s'asseoir à côté de lui, mais ne fit rien non plus pour l'en dissuader.

Finalement, le directeur salua respectueusement les moines en s'inclinant légèrement et marcha d'un pas décidé jusqu'au bout de la longue table. Où il s'assit, à la droite du père supérieur.

La place du prieur. Prise. L'espace occupé. Le vide comblé.

Beauvoir se concentra de nouveau sur le frère Raymond et fut surpris de voir un regard admiratif sur sa figure maigre et tannée tandis qu'il observait lui aussi le directeur.

— La place du prieur, bien sûr, dit Raymond. Le roi est mort, vive le roi.

— Le prieur était le roi ? J'aurais pensé que ç'aurait été l'abbé.

Le frère Raymond jeta à Beauvoir un regard perçant, scrutateur.

— Seulement en théorie. C'était le prieur, notre vrai chef.

— Vous êtes un des hommes du prieur ? demanda Beauvoir, étonné.

Il avait cru que cet homme serait demeuré fidèle à l'abbé.

— Absolument. Ma tolérance à l'incompétence a des limites. Cet homme, dit le frère Raymond en indiquant l'abbé d'un geste de sa tête rasée, menait l'abbaye à la ruine. Le prieur allait la sauver.

— À la ruine ? Comment ?

— En ne faisant rien. (Raymond baissa la voix, mais ne put dissimuler sa contrariété.) Le prieur lui avait donné le moyen d'amasser tout l'argent dont nous aurions jamais besoin pour enfin réparer le monastère, pour qu'il reste debout encore mille ans. Et dom Philippe l'a refusé.

— Je croyais pourtant que beaucoup de travaux avaient été réalisés : les cuisines, le toit, le système géothermique. On ne peut pas dire que l'abbé ne faisait rien.

— Mais il n'entreprenait pas les travaux essentiels. Nous aurions très bien pu nous passer pendant encore de nombreuses années de nouvelles cuisines ou de géothermie.

Le frère Raymond s'interrompit. Comme si un gouffre était soudain apparu dans le flot de paroles. Beauvoir fixa le moine et attendit tandis que celui-ci chancelait au bord du précipice, hésitait. Allait-il tomber dans le silence ou plonger de nouveau dans un flot de paroles ?

Il décida de lui donner une petite poussée.

— De quoi ne pouvez-vous pas vous passer ?

Le moine baissa encore plus la voix.

— Les fondations sont pourries.

Beauvoir ignorait si le frère Raymond parlait métaphoriquement, comme les religieux avaient tendance à le faire, ou littéralement. Mais compte tenu de son accent, se dit-il, ce moine ne se servait probablement pas de métaphores.

— Que voulez-vous dire ? chuchota Beauvoir.

— De combien de façons peut-on interpréter cette phrase ? demanda Raymond. Les fondations sont pourries.

— Et les réparer constitue un travail considérable ?

— À votre avis ? Vous avez vu le monastère. Si ses fondations cèdent, il s'écroulera.

Beauvoir fixa le moine dont le regard intense le transperçait.

— S'écroulera ? Le monastère va s'effondrer ?

— Complètement. Pas aujourd'hui, pas demain. Je dirais dans environ dix ans. Mais c'est le temps qu'il faudra pour effectuer les réparations. Les fondations ont soutenu le poids des murs durant des siècles. Ce que les moines fondateurs ont fait est remarquable. Ils étaient en avance sur leur temps. Mais c'était compter sans les hivers rigoureux, les cycles de gel et de dégel et les dommages qu'ils causent. Et autre chose.

— Quoi ?

— La forêt. Saint-Gilbert demeure fixe, mais pas la forêt. Elle ne cesse d'avancer vers nous. Les racines des arbres percent les fondations, les fissurent, les affaiblissent. De l'eau s'est infiltrée, et maintenant elles s'effritent, pourrissent.

"Pourrissent", pensa Beauvoir. Ce n'était pas une métaphore, mais ce pouvait l'être.

— Quand nous sommes arrivés, dit-il, nous avons remarqué que de nombreux arbres près de l'abbaye avaient été abattus récemment. C'était pour les empêcher d'abîmer les fondations ?

— Une mesure insuffisante qui est arrivée trop tard. Le dommage est fait, les racines sont là. Il faudrait des millions pour tout réparer, et de la main-d'œuvre qualifiée. Mais cet homme, dit Raymond en désignant l'abbé avec son couteau cette fois, croit que deux douzaines de moines vieillissants peuvent faire le travail. Il n'est pas seulement incompétent, il est déconnecté de la réalité.

Beauvoir avait tendance à être d'accord avec lui. Il observa l'abbé qui semblait engagé dans une conversation décontractée avec le directeur général et, pour la première fois, s'interrogea sur sa santé mentale.

— Que répond-il quand vous lui dites que vous ne pouvez pas effectuer vous-mêmes les réparations ?

— Que je devrais faire comme lui. Prier pour qu'un miracle se produise.

— Et il ne s'en produira pas, selon vous ?

Le frère Raymond se tourna complètement pour faire face à Beauvoir. La colère, si manifeste un peu plus tôt, avait complètement disparu.

— Bien au contraire. J'ai dit à dom Philippe d'arrêter de prier puisque le miracle s'était produit. Dieu nous a donné de belles voix. Et les plus merveilleux chants. Et nous a fait naître à une époque où ils peuvent être diffusés dans le monde entier. Pour inspirer des millions de personnes tout en amassant des millions de dollars. Si ça, ce n'est pas un miracle, je me demande ce qui en constitue un.

Beauvoir se recula sur son siège et regarda ce moine qui non seulement croyait à la prière et aux miracles, mais croyait aussi que Dieu en avait accompli un pour eux. L'ordre silencieux ferait de l'argent avec les voix de ses religieux et sauverait l'abbaye.

Mais l'abbé refusait catégoriquement de voir qu'il avait déjà ce pour quoi il priait.

— Qui d'autre est au courant de l'état des fondations ?

— Personne. J'ai découvert le problème il y a quelques mois seulement. J'ai procédé à des tests et je suis ensuite allé voir l'abbé. Je m'attendais à ce qu'il informe la communauté de la situation.

— Mais il ne l'a pas fait ?

Le frère Raymond secoua la tête et, jetant un coup d'œil aux autres moines, dit d'une voix encore plus basse :

— Il a donné l'ordre d'abattre les arbres en disant aux moines que c'était pour faire du bois de chauffage, au cas où le système géothermique tomberait en panne.

— Il a menti ?

Raymond haussa les épaules.

— C'est une bonne idée d'avoir une réserve de bois, au cas où. Cependant, ce n'était pas la vraie raison. Mais personne ne le sait. Sauf l'abbé. Et moi. Il m'a fait promettre de ne rien dire.

— Pensez-vous que le prieur savait, lui ?

— J'aurais bien aimé. Il nous aurait sauvés. Ç'aurait été si facile. Un autre enregistrement, et peut-être une tournée de concerts. Nous aurions amassé suffisamment de fonds pour sauver Saint-Gilbert.

— Mais ensuite le frère Mathieu a été tué.

— Assassiné.

— Par qui ?

— Voyons donc, mon fils. Vous le savez aussi bien que moi.

Beauvoir tourna son regard vers le bout de la table, où dom Philippe était maintenant debout. Un bruissement se produisit lorsque les autres moines, et les policiers de la Sûreté, se levèrent à leur tour.

Après que l'abbé eut récité le bénédicité, tout le monde se rassit. Un des moines alla jusqu'à une estrade, toussota pour s'éclaircir la voix, puis commença à chanter.

"Encore!" se dit Beauvoir en soupirant.

Il regarda avec envie le pain frais et le fromage à portée de la main, qui lui mettaient l'eau à la bouche. Mais tandis que le moine chantait, Beauvoir pensa surtout au frère à côté de lui, un homme au franc-parler, qui ne mâchait pas ses mots. Un des hommes du prieur. Pour qui l'abbé était un fléau, un désastre. Pire encore, un meurtrier.

Quand finalement le frère cessa de chanter, d'autres moines apportèrent des chaudrons de soupe chaude préparée avec les légumes que Beauvoir avait aidé à récolter ce matin-là.

Beauvoir prit une tranche épaisse de baguette chaude, y étala du beurre fouetté et le regarda fondre. Puis il coupa des morceaux de bleu et de brie sur un plateau à fromage qui faisait le tour de la table. Tandis que le frère Raymond continuait de débiter la litanie de tout ce qui ne fonctionnait pas au monastère, Beauvoir porta à sa bouche une cuillerée du bouillon parfumé où flottaient des morceaux de carottes, de panais, de pommes de terre et des petits pois.

Alors qu'il trouvait difficile d'endiguer le déluge de paroles quasi biblique de son compagnon de table, le chef, lui, remarqua-t-il, avait de la difficulté à tirer quelques mots du frère Simon.

Gamache avait souvent eu affaire à des suspects qui refusaient de parler. Assis d'un côté d'une vieille table bancale dans un poste éloigné de la Sûreté, ils se cantonnaient dans le silence, les bras croisés dans une attitude agressive.

L'inspecteur-chef avait cependant réussi à tous leur délier la langue. Certains étaient passés aux aveux. La plupart, à tout le moins, avaient fini par dire bien plus que ce qu'ils s'attendaient à révéler ou, certainement, avaient eu l'intention de révéler.

Armand Gamache excellait à forcer les gens à commettre des indiscrétions.

Il se demanda, toutefois, s'il ne connaîtrait pas son Waterloo avec le frère Simon.

Il avait parlé du temps qu'il faisait. Puis, croyant que pour le secrétaire de l'abbé ce sujet était trop banal, il demanda qui était sainte Cécile.

— Nous avons trouvé une statue d'elle dans la cellule du frère Mathieu, dit-il.

— C'est la patronne de la musique, répondit Simon, le nez dans sa soupe.

C'était au moins un début, pensa l'inspecteur-chef en se coupant un morceau de camembert et en l'étalant sur une tranche épaisse de baguette chaude. Et un mystère de résolu. Le frère Mathieu priait chaque soir la sainte patronne de la musique.

Voyant la réponse de Simon comme une ouverture, Gamache posa des questions sur Gilbert de Sempringham. Et sur le type d'habit qu'il avait choisi pour ses moines.

Cela suscita une réaction. Le frère Simon regarda l'inspecteur-chef comme s'il avait perdu la tête. Puis il se remit à manger. Gamache aussi.

Le chef but une gorgée de cidre.

— C'est une boisson agréable, dit-il en reposant son verre. Il paraît que vous vous la procurez dans un monastère plus au sud en échange de bleuets.

Il aurait aussi bien pu parler au camembert.

S'il assistait à une réception quelconque et qu'un silence extrêmement gênant et inconfortable s'installait, il n'insisterait pas et se tournerait probablement vers son autre voisin, mais il menait une enquête sur un meurtre. Il n'avait pas cette option. Gamache se retourna donc vers le frère Simon, résolu à percer une brèche dans le mur qu'il avait érigé autour de lui.

— Les Rhode-Island, dit-il.

Le frère Simon abaissa sa cuiller dans le bouillon, tourna lentement la tête et regarda Gamache.

— Pardon ?

Il avait une belle voix, cela s'entendait même dans ce seul mot. Elle était mélodieuse, riche, comme un café corsé ou un vieux cognac. Pleine de nuances et de profondeur.

Gamache se rendit compte que, depuis son arrivée, il n'avait pas entendu le secrétaire de l'abbé prononcer plus d'une douzaine de mots.

— Les Rhode-Island, répéta-t-il. Une belle race.

— Que savez-vous sur elles ?

— Eh bien, leur plumage est magnifique, et on a tendance, à mon avis, à les rejeter trop facilement.

Bien sûr, il disait un peu n'importe quoi. Mais les mots semblaient appropriés et éveilleraient peut-être l'intérêt de cet homme. Car un petit miracle s'était produit. De toutes ses conversations avec le père abbé, il venait de se rappeler une phrase en particulier.

Le frère Simon aimait les poules.

Gamache, qui ne s'intéressait nullement aux poules, se rappelait le nom d'une seule race. Il avait failli dire "Foghorn Leghorn", mais le premier miracle s'était produit et il s'était souvenu à temps que c'était le nom d'un coq dans un dessin animé et non d'une race de poules.

*Camptown racetrack's five miles long.* Il se rendit compte avec horreur que la chanson préférée du volatile s'était introduite dans sa tête. *Doo-dah.* Il lutta pour la faire sortir de là. *Doo-dah.*

Il se tourna vers le frère Simon en espérant que sa tentative pour engager la conversation avait fonctionné. *Doo-dah, doo-dah.*

— Ces poules ont un bon tempérament, c'est vrai, mais ne soyez pas dupe. Elles peuvent devenir agressives quand elles sont contrariées, dit Simon.

Grâce à ce mot magique, Rhode-Island, Gamache n'avait pas seulement percé une brèche dans le mur du moine, mais ouvert tout grand le portail. Et l'inspecteur-chef le franchit victorieusement.

Mais avant, il eut le temps de se demander ce qui pouvait bien contrarier une poule. Peut-être la même chose qui contrariait le frère Simon et les autres religieux entassés les uns sur les autres, dans leurs minuscules cellules. Pas exactement des moines vivant en liberté. Plutôt en batterie.

— Vous en avez ici ? demanda-t-il.

— Des Rhode-Island ? Non. Elles sont robustes, mais nous avons découvert qu'une seule race s'adaptait bien à nos hivers nordiques.

Le secrétaire s'était maintenant complètement tourné vers Gamache. Loin de paraître taciturne, il semblait supplier l'inspecteur-chef de poser la question qui logiquement suivait, ce que, bien sûr, il fit.

— Et quelle est cette race ? demanda-t-il en espérant, priant que le frère Simon ne lui demanderait pas de deviner.

— Vous voudrez vous gifler de ne pas y avoir pensé, répondit Simon, qui paraissait presque grisé.

— J'en suis persuadé, dit Gamache.

— La Chantecler.

Le frère Simon avait lancé le nom d'un ton si triomphal que Gamache, effectivement, faillit se gifler de ne pas l'avoir deviné. Avant de se souvenir qu'il n'avait jamais entendu parler de cette race.

— Mais bien sûr, dit-il. La Chantecler. Quel idiot je suis. Une race extraordinaire.

— En effet.

Durant les dix minutes suivantes, l'inspecteur-chef écouta le frère Simon qui, en gesticulant et en traçant des dessins sur la table en bois avec son index boudiné, parla des Chantecler sans jamais s'arrêter. Et de son superbe coq, Fernando.

— Fernando ? ne put s'empêcher de dire Gamache.

Simon, cette fois, rit carrément, et les moines près de lui furent surpris, presque consternés. Ils n'avaient probablement jamais entendu ce son avant.

— La vérité ? dit Simon en se penchant vers l'inspecteur-chef. J'avais la chanson d'ABBA en tête.

Le moine se mit à chanter un passage de la chanson bien connue, où il était question de tambours et de fusils. Le cœur de Gamache bondit dans sa poitrine, comme s'il voulait sortir et s'agripper au moine. Quelle voix extraordinairement belle ! Si c'était la pureté du son qui rendait les autres voix remarquables, chez Simon c'était la tonalité. La richesse de son timbre. Elle transformait la chanson pop en quelque chose de magnifique. Le chef se surprit à espérer que le frère avait également une poule nommée Mamma Mia.

L'homme à côté de lui était animé d'une grande passion, même si, il est vrai, c'était pour des volailles. Avait-il la même passion pour la musique, Dieu ou la vie monastique ? Cela restait à voir.

*All the doo-dah day.*

— Votre patron semble avoir fait la conquête de quelqu'un, dit le frère Charles en se penchant vers Beauvoir.

— C'est vrai. Je me demande de quoi ils discutent.

— Moi aussi. Tout ce que j'ai jamais réussi à tirer du frère Simon, c'est un grognement. Bien que cela fasse de lui un excellent gardien.

— Je croyais que c'était le frère Luc, le gardien.

— Il est le portier. Simon a un autre job. Il est le chien de garde du père abbé. Personne n'arrive jusqu'à dom Philippe sans passer par le frère Simon. Il est entièrement dévoué à l'abbé.

— Et vous ? Êtes-vous dévoué à dom Philippe ?

— Il est l'abbé, notre chef.

— Ce n'est pas une réponse, ça, mon frère, dit Beauvoir.

Il avait réussi à se tourner vers le médecin quand le moine responsable de la maintenance avait tendu le bras vers la bouteille de cidre pour se resservir.

— Êtes-vous un des hommes de l'abbé, ou du prieur ?

Le regard du médecin, amical l'instant d'avant, devint pénétrant, scrutateur. Puis, le frère Charles sourit.

— Je suis neutre, inspecteur. Comme la Croix-Rouge. Je m'occupe seulement de soigner les blessés.

— Il y en a beaucoup ? Des blessés, je veux dire.

Le sourire sur le visage du frère Charles s'effaça.

— Passablement. Une division comme celle que nous vivons actuellement, alors que nous étions heureux auparavant, fait du mal à tout le monde.

— À vous aussi ?

— Oui, admit le médecin. Mais je ne prends parti pour personne. Ce ne serait pas approprié.

— L'était-ce pour les autres moines ?

— Personne n'a délibérément pris la décision de choisir un camp, répondit le médecin. (Une certaine impatience s'était glissée dans sa voix affable.) Nous ne nous sommes pas réveillés un matin en nous disant que nous devions nous joindre à telle ou telle équipe. Comme dans un jeu. Le processus fut long et pénible. C'est comme être éviscéré. Étripé. Personne n'est très "civil" dans une guerre civile.

Le moine détourna ses yeux de Beauvoir pour regarder d'abord Francœur, à côté de l'abbé, et ensuite Gamache.

— Comme vous le savez peut-être, ajouta-t-il.

Beauvoir s'apprêta à nier, mais se retint. Le moine savait. Tous savaient.

— Va-t-il bien ? demanda le frère Charles.

— Qui ?

— L'inspecteur-chef.

— Pourquoi n'irait-il pas bien ?

Le frère Charles hésita, fouilla le visage de Beauvoir, puis baissa les yeux sur sa main immobile.

— Le tremblotement, dit-il. De sa main droite. (Ses yeux revinrent se poser sur l'inspecteur.) Vous l'avez remarqué, j'en suis sûr.

— Oui, et il va bien.

— Je ne pose pas la question par simple curiosité, dit le frère Charles, revenant à la charge. Ce peut être le symptôme d'une maladie grave. Je constate que le tremblement n'est pas continuel. Maintenant, par exemple, sa main ne tremble pas.

— Ça se produit quand le chef est fatigué ou stressé.

Le médecin hocha la tête.

— Il a ces tremblements depuis longtemps ?

— Non.

Beauvoir s'efforçait de ne pas paraître sur la défensive. Le chef, savait-il, ne semblait pas se soucier qu'on voie le tremblotement occasionnel de sa main droite.

— Donc, il ne souffre pas de la maladie de Parkinson ?

— Pas du tout.

— Qu'est-ce qui est à l'origine des tremblements, alors ?

— Une blessure.

— Ahh, fit le moine en regardant encore une fois l'inspecteur-chef. La cicatrice à sa tempe gauche.

Beauvoir ne dit rien. Il regrettait de s'être détourné du frère Raymond et de sa longue énumération des problèmes qui menaçaient la structure du monastère – sans compter les autres fléaux –, causés au fil du temps par des pères supérieurs incompétents parmi lesquels dom Philippe figurait en tête de liste. Maintenant, il voulait se retourner vers lui et entendre parler de puits artésiens, de fosses septiques et de murs porteurs.

N'importe quoi d'autre était mieux que de discuter des blessures du chef. Et, par association, de ce jour horrible dans l'usine abandonnée.

— Si vous croyez qu'il a besoin de quoi que ce soit, j'ai des médicaments qui peuvent aider à l'infirmerie.

— Ça va, il ira bien.

— J'en suis sûr, dit le frère Charles. (Il marqua une pause et regarda Beauvoir droit dans les yeux.) Mais nous avons tous besoin d'aide à l'occasion. Votre chef compris. J'ai des tranquillisants et des analgésiques. Dites-le-lui.

— D'accord. Merci.

Beauvoir se concentra sur sa nourriture. Mais à mesure qu'il mangeait, les paroles du moine se frayèrent un chemin jusqu'à ses propres blessures, s'enfonçant de plus en plus profondément en lui.

Des tranquillisants.

Jusqu'à ce que les mots touchent le fond et trouvent sa pièce secrète.

Des analgésiques.

# 21

Quand le dîner fut terminé, l'inspecteur-chef Gamache et Beauvoir retournèrent au bureau du prieur. En chemin, ils partagèrent ce qu'ils avaient appris : Beauvoir sur les fondations et Gamache sur les poulets.

— Il ne s'agit pas de volailles ordinaires, mais de poules Chantecler, dit Gamache avec enthousiasme.

Beauvoir n'était jamais certain si le chef était réellement aussi intéressé qu'il le paraissait, ou faisait seulement semblant, mais il se doutait de la réponse.

— Ahh… les nobles Chantecler.

Gamache sourit.

— Ne vous moquez pas, Jean-Guy.

— Moi, me moquer d'un moine ?

— Apparemment, le frère Simon est un expert mondial en ce qui concerne la Chantecler, une race de poules créée ici même au Québec. Par un moine.

— Vraiment ? Ici ?

Malgré lui, Beauvoir était intéressé.

— Eh bien non, pas à Saint-Gilbert, mais dans un monastère non loin de Montréal, il y a environ cent ans. Le moine trouvait le climat du Canada trop rude pour que les poulets ordinaires puissent survivre, alors il a passé sa vie à mettre au point une race canadienne, la Chantecler. Elle avait presque disparu, mais le frère Simon est en train de la réintroduire.

— Voilà bien notre chance ! Dans tous les autres monastères, les moines produisent des alcools. Brandy, bénédictine, champagne, cognac. Des vins. Dans le nôtre, ils chantent des chants obscurs et élèvent des poulets en voie d'extinction. Pas étonnant qu'ils soient presque disparus eux aussi, comme les dodos. Mais cela m'amène à ma conversation avec le frère Raymond au réfectoire. En passant, merci, hein, de la suggestion de m'asseoir à côté de lui.

Gamache sourit.

— Il était causant ?

— Vous n'arriviez pas à faire parler votre moine et moi je n'arrivais pas à faire taire le mien. Mais attendez d'entendre ce qu'il avait à dire.

Les deux hommes étaient dans la chapelle, maintenant. Les moines s'étaient dispersés, pour aller travailler, ou lire, ou prier. Dans l'après-midi, les activités semblaient moins structurées qu'en matinée.

— Les fondations de Saint-Gilbert se désagrègent, dit Beauvoir. Le frère Raymond s'en est aperçu il y a quelques mois. Si rien n'est fait immédiatement, l'abbaye ne tiendra pas encore dix ans. Le premier disque a rapporté beaucoup d'argent aux moines, mais pas assez. Il leur en faut plus.

— Vous voulez dire que toute l'abbaye pourrait s'écrouler ? demanda Gamache, s'arrêtant net.

— Boum ! Disparue. Et le frère Raymond accuse l'abbé.

— Pourquoi ? L'abbé ne doit tout de même pas se livrer à des travaux de sape, du moins pas dans le sens littéral.

— Selon le frère, s'ils n'obtiennent pas l'argent en enregistrant un deuxième disque et en faisant une tournée de concerts, ils ne pourront pas sauver le monastère. Et l'abbé refuse ces deux solutions.

— Dom Philippe est au courant de l'état des fondations ?

Beauvoir hocha la tête.

— Le frère Raymond l'en a informé. Il l'a supplié de prendre la situation au sérieux, et de trouver les fonds nécessaires pour réparer les fondations.

— Et personne d'autre n'est au courant ? voulut confirmer Gamache.

— Eh bien, le frère Raymond affirme que non. Mais l'abbé s'est peut-être montré moins discret.

Gamache fit quelques pas en silence, réfléchissant. Puis il s'arrêta.

— Le prieur était le bras droit de l'abbé. Je me demande si dom Philippe lui en a parlé.

Beauvoir réfléchit à son tour.

— C'est le genre de chose qu'on dirait à son adjoint, il me semble.

— À moins d'être en guerre avec lui, dit Gamache, perdu dans ses pensées.

Il essayait de comprendre ce qui avait pu se produire. Le père abbé avait-il informé le prieur que Saint-Gilbert était en train de s'effondrer, littéralement ? Mais en continuant ensuite de s'opposer à un autre enregistrement. Il avait aussi continué, malgré ce qu'il avait appris, de refuser que soit brisée la règle du silence pour permettre aux moines de partir en tournée et d'accorder des entrevues. Et d'amasser les millions de dollars nécessaires pour sauver l'abbaye.

Soudainement, le second enregistrement de chants grégoriens, dont le projet avait pu sembler une question de vanité de la part des moines et du frère Mathieu, devenait quelque chose de vital. Non seulement il assurerait la notoriété de Saint-Gilbert-entre-les-Loups, mais il sauverait le monastère et toute la communauté.

Il ne s'agissait plus d'un simple différend philosophique entre l'abbé et le prieur. La survie même de l'abbaye était en jeu.

Qu'aurait fait le frère Mathieu s'il avait su ?

— Les rapports entre eux étaient déjà tendus, dit Gamache en se remettant à marcher, mais lentement.

Il pensait tout haut, mais à voix basse, pour éviter qu'une autre personne à part Beauvoir ne puisse l'entendre, si bien que les deux enquêteurs avaient l'air de conspirateurs.

— Le prieur aurait été en tabar…

En voyant le visage de Gamache, Beauvoir se reprit.

— Il aurait été enragé.

— Il était déjà en colère. Alors d'apprendre que le monastère allait s'écrouler l'aurait rendu fou de rage.

— Et si, malgré tout, l'abbé a continué d'interdire qu'il fasse un deuxième enregistrement ? Je parie que le frère Mathieu aurait menacé de tout révéler aux autres moines. Et alors, ça aurait chi… ça aurait…

Mais il eut beau chercher, Beauvoir ne trouva pas une autre façon d'exprimer sa pensée.

— En effet, dit Gamache. Donc…

Le chef s'arrêta encore une fois et, le regard perdu dans le vague, assembla les pièces du puzzle pour former une image semblable, mais différente.

— Donc, poursuivit-il en se tournant vers Beauvoir, dom Philippe n'a peut-être pas informé le prieur de l'état des fondations. Il est assez intelligent pour savoir ce que le frère Mathieu aurait fait avec une telle information. Ç'aurait été comme remettre une bombe nucléaire à son adversaire. Les fondations lézardées, pourries, auraient fourni au prieur et à ses hommes le dernier argument, et le plus convaincant, dont ils avaient besoin.

— Vous pensez que l'abbé n'a rien dit ?

— À mon avis, c'est possible. Et il aurait fait jurer au frère Raymond de garder le silence à ce sujet.

— Mais s'il m'en a parlé, n'en aurait-il pas aussi parlé aux autres moines ?

— Il a pu penser que la promesse faite au père abbé ne concernait que la communauté, pas vous.

— Et il en a peut-être assez du silence.

— Et peut-être le frère Raymond vous a-t-il menti. Il a peut-être partagé l'information avec une autre personne.

Beauvoir réfléchit un moment à cette possibilité. Les enquêteurs entendirent le bruissement léger de pas dans la chapelle et virent des moines qui se déplaçaient, ici et là, en longeant les vieux murs, comme s'ils craignaient de se montrer.

Gamache et Beauvoir avaient parlé à voix basse. Suffisamment basse, espérait Beauvoir. Sinon, c'était maintenant trop tard.

— Le prieur, dit Beauvoir. Si le frère Raymond était prêt à rompre sa promesse à l'abbé, c'est le prieur qu'il serait allé voir. Il aurait été convaincu de faire la bonne chose, s'il pensait que l'abbé ne ferait rien.

Gamache hocha la tête. Cette hypothèse avait du bon sens. Dans le petit monde logique qu'ils venaient de créer. Mais tant de choses dans la vie de ces moines ne semblaient pas logiques. Et l'inspecteur-chef dut se rappeler de ne pas confondre ce qui aurait dû se passer, ce qui aurait pu se passer et ce qui s'était réellement passé.

Ils avaient besoin de faits.

— À votre avis, patron, si le frère Raymond a parlé au prieur, qu'est-ce qui a pu se produire ensuite ?

— Je crois que nous pouvons le deviner. Le prieur aurait été furieux…

— Ou peut-être pas, l'interrompit Beauvoir, et Gamache le regarda. Eh bien, en gardant le silence au sujet de quelque chose d'aussi important, l'abbé a peut-être finalement donné au prieur l'arme dont il avait besoin. Dans ce cas, le prieur a pu feindre d'être en colère alors qu'en fait il était peut-être fou de joie.

Gamache imagina le prieur apprenant l'état déplorable des fondations, et le fait que l'abbé était au courant, mais, apparemment, ne faisait rien. Sauf prier. Que ferait le prieur, ensuite ?

Révélerait-il ce qu'il savait à quelqu'un d'autre ?

Gamache ne le pensait pas. Pas immédiatement, du moins.

Dans un ordre silencieux, détenir de l'information équivalait à posséder une monnaie d'échange de grande valeur, et le frère Mathieu était presque certainement un homme avare. Il n'aurait pas partagé une telle information aussi rapidement. Il l'aurait mise en réserve. Aurait attendu le moment parfait.

Gamache ne pouvait en être sûr, mais d'après lui le prieur aurait demandé une rencontre avec l'abbé. Dans un endroit où on ne les verrait pas et où ils seraient à l'abri des oreilles indiscrètes. Où les seuls témoins seraient les oiseaux, le vieil érable et les mouches noires. Si on excluait Dieu.

Mais, encore une fois, le chef secoua la tête. Ça ne cadrait pas avec tous les faits. Un fait, corroboré par des témoins, était que c'était l'abbé qui avait voulu rencontrer le prieur, et non l'inverse.

Sauf que…

Gamache repensa à une de ses conversations avec l'abbé, dans le jardin. Quand dom Philippe avait reconnu que la réunion était l'idée du prieur. Le moment choisi, cependant, avait été celle du père supérieur.

Donc, le prieur avait sollicité une rencontre. Voulait-il parler des fondations ?

Encore une fois, Gamache imagina un scénario différent. Dans celui-ci, le père abbé envoyait son secrétaire demander au prieur de venir le rencontrer plus tard ce matin-là, tout en sachant pertinemment bien qu'il ne le trouverait pas.

Le frère Simon s'en va.

Le père abbé se retrouve seul. Son bureau, sa cellule et son jardin sont tout à lui. Il attend le frère Mathieu et le rendez-vous qu'il a secrètement fixé. Et qui doit avoir lieu non pas après la messe de onze heures, mais après les laudes.

Les deux hommes vont dans le jardin. Dom Philippe ne sait pas exactement pourquoi le prieur veut le rencontrer, mais il s'en doute. Il a apporté avec lui un bout de tuyau, caché dans une des longues manches noires de sa robe.

Le frère Mathieu dit à l'abbé qu'il est au courant du mauvais état des fondations, et il exige un second enregistrement. Exige que les moines soient relevés de leur vœu de silence. Pour sauver le monastère. Sinon, plus tard ce jour-là, dans la salle du chapitre, il révélera tout aux autres moines. Il leur parlera du silence de l'abbé au sujet des fondations et de sa paralysie, de son incapacité à réagir à une crise.

Lorsque le frère Mathieu sort sa bombe, l'abbé sort son tuyau. Une arme est une métaphore, l'autre non.

Quelques secondes plus tard, le prieur est en train d'agoniser aux pieds de l'abbé.

Oui, se dit Gamache en imaginant la scène, ça fonctionnait.

Presque.

— Qu'y a-t-il ? demanda Beauvoir, décelant un malaise chez le chef.

— Ça se tient presque, mais il y a un problème.

— Quoi ?

— Les neumes. La feuille de papier que tenait le prieur quand il est mort.

— Eh bien, il l'avait peut-être tout simplement apportée. Elle n'a peut-être aucune importance.

— Peut-être.

Ni l'un ni l'autre n'était convaincu, cependant. Si le prieur avait cette page avec lui, et était mort recroquevillé autour d'elle, il y avait une raison.

Avait-elle un lien avec les fondations de Saint-Gilbert-entre-les-Loups qui tombaient en ruine ? Gamache ne voyait pas quel pouvait être ce lien.

— Je ne sais plus trop quoi penser, avoua Beauvoir.

— Moi non plus, mon vieux. Qu'est-ce qui vous rend perplexe ?

— Je ne sais pas quoi penser de dom Philippe. Selon le frère Bernard, qui me semble quelqu'un de bien, l'abbé est presque un saint. Mais selon le frère Raymond, qui me semble aussi un type bien, l'abbé serait le cousin germain de Satan.

Gamache garda le silence un moment, puis dit :

— Pourriez-vous aller poser une question au frère Raymond ? Il est probablement au sous-sol. C'est là que se trouve son bureau, je crois. Demandez-lui directement s'il a parlé des fondations au prieur.

— Et si un tuyau est l'arme du crime, le meurtrier l'a probablement pris au sous-sol, et l'y a peut-être rapporté.

Ce qui, savait Beauvoir, faisait du volubile et costaud frère Raymond un très bon suspect. Cet homme du prieur qui était au courant des fissures, qui aimait l'abbaye et croyait que l'abbé allait la détruire. Et qui mieux que le moine chargé de l'entretien savait où trouver un bout de tuyau ?

Sauf que. Sauf que… Encore une fois, Beauvoir se heurta au fait que le mauvais moine avait été tué. Son hypothèse était plausible, si l'abbé était mort. Mais c'était le prieur qui avait été tué.

— Je lui poserai aussi des questions au sujet de la pièce cachée.

— Très bien. Apportez le plan. Vous verrez ce qu'il en pense. Et examinez les fondations. Si elles sont en si mauvais état, ce devrait être facile à voir. Je me demande pourquoi personne n'a jamais rien remarqué avant.

— Vous croyez qu'il a menti ?

— Certaines personnes le font, apparemment.

— C'est contraire à ma nature d'être cynique, patron, mais je vais essayer. Et vous, qu'allez-vous faire ?

— Le frère Simon a dû finir de copier le chant trouvé sur le corps du prieur. Je vais aller le chercher. Je veux aussi lui poser discrètement quelques questions. Mais avant je veux terminer en paix la lecture des rapports du médecin légiste et du laboratoire médicolégal.

Un bruit de pas assurés, déterminés se répercuta dans la chapelle. Les deux hommes se tournèrent dans la direction d'où il venait, mais savaient déjà ce qu'ils verraient. Certainement pas un des moines aux pas feutrés.

Le directeur Francœur s'avançait vers eux, ses pieds martelant les dalles de pierre.

— Messieurs, dit-il. Le dîner vous a plu ? (Il se tourna vers Gamache.) Je vous ai entendu discuter avec le moine à côté de vous. De volailles, c'est ça ?

— Oui, de poulets, confirma Gamache. De la race Chantecler, plus précisément.

Beauvoir réprima un sourire. Francœur ne s'attendait pas à une réaction aussi enthousiaste de la part de Gamache. "Trou de cul", pensa Beauvoir. Puis il vit les yeux froids du directeur braqués sur le chef, et son sourire se figea sur son visage.

— J'espère que vous avez prévu quelque chose de plus utile pour cet après-midi, dit le directeur d'un ton désinvolte.

— Oui. L'inspecteur Beauvoir a l'intention de faire le tour du sous-sol avec le frère Raymond, pour voir s'il ne trouverait pas une pièce cachée. Et peut-être même l'arme du crime. Quant à moi, je m'en vais parler de nouveau avec le secrétaire de l'abbé, le frère Simon, le moine avec qui je bavardais au cours du repas.

— Parler de cochons peut-être, ou de chèvres ?

Beauvoir, sans oser bouger, regarda les deux hommes se dévisager d'un air rageur dans la chapelle paisible. Pendant une seconde.

Puis Gamache sourit.

— S'il le souhaite, mais surtout de ce chant dont je vous ai parlé.

— Celui trouvé sur le corps du frère Mathieu ? Pourquoi parler de ça avec le secrétaire de l'abbé ?

— Il en a fait une copie, à la main. Je vais la chercher, c'est tout.

Beauvoir remarqua que le chef minimisait l'importance de ce dont il voulait parler avec le frère Simon.

— Vous lui avez donné le seul véritable élément de preuve que nous ayons ?

Francœur n'en revenait pas, c'était évident. Ce qui ne l'était pas pour Beauvoir, c'est comment Gamache réussit à ne pas lui répliquer sèchement.

— Je n'avais pas le choix. J'avais besoin de l'aide des moines pour arriver à comprendre ce que c'est. Comme ils n'ont pas de photocopieur, je ne voyais pas d'autre solution. Si vous avez une suggestion, je serais heureux de l'entendre, monsieur.

Francœur ne se donnait presque plus la peine de feindre la politesse. Beauvoir, à quelques mètres de lui, l'entendait respirer. Les moines qui se déplaçaient silencieusement le long des murs de la chapelle devaient aussi entendre sa respiration forte et saccadée, comme un soufflet attisant sa rage.

— Alors je viens avec vous, dit le directeur. Pour voir cette fameuse feuille de papier.

— Mais certainement, répondit Gamache, en lui indiquant le chemin.

— En fait…, dit Beauvoir, réfléchissant rapidement.

C'était un peu comme sauter du haut d'une falaise.

— Je me demandais si le directeur aimerait venir avec moi.

Les deux hommes fixaient Beauvoir maintenant, qui se sentit tomber en chute libre.

— Pourquoi ? demandèrent-ils ensemble.

— Eh bien…

Il ne pouvait pas leur donner la vraie raison, ne pouvait pas dire qu'il avait vu le regard assassin de Francœur. Ni qu'il avait vu le chef glisser sa main droite dans la gauche, et la tenir doucement.

— Eh bien, répéta-t-il, je pensais que le directeur aimerait faire le tour de l'abbaye, voir des endroits que la plupart des gens ne voient jamais. Et son aide me serait utile.

Beauvoir vit Gamache hausser les sourcils, très légèrement, puis les baisser. Et il détourna la tête, incapable de regarder le chef dans les yeux.

Gamache était fâché contre Beauvoir. Ça arrivait de temps en temps, évidemment, dans ce métier stressant qu'ils exerçaient, aux enjeux si importants. Ils n'étaient pas toujours d'accord et s'affrontaient assez violemment, parfois. Mais jamais Beauvoir n'avait vu cet air sur la figure de Gamache.

Il exprimait de la contrariété, mais plus que cela. Le chef savait parfaitement ce que son adjoint était en train de faire. Et ce qu'il en pensait allait bien au-delà de la simple désapprobation, ou même de la colère. Beauvoir, qui le connaissait bien, s'en rendait compte.

Il y avait eu autre chose dans le regard du chef, perceptible seulement dans ce bref instant lorsqu'il avait levé les sourcils.

C'était de la peur.

# 22

Jean-Guy Beauvoir prit le plan enroulé du monastère sur le bureau du prieur et jeta un coup d'œil à Gamache, assis sur la chaise des visiteurs. Sur ses genoux se trouvaient les rapports du médecin légiste et du laboratoire.

Comme Francœur l'attendait dans la chapelle, Beauvoir devait se dépêcher. Pourtant, il ne repartit pas immédiatement.

Gamache mit ses demi-lunes, puis regarda son adjoint.

— Je suis désolé, chef, si j'ai outrepassé mon rôle. Je voulais seulement…

— Oui, je sais ce que vous vouliez "seulement".

La voix de Gamache était dure. Elle avait perdu à peu près toute sa chaleur.

— Ce n'est pas un idiot, vous savez, Jean-Guy. N'agissez pas avec lui comme s'il en était un. Et n'agissez jamais comme ça avec moi.

— Je suis vraiment désolé.

Beauvoir était sincère. Quand il avait proposé de débarrasser Gamache de la présence du directeur général, jamais il n'aurait imaginé cette réaction de la part du chef. Il pensait qu'il serait soulagé.

— Ceci n'est pas un jeu.

— Je le sais, patron.

L'inspecteur-chef continua de fixer Beauvoir.

— N'engagez pas les hostilités avec le directeur Francœur. S'il vous raille, ne réagissez pas. S'il vous nargue, ne le narguez pas à votre tour. Contentez-vous de sourire et ne perdez pas de vue l'objectif, qui est de résoudre le meurtre. C'est tout. Le directeur est venu avec un but en tête, nous le savons tous les deux. Nous ignorons ce que c'est et, personnellement, je m'en fiche. Tout ce qui compte, c'est de résoudre le crime pour ensuite rentrer à la maison. N'est-ce pas ?

— Oui. D'accord.

Après avoir salué Gamache d'un hochement de tête, Beauvoir s'en alla. Si Francœur avait un but en tête, lui aussi en avait un. Et il était simple : tenir le directeur loin du chef. Quelles que soient les intentions cachées de Francœur, elles avaient quelque chose à voir avec Gamache. Et Beauvoir n'allait pas le laisser agir.

— Pour l'amour de Dieu, soyez prudent.

Les derniers mots du chef suivirent Beauvoir dans le corridor et jusque dans la chapelle. De même que la dernière image qu'il avait eue de lui, assis sur la chaise, les dossiers sur ses genoux, une feuille dans la main.

Beauvoir avait remarqué le léger tremblement de la page agitée par un courant d'air – sauf qu'il n'y avait aucune circulation d'air.

Tout d'abord, Beauvoir ne vit pas le directeur dans la chapelle, puis il l'aperçut près de la plaque sur le mur, en train de la lire.

— Alors c'est ça, la porte cachée pour entrer dans la salle du chapitre, dit Francœur, sans lever la tête quand

Beauvoir s'approcha. La lecture de la biographie de Gilbert de Sempringham n'est pas intéressante. À votre avis, est-ce pour cette raison que les moines de l'époque ont caché la pièce derrière cette plaque ? Sachant que n'importe quel envahisseur mourrait d'ennui à cet endroit précis ?

Le directeur leva alors la tête et regarda Beauvoir dans les yeux.

Dans ceux de Francœur, vit Beauvoir, il y avait de l'humour. Et de l'assurance.

— Je suis tout à vous, inspecteur.

Beauvoir observa le directeur et se demanda pourquoi il se montrait si aimable avec lui. Francœur savait sans aucun doute que Beauvoir demeurait fidèle à Gamache. Était un des hommes du chef. Mais, alors que Francœur tourmentait, harcelait et insultait le chef, il était toujours extrêmement gentil, charmant même, avec Beauvoir.

Beauvoir se tint encore plus sur ses gardes. Une attaque directe était une chose, mais cette tentative hypocrite pour établir entre eux une relation de camaraderie en était une autre. Néanmoins, le plus longtemps il pourrait garder cet homme loin du chef, le mieux ce serait.

— L'escalier est par ici.

Les deux policiers de la Sûreté se dirigèrent vers un coin de la chapelle, où Beauvoir ouvrit une porte. Des marches de pierre usées menaient au sous-sol. Elles étaient bien éclairées et les hommes les descendirent jusqu'en bas, où le sol n'était pas en terre, comme s'y était attendu Beauvoir, mais recouvert d'énormes dalles d'ardoise.

Les plafonds étaient hauts et voûtés.

— Les gilbertins ne semblent rien faire à moitié, dit Francœur.

Beauvoir ne répondit pas, mais c'était précisément ce qu'il avait été en train de penser. Il faisait plus frais au sous-sol, mais pas froid, et, soupçonnait-il, la température devait demeurer à peu près constante au fil des saisons.

De gros chandeliers en fer forgé étaient boulonnés dans la pierre, mais l'éclairage provenait d'ampoules nues suspendues le long des murs et du plafond.

— Où allons-nous ? demanda Francœur.

Beauvoir regarda d'un côté, puis de l'autre, pas du tout certain de la direction à prendre. Il n'avait pas assez réfléchi à son plan, se rendait-il compte. Il s'était attendu à trouver le frère Raymond dès son arrivée au sous-sol.

Maintenant, il se sentait vraiment bête. S'il avait été avec l'inspecteur-chef Gamache, il aurait lancé une blague et ils seraient partis ensemble à la recherche du frère Raymond. Mais il n'était pas avec Gamache. Il était avec le directeur général de la Sûreté du Québec. Et Francœur fixait Beauvoir. Il n'était pas fâché. Il affichait plutôt un air patient, comme s'il travaillait avec un nouvel agent pas très dégourdi qui faisait de son mieux.

Beauvoir aurait voulu le gifler pour faire disparaître cet air.

Mais, à la place, il sourit.

Longue inspiration. Longue expiration.

C'était lui, après tout, qui avait invité le directeur à l'accompagner. Il devait au moins paraître content de l'avoir avec lui. Pour dissimuler son incertitude, Beauvoir alla jusqu'à un des murs de pierre et y posa la main.

— Au cours du dîner, le frère Raymond m'a dit que les fondations sont en train de se fissurer, dit-il en examinant la pierre, comme si ç'avait été le plan dès le début.

Dans son for intérieur, il se flanqua une claque pour ne pas avoir pris rendez-vous avec le moine.

— Vraiment ? dit Francœur, bien qu'il ne parût nullement intéressé. Qu'est-ce que ça veut dire ?

— Ça veut dire que Saint-Gilbert va s'effondrer. D'après lui, le monastère se sera complètement écroulé d'ici dix ans.

Maintenant Francœur accorda toute son attention à Beauvoir. Il se dirigea vers le mur en face de l'inspecteur et l'examina.

— Il me semble en bon état.

C'était aussi l'opinion de Beauvoir. Il ne voyait ni crevasses béantes ni racines pénétrant par des fentes. Les deux hommes regardèrent autour d'eux. Ce qu'ils avaient devant les yeux était magnifique. Une autre merveille architecturale de dom Clément.

Des murs de pierre se dressaient sous toute la superficie du monastère. Cela fit penser à Beauvoir au métro de Montréal, sans les trains vrombissants. Quatre longs corridors, tels des tunnels, s'étendaient à partir de ce point central. Tous bien éclairés. Tous propres, bien balayés. En ordre.

Aucun objet ayant pu servir d'arme du crime ne traînait. Et aucune pinède ne poussait à travers les murs.

Mais s'il fallait en croire le frère Raymond, Saint-Gilbert-entre-les-Loups s'affaissait. Et bien que Beauvoir n'aimât pas particulièrement les moines, les prêtres, les églises et les abbayes, il se rendit compte qu'il serait désolé si ce monastère disparaissait.

Et il serait vraiment désolé s'il disparaissait pendant que le directeur et lui se trouvaient dans le sous-sol.

Le bruit d'une porte qui se fermait parvint jusqu'à eux, et Francœur se mit à marcher dans cette direction, sans attendre pour voir si Beauvoir le suivait, comme s'il s'en fichait, l'inspecteur Beauvoir étant si insignifiant et incompétent.

— Espèce de con, marmonna Beauvoir.

— Le son voyage ici, vous savez, dit Francœur sans se retourner.

Malgré les avertissements de Gamache, malgré ses propres promesses, Beauvoir s'était déjà laissé provoquer. Avait laissé ses sentiments se manifester.

Mais c'était peut-être une bonne chose, pensa-t-il tandis qu'il suivait lentement Francœur. Gamache avait peut-être tort, et le directeur devait savoir que Beauvoir n'avait pas peur de lui. Il fallait que Francœur sache qu'il avait affaire à un adulte, pas à un jeunot à peine sorti de l'école de police et intimidé par le titre de directeur général, un jeunot qu'il pouvait manipuler.

Oui, c'était une bonne chose, se dit Beauvoir en marchant quelques pas derrière le directeur qui avançait à grandes enjambées. Sa réaction n'avait pas du tout été une erreur.

Ils arrivèrent devant une porte close. Beauvoir frappa deux ou trois petits coups. Après une assez longue attente, Francœur tendit la main vers la poignée juste au moment où la porte s'ouvrait. Le frère Raymond était là, l'air effarouché, mais, lorsqu'il vit les deux policiers, son visage exprima ensuite de l'exaspération.

— Essayez-vous de me faire mourir de peur ? Vous auriez pu être le meurtrier.

— Un meurtrier frappe rarement à la porte, dit Beauvoir.

Il se tourna et eut la satisfaction de voir le directeur regarder le frère Raymond d'un air ahuri. Francœur ne semblait pas simplement surpris, mais abasourdi de voir cet homme des cavernes, ce moine rustaud qui parlait un dialecte ancien. C'était comme si la porte s'était ouverte et qu'un moine de la première congrégation, celle de dom Clément, était sorti.

— D'où venez-vous, mon frère ? demanda finalement Francœur.

C'était maintenant au tour de Beauvoir d'être surpris. De même que le frère Raymond.

Le directeur avait posé la question avec le même accent prononcé que celui du moine. Beauvoir l'observa attentivement pour voir s'il se moquait du moine, mais non. En fait, son visage exprimait de la joie.

— De Saint-Félix-de-Beauce, répondit le frère Raymond. Et vous ?

— De Saint-Gédéon-de-Beauce. Le village à côté.

Le court dialogue ensuite échangé entre les deux hommes fut à peu près incompréhensible pour Beauvoir. Finalement, le frère Raymond se tourna vers l'inspecteur.

— Le grand-père de cet homme et mon grand-oncle ont rebâti l'église de Saint-Éphrem après l'incendie.

Le moine invita les policiers à entrer dans la pièce. Très vaste, elle faisait toute la longueur du reste du corridor. Le frère Raymond leur en fit faire le tour, en expliquant comment fonctionnaient le système géothermique, le système de ventilation, le système d'eau chaude, le système de filtration. Le système d'assainissement des eaux. Tous les systèmes.

Beauvoir essaya de rester concentré, au cas où le moine dirait quelque chose d'utile, mais après un moment son cerveau n'enregistra plus rien. Une fois le tour terminé, le frère Raymond alla à une armoire et en sortit une bouteille et trois verres.

— Il faut fêter ça, dit-il. Ce n'est pas souvent que je rencontre un voisin. Un de mes amis est un bénédictin et m'envoie ceci. (Il tendit la bouteille poussiéreuse à Beauvoir.) Vous en voulez ?

Beauvoir examina la bouteille. C'était du B&B. Cognac et bénédictine. Pas fabriqué, heureusement, à partir de moines fermentés – bien que, soupçonnait-il, il dût y en avoir un bon nombre –, mais par les bénédictins eux-mêmes, à partir d'une vieille recette secrète.

Les trois hommes approchèrent des chaises autour d'une table à dessin et s'assirent.

Le frère Raymond versa un verre pour chacun.

— Santé ! dit-il en inclinant le liquide ambré vers ses visiteurs, si rares.

— Santé ! dit Beauvoir.

Il approcha ensuite la liqueur de ses lèvres. Il sentait son arôme, riche, puissant, sucré, mais rappelant aussi les herbes médicinales. La boisson était si forte qu'elle lui picotait les yeux. Quand il l'avala, le B&B lui brûla la gorge, puis l'alcool explosa dans son ventre, et des larmes lui montèrent aux yeux.

Et c'était bon.

— Alors, mon frère…

Le directeur Francœur s'éclaircit la gorge, puis recommença. Il avait retrouvé l'accent que Beauvoir reconnaissait, comme si le B&B avait brûlé le vieux dialecte.

— L'inspecteur Beauvoir aimerait vous poser des questions.

Beauvoir lui lança un regard agacé. C'était une petite pique. Comme s'il avait besoin que Francœur lui prépare la voie. Beauvoir, cependant, se contenta de sourire et remercia le directeur. Puis il déroula le parchemin et observa le frère Raymond, s'attendant à une réaction. Mais il n'y en eut aucune, excepté un hochement de tête poli lorsque le moine se leva et se pencha au-dessus du vieux plan du monastère.

— Avez-vous déjà vu ça ? demanda Beauvoir.

— Souvent, répondit le frère Raymond en le regardant dans les yeux. Je considère ce plan comme un vieil ami, ajouta-t-il, en remuant sa main maigre au-dessus du vélin. Je l'ai pratiquement gravé dans ma mémoire quand nous avons envisagé d'installer le système géothermique.

Il regarda de nouveau le plan, d'un air affectueux.

— Il est beau.

— Mais est-il fidèle à la réalité ?

— Eh bien, pas à ces endroits, dit le moine en indiquant les jardins. Mais le reste est d'une précision surprenante.

Le frère Raymond se rassit et se lança dans une description de la façon dont les premiers moines, au milieu des années 1600, avaient bâti le monastère. Il expliqua comment ils prenaient des mesures, comment ils transportaient des pierres, comment ils creusaient.

— Il leur a certainement fallu des années, des décennies, seulement pour creuser le sous-sol, dit-il avec un enthousiasme grandissant. Vous imaginez ?

Beauvoir était fasciné. C'était en effet une entreprise colossale. Ces hommes avaient fui l'Inquisition pour venir ici, où le climat était si hostile qu'il pouvait vous tuer en quelques jours. Ils avaient été accueillis par des ours, des loups et toutes sortes de bêtes sauvages qu'ils ne connaissaient pas. Par des mouches noires si voraces qu'elles pouvaient dépouiller un orignal nouveau-né. Et des mouches à chevreuil si acharnées qu'elles pouvaient rendre un saint fou.

L'Inquisition avait vraiment dû être terrible si la vie dans de telles conditions était meilleure.

Et au lieu de bâtir un modeste refuge en bois, les moines avaient construit ce monastère.

Ça défiait la raison.

Qui avait ce genre de discipline ? Cette sorte de patience ? Des moines, voilà qui. Mais, dans le cas du frère Raymond, peut-être s'agissait-il de caractéristiques acquises. Comme la patience de la grand-mère de Beauvoir, qui avait dû s'adapter aux aléas de la vie : les épidémies de mildiou, les sécheresses, les tempêtes de grêle, les inondations. La méchanceté des gens. Les villes envahissantes, et de nouveaux voisins instruits.

Beauvoir regarda le directeur Francœur, un fils issu de la même terre que le moine, et ses propres grands-parents.

À quel plan travaillait-il patiemment, même maintenant ? L'échafaudait-il depuis des années ? Le construisait-il pierre par pierre ? Et quelle partie de ce plan avait amené le directeur ici ?

Beauvoir savait que lui-même allait devoir faire preuve de patience s'il voulait découvrir les intentions du directeur, bien que ce ne fût pas sa plus grande qualité, loin de là.

Le frère Raymond continuait de débiter ses interminables explications.

Après un moment, Beauvoir se désintéressa de ce qu'il racontait. Le frère Raymond avait le rare don de transformer une histoire fascinante en quelque chose d'ennuyeux. C'était une sorte d'alchimie, une autre transmutation.

Finalement, quand le silence pénétra dans son cerveau engourdi, Beauvoir émergea de sa rêverie.

— Donc, dit-il en s'accrochant à la dernière chose pertinente dont il se souvenait, le plan est fidèle à la réalité ?

— Il l'est suffisamment pour que je n'aie pas eu besoin d'en tracer un autre au moment de l'installation du système géothermique. Le problème, avec la géothermie…

— Oui, je sais. Merci.

Beauvoir n'allait certainement pas laisser un homme le provoquer et un autre l'ennuyer à mourir.

— Ce que je veux savoir, c'est s'il est possible qu'il existe une pièce cachée quelque part dans l'abbaye…

Il fut interrompu par un grognement.

— Vous ne croyez pas à ce conte de bonne femme, n'est-ce pas ? demanda le frère Raymond.

— C'est un conte de vieux moine. Que, de toute évidence, vous avez déjà entendu.

— J'ai aussi entendu parler de l'Atlantide, du père Noël et des licornes. Mais je ne m'attends pas à les trouver dans l'abbaye.

— Vous vous attendez à trouver Dieu, cependant.

Loin de paraître insulté, le frère Raymond sourit.

— Vous pouvez me croire, inspecteur, vous trouverez même Dieu ici avant de trouver une pièce cachée. Ou un trésor. Vous pensez qu'on a pu installer un système géothermique et ne pas découvrir une pièce cachée ? Vous pensez qu'on a pu installer des panneaux solaires, l'électricité, l'eau courante et toute la plomberie sans la découvrir ?

— Non. Je ne crois pas que ce soit possible. Je crois qu'elle aurait été trouvée.

Le moine saisit l'insinuation contenue dans son ton de voix, mais, au lieu de se tenir sur la défensive, il sourit.

— Écoutez, mon fils, dit le frère Raymond en parlant lentement.

Beauvoir commençait à en avoir assez des moines qui s'adressaient à lui comme s'il était leur fils. Un enfant.

— La rumeur d'une pièce cachée n'est qu'une histoire que les vieux moines se racontaient pour passer le temps au cours des longues soirées d'hiver. Pour s'amuser, rien de plus. Il n'y a pas de pièce cachée. Pas de trésor.

Le frère Raymond se pencha en avant, les mains jointes devant lui, ses coudes reposant sur ses genoux osseux.

— Que cherchez-vous vraiment ?

— Le meurtrier de votre prieur.

— Eh bien, vous ne le trouverez pas ici dans le sous-sol.

Les deux hommes se dévisagèrent durant quelques instants, et on pouvait presque entendre l'air frais crépiter.

— Je me demande, alors, si nous allons trouver l'arme du crime, ici.

— Une pierre ?

— Pourquoi pensez-vous qu'il s'agit d'une pierre ?

— Parce que c'est ce que vous nous avez dit. Nous avons tous compris que le frère Mathieu avait été tué d'un coup de pierre à la tête.

— Eh bien, selon le rapport du médecin légiste, l'arme utilisée est plus probablement un bout de tuyau, ou quelque chose de semblable. En avez-vous ?

Le frère Raymond se leva et mena l'inspecteur jusqu'à une porte. Il alluma une lumière et Beauvoir vit une pièce pas plus grande qu'une cellule de moine. Il y avait des étagères sur les murs et tout était bien rangé : planches, clous, vis, marteaux, vieux morceaux de fer forgé, le même ramassis d'objets hétéroclites qu'on trouverait dans n'importe quelle maison, sauf qu'il y en avait pas mal moins que chez la plupart des gens.

Et dans un coin étaient appuyés des bouts de tuyau. Beauvoir s'en approcha, mais après un moment il revint vers le frère Raymond.

— C'est tout ce que vous avez ? demanda-t-il.

— Nous essayons de tout réutiliser. C'est tout, oui.

Beauvoir se retourna. Il y avait bel et bien des tuyaux dans le coin, mais aucun ne mesurait moins d'un mètre et demi, et la plupart étaient considérablement plus longs. Le meurtrier aurait pu utiliser un de ces tuyaux comme perche pour sauter par-dessus le mur, mais pas pour assommer le prieur.

— Où quelqu'un pourrait-il trouver un autre bout de tuyau ? demanda Beauvoir lorsqu'ils sortirent de la pièce et fermèrent la porte.

— Je ne sais pas. Ce n'est pas le genre de chose que nous laissons traîner.

Beauvoir hocha la tête. Il s'en rendait compte. Le sous-sol était d'une propreté impeccable. Et il savait que, s'il y avait un bout de tuyau quelque part, le frère Raymond serait au courant.

Ici, c'était lui, le père supérieur, le maître de ce monde souterrain. Et alors qu'en haut l'abbaye semblait remplie d'encens et de mystère, de musique et d'une curieuse lumière dansante, ici, en bas, tout paraissait bien ordonné et propre. Et constant : la température, l'éclairage ne devaient jamais changer.

Beauvoir aimait ça. Il n'y avait pas de créativité, rien de beau dans ce monde souterrain. Mais il n'y avait pas de chaos non plus.

— L'abbé a dit qu'il est descendu ici hier matin, après les laudes, mais que vous n'y étiez pas.

— Après les laudes, je travaille dans le jardin. Le père abbé le sait, dit le frère Raymond d'un ton léger et amical.

— Quel jardin ?

— Le jardin potager. Je vous y ai vu ce matin. (Il se tourna vers le directeur Francœur.) Et je vous ai vu arriver. Très spectaculaire.

— Vous étiez là ? demanda Beauvoir. Dans le potager ?

Le frère Raymond hocha la tête.

— Apparemment tous les moines se ressemblent.

— Quelqu'un vous a-t-il vu ?

— Dans le jardin ? Eh bien, je n'ai parlé à personne, mais je n'étais pas invisible.

— Il est donc possible que vous n'ayez pas été là ?

— Non, ce n'est pas possible. C'est possible qu'on ne m'ait pas vu, mais j'étais là. Ce qui est possible, c'est que l'abbé ne soit pas venu ici. Personne n'était ici pour le voir.

— Selon lui, il est venu voir le système géothermique. Cela vous paraît-il vraisemblable ?

— Non.

— Pourquoi ?

— L'abbé ne connaît rien à tout ça, dit le frère Raymond en indiquant la tuyauterie d'un geste du bras. Et quand j'essaie de lui expliquer comment le système fonctionne, ça ne l'intéresse pas.

— Vous pensez donc qu'il n'était pas ici hier, après vos prières ?

— En effet.

— Où croyez-vous qu'il était ?

Le frère ne répondit pas, ne bougea pas. "Les moines sont comme des pierres, pensa Beauvoir. De grosses pierres noires." Comme les pierres, c'était dans leur nature d'être silencieux, et immobiles. Pour eux, parler était un acte contre nature.

Beauvoir ne connaissait qu'une façon de casser une pierre.

— Vous pensez qu'il était dans le jardin, n'est-ce pas ? dit-il d'une voix maintenant un peu moins amicale.

Le moine continua de le fixer.

— Pas dans le jardin potager, évidemment, poursuivit Beauvoir, en s'approchant d'un pas du frère Raymond. Mais dans le sien. Le jardin privé de l'abbé.

Le frère Raymond n'émit aucun son. N'esquissa pas le moindre mouvement. Ne recula pas lorsque Beauvoir s'avança un peu plus.

— Vous pensez que le père abbé n'était pas seul dans son jardin.

Beauvoir avait élevé le ton, et sa voix répercutée par les murs remplissait la caverne. Du coin de l'œil, il voyait le directeur, et crut entendre un toussotement. Un raclement de gorge. Sans doute pour faire taire cet agent effronté au comportement déplacé.

Pour le corriger. Pour amener Beauvoir à reculer, à laisser tomber, à laisser ce religieux tranquille.

Mais Beauvoir ne le voulait pas. Le frère Raymond, cet homme doux, passionné de mécanique et dont l'accent lui rappelait son grand-père, cachait quelque chose. Dans un silence commode.

— Vous pensez que le prieur était également là.

Les mots de Beauvoir étaient secs, durs. Comme s'il bombardait de cailloux le moine de pierre. Les mots rebondissaient sur le frère Raymond, mais ils produisaient un effet. Beauvoir fit un autre pas en avant. Il était maintenant suffisamment près du moine pour voir de la crainte dans ses yeux.

— Vous nous avez pratiquement menés à cette conclusion, dit-il. Ayez le courage d'aller jusqu'au bout. De dire ce que vous pensez vraiment.

La seule façon de casser une pierre, savait Beauvoir, était de la pilonner, sans relâche.

— Ou vous contentez-vous d'insinuer, de laisser sous-entendre, de faire des commérages ? dit Beauvoir d'un ton railleur. En vous attendant à ce que des hommes plus braves fassent le sale boulot à votre place. Vous êtes prêt à jeter l'abbé dans la fosse aux lions, vous voulez seulement ne pas l'avoir sur la conscience. Donc, vous parlez à mots couverts, insinuez. C'est tout juste si vous ne nous faites pas un clin d'œil. Mais vous n'avez pas le courage de vous tenir debout et de dire ce que vous croyez réellement. Maudit hypocrite !

Le frère Raymond recula d'un pas. Les cailloux s'étaient transformés en pierres. Et Beauvoir atteignait la cible.

— Quel être pitoyable vous êtes ! continua l'inspecteur. Regardez-vous. Vous priez, vous vous aspergez d'eau bénite, faites brûler de l'encens et prétendez croire en Dieu. Mais vous vous mettez debout seulement pour vous enfuir. Exactement comme l'ont fait les moines autrefois. Ils sont venus au Québec, pour se cacher, et vous, vous êtes descendu vous cacher ici, dans votre sous-sol, où vous passez votre temps à ranger, à nettoyer, à mettre de l'ordre. À expliquer. Tandis que le vrai travail s'effectue en haut. Le dur travail de trouver Dieu. Le sale boulot de trouver un meurtrier.

Beauvoir était si près du frère Raymond qu'il sentait son haleine de cognac et de bénédictine.

— Vous pensez savoir qui a commis le meurtre ? Eh bien, dites-le-nous. Dites les mots.

Haussant encore la voix, Beauvoir finit par crier dans la face du frère Raymond.

— Dites-les !

Maintenant, le moine paraissait effrayé.

— Vous ne comprenez pas, balbutia-t-il. J'en ai trop dit.

— Vous n'avez même pas commencé. Que savez-vous ?

— Nous sommes censés faire preuve de loyauté envers notre abbé, dit le frère Raymond, en s'écartant de Beauvoir.

Puis il se tourna vers Francœur et ajouta, d'un ton implorant :

— Quand nous entrons dans un monastère, ce n'est pas à Rome que nous devons fidélité, ni même à l'archevêque ou à l'évêque du diocèse, mais à l'abbé. Ça fait partie des vœux que nous prononçons, de notre dévotion.

— Regardez-moi, dit Beauvoir. Pas lui. C'est à moi que vous devez répondre, que vous avez des comptes à rendre.

Le frère Raymond avait réellement l'air effrayé, et Beauvoir se demanda si ce moine croyait vraiment en Dieu. Et il se demanda si le frère Raymond croyait que, s'il parlait, il s'attirerait les foudres du ciel et que Dieu le tuerait sur-le-champ. Il se demanda aussi qui pouvait rester loyal à un tel Dieu.

— Je ne pensais jamais que ça irait aussi loin, murmura le frère Raymond. Qui aurait pu le savoir ?

Il implorait Beauvoir, maintenant. Mais que voulait-il ? Un peu de compréhension ? Le pardon ?

Il n'obtiendrait ni l'une ni l'autre de sa part. L'inspecteur ne voulait qu'une chose : résoudre le meurtre et rentrer à la maison, comme avait dit Gamache. Quitter ce foutu monastère. Et ne plus avoir à supporter la présence de Francœur, qui était resté assis les jambes croisées pendant tout l'interrogatoire du frère Raymond, à peine intéressé par ce qui se disait.

— Que pensiez-vous qui se produirait ? demanda Beauvoir, revenant à la charge.

— Je pensais que le prieur l'emporterait.

Le frère Raymond avait finalement craqué. Et maintenant un flot de paroles se déversa de sa bouche.

— Je pensais qu'après quelques discussions l'abbé reviendrait à la raison. Qu'il comprendrait enfin qu'enregistrer un autre disque était la bonne chose à faire. Même en ne tenant pas compte du problème des fondations.

Le frère Raymond se laissa tomber sur sa chaise. Il paraissait abasourdi.

— Nous avions déjà fait un enregistrement, alors quel mal y aurait-il eu à en faire un autre ? Et ce disque aurait sauvé le monastère, sauvé Saint-Gilbert-entre-les-Loups. Comment cela pouvait-il être une mauvaise chose ?

Il regarda Beauvoir dans les yeux, comme s'il s'attendait à y trouver une réponse.

Il n'y en avait pas.

En fait, Beauvoir faisait soudain face à un nouveau mystère. Quand le frère Raymond avait craqué, ce n'étaient pas seulement des mots qui étaient sortis, mais aussi une nouvelle voix totalement différente. Le vieux dialecte avait disparu, de même que le fort accent.

Le moine employait maintenant le langage châtié des universitaires et des diplomates.

Disait-il enfin la vérité ? se demanda Beauvoir. Le frère Raymond voulait-il s'assurer, après ce pénible interrogatoire, de ne pas être mal compris ? S'assurer que Beauvoir comprendrait tous les mots si difficiles à prononcer ?

Cependant, loin d'avoir l'impression que le moine venait de cesser de jouer un personnage, Beauvoir soupçonnait plutôt que c'était maintenant qu'il jouait la comédie. Cette voix et ce langage étaient ceux qu'utilisait sa grand-mère pour parler aux nouveaux voisins. Au notaire. Et aux prêtres.

Ce n'était pas sa vraie voix. Celle-là, elle la gardait pour les gens en qui elle avait confiance.

— Quand avez-vous décidé de désobéir à l'abbé ? demanda Beauvoir.

Le frère Raymond hésita un instant avant de répondre.

— Je ne comprends pas ce que vous voulez dire.

— Mais bien sûr que si. Quand vous êtes-vous rendu compte qu'il n'allait pas changer d'idée et autoriser l'enregistrement ?

— Je ne le savais pas.

— C'est ce que vous craigniez qu'il n'annonce, cependant. Dans la salle du chapitre. Qu'il n'y aurait pas de second enregistrement. Et une fois que l'abbé se serait prononcé, ce serait la fin des haricots.

— Je ne suis pas son confident. Je ne savais pas ce qu'il allait faire.

— Mais vous ne pouviez pas courir le risque qu'il interdise l'enregistrement. Vous lui aviez promis de ne parler des fondations à personne d'autre, mais vous avez décidé de rompre votre promesse, de désobéir au père supérieur.

— Je n'ai pas fait ça.

— Mais bien sûr que si. Vous détestiez l'abbé. Et vous aimez le monastère. Vous le connaissez mieux que quiconque, n'est-ce pas ? Vous en connaissez chaque pierre, chaque centimètre, chaque ébréchure. Et toutes les lézardes. Vous pouviez sauver Saint-Gilbert. Mais vous aviez besoin d'aide. L'abbé était un imbécile. Il priait pour un miracle qui s'était déjà produit. Vos voix et les disques vous fournissaient un moyen d'obtenir l'argent nécessaire pour réparer les fondations, mais il ne voulait rien entendre. Vous avez donc trahi votre devoir de loyauté envers l'abbé et vous êtes tourné vers le prieur. Le seul homme qui pouvait sauver Saint-Gilbert.

— Non, insista le frère Raymond.

— Vous lui avez parlé des fondations.

— Non.

— Combien de fois allez-vous le nier, mon frère ? grogna Beauvoir.

— Je n'ai rien dit au prieur.

Le moine était presque en pleurs, maintenant, et Beauvoir cessa de le harceler. Il jeta un coup d'œil au directeur Francœur, qui avait un air grave. Puis, se retournant vers le frère Raymond, il lui dit, d'un ton neutre :

— Vous en avez parlé au prieur, dans l'espoir de sauver Saint-Gilbert. Mais en faisant cela vous avez envoyé le frère Mathieu à sa mort. Et maintenant vous restez caché ici et faites semblant que ce n'est pas vrai.

Beauvoir se tourna et prit le vieux plan sur la table.

— D'après vous, frère Raymond, que s'est-il passé dans le jardin ?

Le moine bougea les lèvres, mais aucun son ne sortit.

— Dites-le-moi.

Beauvoir regarda le moine, dont les yeux étaient maintenant fermés.

— Parlez !

Il entendit ensuite un faible murmure.

— Je vous salue, Marie, pleine de grâce…

Le frère Raymond priait. Mais pour quoi ? se demanda Beauvoir. Pour que le prieur ressuscite ? Que les fissures se bouchent ?

Le moine ouvrit les yeux et regarda l'inspecteur avec tant de douceur que Beauvoir dut presque s'appuyer contre le mur pour ne pas tomber. C'était le regard de sa grand-mère. Patient et bienveillant. Et indulgent.

Beauvoir comprit alors que le frère Raymond priait pour lui.

Armand Gamache ferma lentement le dernier dossier. Il l'avait lu deux fois, en s'attardant chaque fois sur une phrase dans le rapport du médecin légiste.

La victime, le frère Mathieu, n'était pas morte immédiatement.

Évidemment, les enquêteurs le savaient déjà. Ils avaient bien vu qu'il s'était traîné jusqu'à ce qu'il ne puisse aller plus loin. L'homme agonisant s'était alors roulé en boule. Comme le fœtus qu'il avait été dans le ventre de sa mère, le bébé qu'elle avait dorloté lorsqu'il était venu au monde, nu et vagissant.

Et, la veille, Mathieu s'était de nouveau recroquevillé, pour quitter ce monde.

Oui, il avait été évident pour Gamache et les autres enquêteurs, et probablement pour l'abbé et les moines qui avaient prié dans le jardin, que le frère Mathieu avait mis un certain temps avant de mourir.

Ils ne savaient pas combien de temps, cependant.

Jusqu'à maintenant.

L'inspecteur-chef Gamache se leva et, emportant le dossier avec lui, quitta le bureau du prieur.

— Inspecteur Beauvoir ? dit le directeur Francœur d'une voix forte. Il faut que je vous parle.

Beauvoir fit encore quelques pas dans le corridor du sous-sol, puis se retourna.

— Qu'est-ce que vous vouliez que je fasse, bordel ? Le laisser mentir ? J'enquête sur une affaire de meurtre. Les interrogatoires peuvent parfois devenir pénibles. Si vous n'aimez pas ça, vous n'avez qu'à vous en aller.

— Oh, les interrogatoires serrés ne me dérangent pas, dit Francœur d'une voix dure mais ferme. Je ne m'attendais pas à ce que vous vous y preniez de cette manière, c'est tout.

— Ah oui ? fit Beauvoir, en ne cherchant même pas à dissimuler son mépris. Et comment vous attendiez-vous à ce que je m'y prenne ?

— Comme un homme sans couilles.

Beauvoir fut si surpris par cette réponse qu'il ne savait pas quoi dire. Il se contenta donc de regarder Francœur passer à côté de lui et monter l'escalier.

— Et c'est censé vouloir dire quoi, ça, tabarnac ?

Francœur s'arrêta, puis se tourna pour faire face à Beauvoir. Il avait un air sérieux tandis qu'il observait l'homme devant lui.

— Vous ne voulez pas le savoir.

— Dites-le-moi.

Francœur sourit, secoua la tête, puis continua de monter l'escalier. Après un moment, Beauvoir courut derrière lui, deux marches à la fois, jusqu'à ce qu'il l'ait rattrapé.

Francœur ouvrit la porte au moment où Beauvoir l'atteignait. Ils entendirent le bruit sonore de chaussures sur les dalles de pierre de la chapelle et virent l'inspecteur-chef Gamache se diriger d'un pas déterminé vers le corridor menant au bureau et au jardin de l'abbé.

Les deux hommes, comme s'ils l'avaient décidé d'un commun accord, gardèrent le silence sans bouger jusqu'à ce que la porte du couloir se soit refermée et que le bruit de pas ait disparu.

— Dites-le-moi, insista Beauvoir.

— Vous êtes censé être un enquêteur expérimenté de la Sûreté du Québec. À vous de trouver.

— Censé être ? Censé ? lança Beauvoir au dos qui s'éloignait.

Les mots se répercutèrent en écho dans la chapelle, s'amplifièrent et revinrent vers Beauvoir sans, apparemment, atteindre Francœur.

# 23

— Ah, vous voilà, inspecteur-chef !

Le frère Simon contourna le bureau, la main tendue.

Gamache la lui serra et sourit. Quelle différence un poulet pouvait faire !

*"Doo-dah, doo-dah."*

Gamache soupira intérieurement. Avec toute la musique divine – dans tous les sens du terme – qu'il entendait au monastère, il fallait que ce soit la chanson *Camptown Races* chantée par un coq qu'il n'arrivait pas à se sortir de la tête.

— Je m'apprêtais justement à aller à votre recherche, continua Simon. J'ai votre papier.

Il tendit la feuille jaunie à Gamache et sourit. Sur cette figure, un sourire ne paraîtrait jamais tout à fait à sa place, mais il s'y installa confortablement pour quelques instants.

Puis, le visage du secrétaire de l'abbé redevint sévère.

— Merci, dit Gamache. Vous avez donc réussi à faire une copie. Avez-vous commencé à transcrire les neumes en notes de musique ?

— Pas encore. Je prévoyais de m'y mettre cet après-midi. Je demanderai peut-être à quelques moines de m'aider, si vous n'y voyez pas d'inconvénient.

— Très bien. Le plus tôt ce sera fait, le mieux ce sera.

Le frère Simon sourit de nouveau.

— Je crois que votre perception du temps et la nôtre sont légèrement différentes. Ici, nous pensons en termes de millénaires, mais j'essaierai de terminer plus vite que ça.

— Croyez-moi, mon frère, vous ne voulez pas que nous traînions ici aussi longtemps.

Gamache indiqua ensuite un fauteuil confortable et demanda au secrétaire s'il pouvait lui poser quelques questions. Celui-ci hocha la tête et les deux hommes s'assirent l'un en face de l'autre.

— Lorsque vous avez copié ça, dit l'inspecteur-chef en levant légèrement la feuille, avez-vous traduit des parties du texte en latin ?

Le frère Simon parut mal à l'aise.

— Je ne maîtrise pas bien cette langue, et, à mon avis, celui qui a écrit le texte non plus.

— Pourquoi dites-vous ça ?

— Parce que le peu que j'ai réussi à comprendre est ridicule.

Il alla chercher un carnet sur le bureau.

— J'ai pris quelques notes au fur et à mesure que je copiais la page. Même si nous réussissons à saisir le sens des neumes et à les transcrire en notes, je ne crois pas que nous pourrions chanter les mots.

— Il ne s'agit donc pas d'un cantique ou d'un chant connu, ni même d'une prière ? demanda Gamache en jetant un coup d'œil à l'original.

— Non, à moins qu'un prophète ou un apôtre n'ait eu besoin de médicaments. (Le frère Simon consulta son carnet.) La première ligne, là, dit-il en indiquant le début du chant, eh bien, je peux me tromper, mais je l'ai traduite comme ceci : "Je ne peux pas vous entendre. J'ai une banane dans l'oreille."

Il l'avait dit d'un ton si solennel que Gamache ne put s'empêcher de pouffer. Lorsqu'il essaya d'étouffer son rire, celui-ci jaillit de nouveau. Pour dissimuler son hilarité, Gamache pencha la tête vers la page.

— Qu'est-ce que le texte dit d'autre ? demanda-t-il d'une voix légèrement aiguë, à cause de l'effort qu'il faisait pour contenir son rire.

— Ça n'a rien de drôle, inspecteur-chef.

— Non, bien sûr que non. C'est un sacrilège.

Un petit gloussement le trahit, cependant. Lorsqu'il osa regarder de nouveau le moine, il surprit un mince sourire sur son visage.

— Avez-vous été capable de comprendre d'autres passages ? demanda Gamache après avoir enfin réussi à se ressaisir.

Le frère Simon soupira et, se penchant en avant, pointa le doigt sur une ligne un peu plus bas sur la page.

— Vous connaissez probablement ces mots.

*Dies irae.*

Gamache hocha la tête. Il n'avait plus envie de rire et tous les *doo-dah* avaient disparu.

— Oui, je les avais remarqués. Jour de colère. C'est la seule expression latine que je reconnais. L'abbé et moi avons parlé de ce texte.

— Et qu'a-t-il dit ?

— Lui aussi trouvait qu'il était absurde, n'avait aucun sens. Il semblait aussi perplexe que vous.

— A-t-il émis une hypothèse ?

— Non, aucune en particulier. Mais quelque chose lui a paru étrange, comme à moi d'ailleurs. Alors qu'on reconnaît bien l'expression *dies irae*, jour de colère, elle n'est pas suivie de celle qui l'accompagne habituellement, *dies illa*.

— Jour de deuil. Oui, ça m'a frappé, moi aussi. Encore plus que la banane.

Gamache sourit de nouveau, mais pendant un bref instant seulement.

— Qu'est-ce que ça signifie, à votre avis ?

— À mon avis, celui qui a écrit ça l'a fait pour s'amuser, faire une farce. Il a simplement jeté pêle-mêle toutes sortes de mots latins.

— Mais pourquoi n'a-t-il pas utilisé plus d'expressions ou de mots qu'on trouve dans les chants ? Pourquoi l'expression “jour de colère” est-elle la seule provenant d'une prière ?

Le frère Simon haussa les épaules.

— J'aimerais bien le savoir. Il était peut-être en colère. C'est peut-être ça, l'explication. Ce texte est peut-être une parodie de chant, une moquerie. L'auteur voulait montrer sa rage et, en fait, il l'a exprimée. *Dies irae*. Puis il a ajouté toutes sortes d'expressions et de mots latins ridicules, pour donner l'impression qu'il s'agit d'un chant religieux.

— Alors qu'il s'agit d'une insulte.

Le frère Simon hocha la tête.

— Parmi vos frères moines, qui pourrait aider à traduire le texte ?

Le secrétaire réfléchit un moment.

— Le seul qui me vient à l'esprit est le frère Luc.

— Le portier ?

— Il n'y a pas très longtemps qu'il est sorti du séminaire, alors il a étudié le latin plus récemment que la plupart d'entre nous. Et il est juste assez prétentieux pour aimer que nous le sachions.

— Vous ne l'aimez pas ?

La question parut surprendre le frère Simon.

— L'aimer ?

C'était comme s'il n'y avait jamais réfléchi avant, et Gamache, un peu surpris lui-même, se rendit compte que c'était probablement le cas.

— Il ne s'agit pas d'une question d'aimer ou de ne pas aimer, ici, mais d'accepter. Dans un milieu fermé, la sympathie peut se transformer assez facilement en antipathie. Nous apprenons à ne pas voir nos rapports sous cet angle, mais à accepter la présence des moines qui sont ici comme étant la volonté de Dieu. Si c'est assez bon pour Dieu, c'est assez bon pour nous.

— Mais vous venez de traiter le frère Luc de prétentieux.

— Et il l'est. Et lui doit me traiter d'homme bourru, et je le suis. Nous avons tous des défauts que nous essayons de corriger. Refuser d'admettre que nous en avons n'aide pas.

Gamache leva la page encore une fois.

— Le frère Luc aurait-il pu écrire ça ?

— J'en doute. Il n'aime pas faire des erreurs, ni avoir tort. S'il écrivait un chant en latin, celui-ci serait parfait.

— Et probablement dépourvu d'humour.

Le frère Simon esquissa un sourire.

— Contrairement à l'hilarité que le reste d'entre nous provoquons.

Gamache saisit le sarcasme, mais pensait que Simon avait tort. Les moines qu'il avait rencontrés dans ce monastère semblaient avoir un bon sens de l'humour et être capables de rire d'eux-mêmes et de leur monde. Leur humour était discret, gentil, et assez bien dissimulé derrière un visage grave, mais il était là.

Gamache examina le papier dans sa main. Il était d'accord avec Simon, le frère Luc n'aurait pas pu écrire ça. Mais un des moines l'avait fait.

Plus que jamais, l'inspecteur-chef était convaincu que cette mince feuille de papier constituait la clé qui permettrait d'élucider le meurtre.

Et il savait qu'il le résoudrait, même si ça prenait mille ans.

— Les neumes…, commença-t-il, essayant de déterminer quelle information il voulait obtenir du frère Simon. Vous n'avez pas commencé à les transcrire en notes, avez-vous dit, mais pouvez-vous les lire quand même ?

— Oh oui. Ils sont confus, répondit le moine en prenant sa propre copie. Non, ce n'est pas le bon terme. Ils sont complexes. La plupart des neumes semblent incompréhensibles, mais quand on sait ce qu'on regarde, ils sont en fin de compte assez simples. C'est pour ça qu'ils ont été inventés. Pour donner des indications simples sur la façon de chanter des plains-chants.

— Mais ceux-ci ne sont pas simples.

— Loin de là.

— Pouvez-vous me donner une idée de ce à quoi ça peut ressembler ?

Le frère Simon leva la tête et fixa Gamache d'un air sévère, sombre même. Mais l'inspecteur-chef ne broncha pas. Les deux hommes se dévisagèrent pendant un moment, jusqu'à ce que Simon détourne finalement les yeux et regarde de nouveau la page.

Après une ou deux minutes de silence, Gamache entendit un son, qui semblait venir de loin, et il se demanda si un autre avion arrivait. C'était une sorte de vrombissement obsédant.

Puis il se rendit compte que ce son ne venait pas du tout de l'extérieur, mais de l'intérieur. Il venait du frère Simon.

Ce qui avait commencé comme un bourdonnement, un grondement, une note suspendue dans les airs, se transforma en autre chose. Comme un avion plongeant en piqué, la note descendit et sembla s'amuser dans les registres graves avant de remonter, pas par bonds saccadés, mais plutôt comme si elle s'envolait doucement.

Elle sembla pénétrer dans la poitrine de Gamache et lui entourer le cœur, puis l'emmener faire un tour avec elle. Plus haut, toujours plus haut, comme dans un manège, mais sans secousses ni mouvements dangereux. Jamais Gamache n'eut l'impression que la musique, ou son cœur, était sur le point de tomber brusquement et de s'écraser au sol.

Il y avait une assurance, une confiance. Une gaieté mélodieuse.

Des mots avaient remplacé le fredonnement et maintenant le frère Simon chantait. Évidemment, Gamache ne pouvait pas comprendre le texte en latin, pourtant il avait l'impression de comprendre parfaitement.

La voix de ténor du frère Simon, claire, calme, chaude, tenait les notes, et les mots absurdes, comme un amoureux. Il n'y avait pas de jugement, seulement de l'acceptation pure et simple, dans la voix et dans la musique.

Ensuite, la dernière note descendit vers la terre, doucement, tranquillement. Un atterrissage en douceur.

Et la voix se tut. Mais la musique demeura avec Gamache. C'était plus une sensation qu'un souvenir. Et il voulait éprouver de nouveau cette sensation, cette légèreté. Il voulait demander au frère Simon de "s'il vous plaît" continuer, de ne jamais s'arrêter.

Il se rendit alors compte qu'il n'y avait plus aucune trace de *Camptown Races*. La mélodie avait été remplacée par cette courte, mais magnifique, chanson.

Même le frère Simon semblait surpris par ce qui était sorti de sa bouche.

Gamache savait qu'il fredonnerait longtemps ce bel air. Les *doo-dah* avaient été remplacés par "Je ne peux pas vous entendre. J'ai une banane dans l'oreille".

Beauvoir lança une pierre dans le lac, le plus loin possible de la rive.

Il ne s'amusait pas à faire ricocher des pierres plates à la surface de l'eau. Il choisit une autre pierre lourde, la soupesa dans sa main, puis leva le bras au-dessus de sa tête et la lança.

La pierre décrivit une courbe et tomba dans l'eau avec un ploc.

Debout sur la rive jonchée de cailloux polis par l'eau, de pierres et de coquillages, Beauvoir regarda le lac limpide. Les vagues qu'il avait créées roulaient jusqu'au bord et se brisaient sur les cailloux en formant de minuscules moutons. Comme si un monde miniature avait été submergé par un raz-de-marée inattendu. Que Beauvoir avait provoqué.

Après son affrontement avec Francœur, il avait besoin de prendre l'air.

Le frère Bernard, le moine des bleuets sauvages, avait mentionné un sentier. Beauvoir le trouva et s'y engagea. Il ne remarqua pas grand-chose de ce qui l'entourait, cependant. Comme un hamster qui tourne en rond dans sa cage, il repassait sans cesse dans sa tête les quelques mots échangés avec Francœur.

Et ce qu'il aurait dû dire, aurait pu dire. Les commentaires intelligents et cinglants qu'il aurait pu faire.

Mais, après quelques minutes, le rythme effréné de ses pensées et de ses pas ralentit, et il se rendit compte que le sentier longeait la rive, maintenant parsemée de gros galets. Et de plants de bleuets.

Il marcha normalement, puis ralentit encore, et enfin s'arrêta sur une petite pointe rocheuse qui s'avançait dans le lac. D'énormes oiseaux plongeaient en piqué et planaient dans le ciel sans jamais, semblait-il, battre des ailes.

Beauvoir retira ses souliers et ses chaussettes, roula les jambes de son pantalon et trempa un gros orteil dans le lac. Puis le ressortit rapidement. Il était si froid qu'il donnait la sensation d'une brûlure. Beauvoir recommença, jusqu'à ce que, un millimètre à la fois, ses deux pieds soient dans l'eau. Ils s'étaient habitués à la température glaciale. Jean-Guy s'étonnait constamment de ce à quoi on pouvait s'habituer. Surtout si vos sens devenaient engourdis.

Il resta assis tranquillement pendant un moment, en mangeant des bleuets sauvages d'un arbuste à côté de lui, et en essayant de ne pas penser.

Et lorsqu'il se laissa aller à penser, c'est Annie qui lui vint en tête. Il sortit son BlackBerry. Elle lui avait envoyé un message. Il le lut, le sourire aux lèvres.

Annie lui parlait de sa journée au cabinet d'avocats, racontait une anecdote amusante au sujet d'un imbroglio lié à Internet. C'était une histoire banale, mais Beauvoir lut chaque mot deux fois. Il imagina la perplexité d'Annie, les messages qui se croisaient, le dénouement heureux. Annie lui disait aussi à quel point elle s'ennuyait de lui, et l'aimait.

Il lui écrivit à son tour. Il décrivit l'endroit où il se trouvait et lui dit que l'enquête progressait. Il hésita avant d'envoyer le message, car, tout en sachant ne pas avoir menti, il savait qu'il n'avait pas dit toute la vérité. Concernant la façon dont il se sentait. À propos de la confusion qui régnait dans son esprit, et de la colère qu'il ressentait. Celle-ci semblait à la fois dirigée contre Francœur et dirigée contre tout et rien en particulier. Il était fâché contre le frère Raymond, fâché contre les moines, fâché d'être au monastère plutôt qu'avec Annie. Fâché contre le silence, brisé par des messes interminables.

Il était en colère contre lui-même d'avoir laissé Francœur le perturber.

Mais il était surtout en colère contre le directeur Francœur.

Il ne dit rien de tout cela à Annie, cependant. Il termina plutôt son message avec un *smiley* et l'envoya.

Après s'être séché les pieds avec son pull, il remit ses chaussettes et ses souliers.

Il aurait dû rentrer au monastère, mais au lieu de se mettre en marche, il ramassa une autre pierre et la lança, puis regarda les ronds troubler l'eau calme.

— Ce qui est étrange, dit le frère Simon après avoir cessé de chanter, c'est que les mots vont bien avec la musique.

— Je pensais que vous aviez dit qu'ils étaient ridicules, n'avaient aucun sens, dit Gamache.

— Ils le sont, ridicules. Je veux dire qu'ils vont bien avec la mesure. Comme les paroles d'une chanson, ils doivent correspondre au rythme.

— Et c'est le cas de ces mots ?

Gamache baissa les yeux sur la page jaunie, sans trop savoir, toutefois, à quoi il s'attendait. Que soudain, comme par magie, il comprendrait ? Mais il ne comprenait rien, ni les mots ni les neumes.

— À mon avis, quiconque a écrit ça connaissait la musique, dit le frère Simon. Mais il ne savait pas comment écrire des paroles.

— Comme Lerner et Loewe.

— Simon et Garfunkel.

— Gilbert et Sullivan, dit Gamache en souriant.

Simon rit.

— J'ai entendu dire qu'ils se méprisaient, ne voulaient pas se trouver ensemble dans la même pièce.

— Donc, dit Gamache en rassemblant ses idées, la musique est belle. Nous sommes d'accord sur ce point. Et les mots sont ridicules. Nous sommes également d'accord là-dessus. (Le frère Simon hocha la tête.) Vous pensez que c'est le fruit d'une collaboration ? Qu'il n'y avait pas un moine, mais deux ?

— Un a écrit la musique et l'autre les paroles.

Les deux hommes regardèrent la feuille dans leur main. Puis ils levèrent la tête et se regardèrent dans les yeux.

— Mais cela n'explique pas pourquoi les mots sont si ridicules, dit le frère Simon.

— À moins que celui qui a écrit les neumes ne comprenne pas le latin. Il a peut-être supposé que son partenaire avait composé un beau texte, digne de la musique.

— Et quand il a su ce que les paroles voulaient vraiment dire…

— Oui, dit Gamache. Ça a mené à un meurtre.

— Les gens tuent-ils vraiment pour quelque chose comme ça ?

— L'Église castrait des garçons pour qu'ils conservent une voix de soprano, rappela Gamache au moine. Les esprits s'échauffent lorsqu'il est question de musique sacrée. Entre mutiler et tuer, le pas à franchir n'est peut-être pas très grand.

Le frère Simon réfléchit, la lèvre inférieure avancée, ce qui le fit soudain paraître très jeune, comme un enfant travaillant à un casse-tête.

— Si le prieur était un des collaborateurs, qu'est-ce qui est plus plausible : qu'il ait écrit les paroles ou la musique ? demanda Gamache.

— La musique, sans aucun doute. Il était un expert mondial en matière de neumes et de chants grégoriens.

— Mais pouvait-il composer de la musique en se servant de neumes ?

— Il connaissait très bien les neumes, alors j'imagine que c'est possible.

— Quelque chose vous chicote, dit l'inspecteur-chef.

— Ça me semble improbable, c'est tout. Frère Mathieu adorait les chants grégoriens, leur vouait une sorte de vénération. Pour lui, c'était une grande passion religieuse.

Gamache comprenait ce que le moine voulait dire : si le prieur aimait tant les plains-chants, y avait consacré sa vie, pourquoi s'en serait-il soudain écarté pour créer ce que l'inspecteur-chef tenait dans sa main ?

— À moins que…, dit le frère Simon.

— À moins qu'il n'ait pas écrit ceci, dit Gamache en levant légèrement la page. Il a peut-être plutôt découvert quel moine avait ce papier en sa possession et lui a demandé des explications, en le rencontrant dans le seul endroit où personne ne les verrait.

Cela amena l'inspecteur-chef à sa prochaine question :

— Quand vous avez trouvé le prieur, était-il encore en vie ?

# 24

Beauvoir trouva la porte du bureau du prieur fermée.

La dernière fois qu'il s'était trouvé dans cette situation, il était entré et avait interrompu ce qui manifestement était une dispute entre Gamache et Francœur.

Il s'approcha et tendit l'oreille.

Le bois était épais, dense. Un bois dur qui rendait l'écoute difficile. Il réussit cependant à identifier le chef. Les mots étaient assourdis, mais il reconnut la voix.

Beauvoir se recula et se demanda quoi faire. Il ne lui fallut pas beaucoup de temps pour se décider. Si le chef se disputait encore une fois avec ce salaud de Francœur, il n'allait certainement pas le laisser l'affronter seul.

Il frappa deux fois et ouvrit la porte.

Le son à l'intérieur de la pièce cessa abruptement. Beauvoir balaya la pièce du regard. Pas de Gamache. Le directeur était assis derrière le bureau. Il était seul.

— Que voulez-vous ? demanda Francœur.

C'était l'une des rares fois où Beauvoir voyait le directeur ébranlé. Puis, il remarqua le portable. La dernière fois, il avait été tourné dans l'autre direction, vers la chaise du visiteur. Maintenant, il faisait face au directeur. Celui-ci semblait avoir été en train de l'utiliser quand Beauvoir l'avait interrompu.

Téléchargeait-il quelque chose? Mais Beauvoir ne comprenait pas comment il aurait pu. La liaison satellite n'avait jamais fonctionné. À moins que Francœur n'ait réussi à l'établir, mais Beauvoir en doutait. Il n'était pas si intelligent que ça.

Francœur affichait l'air coupable d'un adolescent surpris par sa maman.

— Eh bien? dit le directeur en lui lançant un regard furieux.

— J'ai entendu des voix.

Il regretta aussitôt ses paroles. Francœur le fixa avec mépris, puis prit un dossier et se mit à le lire en ignorant totalement l'inspecteur. C'était comme si un vide était entré dans la pièce. Comme s'il n'y avait rien. Personne. Pour Francœur, Beauvoir était seulement de l'air.

— Qu'avez-vous voulu dire tout à l'heure? demanda Beauvoir en refermant la porte d'un coup sec.

Le directeur leva la tête.

Jean-Guy n'avait pas voulu lui poser la question, s'était juré de ne pas le faire. Si Gamache avait été présent, jamais il ne l'aurait fait. Mais le chef n'était pas là, et Francœur oui. La question était sortie de sa bouche comme un éclair d'un nuage orageux.

Francœur ne lui prêta aucune attention.

— Dites-le-moi, ajouta Beauvoir en donnant un coup de pied dans la chaise.

Il s'agrippa ensuite au dossier et se pencha au-dessus, vers le directeur.

— Sinon quoi? demanda Francœur.

Il paraissait amusé, pas du tout effrayé. Beauvoir avait les joues en feu, et les jointures de ses doigts devinrent blanches à force de serrer la chaise en bois.

— Vous allez me rouer de coups ? Me menacer ? C'est ce que vous faites, non ? Vous êtes le chien de Gamache. (Il posa le dossier sur le bureau et se pencha vers l'inspecteur.) Vous voulez savoir ce que je voulais dire quand j'ai dit que je pensais que vous étiez un homme sans couilles ? Eh bien, exactement ça. C'est ce que disent vos collègues, Jean-Guy. Est-ce vrai ?

— De quoi parlez-vous, tabarnac ?

— Je dis que votre seul rôle est d'être le petit chien d'Armand Gamache, ou plutôt sa chienne, comme vous appellent vos collègues, parce que, bien que vous grogniez et mordiez à l'occasion, ils ne croient pas que vous ayez des couilles.

Francœur regarda Beauvoir comme s'il était quelque chose de mou et de malodorant sous une chaussure, et dont les vrais hommes se débarrassaient en raclant leur semelle. La chaise gémit quand le directeur s'appuya contre le dossier. La veste de son complet s'ouvrit et Beauvoir aperçut son revolver.

Malgré le hurlement de rage dans sa tête, Beauvoir avait l'esprit suffisamment clair pour se demander pourquoi le directeur, un bureaucrate, avait une arme.

Et pourquoi il l'avait apportée au monastère.

Gamache lui-même n'en portait pas, mais Beauvoir oui. Et maintenant il était bien content de l'avoir.

— Voilà ce que j'ai voulu dire plus tôt, dit Francœur. Je vous ai accompagné quand vous êtes allé interroger ce moine pas parce que vous m'aviez invité, mais parce que j'étais curieux. Comment cet homme, qui était la risée de la Sûreté, menait-il un interrogatoire ? Vous m'avez surpris. J'ai été impressionné.

Et Beauvoir se surprit lui-même. Une petite partie de lui était soulagée d'entendre ça. Mais elle était profondément enfouie sous la colère, la rage, la violence quasi apocalyptique de l'insulte.

Il ouvrit la bouche, mais réussit seulement à bégayer. Aucun mot ne sortit. Uniquement de l'air.

— Ne me dites pas que vous ne le saviez pas, dit Francœur d'un air étonné non feint. Voyons, Jean-Guy, seul un idiot ne s'en apercevrait pas. Dans les couloirs du quartier général, vous marchez un demi-pas derrière votre maître, presque en pleurnichant, et vous croyez que les autres agents et inspecteurs vous admirent ? Ils admirent l'inspecteur-chef et en même temps le craignent un peu. S'il a pu vous émasculer, il pourrait leur faire la même chose. Écoutez, personne ne vous blâme. Vous étiez un petit agent dans un petit bureau régional de la Sûreté sur le point d'être renvoyé parce que personne ne voulait travailler avec vous, et Gamache vous a engagé. C'est ça ?

Abasourdi, Beauvoir fixait le directeur.

— Bien sûr que c'est ça, dit Francœur en se penchant en avant. Et pourquoi pensez-vous qu'il vous a embauché ? Pourquoi, à votre avis, s'est-il entouré d'agents dont personne ne voulait ? Il vient de promouvoir Isabelle Lacoste au grade d'inspecteur, le même que vous. (Il lança un regard perçant à Beauvoir.) Si j'étais vous, je me tiendrais sur mes gardes. Ça n'augure rien de bon quand vous êtes censé être l'adjoint, mais que c'est elle qui reste au quartier général, où elle est responsable du bureau. De quoi est-ce que je parlais ? Ah oui, des pratiques d'embauche de l'inspecteur-chef. Avez-vous remarqué les gens qui travaillent à la division des homicides ? Tous des losers. Il a choisi les plus minables. Pourquoi ?

La colère de Beauvoir éclata finalement. Il souleva la chaise et la redéposa si violemment sur le sol que les pieds arrière se cassèrent. Mais il s'en fichait. Il gardait les yeux braqués sur l'homme devant lui. Il avait le directeur Francœur dans sa mire.

— Des losers ? cria Beauvoir d'une voix râpeuse. L'inspecteur-chef s'entoure de policiers capables de penser par eux-mêmes et qui savent faire preuve d'initiative. Tous les autres salauds, vous compris, ont peur de nous. Vous nous écartez, nous rétrogradez, nous traitez comme de la merde jusqu'à ce que nous démissionnions. Et pourquoi ?

Il crachait littéralement ses mots.

— Parce que nous représentons une menace pour vous. Nous refusons de marcher dans vos petites combines malhonnêtes. L'inspecteur-chef Gamache est allé chercher ceux que vous considérez comme des déchets et nous a donné une chance. Contrairement à tous les autres, il a cru en nous. Et vous, espèce de salaud, vous pensez que je vais croire vos conneries ? Je m'en fous si vos fouines rient de moi. Pour moi, c'est le plus grand compliment qu'on peut me faire. Notre section de la Sûreté a les meilleurs résultats en matière d'arrestations. C'est ça qui compte. Et si vous et vos trous de cul de collaborateurs trouvez ça risible, eh bien, riez.

— Les meilleurs résultats en matière d'arrestations ? (Francœur s'était levé, sa voix était glaciale.) Voulez-vous qu'on parle du cas d'Olivier Brûlé ? Votre chef l'a arrêté.

Son procès pour meurtre a coûté une fortune à la province. Il a même été reconnu coupable, le pauvre. Mais, en fin de compte, il n'était pas l'assassin. Et qu'a fait votre Gamache ? A-t-il essayé de réparer son erreur ? Non. Il vous a envoyé trouver le véritable meurtrier. Et vous avez réussi. C'est à ce moment-là que j'ai commencé à croire que vous n'étiez pas aussi nul que vous en aviez l'air.

Francœur ramassa des feuilles sur le bureau, mais ne s'en alla pas.

— Vous vous demandez pourquoi je suis ici, n'est-ce pas ?

Beauvoir ne répondit pas.

— C'est évident. Gamache aussi se le demande. Il m'a même posé la question. Je ne lui ai pas dit la vérité, mais je vais vous la dire, à vous. J'attendais que vous soyez à l'extérieur du quartier général, un endroit où il exerce une certaine influence, pour pouvoir vous parler. Je n'avais pas besoin de venir jusqu'ici pour vous apporter des rapports. Je suis le directeur général, nom de Dieu ! Un agent des homicides aurait pu le faire. Mais c'était ma chance et je l'ai saisie. Je suis venu ici pour vous sauver. De lui.

— Vous êtes fou.

— Réfléchissez à ce que j'ai dit. Tirez-en vos conclusions. Vous êtes intelligent. Réfléchissez. Et profitez-en pour vous demander pourquoi il a promu Isabelle Lacoste inspectrice.

— Parce qu'elle est une excellente enquêteuse. Sa promotion est méritée.

Francœur le regarda encore une fois comme s'il était extraordinairement stupide, puis se dirigea vers la porte.

— Quoi ? dit Beauvoir. Que voulez-vous insinuer ?

— J'en ai déjà trop dit, inspecteur Beauvoir, mais ce qui est dit est dit. (Francœur le jaugea.) Vous êtes en réalité un très bon enquêteur. Servez-vous de vos compétences. Et n'hésitez pas à tout raconter à Gamache. Il est temps pour lui de savoir que quelqu'un commence à voir clair dans son jeu.

La porte se referma et Beauvoir resta seul avec sa colère. Et le portable.

La bouche ouverte, le frère Simon regardait Gamache.

— Vous croyez que le prieur était encore en vie quand je l'ai trouvé ?

— C'est une possibilité. Selon moi, vous saviez qu'il agonisait et au lieu de le laisser pour aller chercher de l'aide, ce qui signifierait qu'il mourrait seul, vous êtes resté auprès de lui jusqu'à la fin. Pour lui donner du réconfort. Lui administrer les derniers sacrements. Vous avez agi par gentillesse. Par compassion.

— Alors pourquoi n'aurais-je rien dit ? Les autres membres de la communauté auraient été soulagés d'apprendre que, malgré l'horreur de la situation, le prieur avait au moins reçu les derniers sacrements. (Le moine observa attentivement l'inspecteur-chef.) Vous croyez que j'aurais gardé ça pour moi ? Pourquoi ?

— Eh bien, c'est ça, la question, dit Gamache.

Il croisa les jambes et s'installa confortablement, ce qui de toute évidence déplut au frère Simon. L'inspecteur-chef se préparait à une longue visite.

— Je n'ai pas eu beaucoup de temps pour y réfléchir, admit-il. Je viens de lire le rapport d'autopsie. Selon le médecin légiste, le frère Mathieu a pu vivre jusqu'à une demi-heure de plus après le coup fatal.

— A pu vivre. Ça ne signifie pas que ç'a été le cas.

— Vous avez parfaitement raison. Mais supposons que ce fut le cas. Le prieur avait suffisamment de force pour ramper jusqu'au mur. Il a peut-être lutté contre la mort jusqu'à la toute dernière seconde. Il s'est peut-être farouchement accroché à la vie. Cela lui ressemble-t-il ?

— Je ne savais pas que nous pouvions choisir l'heure et le moment de notre mort, dit le frère Simon. (Gamache sourit.) Si c'était vrai, le prieur, à mon avis, aurait choisi de ne pas mourir du tout.

— Si nous avions effectivement le choix, dom Clément arpenterait probablement encore ces corridors. Je ne dis pas qu'on peut empêcher l'issue d'un coup manifestement mortel par la seule force de la volonté, mais que, d'après mon expérience, si on a une forte volonté, on peut repousser le temps de la mort de quelques instants, voire de quelques minutes. Et parfois, dans mon travail, ces instants et ces minutes s'avèrent de la plus haute importance.

— Pourquoi ?

— Parce que ces moments correspondent à l'"heure d'or", ce temps précieux entre l'instant où une personne quitte ce monde et celui où elle passe dans le suivant, quel qu'il soit. Quand elle sait qu'elle est sur le point de mourir. Et si elle a été assassinée, que fait-elle ?

Le frère Simon garda le silence.

— Elle nous dit qui l'a tuée, si elle le peut.

Le moine rougit et plissa légèrement les yeux.

— Vous croyez que le frère Mathieu m'a révélé qui l'a tué ? Et que je n'ai rien dit ?

C'était maintenant au tour de Gamache de garder le silence. Il observa attentivement le moine. Examina son visage rond. Pas gras, mais joufflu. La tête rasée, le nez court et retroussé. Son air désapprobateur quasi perpétuel. Ses yeux noisette, comme l'écorce d'un arbre. Piquetés de taches. Sévères. Qui ne se baissaient pas.

Pourtant, il avait la voix d'un archange, pas simplement un membre du chœur céleste, mais un des élus. Un des préférés de Dieu. Au don supérieur à celui des autres.

Sauf à celui des deux douzaines d'hommes de ce monastère.

Cet endroit, Saint-Gilbert-entre-les-Loups, était-il l'équivalent de l'heure d'or ? Un lieu entre deux mondes. Il donnait cette impression d'être hors du temps, dans un univers à part. Une sorte d'au-delà. Entre la vie animée du Québec, celle des bistros, des brasseries et des festivals, celle des fermiers trimant dur et des intellectuels brillants, entre le monde des mortels et le paradis – ou l'enfer –, il y avait cet endroit.

Un lieu où le silence était roi. Où le calme régnait. Et où les seuls sons étaient les gazouillements des oiseaux dans les arbres, et les plains-chants.

Et où, la veille, un moine avait été tué.

Dans ses derniers instants, le prieur, le dos au mur, avait-il rompu son vœu de silence ?

Jean-Guy Beauvoir appuya la chaise cassée contre la porte du bureau du prieur.

Elle n'empêcherait pas quelqu'un d'entrer, mais le ralentirait suffisamment. Et l'avertirait, lui, de son arrivée.

Contournant le bureau, il s'assit sur la chaise que Francœur venait de quitter. Le siège était encore chaud. À la pensée des fesses du directeur posées là, Beauvoir ressentit une légère nausée, mais l'ignora et tira le portable vers lui. Lui aussi était chaud. Francœur l'utilisait quand Beauvoir était entré, mais l'avait immédiatement fermé.

Après avoir redémarré le portable, Beauvoir essaya de se connecter à Internet. Ça ne fonctionnait pas. Il n'y avait toujours pas de liaison satellite.

Alors, que faisait le directeur ? Et pourquoi avait-il rapidement fermé l'ordinateur ?

Jean-Guy Beauvoir s'installa pour le découvrir.

— Voulez-vous que je vous dise ce que je pense ? demanda Gamache.

"Non !" hurlait l'expression sur le visage du frère Simon. L'inspecteur-chef, bien sûr, n'en tint pas compte.

— C'est plutôt inhabituel, reconnut-il. Généralement, nous préférons que ce soit les gens interrogés qui parlent. Mais, dans ce cas-ci, je crois qu'il serait raisonnable de faire preuve d'un peu de souplesse.

Il fixa d'un air amusé le moine têtu comme une mule. Puis son visage devint grave.

— Voici ce qui s'est passé, selon moi. Le frère Mathieu était encore en vie quand vous êtes allé dans le jardin. Parce qu'il était recroquevillé au pied du mur, il vous a probablement fallu une ou deux minutes avant de le voir.

Tandis qu'il parlait, une image apparut entre les deux hommes. Celle du frère Simon entrant dans le jardin avec ses outils de jardinage. D'autres feuilles aux couleurs d'automne étaient tombées depuis la dernière fois qu'il avait ratissé la pelouse, et il fallait couper les fleurs fanées. Le soleil brillait. L'air vif et frais était rempli de l'odeur des pommes sauvages dans la forêt, exposées au soleil de cette fin d'été.

Le frère avançait sur la pelouse, balayait du regard les platebandes, prenait mentalement note des plantes devant être rabattues et préparées pour l'hiver rigoureux qui approchait à grands pas.

Puis il s'arrêta. Le gazon à l'autre bout du jardin semblait avoir été piétiné. Ce n'était pas très évident. Un simple visiteur ne l'aurait probablement pas remarqué. Mais le secrétaire de l'abbé n'était pas un simple visiteur. Il connaissait chaque feuille, chaque brin d'herbe. Il prenait soin du jardin comme il se serait occupé d'un enfant.

Quelque chose clochait.

Le moine regarda autour de lui. L'abbé était-il là ? Pourtant, dom Philippe devait aller voir le système géothermique au sous-sol. Le frère Simon resta parfaitement immobile sous le soleil de septembre, tous ses sens en éveil.

— Ai-je raison jusqu'à maintenant ? demanda Gamache.

La voix avait été si envoûtante, les mots de l'inspecteur-chef avaient si bien décrit la scène que le frère Simon avait oublié où il était, c'est-à-dire à l'intérieur, dans le bureau. Il sentait presque l'air frais d'automne sur ses joues.

Il observa Gamache assis en face de lui, si calme, et pensa, non pour la première fois, que cet homme était très dangereux.

— J'interprète votre silence comme voulant dire oui, dit Gamache avec un petit sourire, bien que, souvent, je le sais, ce ne soit pas le cas.

Il reprit son récit, et l'image ressurgit entre eux et se mit à bouger.

— Vous avez fait quelques pas pour essayer d'identifier ce qui ressemblait à un petit amas de terre dans le fond du jardin. Vous n'étiez pas encore inquiet, mais curieux. Puis vous avez remarqué que le gazon n'avait pas seulement été piétiné, mais qu'il y avait aussi du sang.

Les deux hommes virent le frère Simon se pencher au-dessus des brins d'herbe aplatis et regarder les marques rouges, ici et là, comme si les feuilles tombées portaient des stigmates.

Interrompant son examen du gazon, le moine leva la tête et regarda dans la direction où menaient les marques.

Il vit une forme. Roulée en une boule noire. Avec une huppe blanche si caractéristique. Sauf qu'elle n'était pas toute blanche. Il y avait aussi du rouge très foncé.

Le frère Simon jeta ses outils par terre et s'élança vers la silhouette en se frayant un passage à travers les arbustes. En marchant sur ses précieuses vivaces. En écrasant les rudbeckies sur son chemin.

Un moine, un de ses frères, était blessé. Gravement.

— J'ai pensé…, dit le frère Simon.

Il ne regarda pas Gamache, mais baissa les yeux sur le rosaire dans ses mains. Il parlait à voix basse. C'est à peine s'il murmurait, et l'inspecteur-chef dut se pencher vers lui pour saisir les rares mots.

— J'ai pensé…

Cette fois, le moine regarda Gamache. Le seul souvenir de ce moment suffisait à l'effrayer.

L'inspecteur-chef ne dit rien. Il affichait un air neutre, mais attentif. Ses yeux brun foncé demeuraient braqués sur ceux du moine.

— J'ai pensé que c'était dom Philippe.

Le frère Simon baissa les yeux sur la petite croix de son rosaire, qui oscillait. Puis il leva les mains et laissa tomber sa tête. Il resta dans cette position et la croix heurta doucement son front jusqu'à ce qu'elle s'immobilise.

— Oh mon Dieu, j'ai cru qu'il était mort, que quelque chose lui était arrivé.

Le moine parlait d'une voix étouffée. Ses mots étaient peut-être à peine audibles, mais ses sentiments étaient on ne peut plus clairs.

— Qu'avez-vous fait ? demanda Gamache d'une voix douce.

La tête toujours entre ses mains, le moine parla au plancher.

— J'ai hésité. Que Dieu me pardonne, j'ai hésité.

Le frère Simon releva la tête et fixa Gamache. Son confesseur. Espérant un peu de compréhension, sinon l'absolution.

— Continuez, dit Gamache sans le quitter des yeux.

— Je ne voulais pas regarder. J'étais effrayé.

— C'est normal. N'importe qui aurait eu peur. Mais vous êtes finalement allé à lui. Vous ne vous êtes pas sauvé.

— Non.

— Que s'est-il passé ensuite ?

Maintenant, le frère Simon s'accrochait au regard de Gamache comme si, suspendu au-dessus d'un précipice, il s'agrippait à une corde.

— Je me suis agenouillé et j'ai légèrement retourné le corps. J'ai pensé que l'abbé était peut-être tombé du mur ou de l'arbre. C'est ridicule, je le sais, mais je ne voyais pas quelle autre explication il pouvait y avoir. Et s'il s'était brisé le cou, je ne voulais pas…

— Je comprends. Continuez.

— Puis j'ai vu qui c'était.

La voix du moine avait changé. Elle était toujours chargée de stress et d'angoisse, alors qu'il revivait ces moments horribles, mais pas aussi intensément.

— Ce n'était pas le père abbé. (Son soulagement était évident.) C'était le prieur.

Son soulagement était maintenant encore plus évident. Ce qui avait commencé comme une effroyable tragédie s'était terminé presque par une bonne nouvelle. Le frère Simon ne pouvait le cacher. Ou choisissait de ne pas le cacher.

Quoi qu'il en soit, il regarda Gamache droit dans les yeux. Y chercha de la désapprobation. Et n'en trouva pas. Il vit seulement une acceptation : ce qu'il disait devait très probablement être, enfin, la vérité.

— Était-il encore en vie?

— Oui. Ses yeux étaient ouverts. Il m'a fixé et a agrippé ma main. Vous avez raison, il savait qu'il allait mourir. Moi aussi. Je ne pourrais pas vous dire comment je le savais, mais je le savais. Je ne pouvais pas le laisser.

— Combien de temps ça a pris avant qu'il meure?

Simon ne répondit pas immédiatement. Cela avait évidemment pris une éternité. S'agenouiller sur le sol, tenir la main ensanglantée d'un mourant. Un moine comme lui. Un homme qu'il méprisait.

— Je ne sais pas. Une minute, peut-être un peu plus. Je lui ai administré les derniers sacrements, et ça a semblé l'apaiser.

— Quelle est la prière des mourants ? Pouvez-vous me la réciter ?

— Vous l'avez certainement déjà entendue, non ?

Effectivement, il l'avait déjà entendue, connaissait les mots. Il les avait lui-même prononcés, rapidement et de façon urgente, en tenant dans ses bras, l'un après l'autre, des agents mourants. Mais il voulait les entendre de la bouche du frère Simon.

Le moine ferma les yeux. Il tendit la main droite et la referma un peu, comme s'il tenait une main invisible.

— Seigneur infiniment bon et miséricordieux, prenez cet enfant, emportez-le dans votre royaume et pardonnez-lui ses péchés. Amen.

Les yeux toujours fermés, le frère leva l'autre main et fit comme s'il traçait une croix avec son pouce sur le front du moine agonisant.

"Infiniment miséricordieux", se dit Gamache en revoyant le jeune agent, son spectre à lui, dans ses bras. Pris dans le feu de l'action, il n'avait pas pu réciter la prière au complet, alors il s'était penché au-dessus du jeune homme et avait murmuré : "Prenez cet enfant." Mais l'agent était déjà mort. Et Gamache avait dû s'en aller.

— C'est à ce moment, dit-il, qu'un mourant, s'il le peut, se confesse.

Le frère Simon garda le silence.

— Qu'a-t-il dit ? demanda Gamache.

— Il a émis un son. (Le moine semblait dans une sorte de transe.) Comme s'il essayait de s'éclaircir la gorge, puis il a dit "homo".

Simon était de nouveau concentré, était revenu au moment présent. Les deux hommes se dévisagèrent.

— Homo ? dit l'inspecteur-chef.

Le frère Simon hocha la tête.

— Vous pouvez comprendre pourquoi je n'ai rien dit. Ça n'a rien à voir avec sa mort.

Mais, pensa Gamache, ça avait peut-être beaucoup à voir avec sa vie. Il réfléchit un moment, puis demanda :

— À votre avis, que voulait-il dire ?

— Je pense que nous le savons tous les deux.

— Était-il homosexuel ?

Pendant quelques instants, le frère Simon afficha son air réprobateur si caractéristique, puis reprit une expression normale. Cela n'avait plus d'importance.

— C'est difficile à expliquer, répondit le moine. Nous sommes vingt-quatre ici, seuls. Notre but, notre plus grand désir est de trouver l'amour divin. La compassion. De vivre dans l'amour incommensurable de Dieu.

— Ça, c'est un idéal. Mais vous êtes également des êtres humains.

Le besoin de réconfort par contact physique était fort et primaire, Gamache le savait, et un vœu de chasteté ne le faisait pas nécessairement disparaître.

— Ce n'est pas d'amour physique que nous avons besoin, dit le frère Simon.

Il avait correctement interprété les pensées de Gamache et les rectifiait. Le moine ne donnait pas du tout l'impression d'être sur la défensive. Il s'efforçait seulement de trouver les bons mots.

— Je crois que la plupart des moines, si ce n'est la totalité, ne pensent plus à ça depuis longtemps. Nous n'avons pas une forte libido, nous ne sommes pas des êtres très sexuels.

— De quoi avez-vous besoin, alors ?

— De gentillesse. D'intimité, mais pas sexuelle. De compagnie. Dieu devrait remplacer l'homme dans nos sentiments d'affection, mais la vérité est que nous avons tous besoin d'un ami.

— Ce sont les sentiments que vous inspire le père abbé ? demanda abruptement Gamache. (Sa voix et son attitude, cependant, étaient amicales.) J'ai vu votre réaction quand vous croyiez que c'était lui, le blessé, et qu'il était en train de mourir.

— Je l'aime, c'est vrai. Mais je n'ai aucun désir de relations sexuelles. C'est difficile d'expliquer un amour qui est au-dessus de ça.

— Et le prieur ? Aimait-il quelqu'un ?

Le frère Simon garda le silence. Pas un silence buté, mais contemplatif.

— Je me suis demandé si l'abbé et lui…, dit-il enfin.

Il ne pouvait aller plus loin, pour le moment. Il marqua une pause avant d'ajouter :

— Ils ont été inséparables pendant de nombreuses années. À part moi, le frère Mathieu était la seule personne invitée dans le jardin du père abbé.

Pour la première fois, Gamache se demanda si le jardin existait aux sens à la fois propre et figuré. C'était un endroit avec de l'herbe, de la terre et des fleurs, mais peut-être était-il aussi une métaphore. Pour cet endroit si intime à l'intérieur de chacun des moines. Pour certains, c'était une pièce sombre, verrouillée ; pour d'autres, un jardin.

Le secrétaire avait été admis dans ce lieu. De même que le frère Mathieu.

Qui y avait trouvé la mort.

— Que voulait dire le prieur, selon vous ?

— À mon avis, il existe une seule interprétation possible : il savait qu'il agonisait et voulait recevoir l'absolution.

— Pour avoir été un homosexuel ? Je pensais vous avoir entendu dire qu'il n'en était probablement pas un.

— Je ne sais plus quoi penser. Ses relations étaient peut-être platoniques, mais il aurait peut-être voulu plus. Lui seul le savait. Et Dieu.

— Dieu le condamnerait-il pour ça ?

— Pour avoir été homosexuel ? Peut-être pas. Mais pour avoir rompu son vœu de chasteté, oui, probablement. C'est une faute qu'il faudrait confesser.

— En disant "homo" ?

Gamache était loin d'être convaincu. Mais quand une personne était à l'article de la mort, la raison jouait un très petit rôle, si elle en jouait un. Si la fin était proche et qu'on ne pouvait plus dire qu'un seul mot, quel serait-il ?

L'inspecteur-chef savait très bien quel serait son dernier mot. Lequel c'était, en fait. Quand il avait cru qu'il allait mourir, il avait répété un mot, encore et encore, jusqu'à ce qu'il ne soit plus capable de parler.

Reine-Marie.

Il ne lui serait jamais venu à l'esprit de dire "hétéro". Bien sûr, il ne ressentait aucune culpabilité par rapport à ses relations intimes, contrairement, peut-être, au prieur.

— Avez-vous le dossier personnel du frère Mathieu ? Pouvez-vous me le donner ? demanda Gamache.

— Non.

— "Non", vous ne voulez pas me le donner, ou "non", vous n'avez pas de dossiers.

— Nous n'avons pas de dossiers.

Voyant l'expression du chef, le frère Simon expliqua :

— Quand nous entrons en religion, nous subissons des tests très poussés et des évaluations rigoureuses. Le premier monastère où nous sommes allés avait très certainement un dossier sur chaque moine. Mais pas dom Philippe, pas ici à Saint-Gilbert.

— Pourquoi ?

— Parce que ça n'a aucune importance. Nous sommes comme la Légion étrangère. Nous laissons notre passé derrière.

Gamache dévisagea le religieux. Était-il naïf à ce point ?

— Même si vous laissez votre passé à la porte, ça ne signifie pas qu'il reste là, dit-il. Il finit par s'infiltrer par des fissures.

— Eh bien, s'il arrive jusqu'ici et nous retrouve, je suppose que c'est le destin.

Selon cette logique, pensa Gamache, c'était également la volonté de Dieu si le prieur était mort. Ç'avait été son destin. Décidément, Dieu avait fort à faire avec les gilbertins, la Légion étrangère des ordres religieux.

L'analogie était bien choisie. Revenir en arrière était impossible. Il n'y avait pas de passé vers lequel retourner. Rien à l'extérieur des murs, à part la forêt sauvage.

— Parlant de fissures, êtes-vous au courant à propos des fondations ? demanda Gamache.

— Quelles fondations ?

— Celles du monastère.

Le frère Simon semblait perplexe.

— C'est au frère Raymond que vous devriez parler. Mais assurez-vous d'avoir une demi-journée à lui consacrer et préparez-vous à obtenir plus de renseignements que vous ne le voudriez sur notre installation septique.

— Donc, le père abbé ne vous a rien dit sur les fondations de l'abbaye ? Le prieur non plus ?

Soudain, ça a fait tilt dans la tête du frère Simon.

— Il y a un problème avec elles ?

— Je vous demandais seulement si vous aviez entendu quelque chose.

— Non, rien. J'aurais dû ?

L'abbé avait donc gardé l'information pour lui, comme Gamache l'avait supposé. Seuls dom Philippe et le frère Raymond savaient que Saint-Gilbert était en train de s'effondrer. Qu'au mieux le monastère resterait debout encore une dizaine d'années.

Le prieur était peut-être lui aussi au courant. Le frère Raymond, en désespoir de cause, le lui avait peut-être dit. Si oui, le frère Mathieu était mort avant de pouvoir en parler à quelqu'un d'autre. Était-ce ça, le mobile ? Avait-on voulu l'empêcher de parler ?

*"N'y aura-t-il personne pour me débarrasser de ce gêneur en soutane ?"*

— Vous saviez que le prieur avait été assassiné, n'est-ce pas ?

Le frère Simon hocha la tête.

— Quand l'avez-vous su ?

— Quand j'ai vu sa tête. Et…

Il ne termina pas sa phrase. Gamache garda le silence. Et attendit.

— … et ensuite j'ai vu quelque chose dans la plate-bande. Quelque chose qui ne devait pas se trouver là.

Gamache retint sa respiration. Les deux hommes devinrent un tableau vivant, figé dans le temps. L'inspecteur-chef attendit. Attendit. Maintenant, sa respiration était superficielle, silencieuse, comme s'il ne voulait pas troubler l'air autour d'eux.

— Ce n'était pas une pierre, vous savez, dit le moine.

— Je sais. Qu'avez-vous fait de l'objet ?

Gamache ferma presque les yeux en priant pour que le moine ne l'ait pas ramassé et jeté par-dessus le mur, où il disparaîtrait à jamais.

Le frère Simon se leva, ouvrit la porte qui donnait accès au bureau de l'abbé et sortit dans le couloir. Gamache le suivit en supposant qu'il le menait à une cachette quelconque.

Mais le frère Simon s'arrêta sur le seuil et tendit la main pour prendre quelque chose, puis remit l'arme du crime à l'inspecteur-chef. Il s'agissait de la vieille tige de fer dont on se servait depuis des siècles pour demander l'autorisation d'entrer dans les pièces les plus privées de l'abbé.

Et qui, la veille, avait servi à défoncer le crâne du prieur de Saint-Gilbert-entre-les-Loups.

# 25

Jean-Guy Beauvoir courait dans les corridors de Saint-Gilbert-entre-les-Loups. À la recherche de quelque chose.

Les moines qu'il croisait s'arrêtaient pour le saluer d'une inclinaison de la tête, selon leur habitude. Mais quand il arrivait près d'eux, ils s'écartaient. Lui cédaient le passage.

Et étaient soulagés quand il passait à côté d'eux.

Beauvoir parcourut les couloirs, regarda dans le potager de même que dans l'enclos avec les chèvres qui broutaient et les poules Chantecler. Regarda au sous-sol. Le frère Raymond était invisible, mais sa voix se répercutait en écho dans les longs corridors frais. Il chantait. Les mots du chant n'étaient pas clairs, et sa voix, si elle était toujours belle, avait moins à voir avec le divin qu'avec le cognac et la bénédictine.

Beauvoir remonta à la course les marches de pierre et s'arrêta dans la chapelle, essoufflé. Se tourna d'un côté, de l'autre.

Debout à l'extérieur de la lumière dansante, des moines dans leur longue robe noire l'observaient. Mais il ne leur prêta aucune attention. Il pourchassait quelqu'un d'autre.

Puis il pivota sur ses talons et poussa la porte de la chapelle. Le couloir était vide, et la porte tout au bout fermée. Et verrouillée.

— Ouvrez-la, ordonna-t-il.

Le frère Luc s'empressa d'obéir. Il inséra la grosse clé dans la serrure et la tourna. Le verrou glissa et quelques secondes plus tard la porte s'ouvrit. Beauvoir, vêtu de noir, ce qui lui donnait l'air d'être en soutane, sortit.

Luc referma rapidement la porte et fut tenté d'ouvrir le judas pour regarder dehors. Pour voir ce qui allait se passer. Mais il se retint. Le frère Luc ne voulait rien voir, rien entendre, rien savoir. Il retourna à sa petite pièce, posa l'épais volume sur ses genoux et s'absorba dans les chants.

Beauvoir vit immédiatement ce qu'il cherchait. Debout près de la rive.

Sans réfléchir et sans se soucier des conséquences – il s'en foutait complètement –, il s'élança à toute vitesse.

Courut comme si sa vie en dépendait.

Comme si d'autres vies en dépendaient.

Jusqu'à l'homme enveloppé de brume.

Et en courant il poussa un horrible son venu du fond de ses entrailles. Un son qu'il gardait en lui depuis des mois. Un cri qu'il avait avalé, caché, enfermé sous clé. Mais maintenant il était sorti. Et le propulsait.

Le directeur général Francœur se retourna une fraction de seconde avant que Beauvoir lui fonce dedans. Il évita le plus gros du choc en faisant un demi-pas de côté. Les deux hommes tombèrent sur les pierres, Francœur moins lourdement que Beauvoir.

Il se dégagea de sous l'inspecteur et porta la main à son revolver. Au même moment, Beauvoir se roula sur le côté et, se relevant d'un bond, porta lui aussi la main à son arme.

Trop tard. Francœur avait dégainé et braquait son revolver sur sa poitrine.

— Salaud ! cria Beauvoir en remarquant à peine l'arme. Fumier ! Je vais vous tuer.

— Vous venez d'attaquer un officier supérieur, dit Francœur d'un ton sec, visiblement ébranlé.

— J'ai attaqué un trou de cul, et je recommencerai, hurla Beauvoir à pleins poumons.

— Qu'est-ce qui vous prend ? hurla Francœur à son tour.

— Vous le savez très bien. J'ai trouvé ce qu'il y avait sur le portable, ce que vous regardiez quand je suis entré.

— Oh, merde ! dit le directeur en regardant Beauvoir, l'air inquiet. Gamache l'a-t-il vu ?

— Quelle importance ? cria Beauvoir.

Il se courba et, les mains sur ses genoux, essaya de reprendre son souffle. Puis, levant la tête, il ajouta :

— Moi, je l'ai vu.

Longue inspiration, supplia-t-il son corps. Longue expiration.

"Merde, ce n'est pas le moment de s'évanouir."

Longue inspiration, longue expiration.

Il se sentait étourdi.

"Mon Dieu, faites que je ne m'évanouisse pas."

Il lâcha ses genoux et se redressa lentement. Jamais il ne serait aussi grand que l'homme en face de lui. Qui pointait un revolver sur sa poitrine. Mais il se tint aussi droit que possible et fixa la créature devant lui.

— C'est vous qui avez diffusé la vidéo.

Sa voix avait changé. Elle était haletante maintenant, râpeuse. Les mots déboulaient de sa bouche dans une très, très longue expiration venue de très, très loin à l'intérieur de lui.

La porte de sa pièce secrète avait volé en éclats, et les mots étaient sortis.

De même que l'intention.

Il allait tuer Francœur. Maintenant.

Beauvoir garda les yeux braqués sur le directeur. Dans son champ de vision, il voyait confusément le revolver et savait que, quand il s'élancerait, Francœur aurait le temps de tirer au moins deux fois avant qu'il puisse franchir la distance qui les séparait. Et, estima Beauvoir, s'il ne recevait pas une balle dans la tête ou le cœur, il atteindrait le directeur. Et il lui resterait tout juste suffisamment de vie, de volonté, pour plaquer cet homme au sol, saisir une pierre et lui fracasser le crâne.

Tout à coup, il lui revint en mémoire l'histoire que lui lisait son père, encore et encore. À propos de la petite locomotive.

"Je crois que je peux. Je crois que je peux."

"Je crois que je peux tuer Francœur avant qu'il me tue."

Il savait cependant que lui aussi allait mourir. Mais pas le premier. "Mon Dieu, pas le premier."

Les muscles contractés, il se pencha très légèrement en avant, mais Francœur, sur le qui-vive, leva imperceptiblement son arme. Beauvoir ne bougea plus.

Il attendrait le moment propice. Quand Francœur aurait une fraction de seconde d'inattention.

"C'est tout ce dont j'ai besoin."

“Je crois que je peux. Je crois que je peux.”

— Quoi ? dit le directeur. Vous pensez que j’ai mis la vidéo en ligne ?

— Cessez vos petits jeux stupides. Vous avez trahi mes amis, vos propres gens. Ils sont morts.

Beauvoir se sentait au bord de la crise de larmes, mais se ressaisit.

— Ils sont morts, et vous avez diffusé ce putain d’enregistrement montrant les derniers instants de leur vie.

La gorge de Beauvoir se serra. Il n’avait plus qu’un filet de voix. Sa respiration, sifflante, devenait de plus en plus difficile tandis qu’il essayait de faire entrer de l’air dans le passage qui se rétrécissait.

— Vous avez transformé les événements en un véritable cirque, espèce de, de…

Il ne pouvait aller plus loin. Il était submergé d’images du raid lancé contre l’usine. De Gamache menant les membres de l’équipe tactique, des policiers de la Sûreté se précipitant à l’intérieur, suivant leur chef. Pour sauver l’agent kidnappé. Pour arrêter les bandits.

Sur la rive paisible, Jean-Guy Beauvoir entendait les détonations des armes, les balles qui frappaient les planchers, les murs. Ses amis. Il sentait l’odeur âcre de la fumée mélangée à la poussière du béton et entendait son cœur battre la chamade sous l’effet de l’adrénaline. Et de la peur.

Mais il avait quand même suivi Gamache. De plus en plus loin à l’intérieur de l’usine. Ils l’avaient tous suivi.

Les scènes de l’opération policière avaient été captées par les caméras fixées sur les casques des policiers. Et plus tard, des mois plus tard, quelqu’un avait piraté les enregistrements, en avait fait un montage et l'avait diffusé sur Internet.

Beauvoir était devenu aussi accro à la vidéo qu'aux analgésiques. Deux moitiés d'un tout. D'abord la douleur, puis les tueurs qui l'avaient causée. Encore, encore et encore. Jusqu'à ce que cela soit devenu sa vie : regarder ses amis mourir. Encore et encore. Et encore.

Une question, cependant, demeurait sans réponse. Qui avait mis cette vidéo en ligne ? C'était, à n'en pas douter, quelqu'un de la Sûreté. Et maintenant il savait qui.

Tout ce qu'il voulait maintenant, c'était rester conscient suffisamment longtemps pour tuer l'homme devant lui.

Qui avait trahi ses propres gens. Les agents de Gamache. Les amis de Beauvoir. Les perdre avait déjà été assez terrible, mais que l'enregistrement soit diffusé sur Internet… Pour être vu par des millions et des millions de personnes partout dans le monde. Par tous les Québécois.

Et ils l'avaient vu.

Tout le monde s'était installé devant l'écran avec du pop-corn pour regarder les policiers de la Sûreté se faire descendre dans l'usine, encore et encore. Comme si les voir se faire tuer était du divertissement.

Les familles des agents abattus avaient également vu l'enregistrement, qui avait fait sensation sur Internet, devenant la vidéo la plus regardée depuis celle des chatons dans une boîte.

Beauvoir fixa Francœur. Il n'avait pas besoin de regarder l'arme. Elle était là, il le savait. Et il savait aussi ce qui se passerait, à tout moment maintenant, quand la première balle le frapperait. Car il avait déjà connu ça. Il y aurait d'abord le bruit sourd de l'impact, puis le choc et, enfin, la douleur fulgurante.

Il avait vu tellement de films de guerre, de westerns. Avait vu tellement de morts, des vrais. Des personnes tuées par balle. Il était convaincu de savoir ce que ça ferait de recevoir une balle.

Il s'était trompé.

Il n'y avait pas seulement la douleur, mais aussi la terreur. Le sang. Les efforts désespérés pour atteindre la blessure, la brûlure, mais la douleur était hors d'atteinte, loin à l'intérieur.

Ça s'était passé un an auparavant. Il lui avait fallu beaucoup de temps pour se remettre de ses blessures. Plus qu'il n'en avait fallu au chef, qui s'était investi à cent pour cent dans le processus de guérison. Dans la physiothérapie, les poids et haltères. Dans la marche. Les exercices. La psychothérapie.

Maintenant, Gamache prêtait une plus grande attention à tout ce qu'il voyait, humait et entendait. Comme s'il vivait cinq vies : la sienne et celles de quatre jeunes agents.

Cela semblait lui avoir insufflé de la vigueur.

Mais le raid, les vies perdues avaient eu l'effet contraire sur Beauvoir.

Il avait fait des efforts. Dieu sait s'il en avait fait. Mais la douleur était enfouie si profondément en lui. Et si atroce. Et les analgésiques, si efficaces.

Ensuite, la vidéo était apparue et avait ravivé la douleur. L'avait enfoncée encore plus profondément en lui. Il avait alors eu besoin de plus d'analgésiques. Puis encore plus. Toujours plus. Pour engourdir le mal. Et estomper les souvenirs.

Finalement, le chef était intervenu. Gamache l'avait sauvé ce jour-là dans l'usine et encore une fois quelques mois plus tard quand il avait insisté pour que Beauvoir obtienne de l'aide. Pour les pilules, et les images qui s'étaient infiltrées dans sa tête. Quand il l'avait forcé à suivre une thérapie intensive. À entreprendre une cure de désintoxication. Quand il l'avait forcé à arrêter de fuir et à affronter ce qui s'était produit.

Gamache lui avait également fait promettre de ne plus jamais regarder cette vidéo.

Et Beauvoir avait tenu sa promesse.

— Ils donneraient n'importe quoi pour être ici, avait dit Gamache, au printemps, tandis que Beauvoir et lui se promenaient dans le parc en face de l'appartement des Gamache à Outremont.

Beauvoir savait de qui le chef parlait. Il avait remarqué que Gamache observait attentivement tout ce qui l'entourait, comme pour le partager avec ses agents morts. Il s'était arrêté pour admirer un vieux lilas en fleur. Puis, se tournant vers son adjoint, il avait dit :

— Il est interdit par la loi de couper ces fleurs, vous savez.

— Seulement si on se fait prendre.

Beauvoir avait contourné le lilas et vu ses branches s'agiter, comme s'il était secoué de rire, quand le chef avait tiré vers lui des tiges pour cueillir quelques fleurs parfumées.

— Voilà un point de vue intéressant sur la justice, avait lancé Gamache. C'est mal seulement si on se fait prendre.

— Préféreriez-vous que je vous arrête ? avait dit Beauvoir en prenant lui aussi des fleurs.

Il avait entendu le chef pouffer de rire.

Il savait quel fardeau reposait sur les épaules du chef. Celui de devoir vivre pour tant de personnes. Au début, Gamache avait vacillé sous le poids, mais était graduellement devenu plus fort.

Quant à Beauvoir, depuis qu'il était clean et se tenait loin des pilules et du cilice d'images qu'il s'était imposé, il allait mieux de jour en jour.

Le chef avait offert les lilas volés à Mme Gamache. Elle les avait mis dans une cruche blanche et posés sur la table. Elle avait ensuite mis le bouquet, plus modeste, de Beauvoir dans de l'eau pour que les fleurs ne se fanent pas avant qu'il les emporte chez lui après le souper. Mais, bien sûr, elles n'étaient jamais arrivées jusqu'à son petit appartement.

Il les avait données à Annie.

Elle et lui venaient de commencer à se fréquenter, et c'était le premier bouquet qu'il lui offrait.

— Des fleurs volées, avait-il avoué en les lui tendant quand elle avait ouvert la porte. L'influence de ton père, j'en ai bien peur.

— Ce n'est pas la seule chose que vous avez volée, monsieur, avait-elle dit en riant avant de s'effacer pour le laisser entrer.

Il lui avait fallu un moment avant de comprendre le sens de ses paroles. Il l'avait observée quand elle avait disposé les lilas dans un vase sur sa table de cuisine. Il avait passé la nuit avec elle. Pour la première fois. Et quand il s'était réveillé, avec une délicate odeur de lilas dans les narines, il s'était rendu compte qu'il avait le cœur d'Annie dans sa poitrine, et qu'elle avait le sien dans sa poitrine. Où il serait en sécurité.

Beauvoir avait respecté la promesse faite au père d'Annie, au chef, de ne plus regarder la vidéo. Il avait tenu parole. Jusqu'à maintenant. Jusqu'à ce qu'il découvre ce que Francœur faisait dans le bureau du prieur. Sur le portable.

Le directeur avait apporté la vidéo. Et la regardait.

C'était ça, les voix que Beauvoir avait entendues. Celle du chef, entre autres, donnant des ordres. Assumant le commandement de l'équipe tactique, menant ses agents de plus en plus loin à l'intérieur de cette maudite usine. À la poursuite des bandits.

Beauvoir avait trouvé le fichier sur le portable.

En cliquant sur *PLAY*, il savait ce qu'il allait voir. Et, Dieu ait pitié de lui, il avait voulu revoir la vidéo. Sa souffrance lui avait manqué.

Beauvoir fixait Francœur devant lui sur la rive brumeuse. Cet homme avait apporté cette horreur dans le monastère. Pour souiller le dernier endroit au Québec, le dernier endroit sur terre qui n'avait pas vu ces images.

Beauvoir sut alors pourquoi, malgré la singularité des lieux, la bizarrerie que constituaient les moines, la monotonie des chants interminables, il s'était graduellement laissé gagner par le calme qui se dégageait de cet endroit.

C'était parce que ces hommes, les seuls dans tout le Québec, ne savaient pas. N'avaient pas vu la vidéo. Ne les regardaient pas, Gamache et lui, comme des êtres à jamais blessés et marqués, mais simplement comme des hommes. Semblables à eux. Qui accomplissaient tout bonnement leur travail.

Mais Francœur était tombé du ciel et avait apporté cette pourriture.

Ça s'arrêterait ici, cependant. Maintenant. Cet homme avait causé suffisamment de tort. Au chef, à Beauvoir, à la mémoire des agents morts et à leurs familles.

— Vous pensez que j'ai mis la vidéo en ligne ? répéta Francœur.

— Je sais que c'est vous, répondit Beauvoir, la voix haletante. Qui d'autre avait accès aux enregistrements d'avant le montage ? Qui d'autre pouvait influencer le cours de l'enquête interne ? Une division entière de la Sûreté se consacre à la cybercriminalité et la conclusion, c'est qu'un mystérieux hacker a eu de la chance ?

— Vous n'y croyez pas ?

— Bien sûr que non.

Beauvoir bougea, mais s'immobilisa quand Francœur avança un peu plus son arme.

"Une meilleure occasion se présentera, pensa Beauvoir. Très bientôt. Quand Francœur aura un moment de distraction. Une fraction de seconde d'inattention, c'est tout ce qu'il faut."

— Gamache, lui, y croit-il ?

— À la théorie du pirate informatique ? (Pour la première fois, Beauvoir était décontenancé.) Je ne sais pas.

— Bien sûr que vous le savez, p'tit con. Dites-le-moi. Gamache y croit-il ?

Beauvoir ne répondit pas, se contentant de fixer Francœur. Une seule question occupait son esprit : était-ce le moment ?

— Gamache enquête-t-il sur la fuite ? cria Francœur. Ou a-t-il accepté la conclusion du rapport officiel ? Je dois savoir.

— Pourquoi ? Pour que vous puissiez le tuer, lui aussi ?

— Le tuer ? Qui, selon vous, a rendu public cet enregistrement ?

— Vous.

— Seigneur, vous êtes vraiment bête. Pourquoi pensez-vous que je l'ai apporté ici ? Pour admirer mon œuvre ? La vidéo est répugnante. Juste d'y penser me donne envie de vomir. La regarder, c'est…

Le directeur tremblait maintenant, comme s'il était sur le point d'exploser de rage.

— Et je ne crois évidemment pas à la conclusion de cette putain d'enquête. C'est ridicule. Il s'agit manifestement d'une tentative pour étouffer l'affaire. C'est quelqu'un à la Sûreté qui a mis la vidéo en ligne, pas un mystérieux hacker. L'un de nous. J'ai apporté cette saleté d'enregistrement parce que je le regarde dès que j'en ai l'occasion. Pour ne pas oublier. Pour me rappeler pourquoi je continue de chercher qui a fait ça.

Sa voix avait changé. L'accent était devenu plus prononcé, et le vernis de raffinement se détachait par plaques, révélant l'homme qui avait grandi dans un patelin voisin de celui des grands-parents de Beauvoir.

Le directeur avait baissé le canon de son revolver. De quelques millimètres. Beauvoir s'en aperçut. Francœur était distrait. L'occasion se présentait enfin.

Mais Beauvoir hésita.

— Que cherchez-vous ? demanda-t-il.

— Des preuves.

— Arrêtez de raconter des conneries. C'est vous qui avez diffusé cette vidéo et, maintenant que vous avez été démasqué, vous dites n'importe quoi.

— Pourquoi l'aurais-je diffusée ?

— Parce que…

— Pourquoi ? hurla Francœur, le visage rouge de colère.

— Parce que…

Mais Beauvoir ne savait pas pourquoi. Pourquoi le directeur général de la Sûreté rendrait-il public un enregistrement de ses propres agents se faisant tuer ? Ça n'avait pas de sens.

Beauvoir savait cependant qu'il y avait une raison. Quelque part.

— Je ne sais pas, admit-il. Et je n'ai pas besoin de savoir pourquoi. Je sais seulement que c'est vous, c'est tout.

— Quel grand détective ! Vous n'avez pas besoin de preuves ? D'un mobile ? Vous accusez et condamnez ? C'est ça que Gamache vous a enseigné ? Ça ne m'étonne pas.

Il regarda Beauvoir comme s'il était quelqu'un d'incroyablement stupide.

— Mais vous avez raison sur un point, espèce de crétin. L'un de nous, ici, a mis cette vidéo sur Internet.

La bouche ouverte, Beauvoir écarquilla les yeux.

— Vous n'êtes pas sérieux ! (Il laissa tomber ses bras le long de son corps, toute idée d'attaque disparue.) Vous insinuez que l'inspecteur-chef Gamache l'a diffusée ?

— À qui profitait la diffusion ?

— Profitait ? murmura Beauvoir d'une voix assourdie par la stupéfaction. Il est presque mort au cours de l'opération. Ce sont ses agents qui ont été tués. Il les avait embauchés, formés. Il aurait donné sa vie…

— Mais ça n'a pas été le cas, n'est-ce pas ? J'ai vu la vidéo. J'en connais chaque scène. J'ai aussi vu les enregistrements avant qu'on en fasse un montage. Ils sont encore plus révélateurs.

— Qu'insinuez-vous ?

— Gamache enquête-t-il sur la fuite de la vidéo ?

Beauvoir demeura silencieux.

— Oui ou non ?

Francœur n'avait pas seulement crié, il avait hurlé.

— C'est bien ce que je pensais, dit-il après un moment. (Sa voix était calme maintenant.) Pourquoi le ferait-il ? Il sait qui a diffusé la vidéo. Il veut que la poussière retombe, qu'on cesse de poser des questions.

— Vous vous trompez.

Beauvoir était troublé et en colère. Cet homme avait réussi à si bien lui embrouiller l'esprit qu'il était complètement déboussolé. Plus rien n'avait de sens. Francœur parlait avec l'accent de son grand-père, mais disait des choses horribles.

Le directeur abaissa complètement son arme, puis la regarda comme s'il se demandait ce qu'elle faisait dans sa main. Il la remit dans l'étui en cuir fixé à sa ceinture.

— Vous l'admirez, je sais, dit-il d'un ton radouci. Mais Armand Gamache n'est pas l'homme que vous croyez. Il a salopé l'opération de sauvetage. Quatre agents ont été tués. Vous-même avez failli mourir. Vous êtes resté sur le plancher de l'usine, vous vidant de votre sang. Celui pour qui vous avez tant de respect et d'admiration vous a conduit là, dans l'usine, puis vous a abandonné, prêt à vous laisser mourir. Je le vois chaque fois que je regarde l'enregistrement. Il vous a même donné un baiser d'adieu. Comme Judas.

Francœur parlait d'une voix calme, posée. Rassurante. Comme celle qu'utiliserait un ami.

— Il n'avait pas le choix, dit Beauvoir d'une voix rauque.

Il était vidé, ne pouvait pas faire un pas.

Il n'attaquerait pas Francœur. Ne le frapperait pas à la tempe avec une pierre. Il n'avait plus d'énergie. Il voulait seulement se laisser tomber sur le sol, s'asseoir sur la rive irrégulièrement découpée et se laisser envelopper par la brume.

— Nous avons tous un choix, dit Francœur. Pourquoi diffuser la vidéo ? Nous savons tous les deux que le raid a été un vrai fiasco. Quatre jeunes agents sont morts. On ne peut pas considérer ce résultat comme un succès, loin de là.

— Des vies ont été sauvées, dit Beauvoir, bien qu'il eût à peine assez d'énergie pour parler. Des centaines de milliers de vies. Grâce au chef. Ce n'est pas sa faute si les agents sont morts. On lui avait donné des informations erronées…

— C'était lui, le chef, le responsable de l'opération. Et après le terrible cafouillage, qui apparaît comme un héros ? Grâce à l'enregistrement ? Le montage aurait pu être fait différemment. Et montrer n'importe quelles autres scènes. Montrer la vérité. Alors pourquoi la vidéo a-t-elle fait si bien paraître Gamache ?

— Ce n'est pas le chef qui a fait ça.

— Eh bien, ce n'est certainement pas moi. Je sais ce qui s'est réellement passé. Et vous aussi. (Francœur regarda Beauvoir droit dans les yeux.) Que Dieu me pardonne, j'ai même été forcé de lui remettre une Médaille de la bravoure tellement l'opinion publique lui était favorable. Ça me donne envie de vomir quand j'y pense.

— Il ne la voulait pas. Il a détesté toute la cérémonie en son honneur.

— Alors pourquoi a-t-il accepté la médaille ? Nous avons le choix, Jean-Guy. Toujours.

— Il la méritait. Il y a eu plus de vies sauvées que…

— Que de vies perdues par sa faute ? Oui. Peut-être. Mais il ne vous a pas sauvé, vous. Il aurait pu, mais il est parti. Vous le savez. Je le sais. Et il le sait.

— Il devait s'en aller.

— Oui, je sais. Il n'avait pas le choix.

Francœur dévisagea Beauvoir, comme s'il essayait de prendre une décision à propos de quelque chose.

— Il vous aime probablement. Comme il aime son auto ou un beau complet. Vous lui convenez. Vous êtes utile. (Francœur marqua une pause.) Mais c'est tout.

Sa voix était douce, posée.

— Vous ne serez jamais son ami. Vous ne serez jamais rien d'autre qu'un subalterne utile. Il vous invite chez lui, vous traite comme un fils. Pourtant, il était prêt à vous laisser mourir. Ne vous leurrez pas, inspecteur. Jamais vous ne ferez partie de sa famille. Il vient d'Outremont. Vous, d'où venez-vous ? De l'est de Montréal, non ? D'un quartier défavorisé ? Il a étudié à Cambridge et à l'université Laval tandis que vous êtes allé dans une école publique crasseuse et jouiez au hockey dans la rue. Il cite de la poésie, que vous ne comprenez pas, n'est-ce pas ?

Une certaine tendresse s'était glissée dans son ton de voix.

— Souvent, vous ne comprenez pas grand-chose à ce qu'il dit. J'ai raison ?

Malgré lui, Beauvoir hocha la tête.

— Moi non plus, reconnut Francœur avec un petit sourire. Après le raid, vous vous êtes séparé de votre femme. Je m'excuse si j'aborde un sujet très personnel, mais je me demandais…

Il ne finit pas sa phrase et paraissait presque gêné. Puis, après avoir fixé Beauvoir pendant un moment, il dit :

— Je me demandais s'il y avait quelqu'un d'autre dans votre vie. (Voyant la réaction de Beauvoir, Francœur leva la main.) Je sais, ce ne sont pas mes affaires.

Mais il continua de fixer Beauvoir et baissa encore plus la voix.

— Soyez prudent. Vous êtes un bon policier, mais vous pourriez être un excellent policier, si on vous en donnait la chance. Si vous pouviez être un peu plus libre. Je vous ai vu envoyer des textos en vous assurant que Gamache ne vous voyait pas.

Un long silence s'installa.

— Est-ce Annie Gamache ?

Le silence était maintenant total. On n'entendait aucun cri d'oiseau, aucune feuille agitée par le vent, aucun clapotis de vagues. Le monde qui les entourait avait disparu, et il ne restait que deux hommes et une question.

Après un moment, Francœur soupira.

— J'espère que je me trompe.

Il retourna à l'abbaye, prit la tige de fer et frappa à la porte, qui s'ouvrit.

Mais Beauvoir ne vit rien de tout ça. Le dos tourné au monastère, il regardait là où le lac paisible devait se trouver s'il n'avait pas été caché par la brume.

Le monde de Jean-Guy était sens dessus dessous. Les nuages recouvraient le ciel, devenu gris ardoise. Et la seule chose familière était la douleur profondément enfouie, hors d'atteinte.

# 26

— Pourquoi avez-vous caché l'arme du crime ? demanda Gamache. Et pourquoi ne nous avez-vous rien dit au sujet des derniers mots prononcés par le prieur ?

Le frère Simon baissa les yeux vers le sol en pierre du bureau de l'abbé, puis les releva.

— Je crois que vous pouvez le deviner.

— Je peux toujours deviner, mon frère. Ce dont j'ai besoin, c'est que vous me disiez la vérité.

Gamache regarda autour de lui. Ils étaient revenus dans le bureau du père supérieur, un lieu plus privé. Le pâle soleil n'éclairait plus la pièce, et le secrétaire avait été trop perturbé pour allumer les lampes, ou même pour se rendre compte qu'il aurait fallu le faire.

— Pouvons-nous parler dans le jardin ? demanda Gamache, et le frère Simon hocha la tête.

Il semblait à court de mots, comme si on lui en avait alloué un certain nombre et qu'il en avait utilisé suffisamment pour une vie entière.

Mais c'était sur ses actions qu'on lui demandait maintenant des comptes.

Les deux hommes passèrent par la bibliothèque, remplie d'ouvrages sur des mystiques chrétiens, comme

Julienne de Norwich ou Hildegarde de Bingen, et d'écrits d'autres grands esprits chrétiens, d'Érasme jusqu'à C. S. Lewis. Remplie de livres sur la prière et la méditation. Sur la façon de mener une vie spirituelle, une vie catholique.

Ils poussèrent les mots de côté et entrèrent dans le jardin.

D'épais nuages bas recouvraient les collines au-delà du mur. La brume dans les arbres transformait les couleurs éclatantes de ce matin-là en nuances de gris. Loin de diminuer la beauté du paysage, le brouillard semblait y ajouter quelque chose, un peu de douceur, de subtilité, une impression de confort et d'intimité.

Dans la main de l'inspecteur-chef, enveloppée dans une serviette, se trouvait la tige de fer qui, comme une baguette magique, avait transformé le prieur vivant en un cadavre.

Le frère Simon alla jusqu'au centre du jardin, où il s'arrêta sous l'énorme érable presque entièrement dénudé.

— Pourquoi ne nous avez-vous pas dit que le prieur vous avait parlé ? demanda Gamache.

— Parce que ses mots, il les a prononcés sous la forme d'une confession – ma sorte, pas la vôtre. J'avais l'obligation morale de me taire.

— Vous avez une moralité commode, mon frère. Elle semble autoriser le mensonge.

Cela décontenança le moine, qui se replongea dans le mutisme.

“Lui aussi, pensa Gamache, le vœu de silence l'arrange.”

— Pourquoi ne nous avez-vous pas dit que le prieur avait dit “homo” juste avant de mourir ?

— Parce que je savais que ce serait mal interprété.

— Parce que nous sommes stupides, vous voulez dire? Incapables du discernement si évident chez les religieux? Pourquoi avez-vous caché l'arme du crime?

— Je ne l'ai pas cachée, elle était à la vue de tous.

— Ça suffit! dit sèchement Gamache. Je sais que vous avez peur. Je sais que vous êtes coincé. Cessez de jouer un jeu et dites-moi la vérité, qu'on en finisse. Ayez la décence et le courage de faire ça. Et ayez confiance en nous. Contrairement à ce que vous craignez, nous ne sommes pas des idiots.

— Excusez-moi, dit le moine avec un soupir. Je m'efforçais de me persuader que ce que j'avais fait n'était pas mal et j'ai presque oublié que ce l'était. Je suis désolé. J'aurais dû vous le dire. Et, Seigneur Dieu, je n'aurais jamais dû emporter le heurtoir.

— Pourquoi l'avez-vous fait?

Le frère Simon regarda Gamache dans les yeux.

— Vous soupçonnez quelqu'un, n'est-ce pas? dit l'inspecteur-chef en soutenant son regard.

Les yeux du moine semblaient l'implorer, le supplier de mettre fin à cet interrogatoire, de cesser de lui poser des questions.

Mais, ils le savaient tous les deux, c'était impossible. Cette conversation allait avoir lieu, c'était inéluctable, et ce, dès l'instant où le coup avait été porté, puis que le frère Simon avait entendu les dernières paroles d'un mourant, et emporté l'arme du crime. Le moine savait que, d'une façon ou d'une autre, il allait devoir rendre compte de ses actes.

— Qui a fait ça, selon vous?

— Je ne peux pas vous le dire. Je ne peux pas prononcer les mots.

Il semblait en effet être physiquement incapable de le faire.

— Alors nous resterons ici pour l'éternité, mon frère. Jusqu'à ce que vous disiez les mots. Ensuite, nous serons libres tous les deux.

— Mais pas…

— L'homme que vous soupçonnez ?

Le regard et la voix de Gamache s'adoucirent lorsqu'il ajouta :

— Vous pensez que je ne le sais pas ?

— Alors pourquoi voulez-vous me forcer à dire son nom ? demanda le moine, presque en pleurs.

— Parce que vous devez le faire. C'est votre fardeau, pas le mien.

Gamache regarda le frère Simon avec compassion, comme le ferait un frère.

— Et, croyez-moi, j'ai les miens, ajouta-t-il.

Le secrétaire demeura silencieux un moment, et regarda l'inspecteur-chef.

— Oui, c'est la vérité. (Il respira profondément.) Je ne vous ai pas dit que le prieur avait prononcé le mot "homo" avant de mourir. Et j'ai caché l'arme du crime parce que je craignais que l'abbé ne soit le meurtrier. Je pensais que dom Philippe avait tué le frère Mathieu.

— Merci. Et est-ce encore ce que vous pensez ?

— Je ne sais pas quoi penser. Je ne sais pas quoi d'autre je pourrais penser.

L'inspecteur-chef hocha la tête. Il ignorait si le frère Simon disait la vérité, mais il savait que son aveu avait été pénible. Le secrétaire venait en quelque sorte de livrer l'abbé à l'Inquisition.

La question que Gamache se posait maintenant – une question que les inquisiteurs ne se posaient pas – était si c'était la vérité. Ou le pauvre homme était-il si terrifié qu'il dirait n'importe quoi ? Le frère Simon avait-il nommé l'abbé pour sauver sa propre peau ?

Gamache ne le savait pas. Ce qu'il savait, cependant, c'est que le frère Simon, le moine taciturne, avait aimé le père abbé. Et l'aimait encore.

*"N'y aura-t-il personne pour me débarrasser de ce gêneur en soutane ?"*

Le frère Simon avait-il débarrassé l'abbé du prieur emmerdant ? Avait-il interprété un signe discret, un sourcil levé, une crispation de la main, comme une supplication du père abbé, presque un ordre, qu'il avait ensuite exécuté ? Et maintenant, rongé par la culpabilité et tourmenté par sa conscience, essayait-il de rejeter la faute sur dom Philippe ?

Le prieur était peut-être emmerdant, mais ce n'était rien comparé à une conscience réveillée. Ou aux ennuis créés lorsque le chef des homicides frappait à la porte.

La vie externe des moines à Saint-Gilbert était peut-être simple, réglée par la cloche, les chants et le cycle des saisons. Mais leur vie intérieure était un bourbier d'émotions.

Et comme le savait Gamache, lui qui s'était agenouillé quantité de fois près du corps de victimes de meurtre, c'étaient des émotions qui faisaient un cadavre. Pas un fusil, pas un couteau. Ni une vieille tige de fer.

Une émotion jusqu'alors tenue en laisse s'était échappée et avait tué le frère Mathieu. Pour trouver le meurtrier, Armand Gamache devait se servir de sa capacité de raisonnement, mais aussi de ses propres sentiments.

L'abbé avait dit : "Pourquoi n'ai-je pas vu ça venir ?"

Il avait paru se poser sincèrement la question, et son angoisse n'avait certainement pas été feinte. Il n'avait pas vu qu'un des membres de sa communauté n'était pas un agneau, mais un loup.

Mais la question, qui exprimait tant de stupéfaction, pouvait-elle ne pas s'appliquer à un des frères ? se demanda Gamache. L'abbé se la posait-il à son sujet ? "Pourquoi n'ai-je pas vu ça venir ?" Pas les pensées funestes et les gestes meurtriers d'un autre, mais les siens.

Dom Philippe était peut-être abasourdi de constater qu'il était capable de tuer, et l'avait fait.

L'inspecteur-chef recula d'un pas. C'était peu, mais c'était une manière d'indiquer au moine qu'il avait un peu d'espace, et de temps, pour se ressaisir, rassembler ses esprits. Il commettait peut-être une erreur en accordant ce temps au frère Simon. Ses collègues, y compris Jean-Guy, auraient presque certainement continué de le questionner sans relâche. Sachant que l'homme était à genoux, ils l'auraient envoyé au sol.

Si cette façon de faire pouvait s'avérer efficace à court terme, Gamache savait toutefois qu'un homme humilié, violé émotionnellement, ne se laisserait jamais plus aller à des confidences.

De plus, même si Gamache souhaitait vivement résoudre le crime, il ne voulait pas en même temps perdre son âme. Il y avait déjà suffisamment d'âmes en peine, soupçonnait-il.

— Pourquoi dom Philippe aurait-il tué le prieur? demanda Gamache après un moment.

Le jardin était paisible, la brume assourdissant tous les sons. Il n'y en avait pas beaucoup de toute façon. De temps en temps des oiseaux chantaient, des tamias et des écureuils semblaient jacasser entre eux. Des brindilles et des branches craquaient quand un animal plus gros se déplaçait dans l'épaisse forêt canadienne.

Tous ces bruits étaient maintenant étouffés.

— Vous aviez raison au sujet de la division, dit le frère Simon. Dès que le disque que nous avons enregistré a connu du succès, tout a commencé à mal aller. Une question d'ego, j'imagine. Et de pouvoir. Soudainement, il y avait quelque chose pour lequel il valait la peine de se battre. Jusqu'à ce moment-là, nous étions tous égaux, vaquant tranquillement à nos occupations quotidiennes dans un vieux monastère branlant. Nous étions heureux, parfaitement satisfaits de notre vie. Mais le disque a suscité beaucoup d'attention, et a rapporté tellement d'argent si rapidement.

Le moine leva les mains, paumes tournées vers le ciel gris, et haussa les épaules.

— L'abbé voulait qu'on prenne les choses lentement. Il ne voulait pas qu'on se précipite à l'extérieur en laissant derrière notre vœu de silence. Mais le prieur et d'autres voyaient le succès du disque comme un signe de Dieu, une façon de nous dire que nous devions aller dans le monde et partager notre talent.

— Chacun prétendait connaître la volonté de Dieu.

— Nous avions un peu de difficulté à l'interpréter, admit le frère Simon avec un petit sourire.

— Vous n'êtes peut-être pas les premiers religieux à avoir ce problème.

— Vous croyez ?

Tous les moines, sauf l'abbé, avaient dépeint la situation de la même manière. Avant l'enregistrement, le monastère était en train de s'effondrer, mais la congrégation était solide. Après l'enregistrement, des réparations avaient été entreprises dans le monastère, mais c'était désormais la congrégation qui menaçait de s'effondrer.

*"Quelque mal inconnu nous arrive dessus."*

L'abbé n'arrivait pas à déterminer quelle était la volonté de Dieu, qui lui non plus ne semblait pas trop savoir ce qu'il voulait.

— L'abbé et le prieur étaient de bons amis, des amis intimes même, avant l'enregistrement.

Le moine hocha la tête.

Gamache se dit que les gilbertins pourraient commencer un nouveau calendrier. Il y avait "av. E", la période avant l'enregistrement, et "apr. E".

*"Quelque mal inconnu nous arrive dessus."* Un mal déguisé en miracle.

Ils étaient maintenant plus ou moins à la fin de l'an 2 apr. E. Il y avait eu suffisamment de temps pour qu'une profonde amitié se transforme en haine. Comme seule le pouvait une belle amitié. Le chemin menant au cœur avait déjà été créé.

— Et le papier ? dit Gamache en indiquant la feuille jaunie qu'il tenait encore dans sa main. Quel rôle aurait-il pu jouer ?

Le frère Simon réfléchit un moment à la question. De même que Gamache.

Tandis que la brume glissait par-dessus le mur, les deux hommes restèrent là, debout au milieu du jardin.

— L'abbé adore le plain-chant, dit enfin le frère Simon, lentement, en rassemblant ses pensées. Et il a une voix magnifique. Très pure, très juste.

— Mais ?

— Mais il n'est pas le musicien le plus talentueux du monastère. Et il ne maîtrise pas bien le latin. Comme nous tous, il connaît les saintes Écritures et la messe en latin. Mais ce n'est pas un latiniste. Vous l'avez peut-être remarqué, tous ses livres sont en français, pas en latin.

En effet, Gamache l'avait remarqué.

— Ça m'étonnerait qu'il connaisse le mot latin pour "banane", par exemple.

Simon pointa le doigt sur la phrase ridicule.

— Mais vous, vous le connaissez.

— J'ai consulté un dictionnaire.

— Comme aurait pu le faire l'abbé.

— Mais pourquoi est-ce qu'il chercherait et utiliserait une série de mots latins absurdes ? S'il voulait écrire des mots en latin, il utiliserait probablement des passages de prières ou de chants. Je doute fort qu'il ait été le Gilbert du prieur Sullivan. Ou vice versa.

Gamache hocha la tête. Son raisonnement avait été le même. Il pouvait imaginer l'abbé assommant le prieur dans un moment de passion. Pas une passion amoureuse, mais une émotion beaucoup plus dangereuse. Une ferveur religieuse. Dom Philippe avait pu penser que le frère Mathieu allait détruire l'abbaye, détruire l'ordre, et que c'était sa mission, confiée par Dieu, de l'en empêcher.

Il avait aussi, à titre de père supérieur, la responsabilité de protéger les moines comme s'ils étaient ses fils. Et cela signifiait défendre leur foyer. Gamache, qui avait regardé dans les yeux de beaucoup trop de pères éplorés, connaissait la puissance d'un tel amour.

Il l'éprouvait lui-même, pour son fils et sa fille. Il l'éprouvait aussi pour ses agents, qu'il avait choisis, recrutés, entraînés. Ils étaient ses fils et ses filles, et tous les jours il les envoyait traquer des meurtriers.

Et il avait rampé jusqu'auprès de chacun de ceux qui avaient été mortellement blessés, les avait tous pris dans ses bras et avait murmuré une prière urgente.

“Prenez cet enfant.”

Pendant que des coups de feu éclataient de toutes parts, il avait tenu Jean-Guy, le protégeant avec son corps. Il l'avait embrassé sur le front et avait murmuré ces mots aussi, croyant que ce garçon qu'il aimait était en train de mourir. Et dans les yeux de Jean-Guy, il avait vu que lui aussi le pensait.

Puis il l'avait quitté, pour aider les autres. Gamache avait tué, ce jour-là. Il avait visé calmement, froidement, et avait vu des hommes mourir. Il avait tué délibérément, et n'hésiterait pas à tuer de nouveau. Pour sauver ses agents.

Armand Gamache connaissait la puissance de l'amour d'un père. Qu'il s'agisse d'un père biologique ou d'un homme qui l'était par choix. Ou par la force du destin.

S'il était capable de tuer, pourquoi l'abbé ne le pourrait-il pas ?

Toutefois, Gamache n'arrivait absolument pas à comprendre quel rôle les neumes avaient pu jouer. Tout était logique, avait du bon sens. Sauf le mystère qu'il tenait dans sa main.

Comme un père lui-même, le prieur était mort en le serrant dans ses bras.

L'inspecteur-chef quitta le frère Simon et partit à la recherche de Beauvoir, pour le mettre au courant de ce qu'il avait appris et lui confier l'arme du crime.

Gamache n'avait pas l'impression que le heurtoir en fer leur révélerait grand-chose. Le frère Simon avait avoué l'avoir bien lavé, frotté, avant de le replacer à côté de la porte. Si bien que toute personne voulant être autorisée à entrer dans les pièces verrouillées de l'abbé, la veille, y aurait laissé ses empreintes et des traces d'ADN. Et plusieurs l'avaient fait. Y compris Gamache lui-même.

Le bureau du prieur était vide. Dans l'enclos des animaux, quelques moines donnaient à manger aux chèvres et aux poules. Dans l'autre corridor, Gamache jeta un coup d'œil dans le réfectoire, puis ouvrit la porte de la chocolaterie.

— Vous cherchez quelqu'un ? demanda le frère Charles.

— L'inspecteur Beauvoir.

— Désolé, mais il n'est pas ici.

Le moine médecin plongea une louche dans la marmite de chocolat fondu et ressortit une cuiller pleine de bleuets dégoulinants.

— Les derniers que je prépare aujourd'hui. Cueillis par le frère Bernard ce matin. Il a dû sortir deux fois, le pauvre. Apparemment, il a mangé tous ceux qu'il avait cueillis la première fois. (Le frère Charles rit.) Un des risques du métier. En voulez-vous ?

D'un geste du bras, il indiqua les longues rangées de minuscules sphères brun foncé déjà refroidies et prêtes à être emballées et expédiées vers le sud.

Gamache, qui se sentait un peu comme un enfant faisant l'école buissonnière, entra dans la chocolaterie et referma la porte.

— Tenez, assoyez-vous.

Le frère Charles montra un solide tabouret et en approcha un pour lui-même.

— Nous travaillons ici à tour de rôle. Quand les moines ont commencé à faire des bleuets enrobés de chocolat, la tâche a été assignée à l'un d'eux, mais les autres ont ensuite remarqué qu'il grossissait et que la production diminuait.

Gamache sourit et prit la friandise que lui offrait le moine.

— Merci.

Le succulent fruit recouvert de chocolat amer lui parut presque plus savoureux encore que les premiers qu'il avait goûtés. Si on assassinait un moine pour ces baies, Gamache pourrait comprendre. "Mais, se dit-il en prenant un autre bleuet, nous avons tous nos drogues de prédilection. Pour certains, c'est le chocolat ; pour d'autres, ce sont des chants."

— Vous avez dit à l'inspecteur Beauvoir que vous êtes resté neutre dans le conflit qui a divisé le monastère. Comme une sorte de Croix-Rouge s'occupant de soigner les blessés dans le combat pour prendre le contrôle de Saint-Gilbert. Quels moines, à votre avis, ont été les plus blessés ? Par les disputes, mais aussi par la mort du prieur.

— Pour ce qui est des disputes, je dirais que personne n'est sorti indemne. Ce qui se passait était affreusement pénible pour nous tous, mais personne ne savait comment y mettre fin. Tant de choses semblaient en jeu, et il paraissait impossible de trouver un terrain d'entente. On ne peut pas faire la moitié d'un disque ni relever une communauté de la moitié d'un vœu de silence. Il ne semblait y avoir aucun compromis possible.

— Vous dites qu'il y avait beaucoup de choses en jeu. Êtes-vous au courant, au sujet des fondations ?

— Quelles fondations ? Celles de l'abbaye ?

Gamache hocha la tête et observa attentivement le médecin à l'air jovial.

— Qu'est-ce qu'elles ont ?

— Savez-vous si elles sont solides ?

— Parlez-vous au sens propre ou au sens figuré ? Au sens propre, rien ne pourrait faire tomber ces murs. Les moines qui ont bâti le monastère savaient ce qu'ils faisaient. Mais au sens figuré ? Je crains que Saint-Gilbert ne soit très branlant.

— Merci.

Voici donc un autre moine qui ne semblait pas avoir entendu parler de fondations lézardées. Le frère Raymond pouvait-il avoir tort ? Ou mentait-il ? Avait-il tout inventé pour forcer l'abbé à autoriser un deuxième enregistrement ?

— Et après la mort du prieur, mon frère ? Qui était le plus bouleversé ?

— Eh bien, nous étions tous atterrés. Même les frères qui s'opposaient le plus farouchement à lui étaient consternés.

— Bien sûr, dit l'inspecteur-chef.

Il secoua la tête, refusant d'autres chocolats offerts. S'il n'arrêtait pas maintenant, il les mangerait tous.

— Mais, poursuivit-il, pouvez-vous les séparer ? Votre communauté n'est pas un amalgame d'individus sans identité propre. Vous chantez peut-être d'une même voix, mais vous ne réagissez pas avec une même et unique émotion.

— C'est vrai.

Le médecin réfléchit à cela pendant un moment.

— Je dirais que deux moines étaient les plus bouleversés. D'abord le frère Luc. Il est le plus jeune d'entre nous, et le plus impressionnable. Et celui qui a établi le moins de liens avec la communauté. Tout ce qui semble l'intéresser, c'est le chœur. Et, bien sûr, le frère Mathieu était le chef de chœur. Luc l'adorait. C'est surtout pour lui qu'il s'est joint aux vieux gilbertins. Pour étudier sous sa direction, et pour chanter les chants grégoriens.

— Les chants grégoriens sont-ils si différents, ici ? Selon dom Philippe, tous les monastères utilisent le même livre de plains-chants.

— C'est vrai. Mais, curieusement, quand on les chante ici, ils semblent différents. Je ne sais pas pourquoi. C'est peut-être à cause du prieur. Ou de l'acoustique. Ou de la combinaison particulière des voix.

— D'après ce qu'on m'a dit, le frère Luc a une belle voix.

— En effet. Sur le plan de la technique, c'est la meilleure de tout le chœur, et de loin.

— Mais ?

— Oh, il sera excellent quand il aura appris à canaliser ses émotions, à les faire passer de sa tête à son cœur.

Un jour, ce sera lui, le chef de chœur. Et il sera extraordinaire. Il a toute la passion nécessaire, il a seulement besoin d'apprendre à la gérer.

— Mais restera-t-il ?

Le moine médecin mangea distraitement quelques bleuets.

— Maintenant que le frère Mathieu n'est plus là ? Je ne sais pas. Peut-être pas. La mort du prieur représente une perte énorme pour toute la communauté, mais peut-être surtout pour le frère Luc. Il l'idolâtrait, je crois. Ce qui n'est pas rare dans une relation mentor-élève.

— Le frère Mathieu était-il le mentor du frère Luc ?

— Il était un mentor pour nous tous, mais puisque Luc était le dernier arrivé, c'est lui qui avait le plus besoin de conseils.

— Le frère Luc aurait-il pu mal interpréter la relation entre eux ? Présumer qu'elle était particulière ? Unique même ?

— Dans quel sens ?

Bien que toujours cordial, le frère Charles se tenait maintenant sur ses gardes. Tous les moines étaient sur la défensive lorsqu'il y avait la moindre allusion à une amitié "particulière".

— Aurait-il pu penser que le chef de chœur essayait de gagner sa confiance, de le préparer ? Qu'il ne cherchait pas simplement à lui enseigner les coutumes de ce chœur en particulier ?

— C'est possible. Mais le prieur s'en serait rendu compte et aurait immédiatement clarifié la situation. Le frère Luc n'aurait pas été le premier à tomber sous son charme.

— Est-ce arrivé au frère Antoine, le soliste ? Le prieur et lui devaient être très proches.

— Vous n'insinuez tout de même pas que le frère Antoine a tué le prieur dans une crise de jalousie quand l'attention du prieur s'est tournée vers le frère Luc ?

C'est tout juste si le docteur n'éclata pas de rire. Gamache savait cependant que le rire servait souvent à cacher une vérité dérangeante.

— Une telle hypothèse est-elle vraiment ridicule ?

Le sourire sur le visage du moine s'effaça.

— Vous vous méprenez sur nous. Nous ne sommes pas les acteurs d'un feuilleton. Frère Antoine et frère Mathieu étaient des collègues, qui partageaient un même amour pour le chant grégorien. C'est le seul amour qu'ils partageaient.

— Mais il s'agissait là d'un amour pas mal puissant, non ? Dévorant même.

Le médecin ne répondit pas, se contentant de regarder l'inspecteur-chef, sans montrer qu'il était d'accord ni, non plus, qu'il ne l'était pas.

— Vous avez dit que deux personnes avaient été particulièrement bouleversées par la mort du prieur, dit Gamache, brisant le silence. L'une d'elles est Luc. Quelle est l'autre ?

— L'abbé. Il essaie de dominer ses émotions, mais je vois combien c'est difficile pour lui. Il y a de petits signes. Dom Philippe a des moments d'inattention. Il oublie des choses. Il n'a pas d'appétit. Je lui ai ordonné de manger plus. Ce sont toujours les petits détails qui nous trahissent, n'est-ce pas ?

Le frère Charles baissa les yeux vers les mains de l'inspecteur-chef, dont l'une tenait l'autre.

— Est-ce que vous allez bien ?

— Moi ? demanda Gamache, surpris.

Le moine leva une main et effleura sa tempe gauche avec le doigt.

— Ah, ça. Vous avez remarqué.

— Je suis un médecin. Il m'arrive rarement de ne pas voir une profonde cicatrice sur la tempe, dit le frère Charles avec un sourire.

Puis, l'air sérieux, il ajouta :

— Ou une main qui tremble.

— C'est une vieille histoire, dit Gamache. Dans le passé.

— Une hémorragie ? demanda le médecin, n'abandonnant pas le sujet.

— Une balle de fusil.

— Oh. Un hématome. Est-ce la seule séquelle ? Le tremblotement de votre main droite ?

Gamache ne savait trop comment répondre à la question. Alors il ne le fit pas. Il sourit et dit plutôt :

— Il est un peu plus perceptible quand je suis fatigué ou stressé.

— Oui, c'est ce que m'a dit l'inspecteur Beauvoir.

— Ah oui ?

Gamache parut intéressé, et pas particulièrement content.

— Je lui avais posé des questions.

Le médecin étudia Gamache pendant un instant. Il vit le visage avenant. Les pattes-d'oie et les rides autour de la bouche. Des rides d'expression, de rire. Voilà un homme qui savait sourire. Cependant, il y avait aussi d'autres rides, sur son front et entre ses sourcils. Celles-là étaient causées par les préoccupations.

Mais plus encore que l'aspect physique de Gamache, ce qui frappait surtout le frère Charles, c'était son calme. Le moine savait qu'il s'agissait du genre de paix qu'une personne trouvait seulement après avoir été en guerre.

— Si c'est votre seul symptôme, vous êtes un homme chanceux, dit finalement le médecin.

— Oui.

"Prenez cet enfant."

— Bien que l'arrivée de votre patron ne semble pas avoir amélioré la situation.

Gamache ne dit rien. Comme il l'avait déjà remarqué, il n'y avait pas grand-chose qui échappait aux moines. Chaque souffle de la respiration, chaque regard, chaque mouvement, chaque tremblement leur révélait quelque chose. Et à ce moine en particulier.

— Sa venue a été une surprise, reconnut Gamache. Qui a tué le prieur, selon vous ?

— Vous changez de sujet ?

Le docteur sourit, puis réfléchit avant de répondre.

— Honnêtement, je n'en ai aucune idée. Depuis sa mort, je n'ai pas cessé de me poser la question. Je ne peux pas croire que l'un de nous l'ait fait. Mais, évidemment, l'un de nous l'a tué.

Il marqua une pause et regarda l'inspecteur-chef dans les yeux.

— Je sais une chose, cependant.

— Quoi ?

— La plupart des gens ne meurent pas d'un seul coup.

Ce n'était pas ce que Gamache s'attendait à entendre le médecin dire et il se demanda si le frère Charles était conscient que le prieur était encore en vie quand le frère Simon l'avait trouvé.

— Ils meurent petit à petit, ajouta le docteur.

— Pardon ?

— On n'enseigne pas ça dans les facultés de médecine, mais je l'ai observé dans la vraie vie. Les gens meurent petit bout par petit bout, en une série de petites morts. Ils perdent la vue, l'ouïe, leur autonomie. Ça, ce sont les morts physiques. Mais il y en a d'autres, moins évidentes, mais plus fatales. Ils perdent courage. Ils perdent espoir. Ils perdent confiance. Ils se désintéressent de tout. Et, finalement, ils se perdent eux-mêmes.

— Qu'essayez-vous de me dire, frère Charles ?

— Qu'il est possible que le prieur et son meurtrier aient été tous les deux engagés sur la même voie. Ils avaient peut-être tous les deux subi une série de petites morts, avant que soit asséné le coup fatal.

— Et que survienne la grande mort, pourrait-on dire. Qui, ici, correspond à cette description ?

Le médecin se pencha en avant, au-dessus du champ de bleuets enrobés de chocolat.

— Comment croyez-vous que nous sommes venus ici, inspecteur-chef ? À Saint-Gilbert-entre-les-Loups. Nous n'avons pas suivi la route de briques jaunes. Ce sont nos petites morts personnelles qui nous ont poussés jusqu'ici. Tous les hommes qui ont passé la porte de ce monastère étaient des êtres blessés, meurtris, à leur arrivée. Nous étions presque morts à l'intérieur.

— Et qu'avez-vous trouvé ici ?

— La guérison. Nos blessures ont été pansées. La foi a rempli les trous à l'intérieur de nous. La présence de

Dieu a mis fin à notre solitude. Nous nous sommes sentis mieux grâce au travail simple et à la nourriture saine, à la routine, à la conviction d'être au bon endroit. En n'étant plus seuls. Mais plus que tout, c'est la joie de chanter pour le Seigneur qui nous a guéris. Les chants nous ont sauvés, inspecteur-chef. Les plains-chants. Ils nous ont tous ressuscités, chacun de nous.

— Eh bien, peut-être pas tous.

Les deux hommes savaient que le miracle n'avait pas été parfait. Un homme avait été oublié.

— Ces chants ont cependant fini par détruire votre communauté.

— Je comprends qu'on puisse le voir de cette façon, mais le problème n'était pas les chants. C'étaient nos ego. Les luttes de pouvoir. C'était terrible.

— "Quelque mal inconnu nous arrive dessus", dit Gamache.

Le médecin parut perplexe, puis il hocha la tête, reconnaissant la citation.

— T. S. Eliot. *Meurtre dans la cathédrale*. Oui, dit-il, c'est ça, un mal inconnu.

Lorsqu'il se dirigea vers la porte, Gamache ne put s'empêcher de s'interroger sur la neutralité de cette Croix-Rouge. Le bon docteur avait-il diagnostiqué le mal inconnu et y avait-il remédié au moyen d'un coup à la tête ?

Jean-Guy Beauvoir revint au monastère et partit à la recherche d'un endroit où il aurait un peu d'intimité, où il serait seul.

Finalement, il le trouva : l'étroite galerie surélevée qui faisait le tour de la chapelle. Il monta l'escalier en colimaçon et s'assit sur l'étroit banc de pierre sculpté dans le mur. Il pourrait rester là sans être vu.

Une fois assis, cependant, il eut l'impression qu'il ne se relèverait jamais. On le retrouverait des décennies plus tard, ossifié. Transformé en pierre. Comme une gargouille haut perchée regardant en permanence les hommes en noir et blanc qui inclinaient la tête et faisaient des génuflexions.

Beauvoir eut soudain envie d'enfiler une robe, de se raser la tête, de serrer la corde autour de sa taille. Et de voir le monde en noir et blanc.

Gamache était bon. Francœur était mauvais.

Annie l'aimait. Il aimait Annie.

Les Gamache l'accepteraient comme leur fils, comme leur beau-fils.

Ils seraient heureux. Annie et lui seraient heureux.

C'était simple, clair.

Il ferma les yeux et respira profondément plusieurs fois. Il sentait l'encens que depuis des années et des années on faisait brûler dans la chapelle. Au lieu de réveiller de mauvais souvenirs de toutes les heures gaspillées sur des bancs durs, l'odeur était en fait agréable. Réconfortante, relaxante.

Longue inspiration. Longue expiration.

Dans sa main, il tenait le flacon de pilules qu'il avait trouvé sur la table dans sa cellule, à côté d'une note griffonnée sur un bout de papier : "À prendre si besoin."

La signature était illisible, mais elle semblait être celle du frère Charles. C'était un médecin, après tout, se dit Beauvoir. En prendre ne pourrait pas lui faire de mal.

Dans sa cellule, il avait hésité. Le flacon qu'il connaissait si bien reposait dans sa paume comme si le petit creux au centre de son poing était fait pour lui. Il savait ce qu'il contenait sans même lire l'étiquette, mais il l'avait lue quand même et avait ressenti à la fois de l'anxiété et du soulagement.

OxyContin.

Il avait été tenté d'avaler immédiatement une pilule, là dans sa cellule. Puis de s'allonger sur le lit étroit. Et de sentir la chaleur se répandre dans son corps et la douleur se dissiper.

Il avait cependant craint que Gamache n'entre à l'improviste. Il avait donc trouvé un endroit où le chef, à qui les hauteurs donnaient le vertige, n'irait probablement pas, même s'il savait que cet endroit existait, soit la passerelle surplombant la chapelle.

Beauvoir regardait maintenant le flacon dans sa main, qu'il avait tenu si serré que le bouchon avait laissé un cercle mauve dans sa paume. Les pilules venaient d'un médecin, après tout. Et il souffrait.

— Oh, Seigneur, murmura-t-il, puis il ouvrit le flacon.

Quelques instants plus tard, dans ce lieu saint, Jean-Guy Beauvoir éprouva un merveilleux soulagement.

Les cloches de Saint-Gilbert se mirent à sonner. Il ne s'agissait pas du simple appel à la prière entendu plus tôt dans la journée. Cette fois, toutes les cloches carillonnaient, sonnaient à toute volée, comme pour lancer une invitation formelle.

L'inspecteur-chef Gamache regarda sa montre, par habitude. Il savait, cependant, ce que les cloches annonçaient. L'office religieux de dix-sept heures. Les vêpres.

La chapelle était vide lorsqu'il prit place sur un banc. Il posa l'arme du crime à côté de lui et ferma les yeux. Mais pas longtemps. Quelqu'un l'avait rejoint sur le banc.

— Salut, mon vieux, dit Gamache. Où étiez-vous? Je vous cherchais.

Il avait su que c'était Jean-Guy sans même regarder.

— Ici et là, répondit Beauvoir. En train d'enquêter sur un meurtre. Vous savez ce que c'est.

— Est-ce que ça va? demanda Gamache.

Beauvoir paraissait hébété et ses vêtements étaient fripés.

— Oui, ça va. Je suis allé me promener et j'ai glissé dans le sentier. J'ai besoin de sortir de temps en temps.

— Je vous comprends. Comment ça s'est passé avec le frère Raymond, au sous-sol?

Pendant un instant, Beauvoir sembla perdu. Le frère Raymond? Puis il se souvint. Mais il se demanda presque si sa rencontre avec le moine avait vraiment eu lieu, tant elle lui semblait éloignée dans le temps.

— Les fondations m'ont paru en très bon état. Et je n'ai pas vu de tuyau métallique.

— Eh bien, plus besoin de chercher. J'ai trouvé l'arme du crime.

Gamache tendit la serviette à son adjoint. Les cloches au-dessus d'eux cessèrent de sonner.

Beauvoir ouvrit délicatement le paquet. À l'intérieur se trouvait le heurtoir en fer. Il le regarda un moment, sans le toucher, puis leva les yeux vers Gamache.

— Comment savez-vous que le prieur a été tué avec ça ?

Le chef lui parla de sa conversation avec le frère Simon. La chapelle étant maintenant silencieuse, il baissa la voix le plus possible. Lorsqu'il leva la tête, il vit que le directeur général était arrivé et s'était assis sur un banc de l'autre côté de l'allée centrale, une rangée derrière Beauvoir et lui.

La distance entre Francœur et eux semblait se creuser. Gamache en était bien content.

Beauvoir remballa la tige de fer.

— Je vais la mettre dans un sac de pièces à conviction. Il y a peu de chances qu'on y relève quelque chose, cependant.

— Je suis d'accord, chuchota le chef.

Un son maintenant familier monta d'un côté de la chapelle. D'abord une seule voix. Le frère Antoine – Gamache le reconnut – entra le premier, seul. Le nouveau maître de chapelle.

Puis une autre voix se joignit à sa belle voix de ténor. Celle du frère Bernard, qui ramassait des œufs et cueillait des bleuets sauvages. Sa voix était plus aiguë, moins riche, mais plus précise.

Entra ensuite le frère Charles, le médecin. Sa voix de ténor comblait les intervalles entre celles des deux premiers moines.

Les uns après les autres, tous les frères entrèrent dans la chapelle, leurs voix se joignant, se mêlant aux autres, les complétant. Donnant de la profondeur à un plain-chant, lui insufflant de la vie. La musique était belle sur le CD, elle avait été merveilleuse la veille, mais elle était encore plus magnifique maintenant.

Gamache se sentait à la fois revigoré et détendu. Apaisé et vivifié. Il se demanda si c'était simplement parce qu'il connaissait maintenant les moines, ou si l'explication résidait dans quelque chose de moins tangible. Comme une transformation survenue chez les moines à la suite de la mort de leur ancien maître de chapelle et de l'ascension du nouveau.

Les uns après les autres, les moines entrèrent en chantant. Le frère Simon, le frère Raymond. Et, finalement, le frère Luc.

Et alors tout changea. Sa voix n'était ni celle d'un ténor ni celle d'un baryton, et pourtant ces deux voix se joignirent aux autres. Et soudain les voix individuelles, les notes individuelles furent reliées, unies. Enlacées, comme si les neumes s'étaient allongés pour devenir des bras qui étreignaient chaque moine et chaque homme qui écoutait.

Les voix ne faisaient plus qu'une. Il n'y avait plus de blessures. Plus de déchirements. Les cicatrices s'étaient refermées. Les dommages avaient été réparés.

Le frère Luc chantait le chant simple d'une manière simple – pas d'effets théâtraux, pas d'hystérie. Mais avec une passion et une sensibilité que Gamache n'avait pas remarquées chez lui avant. C'était comme si le jeune moine était libre. Et, se sentant libre, il donnait une nouvelle vie aux neumes, qui semblaient planer et s'envoler.

Gamache écoutait, époustouflé par la beauté du chant. Par la façon dont les voix s'introduisaient non seulement dans sa tête, mais aussi dans son cœur. Prenaient possession de ses bras, de ses jambes, de ses mains. Des cicatrices sur sa tempe et sa poitrine, et du tremblement de sa main.

La musique semblait le tenir dans ses bras, et il se sentait en sécurité, et intact.

C'était la voix du frère Luc qui avait fait ça. Les autres, toutes seules, étaient magnifiques. Mais avec le frère Luc elles atteignaient le divin. Qu'avait-il dit à Gamache ? "Je suis l'harmonie." Ça semblait être la vérité toute simple.

À côté de Gamache sur le banc, Jean-Guy avait fermé les yeux, et il se sentit dériver vers ce monde familier où rien n'avait d'importance. Où il n'y avait plus de douleur, plus de souffrance. Plus d'incertitude.

Tout irait bien.

Puis, la musique cessa. La dernière note s'éteignit et ce fut le silence.

Le père abbé s'avança, fit le signe de la croix, ouvrit la bouche.

Et resta là sans rien dire. Muet de stupeur en entendant un autre son. Un bruit jamais entendu pendant les vêpres. Jamais entendu au cours d'aucun service religieux à Saint-Gilbert-entre-les-Loups.

Celui d'une barre de fer avec laquelle on frappait sur du bois.

Quelqu'un était à la porte. Quelqu'un voulait entrer.

Ou sortir.

# 27

Dom Philippe s'efforça de faire comme s'il n'entendait rien.

Il psalmodia une bénédiction. Entendit la réponse. Continua la prière.

Il était devenu assez habile, se rendit-il compte, dans l'art de ne pas remarquer certaines choses. D'écarter tout ce qui était désagréable.

Son vœu de silence s'était élargi pour inclure un vœu de surdité. Si ça continuait ainsi, il n'aurait bientôt plus aucun sens.

Restant parfaitement immobile, il se remit entre les mains de Dieu.

Puis dom Philippe chanta, d'une voix qui n'était plus ni jeune ni énergique, mais encore pleine d'adoration, les paroles suivantes de la prière.

Et, comme s'il s'agissait d'une réponse, il entendit les coups martelés à la porte du monastère.

— Seigneur, ayez pitié, chanta-t-il.

Martèlement.

— Jésus-Christ, ayez pitié.

Martèlement.

— Sainte-Trinité, ayez pitié de lui.

Martèlement.

Puis, l'abbé eut un trou de mémoire. Pour la première fois depuis des décennies, après des centaines, des milliers de messes, il eut un trou de mémoire. La paix du Christ, la grâce de Dieu avaient été remplacées par des martèlements.

Martèlement.

Comme les battements d'un métronome géant, à la porte de l'abbaye.

Les moines, alignés de chaque côté de lui, le regardèrent. Attendant qu'il les guide dans la prière.

“Oh mon Dieu, aidez-moi, pria-t-il. Que devrais-je faire ?”

Le martèlement ne cesserait pas, se rendit-il compte. Le bruit sourd et répétitif était régulier, comme si c'était une machine qui le produisait.

Boum. Boum. Boum.

Il continuerait sans arrêt. Jusqu'à ce que…

Jusqu'à ce qu'on aille répondre.

L'abbé fit alors quelque chose qu'il n'avait jamais – jamais – fait auparavant. Ni lorsqu'il était un novice, ni au cours de toutes les années où il avait été moine, ni pendant les milliers d'offices qu'il avait célébrés depuis qu'il était le père supérieur, pas une seule fois il n'était sorti de la chapelle avant la fin d'un service.

Mais il le fit maintenant. Il inclina la tête devant la croix, puis, tournant le dos à sa congrégation, sortit du chœur.

Son cœur cognait dans sa poitrine, mais à un rythme beaucoup plus rapide que le martèlement à la porte. Il était en nage et sa robe semblait alourdie par la sueur.

En s'avançant dans l'allée centrale, il passa à côté du directeur général de la Sûreté, au regard et au visage intelligents.

Puis à côté du jeune inspecteur, qui avait si visiblement envie d'être n'importe où sauf là où il se trouvait.

Et à côté de l'inspecteur-chef, un homme qui écoutait si attentivement, comme s'il essayait de trouver des réponses non seulement pour résoudre le crime, mais pour lui-même.

Dom Philippe passa à côté de ces trois hommes, en s'efforçant de ne pas se presser. Il se répéta de marcher d'un pas mesuré – décidé, mais sans précipitation.

Le martèlement continuait. Il n'était pas plus fort ni plus faible. Ni plus rapide, mais il ne ralentissait pas non plus. Il maintenait une régularité presque inhumaine.

Et l'abbé ne put s'empêcher de se presser, de se précipiter pour faire cesser ce bruit qui avait violemment interrompu les vêpres. Et qui avait finalement réussi à lui faire perdre son calme, sa détermination.

Derrière lui vinrent les autres moines, en une longue file serrée, les mains dans leurs manches, la tête baissée, marchant le plus rapidement possible pour le suivre, mais sans donner l'impression de courir. Quand le dernier moine eut quitté le chœur, les policiers de la Sûreté se joignirent à eux, Gamache et Beauvoir un pas derrière Francœur.

Dom Philippe sortit de la chapelle et se tourna du côté du long, très long corridor, au bout duquel se trouvait la porte d'entrée du monastère. Son imagination lui jouait des tours, il le savait, mais le bois semblait s'arquer sous chaque coup.

“Seigneur, ayez pitié”, pria-t-il en s’approchant de la porte. C’était la dernière prière qu’il avait dite dans le chœur et la seule qui était restée avec lui, s’accrochant quand tout le reste avait fui. “Seigneur, ayez pitié. Oh mon Dieu, ayez pitié.”

Arrivé à la porte, l’abbé s’arrêta. Devrait-il regarder par le judas, pour voir qui était là ? Mais cela avait-il de l’importance ? Qui que soit la personne de l’autre côté, elle ne cesserait pas de frapper, il le savait bien, jusqu’à ce qu’on ouvre.

Dom Philippe se rendit compte qu’il n’avait pas de clé.

Où était le frère portier ? Allait-il devoir retourner à la chapelle pour aller chercher la clé ?

L’abbé se tourna et fut surpris de voir les autres moines réunis en un demi-cercle derrière lui. Comme une chorale s’apprêtant à entonner des chants de Noël. “Accourez, fidèles.” Contrairement à ceux d’*Adeste fideles*, cependant, ils n’étaient ni joyeux ni triomphants, mais affichaient plutôt un air morne et affligé.

Mais ils étaient là. L’abbé n’était pas seul. Dieu avait eu pitié de lui.

Le frère Luc apparut à côté de lui. La clé tremblait légèrement dans sa main fine.

— Donne-la-moi, mon fils, dit l’abbé.

— Mais c’est ma tâche, mon père.

Boum.

Boum.

Boum sur la porte.

Dom Philippe garda la main tendue devant lui.

— Cette tâche me revient, dit-il en souriant au jeune moine alarmé.

De ses mains tremblantes, le frère Luc détacha la lourde clé métallique de l'anneau et la donna à l'abbé, puis se recula.

Dom Philippe, d'une main mal assurée, essaya de l'insérer dans la serrure.

Boum.

Boum.

Il leva son autre main pour bien tenir la clé et aider à la guider.

Boum.

La clé entra dans la serrure et l'abbé la tourna.

Le martèlement cessa. La personne de l'autre côté avait entendu le petit clic lorsque la porte avait été déverrouillée.

La grande porte d'entrée s'ouvrit.

Le crépuscule tombait. Le soleil était presque couché. La brume était plus épaisse, maintenant. Un peu de lumière provenant du monastère filtra par l'entrebâillement de la porte, mais aucune lumière n'entra.

— Oui ? dit l'abbé, qui aurait souhaité que son ton soit plus ferme, plus autoritaire.

— Dom Philippe ?

La voix était polie, respectueuse. Désincarnée.

— Oui, répondit l'abbé, d'une voix qui n'était toujours pas la sienne.

— Puis-je entrer ? Je suis venu de loin.

— Qui êtes-vous ? demanda l'abbé, estimant légitime de poser la question.

— Cela a-t-il de l'importance ? Refuseriez-vous vraiment l'entrée à quelqu'un par une nuit pareille ?

La réponse avait du bon sens.

Mais le bon sens n'était pas le point fort des gilbertins. La passion, l'engagement, la loyauté, sûrement. La musique. Mais probablement pas le bon sens.

Malgré tout, dom Philippe dut reconnaître que la voix avait raison. Il ne pouvait pas refermer la porte. Il était beaucoup trop tard. Maintenant qu'il l'avait ouverte, il devait laisser entrer la personne qui était à l'extérieur.

Il se recula. Derrière lui, il entendit le reste de la communauté, comme un seul homme, reculer aussi. Du coin de l'œil, cependant, il remarqua deux personnes qui ne bougèrent pas : l'inspecteur-chef Gamache et son adjoint, Beauvoir.

Un pied s'avança, chaussé d'un soulier en cuir noir, auquel étaient collés de la boue et un morceau de feuille morte d'une couleur vive. Puis l'homme fut à l'intérieur.

Il était mince et de taille moyenne, juste un peu plus petit que l'abbé. Il avait des yeux bruns et des cheveux châtains, et sa peau était pâle, sauf pour la légère rougeur causée par l'air frais.

— Merci, mon père.

Après avoir tiré à l'intérieur un gros sac en toile, l'homme se tourna pour regarder ses hôtes, et sourit. Large et franc, son sourire n'exprimait pas de l'amusement, mais de l'émerveillement.

— Enfin, dit-il, je vous ai trouvés!

Ni beau ni laid, il n'avait rien de remarquable, sauf pour ce qui était de ses vêtements.

Lui aussi était dans un habit de moine, mais alors que les gilbertins portaient un scapulaire blanc sur une robe noire, lui portait du noir sur du blanc.

— Le chien du Seigneur, murmura un des moines.

Quand Gamache se tourna pour voir lequel avait parlé, il vit qu'ils avaient tous la bouche légèrement ouverte.

— Nous n'utilisons plus cette expression, dit le nouveau venu en regardant les hommes devant lui, avec un sourire plus large encore. Elle fait peur aux gens, ajouta-t-il d'une voix affable en continuant de les fixer.

Les gilbertins le regardèrent aussi fixement, sans sourire.

Finalement, le visiteur se tourna vers dom Philippe et lui tendit la main. L'abbé, sans rien dire, la serra. Le jeune homme s'inclina devant lui, puis se redressa.

— Je m'appelle frère Sébastien. Je suis venu de Rome.

— Ce soir ? demanda le père abbé.

Il regretta aussitôt d'avoir posé une question aussi stupide, mais il n'avait pas entendu d'avion ni le bateau à moteur.

— Je suis arrivé de Rome par avion ce matin, puis je suis venu jusqu'ici.

— Mais comment ?

— J'ai ramé.

C'était maintenant au tour de dom Philippe de le regarder fixement, la bouche légèrement ouverte.

Le frère Sébastien rit. Comme tout le reste chez lui, son rire était charmant.

— Je sais, ce n'est pas ma plus brillante idée. Un petit avion m'a amené jusqu'à l'aérodrome local, mais comme le brouillard s'épaississait de plus en plus, personne ne voulait m'amener ici, alors j'ai décidé de le faire moi-même.

Se tournant pour regarder Gamache, il s'interrompit, perplexe, puis se tourna de nouveau vers l'abbé.

— Je ne savais pas que vous étiez aussi loin.

— Vous avez ramé jusqu'ici ? À partir du village ?

— Oui.

— Mais c'est des kilomètres et des kilomètres. Comment saviez-vous dans quelle direction aller ?

L'abbé s'adjura de se taire, mais ne semblait pas pouvoir arrêter la série de questions.

— Le propriétaire du bateau m'a donné des indications. Il m'a dit de continuer toujours tout droit et, après être passé à côté de trois baies, de tourner à droite à la quatrième. (Il semblait enchanté des indications fournies.) Cependant, le brouillard est devenu encore plus épais et j'ai craint d'avoir commis ma dernière erreur. Mais j'ai ensuite entendu vos cloches et me suis guidé à l'aide du son. Quand je suis arrivé à l'entrée de la baie, j'ai vu vos lumières. Vous ne pouvez imaginer à quel point je suis content de vous avoir trouvés.

Il avait en effet l'air content, se dit Gamache. En fait, il avait l'air follement heureux. Il ne cessait de regarder fixement les moines comme s'il n'en était pas un lui-même. Comme s'il n'avait jamais rencontré un religieux.

— Êtes-vous venu à cause du prieur ? demanda dom Philippe.

Gamache eut une soudaine intuition. Il s'avança, mais c'était trop tard.

— De son meurtre ? ajouta l'abbé.

Le père abbé, un homme qui ne rêvait que de silence, en avait trop dit.

Gamache inspira profondément et le frère Sébastien se tourna vers lui, puis son regard se porta sur Beauvoir et, enfin, sur le directeur Francœur.

Le sourire du jeune moine s'effaça et fut remplacé par un air de grande compassion. Le frère Sébastien se signa et embrassa son pouce, puis, croisant ses longues mains devant lui, il inclina légèrement la tête, le visage grave.

— Voilà pourquoi j'étais si pressé d'arriver. Je suis venu dès que j'ai appris la nouvelle. Que Dieu ait son âme.

Tous les moines se signèrent, tandis que l'inspecteur-chef Gamache observait le nouveau venu. L'homme qui avait pagayé dans l'obscurité grandissante, dans la brume de plus en plus dense, sur un lac qu'il ne connaissait pas. Et qui avait finalement trouvé l'abbaye en suivant le son des cloches, et la lumière.

Il avait fait tout ce chemin depuis Rome. Parce qu'il voulait à tout prix, semblait-il, arriver jusqu'à Saint-Gilbert-entre-les-Loups. Il y tenait tant qu'il avait même été prêt à risquer sa vie. Bien qu'il se soit moqué de la décision stupide qu'il avait prise, ce jeune homme paraissait très intelligent aux yeux de Gamache. Alors pourquoi avait-il pris un tel risque ? Qu'est-ce qui ne pouvait pas attendre le lendemain matin ?

Ça n'avait rien à voir avec la mort du prieur, Gamache en était certain. Dès l'instant où dom Philippe avait posé une question à ce sujet, il avait su que cet étranger ignorait tout du meurtre. Le frère Sébastien n'était pas au courant avant.

S'il était vraiment venu de Rome à cause de la mort du prieur, il aurait eu une attitude plus solennelle et aurait offert ses condoléances dès le début.

Mais non, il avait plutôt ri de sa propre bêtise, parlé de son voyage, exprimé sa joie d'avoir trouvé les moines.

S'était émerveillé de les voir. Et pas une seule fois il n'avait mentionné le frère Mathieu.

Il y avait une raison si le frère Sébastien était venu à Saint-Gilbert, une raison importante, mais elle n'avait rien à voir avec la mort du prieur.

— Est-ce que c'étaient les cloches des vêpres qui sonnaient tout à l'heure ? demanda le frère Sébastien. Je suis désolé, mon père, d'avoir interrompu le service. Continuez, je vous en prie.

Après avoir hésité un instant, l'abbé tourna les talons et parcourut le long corridor en sens inverse, suivi par le nouveau venu, qui regardait tout autour de lui.

Gamache l'observa attentivement. C'était comme si le visiteur n'était jamais entré dans un monastère avant.

L'inspecteur-chef fit signe au frère Charles de rester à l'arrière de la procession, avec lui. Il attendit que les autres soient assez loin devant, puis se tourna vers le docteur.

— Est-ce vous qui avez appelé le frère Sébastien "le chien du Seigneur" ?

— Eh bien, je ne voulais pas dire lui spécifiquement.

Le médecin paraissait pâle, ébranlé. Sa bonne humeur habituelle avait disparu. En fait, il semblait plus bouleversé par la présence de l'étranger que par la mort du prieur.

— Que vouliez-vous dire, alors ? demanda Gamache.

Ils étaient presque rendus à la chapelle et il voulait terminer cette conversation avant d'y entrer. Pas par respect pour un lieu saint, mais à cause de l'acoustique exceptionnelle.

Cette conversation devait demeurer privée.

— C'est un dominicain, répondit le frère Charles à voix basse, sans cesser de regarder, à la tête de la procession, le frère Sébastien et l'abbé.

— Qu'est-ce qui vous le fait dire ?

— Sa robe et sa ceinture. L'habit d'un dominicain.

— Mais pourquoi cela fait-il de lui le chien du Seigneur ?

La tête de la procession, comme la tête d'un serpent, était entrée dans la chapelle et les autres moines suivaient.

— Dominicain, répéta le frère Charles. *Domini canis*, "chien du Seigneur".

Les deux hommes entrèrent à leur tour dans la chapelle et toute conversation cessa. Après avoir fait un petit hochement de tête en direction de Gamache, le frère Charles suivit ses frères moines jusqu'au chœur, où ils reprirent leurs places.

Le frère Sébastien fit une génuflexion, se signa, puis s'assit sur un banc et tendit le cou pour regarder à gauche, à droite.

Beauvoir était revenu au même banc, et Gamache fronça les sourcils en voyant le directeur Francœur aller le rejoindre. L'inspecteur-chef passa par l'allée latérale et se glissa sur le banc de l'autre côté de Beauvoir, qui se trouva ainsi encadré par ses patrons.

Mais Jean-Guy s'en fichait. Quand les vêpres reprirent, il ferma les yeux et s'imagina dans l'appartement d'Annie, étendu avec elle sur le canapé devant la cheminée.

Annie reposerait dans le creux de son bras et il la tiendrait serrée contre lui.

Toutes les autres femmes avec qui il était sorti, de même qu'Enid, qu'il avait épousée, avaient été menues. Minces et délicates.

Annie Gamache ne l'était pas. Elle avait un corps athlétique, robuste. Et quand elle était couchée avec lui, vêtue ou pas, leurs deux corps allaient parfaitement bien ensemble.

— Je ne veux pas que ceci prenne fin, murmurerait Annie.

— Ça ne prendra pas fin, lui assurerait-il. Jamais.

— Mais des choses changeront, quand les gens seront au courant de notre relation.

— Ce sera encore mieux.

— Oui, tu as raison. Mais j'aime notre relation comme elle est maintenant. Seulement toi et moi.

Lui aussi l'aimait comme ça.

Assis dans la chapelle, où flottait une odeur d'encens et de cire de bougie, il imagina qu'il entendait le crépitement du feu dans la cheminée. Sentait les bûches d'érable. Goûtait le vin rouge. Et il pouvait sentir Annie appuyée contre sa poitrine.

La musique commença. Tout d'un coup, en réponse à un signal quelconque invisible aux yeux de Gamache, les moines qui avaient été immobiles et silencieux se mirent à chanter à pleine voix.

Leurs voix remplirent la chapelle comme de l'air dans des poumons. Le son semblait émaner de la pierre des murs, comme si les chants grégoriens faisaient autant partie de l'abbaye que les pierres, les dalles d'ardoise et les poutres de bois.

Devant Gamache, le frère Sébastien avait le regard fixé sur les moines. Il était subjugué, fasciné.

Sa bouche était entrouverte, et il y avait une traînée luisante sur sa joue pâle.

Le frère Sébastien écoutait les gilbertins chanter les vêpres, et pleurait, comme s'il n'avait jamais entendu la voix de Dieu auparavant.

Ce soir-là, le souper se déroula presque entièrement en silence.

Puisque les vêpres s'étaient terminées tard, les moines et leurs invités s'étaient rendus directement au réfectoire. Sur la table, il y avait des soupières pleines de soupe aux petits pois et à la menthe, d'une belle couleur vive, à côté de corbeilles de baguettes encore chaudes.

Un frère chanta la prière rendant grâce à Dieu pour le repas, les moines se signèrent, puis les seuls sons furent ceux de la soupe qu'on servait et des cuillers contre les bols en terre cuite.

Soudain, on entendit un fredonnement. Dans un autre lieu, il aurait été inaudible, mais dans cette pièce silencieuse il paraissait aussi fort qu'un moteur de bateau.

Et il devint de plus en plus fort.

Les uns après les autres, les moines cessèrent de manger et, bientôt, le seul son dans le long réfectoire fut le fredonnement. Tout le monde tourna la tête pour voir d'où il venait.

Il venait de l'inspecteur-chef.

Gamache mangeait sa soupe, et fredonnait, le regard baissé sur son assiette, entièrement concentré, apparemment, sur le délicieux repas. Puis, sentant peut-être des yeux braqués sur lui, il leva la tête.

Mais le fredonnement ne cessa pas.

Gamache, qui souriait un peu tout en fredonnant, regarda les visages des moines.

Certains avaient l'air scandalisés. D'autres semblaient inquiets, comme si un fou était soudain apparu. Et d'autres paraissaient fâchés que leur paix ait été troublée.

Beauvoir avait le regard vide. Il n'avait pas touché à sa soupe, n'ayant plus d'appétit. Francœur secouait légèrement la tête, comme s'il avait honte.

Un moine paraissait effrayé. Le frère Simon.

— Quel est cet air que vous fredonnez ?

La question venait du bout de la table. Ce n'était pas dom Philippe, cependant, qui l'avait posée, mais le dominicain. Son jeune visage exprimait simplement de la curiosité. Il n'était ni fâché, ni froissé, ni scandalisé.

En fait, le frère Sébastien paraissait sincèrement intéressé.

— Excusez-moi, dit Gamache, je ne m'étais pas rendu compte que je fredonnais si fort. Je suis désolé.

Mais l'inspecteur-chef n'avait pas du tout l'air désolé.

— Je pense que c'est une chanson du folklore canadien, dit le frère Simon, d'une voix un peu plus aiguë que d'habitude.

— Ah oui ? Elle est très jolie.

— En fait, mon frère…, commença Gamache.

À côté de lui, le frère Simon se tortillait sur son siège et cognait son genou contre le sien sous la table.

— … c'est un chant. Depuis que je l'ai entendu, je n'arrive pas à me le sortir de la tête.

— Ce n'est pas un chant, dit rapidement le frère Simon. Il croit que c'en est un, mais j'essayais de lui expliquer qu'un chant est beaucoup plus simple.

— Quoi que ce soit, c'est très beau, dit le frère Sébastien.

— Et beaucoup mieux que la rengaine que cet air a remplacée dans ma tête. *Camptown Races.*

— *Camptown racetrack's five miles long. Doo-dah, doo-dah*, chanta le frère Sébastien. Celle-là ?

Tous les yeux se tournèrent de l'inspecteur-chef vers le nouveau venu. Même Gamache demeura muet d'étonnement pendant un moment.

Chantée par le frère Sébastien, la chanson ridicule semblait être une grande œuvre. Comme si Mozart, Haendel ou Beethoven l'avait composée. Si les tableaux de Léonard de Vinci pouvaient se transformer en musique, voilà à quoi ils ressembleraient.

— *All the doo-dah day*, ajouta le frère Sébastien, terminant la chanson avec un sourire.

Les moines de Saint-Gilbert, qui chantaient si magnifiquement pour Dieu, regardèrent le dominicain comme s'il était une créature complètement nouvelle.

— Qui êtes-vous ?

C'était le frère Antoine qui avait posé la question, le nouveau maître de chapelle. Il n'exigeait pas une réponse, n'accusait pas. Sur son visage et dans sa voix, il y avait une sorte d'émerveillement que Gamache n'avait jamais remarqué avant.

L'inspecteur-chef regarda les autres moines. Le malaise qu'ils avaient ressenti n'existait plus. Toute angoisse avait disparu. Le frère Simon avait oublié d'être taciturne, le frère Charles n'avait plus son air craintif.

Maintenant, ils affichaient tous un air de grande curiosité.

— Je suis le frère Sébastien. Un simple dominicain.

— Mais qui êtes-vous ? répéta le frère Antoine.

Le frère Sébastien plia soigneusement sa serviette et la posa devant lui. Puis il regarda la longue table en bois, usée et marquée par tous les gilbertins qui s'y étaient assis au cours des siècles.

— J'ai dit que je suis venu de Rome, commença-t-il, mais je n'ai pas été très précis. Je suis venu du palais du Saint-Office au Vatican. Je travaille à la CDF.

Il régnait maintenant un profond silence dans le réfectoire.

— La CDF ? demanda Gamache.

— La Congrégation pour la doctrine de la foi, expliqua le frère Sébastien en se tournant vers lui, un air contrit sur son visage ordinaire.

La peur était revenue dans la pièce. Mais alors qu'avant elle semblait vague, imprécise, maintenant elle était liée à quelque chose de très précis. Au charmant jeune religieux assis au bout de la table à côté de l'abbé. Le chien du Seigneur.

En regardant le frère Sébastien et dom Philippe l'un à côté de l'autre, l'inspecteur-chef ne put s'empêcher de penser à l'étrange emblème de Saint-Gilbert-entre-les-Loups. Deux loups, entrelacés. L'un portait du noir sur du blanc ; l'autre, l'abbé, du blanc sur du noir. Deux hommes aux antipodes l'un de l'autre. Sébastien, jeune et plein d'énergie. Dom Philippe, plus âgé et vieillissant à vue d'œil.

Entre les loups. Parmi les loups.

— La Congrégation pour la doctrine de la foi ? demanda Gamache.

— L'Inquisition, répondit le frère Simon, d'une toute petite voix.

# 28

Gamache et Beauvoir attendirent d'être dans le bureau du prieur avant de parler. Le directeur Francœur avait accaparé le nouveau venu immédiatement après le repas et les deux hommes étaient restés dans le réfectoire.

Tous les autres étaient partis dès qu'ils avaient pu sans être impolis.

— Eh bien, dit Beauvoir. L'Inquisition. Je ne m'attendais pas à ça.

— Personne ne s'attend à ça, répondit Gamache. Il n'y a pas eu d'enquête de l'Inquisition depuis des centaines d'années. Je me demande pourquoi il est ici.

Beauvoir croisa les bras et s'adossa contre la porte tandis que le chef alla s'asseoir derrière le bureau. C'est seulement alors que Gamache remarqua la chaise cassée, appuyée contre le mur dans un coin.

Il ne dit rien, mais regarda son adjoint en haussant un sourcil.

— Un petit différend, dit Beauvoir.

— Avec la chaise ?

— Avec le directeur. Mais personne n'a été blessé, s'empressa-t-il d'ajouter en voyant l'expression de Gamache.

Cela ne sembla pas fonctionner. Le chef avait toujours l'air contrarié.

— Que s'est-il passé ?

— Rien. Il a dit des choses avec lesquelles je n'étais pas d'accord. Des conneries.

— Je vous avais demandé de ne pas engager les hostilités avec lui, de ne pas vous disputer avec lui. C'est ce qu'il fait. Il s'introduit dans la tête des gens…

— Et j'étais censé faire quoi ? Hocher la tête, courber l'échine et encaisser sans broncher ? C'est peut-être ce que vous feriez, mais pas moi.

Les deux hommes se dévisagèrent pendant un moment.

— Je suis désolé, dit Beauvoir en se redressant.

Il passa ses mains sur son visage fatigué, puis regarda Gamache.

Le chef n'avait plus l'air fâché. Maintenant, il paraissait soucieux.

— S'est-il passé quelque chose ? Qu'est-ce que le directeur a dit ?

— Oh, toujours les mêmes inepties. Que vous ne savez pas ce que vous faites et que je suis comme vous.

— Et ça vous a mis en colère ?

— D'être comparé à vous ? Qui ne le serait pas ? répondit Beauvoir en riant.

Il voyait bien, cependant, que le chef ne trouvait pas ça drôle. Il continuait de fixer Beauvoir.

— Est-ce que ça va ?

— Seigneur ! Pourquoi me posez-vous toujours cette question dès que je me mets en colère ou suis contrarié. Vous me croyez fragile à ce point ?

— Est-ce que ça va ? répéta Gamache.

Il attendit.

— Oh, merde, répondit Beauvoir en s'appuyant lourdement contre le mur. Je suis seulement fatigué, et cet endroit commence à me taper sur les nerfs. Et maintenant, il y a ce nouveau moine. Le dominicain. J'ai l'impression d'avoir atterri sur une autre planète. Les habitants parlent la même langue que moi, mais j'ai toujours l'impression qu'ils disent plus que ce que j'arrive à comprendre. Vous me suivez ?

— Oui.

Gamache garda les yeux braqués sur Beauvoir, puis détourna le regard. Il n'irait pas plus loin, pour le moment. Quelque chose, cependant, s'était bel et bien introduit dans la tête de ce jeune homme. Et Gamache pouvait deviner quoi. Ou plutôt qui.

Le directeur Francœur avait bien des talents. Quiconque le sous-estimait commettait une terrible erreur. Et, après toutes ses années de collaboration avec lui, Gamache savait que le plus grand talent de Francœur consistait à réveiller les pires instincts chez les gens.

Peu importait si le démon intérieur était bien caché, Francœur le trouvait. Et le libérait. Et le maintenait en vie, l'alimentait. Jusqu'à ce qu'il consume son hôte et prenne sa place.

Gamache avait vu de jeunes policiers et policières, des personnes bien, être transformés en brutes cyniques, méchantes et arrogantes, que leur conscience ne troublait pas et à qui on avait donné des armes. Et dont le comportement était modelé et récompensé par leur supérieur.

Gamache regarda de nouveau son adjoint appuyé contre le mur, l'air épuisé. Francœur avait réussi à s'introduire dans Beauvoir. Il avait trouvé la porte d'entrée, trouvé la blessure, et fourrageait à l'intérieur de lui. Cherchant à faire encore plus de dommages.

Et Gamache l'avait laissé faire.

Il tremblait presque de rage, maintenant. En un éclair, elle avait envahi ses entrailles et s'était immédiatement propagée jusqu'à ses extrémités, si bien que ses mains se fermèrent en des poings serrés.

La colère était en train de le transformer, et il luttait pour se maîtriser. Pour s'agripper à son côté humain et se ressaisir.

Francœur ne s'emparerait pas de ce jeune homme, se jura Gamache. Ça s'arrêterait là.

Il se leva, s'excusa auprès de Beauvoir et sortit.

Pensant que le chef s'était rendu aux toilettes, Beauvoir attendit quelques minutes. Mais comme Gamache ne revenait pas, il sortit dans le corridor et regarda d'un côté, puis de l'autre. Le couloir était sombre, l'éclairage faible. Il alla voir dans les toilettes. Pas de Gamache. Il frappa à la porte de la cellule du chef et, n'obtenant pas de réponse, jeta un coup d'œil à l'intérieur. Pas de Gamache.

Beauvoir était perplexe. Que faire, maintenant ?

Il pourrait envoyer un texto à Annie.

Il sortit son BlackBerry et vérifia ses messages. Elle lui en avait envoyé un. Elle soupait avec des amis et lui écrirait plus longuement à son retour à la maison.

Son message était court et léger.

Trop court, pensa Beauvoir. Trop léger ? Un tantinet sec ? Le ton était indifférent. Elle s'en fichait, s'il travaillait jusque tard dans la nuit ? S'il ne pouvait pas tout laisser tomber pour aller boire et manger avec des amis.

Dans le corridor peu éclairé, il imagina Annie à la terrasse de l'avenue Laurier où elle aimait s'asseoir, entourée de jeunes professionnels buvant des bières de microbrasserie. Annie qui riait. S'amusait. Sans lui.

— Aimeriez-vous voir ce qu'il y a derrière ?

La voix, plus que la question, surprit Francœur et le fit légèrement sursauter. Il était en train de regarder la plaque commémorant saint Gilbert quand Gamache avait traversé silencieusement la chapelle.

Sans attendre une réponse, Gamache appuya sur les deux loups. La porte s'ouvrit, révélant la salle du chapitre cachée.

— Nous devrions entrer, vous ne croyez pas ? dit l'inspecteur-chef en posant fermement une main sur l'épaule du directeur et en le poussant en avant.

Ce n'était pas à proprement parler une poussée. Aucun témoin de la scène n'affirmerait qu'il y avait eu attaque. Mais les deux hommes savaient que ce n'était pas l'idée de Francœur d'entrer dans la pièce et qu'il n'avait pas franchi la porte de son plein gré.

Gamache referma la porte, puis se tourna vers son supérieur.

— Qu'avez-vous dit à l'inspecteur Beauvoir ?

— Laissez-moi sortir, Armand.

Gamache l'observa un moment sans rien dire.

— Avez-vous peur de moi ?

— Bien sûr que non.

Mais Francœur paraissait un peu effrayé.

— Aimeriez-vous vous en aller ?

La voix de l'inspecteur-chef était amicale. Ses yeux, cependant, étaient froids et durs. Et en restant debout devant la porte, il montrait qu'il n'avait pas l'intention de bouger.

Francœur demeura silencieux un moment pendant qu'il évaluait la situation.

— Pourquoi ne demandez-vous pas à votre inspecteur ce qui s'est passé ?

— Arrête tes petits jeux, Sylvain. On n'est pas dans une cour de récréation. Tu avais une idée bien précise en venant ici. Je pensais que c'était pour me faire chier, mais ce n'était pas ça, la raison. Tu savais que je ne me laisserais pas intimider, alors tu t'en es pris à l'inspecteur Beauvoir. Il n'est pas encore complètement rétabli…

Francœur émit un grognement méprisant.

— Tu ne le crois pas ? demanda Gamache.

— Tous les autres se sont rétablis. Même toi, Seigneur ! Tu le traites comme un enfant.

— Je ne discuterai pas de l'état de santé de l'inspecteur avec toi. Il n'est pas encore tout à fait rétabli, mais il n'est pas aussi vulnérable que tu le penses. Tu as toujours sous-estimé les gens, Sylvain. C'est ton point faible. Tu crois les gens plus fragiles qu'ils ne le sont en réalité. Et que tu es plus puissant que tu ne l'es réellement.

— Décide-toi, Armand. Beauvoir est-il toujours blessé ou est-il plus fort que je ne le pense ? Tu as peut-être réussi à tromper tes gens, à les envoûter avec tes conneries, mais pas moi.

— C'est vrai. Nous nous connaissons trop bien.

Francœur avait commencé à arpenter la pièce. Mais Gamache, toujours devant la porte, ne bougea pas et ne quitta pas le directeur des yeux.

— Qu'as-tu dit à l'inspecteur Beauvoir? redemanda Gamache.

— Je lui ai dit ce que je t'ai dit. Que tu es incompétent et qu'il mérite mieux.

Gamache examina l'homme qui allait et venait dans la pièce. Puis il secoua la tête.

— Ce n'est pas tout. Quoi d'autre?

Francœur s'arrêta et se tourna pour faire face à Gamache.

— Mon Dieu, Beauvoir t'a raconté quelque chose, n'est-ce pas?

Il se trouvait à quelques centimètres de l'inspecteur-chef et le regardait droit dans les yeux. Ni l'un ni l'autre ne cillèrent.

— S'il ne s'est pas rétabli, c'est que ses blessures ont été causées par toi, ajouta-t-il. S'il est faible, c'est parce que tu l'as rendu faible. S'il souffre d'insécurité, c'est parce qu'il sait qu'il n'est pas en sécurité avec toi. Et maintenant, tu m'accuses, moi?

Francœur rit, et son haleine chaude et humide, à l'odeur de menthe, balaya le visage de Gamache.

Et encore une fois il sentit la colère, si bien contenue jusqu'à maintenant, monter en lui. Il fit d'énormes efforts pour la maîtriser, sachant que l'ennemi n'était pas cet homme méchant, menteur, au regard mauvais, mais lui-même. Ainsi que la rage qui menaçait de le consumer.

— Ne fais pas de mal à Jean-Guy Beauvoir.

Chaque mot avait été prononcé lentement. Clairement. Distinctement. D'une voix que peu de gens avaient entendu l'inspecteur-chef utiliser et qui fit reculer son supérieur. Et qui effaça immédiatement le sourire sur le beau visage.

— C'est trop tard, Armand. Le mal est déjà fait. Et c'est toi qui l'as causé. Pas moi.

— Inspecteur ?

Le frère Antoine avait été en train de lire dans sa cellule quand il avait entendu des pas derrière la porte. Jetant un coup d'œil à l'extérieur, il avait vu le policier de la Sûreté dans le couloir, qui semblait désorienté.

— Vous avez l'air perdu. Est-ce que ça va ?

— Oui, ça va, répondit-il en se disant qu'il aimerait bien que les gens arrêtent de lui poser cette question.

Encore une fois, les deux hommes se dévisagèrent. Ils se ressemblaient de bien des façons : ils avaient le même âge, la même taille, la même carrure. Avaient grandi dans le même quartier.

Mais l'un était entré en religion et n'avait jamais quitté l'Église. Et l'autre avait abandonné la religion et n'était jamais revenu vers l'Église. Maintenant, ils s'observaient dans le couloir sombre de Saint-Gilbert-entre-les-Loups.

Beauvoir s'approcha du moine.

— L'homme qui vient d'arriver, le dominicain, pourquoi est-il ici ?

Le frère Antoine regarda nerveusement à gauche et à droite. Puis il rentra dans sa cellule, et Beauvoir le suivit.

La chambre était identique à la sienne, avec quelques touches personnelles. Un haut de survêtement et un pantalon étaient entassés dans un coin. Des livres étaient empilés près du lit, dont une biographie de Maurice Richard et un livre sur le hockey écrit par un ancien entraîneur des Canadiens de Montréal. Beauvoir aussi avait ces livres. Pour la plupart des Québécois, le hockey avait remplacé la religion.

Mais, ici, les deux semblaient coexister. Sur le dessus de la pile se trouvaient un ouvrage sur l'histoire d'une abbaye située à un endroit appelé Solesmes et une bible.

— Le frère Sébastien…

Le moine ne murmurait pas, mais il parlait d'une voix si basse que Beauvoir dut se concentrer pour bien l'entendre.

— … vient de l'institution connue autrefois sous le nom d'Inquisition.

— J'avais compris ça. Mais que vient-il faire ici ?

— Il dit qu'il est venu à cause du meurtre du prieur.

Cela ne semblait pas beaucoup plaire au frère Antoine.

— Mais vous ne le croyez pas, n'est-ce pas ?

Le frère Antoine sourit faiblement.

— C'est si évident que ça ?

— Non. Mais je suis très observateur.

Antoine gloussa, puis redevint sérieux.

— Le Vatican enverrait peut-être un prêtre enquêter sur ce qui s'est passé dans un monastère où un meurtre a été commis. Pas pour découvrir l'assassin, mais pour comprendre comment l'atmosphère a pu se détériorer au point qu'un meurtre y a été perpétré.

— Mais nous savons ce qui s'est passé, dit Beauvoir. Vous vous battiez à propos des chants, de l'enregistrement.

— Mais pourquoi nous battions-nous ? demanda le frère Antoine, visiblement perplexe. Ça fait des semaines, des mois que je prie pour essayer d'y voir clair. Nous aurions dû être capables de résoudre nos différends. Alors pourquoi n'avons-nous pas réussi ? Et pourquoi n'avons-nous pas vu que l'un de nous était non seulement capable de meurtre, mais qu'il envisageait en fait d'en commettre un ?

Voyant l'incompréhension et la douleur dans les yeux du frère, Beauvoir aurait voulu répondre à sa question. Mais il ne connaissait pas la réponse. Il n'avait aucune idée de la raison pour laquelle les moines s'étaient retournés les uns contre les autres. Ni, d'ailleurs, pourquoi ces hommes se trouvaient ici, pourquoi ils étaient devenus des moines.

— Vous avez dit que le Vatican pourrait envoyer un prêtre, mais vous ne semblez pas convaincu. Croyez-vous que le dominicain n'est pas qui il prétend être ?

— Non. Selon moi, il est bien le frère Sébastien et il travaille pour la Congrégation pour la doctrine de la foi à Rome. Mais je ne crois pas qu'il est ici à cause du meurtre du frère Mathieu.

— Pourquoi ?

Beauvoir s'assit sur la chaise en bois, et le frère Antoine sur le bord du lit.

— Parce qu'il est un moine, pas un prêtre. À mon avis, on aurait envoyé quelqu'un d'un rang plus élevé pour une affaire aussi grave. En fait… (Il essayait de trouver les mots pour exprimer ce qui n'était qu'une impression, une intuition.) Le Vatican ne réagit pas aussi vite. Rien ne se fait rapidement dans l'Église. Elle est embourbée dans les traditions. Il existe une procédure à suivre pour tout.

— Même pour un meurtre ?

Antoine sourit de nouveau.

— Si vous avez étudié l'histoire des Borgia, vous savez que le meurtre se pratiquait beaucoup au Vatican. Alors, oui, même pour un meurtre. La CDF pourrait envoyer quelqu'un enquêter sur nous, mais pas si rapidement. Ça prendrait des mois, peut-être même des années, avant que l'Église agisse. Le corps du frère Mathieu aurait le temps d'être réduit en poussière. Il est inconcevable qu'un homme du Vatican arrive avant même que le prieur soit enterré.

— Quelle est votre théorie, alors ?

Le moine réfléchit, puis secoua la tête.

— J'ai essayé de trouver une explication toute la soirée.

— C'est ce que nous avons fait, nous aussi, avoua Beauvoir.

Il regretta aussitôt d'avoir révélé cette information. Le moins un suspect en savait sur une enquête, le mieux c'était. Il arrivait parfois que les enquêteurs donnent certaines informations à un suspect pour l'ébranler. Mais c'était toujours délibéré. Or la révélation qu'il venait de faire lui avait échappé.

— J'ai ces livres, dit-il pour essayer de détourner l'attention de son indiscrétion.

— Ceux sur le hockey ? Vous jouez ?

— Centre. Vous ?

— Centre aussi, mais je dois admettre que nous n'étions pas nombreux à vouloir cette position après le décès du frère Eustache, mort de vieillesse.

Beauvoir rit, puis soupira.

— Voulez-vous en parler ? demanda le frère Antoine.

— De quoi ?

— De ce qui vous préoccupe.

— Tout ce qui me préoccupe, c'est de trouver le meurtrier pour pouvoir quitter cet endroit.

— Vous n'aimez pas le monastère ?

— Bien sûr que non. Vous, oui ?

— Je ne serais pas ici si ce n'était pas le cas. J'aime Saint-Gilbert.

C'était un énoncé si simple que Beauvoir resta abasourdi. Le frère l'avait dit sur le ton que lui-même utiliserait pour parler d'Annie. Il n'y avait pas de confusion, pas d'ambiguïté. Son amour pour le monastère existait. Point. Comme existaient le ciel et les pierres. Il était naturel et absolu.

— Pourquoi ? demanda Beauvoir en se penchant en avant.

C'était une des questions qu'il mourait d'envie de poser à ce moine à la belle voix et au corps si semblable au sien.

— Pourquoi j'aime cet endroit ? Que n'aimerait-on pas ici ? dit le frère Antoine en promenant son regard autour de sa cellule comme si c'était une suite du Ritz à Montréal. Nous jouons au hockey en hiver, pêchons en été, nageons dans le lac et cueillons des baies. Je sais comment se déroulera chaque journée et, pourtant, chaque jour me semble une aventure. Je passe mon temps avec des hommes qui partagent les mêmes croyances religieuses que moi, mais qui sont malgré tout suffisamment différents pour être perpétuellement fascinants. Je vis dans la maison de mon Père et j'apprends de mes frères. Et j'ai la chance de chanter les mots de Dieu avec la voix de Dieu.

Le moine se pencha vers l'avant en posant ses mains fortes sur ses genoux.

— Savez-vous ce que j'ai trouvé ici ?

Beauvoir secoua la tête.

— La paix.

Beauvoir sentit ses yeux le piquer comme s'il allait pleurer et s'appuya contre le dossier de la chaise, profondément honteux.

— Pourquoi enquêtez-vous sur des meurtres ? demanda le frère Antoine.

— Parce que je suis bon là-dedans.

— Et qu'est-ce qui vous rend bon là-dedans ?

— Je ne sais pas.

— Oui, vous le savez. Vous pouvez me le dire.

— Je ne sais pas, répondit sèchement Beauvoir. Mais c'est mieux que de rester assis sur mon cul ou d'être à genoux en train de faire une prière à un nuage dans le ciel. Au moins, je fais quelque chose d'utile.

— Avez-vous déjà tué quelqu'un ? demanda le moine d'une voix calme.

Surpris, Beauvoir hocha la tête.

— Pas moi.

— Avez-vous déjà sauvé quelqu'un ? demanda Beauvoir.

C'était maintenant au tour du frère Antoine de paraître surpris. Après un moment de silence, il secoua la tête.

— Moi, oui, dit Beauvoir en se levant. Continuez de chanter, mon frère. De prier. De vous agenouiller. Et laissez à d'autres le soin de se tenir debout et de sauver des gens.

Beauvoir sortit et avait parcouru la moitié du chemin pour se rendre au bureau du prieur quand il entendit la voix du moine.

— Il y a une personne que j'ai sauvée.

Beauvoir s'arrêta et pivota sur ses talons. Le frère se trouvait à l'extérieur de sa cellule, dans le corridor sombre.

— Moi.

Jean-Guy renâcla, secoua la tête et tourna le dos au moine.

Il n'avait pas cru un seul mot de ce qu'avait dit le frère Antoine. Ne l'avait certainement pas cru quand il avait parlé de son amour pour le monastère. C'était impossible d'aimer ce tas de pierres et les vieux fossiles qui rôdaient à l'intérieur. Qui se cachaient du monde extérieur. Se cachaient de leur bon sens.

C'était impossible d'aimer chanter les chants mortellement ennuyeux, ou un Dieu qui exigeait ça. Et Beauvoir n'était pas du tout sûr de croire le frère Antoine quand il disait n'avoir jamais tué.

Une fois dans le bureau du prieur, Jean-Guy Beauvoir s'appuya contre le mur, puis se pencha en avant, les mains sur les genoux, et respira profondément. Longue inspiration. Longue expiration.

L'inspecteur-chef Gamache revint au bureau du frère Mathieu avec une chaise.

Après avoir salué Beauvoir, il mit la chaise cassée dans le corridor, en espérant qu'un moine menuisier la trouverait et la réparerait. Lui-même avait des choses à réparer.

Il indiqua la chaise, et Beauvoir s'assit.

— Que vous a dit le directeur Francœur ?

Beauvoir le regarda, étonné.

— Je vous l'ai dit. Des conneries au sujet de votre incompétence. Comme si je n'étais pas déjà au courant.

Sa tentative pour alléger l'atmosphère n'eut pas l'effet escompté. Le chef n'esquissa même pas un sourire et ne cessa pas de fixer son adjoint.

— Ce n'est pas tout, dit Gamache après un moment de silence. Francœur a dit autre chose. Ou insinué quelque chose. Vous devez me faire confiance, Jean-Guy.

— C'est tout ce qu'il a dit.

Beauvoir paraissait fatigué, avait les traits tirés. Gamache savait qu'il devait le renvoyer à Montréal. Il trouverait un prétexte quelconque. Jean-Guy pourrait apporter aux bureaux de la Sûreté l'arme du crime et le vélin trouvé sur le mort. Puisque des copies avaient été faites, l'original pouvait être envoyé au laboratoire.

Oui, il y avait beaucoup de bonnes raisons pour renvoyer Jean-Guy à Montréal, y compris la véritable raison.

— Quand une personne s'inquiète pour quelqu'un, elle veut le protéger, dit Gamache en choisissant bien ses mots. Mais, parfois, c'est comme au hockey ou au soccer quand un joueur essaie de bloquer des tirs devant un gardien de but. Au lieu de le protéger, il l'empêche de voir ce qui s'en vient. Du mal est fait, mais pas intentionnellement.

Gamache se pencha un tout petit peu plus vers l'avant, et Beauvoir un tout petit peu plus vers l'arrière.

— Vous essayez de me protéger, Jean-Guy. Je le sais. Et je vous en suis reconnaissant. Mais vous devez me dire la vérité.

— Et vous, monsieur ? Me dites-vous la vérité ?

— À propos de quoi ?

— De la fuite de la vidéo sur le raid. De la façon dont elle a été diffusée. Le rapport officiel était du camouflage. La fuite est l'œuvre de quelqu'un de la Sûreté. Mais vous semblez croire la conclusion du rapport. Un hacker, mon cul.

— C'est ça ? Francœur vous a dit quelque chose au sujet de la vidéo ?

— Non. C'est moi qui vous demande si vous croyez la conclusion.

— Et je vous ai déjà répondu. (Gamache regarda attentivement Beauvoir.) D'où ça sort, ça ? Que voulez-vous que je vous dise ?

— Que vous ne croyez pas le rapport. Que vous enquêtez discrètement. Que vous découvrirez qui est le responsable. Ce sont nos gens qui sont morts. Vos agents. Vous ne pouvez pas laisser ça comme ça.

Il ne maîtrisait plus sa voix, qui montait dans les aigus.

Beauvoir avait raison, bien sûr. La fuite était l'œuvre de quelqu'un de la Sûreté. Gamache l'avait su dès que la vidéo avait été diffusée. Il avait cependant décidé, du moins officiellement, d'accepter la conclusion de l'enquête interne : qu'un jeune, un pirate de l'informatique, avait eu de la chance et avait trouvé dans les fichiers de la Sûreté les enregistrements réalisés au cours du raid.

Le rapport était ridicule. Mais Gamache avait dit à ses gens, y compris à Beauvoir, d'accepter la conclusion. De laisser tomber. De passer à autre chose.

Et c'est, semblait-il, ce que tous avaient fait. Sauf Beauvoir.

Gamache se demanda s'il ne devait pas lui révéler que, au cours des huit derniers mois, des officiers supérieurs et lui, aidés de quelques personnes de l'extérieur, avaient secrètement, prudemment, discrètement investigué.

*"Quelque mal inconnu nous arrive dessus."*

Mais dans le cas de la Sûreté du Québec, le mal était déjà là. Depuis des années. Pourrissant de l'intérieur. Et du haut vers le bas.

Sylvain Francœur avait été envoyé au monastère pour obtenir de l'information. Pas sur le meurtre du prieur, mais sur ce que Gamache savait. Ou soupçonnait.

Et il avait essayé de l'apprendre par Beauvoir. En insistant, en le poussant à parler, en essayant de le faire craquer.

Encore une fois, Gamache sentit une bouffée de colère monter en lui.

Il aurait aimé pouvoir tout raconter à Beauvoir, mais était très content de ne pas l'avoir fait. Francœur ne harcèlerait plus Jean-Guy, maintenant, convaincu que, si Gamache mijotait peut-être encore quelque chose, Beauvoir, lui, ne manigançait rien. Il serait persuadé d'avoir tiré tout ce qu'il pouvait de Beauvoir.

Oui, le directeur avait été envoyé au monastère dans un but bien précis, et Gamache avait fini par le découvrir. Mais l'inspecteur-chef avait lui aussi une question : qui avait envoyé le directeur général ?

Qui était le patron du grand patron ?

— Eh bien ? dit Beauvoir.

— Nous avons déjà parlé de ça, Jean-Guy. Mais je serais heureux d'en discuter encore avec vous, si ça peut vous aider, répondit-il en fixant son adjoint par-dessus ses demi-lunes.

C'était un regard que Beauvoir avait souvent vu. Dans des cabanes de trappeurs. Dans de petites chambres d'hôtel minables. Dans des restaurants et des bistros, quand le chef et lui étaient assis devant un hamburger et une poutine, leurs carnets de notes ouverts. Discutant d'une enquête. Disséquant les témoignages des suspects, analysant les éléments de preuve. Lançant des idées, avançant des théories, risquant des hypothèses.

Beauvoir regardait dans ces yeux, par-dessus ces lunettes, depuis plus de dix ans. S'il n'était pas toujours d'accord avec le chef, il l'avait toujours respecté. Aimé, même. De la façon dont seul un frère d'armes pouvait en aimer un autre.

Armand Gamache était son chef. Son patron. Son guide. Son mentor. Et plus encore.

Un jour, si Dieu le voulait, Gamache envelopperait ses petits-enfants de ce regard. Les enfants de Jean-Guy. Les enfants d'Annie.

Beauvoir voyait la douleur dans ces yeux qu'il connaissait si bien. Et n'arrivait pas à croire qu'il était la cause de cette souffrance.

— Oubliez ça, dit-il. C'était une question stupide. Ce n'est pas important de savoir qui est derrière la fuite. N'est-ce pas ?

Il entendit la supplication contenue dans ces mots, même s'il n'avait pas eu l'intention de l'y mettre.

Gamache s'appuya lourdement contre le dossier de sa chaise et dévisagea Beauvoir pendant un moment.

— Si vous voulez en parler, j'en parlerai avec vous, vous savez.

Mais Beauvoir voyait ce qu'il en coûtait au chef de dire ça. Beauvoir n'était pas le seul à avoir souffert dans l'usine ce jour-là, au cours des événements enregistrés sur vidéocassette et diffusés dans le monde entier. Il savait qu'il n'était pas le seul à porter encore le fardeau d'avoir survécu.

— Le mal est fait, patron. Vous avez raison, il est temps de passer à autre chose.

Gamache ôta ses lunettes et regarda Beauvoir droit dans les yeux.

— Je veux que vous soyez sûr d'une chose, Jean-Guy. Quiconque a diffusé cette vidéo aura un jour à rendre compte de ses actes.

— Mais pas à nous, c'est ça ?

— Nous avons notre propre travail à faire ici et, honnêtement, je trouve déjà ça assez pénible.

Le chef sourit, mais cela ne réussit pas tout à fait à diminuer l'intensité de son regard. Le plus vite Gamache pourrait renvoyer son adjoint à Montréal, le mieux ce serait. Il faisait noir maintenant, mais il parlerait à l'abbé et Beauvoir partirait très tôt le lendemain.

Gamache tira le portable vers lui.

— Si seulement nous pouvions faire fonctionner ce machin.

— Non, dit Beauvoir d'un ton sec.

Se penchant au-dessus du bureau, il agrippa l'écran.

Le chef le regarda d'un air étonné. Beauvoir sourit.

— Désolé, c'est que j'essayais de trouver le problème cet après-midi et je crois savoir ce qui ne va pas.

— Et vous ne voulez pas que je bousille tout, c'est ça ?

— Exactement.

Beauvoir espérait que son ton de voix était léger, et son explication crédible. Mais surtout, il espérait que Gamache s'éloignerait du portable. Ce qu'il fit. Et Beauvoir fit pivoter l'appareil vers lui.

La catastrophe avait été évitée. Beauvoir se rassit. Son mal chronique s'était transformé en des élancements qui se frayaient un chemin à travers ses os. Comme si ceux-ci étaient des corridors qu'empruntait la douleur pour se propager partout dans son corps.

Il se demanda s'il allait pouvoir bientôt être seul dans le bureau. Avec le portable. Et le DVD apporté par le directeur. Et les pilules laissées par le docteur. Il avait maintenant hâte que commence le prochain office, car, quand tout le monde serait dans la chapelle, il pourrait être ici.

Ils passèrent les vingt minutes suivantes à discuter de l'affaire, à ébaucher des hypothèses, à en éliminer. Puis, finalement, Gamache se leva.

— J'ai envie de me dégourdir les jambes. Voulez-vous m'accompagner ?

Découragé, Beauvoir hocha cependant la tête et suivit le chef dans le couloir.

Ils se dirigeaient vers la chapelle lorsque soudain Gamache s'arrêta et fixa l'ampoule électrique au mur.

— Vous savez, Jean-Guy, j'ai été surpris, à notre arrivée ici, de constater qu'il y avait de l'électricité.

— Elle est produite par énergie solaire et, grâce à une rivière à proximité, par énergie hydraulique. C'est le frère

Raymond qui me l'a dit. Aimeriez-vous savoir comment ça fonctionne ? Ça aussi, il me l'a dit.

— Peut-être à mon anniversaire. Comme cadeau spécial. Mais ce que j'aimerais savoir, maintenant, c'est comment la lumière est arrivée là.

Il pointa le doigt vers l'applique sur le mur.

— Je ne comprends pas, patron. Comme n'importe quelle autre lumière. En passant par des fils.

— Exactement. Mais où sont-ils ? Et où se trouvent les conduits du nouveau système de chauffage ? Et la plomberie ?

— Là où ils se trouvent dans n'importe quel bâtiment, répondit Beauvoir, qui se demandait si le chef avait toute sa tête. Derrière le mur.

— Mais le plan montre seulement un mur. Il a fallu des années, des décennies aux gilbertins pour creuser les fondations et ériger les murs. Le monastère est une merveille sur le plan technique. Mais vous ne pouvez pas me dire que les moines fondateurs avaient envisagé d'installer un système géothermique, de la plomberie et ça.

Il pointa le doigt encore une fois vers la lumière.

— Je ne vous suis pas, avoua Beauvoir.

Gamache se tourna vers lui.

— Chez vous, chez moi, il y a deux murs : celui sur lequel on pose le revêtement extérieur, et la cloison sèche. L'isolation, les fils électriques, la plomberie et les conduits se trouvent entre les deux.

Ça fit enfin tilt dans la tête de Beauvoir.

— Ils n'ont pas pu faire passer les fils et les canalisations à travers la pierre. Donc ça, dit-il en indiquant le mur en pierres des champs, ce n'est pas le mur extérieur. Il y a un autre mur derrière.

— Il doit y en avoir un. Le mur que vous avez examiné pour voir s'il était abîmé n'est peut-être pas celui qui se désagrège. C'est le mur extérieur que les racines percent et par lequel l'eau s'infiltre. Les dommages ne sont pas encore visibles de l'intérieur.

"Deux peaux", se dit Beauvoir tandis que le chef et lui se remettaient à marcher et entraient dans la chapelle. Il y avait la face extérieure, que tout le monde voyait, et l'autre, derrière, qui était en train de pourrir, de s'effriter.

Il avait commis une erreur, bâclé son travail. Et Gamache le savait.

— Excusez-moi, lança une voix.

Les deux hommes, qui traversaient maintenant la chapelle, ralentirent et se tournèrent.

— Par ici.

Gamache et Beauvoir regardèrent vers la droite et virent le dominicain, dans l'ombre, à côté de la plaque commémorant la mémoire de Gilbert de Sempringham. Ils se dirigèrent vers lui.

— Vous sembliez pressés de vous rendre quelque part.

— Nous avons toujours quelque part où nous devons aller, mon frère, répondit Gamache. Et sinon, nous avons été entraînés à donner cette impression.

Le dominicain rit.

— C'est la même chose avec les moines. Si vous allez au Vatican, vous nous verrez toujours traverser les corridors à la hâte, l'air important. La plupart du temps, nous cherchons les toilettes. L'effet, j'en ai bien peur, de la combinaison du savoureux café italien et de la stupéfiante distance qui sépare les cabinets les uns des autres. Les architectes de la basilique Saint-Pierre étaient peut-être extraordinaires, mais les toilettes n'étaient pas une priorité pour eux. Le directeur Francœur m'a parlé un peu de la mort du prieur. Pourrions-nous en discuter un peu plus ? M. Francœur est peut-être le grand patron, mais j'ai l'impression que c'est vous qui accomplissez le gros du travail d'investigation.

— C'est une bonne analyse. Quelles questions voulez-vous me poser ?

Mais au lieu de poser une question, le moine se tourna vers la plaque.

— Il a vécu longtemps, ce Gilbert. Et l'histoire de sa vie est plutôt surprenante, dit-il en désignant l'inscription sur la plaque. Je trouve étrange que les gilbertins, qui ont vraisemblablement fabriqué la plaque, l'aient dépeint de façon si ennuyeuse. Mais tout en bas, comme un commentaire ajouté après coup, il est écrit qu'il a défendu son archevêque. (Le frère Sébastien se retourna vers Gamache.) Savez-vous de qui il s'agit ?

— L'archevêque ? Thomas Becket.

Le moine hocha la tête. Dans la lumière incertaine des ampoules très haut au plafond, les ombres apparaissaient déformées. Les yeux devenaient des trous sombres et les nez étaient allongés, difformes.

Le sourire que fit le dominicain aux deux policiers ressemblait à une grimace.

— C'était noble de la part de Gilbert. J'aimerais bien savoir pourquoi il l'a fait.

— Et moi, mon frère, j'aimerais bien savoir quelle est la vraie raison de votre présence ici, dit Gamache, qui ne souriait pas.

Stupéfait, le moine fixa Gamache, puis rit.

— Je crois que nous avons à discuter de beaucoup de choses, monsieur. Voulez-vous que nous allions dans la salle du chapitre ? Nous y serons tranquilles.

La plaque constituait la porte d'accès à la pièce. Gamache le savait. Beauvoir aussi. Et le moine semblait le savoir. Mais au lieu d'appuyer sur le mécanisme secret, le frère Sébastien attendit. Que l'un des deux enquêteurs le fasse.

L'inspecteur-chef observa le moine. Il avait l'air tout à fait charmant. Encore ce mot. Inoffensif. Heureux dans son travail, heureux dans la vie. Heureux, certainement, d'avoir suivi le carillon des cloches sonnant l'angélus et d'avoir trouvé ce monastère isolé. Construit près de quatre cents ans plus tôt par dom Clément, pour échapper à l'Inquisition. Les gilbertins s'étaient évanouis dans la nature sauvage du Canada en laissant le monde croire que les derniers sacrements avaient été administrés au dernier moine de cet ordre des siècles auparavant.

Même l'Église croyait ces religieux complètement disparus.

Mais ce n'était pas le cas. Pendant près de quatre cents ans, ils avaient vécu au bord du lac aux eaux limpides, avaient vénéré et prié Dieu. Lui avaient chanté des chants. Et avaient mené leur vie de contemplation silencieuse.

Mais jamais ils n'avaient oublié ce qui les avait conduits jusqu'ici.

La peur. L'angoisse.

Comme si ces murs n'étaient pas suffisamment hauts ni suffisamment épais, dom Clément avait pris une autre mesure. Dans ses plans, il avait prévu une pièce où ils pourraient se cacher. La salle du chapitre. Au cas où.

Et ce soir, le "au cas où" s'était produit. L'Inquisition, en la personne de ce moine charmant, avait trouvé les gilbertins.

"Enfin, avait dit le frère Sébastien après avoir passé le seuil de la porte. Je vous ai trouvés."

"Enfin", pensa Gamache.

Et maintenant le dominicain de la Congrégation pour la doctrine de la foi demandait à un policier de lui montrer la porte secrète. De l'ouvrir. D'enlever aux gilbertins leur dernière cachette.

Ça n'avait plus d'importance, Gamache le savait. Le secret avait été éventé. Et, de toute façon, il n'était plus question, ni nécessaire, de se cacher. L'Inquisition n'existait plus. Malgré tout, l'inspecteur-chef répugnait à être celui qui, quatre cents ans plus tard, ouvrirait la porte pour le chien du Seigneur.

Ces pensées avaient traversé l'esprit de Gamache à la vitesse de l'éclair, mais avant qu'il puisse dire quoi que ce soit, Beauvoir s'avança et appuya sur les loups entrelacés.

Ils entendirent un clic, et la plaque pivota.

— Merci, dit le dominicain. Pendant un bref instant, je me suis demandé si vous saviez comment la porte s'ouvrait.

Beauvoir lui lança un regard méprisant. Ça lui apprendrait, à ce jeune moine, à le sous-estimer.

Gamache s'effaça et d'un geste invita le moine à entrer le premier. Une fois tous les trois à l'intérieur, ils s'assirent sur le banc de pierre qui faisait le tour de la pièce. Gamache attendit. Il n'allait pas parler le premier. Ils demeurèrent donc assis en silence. Après une ou deux minutes, Beauvoir commença à montrer des signes d'impatience.

Mais le chef resta parfaitement immobile. Calme.

Puis, un son doux émana du moine. Il fallut seulement un instant à Gamache pour le reconnaître. Le dominicain fredonnait l'air que lui-même avait fredonné au souper. Mais ce n'était pas tout à fait pareil. Peut-être à cause de l'acoustique, pensa-t-il, bien que, en son for intérieur, il sût que ce n'était pas ça, l'explication.

Il se tourna vers l'homme à côté de lui. Le frère Sébastien avait les yeux fermés, ses longs cils fins reposant sur ses joues pâles. Et il souriait.

On aurait dit que les pierres elles-mêmes chantaient. Comme si le moine avait fait sortir la musique de l'air, des murs, du tissu de sa robe. Gamache avait aussi la curieuse impression que la musique sortait de lui. Comme si elle faisait partie de lui, et lui d'elle.

Ç'était comme si toute la matière avait été décomposée puis réassemblée, tous les éléments mélangés, fondus ensemble, et que le son provenait de cette fusion.

L'expérience était si intime, l'effet si intense, que c'en était presque effrayant. Ce l'aurait été si la musique n'avait pas été aussi belle. Et apaisante.

Le dominicain cessa de fredonner, ouvrit les yeux et se tourna vers Gamache.

— J'aimerais savoir, inspecteur-chef, où vous avez entendu cet air.

# 29

— Il faut que je vous parle, père abbé, dit le frère Antoine.

Dans son bureau, dom Philippe entendit la requête. Ou la demande pressante. Normalement, il aurait entendu le son du heurtoir sur le bois. Mais il n'y avait plus rien de normal. La tige de fer, qui avait été utilisée pour tuer le frère Mathieu, avait été emportée.

Et la nouvelle s'était répandue que le prieur était encore vivant quand Simon l'avait trouvé, et qu'il avait reçu les derniers sacrements avant de mourir. De savoir cela avait énormément réconforté dom Philippe, qui s'était cependant demandé pourquoi Simon n'avait rien dit avant.

Puis, il avait su pourquoi.

Mathieu n'avait pas seulement été en vie, il avait parlé. Il avait dit un mot. À Simon.

Homo.

Comme tout le monde, cela déconcertait dom Philippe. S'il ne lui restait plus qu'un mot à prononcer sur cette terre, pourquoi Mathieu avait-il dit "homo" ?

L'abbé savait ce que soupçonnaient les autres moines : que Mathieu avait fait référence à sa sexualité. Que c'était une façon de demander pardon, de demander qu'on lui administre l'extrême-onction. Mais dom Philippe ne croyait pas à cette interprétation.

Il était bien possible, cependant, que Mathieu ait été un homosexuel, mais, au cours de toutes les années où dom Philippe avait été son confesseur, jamais il n'en avait parlé. Bien sûr, il pouvait s'agir d'une homosexualité latente, profondément enfouie, refoulée, et que le coup à la tête avait soudain fait remonter à la surface.

Homo.

Selon Simon, Mathieu s'était éclairci la gorge, avait eu de la difficulté à faire sortir le mot, puis enfin, la voix rauque, avait lâché "homo".

L'abbé avait essayé de faire comme lui. Il s'était éclairci la gorge et avait prononcé le mot. L'avait répété encore et encore.

Jusqu'à ce qu'il pense avoir compris, pense savoir ce que Mathieu avait fait, avait dit, avait voulu dire.

C'est alors que le frère Antoine était entré et avait salué l'abbé en inclinant la tête.

— Oui, mon fils, qu'y a-t-il ? demanda dom Philippe en se levant.

— C'est au sujet du frère Sébastien, le visiteur. Il dit que ses supérieurs l'ont envoyé de Rome quand ils ont appris la mort du prieur.

— Oui ?

L'abbé indiqua un siège à côté de lui et le frère Antoine s'y assit. Le chef de chœur paraissait inquiet et parlait à voix basse.

— Je ne vois pas comment cela peut être possible.

— Pourquoi dites-vous ça ?

L'abbé connaissait toutefois la réponse, ayant déjà tiré ses propres conclusions.

— Eh bien, quand avez-vous informé le Vatican ?

— Je ne l'ai pas fait. J'ai appelé Mgr Doucette à l'archevêché à Montréal. Il a informé l'archevêque de Québec qui, je suppose, a transmis l'information à Rome.

— Mais quand avez-vous téléphoné ?

— Immédiatement après avoir appelé la police.

Le frère Antoine réfléchit un moment, puis dit :

— Cela veut donc dire vers neuf heures et demie hier matin.

C'était, pensa l'abbé, la première fois depuis des mois que le frère Antoine et lui avaient une conversation polie. Et il se rendit compte à quel point la présence de ce moine dans sa vie lui manquait. L'originalité de sa pensée, sa passion, leurs discussions sur les saintes Écritures et la littérature. Sans parler du hockey.

Mais, maintenant, tout semblait être revenu à la normale, et ils s'entendaient sur au moins un sujet : la mort de Mathieu. Et l'arrivée du dominicain.

— Moi aussi, j'ai réfléchi à cela, avoua dom Philippe.

Il regarda le petit feu allumé dans la cellule qui lui servait de logement. Depuis l'installation du système géothermique, ils avaient le chauffage central au monastère. Mais l'abbé, un homme de traditions, préférait une fenêtre ouverte et la chaleur d'un feu dans la cheminée.

— Il était six heures plus tard à Rome, continua dom Philippe. Même si leur réaction, là-bas, a été immédiate, il semble peu probable que le frère Sébastien ait pu arriver ici aussi rapidement.

— Exactement, mon père.

Il y avait longtemps qu'Antoine n'avait pas employé ce terme pour s'adresser à dom Philippe. Au cours des derniers mois, il avait plutôt utilisé la formule "père abbé", plus guindée, plus formelle, plus froide.

— Et, ajouta-t-il, nous savons tous les deux que l'archidiocèse bouge comme la dérive des continents, et Rome à la vitesse de l'évolution.

L'abbé sourit, puis redevint sérieux.

— Alors, pourquoi est-il ici ? demanda le frère Antoine.

— Si ce n'est pas à cause de la mort du frère Mathieu ?

Dom Philippe regarda droit dans les yeux angoissés d'Antoine.

— Je ne sais pas.

Mais, pour la première fois depuis longtemps, l'abbé sentit son cœur s'apaiser, sentit la fêlure qui l'avait tant fait souffrir se fermer.

— J'aimerais avoir votre opinion sur quelque chose, Antoine.

— Oui, certainement.

— D'après le frère Simon, Mathieu a prononcé un mot avant de mourir. Je suis certain que vous en avez entendu parler.

— En effet.

— Il a dit "homo".

L'abbé attendit la réaction du maître de chapelle, mais il n'y en eut aucune. On enseignait aux moines – et ils y étaient habitués – à ne pas révéler leurs sentiments et leurs pensées.

— Savez-vous ce qu'il a pu vouloir dire ?

Antoine garda le silence pendant un moment, et détourna le regard. Dans un endroit où l'on utilisait peu de mots, les yeux devenaient un moyen de communication clé. Les détourner était lourd de sens. Mais les yeux d'Antoine finirent par revenir à l'abbé.

— Les frères se demandent s'il faisait allusion à sa sexualité…

Le frère Antoine avait encore quelque chose à dire, c'était évident, alors l'abbé croisa les mains sur ses genoux et attendit.

— Et ils se demandent s'il faisait spécifiquement référence à sa relation avec vous.

L'abbé, en entendant cette supposition exprimée aussi crûment, haussa légèrement les sourcils. Après un moment, il hocha la tête.

— Je peux comprendre ce qui les pousse à penser ça. Mathieu et moi avons été très proches durant de nombreuses années. Je l'aimais beaucoup, et l'aimerai toujours. Et vous, Antoine, que pensez-vous ?

— Je l'aimais aussi. Comme un frère. Et jamais je n'ai eu de raisons de croire qu'il entretenait des sentiments différents, pour vous ou quelqu'un d'autre.

— Je pense savoir ce que Mathieu a dit. Selon Simon, il s'est d'abord éclairci la gorge, puis a dit “homo”. J'ai essayé plusieurs fois de faire comme lui…

Le frère Antoine avait l'air à la fois surpris et impressionné.

— … et voici ce que ça donne, ce que Mathieu essayait peut-être de dire.

L'abbé s'éclaircit la gorge, ou sembla le faire, puis dit :

— Homo.

Antoine le fixa, estomaqué. Puis il hocha la tête.

— Bon Dieu, je crois que vous avez raison.

Lui aussi essaya de faire la même chose. Il s'éclaircit la gorge et dit :

— Homo. Mais pourquoi, demanda-t-il ensuite à l'abbé, le frère Mathieu aurait-il dit ça ?

— Je ne sais pas.

Dom Philippe tendit sa main droite, paume vers le haut. Après une très légère hésitation, le frère Antoine la prit. L'abbé posa sa main gauche par-dessus celle du moine et tint la jeune main comme s'il s'agissait d'un oiseau.

— Mais je sais que tout finira bien, Antoine. *Toute chose, quelle qu'elle soit, finira bien.*

— Oui, mon père.

Gamache soutint le regard du dominicain.

Le frère Sébastien semblait curieux, très curieux même. Mais pas impatient d'entendre sa réponse, pensa Gamache. Cet homme semblait savoir qu'elle viendrait, et il était prêt à attendre.

L'inspecteur-chef aimait ce moine. En fait, il aimait la plupart des moines. Ou, du moins, il n'éprouvait pas d'antipathie pour eux. Mais ce jeune dominicain possédait une qualité qui était désarmante. Cette qualité était puissante et dangereuse, Gamache le savait, et ce serait pure folie de sa part de se laisser désarmer.

Le dominicain respirait la sérénité et incitait les gens à lui faire des confidences.

Gamache comprit alors pourquoi il était à la fois attiré par ce moine et méfiant. Ces caractéristiques étaient celles dont lui-même se servait au cours d'une investigation. Pendant que l'inspecteur-chef était occupé à enquêter sur les moines, celui-ci enquêtait sur lui. Et Gamache savait que dans ce cas le seul moyen de défense était, paradoxalement, la plus entière franchise.

— L'air que je fredonnais au souper vient de ceci.

Gamache ouvrit le livre d'écrits mystiques qu'il gardait toujours avec lui depuis le meurtre et tendit le vélin jauni au frère Sébastien.

Le moine le prit. Ses jeunes yeux n'avaient pas besoin d'aide pour le lire, même dans la pénombre. Gamache tourna la tête un instant pour accrocher le regard de Beauvoir.

Jean-Guy observait lui aussi le moine, mais ses yeux semblaient presque vitreux – bien qu'il puisse s'agir d'un effet de l'éclairage. Dans cette petite pièce secrète, tous les yeux paraissaient étranges. Le chef se retourna vers le frère Sébastien. Les lèvres du dominicain bougeaient, mais il n'y avait aucun son.

— Où avez-vous trouvé ça ? demanda finalement le moine.

Il leva la tête un bref instant, mais ses yeux se reposèrent presque aussitôt sur la page.

— Le frère Mathieu avait ce papier sur lui. Il était roulé en boule autour du vélin.

Le moine se signa. C'était un geste machinal, pourtant il réussit à lui donner du sens. Puis le frère Sébastien respira très profondément, et hocha la tête.

— Savez-vous ce que c'est, inspecteur-chef ?

— Je sais que ça, ce sont des neumes, répondit Gamache en passant son index sur les anciens signes de notation musicale. Et le texte est en latin, mais il est apparemment absurde.

— Il est absurde.

— Certains gilbertins semblent penser que les mots sont intentionnellement insultants, et que les neumes ne font que parodier un chant. Comme si quelqu'un avait utilisé la forme d'un chant grégorien et l'avait délibérément rendue grotesque.

— Les mots sont ridicules, mais ne constituent pas une insulte. Si ceci, dit le frère Sébastien en levant la feuille, dépréciait la foi, je serais d'accord avec cette analyse, mais ce n'est pas le cas. En fait, je trouve intéressant de constater que le texte ne mentionne jamais Dieu, ni l'Église, ni la piété. C'est comme si la personne qui l'a écrit avait volontairement évité ces sujets.

— Pourquoi ?

— Je l'ignore, mais je sais que ce n'est pas une hérésie. Le meurtre est peut-être votre spécialité, inspecteur-chef, mais l'hérésie est la mienne. C'est ce que nous faisons, entre autres choses, à la Congrégation pour la doctrine de la foi : nous traquons les hérésies et les hérétiques.

— Et la traque vous a-t-elle mené ici ?

Le dominicain réfléchit à la question ou, plus probablement, à sa réponse.

— La piste est très longue. Elle s'étend sur des dizaines de milliers de kilomètres et des centaines d'années. Dom Clément a eu raison de quitter l'Europe. Dans les archives de l'Inquisition, il y a une proclamation, signée par le Grand Inquisiteur lui-même, ordonnant une enquête sur les gilbertins.

— Mais pourquoi ? demanda Beauvoir, en essayant de se concentrer.

Pour lui, c'était comme si on avait voulu enquêter sur des petits lapins ou des chatons.

— À cause de la personne qui avait fondé l'ordre. Gilbert de Sempringham.

— Ils allaient faire l'objet d'une enquête pour extrême monotonie ? demanda Beauvoir.

Le frère Sébastien rit, mais pas longtemps.

— Non. Pour extrême loyauté. Voilà un des paradoxes de l'Inquisition : des choses comme l'extrême dévotion et une très grande loyauté sont devenues suspectes.

— Pourquoi ?

— Parce qu'on ne peut pas les contrôler. Les hommes qui croyaient profondément en Dieu et qui demeuraient fidèles à leur abbé et à leur ordre ne se pliaient pas à la volonté de l'Inquisition ou des inquisiteurs. Ils avaient une trop grande force de caractère.

— Alors, le fait que Gilbert de Sempringham a pris la défense de son archevêque a été jugé suspect ? demanda Gamache, qui essayait de suivre la logique labyrinthique. Mais cela s'est passé six cents ans avant l'Inquisition. Et il défendait l'Église contre une autorité laïque. J'aurais pensé que l'Église le considérerait comme un héros, pas un suspect. Même des siècles plus tard.

— Six cents ans, ce n'est rien pour une institution fondée sur des événements survenus deux mille ans auparavant. Et toute personne qui se tient debout devient une cible. Vous devriez le savoir, inspecteur-chef, dit le frère Sébastien.

Gamache scruta son visage, mais il était placide. La phrase du moine ne semblait contenir aucun sens caché. Ni de mise en garde.

— Si les gilbertins n'étaient pas partis, poursuivit le dominicain, ils auraient connu le même sort que les cathares.

— Et quel a été leur sort ? demanda Beauvoir.

En voyant l'air du chef, il se dit que les cathares n'avaient probablement pas abouti au Club Med.

— Ils ont été brûlés vifs, répondit le frère Sébastien.

— Tous ? demanda Beauvoir, le visage gris dans la faible lumière.

Le moine hocha la tête.

— Chaque homme, femme et enfant.

— Pourquoi ?

— L'Église les considérait comme des libres penseurs, des personnes trop indépendantes. Et qui gagnaient en influence. Les cathares devinrent connus comme les "bons hommes". Et les hommes bons représentent une grande menace pour des hommes qui ne le sont pas.

— Alors l'Église les a fait tuer ?

— Après avoir d'abord essayé de les ramener en son sein.

— N'est-ce pas saint Dominique, votre fondateur, qui soutenait que les cathares n'étaient pas de vrais catholiques ? demanda Gamache.

Le frère Sébastien confirma d'un hochement de tête.

— Mais c'est des siècles plus tard qu'est venu l'ordre de les exterminer.

Après avoir hésité un moment, le moine poursuivit, d'une voix plus basse mais claire.

— Beaucoup d'entre eux ont d'abord été mutilés, puis renvoyés chez eux pour effrayer les autres, mais cela ne fit que renforcer la détermination des cathares. Les chefs religieux se livrèrent aux autorités, dans l'espoir d'apaiser l'Église, mais cela n'a pas fonctionné. Tout le monde fut tué, même des gens qui se trouvaient dans les parages par hasard. Des innocents. Quand un des soldats a demandé comment il était censé les distinguer des cathares, on lui a répondu de les tuer tous, et de laisser Dieu faire le tri.

Le frère Sébastien donnait l'impression de voir ce qui s'était passé, comme s'il avait été là. Et Gamache se demanda de quel côté des murs du monastère ce moine de la Congrégation pour la doctrine de la foi se serait trouvé.

— L'Inquisition aurait fait ça aux gilbertins ? demanda Beauvoir.

Il n'avait plus l'air hébété. Le moine l'avait tiré de la rêverie dans laquelle il avait été plongé.

— On ne peut pas l'affirmer avec certitude, dit le frère Sébastien.

Cette réponse, cependant, semblait correspondre davantage à un souhait qu'à la réalité.

— Mais ce fut très sage, de la part de dom Clément, de décider de partir. Et de se cacher.

Encore une fois, Sébastien respira profondément, puis regarda le papier dans ses mains.

— Ceci n'est pas de l'hérésie. Il y est question de bananes et le refrain est *Non sum pisces*.

Gamache et Beauvoir le fixèrent d'un air inexpressif.

— Je ne suis pas un poisson, dit le dominicain.

Gamache sourit, et Beauvoir parut déconcerté.

— Si ce n'est pas de l'hérésie, dit le chef, alors qu'est-ce que c'est ?

— C'est un air singulièrement beau. Un chant, je pense, mais pas un chant grégorien ni un plain-chant. Toutes les règles ont été utilisées, puis légèrement modifiées, comme si le vieux chant avait servi de base et que ceci, dit le moine en tapotant la page avec un doigt, était une toute nouvelle structure.

Il leva la tête et regarda d'abord Beauvoir, puis Gamache. Ses yeux brillaient et son sourire était de nouveau radieux.

— À mon avis, loin d'être une parodie grotesque du chant grégorien, ceci est en fait un hommage. Une manière de le célébrer, même. Le compositeur a utilisé les neumes, mais d'une façon que je n'ai jamais vue auparavant. Il y en a tellement.

— Le frère Simon a fait des copies du chant pour que lui et les autres moines puissent transcrire les neumes en notes, expliqua Gamache. Il semble penser que les neumes correspondent à différentes voix, représentent des couches superposées de voix. Pour chanter en harmonie.

— Hmm, fit le frère Sébastien, encore perdu dans la musique.

Son index reposait – de manière plutôt bizarre, trouvait Gamache – à un endroit sur la page. Lorsque le moine le bougea enfin, Gamache vit que le doigt avait recouvert un petit point au début de la musique, avant le premier neume.

— Ce chant est-il ancien ? demanda-t-il.

— Oh, non. Pas du tout. On a voulu lui donner un air ancien, bien sûr, mais à mon avis il a été écrit il y a à peine quelques mois.

— Par qui ?

— Je ne peux évidemment pas répondre à cette question, mais je peux vous dire que c'est forcément quelqu'un qui connaît très bien le chant grégorien, sa structure, et les neumes, bien sûr. Mais dont la connaissance du latin est limitée.

Il regarda Gamache avec un émerveillement à peine dissimulé.

— Vous êtes peut-être une des premières personnes sur terre à avoir entendu une toute nouvelle forme musicale, inspecteur-chef. Ça a dû être exaltant.

— Oui, c'est vrai, ce l'était, avoua Gamache, même si je n'avais aucune idée de ce que j'entendais. Mais quand il a eu fini de chanter, le frère Simon a fait un commentaire sur le texte en latin. Selon lui, bien qu'il ne s'agisse que d'une série de phrases drôles, musicalement ça fonctionne.

— Il a raison, confirma le moine en hochant la tête.

— Que voulez-vous dire ? demanda Beauvoir.

— Les mots, les syllabes vont bien avec les notes. Comme les paroles d'une chanson ou les mots d'un poème. Le rythme doit être approprié. Ces mots vont bien avec la musique, mais, autrement, n'ont aucun sens.

— Alors pourquoi sont-ils là ? demanda Beauvoir. Il faut qu'ils signifient quelque chose.

Les trois hommes baissèrent les yeux sur la feuille de musique, mais elle ne leur révéla rien.

— C'est à votre tour de parler, mon frère, dit Gamache. Nous vous avons dit ce que nous savons au sujet de la musique. Maintenant c'est à votre tour de nous dire la vérité.

— Au sujet de ma présence ici ?

— Exactement.

— Vous pensez que ce n'est pas à cause de la mort du prieur ?

— C'est ce que je pense, en effet. Vous n'auriez pas pu venir du Vatican aussi rapidement. Et même si ç'avait été possible, à votre arrivée vous n'avez pas réagi comme quelqu'un venu partager le deuil de ses frères moines. Vous avez manifesté une grande joie. Vous avez salué ces moines comme si vous les cherchiez depuis très longtemps.

— Et c'est le cas. L'Église les cherchait. Tout à l'heure, j'ai mentionné avoir trouvé dans les archives de l'Inquisition l'injonction ordonnant l'enquête sur les gilbertins.

— Oui, dit Gamache, sur ses gardes.

— Eh bien, l'enquête n'a jamais pris fin. Des dizaines de mes prédécesseurs à la Congrégation ont passé leur vie à essayer de trouver les gilbertins. Lorsqu'ils mouraient, un autre poursuivait les recherches. Depuis la disparition des moines, nous n'avons jamais cessé de les chercher.

— Les chiens du Seigneur, dit Gamache.

— C'est ça. Des limiers. Nous n'avons jamais abandonné.

— Mais ça fait des siècles, dit Beauvoir. Pourquoi continuer de chercher ? Pourquoi était-ce important ?

— Parce que l'Église n'aime pas les mystères, sauf ceux qu'elle-même crée.

— Ou ceux de Dieu ? dit Gamache.

— Ceux-là, l'Église les tolère, avoua le moine avec, encore une fois, un sourire désarmant.

— Alors comment avez-vous finalement réussi à trouver les gilbertins ? demanda Beauvoir.

— Pouvez-vous deviner ?

— Si je voulais deviner, je l'aurais fait, répliqua sèchement Beauvoir.

L'espace restreint commençait à avoir un effet sur lui. Il avait l'impression que les murs se refermaient sur lui. Il se sentait accablé, écrasé par le monastère, par le dominicain, par l'Église. Tout ce qu'il voulait, c'était sortir de là. Respirer un peu d'air. Il avait l'impression de suffoquer.

— Le disque, dit Gamache après un moment de réflexion.

Le frère Sébastien hocha la tête.

— C'est ça. L'image stylisée sur la pochette montrait un moine de profil. C'était presque une caricature.

— L'habit, dit Gamache.

— Oui. Il était noir, avec un peu de blanc pour représenter le capuchon et la poitrine, et un drapé sur les épaules. Il n'y en a pas d'autres pareils.

— "Quelque mal inconnu nous arrive dessus", cita Gamache. C'est peut-être ça, le mal inconnu.

— La musique ? demanda Beauvoir.

— Les temps modernes, dit le frère Sébastien. C'est ça qui est tombé sur les gilbertins, qui leur est arrivé dessus.

Le chef hocha la tête.

— Pendant des siècles, ils ont chanté leurs chants dans l'anonymat le plus complet. Mais maintenant la technologie leur a permis de les diffuser dans le monde entier.

— Ce qui comprend le Vatican, dit le frère Sébastien. Et la Congrégation pour la doctrine de la foi.

C'est-à-dire l'Inquisition, pensa Gamache. Les gilbertins avaient finalement été trouvés. Trahis par leurs chants.

Les cloches se mirent à carillonner et leur sonnerie retentit dans la salle du chapitre.

— Il faut que j'aille aux toilettes, dit Beauvoir quand les trois hommes sortirent de la petite pièce. Je vous rejoindrai plus tard.

— D'accord, dit Gamache, qui regarda ensuite Jean-Guy traverser la chapelle.

— Ah, vous voilà.

Le directeur Francœur s'avança d'un pas décidé vers le frère Sébastien et Gamache. Il sourit au moine et salua Gamache d'un petit hochement de tête.

— J'ai pensé qu'on pourrait s'asseoir ensemble, dit-il.

— Avec plaisir, répondit le moine, qui se tourna ensuite vers Gamache. Vous joindrez-vous à nous ?

— Je crois que je vais m'asseoir tranquillement là-bas.

Francœur et le frère Sébastien s'installèrent sur un banc à l'avant de la chapelle et Gamache s'assit quelques rangées derrière eux, de l'autre côté de l'allée.

Il ne s'était pas montré très poli, il le savait. Mais il savait aussi qu'il s'en fichait. Il regarda le dos de Francœur d'un air furieux, comme s'il voulait le percer de ses yeux. Il était content que Jean-Guy ait décidé d'aller pisser plutôt que de prier. Ça faisait un contact de moins avec Francœur.

"Mon Dieu, aidez-moi", pria Gamache. Même dans cet endroit paisible, il sentait sa rage redoubler à la seule vue de Sylvain Francœur.

Il continua de le fixer, et Francœur roula les épaules, comme s'il sentait le regard posé sur lui. Il ne se tourna pas, mais le dominicain le fit.

Le frère Sébastien tourna la tête et regarda directement Gamache. L'inspecteur-chef détacha ses yeux de

Francœur pour les fixer sur le moine. Les deux hommes se dévisagèrent un moment, puis Gamache retourna à Francœur, sans se laisser démonter par l'interrogation pleine de sollicitude dans le regard du moine.

Après un certain temps, Gamache ferma les yeux et respira à fond plusieurs fois. De nouveau, il sentit l'odeur de Saint-Gilbert qui était si familière, mais légèrement différente. Un mélange du traditionnel encens et de quelque chose d'autre. Du thym et de la monarde.

Ce qui était naturel et ce qui était fabriqué, réunis ici, dans ce monastère éloigné de tout. La paix et la rage, le silence et les chants. Les gilbertins et l'Inquisition. Les hommes bons et les pas-si-bons.

Entendre les cloches sonner avait eu un effet presque grisant sur Beauvoir, l'avait presque rendu malade d'impatience.

Enfin. Enfin.

Il avait foncé vers les toilettes, avait uriné, s'était lavé les mains, puis avait rempli un verre d'eau.

De sa poche, il sortit le flacon de pilules, l'ouvrit d'un coup sec – pas de bouchon à l'épreuve des enfants ici – et le secoua pour faire tomber deux comprimés dans sa paume. En un geste parfaitement maîtrisé, il leva la main jusqu'à sa bouche, et sentit les pilules atterrir sur sa langue. Il prit ensuite une gorgée d'eau et les avala.

En sortant des toilettes, il s'arrêta un moment dans le couloir. Les cloches sonnaient encore, mais au lieu de retourner à la chapelle il se dirigea d'un pas vif vers le bureau du prieur. Une fois à l'intérieur, il ferma la porte et appuya la nouvelle chaise contre la poignée.

Il entendait toujours les cloches.

Il s'assit au bureau, tira le portable vers lui et le redémarra.

Les cloches avaient cessé de sonner et le silence régnait, maintenant.

Le DVD dans l'appareil se mit en marche. Beauvoir baissa le son – inutile d'attirer l'attention. De toute façon, il avait la bande sonore dans sa tête. Toujours.

Les images apparurent.

Gamache ouvrit les yeux au moment où les premières notes arrivaient dans la chapelle, en même temps que le premier moine.

Le frère Antoine tenait la croix en bois toute simple devant lui. Il la porta jusqu'à l'autel, où il la plaça sur son support. Puis, après avoir incliné la tête, il alla s'asseoir. Les autres moines entrèrent à leur tour en file, s'inclinèrent devant la croix et prirent leur place, toujours en chantant. Comme ils le faisaient tout au long du jour.

Gamache jeta un coup d'œil au frère Sébastien, qu'il voyait de profil. Il regardait fixement les moines, les gilbertins disparus depuis si longtemps sans laisser de traces. Puis le frère Sébastien ferma les yeux et pencha la tête en arrière. Il sembla entrer en transe, comme s'il faisait une sorte de fugue. Pendant que les chants grégoriens et les gilbertins remplissaient la chapelle.

Beauvoir entendait la musique, mais faiblement, comme si elle venait de très, très loin.

Des voix d'hommes chantant en chœur. Qui devenaient de plus en plus fortes à mesure que d'autres se joignaient à elles, tandis que lui regardait, sur l'écran de l'ordinateur, ses collègues, ses amis, des policiers comme lui, se faire abattre.

Sur l'air des chants grégoriens, Beauvoir se regarda lui aussi tomber sous les balles d'un tireur.

Les moines chantaient tandis que le chef le traînait à un endroit où il serait en sécurité. Puis partait en le laissant là. L'abandonnait comme s'il – comment Francœur avait-il décrit cela ? – n'était plus utile.

Et, comme pour retourner le couteau dans la plaie, avant de s'en aller le chef l'avait embrassé.

Embrassé. Sur le front. Pas étonnant si on appelait Beauvoir la chienne de Gamache. Tout le monde avait vu ce baiser. Tous ses collègues. Et maintenant ils se moquaient de lui, derrière son dos.

Pendant que les moines chantaient des chants grégoriens dans la chapelle, l'inspecteur-chef Gamache l'embrassa, puis s'en alla.

Gamache jeta de nouveau un coup d'œil au dominicain. Le frère Sébastien semblait être passé de la fugue à une sorte d'extase.

Puis, le frère Luc entra dans la chapelle, et le dominicain ouvrit aussitôt les yeux. Il fut presque propulsé en avant sur son siège, comme s'il avait reçu un choc électrique. Comme si quelque chose le poussait vers le très jeune homme à la voix divine.

Cette voix était unique. Exceptionnelle.

Le prieur l'avait su. Le chef de chœur actuel le savait. Le père abbé le savait. Même Gamache, dont les connaissances musicales étaient limitées, s'en rendait compte.

Et maintenant, la Congrégation pour la doctrine de la foi le savait aussi.

Jean-Guy Beauvoir cliqua sur le bouton de lecture, puis sur celui de pause. Puis de nouveau sur *PLAY*. Il regarda la vidéo encore et encore.

Sur l'écran, maintes et maintes fois, encore et encore comme une litanie répétée, comme une liturgie, Beauvoir se vit tomber. Se vit traîner, comme un sac de pommes de terre, sur le plancher de l'usine. Par Gamache.

En fond sonore, les moines chantaient.

Le kyrie. L'alléluia. Le gloria.

Pendant que dans le bureau du prieur Beauvoir était en train de mourir. Seul.

# 30

Après les complies, le dernier office de la journée, le père abbé emmena Gamache à l'écart. Dom Philippe n'était pas seul. À la surprise de l'inspecteur-chef, le frère Antoine l'accompagnait.

À les voir ensemble, il était impossible de savoir qu'ils étaient des ennemis. Ou, du moins, qu'ils se trouvaient de part et d'autre d'un large fossé.

— Comment puis-je vous aider ? demanda Gamache.

Les deux religieux l'avaient conduit dans un coin de la chapelle, qui était vide maintenant. Seul le dominicain était resté sur son banc et il regardait droit devant lui comme s'il était plongé dans une profonde stupeur.

Il n'y avait aucune trace du directeur Francœur.

Gamache se plaça dos au mur pour pouvoir garder un œil sur la chapelle peu éclairée.

— C'est à propos des dernières paroles du frère Mathieu, dit le père abbé.

— "Homo", dit le frère Antoine. C'est ça ?

— Selon le frère Simon, oui, répondit Gamache.

Les moines échangèrent un bref regard, puis leurs yeux revinrent se poser sur l'inspecteur-chef.

— Nous pensons savoir ce qu'il a voulu dire, dit l'abbé.

Il s'éclaircit bruyamment la gorge, puis dit :

— Homo.

— Oui, dit Gamache, qui fixait dom Philippe et attendait la suite. C'est, apparemment, ce que le prieur a dit.

L'abbé s'éclaircit de nouveau la gorge, mais encore plus bruyamment. Pendant un court instant, Gamache s'inquiéta pour la santé du religieux.

— Homo, répéta dom Philippe.

Maintenant, l'inspecteur-chef était perplexe. Il vit le frère Sébastien tourner la tête vers eux. Si le bruit sorti de la gorge de l'abbé avait paru fort à Gamache, il avait dû être assourdissant pour le dominicain après avoir été réverbéré par l'extraordinaire acoustique de la chapelle.

L'abbé fixa Gamache de ses yeux bleus perçants en l'adjurant silencieusement de comprendre ce qu'il n'arrivait tout simplement pas à comprendre.

Ce fut ensuite au tour du frère Antoine de se racler la gorge. Le son était guttural, une sorte de cri désespéré.

— Homo, dit-il.

Et l'inspecteur-chef commença finalement à comprendre qu'il ne devait pas s'arrêter au mot, mais au son. Mais il ne signifiait toujours rien pour lui.

Avec le sentiment d'être simple d'esprit, il se retourna vers dom Philippe.

— Désolé, mon père, mais je ne comprends vraiment pas.

— *Ecce homo*.

Les mots ne vinrent pas de l'abbé ni du frère Antoine, mais de la chapelle, comme si la pièce elle-même avait parlé.

Puis, le dominicain sortit de derrière une colonne.

— Je crois que c'est ce que le père abbé et le chef de chœur disent. N'est-ce pas ?

Les deux moines fixèrent le frère Sébastien, puis hochèrent la tête. Leurs regards, s'ils n'étaient pas carrément hostiles, n'étaient certainement pas accueillants. Mais il était beaucoup trop tard. Cet homme du Vatican, qui n'avait pas été invité, était là. En fait, il semblait se trouver partout.

Gamache se retourna vers les gilbertins l'un à côté de l'autre. Était-ce ça qui leur avait finalement permis de combler le fossé qui les séparait ? Un ennemi commun ? Ce religieux charmant et discret en robe blanche qui restait tranquillement assis, mais prenait tant de place ?

— À notre avis, le prieur n'essayait pas de s'éclaircir la gorge, dit le frère Antoine en détournant les yeux du dominicain et en les posant sur Gamache, mais a plutôt dit deux mots : *ecce* et *homo*.

Gamache écarquilla les yeux. *Ecce*. Ètché. Mais prononcé avec l'accent guttural latin. C'était possible.

L'abbé avait prononcé les mots comme le prieur avait pu le faire, comme un homme qui luttait pour faire sortir un mot. Un homme agonisant qui avait un mot pris dans la gorge.

*Ecce homo*.

Gamache connaissait l'expression, mais n'arrivait pas à trouver sa signification.

— Que veulent dire ces mots ?

— C'est ce que Ponce Pilate a dit à la foule, répondit le frère Sébastien. Il a fait amener Jésus, ensanglanté, pour que les gens se rendent compte.

— Se rendent compte de quoi ? Que veulent dire ces mots ? répéta Gamache en regardant le dominicain, ensuite les gilbertins, puis de nouveau le dominicain.

— *Ecce homo*, dit dom Philippe. "Voici l'homme."

Il était presque vingt et une heures. C'était tard pour les moines. Le frère Sébastien quitta les trois hommes et se dirigea vers les cellules. Le frère Antoine attendit une minute, jusqu'à ce que le dominicain soit hors de vue, puis s'en alla après avoir salué l'abbé d'une légère inclinaison de la tête.

— La situation a changé, dit Gamache.

Au lieu de nier qu'un problème avait existé, dom Philippe hocha simplement la tête et regarda le moine marcher à grands pas vers la porte à l'arrière de la chapelle.

— Il sera un excellent chef de chœur. Peut-être meilleur que Mathieu. (Les yeux du père abbé se tournèrent vers l'inspecteur-chef.) Frère Antoine aime les chants, mais plus que tout il aime Dieu.

Gamache hocha la tête. Oui. Voilà ce qui était au cœur de ce mystère. Pas la haine. L'amour.

— Et le prieur ? demanda Gamache tandis qu'il raccompagnait l'abbé à sa cellule. Qu'aimait-il plus que tout ?

— La musique, répondit dom Philippe sans hésiter. Mais ce n'est pas aussi simple, ajouta-t-il en souriant. Comme vous l'avez peut-être remarqué, peu de choses sont simples ici.

L'inspecteur-chef sourit à son tour. Il l'avait remarqué.

Ils marchaient dans le long corridor qui menait au bureau et à la cellule du père abbé. Le couloir, que

Gamache avait toujours cru parfaitement droit, lui donnait maintenant l'impression d'être légèrement courbe. Dom Clément avait peut-être tracé une ligne droite, mais ses ouvriers s'étaient légèrement trompés. Comme le sait quiconque a déjà fabriqué une bibliothèque ou essayé de suivre une carte détaillée, une erreur infinitésimale commise au début peut devenir monumentale plus tard.

Ici, se dit Gamache, même les corridors n'étaient pas aussi simples ni aussi droits qu'ils en avaient l'air.

— Pour Mathieu, la musique et sa foi étaient indissociables. Elles formaient un tout. (Dom Philippe avait ralenti le pas, si bien que les deux hommes avançaient à peine dans le couloir sombre.) La musique intensifiait sa foi. La portait à des niveaux proches de l'extase.

— Des niveaux que peu de moines atteignent ?

L'abbé demeura silencieux.

— Des niveaux que vous-même n'avez jamais atteints ? voulut savoir Gamache.

— Je suis plutôt du genre à progresser lentement mais sûrement, répondit l'abbé en regardant droit devant lui tandis qu'ils marchaient dans le corridor légèrement imparfait. Je ne suis pas porté à planer.

— Mais vous ne tombez pas non plus, n'est-ce pas ?

— Tout le monde peut tomber.

— Mais peut-être pas aussi durement, ni aussi vite, ni d'aussi haut que quelqu'un qui consacre sa vie à essayer de s'élever.

Dom Philippe garda de nouveau le silence.

— Vous adorez les chants grégoriens, c'est évident, poursuivit Gamache. Mais contrairement au prieur, vous faites une distinction entre eux et votre foi, c'est ça ?

L'abbé hocha la tête.

— Je ne m'étais pas arrêté à réfléchir à ça, mais oui, c'est vrai. Si demain on m'enlevait la musique, si je ne pouvais plus chanter ni écouter les chants, mon amour pour Dieu demeurerait le même.

— Ce n'aurait pas été le cas pour le frère Mathieu ?

— Je me le demande.

— Qui était son confesseur ?

— Moi. Jusqu'à récemment.

— Qui était son nouveau confesseur ?

— Frère Antoine.

Ils avaient maintenant complètement cessé d'avancer.

— Pouvez-vous me dire ce que le frère Mathieu vous a confessé ? Avant de changer de confesseur ?

— Vous savez que je ne le peux pas.

— Même s'il est mort ?

Dom Philippe observa Gamache.

— Vous connaissez certainement la réponse. Est-ce déjà arrivé qu'un prêtre accepte de trahir le secret de la confession pour vous ?

Gamache secoua la tête.

— Non, mon père, mais je ne perds pas espoir.

Cela fit sourire le père abbé.

— Quand le prieur a-t-il choisi le frère Antoine comme confesseur ?

— Il y a environ six mois. (Le père abbé semblait maintenant résigné.) Je n'ai pas été complètement honnête avec vous, dit-il en regardant l'inspecteur-chef droit dans les yeux. Je suis désolé. Mathieu et moi avons eu un différend à propos des chants, qui s'est transformé en dispute sur la façon de diriger le monastère et la communauté.

— Il voulait enregistrer un autre disque, et que Saint-Gilbert s'ouvre davantage au monde extérieur.

— Oui. Quant à moi, je crois que nous devons maintenir le cap.

— Garder une main ferme sur la barre, dit Gamache en hochant la tête en signe d'approbation.

Cependant, les deux hommes savaient que, si vous vous dirigiez vers des écueils, un rapide changement de cap était souvent nécessaire.

— Mais il y avait un autre point non résolu, ajouta-t-il. (Ils avaient recommencé à marcher vers la porte fermée au bout du corridor.) Les fondations.

Gamache avait avancé de quelques pas avant de se rendre compte que l'abbé n'était plus à ses côtés. Il se tourna et vit dom Philippe qui le fixait, surpris. L'inspecteur-chef eut l'impression que l'abbé était sur le point de lui mentir encore une fois. Mais après avoir respiré profondément, dom Philippe sembla avoir changé d'idée.

— Vous êtes au courant?

— Le frère Raymond en a parlé à l'inspecteur Beauvoir. Donc, c'est vrai.

Le père abbé hocha la tête.

— Quelqu'un d'autre était-il au courant?

— Je n'en ai parlé à personne.

— Pas même à votre prieur?

— Il y a un an, un an et demi, il aurait été le premier à qui j'en aurais parlé. Mais pas maintenant. Je n'en ai parlé à personne. Sauf à Dieu, mais il était déjà au courant, bien sûr.

— Il a peut-être même causé les fentes.

Le père abbé regarda l'inspecteur-chef, mais ne dit rien.

— Était-ce pour cette raison que vous étiez dans le sous-sol, hier matin ? Pas pour vérifier le système géothermique, mais pour examiner les fondations ?

Dom Philippe hocha la tête, et les deux hommes reprirent leur marche lente. Ni l'un ni l'autre n'étaient pressés d'atteindre la porte.

— J'ai attendu que le frère Raymond soit parti. Je ne voulais pas, je l'avoue, l'entendre me rebattre les oreilles de la catastrophe imminente. Je voulais pouvoir regarder à mon aise, sans être dérangé.

— Et qu'avez-vous vu ?

— Des racines.

Il parlait d'une voix parfaitement neutre. Une voix pour chanter du plain-chant. Monocorde. Sans inflexion. Sans émotion. Qui énonçait simplement des faits.

— Les fentes s'agrandissent. À ma dernière visite, il y a environ une semaine, j'avais fait une marque pour indiquer là où elles étaient rendues. Elles se sont élargies depuis.

— Vous avez peut-être moins de temps que vous ne pensiez ?

— Peut-être.

— Que faites-vous pour remédier au problème ?

— Je prie.

— C'est tout ?

— Et que faites-vous, inspecteur-chef, quand tout espoir semble perdu ?

“Prenez cet enfant.”

— Je prie aussi.
— Cela fonctionne-t-il ?
— Parfois.

Jean-Guy n'était pas mort dans l'usine ce jour fatidique. Couvert de sang, respirant difficilement à cause de la douleur, il l'avait imploré des yeux, avait supplié le chef de rester. De faire quelque chose. De le sauver. Gamache avait prié. Et Beauvoir n'avait pas quitté ce monde, mais ne l'avait pas non plus réintégré. Pas complètement. Il était encore pris entre deux mondes.

— Mais tout espoir est-il perdu ? demanda Gamache. Le frère Raymond semble penser qu'un autre enregistrement permettrait d'amasser suffisamment d'argent pour réparer les fondations. Vous devez agir vite, cependant.

— Frère Raymond a raison. Mais il voit seulement les fentes. Moi, je vois l'ensemble du monastère. Toute la communauté. À quoi cela servirait-il de réparer les fondations de l'abbaye si nous perdons ce sur quoi notre foi est bâtie ? Nos vœux ne sont pas négociables.

Gamache comprit alors ce que le frère Raymond avait dû voir. Ce que le prieur avait dû voir. Un homme inflexible. Contrairement au monastère dont les fondations étaient fissurées, il n'y avait aucune fêlure dans la volonté de l'abbé. Il était inébranlable, du moins en ce qui concernait ce sujet.

Si le dernier monastère gilbertin devait être sauvé, ce serait grâce à une intervention divine. À moins que, comme le croyait le frère Raymond, un miracle n'ait été offert aux moines, mais que l'abbé, aveuglé par son orgueil, ne l'avait pas vu.

— J'ai une faveur à vous demander, père abbé.

— Vous aimeriez, vous aussi, que j'autorise un autre enregistrement ?

Gamache se retint de rire.

— Non. C'est une affaire entre vous et votre Dieu. J'aimerais, cependant, que le bateau vienne demain matin pour ramener l'inspecteur Beauvoir et certains éléments de preuve que nous avons recueillis.

— Bien sûr. J'appellerai dès la première heure. À condition que la brume se dissipe, Étienne devrait être là peu après le petit-déjeuner.

Ils étaient arrivés à la porte close, dont le bois portait les marques faites au cours de centaines d'années par des moines demandant la permission d'entrer. Cela ne se ferait plus, cependant. La tige de fer n'était plus là et elle quitterait le monastère pour toujours le lendemain matin. Gamache se demanda si l'abbé la remplacerait.

— Bon, dit dom Philippe, bonne nuit, mon fils.

— Bonne nuit, mon père, répondit Gamache.

Ces mots lui semblaient si étranges. Son propre père était mort quand il était encore un enfant. Depuis, rares avaient été les fois où il avait appelé quelqu'un "père".

— *Ecce homo*, dit Gamache au moment où l'abbé ouvrait la porte.

Dom Philippe s'immobilisa.

— Pourquoi le frère Mathieu aurait-il dit ça ? demanda l'inspecteur-chef.

— Je ne sais pas.

Gamache réfléchit un moment.

— Pourquoi Ponce Pilate l'a-t-il dit ?

— Il voulait prouver à la foule que son dieu, en fin de compte, n'était pas un dieu. Que Jésus était simplement un homme.

— Merci.

Après avoir salué l'abbé d'une petite inclinaison de la tête, Gamache s'en alla dans le couloir légèrement incurvé. Pour penser à Dieu, à l'homme, et aux fentes qui les séparaient.

*Chère Annie*, écrivit Beauvoir dans le noir. Il avait éteint la lumière pour qu'on ne sache pas qu'il était éveillé.

Il était couché sur le lit, tout habillé. L'office des complies était terminé, il le savait, et il s'était retiré dans sa cellule en attendant de pouvoir retourner dans le bureau du prieur, quand tout le monde dormirait.

Il avait trouvé un message d'Annie sur son BlackBerry. Une description enjouée de sa soirée avec de vieux amis.

*Je t'aime*, avait-elle écrit à la fin. *Tu me manques. Reviens vite.*

Il pensa à Annie soupant avec ses amis. Leur avait-elle parlé de lui ? Du cadeau qu'il lui avait offert ? Un débouchoir. C'était vraiment idiot de sa part. Un geste grossier. Le cadeau d'un rustre. Ils avaient probablement tous ri. De lui. Un abruti inculte, qui était trop pauvre, trop radin ou pas assez raffiné pour lui acheter un vrai cadeau. Pour aller chez Holt Renfrew, ou Ogilvy, ou à l'une de ces putains de boutiques snobs de l'avenue Laurier pour lui acheter quelque chose de bien. Il lui avait plutôt acheté un débouchoir pour les toilettes.

Et ils avaient ri de lui.

Annie aussi avait sans doute ri. Du péquenaud idiot avec qui elle baisait. Seulement pour s'amuser. Il voyait ces yeux brillants, pétillants, avec lesquels elle l'avait si souvent regardé au cours des derniers mois. Des dix dernières années.

Il avait pris ce regard pour de l'affection, de l'amour même, mais maintenant il comprenait ce que c'était : de l'amusement.

*Annie*, écrivit-il.

*Chère Reine-Marie*, écrivit Gamache.

Il était retourné à sa cellule après être allé dans le bureau du prieur à la recherche de Beauvoir. Il n'y avait pas de lumière et la pièce était vide. Il avait passé une demi-heure dans le bureau à écrire et à transcrire des notes, et à préparer le sac contenant les éléments de preuve que Beauvoir emporterait le lendemain matin.

Il était vingt-trois heures. La fin d'une longue journée. Il avait éteint les lumières, pris le sac avec lui et s'était dirigé vers sa cellule, en s'arrêtant au passage pour frapper à la porte de son adjoint. Pas de réponse.

Il avait ouvert la porte et jeté un coup d'œil à l'intérieur, pour s'assurer que Jean-Guy était là. Aucun doute, Jean-Guy était bien là. Il avait vu la silhouette sur le lit et entendu la respiration profonde et régulière.

Longue inspiration. Longue expiration.

Une preuve de vie.

Cela ressemblait si peu à Jean-Guy d'aller se coucher sans lui faire un dernier rapport, sans analyser la journée, d'où l'urgence, pensa Gamache en se préparant à se mettre au lit, de le renvoyer chez lui le plus rapidement possible.

*Chère Reine-Marie*, écrivit-il.

*Annie. La journée s'est bien passée. Rien de spécial. L'enquête progresse. Merci de t'être informée. Je suis content de savoir que tu as passé une agréable soirée avec tes amis. Vous avez dû beaucoup rire, je suppose.*

*Chère Reine-Marie. J'aimerais tant que tu sois ici, pour pouvoir discuter de l'affaire avec toi. Elle semble liée aux chants grégoriens et à l'importance qu'ils représentent pour ces moines. Ce serait une erreur de considérer ces chants simplement comme de la musique.*

Gamache cessa d'écrire et réfléchit un moment à cela. Le seul fait d'écrire à Reine-Marie l'aidait à clarifier certains points, comme s'il entendait sa voix, voyait ses yeux animés et remplis d'affection.

*Nous avons eu une visite-surprise. Un dominicain envoyé par Rome, de l'institution qui était autrefois l'Inquisition. Le Vatican, apparemment, cherchait les gilbertins depuis près de quatre cents ans, et les a trouvés aujourd'hui. Le moine dit qu'il est venu uniquement pour pouvoir fermer le dossier, mais j'ai des doutes. Selon moi, comme beaucoup de choses dans cette affaire, tout n'est pas vrai. Une partie de ce que dit le dominicain est la vérité et une partie ne l'est pas. Si seulement j'y voyais plus clair.*

*Bonne nuit, mon amour. Fais de beaux rêves. Tu me manques. Je rentrerai bientôt à la maison. Je t'aime.*

*À +*, écrivit Jean-Guy.

Puis, après avoir envoyé le message, il resta allongé dans le noir.

## 31

Beauvoir se réveilla au son des cloches qui appelaient les fidèles à la prière. Même s'il savait qu'elles n'étaient pas pour lui, il laissa le son pénétrer dans son esprit brumeux et le suivit pour s'extirper de son état d'inconscience.

Il n'était même pas totalement certain d'être éveillé, tant la frontière entre conscience et inconscience était floue. Il se sentait désorienté, maladroit. Il prit sa montre et essaya de se concentrer sur l'heure.

Cinq heures du matin. Les cloches carillonnaient toujours et, s'il avait pu rassembler l'énergie nécessaire, Beauvoir aurait lancé ses chaussures au moine qui les faisait sonner.

Il se laissa retomber sur le lit et pria pour que le bruit cesse. L'angoisse lui étreignait la poitrine et il avait l'impression de suffoquer.

Il supplia son corps de respirer profondément. Longue inspiration. Longue expiration.

Longue… "Oh, eh puis merde!" se dit-il. Il se redressa dans le lit et posa ses pieds nus sur les dalles de pierre froides.

Toutes les parties de son corps étaient douloureuses. La plante de ses pieds, le dessus de sa tête. Sa poitrine, ses articulations. Ses ongles d'orteils et ses sourcils. Il fixa le mur en face de lui, la mâchoire pendante. En cherchant désespérément à faire entrer de l'air dans ses poumons.

Finalement, un hoquet le secoua, sa gorge s'ouvrit et l'air s'engouffra à l'intérieur.

Puis les tremblements commencèrent.

"Oh, merde, merde, merde !"

Il alluma la lumière et, en le serrant très fort, sortit le flacon de pilules caché sous son oreiller. Après quelques essais, il réussit à l'ouvrir. Il voulait seulement un comprimé, mais il tremblait si fort que deux tombèrent dans sa main. Il s'en foutait. Il les avala tous les deux, sans eau. Puis il agrippa le côté du lit et attendit.

C'était sa chimio. Son médicament. Les pilules tueraient ce qui était en train de le tuer. Elles feraient cesser les tremblements. Feraient cesser la douleur si profondément enfouie à l'intérieur de lui qu'il ne pouvait l'atteindre. Feraient cesser les images, les souvenirs.

Les peurs. La peur d'avoir été laissé tout seul. De l'être encore. Et de l'être toujours.

Il s'allongea sur le lit et commença à sentir l'effet des pilules. Comment quelque chose d'aussi bon pouvait-il être mauvais ?

Il se sentait de nouveau comme un être humain. Redevenu lui-même.

La douleur s'estompa et son esprit s'éclaircit. Il fut libéré des crochets qui lui déchiraient la chair, et son vide intérieur fut comblé. Tandis qu'une douce torpeur s'emparait de lui, Beauvoir entendit des voix familières chanter.

Les cloches s'étaient tues et le service religieux avait commencé – le premier de la journée, les matines.

Deux voix claires chantaient un répons. L'une psalmodiait un verset comme si elle lançait un appel, l'autre y répondait. Beauvoir fut surpris de constater qu'il reconnaissait le chant. Pendant qu'il écoutait, ses mains serrèrent le lit un peu moins fort.

Un appel. Une réponse.

Un appel. Une réponse.

C'était hypnotique.

Un appel. Une réponse.

Ensuite toutes les voix se joignirent aux deux autres. Plus besoin d'appeler. Elles s'étaient trouvées.

Beauvoir sentit un tiraillement loin à l'intérieur de lui. Une douleur pas totalement engourdie.

Il était cinq heures et demie. Les matines étaient terminées et Gamache était resté assis, profitant de la paix du lieu. Il huma l'encens, dont le parfum rappelait un jardin. Ce n'était pas une odeur musquée, comme dans la plupart des églises.

Les moines étaient partis. Tous sauf le frère Sébastien, qui vint rejoindre Gamache sur le banc.

— Vos collègues ne sont pas aussi croyants que vous.

— Je crains de ne pas être un homme religieux non plus, dit l'inspecteur-chef. Je ne vais pas à l'église.

— Et pourtant vous êtes ici.

— Je cherche un meurtrier. Pas le salut.

— Cependant, vous semblez trouver ici un certain réconfort.

Gamache demeura silencieux un moment, puis hocha la tête.

— Ce serait difficile de ne pas en trouver. Aimez-vous les chants grégoriens ?

— Beaucoup. Toute une mythologie s'est développée autour d'eux, vous savez. Probablement parce qu'on en sait si peu sur eux. On ne sait même pas d'où est venu le chant grégorien.

— Le nom ne pourrait-il pas constituer un indice ?

Le dominicain sourit.

— On pourrait le penser, mais ce serait une erreur. Le pape Grégoire n'avait rien à voir avec les chants. C'était du marketing, voilà tout. Grégoire était un pape populaire, alors, pour chercher à gagner sa faveur, un prêtre astucieux a nommé les chants d'après lui.

— Est-ce pour cela qu'ils sont devenus si populaires ?

— Ça n'a certainement pas fait de tort. On dit aussi que, si le Christ écoutait de la musique, ou en chantait, c'était sûrement du plain-chant. Ça, c'est un puissant outil de marketing ! "Approuvé par Jésus." "Comme le chante le Sauveur."

Gamache rit.

— De tels slogans permettraient certainement d'avoir une longueur d'avance sur la concurrence.

— Des scientifiques ont même commencé à étudier les chants, pour essayer d'expliquer le succès qu'a connu le disque des moines de Saint-Gilbert, pour comprendre pourquoi les gens en sont devenus si fous.

— Et ont-ils trouvé une explication ?

— Eh bien, quand ils ont fixé des électrodes sur des volontaires pour étudier l'activité de leur cerveau lorsqu'on leur faisait écouter des chants grégoriens, les résultats furent très surprenants.

— Comment cela ?

— Après un moment, les ondes cérébrales changeaient. Les personnes se mettaient à produire des ondes alpha. Savez-vous ce que c'est ?

— Elles correspondent à un état de grand calme, répondit l'inspecteur-chef. Quand les gens ont encore l'esprit alerte, mais sont en paix.

— Exactement. La tension artérielle des volontaires baissait, leur respiration devenait plus profonde. Et pourtant, ils avaient aussi l'esprit plus alerte, pour employer votre mot. Comme s'ils devenaient plus… Comprenez-vous ce que je veux dire ?

— Ils étaient eux-mêmes, mais à leur meilleur.

— C'est ça. Les chants n'ont pas cet effet sur tout le monde, évidemment. Mais sur vous oui, je crois.

Gamache réfléchit à ce commentaire du moine, puis hocha la tête.

— Vous avez raison. Ils ne produisent peut-être pas un effet aussi profond sur moi que sur les gilbertins, mais je l'ai ressenti.

— Les scientifiques parlent d'ondes alpha, mais l'Église appelle plutôt cet effet "le beau mystère".

— Le mystère étant… ?

— Pourquoi ces chants, plus que toute autre musique religieuse, ont un effet si puissant sur les gens. Puisque je suis un moine, je serais plutôt d'accord avec la théorie voulant qu'ils soient la voix de Dieu. Bien qu'il y ait une troisième possibilité. Il y a quelques semaines, un collègue m'a exposé sa théorie selon laquelle tous les ténors sont des idiots. Cela aurait quelque chose à voir avec leur boîte crânienne et la vibration des ondes sonores.

Gamache rit.

— Votre collègue sait-il que vous êtes un ténor ?

— C'est mon patron, et il me soupçonne certainement d'être un idiot. Et il a peut-être raison. Mais quelle merveilleuse vie ! Chanter jusqu'à ce que je devienne débile. Les chants grégoriens ont peut-être le même effet. Ils nous transforment peut-être tous en imbéciles heureux. Lorsque nous chantons, ils nous embrouillent l'esprit et nous oublions tous nos soucis, toutes nos préoccupations.

Le dominicain ferma les yeux et sembla se transporter ailleurs. Puis, tout aussi rapidement, il revint. Il rouvrit les yeux, regarda Gamache et sourit.

— La béatitude.

— L'extase, dit Gamache.

— Exactement.

— Mais pour les moines, les chants ne sont pas seulement de la musique. Ils sont aussi des prières. C'est une combinaison puissante. Ces deux éléments, chacun à leur façon, agissent comme des psychotropes.

Le frère Sébastien ne dit rien, alors Gamache poursuivit.

— Depuis mon arrivée, j'ai assisté à plusieurs services et j'ai observé les moines. Ils tombent tous dans une sorte de rêverie lorsqu'ils chantent. Ou même quand ils écoutent simplement les chants. Vous venez de faire la même chose, seulement en pensant aux chants.

— Et que voulez-vous dire ?

— J'ai déjà vu cet air, vous savez. Sur la figure de drogués.

Cela parut scandaliser le frère Sébastien, qui dévisagea Gamache.

— Insinuez-vous que nous avons développé une dépendance aux chants ?

— Je vous dis ce que j'ai observé.

Le dominicain se leva.

— Ce que vous n'avez peut-être pas remarqué, c'est la foi authentique de ces hommes. Leur engagement envers Dieu, leur aspiration à la pureté du cœur. Vous dépréciez leur engagement solennel, monsieur, lorsque vous le décrivez comme une simple dépendance. Vous transformez les chants en une maladie, en quelque chose qui nous affaiblit plutôt que de nous fortifier. Laisser entendre que Saint-Gilbert-entre-les-Loups s'apparente à une piquerie est absurde.

Il s'éloigna, et ses pas résonnèrent sur les dalles d'ardoise, contrairement à ceux des autres moines en pantoufles.

Gamache se dit qu'il était peut-être allé trop loin. Mais, ce faisant, il avait touché un point sensible.

Le frère Sébastien se tenait dans la pénombre. Après avoir descendu l'allée centrale d'un pas lourd jusqu'à l'arrière de la chapelle, il avait ouvert la porte, puis l'avait laissée se refermer, sans sortir.

Il s'était glissé dans un coin et avait observé l'inspecteur-chef. Gamache était resté assis sur le banc dur une ou deux minutes. La plupart des gens avaient de la difficulté à rester assis plus de trente secondes, mais cet homme calme semblait capable de demeurer immobile aussi longtemps qu'il le voulait.

L'inspecteur-chef s'était ensuite levé et, sans faire de génuflexion, avait quitté la chapelle en passant par la porte qui donnait sur le long corridor et menait à une porte verrouillée et au jeune moine à la voix magnifique. Le frère Luc.

Maintenant seul dans la chapelle, le frère Sébastien se dit que c'était le moment ou jamais. Il commença à fouiller la pièce, lentement mais méthodiquement. Lorsqu'il arriva au lutrin vide, il posa la main sur le bois usé avant de continuer son exploration des lieux. Quand il fut convaincu que la chapelle ne cachait pas de secrets, il fila dans le couloir jusqu'au bureau du prieur, qui servait de quartier général aux policiers. Une fois à l'intérieur, il fouilla dans les tiroirs, regarda dans des classeurs, ouvrit des chemises. Il regarda sous le bureau, derrière la porte.

Le dominicain alluma l'ordinateur. Ce qu'il cherchait ne se trouverait pas là, il le savait, mais, après être venu jusque-là, il avait bien l'intention de regarder partout. Contrairement aux gilbertins, qui semblaient parfaitement heureux de vivre comme au XVI$^{e}$ siècle, le frère Sébastien était un homme de son temps. Il ne pourrait pas faire son travail s'il ne connaissait pas la technologie et s'il ne l'admirait pas. Qu'il s'agisse d'avions, de téléphones cellulaires ou d'ordinateurs portables.

C'étaient ses outils, aussi essentiels qu'un crucifix et de l'eau bénite.

Il jeta un coup d'œil aux fichiers, mais il n'y avait pas grand-chose à voir. Le portable n'était pas connecté à Internet, la réception satellite étant trop capricieuse. Mais au moment où il s'apprêtait à fermer l'ordinateur, le frère Sébastien entendit un ronronnement familier.

Le lecteur de DVD s'était mis en marche.

Curieux, le dominicain cliqua et une image apparut. Une vidéo. Le volume avait été baissé, ce qui faisait son affaire. De toute façon, les images suffisaient, elles disaient tout.

Il les regarda avec une consternation grandissante, dégoûté par ce qu'il voyait, mais incapable de détourner les yeux, jusqu'à ce que l'écran devienne noir.

Il fut surpris de constater qu'il voulait regarder de nouveau cette horrible vidéo.

Pourquoi, se demanda-t-il – non pour la première fois –, était-ce si difficile de détacher le regard d'une scène tragique ? Mais il le fit. Tout en récitant intérieurement une courte mais fervente prière pour l'âme des disparus, et pour les âmes perdues qui erraient encore ici-bas, il éteignit l'appareil.

Il quitta ensuite le bureau du prieur, et poursuivit ses recherches dans d'autres endroits de l'abbaye Saint-Gilbert-entre-les-Loups.

Ce qu'il cherchait se trouvait quelque part à l'intérieur de ces murs, il en était persuadé. Ce devait être là. Il l'avait entendu.

# 32

Pendant qu'il parlait avec le dominicain après l'office de matines, Gamache avait aperçu Francœur dans la pénombre, qui marchait rapidement le long d'un mur de la chapelle. Il avait été tenté d'utiliser le terme "se faufiler", mais ce n'était pas tout à fait juste. "Se glisser furtivement" semblait plus approprié.

Une chose était sûre, Francœur ne voulait pas être vu.

Mais Gamache l'avait vu. Quand le frère Sébastien était sorti d'un pas lourd de la chapelle, Gamache était resté assis une ou deux minutes, pour laisser le temps au directeur d'aller jusqu'au bout du long corridor, puis de passer à côté du jeune moine à la porte.

Il l'avait ensuite suivi à l'extérieur de l'abbaye.

Le frère Luc avait ouvert la porte sans rien dire, bien que son regard fût rempli de toutes sortes de questions. Mais Armand Gamache n'avait aucune réponse à offrir.

De toute façon, l'inspecteur-chef avait ses propres questions, la première étant si c'était sage de suivre Francœur. Pas à cause de ce que le directeur pourrait faire, mais de ce que Gamache craignait que lui-même ne puisse faire.

Mais il devait découvrir ce qui était si secret que Francœur devait absolument sortir du monastère, et certainement pas pour une petite promenade matinale.

Gamache sortit dans le matin froid et gris, et regarda autour de lui. Il n'était pas encore six heures et le brouillard de la veille au soir était devenu une brume épaisse, résultat de l'air glacial entrant en contact avec l'eau du lac et montant.

Francœur s'était arrêté au milieu d'un bosquet d'arbres. Il aurait pu être invisible contre la forêt sombre, mais une lueur bleuâtre dans sa main le trahit.

Gamache s'immobilisa et l'observa. Francœur lui tournait le dos et, avec sa tête baissée au-dessus de son appareil, il donnait l'impression d'être en train de consulter une boule de cristal. Mais, évidemment, ce n'était pas ce qu'il faisait. Le directeur écrivait, ou lisait, un message.

Un message si secret qu'il avait été obligé de sortir du monastère, de crainte qu'on ne le surprenne. Mais quelqu'un l'avait découvert, grâce au message lui-même qui, dans l'obscurité du petit matin, agissait comme un phare. Et le trahissait.

Gamache aurait donné cher pour mettre la main sur ce BlackBerry.

Pendant un moment, il envisagea de franchir rapidement la distance qui le séparait de Francœur et de le lui arracher. Quel nom verrait-il sur l'écran ? Qu'est-ce qui était si important pour que Francœur coure le risque d'arriver face à face avec un ours, un loup ou un coyote attendant dans ces bois qu'une créature vulnérable commette une erreur ?

Mais Gamache se demanda si ce n'était pas lui, la créature vulnérable. Si ce n'était pas lui qui commettait une erreur.

Malgré tout, il resta là, à fixer le directeur. Et prit une décision.

Il ne pourrait pas s'emparer de l'appareil, et de toute façon, même s'il réussissait, celui-ci ne lui révélerait pas tout. Et à présent, Gamache avait besoin de tout savoir. "Patience, se recommanda-t-il. Patience."

Il lui fallait de la patience, et une autre tactique.

— Bonjour, Sylvain.

Gamache sourit presque en voyant la tablette scintillante remuer dans la main de Francœur comme une tête dodelinante. Puis le directeur se retourna vivement et tout amusement s'effaça de la figure de Gamache. Francœur n'était pas seulement furieux, il avait un regard assassin. Le téléphone, toujours allumé, faisait paraître son visage grotesque.

— À qui écris-tu? demanda Gamache, en s'avançant d'un pas mesuré et en gardant un ton neutre.

Mais Francœur semblait incapable de parler et, à mesure qu'il s'approchait de lui, Gamache voyait la fureur sur son visage, mais aussi de la peur. Francœur était terrifié.

Et l'inspecteur-chef voulait encore plus lui arracher le BlackBerry. Pour voir à qui le message était adressé, ou de qui il provenait, pour qu'une interruption l'affole à ce point.

Car il était évident que ce n'était pas Gamache que le directeur craignait le plus.

En une fraction de seconde, Gamache sut qu'il avait sa chance, finalement. Il décida d'essayer de s'emparer du téléphone. Mais Francœur avait prévu son geste et, rapidement, ferma l'appareil et le mit dans sa poche.

Les deux hommes se dévisagèrent, leur souffle sortant en bouffées qui voilaient l'air, comme si un fantôme prenait forme entre eux.

— À qui écrivais-tu ? répéta Gamache.

Il ne s'attendait pas à une réponse, mais voulait que ce soit clair qu'il n'était plus question de se cacher.

— Ou lisais-tu un message ? Allons, Sylvain, il n'y a que nous.

Gamache ouvrit les bras et regarda autour.

— Nous sommes tout seuls.

C'était vrai. Le silence était si total que c'en était presque douloureux. C'était comme s'ils étaient entrés dans un vacuum. Il n'y avait aucun son. Et pas grand-chose à voir. Saint-Gilbert-entre-les-Loups avait même disparu. La brume avait complètement enveloppé le monastère en pierre.

Il ne restait plus que deux hommes dans le monde.

Et maintenant ils se faisaient face.

— On se connaît depuis l'époque de l'école de police. Et on se tourne autour depuis tout ce temps, dit Gamache. C'est le temps d'arrêter. Qu'est-ce qui se passe ?

— Je suis venu pour aider.

— Je te crois, mais pour aider qui ? Pas moi. Pas l'inspecteur Beauvoir. Qui t'a donné l'ordre de venir ici ?

Cette dernière phrase avait-elle fait sourciller, presque imperceptiblement, Sylvain Francœur ? se demanda Gamache.

— C'est trop tard, Armand. Tu as raté ta chance.

— Je le sais. Mais ça ne date pas d'aujourd'hui. J'ai commis mon erreur il y a des années, quand j'enquêtais sur le directeur général Arnot. J'aurais dû attendre avant de l'arrêter, jusqu'à ce que je puisse vous avoir tous.

Francœur ne se donna même pas la peine de nier quoi que ce soit. S'il était trop tard pour que Gamache arrête ce qui était en train de se produire, il était aussi trop tard pour que Francœur oppose des démentis.

— Est-ce que c'était Arnot ?

— Arnot est en prison à vie, Armand. Tu le sais. C'est toi qui l'as mis là.

Cette fois, le chef sourit, mais d'un sourire las, puis dit :

— Et on sait que ça ne veut rien dire. Un homme comme Arnot réussira toujours à obtenir ce qu'il veut.

— Pas toujours. Ce n'était pas son idée d'être arrêté, jugé et condamné.

Francœur reconnaissait ainsi – aveu extrêmement rare – que, pendant un moment, Gamache avait eu le dessus sur Arnot. Mais il avait ensuite commis une erreur, n'avait pas fini le travail. Ne s'était pas rendu compte que d'autres policiers auraient dû être arrêtés.

Donc, la pourriture était restée, et s'était propagée.

Arnot était un homme puissant, Gamache le savait. Il avait des amis puissants. Et de l'influence qui s'étendait bien au-delà des murs de la prison. Gamache avait eu l'occasion de le tuer, mais avait choisi de ne pas le faire. Et parfois, parfois, il se demandait si cela aussi n'avait pas été une erreur.

Mais une autre pensée lui vint alors à l'esprit : Francœur n'avait pas été en train d'envoyer un message à

Arnot. Ce nom, bien qu'il inspirât du respect à Francœur, n'aurait pas suscité la terreur en lui. Le destinataire devait être quelqu'un d'autre. Quelqu'un qui était plus puissant que le directeur général, et même plus puissant qu'Arnot.

— À qui écrivais-tu, Sylvain ? demanda Gamache pour la troisième fois. Il n'est pas trop tard. Dis-le-moi, et on pourra mettre fin à tout ça ensemble.

Gamache parlait d'une voix calme, posée. Il tendit une main.

— Donne-moi ça. Donne-moi tes codes. C'est tout ce dont j'ai besoin, et ensuite tout sera terminé.

Francœur parut hésiter. Il approcha la main de sa poche, puis la laissa tomber, vide, le long de sa jambe.

— Tu as encore tout faux, Armand. Il n'y a pas de grande conspiration. C'est tout dans ta tête. J'envoyais un texto à ma femme. Comme, j'imagine, tu écris à la tienne.

— Donne-le-moi, Sylvain.

Gamache ignora le mensonge. Il garda sa main tendue devant lui et ses yeux sur le directeur.

— Tu dois être fatigué. Épuisé. Ce sera bientôt terminé.

Les deux hommes se regardèrent droit dans les yeux.

— Tu aimes tes enfants, Armand ?

Gamache se sentit chanceler, comme si les mots l'avaient poussé, et perdit son aplomb pendant un moment. Au lieu de répondre, il continua de fixer Francœur.

— Bien sûr que tu les aimes.

Il n'y avait plus de rancœur dans la voix du directeur. C'était presque comme s'ils étaient de vieux amis en train de bavarder en prenant un scotch dans une brasserie de la rue Saint-Denis.

— Qu'est-ce que tu essaies de dire ? demanda Gamache.

Son ton était coupant, plus du tout posé. Il sentait sa raison l'abandonner, disparaître dans la forêt sombre et épaisse.

— Laisse ma famille en dehors de ça.

Gamache avait parlé d'une voix sourde et rauque, comme s'il grognait, et la partie de son cerveau encore capable de raisonner se rendit compte que l'animal sauvage qu'il avait cru se trouver dans la forêt n'y était pas. Il était dans sa peau. À la pensée que sa famille pouvait être menacée, Gamache était devenu une bête sauvage.

— Savais-tu que ta fille et ton adjoint sont amants ? Tu ne contrôles peut-être pas tout aussi bien que tu sembles le penser. Quoi d'autre ignores-tu, si cette relation a pu t'échapper ?

La rage que Gamache s'était efforcé de maîtriser s'éteignit complètement avec ces mots, pour être remplacée par quelque chose de glacial. Viscéral.

Armand Gamache sentit un grand calme s'installer en lui. Il perçut aussi un changement chez Francœur. Celui-ci savait qu'il avait été trop loin. Avait dépassé les bornes.

Gamache était au courant de la relation entre Jean-Guy et Annie, et ce, depuis des mois. Depuis le jour où Reine-Marie et lui avaient rendu visite à leur fille et avaient vu les lilas dans le vase sur sa table de cuisine.

Ils avaient compris, et avaient été infiniment heureux pour Annie, qui avait aimé Jean-Guy dès l'instant où elle l'avait rencontré, plus d'une décennie auparavant.

Et pour Jean-Guy qui, visiblement, était amoureux de leur fille.

Et pour eux-mêmes, qui aimaient ces deux jeunes gens.

Les Gamache ne leur avaient pas posé de questions, avaient respecté leur intimité. Ils savaient qu'Annie et Jean-Guy leur parleraient, lorsqu'ils seraient prêts.

Armand Gamache savait, au sujet de sa fille et de Jean-Guy. Mais comment Francœur avait-il su ? Quelqu'un avait dû le lui dire. Et si ce n'était ni Jean-Guy ni Annie, alors…

— Les notes des thérapeutes, dit Gamache. Tu as lu les dossiers de la thérapie de Beauvoir.

Après le raid, tous les policiers qui y avaient participé avaient suivi une thérapie. Tous les survivants. Et Gamache savait maintenant que Francœur avait violé non seulement la vie privée de Jean-Guy, mais la sienne également. Et celle de tous les autres. Tout ce qu'ils avaient dit en confidence, cet homme le savait. Leurs pensées les plus intimes, leurs peurs. Ce qu'ils aimaient. Et ce qu'ils craignaient.

Et tous leurs secrets. Y compris la relation de Jean-Guy avec Annie.

— Ne viens pas mêler ma fille à ça, dit Gamache.

Il se retenait de toutes ses forces de tendre brusquement la main, pas pour s'emparer du BlackBerry, mais pour empoigner Francœur à la gorge. Et sentir l'artère battre, puis la pulsation ralentir. Et s'arrêter.

Il en serait capable, il le savait. Il serait capable de tuer cet homme et de laisser son cadavre là, pour les loups et les ours. Puis de retourner au monastère et de dire au frère Luc que le directeur était allé se promener et reviendrait bientôt.

Ce serait si facile. Et, après, il se sentirait si bien. Et le monde n'en serait que meilleur si cet homme était traîné dans la forêt par des loups, et ensuite dévoré.

*"N'y aura-t-il personne pour me débarrasser de ce gêneur en soutane ?"*

Les mots du roi lui revinrent à l'esprit et, pour la première fois de sa vie, il en comprit totalement le sens. Il comprit comment un meurtre se produisait.

Le mal inconnu lui était arrivé dessus. Tel un monstre froid et calculateur. Le mal absolu. Gamache l'avait laissé l'envahir, jusqu'à ce qu'il se fiche complètement des conséquences. Tout ce qu'il voulait, c'était être débarrassé de cet homme.

Il fit un pas en avant, puis s'arrêta. Il avait conseillé à Beauvoir d'être prudent, mais lui-même n'avait pas tenu compte de ses avertissements. Il avait laissé Francœur le pousser à bout. Si bien qu'un homme qui consacrait sa vie à empêcher des meurtres avait sérieusement envisagé d'en commettre un.

Gamache ferma les yeux pendant un moment. Lorsqu'il les rouvrit, il se pencha en avant et, d'un ton parfaitement calme, murmura à Francœur :

— Tu es allé trop loin, Sylvain. Tu en as trop révélé, trop dit. J'avais des doutes, mais plus maintenant.

— Tu as eu ta chance, Armand. Quand tu as arrêté Arnot. Mais tu as hésité. Comme tu as hésité maintenant. Tu aurais pu m'arracher le BlackBerry des mains. Tu aurais pu voir le message. Pourquoi crois-tu que je suis ici ? Pour toi ?

Gamache passa à côté de Francœur et s'enfonça dans les bois, en s'éloignant du monastère. Il suivit le sentier jusqu'au bord du lac. L'aube d'un nouveau jour commençait à poindre à l'horizon. Avec l'aube viendrait le bateau que prendrait Jean-Guy pour quitter cet endroit et retourner à Montréal. Gamache serait ensuite seul avec Francœur, et ils pourraient enfin s'expliquer une fois pour toutes.

Chaque mer avait son rivage, savait Gamache. Il était en mer depuis longtemps, mais il pensait enfin apercevoir le rivage. La fin du voyage.

— Bonjour.

Perdu dans ses pensées, Gamache n'avait pas entendu l'homme arriver. Il se tourna rapidement et vit le frère Sébastien lui faire un signe de la main.

— Je suis venu m'excuser d'être sorti si précipitamment de la chapelle tout à l'heure.

Le dominicain s'avança sur les grosses pierres, en faisant bien attention où il mettait les pieds, jusqu'à ce qu'il atteigne l'inspecteur-chef.

— Inutile de vous excuser, dit Gamache. J'ai été impoli.

Les deux hommes savaient que c'était vrai, mais aussi que ç'avait été voulu. Pendant quelques instants, ils restèrent sans rien dire sur la rive rocheuse. Ils entendaient, au loin, le cri d'un huard. Et, dans le silence presque complet, un poisson sauta hors de l'eau. L'odeur suave de la forêt parvenait jusqu'à eux. L'odeur de conifères et de feuilles tombées.

Gamache, qui avait été en train de penser à son affrontement avec Francœur, se concentra de nouveau sur le monastère et le meurtre du frère Mathieu.

— Vous avez dit qu'on vous avait confié la tâche de trouver les gilbertins, de fermer enfin le dossier ouvert des siècles plus tôt par l'Inquisition. Vous avez aussi dit que c'est l'image sur la pochette de leur disque de chants grégoriens qui vous avait permis de les trouver.

— C'est vrai.

Le ton était neutre, plat. La voix pourrait ricocher sur l'eau du lac éternellement, en faisant à peine une marque.

— Mais je crois qu'il y a autre chose, que vous ne m'avez pas tout dit. Même l'Église ne garderait pas rancune aussi longtemps.

— Ce n'était pas de la rancune, c'était de l'intérêt.

Le frère Sébastien indiqua le rocher plat sur lequel se tenait Gamache, et les deux hommes s'assirent.

— Les enfants égarés. Des frères forcés de fuir à une époque déplorable. Le but était d'essayer de réparer un tort. De les trouver pour leur dire qu'ils n'avaient rien à craindre, ne couraient plus de danger.

— Mais est-ce le cas ? Aucun homme sensé ne s'aventurerait en chaloupe à rames sur un lac qu'il ne connaît pas, en pleine nature sauvage, au crépuscule, dans un épais brouillard. À moins d'y être obligé. À moins qu'on ne lui donne des coups de fouet dans le dos ou qu'un trésor ne l'attende à destination. Ou les deux. Pourquoi êtes-vous ici ? Que cherchez-vous réellement ?

La lumière commençait à apparaître dans le ciel. Une lumière grise et froide, qui ne réussissait pas à percer la brume. Le bateau viendrait-il ?

— Nous avons parlé des neumes hier, mais savez-vous ce qu'ils sont ? demanda le dominicain.

Bien qu'inattendue, la question ne surprit pas totalement Gamache.

— C'est la première notation musicale. Avant qu'il y ait des notes, il y avait des neumes.

— Oui. On a tendance à penser que la portée de cinq lignes a toujours existé. De même que les clés de *sol* et de *fa*, les notes noires et blanches, les accords et les armatures. Mais cette forme de notation n'est pas apparue du jour au lendemain. Elle a évolué. À partir des neumes, qui étaient censés représenter des mouvements de main, pour montrer la forme du son.

Le frère Sébastien leva sa main et la bougea de gauche à droite, de haut en bas. Elle flottait gracieusement dans l'air frais d'automne. Tout en bougeant sa main, le dominicain fredonnait.

Sa voix était belle. Claire, pure. Avec quelque chose de mélancolique, d'émouvant. Et Gamache, bien malgré lui, se laissa emporter par elle. Subjugué par le mouvement de la main et le son apaisant.

Puis la voix se tut et la main cessa de bouger.

— Le mot *neume* vient du grec *pneuma* signifiant "souffle". Les premiers moines qui ont transcrit les chants croyaient que plus on respire profondément, plus on attire Dieu en soi. Et c'est quand on chante qu'on respire le plus profondément. Avez-vous remarqué que plus on respire profondément, plus on devient calme ?

— Oui. Comme le remarquent les hindous, les bouddhistes et les païens depuis plus de deux mille ans.

— Exactement. Toutes les cultures, tous les systèmes de croyances spirituelles ont une forme de chant, ou de méditation. Et dans chaque cas, l'élément fondamental est la respiration.

— Alors quand les neumes sont-ils apparus ? demanda Gamache.

Il était penché vers le dominicain et se tenait les mains pour les réchauffer.

— Les premiers plains-chants étaient transmis oralement. Puis, vers le xe siècle, un moine a décidé de les écrire. Mais, pour pouvoir le faire, il devait inventer une façon d'écrire de la musique.

— Les neumes, dit l'inspecteur-chef, et le religieux hocha la tête.

— Durant trois siècles, des générations de moines ont transcrit tous les chants grégoriens. Pour les conserver.

— C'est ce que j'ai entendu dire, en effet. Beaucoup de monastères ont reçu des livres de chants liturgiques.

— Comment le savez-vous ?

— Ils en ont un, ici. Qui n'est pas l'un des plus remarquables, apparemment.

— Pourquoi dites-vous cela ?

— Ce n'est pas moi qui le dis, mais l'abbé. D'après lui, la plupart des livres sont des ouvrages enluminés. Très beaux. Mais il soupçonne que, puisque les gilbertins constituaient un ordre mineur et étaient très pauvres, ils se sont retrouvés avec l'équivalent d'une version fabriquée en usine.

— Avez-vous vu le livre ?

Le frère Sébastien se pencha vers Gamache. L'inspecteur-chef ouvrit la bouche pour parler, puis la referma et étudia le dominicain.

— C'est pour ça que vous êtes ici, n'est-ce pas ? dit-il enfin. Pas pour trouver les gilbertins, mais pour trouver leur livre.

— L'avez-vous vu ? répéta le frère Sébastien.

— Oui. Je l'ai tenu dans mes mains.

Il était inutile de le nier. Le livre n'avait rien de secret, après tout.

— Mon Dieu, lâcha le frère Sébastien avec un soupir. Seigneur Dieu. (Il secoua la tête.) Pouvez-vous me le montrer ? Je l'ai cherché partout.

— Partout dans le monastère ?

— Partout dans le monde.

Le dominicain se leva et, en donnant de grands coups sur sa robe blanche, la débarrassa de la terre et des brindilles qui s'y étaient collées.

Gamache se leva à son tour.

— Pourquoi n'avez-vous pas demandé à l'abbé ou à un des moines de vous montrer le livre ?

— Je me disais qu'ils l'avaient probablement caché.

— Eh bien non, ils ne l'ont pas caché. Habituellement, il se trouve sur le lutrin dans la chapelle, où tous les moines peuvent le consulter.

— Je ne l'ai pas vu là.

— C'est parce qu'un des moines l'a pris et l'a gardé, pour étudier les chants.

Tout en parlant, ils étaient revenus au monastère. Ils s'arrêtèrent devant l'épaisse porte en bois. Gamache frappa et, après un moment, ils entendirent le verrou glisser et la clé tourner dans la serrure. Ils entrèrent. Après l'air froid à l'extérieur, il faisait presque chaud dans l'abbaye. Le dominicain avait déjà traversé la moitié du vestibule quand Gamache l'appela pour le faire revenir.

— Frère Sébastien ?

Le moine s'arrêta et se retourna, l'air impatient.

Gamache pointa le doigt vers le frère Luc, debout dans la porterie.

— Quoi ?

Puis le frère Sébastien comprit ce que Gamache était en train de lui dire. Il rebroussa chemin, en marchant d'abord rapidement, puis en ralentissant à mesure qu'il s'approchait de la loge du portier.

Le dominicain paraissait réticent à franchir le dernier pas. Peut-être par crainte d'être déçu, pensa Gamache. Ou peut-être se rendait-il compte qu'il ne voulait pas vraiment que ses recherches prennent fin. Car que ferait-il, ensuite ?

Si le mystère était résolu, à quoi servirait-il ?

Le frère Sébastien s'arrêta à la porte de la loge.

— Cela vous ennuierait-il, mon frère, si je regardais votre livre de chants ? demanda le dominicain, en prenant soudain un ton solennel, presque grave.

Ce n'est pas de cette façon, Gamache le savait, que les représentants de l'Inquisition auraient procédé, des siècles auparavant. Ils auraient tout simplement pris le livre, et auraient probablement brûlé le jeune moine qui l'avait en sa possession.

Le frère Luc fit un pas de côté.

Et le chien du Seigneur fit les derniers pas d'un périple entrepris des centaines d'années plus tôt et à des milliers de kilomètres de ce monastère, par des frères morts depuis longtemps.

Il pénétra dans la petite pièce austère et regarda, sur le bureau, le grand livre à la reliure très simple. Pendant un instant, il garda la main suspendue au-dessus de la couverture, puis il ouvrit le livre et respira profondément. Une longue inspiration, suivie d'une longue expiration.

Un long soupir exhalé lentement.

— C'est ça, c'est ce que je cherchais.

— Comment le savez-vous ? demanda Gamache.

— À cause de ça.

Le moine prit le livre et le tint dans ses bras.

Gamache mit ses lunettes de lecture et se pencha en avant. Le frère Sébastien avait le doigt pointé sur le premier mot de la première page. Au-dessus de ce mot, il y avait un neume. Mais à l'endroit où se trouvait le doigt il n'y avait rien, sauf un point.

— Ça ? demanda Gamache, en pointant aussi un doigt. Ce point ?

— Ce point, oui, répondit le frère Sébastien.

Il paraissait émerveillé, stupéfait.

— Ce livre est le tout premier recueil de chants grégoriens. Et ça, dit-il en levant le doigt juste un peu, c'est la toute première note musicale. Le livre a dû être remis à Gilbert de Sempringham au XIIe siècle, dit le dominicain, qui semblait s'adresser à la page et non aux deux autres hommes. L'Église le lui a peut-être offert en cadeau, pour le remercier de sa loyauté envers Thomas Becket. Mais Gilbert ne pouvait pas savoir combien il était précieux. Personne ne le savait, à l'époque. Personne ne pouvait savoir qu'il était unique, ou le deviendrait.

— Mais qu'est-ce qui le rend unique ? demanda Gamache.

— Ce point. Qui n'est pas un point.

— Qu'est-ce que c'est, alors ?

Gamache trouvait que ça ressemblait à un point. Il s'était rarement senti aussi stupide que depuis son arrivée à Saint-Gilbert.

— C'est la clé.

Les deux hommes regardèrent le jeune portier qui venait de parler.

— Le point de départ, ajouta le frère Luc.

— Vous le saviez ? lui demanda le frère Sébastien.

— Pas au début. Je savais seulement qu'ici les chants sont différents de tous ceux que j'avais jamais entendus ou chantés. Mais je ne savais pas pourquoi. Puis le frère Mathieu me l'a dit.

— Savait-il que ce livre a une valeur inestimable ? demanda le dominicain.

— Je ne crois pas qu'il voyait les choses de cette façon. Mais à mon avis il savait que le livre était unique. Il avait suffisamment étudié le chant grégorien pour se rendre compte qu'aucun autre livre, dans toute la littérature sur le sujet et toutes les collections, n'avait ce point. Et il savait ce que cela signifiait.

— Qu'est-ce que ça signifie ? demanda Gamache.

— Ce point est la pierre de Rosette musicale, répondit le frère Sébastien, qui se tourna ensuite vers Luc. Vous l'avez appelé la clé, et c'est exactement ce qu'il est. Tous les autres chants grégoriens sont très proches des versions originales. C'est comme venir jusqu'à ce monastère, mais ne pas pouvoir entrer. Le mieux qu'on puisse faire, c'est se promener autour à l'extérieur. Être très près, mais pas tout à fait arrivé. Ceci, dit le moine en indiquant la page d'un petit signe de tête, est la clé qui déverrouille la porte permettant d'entrer dans les chants. D'entrer dans la tête et la voix des tout premiers moines. Avec ceci, nous savons à quoi ressemblaient vraiment les chants originaux. À quoi la voix de Dieu ressemble vraiment.

— Comment ? demanda Gamache, en essayant de ne pas paraître exaspéré.

— Expliquez-lui, dit le frère Sébastien au jeune gilbertin. C'est votre livre.

Le frère Luc rougit de plaisir et regarda le dominicain d'un air s'apparentant à de l'adoration, non seulement parce qu'il l'incluait dans la conversation, mais aussi parce qu'il le traitait comme un égal.

— Il ne s'agit pas d'un simple point, dit le frère Luc en se tournant vers Gamache. Si vous trouviez une carte menant à un trésor où figureraient toutes les indications nécessaires sauf le point de départ, elle vous serait inutile. Le point marque le point de départ. Il nous dit quelle devrait être la première note.

Gamache baissa les yeux sur le livre ouvert dans les bras du frère Sébastien.

— Mais je croyais que c'est ce que faisait le neume, dit-il en pointant le doigt sur le premier signe gribouillé au-dessus du premier mot à demi effacé.

— Non, dit Luc d'une voix patiente.

Il était un professeur-né lorsqu'il abordait un sujet qu'il connaissait et qui le passionnait.

— Le neume nous indique seulement que nous devons chanter d'une voix plus aiguë, monter d'un ton. Mais à partir d'où ? Ce point est au milieu de la lettre.

La voix devrait donc commencer dans le registre moyen, puis monter.

— Ce n'est pas ce qu'il y a de plus précis, dit Gamache.

— C'est un art, pas une science, dit le frère Sébastien. C'est toute la précision dont nous avons besoin, et que nous pouvons obtenir.

— Si le point est si important, pourquoi ne se trouve-t-il pas dans tous les livres de chants ?

— Bonne question, reconnut le frère Sébastien. Nous croyons que celui-ci, dit-il en soulevant le livre, a été écrit par des moines musiciens, puis emporté et copié par des scribes. Des hommes lettrés qui ne se sont pas rendu compte de l'importance du point. Ils ont peut-être même pensé qu'il s'agissait d'une tache, d'une erreur.

— Alors ils ont délibérément omis de le reproduire ? demanda l'inspecteur-chef, et le dominicain hocha lentement la tête.

Des générations de moines avaient consacré leur vie à des recherches entreprises des siècles auparavant. Une guerre sainte avait failli éclater. Et tout cela à cause d'un point manquant, et des moines qui l'avaient pris pour une tache.

— La feuille de musique que nous avons trouvée sur le corps du prieur avait un point, dit Gamache.

Le frère Sébastien le regarda avec intérêt.

— Vous l'avez remarqué ?

— Je l'ai remarqué seulement parce que vous aviez le doigt dessus, comme si vous essayiez de le cacher.

— C'est en effet ce que j'essayais de faire, avoua le moine. Je craignais que quelqu'un d'autre ne reconnaisse ce qu'il signifiait. La personne qui a écrit ce morceau de musique était au courant de l'existence du premier livre de chants, et a composé un autre chant en reproduisant exactement le style. Y compris le point.

— Mais cela n'aide pas à déterminer qui a écrit le chant. Tous les gilbertins connaissent ce livre. Ils en copient les chants. Ils doivent aussi savoir à quoi sert le point.

— Mais savent-ils tous à quel point il rend cet ouvrage précieux ? demanda le dominicain. En fait, ce livre n'a pas de prix. Sa valeur est inestimable.

Luc secoua la tête.

— Seul le frère Mathieu aurait pu le savoir, et ça n'aurait eu aucune importance pour lui. Tout ce qui comptait pour lui, c'était la musique, rien d'autre.

— Vous aussi, vous étiez au courant, fit remarquer Gamache.

— Au sujet du point, oui, mais j'ignorais que le livre était si précieux.

Gamache se demanda s'il avait enfin trouvé le mobile du crime. Un des moines s'était-il rendu compte que leur vieux livre écorné valait une fortune ? Que le trésor supposément dissimulé dans le monastère n'était pas du tout caché, mais à la vue de tous ?

Le prieur avait-il été tué parce qu'il représentait un obstacle entre ce moine et une fortune ?

Gamache se retourna vers le dominicain.

— Est-ce pour cela que vous êtes ici ? Pas pour les frères perdus, mais pour le livre perdu ? Ce n'est pas l'illustration sur la pochette du CD qui vous a permis de reconnaître les gilbertins, mais la musique elle-même.

La vérité apparaissait claire, maintenant. Ce religieux avait suivi les neumes jusqu'à cette abbaye. Depuis des centaines d'années, l'Église cherchait le point de départ. En enregistrant un disque de chants grégoriens, les gilbertins l'avaient involontairement fourni.

Le frère Sébastien semblait réfléchir à sa réponse. Finalement, après un moment, il hocha la tête.

— Quand le Saint-Père a entendu le disque, il a immédiatement su ce qu'il signifiait. Les chants étaient exactement les mêmes que tous les chants grégoriens chantés dans des monastères partout dans le monde, sauf qu'ils étaient divins.

— Sublimes, sacrés, ajouta le frère Luc.

Les deux moines regardèrent Gamache avec une flamme intense dans les yeux. Il y avait quelque chose d'effrayant dans une ferveur aussi ardente. Pour un tout petit point.

Au début.

Le beau mystère, enfin résolu.

# 33

Après le petit-déjeuner, Gamache alla parler à l'abbé. Pas au sujet du livre de chants et de sa valeur – il avait décidé de garder cette information pour lui, pour le moment –, mais au sujet de quelque chose d'autre qui, pour lui, avait une valeur inestimable.

— Avez-vous réussi à joindre le propriétaire du bateau ?

L'abbé hocha la tête.

— Il a fallu téléphoner à quelques reprises, mais le frère Simon a finalement obtenu la communication. Étienne attend que la brume se dissipe, mais il pense bien pouvoir être ici vers midi. Ne vous inquiétez pas, dit dom Philippe en interprétant correctement, encore une fois, les ridules sur la figure de Gamache. Il viendra.

— Merci, mon père.

Quand l'abbé et les autres furent partis se préparer pour les laudes, Gamache regarda sa montre. Il était sept heures vingt. Encore cinq heures. Oui, Étienne Legault viendrait, mais que trouverait-il à son arrivée ?

Jean-Guy ne s'était pas présenté au petit-déjeuner. Gamache traversa à grands pas la chapelle vide et sortit par la porte du fond. Quelques moines, qui sortaient de leurs cellules et se rendaient à la chapelle pour assister au prochain office, le saluèrent d'un hochement de tête dans le corridor.

Le chef jeta un coup d'œil dans le bureau du prieur, mais il n'y avait personne. Puis il frappa à la porte de la cellule de Beauvoir et entra sans attendre une réponse.

Jean-Guy était couché dans le lit, dans les mêmes vêtements que la veille. Il n'était pas rasé et ses cheveux étaient en désordre. Il se leva sur un coude et, le regard trouble, demanda :

— Quelle heure est-il ?

— Presque sept heures et demie. Qu'est-ce qui ne va pas, Jean-Guy ?

Gamache était penché au-dessus du lit tandis que Beauvoir se levait péniblement.

— Je suis seulement fatigué, c'est tout.

— C'est plus que ça. (Gamache observa attentivement le jeune homme qu'il connaissait si bien.) Avez-vous pris quelque chose ?

— Vous plaisantez ? Je suis clean. Combien de fois dois-je vous le prouver ? répondit sèchement Beauvoir.

— Ne me mentez pas.

— Je ne vous mens pas.

Les deux hommes se dévisagèrent. "Cinq heures, se dit Gamache, seulement cinq heures. Nous y arriverons." Il parcourut la petite pièce des yeux, mais ne vit rien d'anormal.

— Habillez-vous, s'il vous plaît, et rejoignez-moi dans la chapelle pour les laudes.

— Pourquoi ?

Le chef demeura parfaitement immobile.

— Parce que je vous l'ai demandé.

Tous les deux gardèrent le silence.

Finalement, Beauvoir se résigna.

— D'accord.

Gamache partit. Quelques minutes plus tard, après s'être rapidement douché, Beauvoir le rejoignit dans la chapelle au moment où commençaient les chants. Il se laissa tomber sur le banc à côté du chef sans dire un mot, furieux qu'on lui donne des ordres, le questionne, doute de lui.

Le chant, comme toujours, semblait venir de loin. Le son était faible, mais harmonieux, parfait. Puis il se rapprocha. Beauvoir ferma les yeux.

"Longue inspiration, se dit-il. Longue expiration."

Il avait l'impression d'aspirer les notes, de les faire descendre au plus profond de lui. Celles-ci semblaient plus légères que des notes rondes et noires. Ces neumes avaient des ailes. Beauvoir se sentit la tête et le cœur légers. Tiré de sa torpeur, sorti du trou dans lequel il avait roulé.

Pendant qu'il écoutait, il n'entendit pas seulement les voix des moines qui chantaient à l'unisson, mais également leur respiration. Synchrone, elle aussi. Une longue inspiration. Ensuite le chant, quand les moines exhalaient. Une longue expiration.

Puis, avant qu'il s'en rende compte, les laudes furent terminées. Et les moines étaient partis. Tout le monde était parti.

Beauvoir ouvrit les yeux. La chapelle était complètement silencieuse, et il était seul. Il n'y avait personne, à part Gamache.

— Nous devons parler, dit le chef doucement. (Il ne regardait pas Beauvoir, mais au loin.) Quel que soit le problème, tout ira bien.

Sa voix était assurée, douce, réconfortante, et Beauvoir était attiré vers elle. Soudain, il se sentit piquer du nez, mais il était incapable de réagir. Il voyait le banc venir à toute vitesse vers lui, mais il ne pouvait pas arrêter sa chute.

Il sentit ensuite la main forte du chef sur sa poitrine, qui le retenait. Le tenait. Il entendait la voix familière prononcer son nom. Pas Beauvoir. Pas inspecteur.

Jean-Guy. Jean-Guy.

Puis il sentit son corps, mou, s'affaisser sur le côté. Ses yeux se révulsèrent et, juste avant de perdre connaissance, il vit des éclats de lumière irisée au-dessus de lui, sentit la veste du chef contre sa joue et huma une odeur de bois de santal et d'eau de rose.

Ses yeux s'ouvrirent en papillotant. Puis ses paupières, lourdes, se fermèrent.

Armand Gamache prit Jean-Guy dans ses bras et traversa rapidement la chapelle.

"Ne prenez pas cet enfant. Ne prenez pas cet enfant."

— Tiens bon, mon garçon, murmura-t-il encore et encore jusqu'à ce qu'ils arrivent enfin à l'infirmerie.

— Que s'est-il passé ? demanda le frère Charles tandis que Gamache couchait Jean-Guy sur la table d'examen.

Disparu, le moine détendu et jovial. Il avait cédé la place au médecin, dont la main parcourait rapidement le corps de Beauvoir, cherchait un pouls, soulevait ses paupières.

— Je crois qu'il a pris quelque chose, mais je ne sais pas quoi. Il avait développé une dépendance aux analgésiques, mais il ne prend rien depuis trois mois.

Le docteur procéda à un bref examen de son patient. Après avoir pris son pouls, il remonta le pull de Beauvoir pour mieux l'ausculter, puis s'arrêta et fixa l'inspecteur-chef.

Une cicatrice zébrait l'abdomen de Beauvoir.

— C'était quoi, l'analgésique ?

— De l'OxyContin, répondit Gamache. (Il vit l'air soucieux du frère Charles.) Il a reçu une balle. Ce médicament lui avait été prescrit pour calmer la douleur.

— Oh, mon Dieu ! dit le moine à voix basse. Mais nous ne savons pas avec certitude s'il a pris ce médicament. Vous dites qu'il ne prenait plus rien. En êtes-vous sûr ?

— Je suis sûr que c'était le cas quand nous sommes arrivés. Je connais bien ce jeune homme. S'il avait fait une rechute, je m'en serais rendu compte.

— Eh bien, à mon avis, il s'agit d'une surdose. Mais il respire et ses fonctions vitales sont normales. Quoi que ce soit qu'il ait avalé, la quantité n'était pas suffisante pour le tuer. Mais ça aiderait si on avait les pilules.

Le frère Charles tourna Beauvoir sur le côté, au cas où il vomirait, et Gamache fouilla les poches de son adjoint. Elles étaient vides.

— Je reviens, dit-il.

Juste avant de se diriger vers la porte, il toucha légèrement la figure de Beauvoir. Elle était froide et moite. Puis il pivota sur ses talons et sortit de la pièce.

Dans le corridor, qu'il parcourut à grandes enjambées et en croisant des moines qui le fixaient, il regarda sa montre. Huit heures. Encore quatre heures. Le bateau arriverait dans quatre heures. Si la brume se dissipait.

Il n'y avait pas de lumière joyeuse, aujourd'hui. Presque aucun rayon de soleil ne filtrait à travers les fenêtres en haut des murs, et Gamache ne pouvait voir si le ciel se dégageait ou s'assombrissait.

Quatre heures.

Il partirait avec Beauvoir. Il le savait, maintenant. Que le meurtre soit résolu ou non. Selon le médecin, Jean-Guy était hors de danger, pour le moment. Mais Gamache savait que le danger était loin d'avoir été écarté.

Il n'eut aucune difficulté à trouver le flacon de pilules dans la cellule de Beauvoir. Il était sous l'oreiller. Pas vraiment caché. Mais, bien sûr, Jean-Guy n'avait pas prévu qu'il perdrait connaissance ni que sa chambre serait fouillée.

Gamache utilisa un mouchoir pour s'en servir. OxyContin. Mais le médicament n'avait pas été prescrit à Beauvoir. N'avait été prescrit à personne, en fait. Seuls le nom du fabricant, le nom du médicament et la posologie apparaissaient sur l'étiquette.

Après avoir glissé le flacon dans sa poche, l'inspecteur-chef fouilla la chambre et trouva une note dans la corbeille à papier : "À prendre si besoin." Et il y avait une signature. Gamache plia la feuille avec plus de soin qu'il n'était nécessaire. S'arrêtant devant la fenêtre, il regarda la brume.

Elle se dissipait.

À l'infirmerie, le frère Charles effectuait des tâches administratives et, toutes les deux ou trois minutes, vérifiait l'état de Beauvoir. La respiration superficielle et rapide était redevenue régulière. Plus profonde. L'inspecteur de la Sûreté n'était plus inconscient, simplement endormi.

Il se réveillerait d'ici une heure ou deux avec un mal de tête et une soif terrible, et en manque. Le frère Charles n'enviait pas cet homme.

Le moine releva la tête et sursauta en apercevant Armand Gamache dans l'embrasure de la porte. Tandis qu'il regardait l'inspecteur-chef, celui-ci ferma lentement la porte.

— Avez-vous trouvé les pilules ? demanda le frère Charles.

Gamache le fixa d'une manière qui ne lui plut pas.

— Oui. Sous l'oreiller.

Le frère Charles tendit la main, s'attendant à ce que l'inspecteur-chef les lui donne, mais il ne bougea pas. Il continua de fixer le moine jusqu'à ce qu'il baisse les yeux, incapable de soutenir le regard dur et intense.

— J'ai également trouvé ceci.

Gamache lui montra la note. Le moine fit un geste pour la prendre, mais l'inspecteur-chef la ramena vers lui. Le frère Charles la lut tandis que Gamache la tenait en l'air, puis il regarda l'inspecteur-chef directement dans les yeux.

Le moine avait la bouche ouverte, mais aucun mot n'en sortit. Il rougit et fixa de nouveau le morceau de papier dans la main de Gamache.

C'était son écriture. Sa signature.

— Mais je n'ai pas…, commença-t-il à dire en rougissant encore plus.

L'inspecteur-chef abaissa la note et se rendit auprès de Beauvoir. Il mit la main sur le cou de son adjoint, pour sentir son pouls. Un geste souvent effectué, se rendit compte le médecin. Un geste naturel. Pour le chef des homicides. Pour déterminer si la personne était en vie. Ou morte.

Gamache se tourna vers le docteur.

— Est-ce votre écriture ? demanda-t-il en indiquant la note.

— Oui, mais…

— Et votre signature ?

— Oui, mais…

— Avez-vous donné ces pilules à l'inspecteur Beauvoir ?

Gamache plongea la main dans sa poche et sortit la petite boîte en se servant de son mouchoir.

— Non. Je ne lui ai jamais donné de comprimés. Montrez-moi ça.

Le médecin avança la main pour prendre le flacon, mais Gamache le ramena vers lui, si bien que le moine dut se pencher pour lire l'étiquette.

Après l'avoir lue, il pivota sur ses talons et se rendit à l'armoire à pharmacie, qu'il ouvrit à l'aide d'une clé prise dans sa poche.

— J'ai toujours une réserve d'OxyContin, mais seulement pour les cas d'urgence les plus graves. Normalement, je n'en prescrirais pas. C'est une vraie saloperie. Tout le stock est là. Je conserve un registre si vous voulez voir quels médicaments j'ai commandés, quand je les ai commandés et ce que j'ai prescrit. Il ne manque rien.

— On peut falsifier des registres.

Le docteur hocha la tête et tendit un flacon de pilules à Gamache, qui mit ses lunettes et l'examina.

— Comme vous pouvez le constater, inspecteur-chef, il s'agit des mêmes comprimés, mais la posologie et le fournisseur sont différents. Je ne commande jamais de pilules fortement dosées, et nous obtenons nos médicaments d'un distributeur de fournitures médicales situé à Drummondville.

Gamache ôta ses lunettes.

— Pouvez-vous expliquer la note ?

Les deux hommes regardèrent de nouveau le morceau de papier dans la main de l'inspecteur-chef : "À prendre si besoin." Et la signature.

— J'ai dû écrire ça pour quelqu'un d'autre, et la personne qui a laissé l'OxyContin à votre inspecteur a trouvé la note et l'a utilisée.

— À qui avez-vous prescrit un médicament dernièrement ?

Le docteur alla consulter le registre, mais Gamache et lui savaient que c'était inutile. Les moines étaient peu nombreux, et l'ordonnance aurait été relativement récente. Le frère Charles se souviendrait presque certainement, sans avoir à recourir au registre, de la personne à qui il avait prescrit un médicament.

Il le consulta malgré tout, puis revint vers l'inspecteur-chef.

— Je devrais exiger un mandat, pour des dossiers médicaux.

Tous les deux, cependant, savaient qu'il ne le ferait pas. Cela ne servirait qu'à retarder l'inévitable, ce que ni l'un ni l'autre ne désiraient. De plus, le moine ne voulait plus jamais sentir ce regard froid et dur braqué sur lui.

— C'était au père abbé. Dom Philippe.

— Merci.

Gamache se rendit de nouveau auprès de Beauvoir et regarda le visage de son inspecteur qui maintenant dormait. Après avoir bien rentré les bords de la couverture sous lui, il se dirigea vers la porte.

— Pouvez-vous me dire quel médicament vous lui avez prescrit ?

— Un léger tranquillisant. Dom Philippe ne dort pas très bien depuis la mort de frère Mathieu. Mais il doit continuer d'assurer ses fonctions, alors il est venu me consulter.

— Lui avez-vous déjà prescrit des tranquillisants ?

— Non, jamais.

— Et aux autres frères ? Vous est-il arrivé de leur prescrire des calmants ? Des somnifères ? Des analgésiques ?

— Oui, à l'occasion, mais j'en surveille la consommation.

— Savez-vous si le père abbé a pris les médicaments ?

Le docteur secoua la tête.

— Non. Mais je doute qu'il l'ait fait. Il préfère la méditation à la médication. C'est le cas de nous tous. Mais il voulait quelque chose, au cas où. J'ai écrit cette note pour lui.

Armand Gamache arriva à la chapelle, mais, au lieu de la traverser, il s'assit. Sur le dernier banc. Pas pour prier, mais pour réfléchir.

Si le docteur disait la vérité, quelqu'un avait trouvé sa note et l'avait utilisée pour faire croire à Beauvoir que les pilules venaient du moine médecin. Gamache aurait aimé pouvoir se convaincre que Jean-Guy ignorait ce qu'il prenait, mais le nom OxyContin apparaissait clairement sur l'étiquette.

Beauvoir savait ce que le flacon contenait. Et avait quand même pris les comprimés. Personne ne l'avait forcé, mais quelqu'un l'avait soumis à la tentation. Gamache leva la tête vers le chœur, qui avait changé au cours des quelques minutes qu'il avait passées assis sur le banc. Tels des acrobates lumineux, des rais de lumière descendaient du plafond.

La brume se levait. Le bateau viendrait les chercher – Gamache consulta sa montre – dans deux heures et demie. Avait-il le temps de faire ce qui devait être fait ? Il aperçut alors quelqu'un d'autre dans la chapelle, assis tranquillement sur un banc près du mur. Cette personne n'essayait peut-être pas de se cacher, mais elle ne s'exposait pas non plus à la vue de tous.

C'était le dominicain. Assis dans la lumière réfléchie, un livre sur les genoux.

L'inspecteur-chef sut alors ce qu'il devait faire. Et cela lui répugnait.

Jean-Guy Beauvoir eut conscience de sa bouche avant toute autre chose. Elle était énorme. Et pâteuse comme si elle était pleine de poils et de boue. Il l'ouvrit et la referma. Le son était assourdissant. Une sorte de cliquetis, un bruit d'aspiration comme celui que faisait son grand-père, à la fin de sa vie, en mangeant.

Puis il écouta sa respiration. Elle aussi était anormalement bruyante.

Et, finalement, il entrouvrit péniblement un œil. L'autre semblait avoir les paupières collées. À travers la fente, il vit Gamache assis sur une chaise dure près du lit.

Pendant un moment, Beauvoir paniqua. Qu'était-il arrivé ? La dernière fois qu'il avait vu le chef assis comme ça, Beauvoir avait été gravement, presque mortellement blessé. Était-ce de nouveau le cas ?

Il ne le pensait pas, cependant. Cette fois, il ne ressentait pas la même chose. Il était épuisé, son corps engourdi. Mais il ne souffrait pas. Bien qu'il sentît une douleur, profondément enfouie à l'intérieur de lui.

Il observa Gamache, assis si tranquillement. Le chef portait ses demi-lunes et lisait. La dernière fois, dans l'hôpital à Montréal, Gamache aussi avait été blessé. Quand Beauvoir avait finalement émergé de sa torpeur, il avait eu un sacré choc en voyant le visage meurtri du chef et son front recouvert d'un bandage. Et lorsqu'il s'était levé pour se pencher au-dessus de Beauvoir, Jean-Guy avait vu la grimace de douleur, avant qu'elle se transforme rapidement en un sourire.

— Ça va, mon garçon ? avait demandé le chef d'une voix douce.

Beauvoir ne pouvait pas parler. Se rendant compte qu'il sombrait de nouveau dans l'inconscience, il s'était accroché à ces yeux bruns bienveillants aussi longtemps qu'il avait pu avant de lâcher prise.

Maintenant, couché à l'infirmerie du monastère, il observait le chef.

Son visage n'était plus meurtri. Cependant, il y avait – et il y aurait toujours – une profonde cicatrice au-dessus de sa tempe gauche. La plaie, toutefois, avait guéri. Le chef avait guéri.

Mais pas Beauvoir.

En fait, Beauvoir avait l'impression que plus l'état de santé du chef s'améliorait, plus lui-même faiblissait. C'était comme si Francœur avait raison et que Gamache le suçait jusqu'à la moelle. Se servait de lui jusqu'à ce qu'il puisse se débarrasser de lui. Et le remplacer par Isabelle Lacoste, qu'il venait tout juste de promouvoir au même grade que Beauvoir.

Mais ce n'était pas vrai, il le savait. Il chassa donc la pensée de son esprit, qui était comme un hameçon enfoncé dans sa chair, et il lui sembla presque la voir partir à la dérive. Mais des pensées aussi horribles avaient toujours un barbillon.

— Bonjour, dit Gamache. (Il avait levé la tête et remarqué l'œil entrouvert de Jean-Guy.) Comment vous sentez-vous ? demanda-t-il en se penchant au-dessus du lit, un sourire aux lèvres. Vous êtes à l'infirmerie.

Beauvoir fit des efforts pour s'asseoir et, avec l'aide du chef, réussit à le faire. Il n'y avait qu'eux dans la pièce. Le médecin était parti assister à la messe de onze heures, laissant Gamache seul avec son inspecteur.

Gamache releva la tête du lit, glissa des oreillers derrière le dos de Beauvoir et l'aida à boire un verre d'eau.

Sans prononcer un mot. Beauvoir commença à se sentir de nouveau comme un être humain. Son hébètement disparut, d'abord lentement, puis plus rapidement à mesure qu'une profusion de détails lui revenaient en mémoire.

Le chef s'était rassis, avait croisé les jambes et regardait Beauvoir d'un air qui n'était ni sévère, ni désapprobateur, ni furieux. Mais il voulait des réponses.

— Que s'est-il passé ? demanda-t-il finalement.

Beauvoir ne dit rien, mais à sa grande consternation vit le chef mettre la main dans la poche de son veston, sortir un mouchoir et le déplier.

Jean-Guy hocha la tête, puis ferma les yeux. Il avait tellement honte qu'il ne pouvait pas regarder Gamache dans les yeux. Et s'il ne pouvait pas faire face au chef, comment réussirait-il à regarder Annie dans les yeux ?

Cette pensée lui donna une telle nausée qu'il crut vomir.

— Ça ira, Jean-Guy. C'était seulement une petite rechute, rien de plus. Vous retournerez à Montréal et obtiendrez de l'aide. Ce n'est rien qu'on ne puisse corriger.

Beauvoir rouvrit les yeux et vit Armand Gamache qui le fixait. Il n'y avait pas de pitié dans ses yeux, mais de la détermination. Et de la confiance. Tout irait bien.

— Oui, patron, parvint-il à articuler.

Et, à sa grande surprise, il se rendit compte qu'il croyait ce que le chef disait. Qu'il pourrait laisser tout ça derrière lui.

— Racontez-moi ce qui s'est passé, demanda Gamache.

Il remit le flacon dans sa poche et se pencha vers Beauvoir.

— Il était là, sur la table de chevet, avec une note du médecin. J'ai pensé…

“J'ai pensé que c'était une ordonnance, que c'était OK puisqu'elle venait du médecin. J'ai pensé que je n'avais pas le choix.”

Il soutint le regard du chef et, après un moment d'hésitation, ajouta :

— Je n'ai pas pensé, pas réfléchi. Je voulais prendre les pilules. Je ne sais pas pourquoi, mais j'étais en manque, et elles sont apparues. Et j'en ai pris.

Gamache hocha la tête et laissa à Beauvoir le temps de se ressaisir.

— Quand cela s'est-il passé ?

Beauvoir dut réfléchir avant de répondre. Quand cela s'était-il passé ? Sûrement des semaines auparavant. Des mois. Une vie entière.

— Hier après-midi.

— Ce n'est pas le médecin qui les a mises là. Avez-vous une idée de qui d'autre aurait pu le faire ?

Beauvoir parut surpris. Il ne s'était posé aucune question, convaincu que les pilules venaient du moine médecin. Il secoua la tête.

Gamache se leva et apporta un autre verre d'eau à Beauvoir.

— Avez-vous faim ? Je peux aller vous chercher un sandwich.

— Non merci, patron. Ça va.

— L'abbé a téléphoné au propriétaire du bateau. Il arrivera dans un peu plus d'une heure. Nous partirons ensemble.

— Et l'enquête ? Le meurtrier ?

— Beaucoup de choses peuvent se produire en une heure.

Beauvoir regarda Gamache partir. Le chef avait raison. Beaucoup de choses pouvaient se produire en une heure. Et beaucoup de choses pouvaient mal tourner.

# 34

Assis sur le premier banc à l'avant de la chapelle, Armand Gamache observait les moines, à leur messe de onze heures. De temps en temps il fermait les yeux et priait pour que ce qu'il avait prévu fonctionne.

Il restait moins d'une heure, maintenant, pensa-t-il. En fait, le bateau était peut-être déjà arrivé au quai. Gamache regarda l'abbé quitter sa place, s'avancer vers l'autel et faire une génuflexion, puis chanter quelques versets d'un psaume en latin.

Ensuite, un par un, les autres membres de la communauté se mirent à chanter.

Un appel. Une réponse. Un appel. Une réponse.

Puis vint un moment où le son sembla s'interrompre et flotter dans l'air. Il ne s'agissait pas d'un silence, mais d'une longue inspiration collective.

Et ensuite toutes les voix s'unirent pour entonner en chœur ce qui ne pouvait être décrit que comme magnifique. Armand Gamache sentit le chant résonner jusqu'au plus profond de son être. Malgré ce qui était arrivé à Beauvoir. Malgré ce qui était arrivé au frère Mathieu. Malgré ce qui était sur le point de se produire.

Derrière lui, sans qu'il le voie, Jean-Guy entra dans la chapelle. Après que le chef était parti, il était resté dans un état de demi-sommeil, jusqu'à ce qu'il sorte enfin des vapes. Il avait mal partout, et la douleur, au lieu de s'atténuer, semblait devenir plus intense. Il avait marché dans le long corridor comme un vieil homme, en traînant les pieds, le souffle court, les articulations raides. Mais chaque pas le rapprochait de l'endroit où il devait être.

Pas nécessairement dans la chapelle, mais à côté de Gamache.

Une fois entré dans la chapelle, il vit le chef assis tout à l'avant.

Mais le corps de Jean-Guy Beauvoir l'avait amené le plus loin qu'il pouvait, et il s'affala sur un banc à l'arrière. Il se pencha en avant, les mains reposant mollement sur le dossier du banc devant lui. Pas tout à fait dans une attitude de prière, mais plutôt comme s'il était dans une sorte de royaume des morts.

Le monde semblait très loin. Mais pas la musique. Elle était tout autour de lui. À l'intérieur et à l'extérieur. Elle le soutenait. La musique était simple. Les voix chantaient à l'unisson. Une voix, un chant. La simplicité même des chants avait un effet à la fois calmant et énergisant sur Beauvoir.

Il n'y avait pas de chaos, ici. Rien d'inattendu. Sauf l'effet de la musique sur lui. Ça, c'était complètement inattendu.

Quelque chose d'étrange était en train de lui arriver. Il ne se sentait pas lui-même.

Puis il comprit ce que c'était.

La paix était descendue en lui. Une paix totale.

Il ferma les yeux et laissa les neumes le soulever, le sortir de son corps, du banc, de la chapelle. Ils l'emportèrent à l'extérieur de l'abbaye, au-dessus du lac et de la forêt. Il vola avec eux, libre, dégagé de toute entrave.

Cela était mieux que des comprimés de Percocet ou d'OxyContin. Il n'y avait pas de douleurs, pas d'anxiété, pas de soucis. Il n'y avait pas de "nous" et pas de "eux", ni aucune limite.

Puis la musique cessa, et Beauvoir redescendit, doucement, sur terre.

Il ouvrit les yeux et regarda autour de lui, en se demandant si quelqu'un avait remarqué ce qui venait de lui arriver. Il vit l'inspecteur-chef Gamache à l'avant et, assis de l'autre côté de l'allée, le directeur Francœur.

Beauvoir parcourut la chapelle du regard. Il manquait quelqu'un.

Le dominicain. Où était passé l'homme de l'Inquisition ?

Beauvoir tourna la tête vers l'autel et surprit un coup d'œil furtif que Gamache lançait au directeur Francœur.

"Mon Dieu, pensa-t-il, il le méprise vraiment."

Armand Gamache ramena son regard sur les moines. Le chant avait cessé et l'abbé était en plein centre du chœur dans la chapelle silencieuse.

Puis, dans le silence, une voix s'éleva. Une seule voix, de ténor, qui chantait.

L'abbé regarda ses moines. Les moines regardèrent leur abbé, puis se regardèrent les uns les autres. Ils avaient tous les yeux grands ouverts, mais la bouche fermée.

Et pourtant, on entendait toujours la voix claire.

L'abbé était penché au-dessus de l'hostie et de la coupe de vin. Le corps et le sang du Christ. La rondelle de pain qu'il avait commencé à consacrer resta figée, telle une offrande faite à l'air.

La belle voix était tout autour d'eux, comme si elle avait glissé le long des rayons de lumière pâle et avait pris possession de la chapelle.

L'abbé se tourna pour faire face à la très petite assemblée de fidèles. Pour voir si l'un d'eux avait perdu la tête et trouvé sa voix. Mais il vit seulement les trois policiers, assis à différents endroits dans la nef, regardant autour d'eux. Et silencieux.

Puis, sortant de derrière la plaque commémorant la mémoire de saint Gilbert, le dominicain apparut. D'un pas lent et solennel, le frère Sébastien s'avança jusqu'au centre de la chapelle, où il s'arrêta.

— "Je ne peux pas vous entendre, chanta-t-il sur un tempo enlevé, beaucoup plus rapide, plus vif que celui de tous les chants grégoriens jamais entendus dans la chapelle. J'ai une banane dans l'oreille."

La musique avec laquelle le prieur était mort avait pris vie.

— "Je ne suis pas un poisson, psalmodia le dominicain en remontant l'allée centrale. Je ne suis pas un poisson."

Les moines, et l'abbé, étaient paralysés. De petits arcs-en-ciel dansaient autour d'eux, créés par le soleil matinal qui perçait la brume. Le frère Sébastien s'approcha du chœur, la tête droite, les bras enfoncés dans ses manches, sa voix remplissant le vide.

— Arrêtez !

C'était moins un ordre qu'un hurlement. Un aboiement.

Mais le dominicain ne cessa ni de chanter ni d'avancer. Il continua de se diriger, sans se presser mais d'un pas déterminé, vers le chœur. Et les moines.

Armand Gamache se leva lentement, les yeux braqués sur le frère qui s'était finalement séparé des autres.

La voix solitaire.

— Nooon ! hurla le moine.

C'était un cri de douleur, comme si la musique lui grillait la peau, comme si l'Inquisition avait un dernier religieux à brûler.

Le frère Sébastien s'arrêta à quelques pas de l'abbé, au pied des marches menant au chœur, et leva la tête.

— *"Dies irae"*, chanta-t-il.

Jour de colère.

— Arrêtez ! supplia le moine.

Il s'était approché du dominicain et se laissa tomber à genoux.

— S'il vous plaîîît !

Et le dominicain arrêta de chanter. Tout ce qui remplissait maintenant la chapelle était des sanglots. Et la lumière joyeuse.

— Vous avez tué votre prieur, dit doucement Gamache. *Ecce homo*. Voici l'homme. Et vous l'avez tué parce qu'il était un homme.

— Bénissez-moi, mon père, parce que j'ai péché.

L'abbé se signa.

— Continuez, mon fils.

Il y eut une longue pause. Dom Philippe savait que le vieux confessionnal avait entendu beaucoup, beaucoup de choses au fil des siècles. Mais rien d'aussi honteux que ce qui allait être dit.

Dieu, bien sûr, était déjà au courant. Il avait probablement su ce qui allait se produire avant que le coup soit asséné, probablement même avant que l'idée prenne forme. Cette confession n'était pas pour le Seigneur, mais pour le pécheur, la brebis qui s'était trop éloignée du bercail et s'était égarée dans un monde de loups.

— J'ai commis un meurtre. J'ai tué le prieur.

Jean-Guy Beauvoir sentait des insectes lui courir partout sur le corps et il se demanda si l'infirmerie n'avait pas été infestée de punaises de lit ou de blattes.

Il se frotta les bras et essaya d'atteindre les insectes qui couraient le long de sa colonne vertébrale. Le chef et lui étaient dans le bureau du prieur, occupés à remplir de la paperasse, à rédiger des notes, à rassembler leurs affaires – les derniers préparatifs avant de quitter le monastère en bateau.

Le directeur Francœur avait procédé à l'arrestation et appelé pour que l'hydravion vienne les chercher, le prisonnier et lui. Francœur était maintenant assis dans la chapelle pendant que le moine assassin faisait sa confession. Pas à la police, mais à son confesseur.

Le malaise de Beauvoir venait par vagues de plus en plus rapprochées, si bien qu'il était maintenant à peine capable de rester assis sans bouger. Ça grouillait d'insectes sous ses vêtements, et des vagues d'anxiété déferlaient sur lui, à tel point qu'il pouvait à peine respirer.

Et la douleur était revenue. Dans son ventre, dans ses os. Il avait mal aux cheveux, aux yeux, et ses lèvres sèches étaient douloureuses.

— J'ai besoin d'une pilule, dit-il, à peine capable de fixer son regard sur l'homme en face de lui.

Il vit Gamache lever la tête des notes qu'il était en train d'écrire et le regarder.

— S'il vous plaît. Seulement une autre, puis j'arrêterai. Seulement une pour que je puisse rentrer à la maison.

— Le médecin a dit de vous donner des comprimés de Tylenol extrafort…

— Je ne veux pas de Tylenol ! cria Beauvoir en frappant violemment sur le bureau. Pour l'amour de Dieu, s'il vous plaît. Ce sera la dernière, je le jure.

Calmement, l'inspecteur-chef fit tomber deux pilules dans sa main et alla de l'autre côté du bureau avec un verre d'eau. Il tendit sa paume à Beauvoir. Jean-Guy prit les pilules, puis les lança par terre.

— Pas celles-là, pas des Tylenol. J'ai besoin des autres.

Il les voyait dans la poche du veston de Gamache.

Beauvoir savait qu'il ne devrait pas. Savait que ce serait dépasser les bornes et qu'il serait ensuite impossible de revenir en arrière. Mais finalement, il s'en fichait, de "savoir". Tout ce qui comptait, c'était la douleur. Et les fourmillements, et l'angoisse. Et le besoin urgent.

En faisant appel à toutes ses forces, il bondit de la chaise et plongea vers la poche de Gamache, précipitant ainsi les deux hommes contre le mur de pierre.

— J'ai tué le prieur.

— Continuez, mon fils, dit l'abbé.

Il y eut un silence. Mais il n'était pas complet. Dom Philippe entendit les halètements de l'homme dans l'autre moitié du confessionnal, qui essayait de respirer.

— Je ne voulais pas. Pas vraiment.

La voix commençait à devenir hystérique et l'abbé savait que cela n'aiderait pas.

— Lentement, conseilla-t-il. Lentement. Dites-moi ce qui s'est passé.

Il y eut une autre pause pendant que le moine se ressaisissait.

— Frère Mathieu voulait parler du chant qu'il avait composé.

— Mathieu a composé le chant ?

L'abbé savait qu'il ne devrait pas poser des questions pendant une confession, mais il ne semblait pas pouvoir s'en empêcher.

— Oui.

— Les paroles et la musique ? demanda l'abbé.

Il se promit que ce serait sa dernière interruption. Puis silencieusement il supplia Dieu de lui pardonner d'avoir menti. Il savait qu'il y en aurait d'autres.

— Oui. Eh bien, il avait composé la musique, puis ajouté des mots latins qui allaient bien avec la mesure de la musique. Il voulait que j'écrive les vraies paroles.

— Il voulait que vous écriviez une prière ?

— En quelque sorte. Ce n'est pas que je sois si bon en latin, mais n'importe qui aurait fait mieux que lui. Et je crois qu'il voulait un allié. Il voulait rendre les chants grégoriens encore plus populaires et pensait qu'en les modernisant juste un peu on pourrait atteindre plus de gens. J'ai essayé de le dissuader de faire ça. C'était mal. C'était du blasphème.

L'abbé garda le silence et attendit la suite, qui finit par venir.

— Le prieur m'a donné le nouveau chant il y a environ une semaine. Il a dit que si je l'aidais je pourrais le chanter sur le nouveau disque, être le soliste. Il était tout excité, et moi aussi au début, jusqu'à ce que je réfléchisse un peu plus. J'ai compris alors ce qu'il était en train de faire. Ça n'avait rien à voir avec la gloire de Dieu et tout à voir avec son ego. Il s'attendait à ce que j'accepte tout simplement. Il n'en revenait pas quand j'ai refusé.

— Qu'a-t-il fait?

— Il a essayé de me soudoyer. Puis il s'est fâché. A dit qu'il m'exclurait complètement du chœur.

Dom Philippe essaya d'imaginer ce que ce serait d'être le seul moine qui ne chantait pas, d'être tenu à l'écart de cette gloire, exclu de la communauté, rejeté. D'être le seul moine dont le silence était complet.

Ce serait invivable.

— Il fallait que je l'empêche de donner suite à son projet. Il aurait tout détruit. Les chants, le monastère. Moi.

La voix désincarnée se tut pendant que le moine se ressaisissait. Et lorsqu'il parla de nouveau, ce fut si bas que l'abbé dut coller l'oreille contre la grille pour l'entendre.

— C'était un blasphème. Vous l'avez entendu, mon père. Vous comprenez certainement qu'il fallait faire quelque chose pour l'arrêter.

Oui, pensa le père abbé, il l'avait entendu. N'en croyant pas ses yeux, ni ses oreilles, il avait regardé le dominicain remonter l'allée centrale de la chapelle. Au début, il avait été offusqué, indigné même. Puis – que Dieu lui pardonne – toute sa colère avait disparu et il avait été séduit.

Mathieu avait composé un plain-chant au rythme complexe. La musique avait réussi à franchir les derniers remparts de l'abbé, des murs qu'il ne pensait même plus avoir. Et les notes, les neumes, la belle voix avaient fait vibrer la corde sensible de dom Philippe.

Et pendant quelques instants le père abbé avait connu la béatitude suprême. Avait été transporté d'amour. Pour Dieu, pour les hommes. Pour lui-même. Pour tout le monde et toute chose.

Mais tout ce qu'il entendait maintenant, c'étaient les sanglots de l'autre côté de la grille du confessionnal.

Le frère Luc avait finalement fait un choix. Il avait quitté la porterie et tué le prieur.

Gamache se sentit basculer vers l'arrière et se prépara à encaisser le coup. Son dos heurta le mur de pierre et il en eut le souffle coupé.

Mais le choc le plus violent s'était produit dans la fraction de seconde avant l'impact, quand il avait compris qui le poussait.

Pendant qu'il cherchait à reprendre son souffle, il sentit la main de Jean-Guy qui essayait de se glisser dans sa poche, pour prendre les pilules.

Gamache l'agrippa et la tordit. Beauvoir hurla et lutta avec encore plus d'énergie, en se débattant et en gémissant. Il frappa Gamache au visage et à la poitrine, le poussa de nouveau brutalement vers l'arrière dans une tentative désespérée pour atteindre ce qui se trouvait dans sa poche.

Rien d'autre n'importait. Beauvoir se démenait comme un enragé, et il aurait creusé un passage à travers du béton avec ses ongles pour mettre la main sur le flacon de pilules.

— Arrêtez, Jean-Guy, arrêtez ! cria Gamache.

Il savait, cependant, que c'était en vain. Beauvoir avait perdu la tête. Le chef leva l'avant-bras et l'appuya contre la gorge de Beauvoir, juste au moment où il vit quelque chose qui faillit faire cesser son cœur de battre.

Jean-Guy avait fait un geste pour prendre son revolver.

— Tous ces neumes, dit le frère Luc d'une voix étranglée, larmoyante.

L'abbé entendit un reniflement et imagina la longue manche noire de la robe passée sous le nez qui coulait.

— Je n'arrivais pas à y croire. Je pensais qu'il s'agissait d'une blague, mais le prieur a dit que c'était son chef-d'œuvre. Le résultat d'une vie entière consacrée à étudier les chants. Toutes les voix chanteraient le plain-chant à l'unisson. Les autres neumes étaient pour des instruments : un orgue, des violons et des flûtes. Il y travaillait depuis des années, père abbé. Et vous ne le saviez même pas.

La jeune voix était accusatrice. Comme si c'était le prieur qui avait péché et l'abbé qui avait commis une faute.

Dom Philippe regarda à travers la grille du confessionnal, pour essayer de voir le jeune homme de l'autre côté, qu'il avait suivi depuis le séminaire. Qu'il avait observé discrètement pendant qu'il grandissait en maturité, puis entrait dans les ordres. Pendant que sa voix entreprenait la longue descente, de sa tête à son cœur.

Mais la descente n'avait jamais été achevée, ce qu'ignoraient l'abbé et le prieur. La belle voix était restée coincée derrière une boule dans la gorge du jeune homme.

Après le succès du disque, mais avant le désaccord qui avait divisé la communauté, Mathieu et l'abbé s'étaient rencontrés dans le jardin pour un de leurs entretiens. Et Mathieu avait dit que le temps était venu. Le chœur avait besoin du jeune homme. Mathieu voulait travailler avec lui, aider à modeler la voix extraordinaire avant qu'un chef de chœur moins doué mette la main sur lui.

Un des moines âgés venait de mourir, et l'abbé avait acquiescé à la demande du prieur, mais un peu à contrecœur. Le frère Luc était encore si jeune, et leur monastère si isolé de tout.

Mais Mathieu avait été convaincant.

Et maintenant, en regardant son assassin à travers la grille, l'abbé se demanda si c'était la voix que Mathieu espérait influencer, ou le moine.

Mathieu s'était-il rendu compte que les autres frères seraient réticents à chanter un chant aussi révolutionnaire ? Il s'était peut-être alors dit que, s'il pouvait amener le jeune moine solitaire à se joindre à leur communauté, il réussirait à le convaincre de le faire. Et pas seulement de chanter le chant, mais aussi d'écrire les paroles.

Mathieu avait une personnalité charismatique, et Luc était impressionnable. Ou du moins, c'est ce que le prieur pensait.

— Que s'est-il passé ? demanda l'abbé.

Il y eut une pause et d'autres halètements.

L'abbé n'insistait plus pour que Luc réponde. C'était la patience qui le guidait, essaya-t-il de se dire. Mais il savait que c'était la peur. Il ne voulait pas entendre la suite. Son rosaire pendait au bout de ses mains et ses lèvres bougeaient. Et il attendit.

Gamache saisit le poignet de Beauvoir, pour essayer de lui faire lâcher le revolver. Jean-Guy poussa un gémissement, un cri de désespoir. Il se débattit furieusement, donnant des coups de pied et battant l'air de ses mains, mais Gamache réussit finalement à lui tordre le bras derrière le dos et l'arme tomba sur le plancher.

Les deux hommes haletaient. Gamache tenait le visage de Jean-Guy appuyé contre le mur de pierre rugueux. Beauvoir avait beau se tortiller, lui décocher des coups de pied, Gamache tint bon.

— Lâchez-moi ! hurla Beauvoir, la joue contre la pierre. Ces pilules sont à moi. Elles m'appartiennent.

Le chef le tint là jusqu'à ce que ses tortillements et ses ruades diminuent, puis cessent. Et il ne resta plus qu'un jeune homme pantelant, épuisé.

Gamache retira l'étui fixé à la ceinture de son adjoint et plongea la main dans la poche de Jean-Guy pour prendre ses pièces d'identité de la Sûreté. Puis il se pencha pour ramasser le revolver et tourna Beauvoir vers lui.

Jean-Guy avait le côté du visage écorché et saignait.

— Nous allons quitter cet endroit, Jean-Guy. Nous allons partir en bateau et, quand nous arriverons à

Montréal, je vous amènerai directement dans un centre de désintoxication.

— Allez donc chier. Je ne retournerai pas en désintox. Et vous pensez que garder ces pilules servira à quelque chose ? Je peux en obtenir d'autres, et sans même sortir du quartier général.

— Vous ne serez pas au quartier général. Vous êtes suspendu. Vous ne pensez tout de même pas que je vais vous laisser vous promener avec des pilules et une arme ? Vous serez en congé de maladie, et lorsque votre médecin dira que vous êtes bien, nous discuterons de la possibilité de vous réintégrer dans vos fonctions.

— Allez chier, cracha Beauvoir, et de la bave resta collée sur son menton.

— Si vous ne me suivez pas de votre plein gré, je vous arrêterai pour voies de fait et m'arrangerai pour que le juge vous condamne à un séjour en désintox. Je le ferai, vous savez.

Beauvoir soutint le regard de Gamache, et sut qu'il le ferait.

Gamache mit l'insigne et la carte d'identité de son adjoint dans sa poche. Beauvoir avait la bouche ouverte, et un filet de salive dégoulinait sur son pull. Il avait les yeux vitreux et exorbités, et il oscillait sur ses pieds.

— Vous ne pouvez pas me suspendre.

Gamache respira profondément et se recula.

— Je sais que vous n'êtes pas vous-même. Ce sont ces damnées pilules qui ont cet effet sur vous. Elles sont en train de vous tuer, Jean-Guy. Mais vous recevrez des soins appropriés et tout ira bien. Ayez confiance en moi.

— Comme j'ai eu confiance en vous dans l'usine ? Comme les autres vous ont fait confiance ?

Même s'il avait l'esprit embrouillé, Beauvoir se rendit compte qu'il avait visé juste. Il vit le chef chanceler quand les mots lui rentrèrent dedans.

Et il fut content.

Beauvoir regarda le chef mettre son revolver dans l'étui, qu'il attacha ensuite à sa propre ceinture.

— Qui vous a donné les pilules ?

— Je vous l'ai dit. Je les ai trouvées dans ma chambre, avec une note du médecin.

— Elles ne viennent pas du médecin.

Beauvoir avait cependant raison sur un point : il pouvait obtenir d'autres OxyContin n'importe quand. Le Québec en était inondé. À la Sûreté, il y en avait plein dans la salle où étaient conservées les pièces à conviction. Il arrivait même parfois que ces drogues finissent par être présentées devant la cour.

Gamache demeura parfaitement immobile.

Il savait qui avait donné les pilules à son adjoint.

— *Ecce homo*, dit l'abbé. Pourquoi Mathieu a-t-il dit ça juste avant de mourir ?

— C'est ce que j'ai dit quand je l'ai frappé.

— Pourquoi ?

Il y eut de nouveau une pause, et le bruit d'une respiration haletante.

— Il n'était pas l'homme que je croyais.

— Vous voulez dire qu'il était simplement un homme. Il n'était pas le saint que vous voyiez en lui. C'était un expert mondial en matière de chants grégoriens. Un génie même. Mais il n'était qu'un homme. Vous vous attendiez à ce qu'il soit plus que ça.

— Je l'aimais. J'aurais fait n'importe quoi pour lui. Mais il m'a demandé de l'aider à dénaturer les chants, et ça, je ne pouvais pas le faire.

— Vous êtes allé dans le jardin en sachant que vous alliez peut-être le tuer ? demanda l'abbé, en s'efforçant de garder une voix neutre. Vous avez emporté le heurtoir.

— Je devais l'empêcher de poursuivre son projet. Lorsque nous étions dans le jardin, j'ai essayé de le raisonner, de l'amener à changer d'idée. J'ai déchiré la feuille qu'il m'avait remise. Je croyais que c'était la seule.

La voix se tut. Mais la respiration continua, rapide et superficielle maintenant.

— Frère Mathieu était enragé. Il a dit qu'il m'expulserait du chœur. Me ferait asseoir dans la nef.

L'abbé écoutait le frère Luc, mais voyait Mathieu. Pas l'ami affectueux, gentil, pieux, mais l'homme fou de rage. Dont les plans avaient été contrecarrés. À qui on avait opposé un refus. Le père abbé pouvait à peine tenir tête à une personnalité aussi forte. Il commençait à comprendre comment le jeune frère Luc avait pu craquer. Et frapper Mathieu.

— Tout ce que je voulais, c'était chanter les chants. Je suis venu ici pour étudier avec le prieur et chanter. C'est tout. Pourquoi ce n'était pas assez ?

La voix devint une sorte de couinement, inintelligible. L'abbé essaya de saisir les mots. Le frère Luc pleurait et le suppliait de comprendre. Et l'abbé se rendit compte qu'il comprenait, en effet.

Mathieu n'était qu'un homme, tout comme ce jeune moine.

Et comme lui.

Dom Philippe laissa tomber sa tête dans ses mains tandis que l'entourait le bruit des sanglots du jeune homme.

Armand Gamache laissa Beauvoir dans le bureau du prieur et se dirigea vers la chapelle. Avec chaque pas, il sentait sa colère grandir.

Les pilules tueraient Jean-Guy. Ce serait une longue et lente glissade vers la tombe. Il le savait. L'homme qui avait donné le médicament à Beauvoir le savait. Et l'avait fait quand même.

L'inspecteur-chef tira la porte de la chapelle si violemment qu'elle claqua contre le mur derrière et il vit les moines se retourner en entendant le bruit. Vit Sylvain Francœur se retourner. Et Gamache, en s'approchant avec une détermination inébranlable, vit le sourire s'effacer du beau visage du directeur.

— Nous devons parler, Sylvain.

Francœur recula, monta les marches menant au chœur.

— Ce n'est pas le moment, Armand. L'avion va arriver d'une minute à l'autre.

— Oui, c'est le moment.

Sans quitter Francœur des yeux, Gamache continua d'avancer à grandes enjambées. Dans sa main, il tenait un mouchoir. Quand il fut près du directeur, il ouvrit le poing, laissant voir un flacon de pilules.

Le directeur se tourna pour s'enfuir, mais Gamache fut plus rapide et le poussa contre une stalle du chœur.

Les moines se dispersèrent. Seul le dominicain ne bougea pas. Mais il ne dit ni ne fit rien.

Gamache approcha son visage de celui de Francœur.

— Tu aurais pu le tuer, dit-il d'une voix rageuse. Tu l'as presque tué. Comment peux-tu faire ça à un autre policier?

Il avait empoigné la chemise de Francœur et tirait dessus. Il sentit le souffle chaud du directeur sur son visage. Un halètement rapide, qui traduisait sa terreur.

Et Gamache sut : encore un peu de pression, encore quelques instants de plus et ce problème disparaîtrait. Cet homme disparaîtrait. Encore une torsion du poignet.

Et qui le blâmerait?

C'est à ce moment-là que Gamache lâcha la chemise et recula, en lançant un regard furieux à Francœur. Sa respiration était superficielle, rapide. Il lui fallut faire un effort pour se ressaisir.

— Tu es foutu, Gamache, murmura Francœur d'une voix rauque.

— Que s'est-il passé?

Les deux hommes se tournèrent et virent Jean-Guy Beauvoir, le visage blême et luisant, qui se cramponnait au dossier d'un banc et les fixait.

— Rien, répondit Gamache en rajustant son veston. Le bateau doit être arrivé. Nous préparerons nos affaires et partirons.

Gamache descendit du chœur et se dirigeait vers la porte pour retourner au bureau du prieur quand il se rendit compte qu'il était seul. Il pivota sur ses talons.

Francœur n'avait pas bougé. Mais Beauvoir non plus.

L'inspecteur-chef revint lentement sur ses pas en gardant les yeux braqués sur son adjoint.

— M'avez-vous entendu, Jean-Guy ? Il faut y aller.

— L'inspecteur Beauvoir est, je crois, indécis, dit Francœur en remettant de l'ordre dans ses vêtements.

— Vous m'avez suspendu, dit Beauvoir. Je n'ai pas besoin d'une cure de désintoxication. Si je reviens avec vous, promettez-moi de ne pas me forcer à en suivre une.

— Je ne peux pas faire ça. (Gamache fixait les yeux injectés de sang de Beauvoir.) Vous avez besoin d'aide.

— C'est ridicule, lança Francœur. Vous n'avez pas de problèmes, Jean-Guy. Ce dont vous avez besoin, c'est d'un bon patron qui ne vous traite pas comme un enfant. Vous pensez avoir des ennuis en ce moment, eh bien attendez qu'il sache à propos d'Annie et vous.

Beauvoir se tourna vivement vers le directeur, puis de nouveau vers Gamache.

— Reine-Marie et moi sommes au courant à propos d'Annie et vous. (Le chef n'avait pas quitté Jean-Guy des yeux.) Depuis des mois, déjà.

— Alors pourquoi n'as-tu rien dit ? demanda Francœur. As-tu honte ? Tu espérais que la relation ne durerait pas ? Que ta fille se rendrait compte de son erreur ? C'est peut-être pour cette raison qu'il veut vous humilier, inspecteur Beauvoir. C'est peut-être pour ça qu'il vous a suspendu et veut vous envoyer dans une clinique de désintoxication. C'est le coup de grâce. Il met fin à la fois à votre carrière et à votre relation avec Annie. Vous croyez qu'elle voudra d'un drogué pour mari ?

— Reine-Marie et moi respections votre intimité. (Gamache ignora Francœur et continua de s'adresser à Beauvoir.) Nous savions que vous alliez nous parler de votre relation quand vous seriez prêts. Nous sommes ravis, très heureux pour vous deux.

— Il n'est pas heureux, dit Francœur. Regardez-le. Ça se voit sur sa figure.

Gamache avança prudemment d'un pas comme s'il s'approchait d'un chevreuil nerveux.

— Regardez-moi, Jean-Guy. Je savais au sujet d'Annie et vous à cause des lilas, les fleurs que nous avons cueillies ensemble et que vous lui avez données. Vous vous rappelez ?

Sa voix était douce, pleine de tendresse.

Il tendit sa main droite à Beauvoir, une main amie. Jean-Guy vit le tremblotement de la main qu'il connaissait si bien.

— Revenez avec moi.

Un silence total régnait dans la chapelle.

— Il vous a abandonné dans l'usine, dit Francœur, prêt à vous laisser mourir. (La voix posée flotta jusqu'à eux.) Il est allé aider les autres, et vous a laissé là, sur le plancher de l'usine. Il ne vous aime pas. N'a même pas un peu d'affection pour vous. Et il ne vous respecte certainement pas. Si c'était le cas, jamais il ne vous aurait suspendu. Il veut vous humilier. Vous émasculer. Redonne-lui son arme, Armand. Et sa carte d'identité.

Mais Gamache ne bougea pas. Sa main était toujours tendue vers Beauvoir, et il continuait de fixer le jeune homme.

— Le directeur Francœur a lu votre dossier. Celui constitué durant votre thérapie. C'est pour ça qu'il est au courant de vos relations. Qu'il sait tout sur vous.

Tout ce que vous croyiez confidentiel, tout ce que vous avez raconté au thérapeute, Francœur le sait. Il utilise ces informations pour vous manipuler.

— Encore une fois, il vous traite comme un enfant. Comme si vous étiez si facilement manipulable. Tu n'as pas assez confiance en lui pour le laisser porter une arme, mais moi oui, Armand. (Francœur ouvrit son étui à revolver et s'approcha de Beauvoir.) Prenez la mienne, inspecteur. Vous n'êtes pas un drogué, je le sais. Vous ne l'avez jamais été. Vous souffriez et aviez besoin de médicaments. Je comprends.

Gamache se tourna vers le directeur et lutta contre l'envie de sortir le revolver de l'étui accroché à sa ceinture et de finir ce qu'il avait commencé.

“Longue inspiration, se dit-il, longue expiration.”

Lorsqu'il sentit qu'il avait retrouvé la maîtrise de soi, il se retourna vers son adjoint.

— Vous devez prendre une décision, dit-il.

Beauvoir regarda Gamache, puis Francœur. Les deux lui tendaient la main. Un lui offrait un léger tremblement, l'autre une arme.

— Allez-vous m'envoyer en désintox ?

Gamache le fixa un moment, puis hocha la tête.

Il y eut un long, très long silence, que Beauvoir brisa finalement. Pas avec un mot, mais avec une action. Il s'éloigna de Gamache.

Debout sur la rive, Armand Gamache regardait l'hydravion quitter le quai avec à son bord Francœur, le frère Luc et Beauvoir.

— Il reviendra à la raison, dit le dominicain en s'approchant.

Gamache ne dit rien, se contentant de fixer l'avion qui bondissait sur les vagues. Puis il se tourna vers le frère Sébastien.

— J'imagine que vous partirez bientôt, dit Gamache.

— Je ne suis pas pressé.

— Vraiment ? Pas même pour apporter le livre de chants à Rome ? C'est pour ça que vous êtes venu, non ?

— Oui, mais je me suis mis à penser. Le livre est très vieux. Peut-être trop fragile pour être transporté. Je vais réfléchir très sérieusement avant de faire quoi que ce soit. Peut-être même prier, pour être éclairé. Un certain temps pourrait s'écouler avant que je prenne une décision. Et "un certain temps", pour l'Église, c'est très long.

— N'attendez pas trop longtemps. Je regrette d'avoir à vous le rappeler, mais les fondations sont en train de s'effondrer.

— Oui, eh bien, à ce sujet… J'ai eu une conversation avec le directeur de la Congrégation pour la doctrine de la foi. Il a été impressionné par la détermination du père abbé à maintenir les vœux de silence et d'humilité, malgré la forte pression exercée sur lui et la possibilité que le monastère s'effondre.

Gamache hocha la tête.

— Une main ferme sur la barre, dit-il.

— C'est exactement ce que le Saint-Père a dit. Lui aussi a été impressionné. (L'inspecteur-chef haussa un sourcil.) À tel point que le Vatican envisage de fournir les fonds nécessaires à la restauration de Saint-Gilbert.

Les gilbertins ont déjà disparu une fois, ce serait dommage qu'ils disparaissent une seconde fois.

Gamache sourit et hocha la tête. Dom Philippe avait son miracle.

— Quand vous m'avez demandé de chanter le chant composé par le frère Mathieu, pensiez-vous que ce serait le frère Luc qui réagirait ? Ou avez-vous été surpris ?

— Eh bien, je me disais que ce pourrait être lui, mais je n'en étais pas sûr.

— Pourquoi soupçonniez-vous le frère Luc ?

— D'abord, le meurtre a été commis après les laudes. Quand j'ai observé où se rendaient les moines après le service, je me suis rendu compte que le frère Luc ne participait pas aux tâches collectives. Personne n'est allé le voir dans la loge du portier. Personne n'a emprunté ce corridor. Il était le seul à pouvoir se rendre dans le jardin sans être vu parce que tous les autres moines travaillaient en groupe.

— Sauf le père abbé.

— C'est vrai, et je l'ai considéré comme un suspect pendant un certain temps. En fait, jusqu'à la fin j'ai soupçonné presque tous les moines d'être le meurtrier. Même si dom Philippe n'avouait pas avoir commis le crime, il n'agissait pas non plus de manière à se disculper. Il a affirmé être allé au sous-sol pour inspecter le système géothermique tout en sachant que nous découvririons qu'il s'agissait d'un mensonge. Il voulait que nous sachions qu'il était seul.

— Mais il devait savoir que cela le mettrait sur la liste des suspects.

— C'est ce qu'il voulait. Il savait qu'un de ses moines avait commis le crime et il se sentait en partie responsable.

Et il était prêt à en assumer les conséquences. Mais cela m'a donné une autre raison de soupçonner le frère Luc.

— Comment ça?

L'avion rasait maintenant la surface de l'eau et s'apprêtait à décoller. Gamache s'adressait au dominicain, mais n'avait d'yeux que pour le petit avion.

— L'abbé ne cessait de se demander pourquoi il ne s'était rendu compte de rien. Pourquoi il n'avait rien vu venir. Dès mon arrivée, dom Philippe m'a paru être un homme doué d'un sens aigu de l'observation. Très peu de choses lui échappaient. Alors j'ai commencé à me poser la même question : pourquoi ne s'était-il rendu compte de rien? Selon moi, il y avait deux réponses possibles. Rien ne lui avait échappé parce que le coupable, c'était lui. Ou il ne s'était rendu compte de rien parce que le tueur était le moine qu'il ne connaissait pas très bien. Le dernier arrivé. Qui choisissait de passer tout son temps dans la porterie. Personne ne le connaissait vraiment. Pas même le prieur, en fin de compte.

L'hydravion s'envola. Le brouillard s'était dissipé, et Gamache se protégea les yeux du soleil éblouissant avec la main. Et regarda l'avion.

— *Ecce homo*, dit le frère Sébastien, qui observait l'inspecteur-chef.

Puis il se tourna vers le monastère, où il vit le père abbé qui avait franchi le portail et se dirigeait vers eux.

— Dom Philippe a reçu la confession du frère Luc, vous savez, dit le dominicain.

— C'est plus que je n'ai fait, dit Gamache en jetant un coup d'œil au moine avant de regarder de nouveau le ciel.

— J'imagine que le frère Luc vous dira tout. Ça fera partie de sa pénitence. En plus d'avoir à réciter des *Je vous salue, Marie* pour le reste de sa vie.

— Et ce sera suffisant ? Sera-t-il pardonné ?

— Je l'espère.

Le frère Sébastien étudia Gamache un moment, puis ajouta :

— Vous avez pris un risque en me demandant de chanter le chant du prieur. Supposons que le frère Luc n'ait pas réagi ?

Gamache hocha la tête.

— Oui, c'était un risque. Mais j'avais besoin de résoudre rapidement cette affaire. Si la seule vue du nouveau chant avait pu pousser le frère Luc au meurtre, j'espérais que le fait de l'entendre chanté dans la chapelle provoquerait aussi une violente réaction.

— Et si le frère Luc n'avait pas réagi ? Ne s'était pas trahi ? Qu'auriez-vous fait ?

L'inspecteur-chef se tourna complètement vers le religieux.

— Je crois que vous le savez.

— Vous seriez parti avec votre inspecteur ? Pour le faire soigner ? Vous nous auriez laissés avec un meurtrier ?

— Je serais revenu. Mais oui, je serais parti avec l'inspecteur Beauvoir.

Tous les deux regardaient maintenant l'avion.

— Vous feriez n'importe quoi pour lui sauver la vie, n'est-ce pas ?

Gamache ne répondit pas, et le dominicain s'en retourna vers l'abbaye.

Par le hublot, Jean-Guy Beauvoir regarda le lac miroitant.

— Tenez, dit Francœur en lui lançant quelque chose. C'est pour vous.

Beauvoir attrapa maladroitement le flacon de pilules, puis le serra dans sa main.

— Merci.

Il souleva rapidement le couvercle et prit deux comprimés. Puis il appuya sa tête contre la fenêtre froide.

L'hydravion tourna et revint vers le monastère Saint-Gilbert-entre-les-Loups.

Pendant le virage, Jean-Guy regarda en bas. Quelques moines se trouvaient à l'extérieur et cueillaient des bleuets. Il se rendit compte qu'il n'avait pas emporté de chocolats pour Annie. Mais il eut la douloureuse impression que ça n'avait plus d'importance.

La tête contre le hublot, il vit des moines courbés dans le potager. Et un frère dans l'enclos avec les poulets. Les Chantecler. Sauvés de la disparition. Comme les gilbertins l'avaient été. Comme les chants l'avaient été.

Il vit également Gamache sur la rive. Qui regardait vers le haut. Le père abbé était à ses côtés, et le dominicain s'en allait vers le monastère.

Puis Beauvoir ressentit l'effet des pilules. Sentit la douleur finalement s'estomper, le trou se refermer. Il soupira de soulagement. Il comprit soudain, à sa grande surprise, pourquoi Gilbert de Sempringham avait choisi cet habit unique : une longue robe noire et un capuchon blanc.

Vus du haut des airs – du paradis ou d'un avion –, les gilbertins ressemblaient à des croix. Des croix vivantes.

Il y avait autre chose, cependant, que Dieu, et Beauvoir, pouvaient voir.

Le monastère Saint-Gilbert-entre-les-Loups n'avait pas la forme d'une croix. Sur papier, dom Clément l'avait dessiné comme un crucifix, mais c'était une autre fausse représentation de l'architecte médiéval.

L'abbaye, en fait, était un neume. Ses ailes étaient courbes, comme les ailes déployées d'un oiseau. Comme si le monastère Saint-Gilbert-entre-les-Loups s'apprêtait à s'envoler.

À ce moment, l'inspecteur-chef Gamache leva les yeux vers le ciel. Et Beauvoir détourna les siens.

Gamache regarda l'avion jusqu'à ce qu'il disparaisse, puis se tourna vers le père abbé qui venait d'arriver.

— Je sais combien cela a dû être épouvantable pour vous.

— Pour nous tous, oui. J'espère que nous tirerons une leçon de toute cette histoire.

Gamache attendit un moment avant de demander :

— Laquelle ?

Dom Philippe réfléchit pendant quelques instants.

— Savez-vous pourquoi le monastère se nomme Saint-Gilbert-entre-les-Loups ? Pourquoi deux loups entrelacés constituent l'emblème de notre communauté ?

Gamache secoua la tête.

— J'ai supposé que ça remontait à l'époque des premiers moines arrivés ici. Qu'ils avaient voulu un symbole qui représenterait comment ils avaient maîtrisé la nature sauvage, l'avaient apprivoisée. Quelque chose comme ça.

— Vous avez raison. Ça date en effet de cette époque. Le nom et l'emblème tirent leur origine d'une histoire qu'un Montagnais leur a racontée.

— Une histoire amérindienne ? dit Gamache, surpris que les gilbertins aient été inspirés par quelque chose qu'ils auraient considéré comme païen.

— Dom Clément la relate dans son journal. Un des anciens lui a raconté que, quand il était petit, son grand-père lui avait dit que deux loups se battaient à l'intérieur de lui. Un était gris, l'autre noir. Le gris voulait que son grand-père soit courageux, patient et gentil. L'autre, le noir, que son grand-père soit lâche et cruel. Cela troubla le garçon, qui, après y avoir pensé pendant quelques jours, alla voir son grand-père et lui demanda : "Grand-père, quel loup sera le vainqueur ?" (Le père abbé sourit faiblement et observa l'inspecteur-chef.) Savez-vous ce que le grand-père a répondu ?

Gamache secoua la tête. Il avait un air si triste que dom Philippe en eut presque le cœur brisé.

— Celui que je nourrirai, dit le père abbé.

Gamache se tourna vers le monastère dont les murs demeureraient maintenant debout pour des générations à venir. Saint-Gilbert-entre-les-Loups. Il avait mal interprété le nom. Ce n'était pas saint Gilbert parmi les loups, mais bel et bien entre deux loups. Là où il était toujours possible d'exercer un choix.

Le père abbé remarqua le revolver dans l'étui fixé à la ceinture de Gamache ainsi que sa mine sombre.

— Aimeriez-vous vous confesser ?

L'inspecteur-chef leva les yeux vers le ciel et sentit le vent du nord sur sa figure.

*“Quelque mal inconnu nous arrive dessus.”*

Il crut entendre le son d’un avion au loin. Puis cela aussi disparut. Et un grand silence l’enveloppa.

— Pas tout de suite, mon père. Je ne crois pas que ce soit encore le moment.

# REMERCIEMENTS

*Le Beau Mystère* a débuté par une fascination pour la musique, et un rapport très personnel et assez déconcertant avec elle. J'adore la musique. Différentes pièces musicales ont inspiré chacun de mes livres, et je suis convaincue que la musique a eu un effet quasi magique sur mon processus créatif. Lorsque je suis assise dans un avion, ou que je fais une promenade, ou conduis en écoutant de la musique, je vois des scènes du livre que je m'apprête à écrire, ou suis en train d'écrire. Je sens les personnages à côté de moi, je les entends. C'est exaltant. Gamache, Clara et Beauvoir deviennent encore plus réels quand j'écoute certaines musiques. C'est transformatif. Spirituel, même. Je peux sentir le divin dans la musique.

Je suis loin d'être la seule sur qui la musique a un tel effet.

Pendant l'étape de préparation en vue de la rédaction de ce roman, j'ai lu beaucoup d'ouvrages, dont *De la note au cerveau*, de Daniel J. Levitin, professeur à l'université McGill, un livre qui explique les effets de la musique sur notre cerveau.

Je voulais explorer ce beau mystère : comment juste quelques notes peuvent nous transporter ailleurs ou à une autre époque. Comment elles peuvent évoquer une personne, un événement, une émotion. Insuffler du courage, ou nous faire pleurer. Et, dans le cas de ce roman, je voulais explorer le pouvoir de chants anciens, des chants grégoriens. L'influence qu'ils ont sur ceux qui les chantent et sur ceux qui les écoutent.

J'ai eu beaucoup d'aide en l'écrivant. De ma famille et de mes amis, ainsi que de livres, de vidéos et d'expériences vécues, dont un merveilleux séjour, très paisible, dans un monastère.

J'aimerais remercier Lise Desrosiers, mon extraordinaire assistante, grâce à qui je peux me concentrer sur mon travail d'écriture, pendant qu'elle fait tout le reste.

Merci à Claire Chabalier et à Louise Chabalier pour la finesse et la fluidité de la traduction. Vous donnez des ailes à ce *Beau Mystère* !

Et merci à mon mari, Michael. S'il existe, dans ma vie, un mystère encore plus déroutant et puissant que la musique, c'est l'amour. Voilà un mystère que je ne résoudrai jamais, et ne veux jamais résoudre. Je veux seulement profiter du bonheur d'aimer Michael.

Enfin, merci à vous, lecteurs, qui lisez mes livres et m'avez donné une vie au-delà de tout ce que je pouvais imaginer.

Retrouvez les dernières enquêtes
de l'inspecteur-chef Armand Gamache
dans les collections Babel noir et Actes noirs.

ENTERREZ VOS MORTS

traduit de l'anglais (Canada) par Claire Chabalier et Louise Chabalier

*À Vieux-Québec, Armand Gamache essaye de se remettre du traumatisme d'une opération policière qui a mal tourné. Mais, pour l'inspecteur-chef de la SQ, impossible d'échapper longtemps à un nouveau crime…*

*Cette fois, la victime est un archéologue amateur connu pour sa quête obsessive de la sépulture de Champlain. Existerait-il donc, enfoui depuis quatre cents ans, un secret assez terrible pour engendrer un meurtre ?*

*Confronté aux blessures de l'Histoire, hanté par ses dernières enquêtes, Gamache doit replonger dans le passé pour pouvoir enfin enterrer ses morts.*

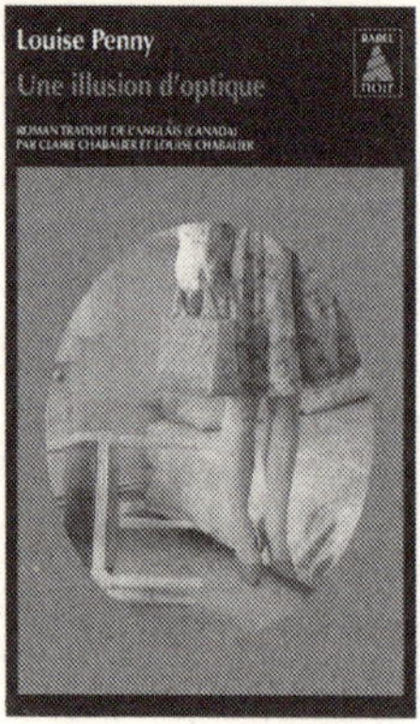


UNE ILLUSION D'OPTIQUE

traduit de l'anglais (Canada) par Claire Chabalier et Louise Chabalier

*Quand il se réalise, le rêve d'une vie peut virer au cauchemar. Lors du vernissage de sa première exposition au Musée d'art contemporain de Montréal, un mauvais pressentiment hante Clara Morrow. De fait, le lendemain, une femme est trouvée la nuque brisée au milieu des fleurs de son jardin. Qui était cette invitée que personne ne reconnaît ? Peu à peu, le tableau du crime prend forme et l'inspecteur-chef Armand Gamache apprend que dans le monde de l'art chaque sourire dissimule une perfidie, chaque gentillesse cache un cœur brisé. Et que dans cette affaire, comme dans les portraits de Clara, les apparences sont parfois trompeuses.*

LA FAILLE EN TOUTE CHOSE

traduit de l'anglais (Canada) par Claire Chabalier et Louise Chabalier

*Noël approche : la campagne revêt son blanc manteau et s'égaye de joyeuses lumières. Toutefois, pour l'inspecteur-chef Armand Gamache, le temps des retrouvailles au coin du feu est troublé par des ombres menaçantes. Ses meilleurs agents ont quitté la section des homicides, son fidèle lieutenant Jean-Guy Beauvoir ne lui parle plus depuis des mois et des forces hostiles semblent liguées contre lui. Quand Myrna Landers, la libraire de Three Pines, lui demande de l'aider à retrouver une amie dont elle refuse de révéler l'identité, il saisit l'occasion d'aller se réfugier auprès de ceux qui lui sont restés loyaux. En plus de réponses, parviendra-t-il enfin à trouver la paix ?*

UN LONG RETOUR

traduit de l'anglais (Canada) par Claire Chabalier et Louise Chabalier

*Fraîchement retraité, l'ex-inspecteur-chef Gamache coule des jours heureux à Three Pines. Mais voilà que son amie Clara vient lui faire part de ses inquiétudes au sujet de son mari, Peter. Le couple d'artistes avait décidé de se séparer pour un an, le temps de faire le point sur leurs sentiments, mais les mois ont passé et Peter n'a pas donné de nouvelles. Il semble s'être volatilisé. Accompagné de Clara, de Myrna Landers et de Jean-Guy Beauvoir, son ancien adjoint, Gamache part alors à sa recherche à travers les paysages démesurés de Charlevoix, jusqu'au fin fond du Québec. À la poursuite d'un artiste si désespéré qu'il vendrait son âme…*

OUVRAGE RÉALISÉ
PAR L'ATELIER GRAPHIQUE ACTES SUD
REPRODUIT ET ACHEVÉ D'IMPRIMER
EN NOVEMBRE 2019
PAR NORMANDIE ROTO IMPRESSION S.A.S.
À LONRAI
POUR LE COMPTE DES ÉDITIONS
ACTES SUD
LE MÉJAN
PLACE NINA-BERBEROVA
13200 ARLES

DÉPÔT LÉGAL
1re ÉDITION : JANVIER 2020
N° impr. : 1904658
*(Imprimé en France)*